अंजली देशपांडे

जन्म 1954 में। पेशे से पत्रकार। आप छात्र आंदोलन से नारी मुक्ति आंदोलन तक अनेक आंदोलनों से जुड़ी रही हैं। आपने दिल्ली विश्वविद्यालय से एम.ए. किया। दिल्ली पत्रकार संघ के लिए '26/11' यानी मुंबई पर आतंकी हमले की मीडिया में रिपोर्टिंग पर आप चर्चित समालोचना की सहलेखिका हैं। राजस्थान में बँधुआ मज़दूरी और दिल्ली में घरेलू कामकाज में बाल मज़दूरी पर आपके दो शोध-पत्र भी प्रकाशित।

आप हिंदी-अंग्रेजी, दोनों भाषाओं में लेखन करती हैं।

आपने कई नुक्कड़ नाटक लिखे और उनमें अभिनय भी किया। अंग्रेजी में ऑक्सफ़ोर्ड यूनिवर्सिटी प्रेस के स्कूली पाठ्यक्रम और वेब मैगज़ीन 'आउट ऑफ़ प्रिंट' सहित हिंदी और अंग्रेजी में आपकी कई कहानियों का प्रकाशन।

भोपाल गैस त्रासदी की पृष्ठभूमि पर अंग्रेजी में आपका पहला उपन्यास, 'इम्पीचमेंट', हैशेट इंडिया से 2012 में प्रकाशित।

महाभियोग

अंजली देशपांडे

राजकमल पेपरबैक्स

राजकमल पेपरबैक्स में
पहला संस्करण : 2016

राजकमल पेपरबैक्स : उत्कृष्ट साहित्य के जनसुलभ संस्करण

राजकमल प्रकाशन प्रा. लि.
1-बी, नेताजी सुभाष मार्ग, दरियागंज
नई दिल्ली-110 002
द्वारा प्रकाशित

शाखाएँ : अशोक राजपथ, साइंस कॉलेज के सामने, पटना-800 006
पहली मंजिल, दरबारी बिल्डिंग, महात्मा गांधी मार्ग, इलाहाबाद-211 001
36 ए, शेक्सपियर सरणी, कोलकाता-700 017

वेबसाइट : www.rajkamalprakashan.com
ई-मेल : info@rajkamalprakashan.com

बी.के. आफसेट
नवीन शाहदरा, दिल्ली-110 032
द्वारा मुद्रित

मूल्य : ₹ 250

MAHAABHIYOG
Novel by Anjali Deshpande

ISBN : 978-81-267-2800-8

भोपाल के अचर्चित नायक
डॉ. हीरेश चंद्र को

ताकि सनद रहे...

अंजली देशपांडे का पहला उपन्यास 'महाभियोग'।
यह उनके अंग्रेज़ी उपन्यास 'इम्पीचमेंट' का हिंदी में पुनःसृजन है। औद्योगिक विकास की जो निर्दय, निर्विवेक विरासत भोपाल गैस कांड की विराट त्रासदी के रूप में फट पड़ी, उसको इस उपन्यास में हमारी साहित्यिक विरासत में बदला और सार्वजनिक स्मृतिकोष में दाखिल किया गया है।

तीस साल से ऊपर हो चुके। भोपाल गैस कांड जैसी विकट विभीषिका भी इतिहास में अपनी जैसी 'पहली' होने के बावजूद धीरे-धीरे जीवित स्मृतियों के व्यापक दायरों के परे महज़ सूचना अभिलेखागार का हिस्सा बनती चली गई है। उसके जीते जागते नतीजे अभी मौजूद हैं, इसके बावजूद।

अभी तो उस ज़हरीली विरासत के वे दो स्थायी स्मारक जैसे भवन भी शायद वहीं खड़े हैं और पुराने भोपाल के आरिफ़नगर इलाके में दाखिल होते ही दिखते भी होंगे जो तीस साल पहले की उस अभागी रात को वजूद में आई थी। उस रात की उस हवा में घुली गैस के शिकार जन उसके असर से तो अभी तक लड़ रहे ही हैं, उसके अलावा कार्बाइड कारखाने की इमारत में अब तक बाकी पड़े अपशिष्ट से दूषित जल भी पीने को मजबूर हैं. जबकि अब तो तीस बरस की उम्र की एक पूरी पीढ़ी और उसके बाद की पीढ़ियों की पूरी कतार खड़ी भी हो चुकी जिसको भोपाल का गैस कांड सूचना में भी शायद उतना दारुण और दुर्दान्त प्रतीत नहीं होगा।

अब भी ज़िक्र छिड़ने पर वे पहले-पहल के बिम्ब दिमाग़ में कौंध जाते हैं। तब सिर्फ दूरदर्शन था। खबरें हमारे बैठकखानों में साकार दृश्य बनना शुरू हो चुकी थीं। न्यूज़ चैनल नहीं थे, अपने वक्त पर प्रसारित होने वाले बुलेटिन थे, बस! शुरू दिसंबर में उस दिन दूरदर्शन के पर्दे पर बहुत सुबह-सुबह के पहले बुलेटिन में भोपाल के गरीब हिस्से के आधे शहर के घरों में, बरामदों में, सड़कों पर बैठे, पसरे, टिके खड़े, लेटे, अधलेटे लोगों को देखा था, जैसे सब-के-सब उन्हीं मुद्राओं में सो गए हों। और खबर थी कि वे मर चुके हैं।

अगले बुलेटिन में, दोपहर तक जाकर विभीषिका की विराटता का अंदाज़ा लगा। सड़कें इनसानों और जानवरों की लाशों से पटी पड़ी थीं। न्यूनतम अनुमान में भी दस हज़ार से ज़्यादा लोग मर चुके थे।

खबरों के अखबारों तक आने में अगला दिन हो गया था।

भोपाल में 3 दिसंबर, 1984 की सुबह-सुबह की हवा यूनियन कार्बाइड के प्लांट के ऊपर से गुज़री तो वहाँ रिसती-फूटती गैस का एक ज़हरीला बादल उसके साथ हो लिया—मिथाइल आइसो साइनेट का गुबार। वह शहर भर पर फैल गया। भोपाल के उस हिस्से के निवासी दमघोट गैस के बादलों में जागे, और अँधेरी गलियों में बेचैन बेतहाशा दौड़ने लगे। पाँच लाख से ज़्यादा लोग विषाक्त गैस के घातक प्रभावों के सामूहिक शिकार बन चुके थे। जस-तस बच रहे लेकिन उनके समूचे आंगिक संस्थान बुरी तरह से प्रभावित हो चुके थे—फेफड़े, दिमाग़, आँखें, मांस-पेशियाँ, स्नायु, पाचन, प्रजनन, प्रतिरोध—सब कुछ। उनके जीवन में तब से शुरू दु:स्वप्न अभी तक जारी है। अगली पीढ़ियों तक इसका प्रभाव जाने वाला था। 1984 का भोपाल गैस कांड दुनिया के औद्योगिक इतिहास का बेमिसाल संकट था।

विकास की ऐसी प्रौद्योगिकी को निर्विकल्प मान लिया जाए तो उसके बाद ये ख़तरे भी आगे-पीछे, दायें-बायें सोते-जागते के संगी की तरह आस-पास घिरे होते हैं—निर्विकल्प। प्रौद्योगिकी के इस मॉडल के साथ बहस में भी उसका औचित्य विचाराधीन प्रश्न नहीं रह जाता बल्कि चिंता का मूल विषय यह बन जाता है कि उसमें कितना कुछ निवेश किया जा चुका है और किसी भी निर्णय को बदलने में किसका कितना क्या नुकसान होना है। मॉडल के साथ बहस जैसी बुनियादी सैद्धांतिक बात भी दूर की रही, असल में तो भोपाल कांड जैसी विभीषिका के तात्कालिक तांडव के व्यावहारिक निपटारे तक में न्यूनतम मानवता को भी निचले पायदान पर धकेल दिया जाता है और प्राथमिक सरोकार की जगह पर यह सवाल आसीन हो जाता है—किसको-कितना-क्या फ़ायदा या नुकसान होने वाला है। यूनियन कार्बाइड कॉर्पोरेशन (यूएसए) के ख़िलाफ़ भोपाल त्रासदी का मुकदमा जब भारत सरकार की ओर से अमेरिकी अदालत में लड़ा जा रहा था तो अभियोग पक्ष के वकील ने अपनी टिप्पणी में साफ़-साफ़ कहा था कि यूनियन कार्बाइड कॉर्पोरेशन (यूएसए) की 'लालच की संस्कृति और दुहरे मानदंड, संक्षेप में नस्लवाद, ने मानव जीवन के प्रति एक भ्रष्ट और निर्विवेक लापरवाही को जन्म दिया है।' ज़ाहिर है, इस नस्लवादी और औद्योगिक उपनिवेशवादी रवैये के हिसाब से उनको भारतीयों के लिए वैसी परवाह बरतने की ज़रूरत नहीं थी जैसी अमरीकियों के लिए हुई होती।

विकट थी विभीषिका लेकिन चाहे जितनी भी विकट क्यों न हो, वक्त के साथ महज़ कागज़ी कारवाइयों में शेष रह जाती हैं—हताहतों की संख्याएँ; मुआवज़ों के आँकड़े जिनमें गिनतियाँ कभी ज़ाहिर नहीं होने देतीं कि वे कितने नाकाफ़ी थे; आगामी संभावित हादसों की हालत में सुरक्षा का वायदा करने वाले प्रावधान, तरह-तरह के नियम-अधिनियम, कायदे-कानून जिनके अचूक होने का कोई आश्वासन

नहीं होता; दुर्घटना के उत्तरदायी पक्ष को अपनी रक्षा में सतर्क और सन्नद्ध रखने लायक सबक, क्योंकि जब तक निर्देश और नियंत्रण उनके हाथ में है; वे निश्चिन्त रह सकते हैं कि भुक्तभोगी तो कोई दूसरा ही होगा।

तथाकथित वैज्ञानिक दृष्टिकोण और तर्कसम्मत रवैया विकास के अपने बुनियादी मॉडल पर ही सवाल उठाने या विकल्प की तलाश की ओर देखने की बजाय ऐसी स्थितियों को समस्या और समाधान के सिलसिले की तरह देखता है। समाधान के गर्भ में बाकी रह जाने वाली समस्या को अगले समाधान, संशोधन, सुधार, संभावित आविष्कार और अगली परियोजनाओं के लिए सबक की तरह ग्रहण करना चाहता है। ऐसे 'छोटे-मोटे' हादसों से विचलित न होना और उन्हें पीछे छोड़ते हुए 'अब क्या' और 'आगे कैसे' के उत्तर में आगे बढ़ जाना देखने में बहुत विवेकपरायण और बुद्धिसम्मत प्रवृत्ति प्रतीत हो सकती है। समस्या तो एक बहुत भोला और निरीह शब्द है, दूसरी जमात के 'दो जमा दो बराबर' जैसे हिसाब सिखाने वाले सबक की तरह। लेकिन सामाजिक न्याय के सवाल इस सबक में नहीं अँटते। ऐसी विभाषिकाओं के बीत जाने के बाद लिये जाने को सबक ही शेष रह जाते हैं लेकिन यहाँ सिलसिला समाधान के गर्भ में रह जाने वाली समस्या का नहीं बल्कि विनाश के बीज का कहा जाना चाहिए जो बार-बार विकास के पेट में रखा हुआ ही छूट जाता है। लेकिन उस बहस की जगह यहाँ, इस भूमिका में नहीं है।

'महाभियोग' के बारे में बात शुरू करते हुए इसके कथानक, संरचना, चरित्रों, बहस के मुद्दों के वर्णन-विश्लेषण का लोभ होता है, लेकिन याद रखे रहना चाहती हूँ कि यह भूमिका है, समीक्षा नहीं। उपन्यास तो आप अभी पढ़ने वाले हैं ही। भोपाल कांड पर इसके पहले नरेंद्र नागदेव का उपन्यास 'एक स्विच था भूपाल में' आ चुका है। भोपाल कांड की उसकी पढ़ंत औपनिवेशिक लूट की निर्दय लापरवाही और उदासीनता के अगले रूपक की है। अंजली ने अपनी अनेक परतीय पढ़ंत को ठेठ यथार्थवादी संरचना में विन्यस्त किया है।

कथा-साहित्य से यथार्थवादी स्कूल की प्राथमिक दरकार अपने समय का दस्तावेज पेश करने की है। खास तौर से वाम वैचारिकी इस युक्ति का इस्तेमाल एक हथियार की तरह करना चाहती है। पक्ष-विपक्ष में मुद्दे को बाँटकर, चरित्रों को मुद्दों का वाहक बनाकर उन्हें बहस में उलझाकर नुक्ता-दर-नुक्ता परीक्षण में हार-जीत दर्ज करते हुए कायल करने के लिए यह युक्ति बार-बार दोहरायी जाती है। बार-बार दोहरायी जाने वाली युक्तियाँ अपने मुद्दे को मकसद तक पहुँचाने में अचूक होती जाती हैं लेकिन अपनी अनुभवगत विश्वसनीयता, जटिलताओं को पकड़ने की क्षमता, पाठक को थामने वाला रचाव क्रमशः खोती चली जाती हैं। एक तरह से यह चौखटा काम को आसान बनाता है, दूसरी तरह से बहुत चुनौतीपूर्ण और साहसिक भी। आसान इस तरह से कि थोड़ी मेहनत और शोध के जरिये अखबार और अभिलेखागार सामग्री जुटा दिया करते हैं, जिन्हें आवश्यकतानुसार विभाजित

और संयोजित करके कथ्य को चौखटे में भरकर तस्वीर को पूरा कर दिया जा सकता है। दूसरी तरह से चुनौतीपूर्ण और साहसिक इसलिए कि 'उस तरह' में मुद्दे का मकसद ऐसे सवाल उठाना है जो अभी पूछे ही नहीं गए हैं, तब उसका काम चौखटे से चलने वाला ही नहीं है, तब यथार्थवाद के दायरे में रहते हुए भी चौखटे को तोड़ा जाना है क्योंकि यथार्थवाद की दरकार के हिसाब से अपने समय का दस्तावेज देना तो तय किया जा चुका है लेकिन अनुभवगत विश्वसनीयता, नुक्तों की जटिलताओं को पकड़ने की क्षमता, पाठक को थामने वाला रचाव अर्जित करके ही। ऐसा अक्सर हो नहीं पाता जैसा अंजली ने अपने इस पहले उपन्यास में कर दिखाया है।

'महाभियोग' के कथानक का फ़ोकस सामाजिक न्याय की लड़ाई पर है जो अधूरी छूट जाने को अभिशप्त है। भारत सरकार और यूनियन कार्बाइड के बीच के मुकदमे के फ़ैसले के साथ कहानी शुरू होती है और फ़ैसले के नाम पर उस हास्यास्पद समझौते के विरुद्ध आंदोलन पर केंद्रित होती है। आंदोलन उन न्यायाधीशों पर 'महाभियोग' की माँग भी ज़ोरों से उठाता है, जिन्होंने इस फ़ैसले को अंजाम दिया। यह अपनी आस्था और संकल्प के लिए जूझने वाले एक्टिविस्ट लोगों का आंदोलन है। आज के एन.जी.ओ. चालित आंदोलनबहुल समय में शायद इन पात्रों जैसे लोगों की सचमुच के लोगों की तरह कल्पना करना भी कठिन हो जो अपना समर्पण तो जानते हैं लेकिन यह नहीं जान पाते कि उनकी जद्दोजहद को विफल करता हुआ कौन कैसे अपने फ़ायदे के लिए उनका इस्तेमाल कर ले जाता है। इनके मुकाबले में जागरूकता और प्रतिरोध की ठेकेदारी के अंदाज़ वाले एन.जी.ओ. चालित आंदोलनों को नहीं रखा जा सकता जो अक्सर फ़ायदे का सौदा बनते नज़र आते हैं। इनमें कुछ नेकनीयत आंदोलन भी होंगे अवश्य लेकिन इनका फैलाव संदिग्ध इरादों और अविश्वसनीय मंशा तक जाता है।

ऊपर यह कह चुकने के बावजूद कि उपन्यास तो आप आगामी पृष्ठों में पढ़ ही लेंगे, मैं एक संदर्भ की ओर संकेत के लोभ का सँवरण नहीं कर पा रही हूँ। असल में शीर्षक का 'ताकि सनद रहे...' भी इसी लोभ में से निकला है।

उपन्यास डॉ. हीरेश चंद्र को समर्पित है।

ऊपर कह आई हूँ, वक्त के साथ विभीषिका कागज़ी कारवाइयों में शेष रह जाती है; इसका एक अर्थ यह भी है कि उन कार्रवाइयों में कितने ही व्यक्ति और उनके अनुभव, न्याय की पक्षधरता में उनकी छटपटाहट, उनकी जद्दोजहद—सर्वाधिक मूल्यवान किंतु निष्फल—सदा-सदा के लिए लुप्त हो जाते हैं। उनका नाम भी बाकी नहीं रहता।

डॉ. हीरेश चंद्र का नाम आज गूगल पर लिखें तो कुछ संदर्भ मिल जाते हैं। 'करेंट साइंस' के जून, 2010 के अंक के 'भोपाल : द ट्रैजडी ऑफ़ कलेक्टिव

एम्नेसिया' शीर्षक सम्पादकीय में सम्पादक पी. बलराम ने दर्ज किया है कि अपने स्तम्भ के लिए शोध के दौरान उन्होंने डॉ. हीरेश चंद्र के जीवन और कार्य के बारे में जानकारी की तलाश करने की कोशिश की तो परिचय के नाम पर कुछ मामूली तफ़सीलों और तकनीकी सूचनाओं के सिवाय कुछ नहीं मिला। थोड़ा-बहुत जो भी पता चला, वह उनकी टीम के अन्य साथी सदस्यों के लेखों-टिप्पणियों की प्रसंगवश टिप्पणियों से। ऐसी ही एक टिप्पणी में उनको भोपाल ट्रैजडी का 'अन्संग हीरो' कहा गया है। ट्रैजडी की रजत जयन्ती के उपलक्ष्य में उनकी भूली-भटकी-सी नामलेवा टिप्पणियों में दूसरों के हवाले से मिलता है। सत्य के लिए उनकी असंदिग्ध प्रतिबद्धता और अकेली जद्दोजहद का कोई अंदाज़ा उससे नहीं लगने पाता।

वे 'पैथॉलॉजिस्ट' थे।

डॉ. हीरेश चंद्र के पहले तक भारत में फ़ोरेंसिक मेडिसिन अथवा कानूनी भेषजशास्त्र बहुत ही आरम्भिक, लगभग दयनीय दशा में था। उपयुक्त न्याय के लिए अपराधों के साक्ष्य में चिकित्साशास्त्रियों की विशेषज्ञ राय की ज़रूरत पड़ती है, कई बार अपराध की पुनर्रचना और पूछ-पड़ताल में 'मेडिको-लीगल' की भूमिका काँटे की हुआ करती है। चिकित्सा की शिक्षा और व्यवसाय में यह सजगता तो थी कि उनके ज्ञान का यह पक्ष उपेक्षित है और इसके प्रति उदासीनता व्याप्त है लेकिन अधिकतर चिकित्साशास्त्रियों में मृतक से निपटने का भय और अदालत में हाज़िरी की अनिच्छा स्थिति को सुधरने नहीं देती थी। इस वजह से भारतीय न्याय-प्रणाली इस दिशा में अक्षम और अपंग थी, जब तक कि डॉ. हीरेश चंद्र ने पहल करके हालात को सुधारने और पद्धति को विकसित करने का बीड़ा नहीं उठाया।

वे 'एनाटमी' यानी शरीर-रचनाशास्त्र के प्रोफ़ेसर थे। पड़े मिले मृतक शरीरों की चीर-फाड़ के विशाल अनुभव तथा सामान्य शरीर-रचना के साथ गहरे परिचय के अलावा वे अपने संस्थान में राय के लिए भेजी जाने वाली अस्थियों के कानूनी-चिकित्सकीय परीक्षण का काम भी करते थे। उन्होंने इस अहसास के साथ अपना कार्यक्षेत्र फ़ोरेंसिक मेडिसिन यानी कानूनी-भेषजशास्त्र को बनाया कि शरीर-रचना-ज्ञान उसका मूल आधार हो सकता है और उसके द्वारा 'मेडिको-लीगल' कार्य की अनेक स्थितियों में अपराध की पुनर्रचना, मृत्यु के कारण और मृत्यु के तरीके के बारे में संकेत और अधिक व्यापक परिप्रेक्ष्य पाए जा सकते हैं।

इसके पहले तक के हालात ये हुआ करते थे कि 'कैजुएल्टी-मेडिकल-ऑफ़िसर' मुर्दाघर के दरवाज़े पर खड़े-खड़े, जमादारों से की गई बातचीत के आधार पर नोट लिखकर पोस्ट-मॉर्टम रिपोर्ट निपटाते पाए जाते थे।

1964 में मुर्दों के निपटारे की दयनीय दशा के सर्वेक्षण की रपट आई जिसे लागू होते-होते सन् 1975 हो गया लेकिन हीरेश चंद्र इसके पहले, सन् 1968 में ही

फ़ोरेंसिक मेडिसिन में विभागाध्यक्ष की हैसियत से दाखिल हो चुके थे। इसके पहले तक पैथालॉजी विभाग से शिक्षक एक भी मेडिको–लीगल परीक्षण या चीर–फाड़ या क्लिनिकल पोस्टमार्टम के अनुभव के बिना ही इस विभाग में पढ़ाते और परीक्षा लेते रहे थे। पूरे भारत में यही दशा थी।

डॉक्टर हीरेश चंद्र ने नींव खोदने और पहला पत्थर रखने से शुरुआत की। और अन्ततः मध्य प्रदेश सरकार के मेडिको लीगल एडवाइज़र तथा गांधी मेडिकल कॉलेज, भोपाल में फ़ोरेंसिक मेडिसन एंड टॉक्सिकोलॉजी के विभागाध्यक्ष के पद सँभालने के अलावा मेडिको लीगल इंस्टीट्यूट भोपाल के डाइरेक्टर भी बने जो एशिया में अपने जैसा पहला संस्थान है और जहाँ न्यायाधीशों को कानूनी भेषज का प्रशिक्षण दिया जाता है।

3 दिसंबर, 1984 के भोपाल की जिस सुबह का सटीक विवरण 'द हिंदू' में उस पॉम्पेई के रूप में दिया गया था जिसे यकायक विसूवियस की धूल और धुंध ने लील लिया, या फिर उस हीरोशिमा के रूप में जिस पर एटम बम अभी गिराया गया था, उस सुबह के बाद यही डॉ. हीरेश चंद्र थे जिन्होंने अपने सहयोगियों के साथ आनन–फानन में 200 से अधिक मुर्दों की चीर–फाड़ करके मृत्यु का कारण निर्धारित किया। उनका निष्कर्ष था कि बहुराष्ट्रीय यूनियन कार्बाइड कॉर्पोरेशन (यूएसए) भविष्य में होने वाले किसी जैविक युद्ध की तैयारी में भारतीयों के साथ कोई ख़तरनाक रासायनिक प्रयोग कर रही थी। उन्होंने पोस्टमॉर्टम रक्त और टैंक में बची तलछट की जाँच–पड़ताल में हिस्सा लिया था । दोनो में सर्वाधिक ख़तरनाक रसायन फॉस्जीन और साइनाइड पाए गए थे। गैसपीड़ितों के रक्त में भी ये मौजूद थे हालाँकि इन रसायनों के उस प्लांट में मौजूद होने का कोई कारण नहीं था जिसका काम सिर्फ कीटनाशकों का निर्माण करना था।

डॉ. हीरेश चंद्र के निष्कर्षों की पुष्टि स्वीडिश चिकित्सक सुश्री इंग्रिड एकरमैन की पड़ताल और निष्कर्षों से भी होती है। वे इंटरनेशनल मेडिकल कमीशन ऑन भोपाल की सदस्या थीं और अपने शोध के सिलसिले कई बार भोपाल आती रही थीं। अपनी पुस्तक 'भोपाल सागा : कॉज़ेज़ एंड कॉन्सीक्वेंसेज़ ऑफ़ द वर्ल्ड्स लार्जेस्ट डिज़ास्टर' में वे कहती हैं : 'भोपाल के प्लांट के रिसर्च एंड डेवलपमेंट सेंटर से पकड़ी गई रिपोर्टों और फ़र्म के अन्य दफ़्तरों से जब्त किये गए दस्तावेजों से पता चलता है कि (यूनियन कार्बाइड) कॉर्पोरेशन ने पशुओं और पौधों पर बहुसंख्य प्रयोग करके देखे थे और मिथाइल आइसो साइनेट के प्रभाव से भली भाँति परिचित थी, न केवल तात्कालिक प्रभावों से ही बल्कि संभवतः दूरगामी व चिरस्थायी प्रभावों से भी।'

फॉस्जीन गैस का प्रभावी इस्तेमाल प्रथम विश्वयुद्ध के दौरान युद्ध के औजार की तरह किया जा चुका था। उसका लक्षण भी श्वसन संस्थान पर सख़्त कुप्रभाव होता है।

डॉ. हीरेश चंद्र ने अपने निष्कर्षों को प्रमाणित करने के लिए सारे सबूत जुटाने और सँभाल कर रखने की पूरी समरनीति रची थी, हर मृतक को एक नम्बर दिया, उसकी चेपी उसके माथे पर चिपकाकर उसकी फोटो खिंचवाई, और इन तस्वीरों से भरे पोस्टर साल भर उस इलाके में दीवारों पर चिपके रहे कि जिनकी पहचान नहीं हो सकी, उनकी शिनाख्त हो सके। हीरेश ने क्रमवार हर पोस्टमॉर्टेम के नतीजे दर्ज किये जिन्हें बाद में मुकदमे में इस्तेमाल किया गया मगर इस समझौते ने सब नष्ट कर दिया। उनकी साख को मिट्टी में मिलाने की कोशिश की गयी। उन्हें मखौल का पात्र बनाया गया। अपनी आस्था और संकल्प के साथ अकेला छटपटाने के लिए छोड़ दिया गया।

'महाभियोग' में 'मुर्दों का डॉक्टर' नाम का एक अध्याय है। उसके डॉक्टर प्रसाद की आस्था, प्रतिबद्धता, हताशा और अकेलेपन में उपन्यास के समर्पण के पात्र डॉ. हीरेश चंद्र को उसका प्राप्य सम्मान मिल जाने के सन्तोष का अनुभव किया जा सकता है। ऐतिहासिक यथार्थ की छानबीन करने वाला गल्प अगर वक्त की सलवटों में ओझल हो गए या जानते-बूझते ओझल कर दिये गए सत्यों का सन्धान कर लाता है तो वह कृति की सार्थकता का एक अतिरिक्त आयाम है।

'महाभियोग' का भोपाल गैस कांड मात्र एक औद्योगिक दुर्घटना नहीं, समूचा आंदोलन है जिसके ताने-बाने तत्कालीन सामाजिक-राजनीतिक-आर्थिक-न्यायिक-प्रशासनिक आदि-आदि सभी संबद्ध इकाइयों के रेशे-रेशे में घुसकर अपनी जटिल संरचना का अर्जन करते हैं। और आंदोलन में शामिल आंदोलनकारी अपनी अपनी निजी ज़िन्दगियों, निजी और परस्पर रिश्तों और उलझावों के साथ मौजूद होकर उसमें संवेदना की उत्कटता और भावए0 का ऊर्जा-तत्त्व जोड़ते हैं।

विचारधारा से पोषण लेने और उसको पोषित करने वाली आम कहानियों की तरह पक्ष-विपक्ष में बँटकर नुक्ता-दर-नुक्ता उन्हीं-उन्हीं तयशुदा स्थापनाओं और स्थितियों का खंडन-मंडन करते चले जाने की बजाय 'महाभियोग' में पहचाना गया है कि कोई भी खंडन या मंडन इतने साफ़-साफ़ चौखटों में अपने सामने नहीं खड़ा होता, कि एक ही पक्ष में शामिल लोगों के बीच भी अनेक पक्ष एक दूसरे से उलझे हुआ करते हैं। इसीलिए मोटे तौर पर व्यक्तिवाद विरोधी विचारधारा से पोषित आंदोलन का हिस्सा होने के बावजूद उपन्यास के अनेक वृत्तान्तकारों में एक अविधा पूर्वोक्त डॉक्टर प्रसाद वाले प्रसंग में निष्कर्ष की तरह इस मूल्यवान सूक्ति पर पहुँचती है, 'आज एहसास होता है अविधा को कि सिर्फ एक व्यक्ति का विश्वास भी उनके नज़रिये को जनमानस में रख सकता था। एक अकेला व्यक्ति भी कभी-कभी बिलकुल सही हो सकता है। यही विज्ञान है। बहुमत का सच राजनीति है, विज्ञान नहीं।'

'महाभियोग' की रचनात्मक दृष्टि में यही संश्लिष्टता उसे अनेकांत बनाती हुई आद्योपान्त मौजूद है ।

केंद्रीय कथानक की राजनीति के अलावा वृत्तांतकारों की निजी कहानियाँ हैं, एक तरफ़ आंदोलन से, दूसरी तरफ़ एक दूसरे से उलझी हुई, सुलझती और अपनी-अपनी अकेली या सम्मिलित परिणतियों की ओर जाती हुई।

लेकिन इसके आगे मैं कहीं कहानी के विश्लेषण में न फिसल जाऊँ, और आगामी पृष्ठों में खुलने वाले उपन्यास का मज़ा किरकिरा न कर बैठूँ; इस सावधानी के तहत यहीं बस करती हूँ, इस समापन वाक्य के साथ कि अंजली देशपांडे का यह उपन्यास एक ओर हिंदी उपन्यास और दूसरी ओर स्त्री-लेखन की सीमाओं को फैलाता है।

—अर्चना वर्मा

महाभियोग

मध्यम वर्ग को यह मुगालता रहता है कि वह जिस मध्य मार्ग पर चलता है वही मंच का केंद्र है।

इस डगर से उतर, ज़रा दूर विचर अविधा ने जीवन को चटपटा तो बना लिया था लेकिन लीक से हटकर वह जिस पगडंडी पर उतरी थी, वह नया रास्ता बनेगा या भटकाव ही कहलाता रहेगा, यह तय न कर पाने से वह बेचैन थी। अनिर्णय की यह स्थिति उसके स्वभाव के अनुकूल नहीं थी। आज पौ फटने से पहले ही लिहाफ की सँकरी गुफा में उसकी आँखें खुल गईं तो वह भागती नींद की खुमारी चखती कुनमुनाई, बुझते सपने के अंगार को दबोचने की कोशिश की, उसकी राख भी हाथ न आने पर उसने सिर हिलाकर हार मानी, और जल्दी उठकर कुछ पुख्ता कदम उठाए। यह उलझन की गर्द को झाड़ने की उसके अवचेतन की कोशिश नहीं थी, वह तो उसे चेतना की सतह के नीचे गाड़ देने के कयास में जुटी थी। बिस्तर से निकल आह भरी और कुर्सी पर टँगे लंबे कार्डिगन को खींचकर नाइटी पर लपेटती हुई उठ खड़ी हुई। दबे पाँव वह दूसरे कमरे से होती हुई छत के पिछवाड़े के सँकरे हिस्से में आई, छोटी-सी रसोई का दरवाज़ा धकियाकर खोला, सॉसपैन में चाय का पानी लेकर गैस पर चढ़ाया और बगल के बाथरूम में जा घुसी। जब तक वह लौटी, पानी खौलकर आधे से कम रह गया था। उसने पानी फेंक दिया, ताज़ा पानी चढ़ाया और गुनगुनाते हुए अपने लिए चाय बनाई, गिलास में ढाला और सामने की छत पर चली आई। छत का फर्श अब उगती सुबह की रोशनी के चुनिंदा हिस्से सोखकर अदृश्य-से बदसूरत ऊदे रंग में तब्दील होने लगा था।

आज़ाद खयाल और आज़ादी के बीच के फर्क की मिसाल थी अविधा। पूरी विद्रोहिणी न सही, विरोधी स्वर का आलाप उसके कंठ में बसता था और परंपरा का मुँह वह न जोहती थी। रोज़मर्रा की ज़रूरतों के लिए किसी पर आश्रित भी नहीं थी। पसंद की नौकरी थी। किराये का ही सही, अपना फ्लैट था, साथ रहने को ऐसी सहेली थी, जिसके साथ वह उम्र बिता सकती थी और उसके पास वह भी था जो मध्यम वर्ग के पास बिरले ही होता है। उसके पास विचारधारा थी। फिर भी अविधा को मालूम था कि वह आज़ाद नहीं है। अपेक्षा उसके लिए कभी न पूरी होने वाली महत्त्वाकांक्षा थी। आशा को अपेक्षा बनने के लिए अधिकारों के आग्रह के जिस

अर्क की आवश्यकता होती है, अविधा वह कभी न जुटा पाई थी। वह आशा का भावनात्मक भिक्षापात्र लिये जी रही थी। उस पात्र में एक मूल्यवान क्षण आ गिरा था और रात भर वह उस पर स्वप्निल उँगलियाँ फिराती रही थी।

चाय का गिलास थामे बरसाती की छत को उसने सूरज की नवोदित किरणों के हिस्से सोखकर प्यार के गहरे रंग से बदलकर ठोस, बदसूरत सीमेंटी शक्ल अख्तियार करते देखा। छटपटाकर अविधा ने पेड़ों के बीच फँसे आकाश के टुकड़ों पर अपने सपनों की इंद्रधनुषी छटा बिखेरने की कोशिश की। लेकिन उसकी निगाह की लकीर में एक आदमी अटका था जो नज़र को साफ ही नहीं होने देता था, उसका केंद्रबिंदु चुरा ले जाता था। कभी-कभी जब भावनाओं का कुहासा छँटता तो वह उसका असली रूप देख पाती थी, ऐसा रूप जिसे उसका पेशा-प्रेमी मन विघ्न का ही नाम देता था मगर इसी विघ्न के सौंदर्य की लोलुपता में फँसी वह इस इंद्रजाल को काट भी नहीं पाती थी। ज़िंदगी में पहली बार अविधा ऐसी उलझन झेल रही थी जिस पर आशा का मुलम्मा चढ़ाए नहीं चढ़ रहा था।

एक सरकारी खरीद-फरोख्त में गड़प लिये गए करोड़ों रुपयों की जटिल कहानी में आए ताज़ा मोड़ की खबर से सना न्यूज़प्रिंट का दो सौ ग्राम का पुलिंदा अभी आया न था। महाललकारी ने फिर से इस शीर्ष स्तर के भ्रष्टाचार के हर ब्यौरे का पर्दाफाश करने का वायदा किया था, घूस लेने और देने वालों के नाम तक बताने का वचन दिया था। शासक दल के रक्षकों ने फिर एक बार उन्हें राष्ट्रद्रोही क़रार दिया था। अविधा खासे उत्तेजित महौल में जीती और उसके हर रस में सराबोर रहती थी। धर्मोन्माद का बोलबाला हो चला था और तर्कशक्ति परास्त न हुई तो भी आस्था के दावों के सामने उसका स्वर फीका पड़ रहा था। बच्चे हमेशा की तरह कुपोषण का आहार बन रहे थे, बहुओं को ससुराल में आशा से कम माल लाने पर रोज़ फूँका जा रहा था, लठैतों का राज था और कानून का अभाव और निरंतर उल्लंघन संविधान और नागरिकों का रोज़ अपमान कर रहे थे मगर कुछ लोगों को इतिहास खुरचकर खोजे भूले-बिसरे अपमान का प्रतिशोध ज़्यादा ज़रूरी लग रहा था, सब अस्थिर मालूम होता था। इसे अमन और स्थायित्व कहा जाता था और संपादकीय इसकी रक्षा की गुहार लगाते न थकते थे।

बहुत ही व्यस्त दिन उसके सामने पसरा पड़ा था। सबसे पहले एक महत्त्वपूर्ण विपक्षी दल की एक राष्ट्रीय नेता का प्रेस कॉंफ्रेंस था। दिन की शुरुआत अच्छी नहीं होने वाली थी। उसका कतई मन नहीं था कि आज वह ऐसे प्रेस कांफ्रेंस में जाए जब उसका मन लंच पर मुलाकात में अटका हो।

एक पेशेवर की हैसियत से यथार्थ के कीचड़ को छानना अविधा को अच्छा लगता था। अपने जीवन के यथार्थ की बात और थी जो पिछले कुछ महीनों से उसके लिए असहनीय हो चला था। शंकाएँ उसे घेरे रहती थीं। पेड़ों की शाखों से झाँकते आकाश के नारंगी टुकड़ों में अविधा अपने खयालों के रंग तब तक घोलती रही जब

तक कि खुली धूप में धरती का सामना करने के सदमे से आसमान सहमकर फीका नहीं पड़ गया। उसने कचनार के नंगे दरख्त की ओर नज़र घुमाई, जिसकी हर शाख पर कलियों की फुंसियाँ जननक्षमता का ऐलान कर रही थीं। अविधा ने पेड़ के नीचे धरती को न देखने की पुरज़ोर कोशिश की जहाँ तीन बच्चे नित्यकर्म में लगे थे। छि: ! जल्दी से उसने मुँह मोड़ लिया और फिर एक बार कुछ गमले खरीदने की ठानी ताकि छत पर देखने को कुछ तो रंग हो। आज उसे रंग की सख्त ज़रूरत महसूस हो रही थी।

चार महीनों से उसके संग फ्लैट में रह रही सुगुणा ने, उनींदी आँखों का आलस जम्हाई के रास्ते भगाती छत पर निकल, सुबह की इन असाधारण घटनाओं को देखा तो उसे यकीन हो गया कि आज कुछ नया होकर रहेगा। अविधा के आत्मनिर्भरता और आज़ादी के दावे खुद चाय बनाने जैसे सांसारिक स्तंभों पर तो कभी आश्रित नहीं थे, आज क्या खास बात हो गई ? हो न हो, इसका ताल्लुक उस आदमी से है जिसे अविधा सबसे छिपाकर दराज में ताले में बंद रखती है, सुगुणा ने सोचा।

'दुनिया कितनी दिलचस्प है न ?' अविधा चहकी।

सुगुणा की व्यावहारिक आँखों में दुनिया वैसी ही थी, जैसी कल रात उनके बिस्तर में घुसते समय थी। दिन वैसे ही थे जैसे फरवरी के महीने में होने चाहिए न इधर न उधर। दिन गर्मा रहे थे मगर बेमन, रातें अभी सर्द थीं मगर ज़रा-ज़रा। सूरज अभी तक अपनी दहकती अभद्रता पर शिफॉन का आँचल लपेटे था। बिजली गुल होने का सिलसिला चालू नहीं हुआ था और धरना प्रदर्शनों का थमा नहीं था। हवा में धूल अभी नहीं थी, कैलेंडुला पशोपेश में थे कि कलियों को खोले या नहीं, पिटुनिया उनकी दुविधा पर खिलखिलाकर हँस रहे थे। शक्कर खोरा भी बौराया-सा था, सर्दियों की हरी शॉल उसने उतार फेंकी थी। अभी जामुनी रंग अपने पंखों पर मला नहीं था और क्रमिक विकास के फंदे में फँसी आत्मा-सा भटक रहा था। चुनावी वर्ष में शासक दल के असाधारण बहुमत ने सरकार को अस्थिर करके साबित कर दिया था कि अत्यधिक होने पर हर गुण अपने विपरीत में परिवर्तित हो जाता है। महाललकारी शासक दल की ही पाँतों से उठा और इतने चौड़े पाजामों में देश पर मँडराने लगा था कि जिससे तीन जोड़े कपड़े बन जाएँ। वह दक्षिणपंथी और वामपंथी दलों के स्थायी रूप से प्रतिरोधी विचारधाराओं की पार्टियों की असमान बैसाखियों पर हौले-हौले कदम बढ़ा रहा था। तर्कशक्ति की धार कुंद करने को आस्था उस पर प्रहार करती बौद्धिक आलस और क्षुद्र स्वार्थों को लुभाने में लगी थी। वक्त उलझन भरा भी था, उम्मीद भरा भी।

सुगुणा ने सहमति में सिर हिलाया।

अविधा को खोजे ऐसी साथी न मिलती जो उसके मामलों में कभी दखल तो देती ही नहीं थी, हर तरह से उसकी सुविधा और आराम के अनुकूल भी थी। घर के सारे इन्तज़ाम सुगुणा ने सँभाल रखे थे, काले बाज़ार से गैस का सिलिंडर

और हल्दी, नमक, मिर्च, जीरा, धनिया खत्म होने से पहले खरीद लेने से लेकर अँधेरी रातों के लिए मोमबत्तियाँ और उनके टुकड़े तक बटोरकर रखा करती थी वह कि बिजली गायब हो तो भी घर रौशन रहे। स्वाभाविक जिज्ञासा का तो उसमें इतना अभाव था कि अविधा अक्सर सोचने लगती कि वह पत्रकार कैसे और क्यों बनी।

'आज मैं सीपी जा रही हूँ...' अविधा ने नाश्ता करते हुए उससे कहा।

'उस पार्टी की प्रेस कॉन्फ्रेंस क्या कनॉट प्लेस में कहीं...'

सुगुणा का सवाल पूरा होने से पहले ही अविधा प्लेट खिसकाकर उठ खड़ी हुई और बोली, 'अरे नहीं, वह तो प्रेस क्लब में है। मुझे किसी से मिलना है लंच पर। यह प्रेस कॉन्फ्रेंस भी आज ही होनी थी, ब्लडी फासिस्ट्स! मेरा तो खून खौलने लगता है इनका नाम सुनकर।'

प्रेस कॉन्फ्रेंस में आपा खो बैठने के लिए अविधा मशहूर थी। बहुत-से सहकर्मी तो यह नज़ारा देखने के लिए वहाँ भीड़ लगा बैठते थे जहाँ अविधा के किसी प्रतिकूल विचार वालों से उलझने की संभावना हो। वे उसके उत्तेजित बहसों से बासी खबर के लिए नए कोणों का छौंक हासिल करते और पीठ पीछे उसकी खिल्ली उड़ाया करते थे।

अविधा ने बड़े जतन से कपड़े छाँटे। नीली टॉप, लाल स्कार्फ, काली पैंट, नीले चमड़े की वह खूबसूरत जैकेट जो उसके भाई ने कैनडा से भेजी थी और जो इस मौसम के लिए बेहद गर्म थी। मगर उस पर ये कपड़े फबते थे और ज़रा सी बेआरामी का क्या है, वह तो झेली जा सकती थी। अविधा के मन में आत्मविश्वास के पैर उखाड़ती पुरानी कामनाओं की भीड़ जुट आई। काश, बाल कुछ और चमकीले होते! होंठ इतने भरे हुए न होते, कमर ही कुछ पतली होती! उसकी कल्पनाओं में ऐसी इकहरी आकृतियाँ लहराने लगीं जो कनॉट प्लेस में खरीदारी करने निकलती अपने पीछे गुलाब-से महकते बादल छोड़ती जातीं। वह देखेगा ज़रूर काँच-सी नाजुक देहयष्टि वाली उन अप्सराओं को, उसने सोचा और अपने बिखरे बालों में कंघी गढ़ा ली। कितनी भी फुर्ती से ब्रश चला ले, उनमें वह लहरें नहीं उठती थीं कि उसके विचित्र आकार के सिर को ढँक सके। शंख-सा दिखता था उसका सिर, पीछे को दौड़ता मानो दिमाग खोपड़ी से बाहर बहने को आतुर हो। कितना ही ब्रश क्यों न करे, उसके बालों में उन्मुक्तता का उछाल आ ही नहीं पा रहा था। होंठ भी थोड़े और पतले होते क्या बिगड़ जाता? सिर्फ आशाओं की खुशी से जगमगाती आँखें उसे अनिंद्य लग रही थीं मानो उसने किसी और के चेहरे से दिन भर के लिए उन्हें उधार लिया हो! कमबख्त आईना उसके उभरते आत्मविश्वास को खंडित करने लगा।

एकाएक अपने गहरे रंग की सुंदर मुखाकृति से उसे चिढ़ हो गई। अपने तीखे नयन-नक्श नाकाफी लगने लगे। आज जिस मूड की ज़रूरत थी, वह हाथ नहीं आ

रहा था। जो भी उसे चाहिए था, वह उसे मिला था या उसने हासिल किया था, तो भी यह बेकाबू मन:स्थिति सँभाले क्यों नहीं सँभलती थी? यह ट्रेजडी उसकी समझ से बाहर थी।

वह जब प्रेस कॉन्फ्रेंस में पहुँची, विपक्षी पार्टी की नेता अपने एक चमचे के हाथ से माइक लेकर सरकार के जुल्मोसितम के खिलाफ शिकायत का लंबा राग छेड़ चुकी थी। दल की राष्ट्रीय नेता दिल्ली में अपने एक अब तक के अनजान नेता की गिरफ्तारी की निंदा कर रही थीं। माइक पर नेता कह रही थीं कि संतों और भक्तों से दुर्व्यवहार हो रहा है, उनकी अभिव्यक्ति की स्वतंत्रता कुचली जा रही है। अविधा तय करके आई थी कि मन किया तो एक सवाल पूछकर खिसक लेगी। शक्ल दिखाना ज़रूरी था सो आ गई थी और बेसब्री से इस नेता के भाषण के अंत की प्रतीक्षा कर रही थी कि बीच भाषण उठकर जाने की बदतमीजी वह करना नहीं चाहती थी। प्रश्न पूछने के लिए सबसे पहले उठे हाथों में उसी का सबसे ऊँचा था।

'श्रीमती विंध्या देवी,' अविधा ने कुर्सी से उठकर सवाल पूछना शुरू ही किया था कि मंच पर से किसी ने राय दी कि वह नेता का नाम न ले, उन्हें 'राजमाता' कहकर संबोधित करे।

'क्यों?' अविधा ने गुस्से से पूछा। 'इस देश में कोई राजा-रानी नहीं है।'

'राजमाता' कहकर बात करें,' नेता के एक और समर्थक ने कहा।

मंच के पास से कुछ समर्थक आकर अविधा के इर्द-गिर्द खड़े हो गए। असहज होकर अविधा ने कमरे में नज़र घुमाई मगर उसके सहकर्मी रिपोर्टर उससे आँख मिलाने से बच रहे थे।

खुद को आक्रामक तेवरों से घिरा पाकर अविधा की विद्रोही प्रकृति जाग उठी।

'श्रीमती विंध्या देवी, जब आप मेरे इस अधिकार को मान्यता नहीं देतीं कि मैं आपको आपके नाम से संबोधित कर सकूँ तो किस बलबूते अपनी पार्टी के सदस्यों के लिए संवैधानिक अधिकारों की माँग कर रही हैं आप?' अविधा ने ऊँची आवाज़ में पूछा।

कमरे में खलबली मच गई। समर्थकों की टोलियों ने चिल्लाना शुरू कर दिया कि प्रेस वाले 'राजमाता को उचित सम्मान दे।'

स्वयं नेता ने होंठ भींच लिये और दंभ से चेहरा घुमाकर दरवाज़े को ताकने लगीं।

निर्भीक अविधा ने दो बार जवाब माँगा और फिर एक और सवाल दाग दिया!

'क्या यह गिरफ्तारी गैरकानूनी है? क्या किसी कानूनी प्राविधान की अनदेखी हुई है? अगर ऐसा है तो क्या आप उच्च न्यायालय का दरवाज़ा खटखटाएँगी?'

सवाल इतना महत्त्वपूर्ण था कि नेता उसे अनसुना नहीं कर सकती थीं। उन्होंने अविधा की ओर चेहरा घुमाया और बड़े साफ शब्दों में बोलीं, 'आस्था कानून से ऊपर है। यह बात आपको समझ में क्यों नहीं आती? हमारा अभियान प्रार्थना की तरह है और प्रार्थना में कोई बाधा उपस्थित नहीं करनी चाहिए। कानून और इतिहास, कुछ भी आस्था से ऊपर नहीं है।' वे इसी रौ में भाषण देती रहीं। अविधा के सवाल का जवाब तो दिया नहीं गया था, दिया जाने वाला भी नहीं है, यह साफ था।

अविधा को जो जानना था, वह मिल गया था और वह निकलने को उठ खड़ी हुई। एक कनिष्ठ नेता ने उसका मार्ग रोककर उसका कार्ड माँगा जो उसने पर्स से निकालकर उसे थमा दिया।

'आपको बात करने की तमीज नहीं है। मैं आपके संपादक को फोन करूँगा,' उस नेता ने कहा।

'ज़रूर कीजिएगा। मुझे अपना नंबर दीजिए, मैं याद दिला दूँगी,' अविधा ने तमककर कहा और चल दी।

गुस्से में तमतमाती वह कनॉट प्लेस तक पैदल ही गई और सारे रास्ते अपने सहकर्मियों की दास मानसिकता और सुविधापरस्ती पर सोचती रही जिसके चलते एक आदमी सरेआम प्रेस कॉन्फ्रेंस में उसे धमकाने की हिमाकत कर सका था। सत्ता की दावेदार पार्टी कानून के शासन पर ऐसी आपत्ति जता रही थी और किसी रिपोर्टर में उस पर सवालिया निशान लगाना तो दूर, सवाल करने वाले का साथ देने का भी साहस नहीं था।

नियत समय से पाँच मिनट पहले वह रेस्तराँ में पहुँच गई। अविधा जानती थी कि वह आदतन देर से ही आएगा मगर मन में एक दबी-सी आशा थी कि शायद आज जल्दी पहुँचकर वह उसे चकित कर दे। लॉबी में उसने बालों में कंघी फिराई और अपना पर्स खिन्न भाव से झुलाती तहखाने की सीढ़ियाँ उतरने लगी जहाँ रेस्तराँ था। प्रशांत यों तो बेहद शिष्ट व्यक्ति था, पुराने ज़माने के अंग्रेज़ों की तरह किसी भी महिला के आने पर कुर्सी से उठ जाता, दरवाज़ा खोलकर पहले महिला के गुज़रने का इन्तज़ार करता मगर समय के मामले में जाने उसकी ये आदतें कहाँ लोप हो जाती थीं। रेस्तराँ में जगह-जगह रोशनी के पुंज अँधेरे को ही उजागर करने के लिए सजाए गए थे। प्रेमियों को वर्जित नज़दीकियों के लिए ऐसे अश्लील आमंत्रण के बीच बिखरी मेज़-कुर्सियों से टकराने से बचती उसने एक मेज़ चुनी और इन्तज़ार करने बैठ गई। पाँच मिनट, दस मिनट और पंद्रह मिनट गुज़र गए तो उसे गुस्सा आने लगा। दोपहर के अप्वाइंटमेंट को टाला जा सकता है या नहीं, इस चिंता ने आ घेरा। प्रशांत के हमेशा ही इस तरह देर से आने की आदत को अविधा अब एक प्रेमी की ज़्यादती और सत्ता का दुरुपयोग मानने लगी थी क्योंकि वह जानता था कि वह कितनी देर से क्यों न आए, वह इन्तज़ार करेगी।

एक वेटर ने आकर उससे पूछा कि क्या वही है जो 'प्रशांत साहब' का इन्तज़ार कर रही है? 'साहब' ने रेस्तराँ में फोन करके कहा है कि उन्हें देर हो जाएगी इसलिए वह खाने का ऑर्डर दे दे। अविधा का चेहरा तमतमा गया। उसे उठकर चल देना चाहिए। तभी पेट में डाह की लपट धधकी। कितनी औरतों को यहाँ लाकर मेज़ के नीचे उनकी सुडौल टाँगें सहलाया करता है प्रशांत? वेटर बात तो ऐसे कर रहा है मानो उसे बहुत अच्छे से जानता हो! उसने मेन्यू खींचा, उसे गौर से पढ़ने का नाटक करते हुए मुँह में अटकी साँस निगली और खाने का ऑर्डर दे दिया। बैग से नोटबुक निकालकर उसे पढ़ने का अभिनय करने लगी हालाँकि उसे एक शब्द भी दिखाई नहीं दे रहा था।

अविधा ने कनखियों से उसे रेस्तराँ में आकर ज़रा रुककर आँखों को अँधेरे के अनुरूप ढालने की कोशिश करते देखा। जैसे ही प्रशांत की निगाहों ने उसे खोज लिया, अविधा ने मुँह मोड़ लिया।

'सॉरी, सॉरी! ऐन वक्त पर बॉस ने बुला लिया यार,' प्रशांत ने हाथ बढ़ाते हुए कहा। उससे हाथ मिलाकर वह कुछ देर उसका हाथ थामे रहा फिर हल्के से दबाकर छोड़ते हुए कहा, 'मुस्कुरा तो दो!'

अविधा का चेहरा दमक उठा। उसने फौरन पूछ लिया कि क्या वह अक्सर इस रेस्तराँ में आया करता है? मगर प्रशांत वेटर को इशारे से बुलाने में लगा था जो जल्दी ही ट्रे में लिम्का लेकर हाज़िर हो गया। तो उसे 'साहब' का पसंदीदा पेय भी मालूम है!

अविधा के चेहरे पर बादल घुमड़ आए। 'तुम मुझे ज़रा-ज़रा-सी बातें भी बता नहीं सकते?' उसने पूछा।

'जैसे क्या? मैं देर से क्यों आया? बताया तो। जानती भी हो, संसद का सत्र चल रहा है कितना काम है। फिर भी वक्त निकाला मैंने,' प्रशांत उसके रुख से नाराज़ होकर बोला।

'पिछले हफ्ते कहाँ थे? तीन दिन बाहर थे तुम', अविधा अपनी शिकायत पर अड़ी रही। अपने अधिकारों को रेखांकित करने का वक्त आ गया था।

'लखनऊ,' प्रशांत ने कहा।

'क्यों?' अविधा ने पूछा।

वह इन्तज़ार करती रही मगर प्रशांत ने सवाल का जवाब नहीं दिया। अविधा के पुराने गिले सिर उठाने लगे। इतनी गोपनीयता? प्रशांत तो मामूली बातें भी ऐसे छिपाता था मानो कोई अधिकारिक फाइल हो, अति गोपनीय!

'मैं बताती हूँ, तुम क्यों गए थे। वहाँ तुम्हारी प्रेमिका है और तुम उसके पास गए थे,' अविधा ने भिंचे दाँतों के बीच से फुफकारकर कहा।

गिलास में लिम्का उँडेलकर उसने अविधा की ओर खिसकाया, अपना गिलास उठाया, कुर्सी कुछ पीछे खिसकाई और एक घूँट भरने के बाद ही बोला। एक शब्द। 'नहीं'।

उसके इनकार से अविधा की असुरक्षा की भावना दब गई।

'एक नहीं तीन, प्रेमिकाएँ हैं मेरी वहाँ, इसलिए तीन दिनों के लिए गया था,' प्रशांत कहे जा रहा था।

अविधा हँसने लगी। सच होता तो वह ऐसा कतई नहीं कहता।

'तुम परपीड़क हो,' अविधा ने कहा।

'ओह! सच! तो तुम मुझे प्यार क्यों करती हो?'

'क्योंकि मैं आत्मपीड़क हूँ। मुझे खुद को दुख देने में मज़ा आता है।'

'तुम पागल हो,' वह हँस दिया।

वह हमेशा यही कहा करता था उसके बारे में और वह खुद भी मानने लगी थी कि उसके लिए उसका यह स्वनाशी आवेश किसी किस्म की विक्षिप्तता ही होगा। हो न हो, इसे ही उर्दू शायरी में दीवानगी कहते होंगे, वरना इस भूख को क्या कहा जाए जो वह प्रशांत के लिए महसूस करती थी, कि वह उसे पूरा लील जाना चाहती थी; उसका तन, मन, उसकी आत्मा की स्वामिनी बनना चाहती थी जबकि वह जानती थी कि इस रिश्ते में कब्ज़ा ज़माने की कोई गुंजाइश नहीं थी। उसका सर्वस्व, उसके अतीत की स्मृतियों तक को भी हथियाने की अपनी इस तीव्र इच्छा से वह खुद नफरत करती थी, इसी पागलपन के कारण वह अपनी सबसे प्यारी सहेली से दूर भागने लगी थी। जानती थी, वह जितना ही उसका सब कुछ पाने की ज़िद करेगी, उतना ही वह दूर भागेगा।

'पिछले हफ्ते मैं लखनऊ के बहुत नज़दीक थी,' अविधा ने कहा। आसपास के तीन कस्बों में उस नेता की जनसभाओं में गई थी जो शासक दल का ही कटा हुआ अंग था और उसके लिए सबसे बड़ी चुनौती बनकर उभर रहा था। अखबार वाले अब उसे महाललकारी कहने लगे थे।

प्रशांत चुप रहा।

'हम मिल सकते थे,' अविधा ने कहा।

प्रशांत ने नज़र भी नहीं उठाई उसकी ओर। वह लिम्का पीता रहा। कोई ग़म नहीं था उसे कि ऐसा सुनहरा मौका हाथ से निकल गया। अब अविधा को लगने लगा कि ज़रूर वह किसी और के साथ वहाँ था। उसकी आँखें छलछला आईं।

'तुम ज़रा-ज़रा-सी बात का बतंगड़ क्यों बनाती हो?' प्रशांत ने मेज़ पर कुहनियाँ टिकाकर उसकी पलकों पर टिकी नमी को देखते हुए पूछा।

'इसलिए कि मैं मैं हूँ,' अविधा ने कुछ देर बाद कहा। 'जानते हो, आने से पहले मैंने आज क्या किया? बहुत-से लोग कहेंगे कि मैंने राई का पहाड़ बना दिया।' अविधा ने उसे प्रेस कॉन्फ्रेंस में अपनी झड़प की कहानी सुनाई।

'अरे, इससे क्या फर्क पड़ता है कि उसे क्या कहकर बुलाया जाए?' प्रशांत को लगता था कि अविधा के विचार कुछ ज़्यादा ही उग्र थे।

'ऐसे पुराने सामंती खिताब इस्तेमाल करना मेरे बस का नहीं है। यह पूरी तरह असंवैधानिक है,' अविधा ने अपनी बात खत्म करते हुए कहा।

'अनुचित है,' प्रशांत ने उसके असंवैधानिकता के दावे को नर्मी से सुधारते हुए कहा।

अविधा को बातचीत पसंद नहीं आ रही थी। वह तो सोचकर आई थी कि अंतरंग बातें होंगी। उसने महसूस किया कि अब उनमें सहमतियाँ कम होती थीं और उसकी तेज़ ज़बान और तीखी टिप्पणी के जिस कौशल को प्रशांत काबिले-तारीफ समझा करता था, अब वही उसे अखरने लगा था।

वेटर खाना ले आया था और मेज़ पर प्लेट और डोंगे लगाने लगा। वह चला गया तो अविधा ने बात बदलने के लिए कहा, 'वैसे मुझे न, तुमसे कुछ जानकारी चाहिए थी...'

'माफ करना। मैं नहीं बताऊँगा। बिलकुल नहीं। अव्वल तो मैं जानता नहीं। और जानता भी होता तो नहीं बताता। सरकार ने कुछ बातें अगर गुप्त रखी हैं तो उसकी कुछ वजह होगी।'

अविधा ने चकित होकर उसे गौर से देखा। अभी तो उसने बताया भी नहीं था, वह क्या जानकारी चाहती है।

'क्या सोचते हो? मैं क्या पूछने जा रही थी?'

'वही, आईसीएमआर की रिपोर्ट और क्या? कभी भूलने देती हो मुझे?'

आज दोपहर अविधा को एक सरकारी अस्पताल के डॉक्टर से मिलना था जिसकी शिकायत थी कि खादी की खुरदुरी चादरों के कारण उसके बर्न्स वॉर्ड में भरती होने वाले मरीजों को बहुत कष्ट सहना पड़ता है। जले हुए लोगों की मांसपेशियों में इन चादरों के रेशे धँस जाते थे।

'अस्पताल पोलिएस्टर की चादरें क्यों नहीं खरीद सकता? इसमें भी क्या कोई देशप्रेम का सवाल होता है?' डॉक्टर ने खीजकर उससे पूछा था। वह क्रय नीति पर प्रशांत से जानकारी चाहती थी मगर पहली बार खुद प्रशांत ने भोपाल त्रासदी का ज़िक्र किया था। वह मौका नहीं चूकना चाहती थी।

'तो सरकार की गोपनीयता की वजह क्या है? कम-से-कम इतना तो बता सकते हो,' उसने कहा।

अब वेटर रोटियाँ ले आया था। उसने रोगन जोश की हाँडी का ढक्कन खोला और खाना परोसने ही वाला था कि प्रशांत ने इशारे से उसे जाने को कह दिया।

'जानकारी ग़लत हाथों में पड़ सकती है, उसका दुरुपयोग हो सकता है,' उसने कहा।

'तुम सचमुच जनता पर विश्वास नहीं करते न? फैक्टरी के भीतर कितना खतरनाक रसायन भरा पड़ा था, इसकी जानकारी सरकार को थी न, फिर इस हरामजादी सरकार ने क्या किया? अपना धड़ भरने के लिए जानकारी का सदुपयोग किया।'

प्रशांत को मुँह खोलता देख हाथ उठाकर अविधा ने उसे चुप रहने का संकेत करते हुए कहा, 'सरकार चाहती तो इस त्रासदी को रोक सकती थी। उसने अपना काम किया होता तो यह सब होता ही नहीं। अब सरकार लोगों की सेहत पर हुए असर पर शोध कर रही है मगर उन्हीं को नहीं बताएगी कि उसे क्या जानकारी मिली है। उनकी सेहत, उनकी बीमारी, उनके अजन्मे बच्चों पर इसका क्या असर होगा, सारी जानकारियाँ बटोरकर उसने ताले में रिपोर्ट बंद कर दी। वाह! कहीं इस जानकारी का असर उन लोगों के इलाज पर न हो जाए। है न? क्या ज़िम्मेदाराना रुख है सरकार का! कहीं जनता को अपनी ही बीमारियों का पता लग गया तो वह समुचित इलाज की ज़िद पर न अड़ जाए। क्या बात है!' उसने कटाक्ष किया। उसका पारा चढ़ने लगा।

प्रशांत चुपचाप डोंगे में से पसंदीदा बोटियाँ चुन-चुनकर अपनी प्लेट में परोसता रहा।

अविधा भड़क उठी। 'मगर जैसा कि तुमने कहा, जनता पर भरोसा नहीं किया जा सकता। सिर्फ अफसर ही तो देशभक्त होते हैं।'

एकाएक प्रशांत हँसने लगा। 'तुम कितना बौरा गई हो! गैस लीक में सरकार का भी कसूर था, इससे कौन इनकार कर सकता है? तुम्हें क्या लगता है जो गैस पीड़ित हैं, वे आईसीएमआर की रिपोर्ट पढ़ेंगे? उन्हें तो शायद तुम भी पूरा नहीं पढ़ पाओगी। उन्हें तो पढ़ेंगे कार्बाइड के लोग। समझा करो, उनको गुप्त रखना ज़रूरी है।' अविश्वास से सिर हिलाते हुए उसने तर्जनी से अपनी कनपटी थपथपाते हुए कहा, 'इतनी नादान न बनो। दिमाग इस्तेमाल करो, अच्छा खासा दिमाग है तुम्हारा।'

'आई लव यू,' अविधा ने कहा।

प्रशांत का भावहीन चेहरा चटख कर नाजुक लकीरों का जाल बन गया और आँखों में झलकी खुशी की रोशनी में सराबोर हो शरमाया-सा लगने लगा।

'चलो, अगले हफ्ते कहीं बाहर चलते हैं,' प्रशांत ने कहा। 'शनिवार को नहीं, जैसा हम किया करते हैं। किसी और दिन। तब होटलों में भीड़ भी कम होती है।'

'ओह! फिर बेचारी संसद कैसे काम करेगी? उसमें पूछे जा रहे प्रलयंकारी प्रश्नों के उत्तर कौन तैयार करेगा, अधिकारी महोदय?' अविधा ने बनावटी आश्चर्य से आँखें गोल करते हुए पूछा।

'जनता के अधिकारों से ऊपर है आपका हक, मेमसाहब,' प्रशांत ने उसी सुर में जवाब दिया। 'आपको आपत्ति हो तो बात और है।' उसने अपनी आँखें अविधा के जैकेट के भीतर के उभारों पर टिका दीं।

अविधा ने निगाहें झुका लीं, वह प्लेट को घूरने लगी। अब उससे एक निवाला भी निगला नहीं जा रहा था।

अगले हफ्ते बाहर जाना उसके लिए आसान नहीं था। वक्त ऐसा था कि रिपोर्टर शादियाँ टाल रहे थे, गर्भपात कराने को तैयार थे, कि महाललकारी के कारवाँ की

खबरें देकर सुर्खियों में बने रह सकें। यह समय छुट्टी लेकर संपादकों को नाराज़ करने का नहीं था। मगर कितना भी प्रतिबद्ध रिपोर्टर हो, फ्लू तो उसे भी हो ही सकता है। अविधा ने ठंडी साँस ली। अगले हफ्ते उसे बुखार होगा, यह तय था। अभी से हरारत महसूस होने लगी।

अपनी गाड़ी तक अविधा के साथ जाते हुए प्रशांत ने पूछा, 'तुम साड़ी नहीं पहन सकती थीं?'

इस सवाल में छिपी शिकायत से अविधा को झुरझुरी-सी उठ गई। पहनी होती तो गाड़ी में होती आँचल के नीचे प्रशांत की मचलती उँगलियाँ। अच्छा हुआ, साड़ी नहीं पहनी वरना कौन जाने अगले हफ्ते बाहर जाने का प्रस्ताव ही न आता।

'काम पर मत जाओ। चलो, तुम्हारे घर चलते हैं,' प्रशांत ने कहा।

अविधा को उसे बताना पड़ा कि कैसी खुर्राट-सी मकान मालकिन है उसकी, हर आने-जानेवाले पर नज़र रखती है, और कौन जाने बगिया में या सड़क किनारे ही इस वक्त धूप सेंक रही हो! उसकी तेज़ निगाहों से बचना आसान नहीं था।

'क्या बोर बुढ़िया है,' प्रशांत ने कहा मगर न उसके स्वर में निराशा थी, न माथे पर शिकन।

अविधा की मुस्कान फीकी पड़ गई। प्रशांत के इस धीर गंभीर स्वभाव से उसे बहुत परेशानी होती थी। वह तथ्यों को निर्विकार भाव से स्वीकार करता था, कभी उनसे टकराने की कोशिश नहीं करता था। एक समय था जब यही अविधा को उसकी परिपक्वता का लक्षण लगता था, उसे अपनी ओर खींचता था मगर अब यही उसे अखरने लगा था। वह प्रशांत में बेचैनी तलाशने लगी थी।

'मुझे पता था, मैं कुछ-न-कुछ भूल जाऊँगी। अवि, मेरी प्यारी अवि, बाज़ार से इमली तो ले आना ज़रा। विनीता कह रही थी कि उसे सारू चाहिए ज़रूर,' सुगुणा ने देर शाम अविधा के लिए दरवाज़ा खोलते ही कहा।

मेज़ पर गोभी, मटर, आलू और टमाटर देखकर अविधा हैरान हो गई। सुगुणा कभी खाने की इतनी चीज़ें नहीं बनाती थी। आज तो मछली भी खरीदी गई थी।

'ओहो, तो आज दावत हो रही है!' अविधा ने बैग कुर्सी पर रखते हुए कहा।

'मुक्ता का फोन आया था, पूछ रही थी, आ सकते हैं क्या। कब तक टालेंगे उन्हें। मैं तो तेरे दफ्तर भी गई थी बताने मगर तू थी ही नहीं।'

दोनों के दफ्तर एक ही इमारत के गलियारे में आमने सामने ही थे।

'कोई बात नहीं,' अविधा ने कहा और पोलिथिन में लिपटी मछली को उठाकर रसोई की ओर चल दी कि उसकी गंध कमरों में न बस जाए।

वापस कमरे में आकर उसने सुगुणा से कहा, 'यार, सिर्फ वही दोनो होंगी तो हम तो बोरियत से मर ही जाएँगे। विनीता तो गधी से भी ज़्यादा बेवकूफ है और

मुक्ता? वह तो तभी हँसना भूल गई थी जब उसकी आत्मा पुनर्जन्म का इन्तज़ार कर रही थी। बहुत इन्तज़ार करना पड़ा होगा शायद। बेचारी!'

'इतना कमीनापन भी मत कर,' सुगुणा अपनी हँसी नहीं रोक सकी। 'तेरी निर्मला से लड़ाई हो गई है क्या? महीनों से उसे नहीं देखा। नहीं तो उसे ही बुला लेते।'

आज की शाम सहेलियों के साथ बिताने का खयाल अविधा को रास नहीं आ रहा था। आज वह उस चादर पर कढ़ाई करना चाहती थी जिसे वह छह महीनों से तैयार कर रही थी, ताकि अपने साथ अगले हफ्ते ले जा सके।

'मैं तो समझती थी, तुझे निर्मला पसंद नहीं है,' अविधा ने जैकेट उतारकर अंगड़ाई ली।

'उसके विचार तो कुछ अतिवादी हैं, मगर ठीक है, मुझे वह बुरी नहीं लगती,' सुगुणा ने कहा और मटर छीलने लगी।

अविधा ने बैग से सिगरेट निकालकर जला ली और कहा, 'यह तो सच है। मैंने बताया था न, कैसे उसने पत्रकारों के बारे में जाने क्या-क्या अनाप-शनाप कहा था। तभी से हमारी बातचीत बंद है।'

'हाँ! और तूने उसका बुरा मान लिया? तू कब से अपने पेशे की मुरीद हो गई? मुझे तो पता ही नहीं था,' सुगुणा ने हँसकर पूछा।

'चल, ज़िंटैक को बुला लेते हैं,' अविधा ने कहा।

बाज़ार से वह ज़िंटैक को फोन कर लेगी, उसने तय किया। अभी तक उनके घर में फोन नहीं था। पहले तो उन्होंने सोचा था कि फोन लगवाने की भाग-दौड़ करने की तकलीफ क्यों उठाए जब पता ही नहीं कब इस मकान को छोड़ना होगा! उनकी नौकरी ऐसी थी कि न सुबह जल्दी जाना, न शाम को जल्दी आना। मकान मालकिन की नज़रों में तो यह शरीफ लड़कियों के रंग-ढंग नहीं थे कि न जाने का ठिकाना न आने का क्या पता साल पूरा होने से पहले ही उन्हें चलता कर दे! शुरू-शुरू में सुगुणा ने मकान मालकिन की ताक-झाँक से तंग आकर कहा भी था—हम अपने माँ-बाप की पहरेदारी से छुटकारा पाने के लिए घर से निकलीं और मिल गई यह चौकीदारनी, मिसेज़ कपूर! उसने मकान मालकिन का नाम विद्रुप से ठीक उसी लहज़े में कहा था जिसमें वह खुद अपना नाम बताया करती थी 'कुछ समझ में नहीं आता कैसे गुजारा होगा यहाँ जब यह बैठी है हमारी हर खुशी का गला घोंटने के लिए।'

घर ठीक से सज़ा लिया और एक दूसरे की आदतों को जानकर सहज हो गई तब दोनों को लगने लगा कि मकान मालकिन इतनी बुरी भी नहीं थी, कभी-कभार सब्ज़ी या खीर भी दे जाती थी। हो सकता है, मकान बदलने पर कोई इससे भी ज़्यादा बड़ी खूसट मिल जाए! आखिर यह एक विधवा ही तो थी, अकेले रहती थी। अगर इसी को पटाकर रखा जाए तो शायद मकान बदलने की नौबत भी न

आए। वैसे भी फोन लगवाने में क्या हर्ज़ है, मकान बदला तो साथ चला जाएगा। आखिर सुगुणा ने फोन के लिए अर्ज़ी लगा दी थी और प्रेस कार्ड के बावजूद महीने भर से ज़्यादा हो गया था फोन लगने का इन्तज़ार करते।

बाज़ार में इमली और गुलाब जामुन खरीदने के बाद अविधा ने ज़िंटैक को फोन लगाया।

'अच्छा, आज घर घुसने की दावत दे रही हो, चुड़ैलो! मैंने तो सोचा था, कभी घर बुलाओगी ही नहीं।'

इतनी देर से बताने के लिए उलाहना भी दिया, फिर बताया कि उसे कुछ काम निपटाने हैं, देर से पहुँचेगी मगर आएगी ज़रूर।

अविधा पैसे देकर चलने को हुई कि मुड़कर उसने प्रशांत के घर का नंबर घुमा दिया। किसी स्त्री ने फोन उठाया और प्रशांत को बुलाकर फोन पकड़ा दिया।

'फोन किसने उठाया?' अविधा ने पूछा।

'अरे तुम फोन कर रही हो? कितने आश्चर्य की बात है। कहो, क्या बात है?' प्रशांत ने जवाब में कहा।

'तुम मेरे घर आना चाहते थे न? आ जाओ आज, मतलब अभी,' अविधा ने कहा।

'क्या तुम अकेली होओगी?' प्रशांत फुसफुसाया। 'तुम तो कहती थीं, मकान मालकिन ने कहा है, आदमी नहीं आ सकते।'

'वह तो है। मगर कुछ दोस्त आ रहे हैं। ऐसे सबके साथ ठीक है।'

'ओह! सॉरी। मगर यह तो ऐन मौके का बुलावा है। मुझे कहीं जाना है, हाँ? जाना है। किसी और दिन सही।'

अविधा ने फोन बंद होने की आवाज़ सुनी। उसे विश्वास ही नहीं हुआ कि उसने इतनी जल्दी फोन काट दिया। अगर वह अकेली होती घर में तो? तो क्या जहाँ भी जाना था, वहाँ न जाकर आ जाता?

अभी वे मेज़ पर तश्तरियाँ रख रही थीं कि उनके पहले अतिथि आ गए, हमेशा की तरह भृकुटियाँ ताने मुक्ता और घुटनों तक लंबे गुलाबी कार्डिगन पर कढ़े लाल फूलों में दमकती विनीता।

'ऐसे कपड़े तुम पर कितने फबते हैं,' सुगुणा ने प्यार से विनीता को गले लगाकर कहा। खुद वह कभी भी ऐसे कपड़े पहनने का साहस नहीं कर सकती थी।

लंबे लहराते केश, चमकती काली आँखों पर झालर-सी लहराती बरौनियाँ, कमान-सी तनी भौंहें, गंदुमी रंग, विनीता अद्‌भुत सुंदरी थी। इससे बढ़कर उसकी मिलनसारिता, उसका प्रेमिल स्वभाव अपने सौंदर्य से उत्पन्न ईर्ष्या की आग बुझाकर लोगों को मंत्रमुग्ध कर लेता था।

विनीता ने सुगुणा को एक पैकेट थमा दिया लाल गिफ्ट रैपिंग में लिपटा।

'हम न कुछ जल्दी निकल आए थे, कनॉट प्लेस में घूम रहे थे तो यह दिख गया। तुम दोनों के लिए ले लिया,' विनीता ने कहा।

उचित व्यवहार की उसकी धारणाएँ मुक्ता की बेफिक्र अनौपचारिक स्वभाव से इस हद तक टकराने लगी थीं कि अब वह हर औपचारिकता को स्वत:स्फूर्तता के रंग में रँगने की कला में निष्णात होने लगी थी।

'वह तो है, हम जान-बूझकर तो किसी के लिए कोई तोहफा कभी खरीदते नहीं,' मुक्ता विनीता की पोल खोलते हुए हलके से हँस दी।

सुगुणा पैकेट खोलने लगी तो मुक्ता ने मुँह फेर लिया। नारंगी चादरों पर हरे ऊँट! विनीता ही ऐसी चीज़ें पसंद कर सकती थी। वह अभी तक खफा थी कि उसने हल्के नीले रंग के सुफियाना चादर नहीं खरीदे थे।

'यह तो बहुत ही सुंदर है,' सुगुणा ने कहा। उसने मुक्ता की शर्मिंदगी भाँप ली थी। 'मैं तो अभी बिछा लूँगी।'

'सर्दियों में यह रंग कितने अच्छे लगते हैं न,' अविधा चहकी।

विनीता घर देखने लगी और उसकी सादगी से बहुत प्रभावित हुई। कमरे दो ही थे, दोनों के दरवाज़े छत की ओर खुलते थे और एक दरवाज़ा दोनों कमरों के बीच भी था। छोटे कमरे में लकडी की एक अलमारी, एक सँकरा बिस्तर और चटख रंगों में एक गद्देदार कुर्सी थीं। यह अविधा का कमरा था। बड़ा कमरा सुगुणा का था जो अविधा की ज़िद पर ही सुगुणा ने लिया था क्योंकि बड़े कमरे की साफ-सफाई अविधा के बस की नहीं थी। इसमें एक बहुत पुराना बुक शेल्फ था, नक्काशीदार लकड़ी का, जो कमरे को दो हिस्सों में बाँटता था। उसके पीछे था सुगुणा का चौड़ा पलंग और सामने थी एक मेज़ के गिर्द चार कुर्सियाँ। बुक शेल्फ अविधा के दादाजी का था और एंटीक था। चौकोर मेज़ पर गुलदान में तीन पीले गुलदावदी दहक रहे थे बिना किसी पत्ते की हरियाली का सहारा लिये। काँच की खूबसूरत जग के आसपास गिलास और एक नन्ही-सी काँच की कटोरी में कटे नींबू रखे थे।

सुगुणा उसे बरसाती के पीछे की तरफ रसोई दिखाने ले गई। अविधा के साथ सुगुणा जब से इस मकान में आई थी तभी से विनीता और उसके बीच गहरी दोस्ती हो गई थी। अपनी रसोई ठीक से चालू करने तक लगभग महीना भर दोनों दफ्तर के बाद पहले विनीता के घर जा धमकती थीं जहाँ बना-बनाया खाना और प्यार दोनों उनका इन्तज़ार कर रहे होते थे।

'बड़े शहरों में रसोइयाँ हमेशा छोटी क्यों होती हैं?' विनीता ने पूछा।

'शायद इसलिए कि हम इनमें ज़्यादा समय नहीं बिताते। सच बताऊँ तो मुझे पता नहीं।'

छत पर खुलने वाले दरवाज़े की घंटी बजी और अविधा उसे खोलने दौड़ गई। ज़िंटैक हाथ में कैक्टस का एक छोटा-सा गमला लिए तीर की तरह दाखिल हुई।

'कमीनियो, चार महीने हो गए घर बसाए और एक बार नहीं कहा, ज़िंटैक, आजा, खाना खा ले, चल नहीं तो एक गिलास दारू ही पी ले। विनी, कसम से, जब भी मैं तुझे देखती हूँ, तू तो और सुन्दर हो गई होती है।...हलो मुक्ता!' उसकी खनखनाती आवाज़ गूँजने लगी।

'ज़रा साँस ले ले, जानेमन,' सुगुणा ने कहा।

ज़िंटैक ऊर्जा का पुलिंदा-सी थी जिसकी आवाज़ में हँसी की गूँज बसती थी। बड़ी-बड़ी आँखें उसके चेहरे पर हावी थीं जिनकी पुतलियाँ कम ही कहीं ठहरती थीं। दुबली काया, छोटा कद। वह कोई भी रंग पहन लेती थी बिना परवाह किये कि उसके गहरे साँवले रंग पर वह फबेगा या नहीं मगर सब कुछ उस पर अच्छा ही लगता था और वह चीथड़ा भी राजकुमारियों के आत्मविश्वास से पहनती थी। ज़िंटैक खूबसूरत नहीं थी, उससे कहीं ज़्यादा कुछ थी। वह बेजोड़ थी, एकदम मौलिक। हमेशा लीक से हटकर कुछ करने को बेताब! किसी से उसे कभी ईर्ष्या नहीं होती थी और लड़ाई-झगड़ों से नफरत उसके डीएनए का हिस्सा थे। उसे दोस्त सामाजिक एंटेसिड कहने लगे थे और इसी तरह जाने कब उसका नाम ज़िंटैक पड़ गया था।

उसने कैक्टस अविधा को थमा दिया, एक गोल हरा कैक्टस जिसके ऊपर से नीचे तक बराबर की दूरी पर बने मेंढ़ों पर समान दूरी पर काँटों के ऐसे झुंड खुँस थे कि एकबारगी लगता था, मकड़ियाँ धूप से बचने के लिए उनसे चिपकी हों।

'काफी बूढ़ा कैक्टस है यह। जल्दी ही इसमें फूल खिलेगा,' ज़िंटैक ने कहा।

'तुम एक ही कैक्टस लाई हो?' विनीता ने भोलेपन से पूछा।

'हूँ, तुम्हें लगता है, इनमें झगड़ा होगा कि कौन इसे पानी दिया करेगा?'

'अगले साल दोनों अलग-अलग रहने लगीं तो कैक्टस किसको मिलेगा?' विनीता ने पूछा।

'लड़ने दो इन्हें। कम-से-कम मुझे पता तो चल जाएगा कि मेरा तोहफा इतना कीमती है,' ज़िंटैक ने कहा।

'मुक्ता चाहे तो अभी इसी वक्त प्रीनुप्शल एग्रीमेंट तैयार कर देगी,' सुगुणा ने बातचीत में दिलचस्पी दिखाई।

'तुम दोनों के बीच ऐसा कुछ है क्या? मेरा मतलब, तुम दोनों तो ऐसे नहीं... तुम तो सिर्फ फ्लैट में साथ हो न? जैसे मैं और विनी मकान शेयर करते हैं?' कहते-कहते मुक्ता की ज़बान लड़खड़ा गई।

एक असहज-सी चुप्पी छा गई। मुक्ता की यही आदत अविधा को नापसंद थी, वह मज़ाक भी समझ नहीं पाती थी, हर बात पर गंभीर टिप्पणी करने बैठ जाती थी।

'यार, गला सूख रहा है, जल्दी से तर नहीं हुआ तो मैं और हँस नहीं पाऊँगी,' ज़िंटैक ने कहा।

सुगुणा ने मुक्ता का हाथ पकड़ उसे मेज़ की तरफ ले जाते हुए कहा, 'मुझे मालूम है कि तुम्हें व्हिस्की पसंद है मगर हमने जिन लाकर रखी है, अगर मिसेज़ कपूर कहीं आ धमकी तो...'

'इसीलिए हमने जिन को डीकैंटर में डाल दिया है,' अविधा ने काँच की सुंदर सुराही की ओर इशारा किया। तब विनीता को पता चला कि जिसे वह पानी समझ रही थी, वह मदिरापान की सामग्री थी।

'और मुझे लगा, तुम बड़ी स्टाइलिश हो,' ज़िंटैक ने हँसी बिखेरते हुए कहा। 'शुरू करें या किसी का इन्तज़ार है? कोई बॉय फ्रेंड?'

'अरे यहाँ का नियम है, नो आदमी। जेलर का हुक्म है,' अविधा ने कहा और तीन गिलासों में जिन डालने लगी।

सुगुणा रसोई से विनीता के लिए नींबू के स्क्वाश की बोतल ले आई।

'आज़ादी की तलाश में तुम्हें यह मिला?' मुक्ता ने पूछा।

आज़ादी पर निरंतर बहस से विनीता थक चुकी थी। जब वह पहले-पहल भोपाल से यहाँ आई थी और उसने मुक्ता और उसके मित्रों की जीवनशैली देखी थी तो स्तंभित रह गई थी। मुक्ता को उसने भोपाल में भी चोरी-छिपे सिगरेट पीते देखा था मगर यहाँ तो कोई भी उसकी सहेली ऐसी न थी जो सिगरेट शराब न पीती हो। आदमी-औरत एक दूसरे के गले लगते, औरतें अंग्रेज़ी में गालियाँ बकती थीं। सब-के-सब ज़मीन पर दरियों पर पसरे, सिगरेट के धुएँ के गुबार उड़ाते जाने कौन कौन से विषयों पर लगातार चर्चा करते उलझते रहते थे। विनीता ने ही सोफा खरीदकर फर्श पर पड़ा बिस्तर उठा दिया था, दरियाँ हटा दी थीं और बेडरूम का दरवाज़ा बंद रखने लगी थी कि सबकी बेधड़क कहीं भी घुसे चले आने की आदत पर रोक लगा सके। मुक्ता के दोस्त कहने लगे कि उसका मकान अड्डे से घर बन गया था। मुक्ता असहज हो जाती, विनीता फूली नहीं समाती थी। वह इसे अपनी तारीफ समझती थी, दोस्त क्रूर हो सकते हैं इसकी तो वह कल्पना भी नहीं कर सकती थी।

'तुम लोग तो खूब आज़ाद हो। हमारे भोपाल में न लड़कियाँ ऐसे एक ही शहर में माँ-बाप से अलग नहीं रहतीं, ऐसे शराब-सिगरेट नहीं पी सकतीं। तुम तो जो चाहे करती हो,' विनीता ने कहा।

अविधा ने अपना गिलास उठाकर कहा, 'आज़ादी की भी लत होती है। जितनी मिले, उतनी ही और चाहिए होती है।'

'चीयर्स टू फ्रीडम इन जेल,' ज़िंटैक ने कहा।

सुगुणा और विनीता को गप लगाते देख अविधा सोचने लगी कि अच्छा ही हुआ, प्रशांत नहीं आया वरना इन दो सुंदरियों के होते वह उस पर नज़र भी न डालता। विनीता को तो सभी सुंदर मानते थे मगर सुगुणा का सौंदर्य कुछ अलग ही तरह का था। गौर से देखने पर उसका हर नक्श कुछ टेढ़ा-सा दिखता था। एक भौंह कुछ ज़्यादा चढ़ी हुई थी, होंठों के किनारे ऊपर की ओर मुड़े लगते थे मानो हर वक्त

मुस्कुराने की मजबूरी ने उन्हें मरोड़ दिया हो! इसी तरह उसका बायाँ कंधा भी पल्लू का बोझ सँभालते झुक-सा गया था। उसके भी बाल लंबे थे मगर वह हमेशा उन्हें एक ढीली चोटी में बाँधे रखती थी। उसके इन असंतुलित लक्षणों में गजब का संतुलन था। एक अधूरी कलाकृति की कशिश थी।

अविधा सोचने लगी प्रशांत के बारे में : कहाँ होगा वह इस समय और किसके साथ होगा? अचानक यहाँ प्रकट हो गया तो वह क्या करेगी? सबको भूलकर बाँहें फैलाकर उसकी ओर दौड़ पड़ेगी?

मुक्ता गंभीर स्वर में बोले जा रही थी 'तीन महीने हो गए सुप्रीम कोर्ट को भोपाल के मामले पर रोज़ सुनवाई करते और अभी भी नहीं पता, फैसला कब हो पाएगा।'

अविधा ने अपनी कल्पनाओं को झटकने की कोशिश करते हुए उसे देखा। क्या कह रही थी मुक्ता? हमेशा एक गंभीर वकील क्यों बनी रहती थी? कभी गंभीर आंदोलनकारी के बंधनों को खोलकर हँसती क्यों नहीं, बालों को हवा में लहराने क्यों नहीं देती? फिर उसके गर्दन से भी ऊपर कटे बालों को देखकर उसने सोचा, यहाँ बाल हों तो न उन्हें हवा लगने दे। उसे हँसी आ गई।

'तुम्हें लगता है यह मज़ाक है? शायद हो भी। लेकिन बहुत ज़रूरी है कि कार्बाइड जिस तरह केस को खींचने के हथकंडे अपना रहा है, उनका कोई तोड़ ढूँढ़ा जाए,' मुक्ता ने अविधा को हँसते देख कहा।

अविधा शर्मसार हो आई। भोपाल के प्रभावितों के इंसाफ की लड़ाई से वह शुरू से जुड़ी थी। उसी अभियान में मुक्ता से उसकी दोस्ती हुई थी। जिस दिन भोपाल की निचली अदालत ने कार्बाइड को आदेश दिया था कि गैस पीड़ितों को केस के अंतिम निर्णय से पहले अंतरिम राहत के तौर पर मुआवज़ा दे दे, उस दिन उन्होंने जीत का बड़ा जश्न मनाया था; तब भी मुक्ता कहती रही थी, यह जीत नहीं है अभी, कार्बाइड अपील करेगा, मुआवज़ा इतनी जल्दी नहीं मिलेगा, खुश होने की ज़रूरत नहीं है।

'यह सुप्रीम कोर्ट में क्या मामला चल रहा है? वही अंतरिम राहत के खिलाफ अपील का मामला है?' सुगुणा ने पूछा।

मुक्ता फौरन शुरू हो गई, 'सुनो, जब हमारे कुछ महान वकीलों ने जाकर अमेरिका की अदालत में हलफनामे दिये थे कि भारत की न्याय व्यवस्था ऐसे जटिल मामले की सुनवाई के लिए पूरी तरह सक्षम है, तब उन्होंने उसमें यह नहीं बताया था कि इस देश में ज़रा-ज़रा-सी बात पर ऊपरी अदालतों में दौड़े चले जाने की खूब सुविधा है। बस, पैसा होना चाहिए। केस को इतना लंबा खींचो कि फैसले की ज़रूरत ही न रह जाए, यह लोग मामूली-सी बातों पर अपील करने लगते हैं...'

'अपराधी ठहराए जाने से पहले ही मुआवज़ा देने को कह देना, यह मुझे मामूली बात नहीं लगती,' सुगुणा ने तर्क किया।

'सिर्फ कुछ करोड़ रुपये देने को कहा गया है न? कार्बाइड को इतनी छोटी रकम से फर्क क्या पड़ता है? वह देना क्यों नहीं चाहती?'

'क्योंकि उन्होंने पैसा दे दिया तो समझो, अपराध कबूल कर लिया,' अविधा ने कहा।

मुक्ता चाहती थी कि वे कार्बाइड के हथकंडों पर लेख लिखें।

'असली कहानी तो डिटेल में है। देखो निचली अदालत ने मुआवज़ा देने को कहा। कार्बाइड ने अपील की। उच्च न्यायालय ने भी कहा, अंतरिम मुआवज़ा दे दो। कार्बाइड ने नहीं दिया। उसने सुप्रीम कोर्ट में अपील की मगर यह नहीं कहा कि जनाब, हाई कोर्ट के आदेश पर रोक लगा दें। रोक लगी ही नहीं है मगर मुआवज़ा नहीं दिया जा रहा। मतलब हाई कोर्ट के जबलपुर बेंच की मानहानि हो रही है मगर कोई परवाह ही नहीं कर रहा।' मुक्ता ने रुककर घूँट भरा। 'खबर है कि न्यूयॉर्क में कार्बाइड के अधिकारियों ने प्रेस रिपोर्टरों से कहा है कि वे हाई कोर्ट का आदेश नहीं मानेंगे और हाई कोर्ट उनका कुछ बिगाड़ नहीं सकती। यह खबर छपी है। तुम लोग पता लगा सकते हो। कितनी सनसनीखेज खबर है न?'

सुगुणा ने गहरी साँस ली। भोपाल गैस त्रासदी अभी भी दुनिया की सबसे बड़ी खबरों में थी। फिर भी प्रेस में अब उसे साफ तौर से थकान-सी नज़र आने लगी थी। अखबार इस केस की रोज़मर्रा की सुनवाई छापने को तैयार नहीं थे। कार्बाइड हमारे हाई कोर्ट की मानहानि कर रहा है और उसे फटकार भी नहीं बताई जा रही, यह खबर बन सकती है पर इसके लिए भी संपादक को राजी करना मुश्किल होगा।

'ज़्यादा मीनमेख मत निकालो। सुप्रीम कोर्ट में अपील है न? फैसला होने दो तब छापेंगे,' उसके ब्यूरो प्रमुख ने पिछले ही महीने उससे कहा था जब मुक्ता ने यही बातें उसे बताई थीं।

'तो जबलपुर बेंच कार्बाइड के लोगों को जेल क्यों नहीं भेज देता?' अविधा ने पूछा।

'ताकि मामला और गड़बड़ा जाए? ऊपरी अदालतें ऐसे काम नहीं करतीं। उन्हें गैस पीड़ितों का हित भी ध्यान में रखना है। इसलिए वह अपमान का घूंट पी रही है। नहीं तो कार्बाइड और हल्ला मचाएगा, केस और लंबा खिंचेगा।'

'तो फिर स्टोरी में क्या बचा?' अविधा ने पूछा।

'कार्बाइड का रुख, उस पर तो तुम लिख ही सकती हो।'

'इसे हमेशा यही चिंता सताती रहती है। हर वक्त भोपाल केस की बातें करती है,' विनीता ने थके हुए लहज़े में कहा।

दरअसल मुक्ता इस बारे में विनीता से बात करती ही नहीं थी, वह तो उसकी मौजूदगी में औरों से बात करती थी और विनीता को उसकी बातें बेहद जटिल लगती थीं, समझ में ही नहीं आती थीं।

कुछ देर चुप्पी छाई रही।

'तो तुम रोज़ सुनवाई के लिए कोर्ट जाती हो?' सुगुणा ने पूछा।

'नहीं, अजीत मुझे बताता रहता है,' मुक्ता ने कहा।

सुनते ही विनीता का चेहरा सुर्ख हो गया। उसने कनखी से मुक्ता को देखा। अविधा उसके बदले रंग से चकित हो गई। सोचा, कहीं इसका अजीत से कोई चक्कर तो नहीं चल रहा?

'देखो, शायद अविधा कुछ लिख दे। उसका अखबार मध्य प्रदेश का है, मेरा तो कर्नाटक का है,' सुगुणा ने कहा।

'तुम लोग धंधे की बात छोड़ो। प्लीज़, मुक्ता, कुछ मस्ती करो,' अविधा ने कहा।

'सच्ची, बख्श दो हमें, यू करियर वीमेन। इस साल तो हाय-हाय सोसाइटी का भी मौसम ज़्यादा नहीं गरमाया,' ज़िंटैक ने कहा।

'हाई सोसाइटी?' विनीता ने पूछा।

अविधा ने सुगुणा पर अर्थपूर्ण दृष्टि डाली। यह होता है इन दोनों बोर लोगों को बुलाने का नतीजा, एक हमेशा काम की बात करती रहती है, दूसरी को साधारण-से मुहावरे समझ में नहीं आते।

'हाई सोसाइटी नहीं, हाय-हाय सोसाइटी। अरे वह लोग जो हमेशा नारा लगाते रहते हैं—हाय-हाय, झोला उठाओ, नारा लगाओ। हमारे जैसे लोग यार,' ज़िंटैक ने कहा। फिर अविधा की ओर मुड़कर बोली, 'निर्मला कैसी है? मुझे तो लगा, यहाँ मिलेगी।'

'आजकल वह हैली के साथ बहुत वक्त बिता रही है,' मुक्ता ने कहा।

'या फिर हैली उससे चिपका रहता होगा,' सुगुणा ने गर्दन झटककर कहा। बात में खटास-भरा चटखारा था।

अविधा को सुगुणा की बात खल गई। कभी भी किसी की बात में दखल न देने वाली सुगुणा का यह नया ही पक्ष उसने देखा। उसने सोचा नहीं था कि निर्मला के उन्मुक्त यौनाचरण पर सुगुणा ऐसा कटाक्ष कर सकती है।

'हैली भी बहुत प्रतिबद्ध है, है न, निम्मी की तरह। हमारी तरह नहीं जो जब मन आया, किसी कॉज से जुड़ गए, जब मन आया, छोड़ चले,' अविधा ने सुगुणा को सुनाने के लिए कहा।

सुगुणा ने अनसुनी करते हुए पूछा, 'किस-किसको चाहिए और जिन?'

ज़िंटैक ने विषय परिवर्तन में सहयोग दिया। अपना गिलास बढ़ाते हुए उसने कहा, 'विनी मेरा जाम बनाएगी। सुना है, साकी जितनी खूबसूरत हो, नशा उतना ही गहरा होता है।'

विनीता का चेहरा फिर सुर्ख हो आया। 'मैं नहीं मानती कि खूबसूरत होना ज़रूरी है। ज़रूरी तो है कि दिमाग तेज़ हो, जैसे मुक्ता का है।' कहते ही विनीता अचकचा गई। 'जैसे तुम सब लोगों का है।'

सबके चले जाने के बाद सुगुणा ने अविधा से कहा, 'याद है, तुम्हें कैसे मुक्ता पूछ रही थी, तुम दोनों के बीच ऐसा कुछ...'

'कहीं वह चाहती तो नहीं कि ऐसा हो?' अविधा ने पूछा। 'बड़ा मुश्किल होगा उनका जीवन, खुलकर जी भी नहीं सकतीं बेचारी।'

‘पता नहीं। मगर उनको लगता है मानो किसी को पता ही नहीं है उनकी असलियत। बहुत ही विचित्र हैं दोनों,’ सुगुणा ने कहा।

अविधा ने एक शरारती मुस्कान सुगुणा पर फेंकी और बोली, ‘मुझे क्या लगता है न, उँगली इस्तेमाल करते-करते थक नहीं जाती होंगी?’

दोनों खिलखिलाकर हँस दी।

अजीत का भी यही खयाल था कि विनीता को सिखा दें कि उँगली आखिर उँगली ही होती है, असली चीज़ की बात ही कुछ और है। उसे सिखाने के एक मौके के लिए उसने कड़ी मेहनत की थी।

अजीत खन्ना विनीता से महिलाओं के एक छोटे-से एनजीओ में मिला था जिसके लिए उसके मन में रत्ती भर भी इज़्ज़त नहीं थी। मगर वह उसके निदेशक बोर्ड में नहीं था, कभी-कभी उसके लिए धन जुटाने में मदद करता था इसलिए उसके कार्यों की समीक्षा के लिए उसमें आया-जाया करता था।

जिस दुनिया में अजीत बसता था, उसमें समानता की चर्चा और उसके प्रदर्शन की संस्कृति थी। सब एक दूसरे को नाम से बुलाते थे। सतही समानता के इस छलावे पर ही समाज परिवर्तन के उनके दावों की इमारत टिकी थी। इस संस्कृति में सबको छूट थी कि खुलकर बात करें, जो चाहे सवाल करें, कार्यों और विचारों की आलोचना करें और चाहें तो अजीत तक की नीयत पर उँगली उठाएँ।

ऐसा होता तो अजीत को सच में मज़ा आ जाता। इन्हीं विमर्शों की चट्टान पर रगड़-रगड़कर वह अपना हुनर चमकाता था मगर उसके साथ काम करने वालों में न इतना आत्मविश्वास था न इतनी बुद्धि कि वे उसके कौशल का मुकाबला कर सकें। नौकरी की ज़रूरत और दूसरे को पछाड़कर अपनी जगह सुरक्षित बनाए रखने की मानसिकता ही उनके विचार और उनकी राय तय करते थे।

शहर में दूर-दूर तक बसी मज़दूर बस्तियों के तीखे-तीते अनुभवों की तिजारत में जुटे एनजीओ के यह कार्यकर्ता इसी माल की आपूर्ति करते थे। असंगठित और असुरक्षित कामगारों की कुंठा और क्रोध के अनुभवों का ढेर लगा रहता था इनके पास जिसकी अंतर्राष्ट्रीय बाज़ार में ऊँची बोलियाँ लगती हैं। जैसे पेरू के परिंदों की बीट से बनी खाद का खरे दाम मिलते हैं, वैसे ही इन मलिन बस्तियों के बाशिंदों की विवशताओं के ऊँचे दाम मिलते थे। इस दुनिया के क्षितिज पर विरोध के नारों की बिजलियाँ कड़कती थीं और नींव में बहसबाजी की रेत बसती थी, इसे ताजी हवा की ज़रूरत कहाँ थी?

अजीत खासा लोकप्रिय था। हर वर्ग के लोगों के घरों में उसका आना-जाना था। हर वर्ग के लोग उसके घर में आते-जाते, उसकी रसोई में पकाते-खाते, उसके फ्रिज से माल उड़ाते थे। यह अजीत को बहुत अच्छा लगता था कि हर तरह के आंदोलनों

और अभियानों के कार्यकर्ता उसके हाथ से दाना चुगते थे। ऐसे कार्यकर्ताओं की भी कमी नहीं थी जो अजीत को हेय दृष्टि से देखते और विदेशी धन के बलबूते 'आंदोलन' चलाने के उसके दावों की खिल्ली उड़ाते थे। अजीत इनकी बातों पर हँस दिया करता था, इनके सवालों के जवाब में नए-नए तर्क खोजता था। उसकी नज़रें जनांदोलनों के प्रखर प्रतिबद्ध कार्यकर्ताओं पर टिकी रहती थीं जो देर-सवेर आमदनी घटते जाने से परेशान और पशेमाँ हो ही जाते थे। अजीत उन्हें छोटे-मोटे काम देता—कुछ अनुवाद का, संपादन का, कार्यशालाओं में प्रशिक्षक का, सलाहकार का और इस आर्थिक मदद की छुरी से विदेशी धन के प्रति उनकी शंकालुता की जड़ें काटता था। अनेक एनजीओ के बोर्ड पर होने से और एनजीओ के मालिकों-प्रबंधकों से ताल्लुकात के चलते यह सब उसके लिए आसान भी था। अजीत एनजीओ क्षेत्र का बड़ा जागीरदार था।

जब उस छोटे-से महिलाओं के एनजीओ में विनीता का उससे परिचय कराया गया था तो वह नमस्ते के सिवाय उससे कुछ नहीं बोली थी।

देखते ही अनुभवी अजीत ताड़ गया कि यह नई रंगरूट एकदम कोरी है और उसे गुस्सा भी आया कि ऐसी नौसिखिया को नौकरी देने वाले मूर्ख एनजीओ से वह जुड़ा है।

'क्या यह काउंसलर है?' उसने एनजीओ प्रमुख से पूछा। सवाल में कटाक्ष की जो ध्वनि थी, वह उस गंभीर एनजीओ प्रमुख के सिर के ऊपर से गुज़र गई।

उसने अजीत को बताया कि रखा तो गया था उसे तरतीब से फाइलें रखने और अन्य छोटे-मोटे कामों के लिए मगर स्वाभाविक ही था कि वह काउंसलिंग भी करने लगी। अजीत ने दाँत भींच लिए। ऐसे काम करने से तो न करना बेहतर है, ऐसा उसका मानना था मगर वह यह भी मान चुका था कि उसकी कोई मानने वाला नहीं है।

ऐसी लड़कियाँ जो होंठों को दाँतों के नीचे दबाकर, अँगूठे पर दुपट्टा लपेटती नज़रें ज़मीन में गड़ाए शरमा-शरमाकर 'हाँ'-'ना' के सिवाय कुछ नहीं कहती थीं, अजीत को सख्त नापसंद थीं। वह तो विनीता को भूल भी जाता हालाँकि उसे देखते ही उसने गौर किया था कि लड़की असाधारण रूप से सुंदर है। फिर भी उसमें अजीत की दिलचस्पी नहीं जगी।

एक दिन भोपाल केस पर कुछ चर्चा करने वह मुक्ता के घर पहुँचा तो वहाँ विनीता को देख चकित हो गया। विनीता ने उसे बताया कि वह एक प्राइवेट इंस्टीट्यूट में कोर्स करने और समाज-सेवा का कुछ अनुभव प्राप्त करने दिल्ली आई है ताकि आगे अच्छी नौकरी हासिल कर सके जिससे उसे आमदनी भी हो और समाज-सेवा की इच्छा भी पूरी हो।

ऐसे ही एक दिन मुक्ता के घर चाय पीते हुए अजीत ने विनीता से पूछ लिया कि अब तक उसे इंस्टीट्यूट में कोई न कोई बॉय फ्रेंड तो ज़रूर मिल गया होगा?

'मुझे लड़कों में दिलचस्पी नहीं है,' विनीता ने साफगोई से कहा।

अजीत के कान खड़े हो गए। उसने गौर से विनीता को देखा और मुस्कुरा दिया।

'होते तो लड़के कुछ 'शैलो' ही हैं, हाँ, छिछले से,' उसने कहा।

विनीता का सिर सहमति में हिला तो अजीत का दिल उछला।

उसने पाया कि विनीता ज़्यादा लजाती नहीं थी, उससे ऐसे पेश आती थी मानो उसके बराबर हो! उसका आत्मविश्वास अजीत को चकित कर जाता था। भोपाल त्रासदी के बारे में भले ही उसे अधिक ज्ञान नहीं था मगर जानकारी काफी थी। वह खाना गजब का पकाती थी।

'आप बहुत अच्छे हैं,' विनीता ने एक दिन उसे मेथी के गर्मागर्म पराँठे परोसते हुए कहा था, 'हमारे भोपाल में न, बड़े लोग लड़कियों से ऐसे हर चीज़ पर बात नहीं करते। बच्ची समझते हैं। आप ऐसे बात करते हैं जैसे हम बड़े हो गए हों!'

'हाँ, हैं तो हम अलग ही तरह के आदमी,' अजीत ने कहा।

यह सच भी था। उसका हौज़खास में एक पारिवारिक मकान था और स्त्रियों के समान अधिकारों में उसके विश्वास का सबूत यह था कि उसने अपनी दोनों बहनों के इस मकान पर समान दावे को कानूनी मजबूरी न होने के बावजूद स्वीकार किया था। उसने बाज़ार-भाव पता लगाकर दोनों बहनों को उनके हिस्से का धन चेक से दिया था। सभ्य समाज में औरतों की उम्र न पूछने के रिवाज से भी बड़ा रिवाज है आदमी से उसकी आमदनी और जायदाद के बारे में कुछ न पूछने का और अजीत को इसका मलाल था। यह रिवाज न होता तो सबको पता होता उसके इस प्रगतिशील रुख का। पारिवारिक मकान में बहनों का हिस्सा खरीदने के बाद उसने ऊपर की मंज़िल खाली रख छोड़ी थी जहाँ ज़रूरत पड़ने पर दफ्तर का काम किया जाता था। वहीं दो बेडरूम भी थे जो बाहर से आनेवाले कार्यकर्ताओं के काम आते थे। जब अविधा और सुगुणा को महीनों इसलिए फ्लैट नहीं मिला कि अकेली लड़कियों को लोग किराए पर मकान देने से कतराते थे, तब अविधा ने अजीत से यह दो बेडरूम किराए पर देने के लिए कहा था।

'तुम्हारा घर है यार, जब तक चाहो, रहो। बस, किराए की बात मत करो,' अजीत ने कहा था।

'मतलब यह कि तुम्हें मकान नहीं देना है,' सुगुणा ने अविधा से कहा था।

अजीत के मैत्रीभाव से विनीता प्रभावित हुई थी। एक दिन बात को अपने तक सीमित रखने, किसी से कभी कुछ न कहने की कई कसमें देने के बाद उसने हिचकिचाते हुए अजीत से कहा था, 'मुक्ता और मेरे बीच में न, दोस्ती से न, कुछ ऐसा है कि कुछ ज़्यादा गहरा है, कोई रिश्ता है।'

यह तो वह पहले ही भाँप चुका था। विनीता को किसी तरह एक दिन पुरुष के संग का स्वाद चखाने को वह और बेताब हो उठा। उस पर विजय अजीत के लिए अब महज एक स्त्री देह का उत्तेजक संग नहीं रहा था। यह अब पुरुष की प्रासंगिकता का अभिकथन बन गया था। इस रूप में यह असाधारण विजय होती, पुरुष की अनिवार्यता का परचम लहराने का काम होता। विनीता का सिर अपने सीने पर झुकाने के लिए अजीत ने अथक परिश्रम किया।

विनीता आज एक सर्वथा नए अनुभव की उपेक्षा में जकड़ी घर में अकेले रह जाने को आतुर थी। उसकी बेचैनी से बेखबर मुक्ता देर से उठी और लंबे समय तक अखबारों में उलझी रही। विनीता को डर लगने लगा कि शायद वह आज घर से निकलेगी ही नहीं जबकि अपनी माँ के आयकर के कुछ मामले निपटाने उसका उनके घर जाना कई दिनों से तय था। बड़े आराम से नाश्ता करने के बाद मुक्ता निकली और दरवाज़ा बंद करके विनीता ने कंघी करना शुरू ही किया था कि दरवाज़े की घंटी बज उठी।

विनीता सन्नाटे में आ गई। ज़रूर वह सीढ़ियों पर मुक्ता से टकराया होगा। उसका बिना बताए धड़धड़ाते हुए मुक्ता के घर चले आना कोई नई बात तो होती नहीं मगर अपराधबोध ने विनीता के दिल को भींच लिया। उसने डरते-डरते दरवाज़ा खोला। मुक्ता खड़ी थी बाहर। वह कोई ज़रूरी फाइल उठाना भूल गई थी। कुछ पाँच मिनट बाद वह फिर निकल गई।

अब विनीता भयाक्रांत हो उठी। उसने अजीत की बात क्यों मान ली थी? क्यों बुलाया था उसे इस तरह चोरी-छिपे मिलने के लिए? झट से फोन उठाकर वह अजीत का नंबर मिलाने लगी कि किसी बहाने यह मुलाकात रद्द कर दे। उसकी प्रशंसाओं की उष्मा से ऐसे कैसे उसकी दृढ़ता पिघल गई थी? क्या सचमुच अनिच्छित का स्वाद चखे बिना समझ नहीं पाएगी वह कि उसे क्या चाहिए? एक के प्रति वितृष्णा ही क्या दूसरे के प्रति चाहत की अनिवार्य शर्त होती है?

दरवाज़े की घंटी बेसब्री से बजने लगी। बार-बार लगातार। चोगा रखकर विनीता ने फिर एक बार काँपते हाथों से दरवाज़ा खोला। अजीत जल्दी आ गया था। भीतर आते ही उसने पैर से दरवाज़े को धक्का देकर बंद कर दिया और विनीता को बाँहों में खींच लिया। विनीता ने छूटने की कोशिश की।

'बहुत इन्तज़ार किया है मैंने, बहुत!' अजीत उसके बालों में फुसफुसाया।

विनीता ने घबराहट दबाई। अजीत का क्या कसूर था कि वह यहाँ आया है यह सब करने? उसे खुश करने की अस्पष्ट-सी ज़िम्मेदारी विनीता को महसूस होने लगी। उसके कानों के नीचे से उस पर चुंबन बरसाता वह उसके होंठों को चूसने लगा। चेहरा घुमाकर विनीता उसकी पकड़ से छूटने को हुई तो अजीत ने झटके से उसे और पास खींच लिया। विनीता के स्तन उसके सीने से दबकर दुखने लगे, अजीत के हाथ उसके नितंबों पर टिके उसे और भी नज़दीक खींच रहे थे। विनीता को उसकी पैंट में एक अकड़ी-सी चीज़ अपने शरीर में गड़ती महसूस होने लगी।

एकदम से छिटककर वह दूर जा खड़ी हुई। अजीत ने अपनी बेसब्री को कोसा।

'कितने कपड़े पहन रखे हैं हमने,' अजीत ने कहा और हँसने लगा। माहौल में तनाव घट गया। अपना पुलोवर उतारकर अजीत ने सोफे पर फेंका।

विनीता स्तब्ध खड़ी उसे चुस्ती से शर्ट के बटन खोलते देखती रही। उसे लगने लगा कि वह इस दृश्य में भागीदार नहीं, उसकी मूक दर्शक है। वह सोच रही थी कि अजीत को सोफे पर बिठा दे, उससे कहे कि जिस अनजाने सुख की कल्पना उसकी

याचनाओं ने जगाई थी, उसकी एक बूँद उसने चख ली है, उसे पूरा प्याला नहीं चाहिए। जब उसने हाँ की थी तब वह इस स्पर्श के अहसास को नहीं जानती थी, अब यह उससे झेला नहीं जा रहा। अजीत को उसे माफ कर देना चाहिए। जो कुछ हुआ, अज्ञान के कारण हुआ। इस तरह उसे यहाँ बुलाकर निराश करना उसकी मंशा नहीं थी, वह अपराधी है, क्षमा चाहती है।

वह किंकर्तव्यविमूढ़-सी अजीत को देखती ही रह गई। उसका रोयेंदार सीना उसके सामने था। उस पर तो स्तनों की गोलाइयाँ नहीं थी जिनके बीच वह अपने एक स्तन को बिठाकर नारीत्व के संतोष का घूँट भर सकती हो। यह तो एक सपाट सिल था जिस पर उसके स्तन कुचले ही जा सकते थे, सहलाए नहीं। अजीत पैंट की जिप खोलने लगा था। विनीता एकदम से मुड़ी और बेडरूम में जा घुसी।

अजीत उसके पीछे चला आया सिर्फ अपने कच्छे में जिसके बीचोबीच एक विकृत-सी आकृति दिखाई दे रही थी। पलंग की पाटी पर बैठकर अजीत ने उसके कार्डिगन के बटन पर हाथ रखे। विनीता ने झट से रज़ाई खींचकर ओढ़ ली। अब वह रज़ाई के भीतर आ गया। उसके अभ्यस्त हाथों ने विनीता के वस्त्र उतारे, उसकी काँपती देह सहलाई, उस पर होंठ फिराए और धीरे-धीरे उसका हाथ वहाँ पहुँचा जहाँ उसे ओस से भीगे स्वागत की अपेक्षा थी। उसे वहाँ मिली सूखी कठोरता। विनीता ने उसका हाथ हटाया और उठ बैठी।

अजीत लेटा हुआ उसकी अकड़ी पीठ देखता रहा जिस पर उसके बाल थरथरा रहे थे—किसी पेड़ के स्थिर तने पर बिखरी लताओं की तरह। उसे विनीता की अरुचि ने शिथिल कर दिया।

'तुम्हें मैं अच्छा नहीं लगता न?' अजीत ने हारे-से स्वर में पूछा।

विनीता का प्रेमिल स्वभाव अनिच्छा को पछाड़कर सतह पर आ गया। वह कैसे किसी को दुखी कर सकती है? तुरंत अजीत की छाती पर सिर टिकाकर उसने कहा, 'आप तो अच्छे लगते हैं मुझे, सच्ची।'

उसे और कुछ भी कहने का मौका नहीं मिला। अजीत का शरीर सनसना गया। हारे हुए पौरुष की सत्ता ने उछाल मारा। विनीता को धक्का देकर उसने बिस्तर पर लिटा दिया और उसकी देह को अपने तने हुए शरीर से ढँक दिया। यह तनाव अब उससे झेला नहीं जा रहा था, इससे मुक्ति की राह खोजता एक-एक सूत कर वह उसके भीतर प्रवेश करने लगा। वह विनीता की आँखों में झाँक रहा था। विनीता ने जल्दी से साँस भरी, एक रिक्त मुस्कान उस पर फेंकी और आँखें मूँद लीं। बार-बार वह खुद से कह रही थी, 'उसका कसूर नहीं है, मेरा है। मैंने हाँ की थी।'

तीव्र बेचैनी के बावजूद अजीत लंबे समय तक उस पर हावी रहा। उत्तेजित संगी का साथ मिला होता तो वह इतनी जल्दी मंज़िल पर पहुँच जाता कि उसे अफसोस होता। विनीता का निस्पंद शरीर, उसका भावहीन मुखौटे जैसा चेहरा, उस पर आँकी गई रेखाओं की तरह उसकी बंद आँखें, शिथिल होकर फैल गए उसके उरोज़, कुछ भी तो नहीं

था उसमें जो अजीत के साथ हो। बस, एक समर्पण था। विनीता वहाँ थी ही नहीं। वह तो शरीर के अपने अवशेष अजीत को सौंपकर व्योम में उठ चुकी थी और वहाँ से एक दर्शक की तरह अपने ही शरीर पर किसी का यह प्रभुत्व देख रही थी।

अजीत हाँफने लगा था। इस क्षुधा को शांत करना उसके पौरुष का आग्रह था या उसके अहं की ज़िद, जो भी था, उसके लिए कठिन परिश्रम के अलावा कुछ नहीं था। विनीता के माथे पर पसीने की एक बूँद टपकी। काठ के मुखौटे पर आँजी आँखें भक्क से खुलीं। उसने देखा, अजीत का चेहरा उसके ऊपर टँगा था और उसकी आँखों में अभियोग की ज्वाला धधक रही थी।

अजीत लुढ़ककर पलंग से उतर गया। वह एक खालीपन महसूस कर रहा था, स्खलन का संतोष नहीं। विनीता के विश्वासघात की सूक्ष्मता ने उसे जड़ बना दिया। वह एकदम निचुड़ा और निकम्मा महसूस कर रहा था। उसने जल्दी से कपड़े पहने, बुदबुदाया कि उसे कहीं जाना है और भाग निकला।

विरोधाभासी भावनाएँ उसके भीतर झंझावत मचाए थीं। अगर विनीता ने खुलकर विरोध किया होता तो उसे कम-से-कम अपने अस्तित्व को मिली मान्यता का संतोष तो होता। प्रतिक्रिया के पूरे अभाव ने अजीत के वजूद को ही नकार दिया था। आज तक किसी औरत ने उसे इतना व्यर्थ, इतना अनावश्यक महसूस नहीं कराया था जितना इस छोटे शहर की अकुशल लड़की ने जिसे खाना बनाने के अलावा कुछ भी नहीं आता था। कैसे उसने उसे जड़ से उखाड़ फेंका कि नीचे उतरते हुए अपने पैरों के नीचे सीढ़ियों तक एहसास नहीं हुआ।

'कुतिया,' दाँत पीसते हुए अजीत ने मन-ही-मन कहा, 'साली कुतिया।' कैसा काम उससे करवा गई वह कि वह ताउम्र शर्मिंदा रहेगा।

बहुत ही गुस्से में वह घर पहुँचा और बेडरूम का दरवाज़ा बंद करके उसने तकिए को खूब घूँसे मारे। फिर अपने बेटे का फुटबॉल उठाकर वह घर के सामने के पार्क में चला गया जहाँ फुटबॉल को विनीता का चेहरा मानकर विक्षिप्त-सा वह उसे लात मारने लगा। मगर राहत नहीं मिली।

शाम को उसने व्हिस्की की बोतल जल्दी ही खोल ली और इतनी तेज़ी से पीने लगा कि पत्नी कामिनी घबरा गई। उसने कभी अजीत का मूड इतना बिगड़ते नहीं देखा था। अजीत ने खाने में कई खोट निकाले जो उसके स्वभाव के विपरीत था। अत्यधिक ऊँची आवाज़ में कैसेट बजाने के लिए बेटे को फटकारा और पूछा कि यह 'अहमकाना रॉक' सुनने के बजाय वह पढ़ाई क्यों नहीं करता? नौकरानी पर बरसा कि बर्तन धोते समय नल चलाए रखने का क्या मतलब है! कुछ पता भी है, दुनिया में पानी का कितना घोर संकट है? फिर कामिनी पर चिल्लाने लगा कि नौकरों को सिर पर चढ़ाने का यही नतीजा होता है।

कामिनी आपा खो बैठी और उसने चिल्लाकर कहा कि उसे घर रास नहीं आ रहा तो किसी होटल में चला जाए।

आखिर नशे में धुत्त अजीत बिस्तर पर जा लुढ़का। आधी रात के बाद वह उठ बैठा पसीने में तर। उसे लग रहा था, छाती शिकंजे में कसी है। कोई छाती पर बैठा है, उसे दबोचे है। साँस नहीं ली जा रही थी।

पति की बेचैनी कामिनी की असहज नींद को बेध गई और वह उठ बैठी।

'क्या तुम्हें हार्ट अटैक हो रहा है?' उसने घबराहट को छिपाने की कोशिश में कुछ ज़्यादा ही ऊँची आवाज़ में अजीत को हिलाते हुए पूछा।

उसका हाथ थामकर अजीत ने कहा, 'नहीं...ऐसे ही...साँस नहीं...ली जा रही...दिक्कत...।' वह एक-एक शब्द को बड़ी मेहनत से मुँह से बाहर धकेल रहा था। गले में काँटे उग आए थे। लोहे का शिकंजा-सा छाती पर कसता जा रहा था।

कामिनी ने डॉक्टर को फोन किया। उसके फोन उठाते ही लक्षण बताने लगी। फोन रखकर उसने अजीत से डॉक्टर के पास चलने को कहा 'सब ठीक हो जाएगा,' अजीत से ज़्यादा खुद को दिलासा देने की कोशिश करती कामिनी ने कहा।

उसे सहारा देकर बिस्तर से उठाया और गाड़ी में पीछे बिठाकर डॉक्टर के पास ले गई। डॉक्टर पारिवारिक मित्र था और पास में ही रहता था और उसने कामिनी से फोन पर कहा था कि उसे अस्पताल ले जाए, अपने घर लाने को नहीं कहा था जहाँ वह राय के अलावा कुछ नहीं दे सकता था।

डॉक्टर ने अजीत को बिठाया, नब्ज देखी, ज़बान के नीचे सॉर्बिट्रेट रखी, छाती देखी। दर्द बना रहा। डॉक्टर ने तय किया कि मामला गंभीर नहीं है मगर उसकी उखड़ती-सी साँस देखकर उसने उसे अस्पताल जाने को कहा। हार्ट अटैक तो नहीं था, शायद स्पांडिलाइटिस हो। प्रकट में उसने कहा, 'एहतियातन इमर्जेंसी में पहुँच जाओ।' वे कुछ देर में ही एम्स की एमर्जेंसी में पहुँच गए जहाँ इसीजी ने पुष्टि कर दी कि दिल दुरुस्त है, बदस्तूर बेरोक-टोक धड़क रहा है। डॉक्टर ने उसे दर्द निवारक लेने को कहा, शराब कम पीने के फायदों पर भाषण पिलाया, तनाव कम करने को कहा और नियमित व्यायाम करने की हिदायत दी। रात मुश्किल से कटी।

बहुत-सुबह घर पहुँचकर अजीत सो तो गया मगर बीच-बीच में चिहुँककर उठ बैठता। बहुत देर से उठा तो आँखें सूजी थीं। उसने कामिनी से कहा कि वह शायद बहुत काम करता रहा है, थक गया है, आराम की ज़रूरत है।

कामिनी को विश्वास हो गया कि यह सिर्फ स्पांडिलाइटिस का मामला नहीं है। मगर अनुनय-विनय के बावजूद वह अजीत से कुछ भी कहलवा न सकी।

'तुम जानते हो न,' उसने नम आँखों से कहा, 'कि मुझे सब कुछ बता सकते हो?'

अजीत ने सोचा भी कि उससे बात कर ले, मगर कैसे बताता उसे कि उस पर क्या बीती थी। बता भी देता तो वह कर ही क्या सकती थी? उसने कहा कि ऐसा कुछ भी नहीं हुआ है जो थोड़ा आराम करने से दूर न हो सके।

'तुम्हें चाहिए कोई? और उसने 'ना' कह दिया है? यही बात है न?' कामिनी ने पूछा।

काश, 'ना' कहा होता, अजीत ने सोचा और धीरे से हँस दिया। फिर गुर्राकर उसने मुँह फेर लिया।

जब तक मुक्ता घर पहुँची, विनीता ने चादर उतारकर भिगो दी थी। उसकी सूजी हुई लाल आँखें देख मुक्ता चिंतित हो गई। उसने देखा कि चादर भी बालटी में भीगी पड़ी थी। विनीता ऐसा तो कभी नहीं करती थी, कपड़े भिगोती तो धो डालती थी।

'क्या हुआ ?' मुक्ता ने पूछा।

'सिर फटा जा रहा है,' विनीता ने कहा। मुक्ता ने घर की सारी लाइटें बुझा दीं, सिर्फ बैठक में एक बल्ब जलने दिया जिसकी झीनी-झीनी रोशनी सोने के कमरे तक पहुँचती थी। विनीता का सिर गोद में रखकर वह यू-डी-कोलोन की कुछ बूँदें उसके माथे पर छिड़ककर उसे हल्के-हल्के सहलाने लगी।

मुक्ता की चिंता और सेवा विनीता को और दुखी कर गई। वह निश्चल पड़ी सोचने लगी कि मुक्ता को आज की घटना बताए या नहीं। बता दे तो क्या मुक्ता उसे गले लगाकर सांत्वना देगी या हँसेगी उसकी मूर्खता पर ? शायद वह गुस्से में उससे रिश्ता ही तोड़ लेगी। कोई भी प्यार इतना उदार नहीं होता कि किसी और से दिल तुड़वाकर लौटते प्रेमी के दुख को अपना सके।

विनीता फूट-फूटकर रोने लगी। पता चल गया तो मुक्ता उसे उसके हाल पर छोड़ देगी और उसे खो देने का साहस कहाँ से लाए वह जबकि मुक्ता का प्यार ही उसके साहस का स्रोत था ? उसे लगा, प्यार ईमानदारी की माँग तो करता है मगर उसके अनुकूल वातावरण नहीं रचता।

उसे रोती देख मुक्ता बेतरह घबरा गई। मगर कई बार पूछने पर भी विनीता ने कुछ नहीं बताया कि उसकी रुलाई क्यों फूट रही है। सिर दर्द से कोई रोता तो नहीं।

'तुम नाराज़ हो जाओगी,' आखिर विनीता ने कहा।

'क्यों ?'

'माँ की याद आ गई,' जाने कैसे विनीता के मुँह से निकल गया। पूरी तरह झूठ भी नहीं था।

मुक्ता ने उसे गले से लगा लिया।

'मेरी एक बात मानोगे ?' उसने उसकी आँखों में झाँकते हुए पूछा।

'कहो,' वह बोला।

'मुझसे एक झूठ कह दो,' उसने उसके माथे से ठुड्डी तक उँगली उतारते हुए कहा।

''झूठ ?' उसके आश्चर्य का पारावार नहीं रहा। वह हँसने लगा।

'हाँ, झूठ। कहो कि मुझसे प्यार है ?'

दोनों बिस्तर पर गुत्थमगुत्था लेटे थे। उसका सिर हथेली पर टिका था, वह अधलेटा था और अविधा पीठ को बिस्तर से टिकाकर आराम करती लगातार उसके चेहरे को निहार रही थी।

उसने अपनी टाँग उसके जाँघों के बीच से हटा ली। आश्चर्य की जगह खीज ने ले ली। उसके बासी जीवन को इस औरत की तरह-तरह की अचंभित कर देने वाली बातें और हरकतें तरंगित किए रखती थीं। साधारण-से वाक्यों को गहरे मांसल अर्थ से भर देने में निष्णात थी वह। सबके सामने ऐसा कुछ कह देती थी कि सबको तो लगे, कोई उबाऊ बात हो रही है, उसे अकेले को पता चले कि मेल का लुभावना निमंत्रण परोसा जा रहा है। मगर आज का यह अनुरोध अब तक के अनुरोधों में अपवाद ही था।

'मैं झूठ नहीं बोलता,' उसने एक भौंह चढ़ाकर बनावटी हँसी हँसते हुए कहा।

अविधा उठ बैठी। 'सच्ची?' उसने पूछा। जो उसने नहीं पूछा मगर जिसका इशारा उसके वक्र होंठ कर रहे थे, वह यह था कि क्या वह अपनी पत्नी को बताकर आया है कि किसी दूसरी औरत के साथ अपनी वासनाओं की बेरोक पूर्ति के लिए वह शहर से बाहर जा रहा है?

प्रशांत ने अविधा को बिस्तर में खींचकर लिटा लिया।

'मुझे तुमसे प्यार है,' उसने कहा, जैसे चाबी भरने पर खिलौना बोलता है।

भावनाओं से रिक्त इस छोटे-से वाक्य ने अविधा को ध्वस्त कर दिया। इससे बेहतर तो कुछ मिनटों पहले की ही स्थिति थी, भ्रम का सहारा तो था तब। अब तो सब खत्म हो गया। उसने सिरहाने में चेहरा धँसा लिया। संकल्प किया, सुबह जल्दी निकलने की ज़िद करेगी, लंच तक इन्तज़ार नहीं करेगी जैसा कि वे हमेशा ही शहर से बाहर जाने पर करते थे। दोपहर से आधी रात तक महीनों की अतृप्ति के नामोनिशान मिटाने की आकुलता में थककर सो जाने तक एक दूसरे से लिपटे रहते और सुबह से लंच तक फिर वही क्रम जारी रखते थे। अब आकुलता की आँच मंद पड़ने लगी थी।

सुबह वह उठी तो प्रशांत सो रहा था। उसने खिड़की खोलकर ताजी हवा का घूँट भरा। अब उसे हर बात पर शर्मिंदगी महसूस हो रही थी। उस चादर पर भी जिस पर इतनी मेहनत से उसने नक्षत्रों को आड़ी-तिरछी कढ़ाई से उकेरा था और जो अब होटल की रज़ाई के ऊपर आसमान के चीथड़े-सा पड़ा था। सुबह की साफ रोशनी ने उसके टेढ़े-मेढ़े टाँकों को उभारकर रख दिया था—एक टाँका इधर, एक उधर, एक छोटा, एक बड़ा। न उसमें नजाकत थी, न सौंदर्य। कल रात नीम अँधेरे में उसे यह कैसे पूरा ब्रह्मांड लगा था जब उसने अपने बैग से निकालकर होटल के बिस्तर के ऊपर बिछा दिया था।

'यह कहाँ से ले आईं तुम?' प्रशांत ने पूछा था।

'मैंने बनाई,' अविधा झेंपी-सी हँसी हँसकर बोली थी। 'अच्छी नहीं है न?'

'अच्छा है। ठीक है,' उसने कहा था।

अच्छा है। ठीक है। उसकी शिष्टता से चिढ़ होने लगी थी अविधा को। अगर वह हँस देता, कहता—अरे छोड़ो, ऐसे काम तुम नहीं कर सकती, जो कर सकती हो, आओ, करके दिखाओ और बाँहों में लपेट लेता तो वह निहाल हो जाती। अगर वह उसकी उँगलियाँ चूम लेता कि क्यों ऐसे फिज़ूल कामों में इन्हें लगाती हो तो यही टेढ़ी-मेढ़ी कशीदे की चादर उसके लिए विरासत बन जाती। उसके बीचोबीच बनी एंड्रोमिडा गैलेक्सी पर प्रशांत के साथ रहने की उसकी बचकानी कल्पना मन में साकार हो जाती। मगर नहीं, उसे झूठ बोलना नहीं आता, वह तो सिर्फ शिष्टाचार की भाषा जानता है। अपनी एंड्रोमिडा उसे अब चादर पर एक अर्धविराम-सी लग रही थी। इस उपहार के प्रति उसकी उदासीनता ने ही क्या उससे यह ज़िद करवाई थी कि वह उसे 'आई लव यू' कहे जो उसने आज तक कभी नहीं कहा था? और कहा तो कैसे कहा? रटे हुए वाक्य की तर्ज पर दोहराए गए शब्द उसे याद आ गए, 'मुझे तुमसे प्यार है।' प्रशांत का अनासक्त चेहरा, भावहीन आँखें, तटस्थ स्वर और उनके नीचे झुँझलाहट की महीन परत।

'कहाँ हो?' प्रशांत का सवाल सुनकर वह मुड़ी।

वह उठकर बिस्तर पर बैठा था।

'अचानक याद आया, एक लेख पूरा करना था। यहाँ से जल्दी निकल चलते हैं,' अविधा ने कहा।

'बिलकुल नहीं,' उसने कहा।

और वे बहुत देर से खाना खाने के बाद ही निकले जैसा कि प्रशांत चाहता था और जो प्रशांत चाहता था, वह सब कुछ कर चुकने के बाद।

कपड़े समेटकर बैग में ठूँसते हुए अविधा ने एक बार सोचा कि वह अपनी चादर वहीं छोड़ जाए। लंबे घंटों तक उस पर झुककर उसने जो मेहनत की थी, उस पैचवर्क की चादर के लिए उसने कैसे गली-गली जाकर थिगलियाँ बँटोरी थीं, कैसे बीचोबीच लगाने के लिए गहरे नीले रेशम का बड़ा टुकड़ा छाँटा था जिस पर उसने अपनी एंड्रोमिडा गैलेक्सी काढ़कर उसके चारों ओर बारह नक्षत्रों की रूपरेखाएँ बनाई थीं, यह सारी मेहनत वह भूलने को तैयार थी। लेकिन हर सितारा, हर सलमा टाँकते हुए, हर टाँका लगाते हुए, सुई में धागा पिरोते हुए उसने मन-ही-मन प्रशांत से जो बातें की थीं, जो कल्पनाएँ इस चादर में जोड़ी थीं, उन्हें वह कैसे फेंक सकती थी? अभी भी उसे वह कोना दिखाई दे रहा था जहाँ पैचवर्क ठीक से चादर पर सफाई से सिला नहीं गया था, कुछ झोल आ गया था जिसे वह ठीक करना चाहकर भी समय पर कर नहीं पाई थी। उसने चादर तहाकर बैग में रख लिया। प्रशांत ने एक बार झूठमूठ को भी नहीं कहा, मेरे लिए लाई थीं, मुझे देती क्यों नहीं।

गाड़ी में रेडियो पर उन्होंने खबर सुनी। काफी खर्र-खर्र की आवाज़ थी और समाचार का आरंभिक अंश तो अविधा ने सुना भी नहीं। लेकिन भोपाल का नाम आते ही उसके दिमाग का एक छोटा-सा कोना सतर्क हो गया। उसने अपना ध्यान

रेडियो पर केंद्रित कर दिया जो उन दोनों के बीच फैली रिक्तता को अपनी टूटती-जुड़ती आवाज़ से भर रहा था। अविधा ने आवाज़ ऊँची कर दी। समाचारवाचक कह रहा था कि चार साल से भी ज़्यादा लंबे इन्तज़ार के बाद यह आदेश आया है, कि गैस पीड़ितों को इससे बड़ी राहत मिलेगी। इसके बाद तो पूरा बुलेटिन गैस त्रासदी पर ही रहा। अंत में कहा गया कि आखिर सर्वोच्च न्यायालय ने भोपाल केस में अंतिम फैसला सुना ही दिया।

अविधा को सब कुछ अजीब लग रहा था, जैसे कि यथार्थ न हो। बौखलाकर वह प्रशांत की ओर मुड़ी यह पूछने के लिए कि क्या उसने खबर सुनी थी? प्रशांत ने सहमति में सिर हिला दिया। अविधा ने पूछा कि क्या खबर थी।

'मैं सोचता था, इस केस में तुम्हारी खास दिलचस्पी है,' प्रशांत ने कहा। 'तुमने ही ध्यान नहीं दिया? सुप्रीम कोर्ट ने गैस पीड़ितों को मुआवज़ा देने का आदेश दिया है और भोपाल केस का निपटारा कर दिया है।'

'सुप्रीम कोर्ट ऐसा कैसे कर सकती है? पूरा केस तो उसके सामने गया भी नहीं था,' अविधा ने पूछा। वह असमंजस में थी।

'सुप्रीम कोर्ट कुछ भी कर सकती है,' प्रशांत ने कहा। 'तुम लोगों को इतना तो मालूम होना ही चाहिए। तुम्हीं लोग तो दौड़े-दौड़े जाते हो वहाँ ज़रा-ज़रा-सी बात पर।'

'मगर हम इस मामले को वहाँ नहीं ले गए थे,' अविधा ने कहा। उसकी आवाज़ में तुर्शी थी। उसका गुस्सा दर्द पर लिहाफ की तरह आ चढ़ा था। वह जानती थी, यह प्रशांत से अलविदा के क्षण हैं।

'ओ माई गॉड,' अविधा ने कुछ देर बाद कहा। 'यह तो सचमुच बड़े शर्म की बात है। सर्वोच्च न्यायालय ने कहा है कि कार्बाइड की कोई आपराधिक ज़िम्मेदारी नहीं बनती।'

प्रशांत चुप रहा। उसने महसूस कर लिया था कि यह सरकार के लिए एक बड़ा सिरदर्द बनने जा रहा है और बेहतर यही होगा कि वह इस मामले पर कोई टिप्पणी न करे।

अविधा खिड़की से बाहर खेतों को देखने लगी। सरसों के बसंती फूलों का मौसम गुज़र चुका था, अब बीज से लदी बारीक फलियों ने फूलों की जगह ले ली थी और बोझिल पौधे अनमने से हवा के ज़ोर लगाने पर हिल उठते थे।

'इसमें शर्म की क्या बात है?' प्रशांत ने ही पूछा जब वह काफी देर तक कुछ नहीं बोली। 'सरकार जो भी करे, उसकी तो तुम लोग हमेशा ही आलोचना करते हो मगर अदालतें तो तुम्हारी दोस्त हैं न? है कि नहीं?'

इस पुराने बहस में पड़ने में अविधा की कोई दिलचस्पी नहीं थी। एक गर्भनिरोधक के खिलाफ सर्वोच्च न्यायालय में दायर एक याचिका पर मंत्रालय के किसी अधिकारी की टिप्पणी की खोज में ही वह पहली बार प्रशांत से मिली थी।

'आपको यह सही लगता है कि कार्बाइड को इस तरह बरी कर दिया जाए, मिस्टर प्रशांत कुमार मिश्रा?' अविधा ने एक एक शब्द पर ज़ोर देते हुए और उसका पूरा नाम लेते हुए पूछा, जैसा कि वह उससे गुस्सा होने पर किया करती थी।

'अरे अभी से पत्रकार मत बन जाओ,' प्रशांत ने छेड़ने के अंदाज़ में कहा।

अब अविधा को लगने लगा कि मुक्ता उस दिन जो कह रही थी, उस पर उसने ज़्यादा ध्यान दिया होता तो कितना अच्छा होता! कुछ कहा तो था उसने कि पहले कई बार कार्बाइड के साथ समझौते की अफवाहें उड़ी थीं, अब भी उड़ रही हैं, मगर अविधा सुन ही नहीं रही थी। यों भी अफवाहों को खबर वह नहीं बनाती थी। अब उसे लग रहा था कि अफवाह कभी-कभी आने वाले भूचाल का संकेत भी होती हैं।

'ज़रा इस तरह सोचो, पाँच साल इन्तज़ार के बाद उन्हें कुछ तो मिलेगा,' प्रशांत ने उसकी असाधारण चुप्पी को लक्ष्य करके कहा।

'चार साल,' अविधा ने अनायास उसकी बात में सुधार किया। 'बस, यही काफी है? पैसा?'

'शायद नहीं,' प्रशांत ने सावधानी बरतते हुए कहा। 'मगर इसे ऐसे भी तो देखा जा सकता है कि इतने सारे निर्दोष लोग मर गए। उन मासूमों के परिवारों को कुछ तो मिलेगा।'

'मैं तो कहती हूँ कि सब निर्दोष नहीं थे। मरने वालों में कुछ चोर-उचक्के भी रहे होंगे। कुछ पत्नी को पीटने वाले होंगे। हो सकता है, कई ऐसे थे जो लड़कियों को छेड़ते थे। तो क्या उन्हें मर जाना चाहिए था? सिर्फ मासूमों को नहीं मरना चाहिए?' अविधा ने गुस्से में उबलते हुए पूछा। 'मुझे बड़ी चिढ़ होती है इस बात से। मासूम मर गए, मासूम मर गए, जैसे कि जो मासूम न हो, उनका मरना सही होता है!'

प्रशांत का चेहरा अकड़ा गया। वह चुपचाप गाड़ी चलाता रहा।

अविधा ने गुस्से को काबू में करने की कोशिश की। वह जानती थी, मंत्रालय के अधिकारी की हैसियत से वह जो जी में आए, कह नहीं सकता था लेकिन वह उसके सामने भी खुलकर बात न कर सके यह, उसे बहुत अखरता था। इसका मतलब यही था कि वह उस पर भी भरोसा नहीं करता था, हमेशा याद रखता था कि वह पत्रकार है। वह खुद उस अंतरंग रिश्ते के बाद उससे कुछ भी पूछते हुए हिचकती थी कि वह इसे रिश्ते का नाज़ायज़ फायदा उठाना न समझ बैठे। प्रशांत कहीं भी उसके साथ दिखने से बचता था कि किसी को शक न हो जाए। इस अंतरंगता ने दोनों की शुरुआती सरल मैत्री को नष्ट कर दिया था।

दिल्ली तक का रास्ता बहुत लंबा लग रहा था। कितनी बार यह सफर तय किया था दोनों ने अनेकानेक होटलों से, जो दिल्ली से गाड़ी में दो तीन घंटों से दूर नहीं होते थे। जब कभी प्रशांत कोई ग़लत मोड़ ले लेता तो अविधा को बेतुकी-सी खुशी होती थी कि उसके साथ कुछ देर और बिताने को मिल जाएगा। सरकारी सफेद एम्बेसेडर

गाड़ी में कुछ घंटों का सफर प्रशांत के साथ, जिसका एक हाथ स्टीयरिंग व्हील पर और दूसरा उसकी गोद में उसे टटोलता हुआ, कल तक रोमांच की यही परिभाषा थी अविधा के ज़ेहन में। उसने तो साड़ी भी पहनी थी आज। सोचकर तो यही आई थी कि उसे उसके जिस्म से खेलने में कोई परेशानी न हो और आज पहननी पड़ गई थी क्योंकि और कुछ था नहीं पहनने को। आज प्रशांत के दोनों हाथ बड़ी मज़बूती से स्टीयरिंग व्हील पर टिके थे मगर रास्ता कट ही नहीं रहा था।

धौला कुआँ के नज़दीक पहुँचते ही अविधा ने प्रशांत से कहा कि उसे वहीं उतार दे। आम तौर पर प्रशांत उसे उसके फ्लैट से कुछ दूर उतार देता था।

'मैं अपनी माँ के घर जाऊँगी,' अविधा ने कहा। वह विश्वविद्यालय परिसर में था। वहाँ उसके प्रोफेसर पिता को मकान मिला हुआ था।

'बताना चाहिए था,' प्रशांत ने कहा। 'वहाँ ले चलता हूँ। कोई बात नहीं।'

अविधा ने काफी विरोध किया, उसे तकलीफ होगी, रास्ता बहुत लंबा है मगर प्रशांत नहीं माना। परिसर में पहुँच प्रशांत तपाक से उतरकर उसकी तरफ का दरवाज़ा खोलने आया मगर वह उतर चुकी थी। उसका बैग उसे पकड़ाते हुए उसने अविधा से हाथ मिलाया, उसे हल्के से दबाया और कहा, 'फोन करूँगा।' मगर उसने हमेशा की तरह एक आँख दबाकर शरारती मुस्कान नहीं फेंकी।

अविधा ने भारी-सा बैग कंधे पर लटका लिया और सड़क किनारे खड़ी रही। प्रशांत ने कार स्टार्ट की, ज़रा आगे गया, यू टर्न किया और उसके सामने से सड़क के दूसरी तरफ फर्राटे से निकल गया। वह देखना चाह रही थी कि वह उधर से हाथ हिलाएगा या नहीं। उसने हाथ हिलाकर बाय नहीं किया।

अविधा के भीतर एक बाँध टूट गया। गेट के भीतर लंबे डग भरती वह एक पेड़ की ओट में खड़ी होकर सुबकने लगी। क्यों आई थी वह यहाँ? अपनी माँ को बताने का साहस कर पाएगी? क्या माँ बिना कुछ पूछे समझ जाएगी कि एक जख्मी दिल हाथों में लेकर बेटी लौट आई है कि माँ दुलरा दे, सब कुछ फिर से ठीक कर दे जैसे बचपन में घुटना छिलने पर करती थी? अचानक उसे याद आया, सुगुणा घर पर इन्तज़ार कर रही होगी। अभी भी वह सीपी तक की बस पकड़ ले तो वहाँ से स्कूटर-रिक्शा मिल जाएगा।

अकेलेपन और दुविधा ने उसके पैर जकड़ लिये। बैग और भी भारी लगने लगा। उसने बैग उतार दिया और पेड़ के तने पर माथा टिकाकर रोने लगी। उसे पदचाप सुनाई दिए, गार्ड इधर ही आ रहा था, उसे पहचानता था। उसने आँखें पोंछी और पिता के घर की राह ली।

खिड़की से ही उसे अपने पिता दिख गए मेज़ के पास बैठे किताब पढ़ते हुए। माँ भीतर नौकरानी को खाने में क्या बनाना है, बता रही होगी। घर में सन्नाटा था, वह दमघोंटू चुप्पी जो परंपरा से जुड़े रहने को मजबूर दो व्यक्तियों के बीच हमेशा छाई रहती है जिसे सिर्फ चीखें ही तोड़ा करती हैं। अविधा ने जब से होश सँभाला तभी से

यह चुप्पी देखती रही है। इसमें वह अलग किस्म के संगियों के साथ जीवन की कल्पनाओं की तस्वीरों के रंग भरा करती थी। उसका भाई घर से भागा ही रहता था—खेल के मैदान में, दोस्तों के घरों में। वही इस चुप्पी के तंतुओं पर ख्वाब बुना करती थी। जैसे ही मौका मिला, दोनों बिना पीछे देखे चल दिए थे।

उसने बगिया का फाटक खोला। 'बाबा?' उसने आवाज़ दी। उसके पिता ने खिड़की से उसे देख लिया। उनकी आँखों में खुशी चमक गई। कुर्सी से उठते हुए जिस तरह उन्होंने अपनी बाँहें पसार दीं, उसे देख अविधा एकाएक सुरक्षित महसूस करने लगी।

'सुशी, अवि आई है,' उसके पिता ने पत्नी को आवाज़ दी।

माँ दौड़ी-दौड़ी रसोई से बाहर आई। 'अरे, कितना सुखद आश्चर्य है!' फिर मुड़कर उसने रसोई में खड़ी नौकरानी को ज़रा ऊँची आवाज़ में निर्देश दिया, 'लीला, चार चपातियाँ और बना लेना।'

'माँ, मुझे भूख नहीं है,' अविधा ने कहा तो माँ ने फौरन अपना निर्देश बदल दिया। 'लीला, पराँठे सेंक लेना।'

'मुझे चाय चाहिए, लीला दीदी, आपकी अदरक की चाय,' अविधा ने रसोई में जाकर लीला से कहा।

माँ ने बैग लेकर एक किनारे रख दिया था। 'कहीं बाहर रिपोर्टिंग पर गई थी?' उसने पूछा और तभी अविधा की गीली आँखों पर उसका ध्यान गया। 'क्या हुआ? कुछ गड़बड़ है क्या?'

'अरे, उस पेड़ से टकरा गई। बाहर इतना अँधेरा था,' अविधा ने कहा।

माँ समझ गई। बाबा चिंतित दिखे। अविधा को बुरा लगने लगा कि जब दोनों काफी बूढ़े और अशक्त होने लगे तब वह घर छोड़ गई और ज़रा दुखी हुई नहीं कि आ गई दुखड़ा रोने!

उसे याद आया कि सुगुणा को खबर कर देनी चाहिए कि आज रात भी वह नहीं लौटेगी। मिसेज़ कपूर का नंबर मिलाते हुए उसके दिमाग के एक कोने में आवाज़ उठी कि उसे मुक्ता को फोन कर लेना चाहिए फैसले के ब्यौरे के लिए मगर फिर प्रशांत से जुदाई का ग़म उस पर हावी हो गया।

'सुप्रीम कोर्ट ने ऐसा फैसला क्यों सुना दिया? तुम्हें कुछ मालूम है?' उसके पिता पूछ रहे थे। 'खबर है कि जज उठकर खाना खाने गए और लौटे तो अचानक सुनवाई रोककर फैसला ही सुना दिया। तुम अदालत में थीं क्या जब यह हुआ?'

वह जानती थी, वे भोपाल की बात कर रहे हैं। उसके मानसपटल पर अपनी चादर पर चित पड़ी अपनी ही तस्वीर उभर आई जिस पर प्रशांत लेटा हुआ था। यह था उसका लंच रिसेस, प्रशांत की इच्छापूर्ति, और उसके बाद का गहरा अवसाद। तभी से उसके सिर में हल्का-हल्का दर्द होने लगा था। यह किया था प्रशांत ने उसके साथ, उसे अपने ही सरोकारों से इतना दूर खींच ले गया था कि जिस मुद्दे से वह

सालों जुड़ी रही, जिस विषय के विश्लेषण से पत्रकार के रूप में उसे ख्याति मिली थी, आज उसी में एक महत्त्वपूर्ण मोड़ आया था और वह न सिर्फ उससे अनभिज्ञ थी, उदासीन भी थी। प्रशांत को तो वह सब कुछ मिला जो वह चाहता था। और उसे? कहाँ खड़ी है आज वह, विद्रोहिणी से याचिका बनकर?

जवाब दिए बिना वह बाथरूम में घुस गई। लौटी तो बाबा रेडियो पर संगीत का कोई स्टेशन खोज रहे थे। ज़ाहिर था, माँ ने झाड़ पिलाई थी कि जब नज़र आ रहा है कि बेटी दुख में डूबी है तब भारी-भरकम बहस क्यों छेड़ना चाह रहे हैं।

अविधा के पिता सुधीरेंद्र चक्रवर्ती अंग्रेज़ी के प्रोफेसर थे और हिंदी साहित्य के जाने-माने आलोचक। उन्होंने ही उसे नाम दिया था—अविधा और कहा करते थे उससे बचपन में कि वह विधाओं से मुक्त है, अपना दिमाग खुला रखे, किसी तरह से न बाँधे। माँ को शास्त्रीय संगीत का शौक था और सुबह वह भजन की तरह खयाल सुना करती थी। अविधा और उसका भाई कौस्तुभ, कॉलेज पहुँचने तक अंग्रेज़ी पॉप घर में सुन नहीं पाए थे, दोस्तों के घर सुनते थे। कौस्तुभ तो कैनडा चला गया था जिससे उसके माता-पिता बहुत ही खुश हुए थे। उन्हें इस बात का मलाल भी था कि उसने एक अच्छी इलाहाबादी लड़की से शादी से साफ इनकार कर दिया था।

जब अविधा ने पत्रकार बनने का फैसला किया तो उसके पिता ने एक राष्ट्रीय दैनिक के संपादक से बात करके उसे वहाँ नौकरी दिलाने की पेशकश की थी मगर अविधा ने मना कर दिया। वह अपने पिता के प्रभाव और जान-पहचान का फायदा नहीं उठाना चाहती थी। उन्हें इस बात का बड़ा गर्व था कि उनकी बेटी ऐसी स्वाभिमानिनी है। अपने ज़्यादा ही आज़ाद खयाल दोस्तों को कभी घर न बुलाने के लिए तरह-तरह के बहाने खोजने में अविधा का कैशोर्य बीता था। वह अपने माता-पिता के प्रबुद्ध विचारों पर गर्व भी महसूस करती थी और उनकी रूढ़िवादिता पर शर्मिंदा भी रहती थी। माँ पूरा दिन घर के कामों में जुती रहती थी। उन दिनों घर में झाड़-पोंछा करने के लिए घंटा-दो घंटा आने वाली पार्ट टाइम नौकरानी भी रखने जितनी हैसियत नहीं रखते थे। फिर भी माँ अखबार पढ़ती और राजनीति से संस्कृति तक पर अपनी राय दे सकने में सक्षम थी। घर में एक कुशन भी उसकी मर्ज़ी के बिना हिल नहीं सकता था।

उसे अपने पति के पीएचडी छात्राओं में से कम-से-कम दो के साथ अफेयर्स की खबर थी। पहली का पता चला था तो रिश्तों में जो दरार पड़ गई थी, उसे किसी तरह भरने में एक साल से ज़्यादा लग गया था। दूसरे अफेयर के बाद उसने पति को बता दिया था कि बच्चों की खातिर वह शादी का नाटक खेलती रहेगी मगर अब उनके बिस्तर नहीं तो देह अलग ही रहेंगे। यह खटास कभी दूर नहीं हुई।

अविधा के ग्रेजुएट होते ही उसने एक युवक को उसे देखने के लिए आमंत्रित किया था।

'वह बहुत ही अच्छे परिवार से आता है,' माँ ने अविधा से कहा था। 'डॉक्टरों और प्रोफेसरों का ख़ानदान है। लड़का भी बहुत अच्छा है। सिगरेट, शराब तो छूता भी नहीं।'

'सिर्फ बहनों को पीटता है,' अविधा ने तपाक से जड़ दिया था।

माँ ने घूरकर बेटी को देखा और हिदायत दी कि लड़के वालों के सामने ज़बान को लगाम लगाए रखे।

जब वे उसे देखने आए तो अविधा 'लड़के' के साथ कॉलेज के पार्क में टहलने चली गई थी बाकायदा माताओं-पिताओं की इजाज़त लेकर।

'मुझे नहीं मालूम, आप हाँ करने वाले हैं या न मगर 'ना' कर दें तो मेरे लिए आसानी हो जाएगी,' उसने 'लड़के' से कहा था।

वह भी एक ही चिरकुट था। सीधे उसके पिता से जाकर कह दिया कि बेटी शादी के लिए तैयार नहीं तो जबरदस्ती न करें।

'ज़रा सोचो तो क्या कहते होंगे हमारे बारे में,' उसकी माँ उस पर बरसी थी। 'अजनबी से कह दिया, हमीं से कह देती। परिवार की इज़्ज़त का कुछ खयाल भी है तुम्हें?'

कौस्तुभ ने मगर उसका पक्ष लिया था। तब से अविधा से किसी ने शादी के लिए कहना छोड़ दिया था। डर गए थे कि अब किसी को बुलाया तो जाने लड़की क्या कह देगी!

'लोग क्या कहेंगे'—यह इस परिवार का मूल मंत्र था। रोज़ इसका जाप होता था।

जब अविधा अलग रहने के लिए घर से जाने लगी तब भी सुशीला ने बेटी से कहा था, 'जानती हूँ, जो चाहोगी, वही करोगी। मगर इस ख़ानदान पर कलंक नहीं लगाना कभी। बहुत इज़्ज़तदार ख़ानदान है हमारा।'

सुनते ही अविधा का मन किया था ऐसा कुछ कर बैठे कि माँ कहीं मुँह न दिखा पाए, जैसे निर्वस्त्र होकर बाहर कॉलेज में दौड़ लगा आए। इससे जो दृश्य आँखों के सामने उभरा, उसे देख वह हँस दी।

सुशीला ने उसे विचित्र निगाहों से देखा। उसे समझ में नहीं आया कि उसकी बात पर कोई हँस कैसे सकता है।

अविधा की अवज्ञा को सुशीला बच्चों के लालन पालन में अपनी अक्षमता का सबूत मानकर उससे और भी चिढ़ने लगी थी। शुरू-शुरू में वह बेटी के सामने गिड़गिड़ाया करती थी, 'ऐसा मत कर अवि, लोग क्या कहेंगे।'...'मिनी स्कर्ट पहनना है तो घर में पहन। बाहर मत निकल। लोग क्या कहेंगे।'...'छह बजे तक लौट आना, लोग मेरे बारे में जाने क्या-क्या कहने लगे हैं, कि मैं ही बिगाड़ रही हूँ।'

अविधा माँ से बहस नहीं करती थी, बहाने बना दिया करती थी—कभी एक्स्ट्रा क्लास का, कभी सहेली की बीमारी का। उसे सच न बताने की ऐसी आदत पड़ गई थी कि फ्लैट किराए पर लिया तो भी ज़िम्मेदारी सुगुणा पर थोप दी।

'सुगुणा अकेली नहीं रह सकती माँ,' उसने कहा था।

माँ चुप रही। वह बेटी को खूब अच्छे से जानती थी। लेकिन पिता ने पूछ लिया था कि 'अकेली रह नहीं सकती तो घर से अलग हो क्यों रही है?'

अविधा इस बार चुप रही।

सुशीला ने अंदाज़ा लगा लिया था कि बेटी का किसी के साथ कुछ तो चक्कर चल रहा है। एक-दो बार घुमा-फिराकर उसने सुगुणा से भी पूछा था पर वह अपनी सहेली के राज़ बताने वालों में नहीं थी। आज वही विद्रोहिणी आँखों में आँसू लिये घर आई थी।

खाना हो चुकने के बाद पलंग पर अविधा के पास बैठकर सुशीला ने पूछा, 'बताओ तो, क्या बात है?'

पिता अपने कमरे में जा चुके थे। जानते थे, माँ-बेटी को आपस में कुछ बात करनी है।

अविधा इतनी देर चुप रही कि माँ घबरा गई।

'कुछ बोलेगी भी?' उसने आखिर तंग आकर कहा। 'कोई है क्या?'

'शायद है। शायद नहीं है,' अविधा ने कहा। यह सच बोलते ही उसने बहुत राहत महसूस की।

'मतलब? डर लग रहा है कि हम विरोध करेंगे? छोटी ज़ात का है क्या?'

'ओह, यह तो मुझे सूझा भी नहीं। नहीं, यह बात नहीं है। कोई मिला है, मुझे अच्छा लगता है। मैं नहीं जानती, उसे मैं अच्छी लगती हूँ या नहीं।' अविधा की पुरानी आदत फिर हावी हो गई। मगर उसे लगा कि जो भी वह कह रही है, उसका बड़ा हिस्सा तो सच ही है। बड़ा हिस्सा क्या, यह तो मूल रूप से सच है। वह अपनी रुलाई रोक नहीं सकी।

सुशीला चिंतित हो उठी। अनिष्ट की आशंका से वह डर गई।

'कितनी दूर तक गई है उसके साथ? हदें तो पार नहीं कर दी?' माँ ने पूछा। उसकी आवाज़ में घबराहट साफ झलक रही थी।

अविधा को लगा, माँ से पूछे, प्यार में भी कोई हद होती है क्या? पर वह रोना ही रोक नहीं पा रही थी।

यह जानकर कि अब वह और कुछ नहीं बताने वाली, सुशीला सवाल पर सवाल दागने लगी। आई तो सब कुछ बताने ही थी, क्या पता, सवालों का ही इन्तज़ार कर रही हो! करता क्या है वह? उसके ऑफिस में है क्या?

'मैं जाकर बात करूँ? उसके माँ-बाप खिलाफ हैं क्या?'

'उसके माँ-बाप का इससे कुछ लेना-देना ही नहीं है,' अविधा ने आँसू पोंछे और उठकर बैठ गई। फिर उसने बड़े शांत स्वर में कहा, 'देखो माँ, मुझे कोई मिला है, मैं नहीं जानती कि मुझे क्या हो रहा है, उसे क्या हो रहा है। बस, कोई है और सब अनिश्चित है। इतनी-सी बात है।'

'वह तुझसे शादी कर ले तो अच्छा हो,' माँ ने कहा।

अब अविधा का विद्रोही स्वभाव उभर आया। 'शादी की तो बात ही नहीं है। उसकी चर्चा बंद करो।'

लंबी चुप्पी के बाद उसकी माँ ने जवाब दिया, 'जिस रिश्ते का कोई नाम नहीं होता, उसका कोई भविष्य नहीं होता।'

बर्फ की तरह जमा देने वाली ठंड अविधा के दिल को छू गई।

सर्वोच्च न्यायालय की अदालत नंबर एक के पीछे की बेंच पर बैठा हैली सोच रहा था कि मुक्ता भी उसके साथ होती तो कितना अच्छा होता। भारत के मुख्य न्यायाधीश की अध्यक्षता में चलती अदालत नंबर एक में महीनों से वह रोज़ सुबह आकर जम जाता है। कमरे में भीड़ का आभास हो रहा था हालाँकि इसमें लोग ज़्यादा नहीं थे। ज़्यादातर तो वकील ही थे। कुछ तो केस से जुड़े थे और कुछ और भी इस मशहूर मुकदमे में वरिष्ठ वकीलों की दलीलें सुनने और उनसे सीखने आए थे। कार्बाइड की तरफ से काले गाउनों की पूरी कतार खड़ी थी जिसकी अगुवाई कर रहे थे वयोवृद्ध सोहराब दारूवाला। दिल्ली में वकीलों की दुनिया में प्रसिद्ध थे, बाहर के लोगों में कम ही ने इनका नाम सुना था। पत्रकारों से बचने, अपनी ज़बान बंद रखने और अत्यधिक ऊँची फीस लेने के लिए जाने जाते थे दारूवाला।

गैस-पीड़ितों के वकीलों का दल छोटा था मगर इसकी भी अगुवाई वकीली गगन के एक सितारे, चाँद कावसजी, कर रहे थे। वे अदालत में प्रवेश करते तो सब-के-सब मुड़कर एक बार उन्हें ज़रूर देखते थे। न्यायाधीश भी सिर हिलाकर उनका अभिवादन कर देते थे। अपना गाउन सँभालते हुए जब वे खड़े हुए और न्यायाधीशों की दिशा में सिर को हल्के से झुकाकर उन्हें सम्मान दिया तो कमरे में खामोशी छा गई। लोग आदर भाव से उनकी दलील सुनने लगे। हैली भी उनके तेज़ दिमाग की दाद देता था मगर कभी भी उनके कमरे में जाकर उनसे हर दलील की बारीकी या उसके महत्त्व को समझाने के लिए कहा नहीं जा सकता था। यह काम तो मुक्ता ही करती थी। कानून की भाषा का सरल भाषा में अनुवाद करके उन्हें बताती थी केस अब कहाँ पहुँचा है। लेकिन निचली अदालतों में उसके कई केस थे, वह बहुत व्यस्त थी। हैली अब रोज़-रोज़ वकीलों के तीन दलों—कार्बाइड, सरकार और पीड़ितों—की अंतहीन दलीलों को सुनते-सुनते थक चुका था। उसे लगता था, बात घूम-फिरकर सिर्फ एक ही बिंदु पर टिक जाती थी कि भोपाल की निचली अदालत को अंतरिम मुआवज़े का आदेश देने का अधिकार था या नहीं। कावसजी ने जल्दी फैसला करने पर बहुत ज़ोर दिया तो अब रोज़ सुनवाई हो रही थी। मगर फैसले का अभी तक कुछ पता नहीं था।

हैली ने अदालत में चल रही कार्यवाही पर ध्यान देना ही बंद कर दिया। वह अजीत के बारे में सोचने लगा कि वह आजकल इतना गुमसुम क्यों है। कुछ दिन तो ऑफिस ही नहीं आया। कोर्ट में भी नहीं आया। आज आया है तो अपने में खोया

और चिड़चिड़ा-सा है। जाने क्या बात है! हैली को भूख लगने लगी थी। आजकल उसका पेट उसे बता देता है कि एक बजने वाला है। महीनों से न्यायाधीशों के साथ ठीक एक बजे खाने की छुट्टी पाकर उसका पावलोवियन रिफ्लेक्स भी हरकत में आ गया है। अब ठीक एक बजे पेट में गड्ढा-सा खुल जाता है।

पाँचों जज लाल मखमली गद्दों वाली ऊँची कुर्सियों पर बैठे, भृकुटियाँ ताने तर्क-वितर्क सुन रहे थे। कुर्सी की पीठ पर मखमल में अशोक के शेरों की सुनहरी कढ़ाई हैली को बहुत लुभाती थी। जैसे ही घड़ी ने एक बजने का घंटा बजाया, हैली सँभलकर बेंच पर सीधा हो गया। चुस्त लाल वर्दियों में अर्दलियों ने न्यायाधीशों के पीछे अदालत के दरवाज़े पर टँगे भारी-भरकम पर्दे हटाए और मुस्तैदी से आकर कुर्सियों के पीछे खड़े हो गए। न्यायाधीशों के उठते ही हर कुर्सी को एक अर्दली ने पीछे खींच लिया कि वे आराम से निकलकर दरवाज़े से बाहर जा सकें। एक बजे के घंटे के साथ ही रोज़ यह जो छोटा-सा तमाशा देखने को मिलता था, हैली को उस पर अब भी हँसी आया करती थी।

लाइब्रेरी से सटी कोर्ट की कैंटीन हैली को बहुत पसंद थी जहाँ खाना खाते हुए वह शीशे की अलमारियों में रखी किताबों के शीर्षक पढ़-पढ़कर हैरान होता था कि एक-एक धारा पर दो-दो सौ किताबें लिखी गई हैं। आदत के अनुसार हैली ने आज भी कहा, 'यह जल्दी खत्म हो जाए तो अच्छा हो।'

'जल्दी क्या है?' एक युवा वकील ने हँसकर पूछा। 'यह तो केस का छोटा-सा हिस्सा है। जब पूरे केस पर फैसला सुनाया जाएगा न तब अपने नाती-पोतों को साथ लेकर आना।'

'हमें तो बस इतनी सांत्वना है कि इस विलंब के लिए कार्बाइड ऊँची कीमत चुका रहा है,' कावसजी ने कहा। 'मेरा पुराना दोस्त सोहराब केस खत्म होने तक और भी ज़्यादा अमीर हो जाएगा।'

हैली शिष्टाचारवश हँस दिया। अजीत ने 'हँह' जैसा कुछ कहा। हैली ने अजीत से पूछ ही लिया कि उसका मूड इतना बिगड़ा हुआ क्यों है।

'स्पांडिलाइटिस बिगड़ा है,' अजीत ने कहा।

खाना खा चुकने के बाद अजीत ने हैली से कहा कि वह जाना चाहता है मगर हैली ने बहुत इसरार करके उसे आधा घंटा और रुकने के लिए मना लिया। कोर्ट में गैस-पीड़ित कोई नहीं आता था, वही उनके प्रतिनिधि थे और कावसजी को ऐसा तो लगने नहीं देना चाहिए कि हैली के अलावा कोई श्रोता ही नहीं। हैली का स्वार्थ भी था, अजीत रुकता तो उसकी कार में वह दफ्तर तक आराम से चला जाता वरना बस में धक्कामुक्की करनी पड़ती। वे न्यायाधीशों के प्रवेश से कुछ ही मिनट पहले अदालत में पहुँचे और फिर एक बार अर्दलियों को चुस्ती से पर्दा हटाने, मेज़ के पास से कुर्सियाँ पीछे खींचने और न्यायाधीशों के बैठने पर उनके आराम लायक कुर्सियाँ आगे-पीछे करने का छोटा-सा खेला हैली ने देखा और मुस्कुरा दिया। न्यायाधीशों

के प्रवेश पर सब खड़े हो गए थे, उनके बैठने के बाद सब बैठ गए। वकीलों ने फिर से न्यायाधीशों को शीश नवाया और अपनी फाइलें खोलकर काग़ज़ निकालने लगे।

हैली सोच ही रहा था कि अब किस पक्ष का वकील दलील आगे बढ़ाएगा कि एक न्यायाधीश ने कहा, 'हमें एक घोषणा करनी है।'

इसके बाद उन्होंने एक काग़ज़ उठाया और पढ़ने लगे। सब-के-सब स्तब्ध होकर सुन रहे थे। न्यायाधीश बता रहे थे कि गैस-पीड़ितों को अंतिम मुआवज़ा दे दिया जाएगा। कार्बाइड के खिलाफ जितन भी आपराधिक मुकदमे हैं, सब खारिज कर दिये गए हैं।

'द केस इज़ फुल्ली एंड फाइनली डिसाइडेड,' अपने हाथ में पकड़ा काग़ज़ मेज़ पर रखते हुए न्यायाधीश ने कहा। दस मिनट में पूरा केस निपट गया।

दारूवाला ने अदब से झुककर कहा, 'थैंक यू मिलॉर्ड,' वे बहुत ही मर्यादित पुरुष थे। उनके चेहरे पर विजय की मुस्कान का चिन्ह तक नहीं था।

हैली को अपने कानों पर यकीन नहीं हो रहा था। कावसजी ने मुड़कर उन्हें देखा, उनकी आँखें फटी-फटी-सी लग रही थीं। फिर न्यायाधीशों की दिशा में सिर को हल्के से झुकाकर उन्होंने कहा, 'योर लॉर्डशिप्स,' और फौरन ही बगल के एक दरवाज़े से कोर्ट के साथ लगे वकीलों के एंटी चेंबर में चले गए। अजीत और हैली कोर्टरूम से निकले और बाहर बरामदे में एंटी चेंबर से निकलते कावसजी से मिले।

'क्या लंच-ब्रेक के दौरान वे ऐसा ऑर्डर लिखकर तैयार कर सकते थे?' हैली ने पूछा।

कावसजी गुस्से में थे कि उन्हें मामूली-सा भी अंदेशा नहीं था कि ऐसा कुछ होने जा रहा है। बार एसोसिएशन की गप आम तौर से आगत का विश्वसनीय संकेत दे दिया करती है मगर वहाँ से भी उन्हें इशारा तक नहीं मिला था कि इस तरह का कुछ करने की तैयारी चल रही है। कार्बाइड के वकील मुवक्किल से वफादारी और उसके राज़दार होने की अपनी साख के पूरी तरह काबिल साबित हुए। उन्होंने अपनी वफादारी खूब निभाई। कावसजी को यह बात सालने लगी कि इस केस में वे भी एक महत्त्वपूर्ण भागीदार थे, उनका महत्त्व कार्बाइड जितना ही था क्योंकि वही पीड़ितों के वकील थे, उनके ही मुवक्किलों का केस था यह, उनका पक्ष ही अकेला पक्ष था जो सचमुच में कार्बाइड से लड़ रहा था। वे हज़ारों पीड़ितों के वकील थे मगर अदालत ने उनकी राय तक नहीं माँगी, पीड़ितों के प्रतिनिधि से मशविरा भी नहीं किया।

हैली का सवाल ठीक था। खाने की छुट्टी के दौरान ऐसा आदेश तैयार नहीं किया जा सकता था। हो सकता है, यह सुबह लिखा गया हो! यह भी संभव है कि यह कहीं और ही लिखा गया हो और न्यायमूर्तियों ने सिर्फ इस पर दस्तखत कर दिए हों लंच टाइम में! वे अपमानित महसूस करने लगे। 'ऐसी धोखाधड़ी,' वे बुदबुदाए।

तभी दारूवाला एंटी चेंबर से निकलकर उनके पास से गुज़रते सीढ़ियाँ उतरने लगे और उनके पीछे वकीलों का एक झुंड अदालत के परिसर के लॉन की तरफ चला। अपने प्रतिद्वंद्वी के लिए कावसजी के मन में जो इज़्ज़त थी, वह घट गई। वे उनकी जगह होते तो कहते, पीड़ितों से बात करो, इस तरह उनकी पीठ-पीछे समझौता मत करो। उन्हें दारूवाला का आचरण न्याय और निरपेक्षता के अपने ऊँचे सिद्धांतों की कसौटी पर अमान्य लगा। किसी अमेरिकी अदालत में क्या यह आदमी ऐसा काम कर सकता था? भारत में भी अगर पीड़ित ऊँची अट्टालिकाओं के वासी होते, उनके नाम के आगे-पीछे कई उपनाम होते, उनके ऊँचे पद होते तो क्या ऐसा समझौता करा पाता यह शख्स?

'ऐसा क्यों किया इन लोगों ने?' अजीत ने पूछा। वह अभी तक हत्प्रभ था।

'मुझसे क्या पूछते हो! वह आदमी जानता है, क्यों हुआ,' कावसजी ने कार्बाइड के वकील की पीठ की ओर इशारा करते हुए कहा और मुड़कर चल दिए। उनकी टीम के कनिष्ठ वकीलों ने अजीत और हैली को बताया कि समझौते में क्या कहा गया था।

अजीत ने हैली से कहा, 'हमें कुछ तो करना होगा। प्रेस को फोन करो, अपने समर्थकों को फोन करो। बयान भी तैयार करना पड़ेगा।'

इस समझौते के खिलाफ पहला विरोध-प्रदर्शन उसी दिन दोपहर चार बजे के आसपास सुप्रीम कोर्ट के बाहर किया गया जब सरकारी रेडियो इस समझौते की खबर प्रसारित कर रहा था। प्रदर्शन छोटा ही था, मुट्ठी भर लोग थे, मगर यह आनेवाले तूफान का संकेत दे रहा था।

इस प्रदर्शन के बाद ही हैली को भोपाल में अली को फोन करने का मौका मिला। अली ने भी खबर सुनकर एक वक्तव्य तैयार कर लिया था और प्रेस को जारी करने ही जा रहा था जब फोन बजा। अरशद अली भोपाल गैस-पीड़ित महिला मोर्चा का अध्यक्ष था जो पीड़ितों में सर्वाधिक विरोधी तेवर रखता था और सतत संघर्ष किए चले जा रहा था।

फोन पर हैली की आवाज़ सुनते ही अली चहका, 'हैली भाई, मुबारक हो! कितना बढ़िया फैसला आया है! आखिर हमें मुआवज़ा मिलेगा। इस देश के जज महान हैं। नहीं तो जाने कितने साल मुकदमा चलता ही रहता।'

हैली स्तंभित रह गया। उसने अली से कहा कि अगर इसी आशय की प्रेस-विज्ञप्ति उसने तैयार की है तो उसे फाड़कर फेंक दे। एक गहरी साँस भरकर हैली ने खुद को सँभाला और उससे पूछा कि जिसे वह 'फैसला' कह रहा है, वह जानता भी है, उसमें क्या लिखा है?

'यह कार्बाइड और भारत सरकार के बीच समझौता है। यह फैसला नहीं है। इसका मतलब यह है कि जो लोग इस कांड के ज़िम्मेदार थे, उनको कोई सज़ा नहीं मिलेगी। अगर कल तुम्हारे बच्चे विकलांग पैदा हुए तो वे कार्बाइड पर मुकदमा नहीं

ठोंक सकते। इसका मतलब है कि तुम्हें चना चबेना देकर तुम्हारे सारे हक खरीद लिये गए हैं, खत्म कर दिये गए हैं। क्या तुम यही चाहते थे? क्या एक भारतीय की ज़िंदगी इतनी सस्ती है?'

'लेकिन अब अपन कर भी क्या सकते हैं?' अली ने बात जज़्ब करने के बाद पूछा।

'बहुत कुछ,' हैली ने कहा। 'बहुत कुछ।' वह खुद नहीं जानता था, क्या किया जा सकता है। 'ज़रा सोचना पड़ेगा। इस आदेश को ठीक से पढ़ना पढ़ेगा। क्या करें, यह तय करने के लिए मीटिंग करेंगे,' उसने कहा ताकि उसे भी कुछ समझने-सोचने का वक्त मिले।

हैली ने जो सवाल पूछे थे, अली को सूझे नहीं थे। उसने प्रेस नोट फाड़कर फेंक दिया और अपने संगठन को बताने लगा कि अदालत ने उनके साथ धोखा किया है और संघर्ष जारी रखने के उपायों पर जल्दी ही बैठक बुलाई जाएगी। उससे जो ग़लती हो गई थी, उसकी वह किसी को कानोंकान खबर नहीं होने देगा, खास तौर से उस मैड को जो खुद को बड़ा विद्वान समझता है।

इसलिए जब मैड उससे कुछ ही देर बाद मिलने आया और एक संयुक्त बयान जारी करने की बात करने लगा तो अली ने उसे एक संक्षिप्त सा बयान दिखा दिया।

'हमने समझौते की निंदा की है। कहा है कि आगे की लड़ाई के रास्ते खोजने के लिए आपस में डिस्कस करेंगे,' उसने मैड से कहा। वह नहीं जानता था कि मैड उसकी पहली प्रतिक्रिया के बारे में जान चुका है।

हैली ने अली से बातचीत के बाद उसे, महादेव महापात्र उर्फ मैड को फोन किया था और उसे अली की प्रतिक्रिया बता दी थी।

'उस मौकापरस्त से तुम्हें और क्या उम्मीद थी?' मैड ने ज़ोर से हँसने के बाद कहा। फिर आश्वासन दिया था कि वह जाकर अली को समझाएगा।

उस दिन कोर्ट में क्या हुआ, इसका ब्यौरा जानने के लिए शाम को मुक्ता अजीत के घर पहुँची।

'तो आदेश में 'फुली एंड फाइनली' शब्द इस्तेमाल किए गए थे? बहुत ज़रूरी है, यह जानना बहुत ही ज़रूरी है,' मुक्ता ने कहा।

अजीत और हैली उसे सवालिया निगाहों से देखने लगे।

'इसलिए कि जब अमेरिका की अदालत ने यूनियन कार्बाइड कॉर्पोरेशन को हमारी अदालतों का आदेश-पालन का आदेश दिया था तब उसने साफ कहा था कि उसे तब तक भारतीय अदालतों के अधीन रहना होगा जब तक कि फैसला 'फूली एंड फाइनली' हो नहीं जाता। यह उस अमेरिकी अदालत के शब्द हैं।'

सबने एक दूसरे को खामोशी से देखा। अब जाकर इस आदेश का महत्त्व, इसका पूरा मतलब उनके सामने साफ होने लगा।

हैली ने सोचा, कैसे महीनों वह सुप्रीम कोर्ट में हाज़िर होता रहा था। जब वह अदालत में बैठा होता था, उन पर्दों के पीछे कहीं पर गुप्त वार्ताएँ चल रही होती थीं,

सौदेबाजी हो रही होती थी। कार्बाइड के वकील और भारत सरकार के महाधिवक्ता सब बदस्तूर अदालत में तर्क करते रहे जबकि उन्हें खबर रही होगी कि पीछे क्या चल रहा है।...वे ऐसे मुकदमा लड़ते रहे मानो इन सुनवाइयों का सच्चमुच कोई मतलब हो, हैली ने मन-ही-मन सोचा। उसकी हड्डियाँ काँप उठीं।

विनीता कभी-कभी ही अखबार पढ़ती थी मगर रेडियो की उसे लत थी। वह घर का काम कर रही होती तो रेडियो पर रफी और आशा उसे गीत सुनाते रहते थे। खबरें वह कभी-कभार सुन लेती, अक्सर ध्यान नहीं देती। उस दिन भोपाल का नाम सुनकर वह रेडियो के पास दौड़ गई और आवाज़ ऊँची कर दी और इस तरह उसे समझौते की खबर मिली। उसने फौरन मुक्ता के चेंबर का नंबर लगाया मगर वह किसी मुवक्किल के साथ बाहर गई थी।

विनीता की उम्मीद जागी। उसे लगा, अब अजीत के इस घर में आने का कोई कारण नहीं बचेगा। पूरा एक हफ्ता वह बीमार रही थी। रह-रहकर उसे उबकाई आती रहती थी। इतने लंबे समय तक तकलीफ झेलने के कारण उसे अजीत के साथ की वह घटना अब सुदूर अतीत में घटी मालूम होती थी। मुक्ता उसे अगले ही दिन डॉक्टर के पास ले गई थी जिसने वाइरल फ्लू बताकर विटामिन सी और एंटिबायोटिक्स खाने को कह दिया था। मुक्ता ने बहुत ज़ोर दिया था कि वह बिस्तर से न उठे, घर के सारे काम वह खुद ही कर लेती थी। उसके एक केस में अंतिम सुनवाई होनी थी, काम का बोझ बहुत था मगर वह घर में ही फाइलें उठा लाई थी।

अजीत फिर नहीं आया था और अब उसे आने की ज़रूरत भी नहीं पड़ेगी। सुप्रीम कोर्ट ने इतना तो तय कर ही दिया था।

विनीता बहुत हल्का महसूस करने लगी। आज तो दावत होनी चाहिए, उसने सोचा। झटपट दाल-चावल पकाकर रख दिये कि मुक्ता बहुत देर से लौटी तो कुछ तो खाने को हो। फिर उसने बाल धोए, जूड़ा बाँध लिया, नाखून रँगे, रेशमी साड़ी पहनकर जामदानी शॉल निकाल ली।

मुक्ता के घर में घुसते ही उसने कहा, 'तुमने खबर सुनी? भोपाल केस की? चलो, कहीं बाहर खाना खाने चलते हैं।'

मुक्ता ने उसे अजीब निगाहों से देखा। 'इसीलिए इतना श्रृंगार करके बैठी हो? और तुमसे उम्मीद भी क्या की जा सकती थी?' मुक्ता ने वितृष्णा से कहा। 'यह बताओ, तुम्हें कुछ समझ में भी आया है कि कोर्ट ने क्या किया है?'

सच्ची, कोर्ट ने क्या किया था? विनीता ने तो सोचा था कि कोर्ट ने जो किया, बहुत ही अच्छा किया।

'सुनो, उन गरीब बेचारों को कुछ पैसे तो मिलेंगे। मर रहे हैं इन्तज़ार में।'

विनीता को आदेश की बारीकियाँ तो मालूम नहीं थीं लेकिन सुना था उसने खबर में कि पूरे 45 करोड़ डॉलर देने को कहा गया था जो 705 करोड़ रुपए बनते हैं। बहुत बढ़िया। वह जानती थी कि अमीर लोग अपनी काली करतूतों की कोई कीमत नहीं चुकाते और अगर इतने हज़ारों नहीं मरे होते, अगर दुनिया भर में यह इतनी बड़ी खबर न बनी होती तो कार्बाइड ने फूटी कौड़ी न दी होती। अब इतने दबाव के कारण कार्बाइड को अंटी ढीली करनी पड़ रही है। मगर मुक्ता के सामने यह सब कहने का साहस उसमें नहीं था, न वह उसकी बुद्धि का मुकाबला कर सकती थी, न उसके क्रोध का सामना कर पाती थी। मुक्ता की ज़बान से शब्दों की झड़ी फिसले जा रही थी और विनीता को यह समझने तक का वक्त नहीं मिल रहा था कि वह कह क्या रही है।

दोनों के बीच फिर से तनाव ने अपने लिए जगह बना ली। आश्चर्य की बात यह थी कि एकाएक विनीता के दिल पर बैठा अपराध का बोझ हल्का हो गया। उसने हौले से कहा कि जो होना था, हो चुका, अब क्या किया जा सकता है! उसे आशा थी कि बहस अब बंद हो जाएगी और वह फिर उसी स्थान को ग्रहण कर लेगी जिसमें उसकी किसी भी विषय पर कोई राय नहीं होती थी, बस, मधुर मुस्कानें बिखेरना ही उसका काम होता था।

'सुप्रीम कोर्ट तो सबसे ऊपर की अदालत है न। अब कोई क्या कर सकता है? सिर्फ इतना तय कर सकते हो कि पैसा सही लोगों को मिले।'

मुक्ता इतने गुस्से में थी कि वह इस पर बहस करने को तैयार ही नहीं थी।

'तुम्हारे जैसे लोगों ने ही इस देश को गर्त में धकेल रखा है,' उसने कहा।

बात को खत्म करने की अपनी कोशिश का इस तरह नकारा जाना विनीता को अखर गया। भोपाल कांड एक ही तो विषय था जिसके बारे में उसे न सिर्फ जानकारी थी, उसके बहुत स्पष्ट मत भी थे।

'क्यों?' विनीता ने सिर ऊँचा करके कहा—ताल ठोंकने के अंदाज़ में। 'क्या ग़लत है इस फैसले में? 700 करोड़ से ज़्यादा रुपए मिले हैं। और क्या चाहिए तुम्हें?'

मुक्ता ने दाँत भींचकर व्हिस्की गिलास में उँडेली, पानी डाला और रसोई में गई कि देखें, क्या बन सकता है जल्दी से, पका हुआ खाना देखा और चुपचाप गिलास उठाकर बेडरूम में चली गई।

दोनों खामोश बैठी रहीं अलग-अलग कमरों में—मुक्ता अपनी व्हिस्की और तने हुए चेहरे के साथ, विनीता अपने खयालों और अपमान की ज्वाला में दहकती हुई।

खाने के समय पश्चात्ताप के भाव से मुक्ता ने बात सँभालने की कोशिश की। वह कुछ नशे में थी।

'विनी, कोर्ट ने कहा है कि हज़ारों को मारने के अपराध के लिए किसी को जेल नहीं जाना पड़ेगा। तुझे लगता है, यह न्याय है?'

'यह न्याय-व्याय की बातें तुम्हारे लिए ज़रूरी होंगी, गरीबों के लिए नहीं है। उन्हें तो रोटी और दवा के लिए पैसे चाहिए। हमारी कामवाली ने अपने इलाज के लिए साल भर में 5000 रुपए उधार ले लिये थे। तुम क्या जानती हो, क्या बीती है उन पर?' विनीता ने कड़ुवे स्वर में कहा। 'मैं मिली थी उन अमेरिकी वकीलों से जो भोपाल आए थे। कहते थे, अमेरिका में ऐसे औद्योगिक निगमों से लोगों को लाखों डॉलर मिलते हैं। उन्होंने गैस-पीड़ितों से कितने काग़ज़ों पर दस्तखत कराए। चार साल से ज़्यादा गुज़र गए। लोगों को क्या मिला? ठेंगा! दवा तक के पैसे तो मिले नहीं। भगवान ने सुप्रीम कोर्ट को सद्‌बुद्धि दी, उसने दया की पीड़ितों पर। तुम लोगों को लगता है, भारतीय की जान अमेरिका के आदमी की जान के बराबर है। सुनने में बड़ा अच्छा लगता है। मगर यह सच नहीं है, तुम भी जानती हो। ऐसे नहीं होता। यह अनपढ़ गरीब बेचारे। मुंगियों के जैसे मरे थे। कैसे-कैसे तो जिए हैं बेचारे। कम-से-कम सुप्रीम कोर्ट को तो यह समझ में आ गया।'

मुक्ता सन्नाटे में थी। विनीता की बातों से लग रहा था, दो-एक दिन में पीड़ितों के घर पैसा पहुँच जाएगा।

'सच्ची?' मुक्ता ने आखिर पूछ ही लिया जब उससे चुप रहा न गया। 'अगर तूने इन किताबों को पोंछने से ज़्यादा ध्यान इनको पढ़ने पर दिया होता तो तुझे पता होता कि तेरे उन अमेरिकी वकीलों ने क्या किया।' उठकर वह बुकशेल्फ से डैन कुर्जमैन की किताब उठा लाई और उसे मेज़ पर पटककर बोली, 'पढ़, तुझे पता चलेगा, केस में क्या होता रहा है। तू कह रही है कि कोई ब्लडी अमेरिकी कंपनी यहाँ आकर हमारे लोगों का कत्ल कर सकती है, उन्हें चवन्नी-अठन्नी पकड़ाकर छूट सकती है? भारतवासी की जान इतनी सस्ती है? भारतीयों के जान की कोई कीमत नहीं? उनके हत्यारों को सज़ा भी नहीं मिलेगी?'

'हाँ, है। भारतीयों की जान सस्ती है और जितनी जल्दी तुम इस हकीकत को कबूल कर लो, उतनी ही अच्छी वकील बन सकोगी तुम,' विनीता ने उसे उसी के अंदाज़ में जवाब पकड़ा दिया। 'वैसे भी सर्वोच्च न्यायालय ने फैसला सुना दिया है फिर हम क्यों लड़ रहे हैं? एससी का फैसला तो अंतिम फैसला होता है। उसके ऊपर तो सिर्फ भगवान की अदालत है और भगवान ने जज लोगों को सद्‌बुद्धि दे दी। अब तुम कुछ नहीं कर सकतीं।' विनीता की आवाज़ में जीत की किलकारी थी।

'बक-बक बंद कर। सद्‌बुद्धि! मेरी जूती की नोक पर ऐसी सद्‌बुद्धि। सोचा भी है, हर पीड़ित को कितना मिलेगा? लाखों पीड़ित हैं। हर एक के हिस्से 20,000 रुपयों से ज़्यादा नहीं आएगा।'

'आएगा। यह तो तुम लोगों का कहना है न कि भोपाल की दो-तिहाई आबादी पीड़ित है। यह सच नहीं है। अगर तुम सिर्फ उन लोगों में पैसे बाँटो, सिर्फ एक या दो लाख लोगों में जो सचमुच गैस खाए हैं, तो काफी पैसा मिलेगा हर एक को।'

कुछ देर चुप रहकर मुक्ता ने बड़े शांत स्वर में पूछा, 'ऐसी बात है क्या? सचमुच?'

‘इतना हिसाब तो मुझे आता ही है,’ विनीता ने गर्दन झटककर कहा। उसे लगा, उसका तर्क अकाट्य साबित हुआ है। वह मुक्ता के शांत स्वर के नीचे की हलचल को अपने ही ज्ञान-प्रदर्शन के जोश में सुन नहीं पाई थी।

‘धिक्कार है तुम पर,’ मुक्ता ने उस पर थूकने का संकेत करते हुए कहा। उसके होंठ हिकारत से मुड़ गए थे और आँखों से नफरत बरस रही थी। अपनी प्लेट उठाकर वह किचन में चली गई।

मूर्ख कहलाने की विनीता को आदत पड़ चुकी थी। आजकल प्यार के बोलों की जगह इन कुछ शब्दों ने ले ली थी—बेवकूफ, गधी, जाहिल। वह जानती थी मुक्ता कितनी गंभीरता से इस केस पर काम करती रही है। अभी भी हालाँकि उसे समझ में नहीं आ रहा था कि मुक्ता को इस फैसले पर क्या एतराज़ है फिर भी उसके दर्द को वह महसूस कर सकती थी। उसे लगा कि उसने मुक्ता की समझ ही नहीं, उसकी नीयत पर भी सवाल उठाकर उसके साथ ज़्यादती की है, सारी हदें पार गई है। आखिर यह भी तो सच था कि जितने मरे या प्रभावित होते हैं, सरकार हमेशा उससे कम का ही आँकड़ा बताया करती है।

‘अब तुम कर भी क्या सकती हो ? सुप्रीम कोर्ट तो अंतिम कोर्ट है न ?’ विनीता ने मुक्ता को मनाने के लहज़े में पूछा।

‘है भी, नहीं भी,’ मुक्ता ने थकी हुई आवाज़ में कहा। वह अब सोना चाहती थी।

‘नहीं भी ? कैसे ?’ विनीता ने चकित होकर पूछा।

‘इसीलिए मेरे पास कानून की डिग्री है कि मैं न्याय के लिए लड़ने की कोशिश करूँ। झुककर हमेशा यह कहने के लिए नहीं कि हुजूर, माई बाप, आप जो कहें सिर माथे पर,’ मुक्ता ने चिढ़कर तंजिया आवाज़ में कहा।

पल भर को विनीता चुप हो गई। फिर चिहुँककर बोली, ‘ओहो, तो अब तुम अमेरिका जाकर वहाँ की अदालत में लड़ोगे!’

मुक्ता ने दाँत पीसकर कहा, ‘अपनी बेवकूफियाँ अपने पास रखो।’

विनीता ने हँसकर चुटकी लेते हुए कहा, ‘जानती हो, हमारे भोपाल में कहते हैं—कुछ भी करो, जंगल में धुनी रमाओ लेकिन अदालत कभी मत जाओ। अदालतें गरीबों के लिए नहीं होतीं।’

मुक्ता का खून खौल गया। ‘अगर कल मेरा कत्ल हो गया तो तुम तो अदालत नहीं जाओगी, है न ?’ सवाल पूरी तरह बेतुका था।

‘तुमसे तो बात ही नहीं हो सकती, हर बात का टेढ़ा मतलब निकालती हो,’ विनीता चिल्लाई।

मुक्ता जानती थी कि वह ठीक कह रही थी, वह बहुत ही चिड़चिड़ी हो गई है।

सुबह विनीता ने फोन बजने पर उठाया तो हैली दूसरी तरफ से बोल रहा था। उसने बताया कि लंच टाइम में सुप्रीम कोर्ट के बाहर विरोध प्रदर्शन होगा और दोनों को वहाँ आना चाहिए। ‘तुम्हें इस समझौते के बारे में क्या कहना है ?’ हैली

ने पूछा तो विनीता ने बहाना बना दिया कि दूध उबलने को है, उसे फुर्सत नहीं बात करने की।

उसने मुक्ता को हैली का संदेशा दे दिया। मुक्ता ने उससे पूछा भी नहीं कि वह प्रदर्शन में आना चाहती है या नहीं। यह मुक्ता के अब तक के आचरण के पूरी तरह विपरीत था जो हमेशा उसे अपने साथ विरोध-प्रदर्शनों और सभाओं में घसीटकर ले जाया करती थी। विनीता इस समझौते के खिलाफ तो नहीं थी फिर भी आज उसे लगा, मुक्ता उसे छोड़ गई है। उससे साथ आने को भी नहीं कहा।

विरोध-प्रदर्शन के बाद मुक्ता, हैली, सुगुणा और निर्मला मंडी हाउस की तरफ पैदल निकले। रास्ते में निर्मला ने हैली से पूछा कि 'मैड के दखल देने से पहले' भोपाल में प्रतिक्रिया कैसी थी?

'उन्होंने तो इसकी निंदा की—अब चाहे यह फैसला हो, आदेश हो, समझौता हो, जो भी हो,' हैली ने अचरज दिखाते हुए कहा।

'नाटक मत कर। मैं पूछ रही हूँ, तुम सबकी दखलअंदाज़ी से पहले क्या हुआ था?' निर्मला ने कहा।

'यह बात न, बाहर नहीं निकलनी चाहिए,' हैली ने रुककर तीनों को देखा। फिर उसने उन्हें बताया कि कैसे अरशद अली ने समझौते का स्वागत किया था और उसने मैड से कहा था कि जाकर उसे समझाए।

'उसने समझौते के कई हिस्सों पर तो ध्यान ही नहीं दिया था। वह तो बस मुआवज़े की रकम सुनकर खुश हो गया था,' हैली ने कहा। 'मुझसे उसने कहा, 'हेली भाई, उनको फाँसी देने से यहाँ दवाई के पैसे तो नहीं आएँगे।' हैली ने हूबहू अरशद की भोपाली बोली की नकल करके सुनाया।

निर्मला हँस पड़ी। 'बात तो सच ही है। बेचारे, उनके पास सचमुच कुछ नहीं है। साल भर सरकार कुछ बाँटती रही तो उसका सहारा रहा, अब कर्ज़ के सहारे हैं। पता नहीं, मैड ने क्या कहा उससे जो उसकी राय बदल गई!'

मुक्ता असहज हो उठी और उसका गुस्सा फिर फूट पड़ा। 'लोग कैसे भूल सकते हैं अपने बच्चों का कत्ल, अपने पतियों की हत्या?' उसने पूछा।

'उसी तरह जैसे आभिजात्य वर्ग भूल जाता है कि राजनीतिज्ञ अपनी नीतियों से रोज़ कितने हज़ारों बच्चों का कत्ल करते हैं,' निर्मला भड़क उठी। 'याद रहता है किसी को कि कैसे भ्रष्टाचार और मिलावट लोगों का कत्ल करते हैं? जो हिंसा दिखाई नहीं देती, वह क्या हिंसा नहीं होती? हत्या नहीं होती?'

निर्मला को हमेशा गंभीरता के बोझ से लटका मुक्ता का चेहरा तक नापसंद था। मुक्ता की असहमति बर्दाश्त करने की असमर्थता को वह बिलकुल झेल नहीं पाती थी। मुक्ता में यह समझ पाने की योग्यता ही नहीं थी कि जो उससे असहमत हो, वह भी उसके बराबर प्रतिबद्ध हो सकता है, ऐसा निर्मला मानती थी। मुक्ता को निर्मला की खुशमिज़ाजी खलती थी। उसका विश्वास था कि जो हर बात पर हँस सके, वह

किसी भी आंदोलन के प्रति समर्पित और गंभीर नहीं हो सकता और निर्मला के चरित्र में यही खोट प्रचुर मात्रा में कूट-कूटकर भरा मिलता था।

'अगर गरीब लोग कुछ रुपए लेकर संतुष्ट होने लगे तो हमें अपनी कानूनी व्यवस्था में ब्लड मनी की अवधारणा को शामिल कर लेना चाहिए। कत्ल करो, पैसे दो और खुले घूमो। अपराधियों पर मुकदमा चलाकर जेल भेजने की ज़रूरत ही क्या है?' मुक्ता ने कहा।

सुगुणा चुपचाप बहस को सुनती रही।

उस दिन सुप्रीम कोर्ट के सामने प्रदर्शन में अविधा ने भाग नहीं लिया। सुबह उठी थी तो उसे लगा था, उसका सिर फटकर कई हिस्सों में बँट चुका है और हर हिस्सा अलग ही तरह से दुख रहा है। अखबारों ने दर्द बढ़ा ही दिया। बाबा ने एक अखबार का संपादकीय उसे पढ़कर सुनाया जिसमें समझौते को एक बहुराष्ट्रीय निगम के हाथों राष्ट्रहित को बेचने वाला कुकृत्य बताया गया था।

'होने दो, जो भी हो, मेरा सिर न जाने कब फट जाएगा,' अविधा ने कहा था। उसने एक दुपट्टा सिर पर कसकर बाँध लिया।

जानती थी, ऐसे महत्त्वपूर्ण दिनों में ऑफिस से गायब रहने पर उसका ब्यूरो प्रमुख कितना नाराज़ होगा। दो एस्प्रिन निगलकर, बिना नाश्ता किए वह दोबारा लेट गई मगर नींद नहीं आई। दोपहर को काफी देर से वह दफ्तर पहुँची कि कम-से-कम अपनी प्रतिष्ठा की लाज तो रख ले। आखिर इस केस पर वही सबसे ज़्यादा लेख लिखती रही थी। मन-ही-मन उसने सुप्रीम कोर्ट को खूब कोसा कि जिन दिनों वह नींद और नशे में चूर सब कुछ भुला देना चाहती थी, उन्हीं दिनों में उस पर ऐसे भारी भरकम विश्लेषण की ज़िम्मेदारी डाल दी थी उसने।

ऑफिस जाकर पता चला कि अजीत, हैली और मुक्ता—तीनों उसे कल से फोन कर रहे हैं। लेकिन जिस फोन कॉल की खबर वह सुनना चाह रही थी, उसका ज़िक्र शाम तक किसी ने नहीं किया। दिन भर बाहर रहे एक सहकर्मी ने शाम को आने पर बताया कि प्रशांत का फोन सुबह आया था और उसने उसे फोन करने को कहा है। अविधा का दर्द कुछ कम हुआ। उसने प्रशांत को फोन नहीं किया।

उसे यह भी बुरा लगा कि निर्मला ने उसे फोन नहीं किया था। वह भूल ही गई थी कि अभी चार ही दिन पहले निर्मला उससे मिलने दफ्तर आई थी तो उसने उसे कुछ ज़रूरी काम का बहाना बनाकर टरका दिया था क्योंकि वह जल्दी घर जाकर उस चादर की कढ़ाई खत्म करना चाहती थी।

'मैं भी एक ही बेवकूफ हूँ,' उसने खुद से कहा और गलियारे के उस पार सुगुणा के दफ्तर चली गई कि प्रदर्शन की जानकारी ले ले। उसकी हालत देख सुगुणा भौंचक्की रह गई। अविधा ने कहा कि शायद उसे फ्लू हो गया है मगर काम तो करना ही होगा इसलिए जल्दी से बता दे, प्रदर्शन में क्या हुआ और आगे की क्या योजनाएँ बनाई जा रही हैं।

सुगुणा ने उसे अली की प्रतिक्रिया भी बता दी। 'इसे गुप्त रखना होगा। मैंने वादा किया है, ऑफ रिकॉर्ड रखेंगे लेकिन यह सब कितनी दिक्कतें पैदा करती हैं, अवि, तुझे नहीं लगता? संगठन में होने से हमें कितना कुछ पता चल जाता है और हम हैं कि लगातार खुद को सेंसर करते रहते हैं। कोई दुविधा नहीं होती तुझे? हितों के इस टकराव को लेकर?' सुगुणा ने अविधा से परेशानकुन लहज़े में पूछा।

'आई डोंट केयर,' अविधा ने गुस्से में कहा और फौरन शर्मिंदा महसूस करने लगी। 'सॉरी, सुगुणा, मेरी तबियत बहुत खराब है। मैं तो बस किसी तरह यह लेख खत्म करके घर जाना चाहती हूँ।' लौटकर जाते हुए वह एकाएक मुड़ी और उसने पूछा, 'निम्मी आई थी प्रदर्शन में?'

अविधा देर तक लेख लिखने में लगी रही मगर उसमें वह तीखापन नहीं आ पाया जिसकी उससे अपेक्षा की जाती थी। डेडलाइन नज़दीक थी, और वह अपने दिमाग को उस एक आदमी की छवि से छुटकारा दिलाने में उलझी रही जो उसकी तरफ देखे बिना ही गाड़ी में फर्राटे से निकल गया था उसके सामने से। शब्द लोप हो चुके थे, उससे खफा थे। वह जितना उन्हें पकड़ने की कोशिश करती, वे उतना ही दूर जा छिटकते।

'सभी मुझसे नाराज़ हैं,' उसने सोचा। 'माँ, प्रशांत, निर्मला और अब मैंने सुगुणा को भी नाराज़ कर दिया है। मैं एकदम बेकार औरत हूँ।'

इस फेहरिस्त में वह ब्यूरो प्रमुख बी.एल. जोशी को शामिल करना भूल गई थी जो दो बार उसकी मेज़ पर आकर पूछ चुके थे कि लेख आज मिलेगा या नहीं। पहले तो इतने अहम दिन गायब रहने, फिर विरोध-प्रदर्शन की रिपोर्ट लेने वहाँ न जाने, किसी वकील से बात नहीं करने, रोनी सूरत बनाकर आने और अब घंटों तक टाइपराइटर पर खिटखिट करने के बाद चलताऊ-सा लेख पकड़ाने के कारण उन्होंने उसे आग्नेय दृष्टि से देखा।

अविधा घर पहुँची तो देखा कि सुगुणा ने उसके लिए अदरक का काढ़ा तैयार करके रखा था। वह उसे गर्म करके उसमें नींबू निचोड़ लाई।

'शहद नहीं था, मैंने चीनी डाल दी।' सुगुणा ने कहा।

उसकी चिंता देख अविधा और भी दुखी हो गई।

'मुझे अकेले छोड़ दो,' उसने सुगुणा से कहा।

जिन की आधी खाली बोतल लेकर उसने सुगुणा से पूछा कि उसे चाहिए क्या? सुगुणा के नकार में सिर हिलाने पर वह उसे लेकर अपने कमरे में बंद हो गई और काढ़े में ढेर सारा जिन डालकर रोने लगी।

सर्वोच्च न्यायालय ने अपनी ही साख पर ऐसी बेपरवाही से कुल्हाड़ी चला दी थी कि उसे मसीहा मानने वाले अवाक् रह गए थे। अपने साथ ऐसा विश्वासघात हो गया, इसका उन्हें यकीन नहीं हो रहा था और निराशा के भावों को भी उभरने के

लिए जड़ता से जूझना पड़ रहा था। ऐसे अविश्वास के मारक प्रभाव से किसी तरह मुक्त होते लोग अखिल भारतीय विधि संस्थान के सबसे बड़े कमरे में जुटने लगे थे कि एक दूसरे का सहारा लें, एक दूसरे को सहारा दें। अब उनको गुस्सा आने लगा था और कमरे में उनके साथ यही गुस्सा एक जीव । प्राणी की तरह आ बैठा। अनेकानेक क्षेत्रों में सक्रिय लोग भारी कदमों से संस्थान में आकर अन्यों की आँखों में अपनी बौखलाहट और निराशा का प्रतिबिंब देखकर आश्वस्त हो रहे थे कि वे अकेले नहीं हैं, अब कोई उपाय निकल ही आएगा संकट से उबरने का।

कोई नहीं जानता था यह सब हुआ कैसे। यह आदेश आया कैसे। क्या इसके तर्क थे और क्या इसकी तुक थी। कोई नहीं जानता था कि अब क्या किया जाए, क्या किया जा सकता है। सब इतना जानते थे कि कुछ तो करना ही होगा। यही भाव इस कदर हावी था कि बहुतों ने तो पूछा ही नहीं, सोचा भी नहीं कि यह बैठक बुलाई किसने। सबने एक दूसरे से इसके बारे में सुना और चले आए। विद्रोह की इच्छा के प्रबल प्रवाह में विचारधारा की असहमतियाँ बह गईं।

कमरे में दो सौ से अधिक लोगों के लिए जगह कम थी। लंबी बेंचनुमा मेज़ें दीवार से सटा दी गई थीं, कुर्सियाँ और बेंच कमरे में भरी पड़ी थीं। मेज़ और बेंच—सब पर लोग बैठे थे और देर से आनेवाले कोनों-किनारों पर खड़े थे।

दिसंबर, 1984 की उस अँधेरी रात के बाद जब गैस के बादलों ने हज़ारों की साँसें छीन ली थीं, पहली बार दिल्ली में जनविरोध का मंच स्थापित हुआ था। रण का बिगुल अब दिल्ली से बजना था और उसके मध्यवर्गीय बुद्धिजीवी जवाब और जवाबदेही की खोज में इस कुरुक्षेत्र में आ जुटे थे।

अविधा बेमन-सी पैर घसीटती पहुँची तो देखा, अजीत हाथ में माइक लिये सभा को संबोधित कर रहा था। दिशा-निर्देश अजीत करे, यह सबको इतना स्वाभाविक लग रहा था कि किसी को नहीं सूझा कि पूछ ले कि किसके कहने पर वह यह ज़िम्मेदारी निभा रहा है।

अजीत 'दिल्ली ग्रुप' नाम से गठित एक छोटे-से अनौपचारिक-से समूह का अनौपचारिक प्रमुख था। गैस-त्रासदी के कुछ महीनों बाद बने इस ग्रुप का काम था सूचनाएँ बटोरना और बाँटना। प्रेस वालों को ज़्यादातर सूचनाएँ इसी समूह से मिलती थीं। भोपाल में पीड़ितों के संगठनों और दिल्ली में इस मामले से संबद्ध अधिकारियों से समूह सतत संपर्क बनाए रखता था। इस कांड से जुड़े अनेकानेक मुकदमों में पैरवी कर रहे वकीलों का सहयोग करने से लेकर देश में और यूरोप तथा अमेरिका में प्रचार-प्रसार के काम का भार भी समूह ने उठा रखा था। उसने तो कुछ अंतर्राष्ट्रीय सम्मेलन भी किए थे। गैस-पीड़ितों के संगठनों से प्रतिनिधि दिल्ली आते तो उनके रहने, खाने-पीने और उनकी बैठकें करवाने का इन्तज़ाम भी यही समूह करता था। अजीत इन गतिविधियों में ईश्वर की भाँति यत्र-तत्र-सर्वत्र विद्यमान रहता था और आज वह मुख्य संचालक की तरह शहर में पसरी बेचैनी के तारों को समेटकर फंदा बुनने में लगा था।

'कल इस समझौते पर एक और आदेश आया है। अभी हमें अधिकृत कॉपी नहीं मिली है। मिलेगी तभी हम उसका अध्ययन करेंगे, बारीकी से उसकी जाँच कर सकेंगे,' अजीत सभा से कह रहा था जब अविधा पहुँची। 'मैं बस इतना कह सकता हूँ कि जब यह मुकदमा न्यूयॉर्क में जज कीनन की अदालत में था, तब भी इस तरह के किसी समझौते की कोशिशें की गई थीं। वे सफल नहीं रहीं। इस बार तो अफवाह भी नहीं उड़ रही थी कि समझौते की कोशिश हो रही है। हममें से एक व्यक्ति तो रोज़ अदालत में होता ही था, हमने कभी नहीं सुना कि ऐसी कोशिश हो रही है।

'हमें तो अभी यह भी नहीं मालूम कि जो सुप्रीम कोर्ट में हुआ, वह असल में क्या है। क्या वह न्यायालय का आदेश है जिसे समझौता बताया जा रहा है? या वह भारत सरकार और यूनियन कार्बाइड के बीच एक समझौता है जिसे कोर्ट ने आदेश का जामा पहना दिया है? यह सब तकनीकी बातें हैं, मगर हैं ज़रूरी। हम विरोध शुरू करने के लिए ऐसी बारीकियों को समझने का इन्तज़ार नहीं कर सकते। तीन दिनों से हम रोज़ सुप्रीम कोर्ट के सामने प्रदर्शन कर रहे हैं। कल भी होगा। हमें वहाँ बड़ी संख्या में पहुँचना होगा।

'हममें से किसी को भी यह ग़लतफहमी नहीं होनी चाहिए कि यह लड़ाई आसान है। यह मुश्किल काम है। लेकिन हम ठान लें तो नामुमकिन नहीं है। हमें हर काम से ऊपर इसे वरीयता देना होगा, इसी को अपनी प्राथमिकता बनाना होगा।'

कमरे में जमा लोगों के चेहरों पर असमंजस और क्रोध के जो स्पष्ट भाव दिख रहे थे, उनसे एकबारगी अविधा को झटका लगा। उसने ऐसा गुस्सा बिरले ही देखा था। वह लगभग सबसे परिचित थी मगर कोई उसे देखकर मुस्कुराया नहीं, किसी ने उसकी सूजी लाल आँखों के बावजूद उसका हाल नहीं पूछा। इससे साफ था कि लोग कितने गंभीर रूप से लड़ाई में कूदने की तैयारी कर रहे हैं। उसे भान हुआ कि कोई ऐतिहासिक घटना घट चुकी है जिससे अकेली वही अछूती रह गई थी। जब सब न्याय की विस्तृत परिभाषा और व्यापक स्तर पर विचार में उलझे थे, वह सिर्फ अपने ही दुखों को सहलाने में लगी रही। वह अपने स्वार्थ पर शर्मसार-सी हो इधर-उधर देखने लगी मानो किसी की आँखों में पुरानी अविधा को खोज रही हो! आगे की पाँतों में उसे निर्मला दिखाई दी जिसने इशारे से उसे अपने पास बुलाया मगर अविधा ने उधर से नज़र घुमा ली।

अजीत मंच से उतरा तो हैली ने माइक सँभाल लिया।

'दोस्तो, जिन न्यायमूर्तियों ने यह शर्मनाक फैसला सुनाया है, मैं उन पर महाभियोग लगाने की माँग करता हूँ,' हैली ने कहा।

अजीत ने चकित होकर उसे देखा।

'हमें कानूनी सलाह की ज़रूरत ज़रूर पड़ेगी लेकिन मुझे विश्वास है कि इस कमरे में जितने भी लोग हैं, उनमें किसी को भी भारत के मुख्य न्यायाधीश समेत उन पाँचों न्यायाधीशों पर महाभियोग लगाने की माँग पर एतराज़ नहीं होगा जिन्होंने यह समझौता कराया या इसे अपनी सहमति दी। एक ऐसा समझौता जिसे देखकर दुनिया

हम पर हँस रही है, थूक रही है। ऐसा समझौता जिसने हमारे देश के लोगों की निर्मम हत्या को बहुराष्ट्रीय पूँजीवादियों के मुनाफे की वेदी पर बलि का पुनीत पावन काम घोषित किया है।'

कमरे में माँग के अनुमोदन का समवेत स्वर दहाड़ के रूप में गरजा। अजीत ने होंठ भींच लिये।

'इम्पीच द जस्टिसेस,' किसी ने ज़ोर से कहा और मेज़ों और बेंचों पर लोग हाथ मार-मारकर समर्थन प्रकट करने लगे।

'सुनो, यह सब कहने से पहले क्या हमें कानूनी सलाह नहीं लेनी चाहिए?' अजीत ने हैली से पूछा मगर उसकी चीख कमरे में उठ रहे 'इम्पीचमेंट, इम्पीचमेंट' के नारे के शोर में दबकर रह गई।

हैली ने अजीत का सवाल सुना था। उसकी तरफ मुड़कर वह बोला, 'नहीं।'

शोर कुछ थमने पर फिर से माइक पर बोलते हुए हैली ने कहा, 'महाभियोग कैसे लगाया जाता है, इसके लिए क्या करना होगा, इस पर हमें कानूनी राय चाहिए। मगर आज से हमें सुप्रीम कोर्ट को अपना निशाना बनाना होगा। बनाए रखना होगा। रोज़ आकर हमें कोर्ट के सामने खड़े होकर उसे बताना होगा कि जनता उससे सख्त नाराज़ है। इन न्यायमूर्तियों ने यह क्यों किया, यह तो शायद हमें कभी पता नहीं चलेगा लेकिन उन्होंने जो किया, उसे दुनिया का कोई तर्क जायज़ नहीं ठहरा सकता। इसे जायज़ ठहराने की कोई भी वजह न हमें सियासत में मिलेगी, न कानून में। यही एक संस्थान तो था जिससे हमें आशाएँ थीं और इसी ने इतनी निर्लज्जता से हमें निराश कर दिया है। हमें बताना होगा इन न्यायमूर्तियों को कि अगर उनकी नज़र में यही न्याय है तो हम उनको इन पदों पर नहीं रहने देंगे। यह हमारी ज़िम्मेदारी है अपने ही प्रति कि अन्याय को कबूल न करें। हमने नाइंसाफी से लड़ने का जो संकल्प लिया है, उस संकल्प के प्रति हमारी ज़िम्मेदारी है कि अन्यायी को जज की कुर्सी पर हम बैठे न रहने दें। क्या हम माँग करते हैं कि संसद में इन न्यायाधीशों पर महाभियोग लगे और इन्हें अपदस्थ किया जाए?'

'इम्पीचमेंट, इम्पीचमेंट,' कमरे में पीछे की तरफ बैठे कुछ लोगों ने कहा और जल्दी ही नारा कमरे में गूँजने लगा।

इसके बाद सभा कार्यक्रम को मूर्त रूप देने में जुट गई। रजिस्टर में सबके दस्तखत कराए जा रहे थे, फोंन नंबर और पते लिये जा रहे थे। एक छोटे समूह की ज़रूरत थी जो दैनंदिन कार्यक्रम तय करके सबको सूचित करे और रणनीति तैयार करे। हैली लोगों से पूछ रहा था कि कौन ऐसे समूह के लिए वक्त निकाल सकेगा। अजीत को रोज़ की बैठकों के लिए सर्वोच्च न्यायालय के आसपास किसी जगह की तलाश थी और वह विधि संस्थान के अध्यापकों से पूछ रहा था कि उनमें कोई अपना कमरा शाम दो-तीन घंटों के लिए उन्हें दे सकता है क्या। इसी बीच हरजीत सिंह ने अपने घर का एक कमरा बैठकों के लिए देने का प्रस्ताव कर दिया। उसका बड़ा सा बँगला

सिकंदरा रोड पर था। हरजीत ने कहा कि वह अपने तीन फोनों में से एक फोन और एक कमरा समूह के हवाले कर देगा।

'पहले इस ग्रुप का एक नाम तो रख लो,' निर्मला सुब्रमण्यन ने कहा। वह अजीत के नेतृत्व में चल रहे दिल्ली ग्रुप में नहीं थी और उसकी बात से साफ था कि वह एक अलग समूह के निर्माण की बात कर रही थी। अब तक वह किसी भी संगठन की सदस्य नहीं थी, मनमर्ज़ी से जब चाहे जिससे चाहे जुड़ जाती थी।

माइक लेकर निर्मला ने कहा, 'याद रहे कि यह संघर्ष भोपाल के बहादुर गैस पीड़ितों का है। आज तक हम तो घरों दफ्तरों में बैठे रहे, कभी-कभी वहाँ सैर पर जाते रहे मगर वे सतत संघर्ष करते रहे हैं। यह उनकी लड़ाई है। हमने उनकी लड़ाई न लड़ी है, न आगे लड़ सकते हैं। हम सिर्फ उस लड़ाई में सहयोग दे रहे हैं। यह सबको याद रहना चाहिए। इसलिए भावनाओं की रौ में बहकर कोई ऐसा बीड़ा न उठाए, कोई ऐसा वायदा न करे जिसे हम निभा नहीं पाएँ। इस समूह को जो नाम हम देंगे, उसमें भी यह साफ झलकना चाहिए।'

अजीत झुँझला उठा, हैली मुस्कुरा दिया। इन दोनों में तनातनी बनी ही रहती थी। दोनों जानते थे कि रोष का जो सैलाब सामने है, जल्दी ही उतर जाएगा। अजीत चाहता था कि उफान जब भी आए, उसकी ऊर्जा का भरपूर उपयोग कर लिया जाए। निर्मला की ज़िद होती थी कि हर बूँद सोच-समझकर उठने वाली लहर में शामिल हो।

'इसमें सोचना क्या है? समझौता विरोधी संघर्ष समिति नाम रख लेते हैं। ऐसे ही नामों की तो परंपरा है,' सुगुणा ने कहा।

एकाएक मुक्ता का गुस्सा उबल पड़ा। वह समझ नहीं पा रही थी कि आजकल वह हर समय गुस्से में क्यों रहती है। यह अदालत या कार्बाइड के खिलाफ गुस्सा नहीं था, यह और भी गहरा कोई आक्रोश था। सतत बनी रहने वाली यह झुँझलाहट आजकल उसके हर काम, हर बात में झलकती रहती थी। उसने चुप रहने की ठान ली।

'कुछ थोड़ा रचनात्मक नाम हो तो बेहतर होगा,' हैली कह रहा था।

'भोपाल के साथी, यह नाम कैसा रहेगा?' लतिका ने अंग्रेज़ी में पूछा।

अंग्रेज़ी में उसने सुझाया था—फ्रेंड्स ऑफ भोपाल।

लतिका भोपाल के संघर्ष से लंबे अर्से से जुड़ी थी और इस सिलसिले में भोपाल में नौ दिन जेल में भी रह चुकी थी। कार्बाइड के बारे में और इस मुकदमे के विषय में छोटी-बड़ी जानकारियों की पूरी खान थी वह जिसमें ज़्यादातर जानकारियाँ उसने विदेशी स्त्रोतों से बटोरी थीं।

फ्रेंड्स ऑफ भोपाल उर्फ फॉब का जन्म विधि संस्थान के सबसे बड़े कमरे में सर्वोच्च न्यायालय की भर्त्सना करने वाले नारों की गूँज के बीच हुआ।

हरजीत ने उत्तेजित होकर कहा, 'क्या बेहतरीन नाम सोचा है लतिका ने—फॉब ऑफ द सेटलमेंट! इस समझौते को टाल दो, यह तो इसके शॉर्ट फॉर्म में निहित होगा। वाह, वाह!'

भोपाल के संघर्ष का यह मित्र अस्तित्व में आ गया। अभी इसकी दिशा, इसकी चाल, इसकी शख्सियत सब कुछ तय होना था मगर मंज़िल की राह तैयार करने वालों के दमखम का इम्तिहान अभी से शुरू हो गया था। मंज़िल तो तय थी। समझौते को निरस्त करना था।

सभा समाप्त हो गई। लोग छोटे-छोटे झुंडों में चर्चा में व्यस्त हो गए। आज राज्य के दो स्तंभों पर उन्होंने चढ़ाई की घोषणा की थी—कार्यपालिका और न्यायापालिका। आगे क्या करें, इसकी तैयारी के लिए बीजसमूह बनना था। लोग नाम लिखा रहे थे या सूझा रहे थे।

अविधा ने सुना, निर्मला उससे पूछ रही थी, 'करोगी न ? मुझे पूरा विश्वास है, करोगी।'

अविधा ने हामी भर दी बिना जाने कि वह उससे क्या करने को कह रही थी। एकाएक उसका दम घुटने लगा। मितली आने लगी और अपने गले पर हाथ रख उलटी रोकती सी वह तेज़ कदमों से बाहर निकल आई।

बाहर ठंडी हवा का झोंका उसके मुँह पर चाँटे की तरह लगा। वह सबकी नज़र बचाती दौड़ती हुई सी सड़क पर निकल गई। इस समय भोपाल जैसे मसले पर वह कतई ध्यान देने योग्य महसूस नहीं कर रही थी।

वह नहीं जानती थी कि यह समझौता उसके लिए एकदम उपयुक्त समय पर हुआ था। रूढ़ियों और परंपराओं से बगावत करने वाली, अपनी मर्ज़ी से खुलकर जीने वाली साहसी महिला की अपनी छवि को उसने बड़ी मेहनत से पोसा था। उसकी निर्भीक लेखनी ऐसी ही तेज़-तर्रार पत्रकार का परिचय देती थी। प्रशांत के साथ उसके संबंध ने उसके व्यक्तित्व के जिस कमज़ोर पक्ष को उसके सामने उघाड़ दिया था, उसे वह किसी भी सूरत में सबके सामने प्रकट करने का जोखिम नहीं उठा सकती थी। यह संघर्ष ही अब उसे न सिर्फ पनाह देने वाला था, उसका संबल भी बनने जा रहा था मगर इस समय अविधा इस सबसे, अपनी छवि बनाए रखने की ज़रूरत से भी बेखबर सड़क पर सरपट चली जा रही थी बिना सोचे कि वह कहाँ जा रही है। वह उस सभा से, चर्चा से, नारों से दूर भाग रही थी अपनी तलाश में।

वह शर्मसार थी कि प्रशांत ने अपने बिस्तर पर पहुँचने वाली औरतों की जो गुप्त सूची बना रखी होगी, उसमें उसका भी कहीं नाम है, शायद सबसे ऊपर भी नहीं है। वह प्रशांत की नज़रों में क्या है यह जानना उसके लिए अब अपने अस्तित्व से ज़्यादा ज़रूरी हो गया था, अपनी स्वनिर्मित छवि से ज़्यादा अहमियत रखने लगा था। क्या आज भी प्रशांत के लिए उसका इतना महत्त्व है कि वह फिर कभी न मिले तो भी वह उसे याद रखे एक ऐसी औरत के रूप में जिसकी उसके बिस्तर में नहीं, उसकी ज़िंदगी में खास जगह हो, ऐसी जगह कि कोई भी कभी भी उसकी जगह न ले सके ?

उसने अपनी चाल और तेज़ कर दी। बार-बार वह खुद से पूछ रही थी कि उसने प्यार का इज़हार करने वाले लफ्जों का तोहफा क्यों माँगा ? उसे पूरी तरह पाने की चाह में ही वह उसे खो बैठी। वह उठकर चल दिया अपने प्रभावशाली परिवार

के पास, अपनी पत्नी-बच्चे के पास। दूसरे की दुनिया की सैर करके ज़ायका बदलने के लिए वह अब किसी और को ढूँढ़ लेगा। आज अविधा को मामूली सा भी संकेत मिल जाए कि वह उसके लिए दूसरी औरतों की तरह नहीं, उनसे अलग, उनसे ऊपर, कुछ बहुत ही विशेष है, कि उसे खोकर प्रशांत पछता रहा है, कि ज़िंदगी भर उसे वह याद रखेगा, हमेशा उसे मलाल रहेगा कि वह उसके लिए सब कुछ छोड़ देने का साहस नहीं जुटा सका तो उसका दर्द कितना कम हो जाए! उस रिश्ते के मलबे में वह ऐसा कुछ खोज रही थी जिसे धरोहर समझकर सँजो सके।

निराशा और कटुता ने उसकी स्मृतियों को अनावश्यक कुर्बानी और स्वेच्छा से शोषित होने की लज्जा के गहरे रंगों से पोत दिया। बहुत देर बाद वह फ्लैट में पहुँची जहाँ खुद-ब-खुद उसके कदम उसे ले आए थे। उसने सुना भी नहीं कि सुगुणा उससे कह रही थी कि वह उसे मीटिंग के बाद ढूँढ़ती रही थी, उसे चिंता होने लगी थी, खाना तैयार है। अविधा सकते की हालत में अपने कमरे में बिस्तर पर जा पड़ी। काफी देर बाद सुगुणा ने उसके कमरे की बत्ती बुझाई। अविधा बेसुध सी पड़ी थी।

'कितनी ममता है तुममें! यीशु तुम्हें आशीर्वाद देंगे,' उस सिस्टर ने कहा था। विनीता को उसका नाम भी याद था—सिस्टर फिलोमिना।

अगर भगवान को मुझे इसी तरह आशीषना था तो मैं उनके आशीर्वाद के बिना ही भली थी, विनीता ने सोचा।

सुबह उठी थी तो सिर भारी था। मुक्ता निकल चुकी थी, उसे जगाए बिना, उससे कुछ कहे बिना। नाश्ता भी नहीं किया। मुक्ता के ऐसे रूखे व्यवहार को सहते हुए विनीता थकने लगी थी। वह रसोई में चाय बनाने गई थी मगर वहीं खड़ी रोने लगी।

मुक्ता के प्रति उसका प्यार इतना प्रबल था कि उससे अलग होने की वह कल्पना भी नहीं कर सकती थी। मुक्ता उसे छोड़ जाएगी, यह कल्पना तो और भी दुस्सह थी। वह मुक्ता की अपेक्षाओं पर खरा उतरने की जी जान से कोशिश कर रही थी मगर वह जो भी करती, मुक्ता को नापसंद ही होता। मुक्ता की नज़र में वह मूर्ख थी, हमेशा उसे गुस्सा दिलाती रहती थी, रसोई में घुसी रहती थी, पड़ोसियों से बतियाती रहती, सब्ज़ीवालों तक से बिना गप लड़ाए चैन नहीं पाती थी। शिकायतें ही शिकायतें। खुद विनीता को विश्वास हो चला था कि वह एकदम निकम्मी और बेवकूफ है। उसे समझ में नहीं आता था कि दिल्ली में लोग कैसे घर के बगल में रहने वालों से कभी बात किए बिना जी लेते हैं। वे मीलों दूर रहने वालों से फोन पर गप को पड़ोसी की छत पर मूँगफली के साथ गपशप से बेहतर समझते हैं, देर रात मीलों दूर दोस्तों के घर दौड़े चले जाते हैं मगर पड़ोसी मर रहा है या जी रहा है, इसकी खबर नहीं लेते। फोन मेल-मुलाकात का पर्याय कैसे बन गया, यह विनीता की समझ से परे था।

इसके बावजूद ऐसा नहीं था कि पड़ोसी एक दूसरे पर नज़र न रखते हों, कानाफूसी न करते हों! विनीता ने यहाँ बात फैला रखी थी वह मुक्ता की मौसेरी बहन है और पढ़ाई के लिए यहाँ आई है वरना क्या मुक्ता को कोई यहाँ चैन से जीने देता? कितनी कानाफूसियाँ होतीं! मगर मुक्ता को इसकी कानोंकान खबर न हुई थी कि विनीता कितने ही अफवाहों को शांत करती उसका जीवन पथ सुगम बनाती जा रही थी। फिर भी वह मुक्ता को खुश रखने के लिए आसपास के लोगों से बातचीत कम ही करती थी। अपने स्वभाव के दमन से उसका सिर हमेशा दुखता रहता था और अब उसे यकीन ही नहीं होता था कि वह वही आत्मविश्वासी लड़की है जो माता-पिता से लड़कर घर छोड़ भाग आई थी अपने पीछे एक चिट्ठी छोड़कर कि वह अपना जीवन अपने तरीके से जीने के लिए जा रही है, कोई उसके पीछे न आए। फिर भी आए थे उसके पिता यहाँ तक। तब कैसी खामोश अटलता का परिचय दिया था उसने! कहाँ गई वह विनीता? अपना जीवन मुक्ता की अपेक्षाओं के ढाँचे में ढालने के लिए किया था क्या उसने यह सब?

दिल्लीवासी उसे बहुत निर्मम लगते थे। अगर इस शहर में भोपाल जैसा कांड हुआ होता तो जाने कितने लोग वह सब करते जो भोपाल के लोगों ने उन भयावह दिनों में किया था जब उन्हें यह भी खबर न थी कि पानी में ज़हर घुल गया है या नहीं और सब्जियाँ ज़हरीली हो गई हैं या नहीं? सारा शहर ही उमड़ पड़ा था गैस पीड़ितों की मदद के लिए। केमिस्टों ने दवाओं के ढेर लगा दिये थे और आँखों में डालने वाली दवा के तो गोदाम ही खाली कर दिये थे। छात्र दौड़े-दौड़े हमीदिया अस्पताल और कस्तूरबा अस्पताल पहुँचे थे, लोगों के घरों से भर-भर बाल्टियाँ पानी ला रहे थे। लोगों ने दरवाज़े खुले छोड़ दिये थे उनके लिए। चंदा जमा करके फल, दूध, ब्रेड खरीदकर बीमारों को लोग खाना खिलाने पहुँचे थे।

विनीता ने देखी थी वह त्रासदी जिसने भोपाल के कौओं को चुप करा दिया था। यह दिल्ली बंबई के लोग तो बाद में पहुँचे थे, वह तो हज़ारों के साथ गैस रिसाव की अगली सुबह ही निकल पड़ी थी कि दम तोड़ते लोगों का हाथ थाम सकें, उन्हें अकेले मरने न दें, उन्हें बचा लें, उनके खोए बच्चे ढूँढ़ लाएँ, उनके घरों की खोई चाबियाँ ढूँढ़ लाएँ, या जो घर खुला छोड़ आए थे उनके दरवाज़ों पर ताला लगा दें।

विनीता तब नूतन कॉलेज में बी.ए. फाइनल में पढ़ रही थी जब एक ही रात में उसके अलसाए शहर की तस्वीर बदल गई थी, सड़कों पर स्ट्रेचर ही स्ट्रेचर थे, हवा में फटती साँसों की चीत्कार और मुर्दघाटों में इतने कफन कि लगता था मैदान पर सफेद चादर तान दी हो किसी ने!

वह डरावना सोमवार उसे याद है जब वह रज़ाई की गर्म सँकरी गुफा से बाहर निकली थी और रेडियो पर खबर आ रही थी प्रलय की। उससे पहली दोपहर उसने अपनी इंदौर वाली बुआ के साथ न्यू मार्केट में खरीदे कपड़े सहेजते और बेसन के लड्डू बनाते बिताया था जो अपनी बेटी की शादी का न्योता देने और पारिवारिक

सर्राफ से गहने बनवाने आई हुई थीं। उन्हें दोपहर बस में चढ़ाकर साकेत नगर के अपने मकान में पहुँचते-पहुँचते शाम हो गई थी। रात देर तक वह पड़ोसी सहेली के घर बुआ के इंदौर पहुँचकर फोन करने का इन्तज़ार करती बैठी रही थी। उनके घर में फोन नहीं था।

अगली सुबह माँ ने झिंझोड़कर उठाया था। पड़ोसी का लड़का बुलाने आ गया था कि इंदौर से फोन है। बुआ का ही फोन था। हरीश सक्लेचा ने आकर बताया था कि वह बहुत मिन्नतें कर रही थीं कि कुछ दिनों के लिए इंदौर चले आओ कि मुख्यमंत्री भी भोपाल छोड़ गए हैं।

'रात को रिसी है गैस, अभी तक हवा में थोड़े ही होगी,' हरीश सक्लेचा ने कहा था।

विनीता का भाई विपिन दोस्तों के संग मुख्य सड़क तक घूम आया था। खबर लाया था कि लोग बसों में लदकर, उनकी छत तक पर बैठकर मिसरोद की ओर जा रहे थे। टैक्सी, ऑटो, बैलगाड़ी जो मिला, उस पर बच्चों को बगल में दबाए शहर से भाग रहे थे। बस-टैक्सी वाले इतना भाड़ा ले रहे थे मानो सात पुश्तों के लिए आज ही कमाकर रख लेंगे!

'कोई दया-माया नहीं बची क्या किसी में?' उसकी माँ ने हिकारत से कहा था। 'जाकर देखना चाहिए। हो सकता है, किसी की मदद ही करनी पड़ जाए!'

विनीता तीन मकान छोड़ रहने वाली अपनी सबसे प्यारी सहेली उमा के साथ अपने एनसीसी प्रशिक्षक असलम खान के घर पहुँची थी जहाँ दो और छात्र भी आए हुए थे। वे सब हमीदिया अस्पताल के लिए निकले थे। ऑटो ने तो उधर जाने से मनाकर दिया था। वे एक बस में चढ़े थे जहाँगीराबाद के लिए। बस वाले ने कहा था, वहाँ से बस आगे नहीं जाएगी, आगे खतरा था।

बस खाली ही थी। उसकी खिड़की से विनीता ने एमपी नगर से जहाँगीराबाद तक के रास्ते पर बिखरी-टूटी चूड़ियाँ और कपड़े बिखरे देखे थे जो बता रहे थे कि इस ज़हर में लिपटे शहर से लोग किस रास्ते कैसे बाहर भागे थे। फिर भी वह जहाँगीराबाद के नज़ारे के लिए तैयार नहीं थी।

पतली दीवारों और सटी चौखटों वाले इस खचाखच-भरी बस्ती में ऐसा सन्नाटा था कि अपने ही कदमों की आहट साफ सुनाई दे रही थी। गली में कोई इनसान नहीं था। एक कौआ मरा पड़ा था। हवा में घुले विष के खिलाफ आखिरी शिकायत ऊपरवाले को सुनाती उसकी खुली चोंच खुली ही रह गई थी। खान को लगा था कि कमरों में झाँक ले, शायद कोई बेहोश हो, लाचार हो, मदद के इन्तज़ार में हो! उसने धीरे से यह कहा भी मगर अपने छात्रों के भयाक्रांत चेहरे देख फौरन फैसला बदल दिया। अस्पताल जाकर विशेषज्ञों से पूछ लेना बेहतर होगा कि वे क्या कर सकते हैं।

'आगे मत जाओ, वापस चलो,' उमा अचानक चीखने लगी थी।

विनीता हतप्रभ सी खड़ी थी। उनके सामने सड़क पर पड़ा था एक दुपट्टा और एक बच्चे का छोटा सा मोज़ा, बहुत पुराना और घिसा हुआ। किस छटपटाते बच्चे के

नन्हे से पैर से खिसककर गिर पड़ा था यह मोज़ा ? क्यों रुकी नहीं थी उसकी माँ इतनी सर्द रात को मोज़ा उठाने के लिए ? मोज़ा पड़ा था एक हरे दुपट्टे के पास और आसपास बिखरी थी लाल हरी चूड़ियों के टुकड़े। एक अजनबी औरत के यह कपड़े और एक अजनबी बच्चे का यह मोज़ा उन्हें उनकी मौत से भयंकर संघर्ष की पूरी दास्तान सुना गए थे। ऐसी हड़बड़ी भोपाल में कब देखी गई थी ? यहाँ तो बसवाला इन्तज़ार करता था कि बाई आँचल सँवारकर, बच्चे को जूते पहनाकर किलो भर आलू खरीद के आराम से बस में चढ़े। किस दानव ने उस बाई को ऐसा दौड़ाया था कि वह शायद गिरी भी और अपना दुपट्टा तक छोड़कर भागने को उठी ? ऐसे ही तो टूटी होंगी उसकी चूड़ियाँ। कहाँ भागकर जा रही थी वह अपने ठंड से ठिठुरते बच्चे को छाती से चिपकाए ? किसी बस की ओर ? किसी इनसान की ओर ? बच गई थी क्या वह ? उसकी लाश तो नहीं पड़ी थी आसपास ? विनीता इस इबारत की कहानी और सुनना नहीं चाहती थी। वह काँप रही थी तभी उसने उमा की चीख सुनी थी।

उमा के दाँत किटकिटा रहे थे, खान उसके कंधे पकड़कर झिंझोड़ रहा था कि वह किसी तरह होश सँभाल ले।

'हाँ, जाओ, तुम वापस जाओ,' खान ने कहा था।

उमा मुड़कर भागी उसी बस की ओर जो लौट रही थी। फिर एकाएक वह लौट आई और विनीता का हाथ पकड़कर उसे भी खींचने लगी।

विनीता ने उसका हाथ झटक दिया था। बाकी दोनों छात्र कुछ कदम की दूरी पर ठिठके यह सब देख रहे थे। खान ने उनमें से एक से कहा था कि उमा को घर पहुँचा आए। आज के दिन जब बसों का भी ठिकाना नहीं था, एक अकेली लड़की को वह कैसे जाने देता ? उमा के पीछे जाते उस लड़के ने कहा था, 'मैं आऊँगा सर, हॉस्पिटल आऊँगा।' वह आया था पूरे चार घंटों बाद।

विनीता और दूसरे लड़के खान के साथ हमीदिया अस्पताल की ओर चल दिए थे। उन्होंने झील के किनारे कई लोगों को उल्टियाँ करते देखा था। एक नन झील के किनारे दोहरी हुई एक औरत को थामे थी। उस औरत ने सिर उठाया तो नन ने झुककर बड़े प्रेम से एक छोटे से तौलिए से उसका मुँह पोंछा था। फिर वह एक छोटे से लड़के को सहारा देने उठ गई थी जो झील पर औंधा होकर पानी पीने की कोशिश कर रहा था या शायद पानी तक पहुँचने की हड़बड़ी में गिर पड़ा था।

'सिर्फ ईसाई मिशनरी ही ऐसा कर सकते हैं,' खान ने कहा था। 'मेरेकू हमेशा हैरानी होती, ये ऐसे कैसे करते हैं। अपन ऐसा कर सकते क्या, ऐसा खयाल आता, कभी-कभी।'

हमीदिया अस्पताल के नज़दीक वे गली से सड़क पर निकले तो पल भर को ठिठक गए। वहाँ एक अजीब सी आवाज़ गूँज रही थी। उन्हें यह समझने में वक्त लगा कि यह हज़ारों गलों की खाँसी की बेसुरी आवाज़ है, जैसे शैतान किसी मरसिया का रियाज़ कर रहा हो! बीच-बीच में कोई चीख इस बेसुरे गीत को भेद जाती।

उनके कान दुखने लगे। पीले हरे बलगम और उल्टियों के ढेर से सड़क फिसलनी हो गई थी। तीन बकरियाँ मरी पड़ी थीं। उनके फूले पेट चमड़े के भरे हुए गुब्बारे से लग रहे थे। लगता था, किसी ने चमड़े की थैली में हद से ज़्यादा पानी भर दिया है और यह कभी भी फट पड़ेंगी।

कुछ गायें सड़क पर डगमगाती चल रही थीं मानो अंधी हो गई हों या नशे में धुत्त हों! एक गाय बहुत ज़ोर से रंभा रही थी, फरियाद कर रही थी ऐसे दुश्मन से उसे भिड़वा देने के खिलाफ जिससे लड़ने के लिए कुदरत ने उसे तैयार नहीं किया था, कोई हथियार नहीं दिया था। वह तब तक विलाप करती रही जब तक कि खड़ा रहना उसके बस में था। फिर वह लुढ़क गई, पलटी और मौत के आगोश में एक खरखराती साँस छोड़कर उसने राहत पाई। सामने हमीदिया अस्पताल था।

खान उन्हें देखकर मुस्कुराया। 'अपन वहाँ पहुँच गए जहाँ अपनी ज़रूरत है।' उसने कहा।

अस्पताल ऐसे लग रहा था, जैसे युद्ध का मोर्चा हो! गेट के बाहर लोग बैठे थे। कुछ लेटे भी थे—खाँसते हुए, फटी पुरानी चादरें ओढ़े ठंड में ठिठुरते, धूप के टुकड़े ढूँढ़ते। इमरजेंसी के बाहर लाशें पड़ी थीं। लोग छोटे-छोटे बच्चों के हाथ पकड़े लड़खड़ाते हुए इमरजेंसी की ओर जा रहे थे। बच्चों की आँखों से इतना पानी बह रहा था कि वे कुछ देख नहीं पा रहे थे।

तीनों वहाँ खड़े त्रासदी की विकरालता को समझने की कोशिश करने लगे। क्यों आए थे वे यहाँ? वे कर ही क्या सकते थे?

'सर, मैं देख नहीं सकती, सर!'

विनीता की आँखें भर आई थीं।

खान एकदम से तन कर खड़े हो गए। वे कनिष्ठ अधिकारी ही सही, उनको कुछ प्रशिक्षण तो मिला ही था—युवाओं को शिविरों में बालू से भरे बोरों के पीछे से बारह बोर की राइफल चलाना और कुछ व्यायाम सिखाते थे तो कुछ फर्स्ट एड भी तो सिखाते थे। उन्होंने सोचा कि डॉक्टरों से पूछ लें कि किस चीज़ की ज़रूरत है।

'इन लोगों से बात करो, दिलासा दो, पानी पिलाओ, दवा दो। मैं डॉक्टर से बात करके आता हूँ,' उन्होंने कहा और अस्पताल के भीतर चले गए।

कुछ लोग ब्रेड और फल बाँट रहे थे। विनीता ने एक औरत को सहारा देकर बिठाया और सेब की एक फाँक खिलाई। औरत ने उसे बताया कि वह कैसे जल्दी से भागी, शॉल भी ओढ़ने का टाइम नहीं था मगर उसे ठंड नहीं लग रही थी। उसे तो लग रहा था, उसके अंदर आग लगी है।

'मेरी छाती जल रही है देखो। साँसें जल रही हैं,' उसने विनीता का हाथ अपनी छाती पर रखते हुए पूछा, 'लगता है, गर्म लगता है न?' वह काफी देर तक अनर्गल-सा कुछ कहती रही, उसे बताती रही कि वह तो बस, आगे भाग रहे लोगों की पीठ की दिशा में दौड़ती रही थी, यहाँ कैसे पहुँची, याद ही नहीं है।

तभी कई लोग विनीता को छू-छूकर बुलाने लगे, किसी को पानी चाहिए था, किसी को डॉक्टर। एक बूढ़ा आदमी उसके पास खिसक आया और कहने लगा कि उसका ट्रांज़िस्टर गुम गया, कहीं रास्ते में गिर गया उसके हाथ से, जब वह एक बड़े पत्थर से टकराकर गिर पड़ा था और बेहोश हो गया था।

'आप ट्रांज़िस्टर कायको लेके आए?' विनीता ने हैरान होकर पूछा।

'मेरेकू लगा, रेडियो पर बताते शायद, क्या करो, किधर को जाओ,' बूढ़े ने कहा। मगर उस पर तो कोई विदेशी संगीत बजता रहा। उसे किसी स्टेशन पर कोई खबर, कोई हिदायत नहीं सुनने को मिली।

लोगों से बात करते हुए विनीता के सामने धीरे-धीरे पिछली रात की तस्वीर साफ होने लगी। सोते हुए लोगों की आँखें जलने लगी थीं, साँस लेना मुश्किल होने लगा इसलिए वे जाग गए थे और बाहर निकले थे। कुहासा घिरा था। कुछ दिखाई नहीं दे रहा था तभी सामने कार्बाइड की फैक्टरी से एक जीप निकली और सड़क पर तेज़ी से दौड़ती गायब हो गई। लोगों को लगा, उसी दिशा में सुरक्षा है और वे भागे। जो हाथ में आया, उसे लेकर भागे और सीधे रिसती गैस के बादलों में जा घुसे।

फैक्टरी से निकलकर आ रही गैस उनकी आँखों, उनके मुँह और उनके फेफड़ों में जा घुसी। उसके ज़हरीले कण फेफड़ों के भीतर श्वासनलियों की वृक्षावली पर एक से दूसरी शाखा पर फुदकते उनकी मांसपेशियों में, उनके खून में घुल गए। वे भागते रहे, हवा की दिशा के विपरीत और जितनी गहरी साँसें वे लेते, ज़हर उतना ही गहरे उनके भीतर समाता रहा।

'बचने का एकीच रास्ता था बेटी, साँस लेना बंद कर देना,' बूढ़े आदमी ने उससे कहा था।

एक औरत ने आकर उससे कहा कि उसका पति और बेटी उसे नहीं मिल रहे। विनीता उसे लेकर अस्पताल का चक्कर लगाने निकल पड़ी। पीड़ित ठंडे फर्श पर पड़े कराह रहे थे। झील किनारे औरत को उलटी कराने के बाद उसका मुँह पोंछती सिस्टर की तस्वीर विनीता की आँखों में उभरती रही। वह कर पाएगी ऐसा? अपनी माँ के लिए तो शायद कर भी ले लेकिन क्या अजनबियों के लिए कर सकेगी?

विनीता सिसकियाँ भरने लगी। औरत ने गैर के दर्द को अपनाती इस लड़की के आँसुओं से द्रवित होकर कहा, 'रोओ नको बेटी, मैं ढूँढ़ती, तुम जाओ, जाओ।'

'नहीं, मैं आती न आपके साथ,' विनीता ने कहा और अस्पताल के बाहर गेट तक उसे ले गई जहाँ बहुत से पीड़ित जमा थे।

वहीं रास्ते में मुर्दाघर था और उसके सामने लाशों की कतारें लगी थीं क्योंकि भीतर जगह नहीं बची थी। यथार्थ ने उसे झकझोरकर जगा दिया। अब तक यह सब उसे सच होकर भी सच नहीं लग रहा था।

दृढ़ता से औरत का हाथ पकड़कर उसने कहा, 'आप देखे लेती न अपने आप से? मेरेकू दूसरों के लिए भोत काम करने का है।'

उसे छोड़ विनीता अस्पताल में घुस गई और एक अर्दली को ढूँढ़कर उसने कहा कि उसे एक झाड़ू और चिलमची दे दे। हो सके तो एक बाल्टी भी दे दे ताकि वहाँ की गंदगी को वह साफ कर सके। फर्श पर उल्टियों के ढेर थे। लोगों के अधपचे भोजन की सड़ती ढेरियों से पानी अलग होकर बह रहा था। बाथरूम में पैर नहीं रखा जा सकता था।

'इतनी गंदगी है। लोग और भी बीमार पड़ेंगे', विनीता ने अर्दली से कहा।

'क्या करें,' परेशानहाल अर्दली ने कहा, 'सफाई कर्मचारी गेस खा गए। चार तो इमरजेंसी में पड़े हैं। सफाई करने को कोई नहीं।'

'हम तो हैं, कम-से-कम में तो हूँ,' उसने कहा था।

वह चिलमची की खोज में बाथरूम पहुँची तो फौरन मुँह मोड़कर भाग आई कि खुद ही उलटी करके वहाँ की गंदगी को और बढ़ा न दे। दाँत भींचकर, आँखें लगभग बंद करके, साँस भी रुक-रुककर लेती विनीता ने कई कमरे साफ किए। इमर्जेंसी से वह वार्डों में गई और बाल्टी में गंदगी जमा करने लगी। वह जब बाहर आँगन में आकर देख रही थी कि बाल्टी कहाँ खाली करे कि दुबारा उसे भर सके तभी आशा निकेतन की कुछ सिस्टर्स वहाँ आ पहुँची थीं। उनमें एक ने कहा था कि पास में पेड़ के नीचे गड्ढा खोदकर बाल्टी की गंदगी उसमें दबा दें। दोनों ने मिलकर गड्ढा खोदा और एक दूसरे से बातें करने लगीं। उसका नाम था सिस्टर फिलोमिना और उसने विनीता के इस निःस्वार्थ भाव की बहुत प्रशंसा की थी। उसी ने कहा था कि ईश्वर बहुत प्रसन्न होंगे, उसे आशीर्वाद देंगे।

रसोई से आकर खाने की मेज़ पर बैठी विनीता को आज लग नहीं रहा था कि भगवान उसे आशीषना चाहते हैं। जिस ममत्व ने सिस्टर का मन मोह लिया था, मुक्ता पर तो उसका कोई असर नहीं हो रहा था। उमा, उसकी सबसे प्यारी सहेली उमा, जो काफी देर बाद अस्पताल आई थी और विनीता को झाड़ू लगाते देख भौंचक्की रह गई थी और उसकी तारीफ करती नहीं थकती थी, उसने भी उसे ठुकरा दिया था यह जानने के बाद कि उसकी प्रकृति अलग है, प्रवृत्ति अलग है। उसने विनीता के खतों का कभी जवाब नहीं दिया था। अरसे तक विनीता खुद को समझाती रही थी कि हो सकता है, उमा की माँ ने खत फाड़कर फेंक दिये हों, उसे पढ़ने ही न दिये हों! लेकिन कब तक वह खुद से झूठ बोलती? उसे भीतर कहीं मालूम था कि उमा अब उस पर शर्मिंदा है। मुक्ता क्या जाने इस नितांत अकेलेपन को! अपने अतीत के हर रिश्ते से कट जाने के इस दर्द को? वह तो जैसी थी, जिन लोगों के बीच थी, वहीं थी और अकेले रहना पसंद भी करती थी।

भोपाल में वह जब तक रही, विनीता लगातार गैस पीड़ितों के लिए काम करती रही। उसे इस बात से कभी कोई मतलब नहीं रहा कि वह किस संगठन के साथ है। जब संगठनों में आपस में तनातनी होने लगी तो वह बौखला गई थी। उसे समझ में नहीं आता था कि उनके बीच बहसबाजी किस चीज़ को लेकर होती थी। उसने मारवाड़ी समाज, जैन समाज, वक्फ बोर्ड, एनसीसी, आशा निकेतन—सबके कामों में हाथ बँटाया। यहाँ तक कि भोपाल गैस लीक विरोधी न्याय का संघर्ष मोर्चा के

साथ भी काम किया। कितना लंबा नाम था उस पहले संगठन का, नाम लेने में ही पूरे तीन मिनट लग जाते थे। कुछ नागरिकों ने बनाया था वह मंच लेकिन अब वह कहीं दिखाई नहीं देता था। उसमें कई बड़े वकील और डॉक्टर भी थे। उसने तो उन अमेरिकी वकीलों के लिए भी काम किया था जिनका मुक्ता मज़ाक उड़ाती थी। उनमें एक-दो के लिए वह अनुवादक बनी थी, टूटी-फूटी अंग्रेज़ी में उन्हें गैस पीड़ितों की बातें बता दिया करती थी। कितने दोस्त बनाए थे उसने और सबको खो दिया।

फिर एक बार विनीता ने प्रण किया, अब वह अपने विचार कभी प्रकट नहीं करेगी। उससे बेचैनी सही नहीं जाती थी। उसे घर में शांति पसंद थी और उसी के मुँह खोलने से शांति भंग होती थी। उसे लगने लगा कि मुक्ता के साथ उसका रिश्ता अब ज़्यादा चल नहीं सकता।

दरवाज़े की घंटी बजी। कामवाली आ गई थी।

'इतनी देर से आई हो? मैं कुछ कहती नहीं तो इसका यह मतलब तो नहीं कि तुम जब चाहो, आओ?' विनीता ने उससे कहा।

'आपकी तबियत ठीक नहीं है, आप आराम कीजिए,' हँसती हुई वह रसोई में जा घुसी। आजकल वही हँसती है इस घर में।

कनॉट प्लेस में लोग अपने कामों में लगे थे जब खपच्चियों पर एक आदमी पालिका बाज़ार के ऊपर हरी घास के टीले पर चढ़ने लगा। सबसे ऊपर सब पर हावी इस आदमी ने काले सिल्क का लंबा झालरदार गाउन पहना था जिस पर बड़े बड़े लाल अक्षरों में 'कार्बाइड' लिखा था। उसके सिर पर अमेरिकी झंडेनुमा हैट था। वह ढपली बजाता अपने स्टार एंड स्ट्राइप्स हैट को नचाता चल रहा था। पीछे-पीछे कुछ लड़के-लड़कियाँ चिमटे मंजीरे बजाते कोई भजन गाते चल रहे थे। एकाएक दानवी आदमी रुका, उसने अपने मुँह में इतनी हवा भर ली कि उसके गाल फूल गए, फिर उसने घूमकर पीछे आ रही भजन मंडली के मुँह पर यह साँस छोड़ी। लड़के-लड़कियों के हाथ से चिमटे-मंजीरे छूट गए, वे अपने सामने अपने हाथ हिला-हिला कर हवा को साफ करने की कोशिश करने लगे। उनके मुँह खुले और खुलते चले गए, फिर वे अपनी गर्दनें पकड़कर तेज़ी से साँस लेने लगे मानो दम घुट रहा हो! फिर छटपटाने लगे और धीरे-धीरे धराशायी हो गए।

'सुनो, सुनो,' खपच्ची की ऊँचाई से सबको हेय दृष्टि से देखते आदमी ने कहा, 'सब सुनो, ध्यान से सुनो। मैं हूँ अमेरिकी बकासुर। मुझे बलि चाहिए हज़ारों की। मुझे खुशी है कि तुम्हारी सरकार ने मेरी माँगें मान ली हैं। अब मैं निडर होकर खाता हूँ लोगों को। लोकतांत्रिक भारत के शासक अमर रहे। आओ, मेरी भूख मिटाओ! सब कहो मेरे साथ, धन्य भाग हमारे...'

ज़मीन पर पड़े प्राणांतक पीड़ा से छटपटाते लड़के-लड़कियों ने समवेत स्वर में कहा, 'हम अमेरिका का खाना बनेंगे।'

बकासुर ने आगे कहा, 'धन्य भाग हमारे!'

लड़के-लड़कियों ने और भी ज़ोर से कहा, 'हम उनका मुनाफा बनेंगे।'

आसपास भीड़ जमा होने लगी थी और खपच्चियों पर चलते आदमी ने ढपली उठाकर बजाना और गाना शुरू कर दिया, 'धन्य भाग हमारे...'

कोरस वहीं पड़ा-पड़ा साथ देता रहा। ढपली बजाते हुए आदमी ने भीड़ के बीच एक गोल घेरे में घूम-घूमकर कुछ जगह को खाली रखा। जब भीड़ काफी बढ़ गई तो यह नाटक रुक गया और अविधा इस घेरे में आकर भाषण देने लगी।

'अभी आपने जो देखा, वह भोपाल गैस त्रासदी की एक झलक थी। असलियत तो इससे भी ज़्यादा खौफनाक थी। हाँ, ऐसे ही मरे थे लोग वहाँ। क्या आपने अपने घर में कभी कीड़ों पर दवा छिड़की है? उन्हें इधर-उधर भागते, खुली हवा में दम घुट जाने से मरते हुए देखा है? इसी तरह मरे थे लोग वहाँ। अपने देश के लोग। भारत के लोग। वो कीड़ों की तरह मरे, खुली हवा में उनका दम घुट गया, उन्हें ऑक्सीजन नहीं मिली हवा में। और धीरे-धीरे वह ज़हरीली हवा उनके अदर साइनाइड में बदल गई। उसने धीरे-धीरे मार डाला लोगों को। इस त्रासदी को घटे चार साल से ऊपर हो गए। आप सबको याद होगा दिसंबर, 1984 का वह दिन जब भारत दुनिया की सबसे बड़ी औद्योगिक त्रासदी का मंच बन गया।

'हम सब जानते हैं कि ऐसा क्यों हुआ। ऐसा इसलिए हुआ कि कार्बाइड यहाँ आया था कीटनाशक बनाने और बेचने। फिर उसे घाटा होने लगा। जब ऐसा हुआ तो जानते हैं, उसने क्या किया? सुरक्षा के उपायों में कटौती कर दी। खर्चा कम कर दिया। वे जानते थे, उनकी टंकियों में घातक ज़हर भरे हैं मगर उन्होंने ज़हर को सुरक्षित टंकी में बंद रखने पर ध्यान नहीं दिया। उनके यंत्र ठीक से काम नहीं कर रहे थे। उन्होंने कहा, कोई बात नहीं, पैसा तो बच रहा है। क्या होगा, कुछ गरीब भारतीय ही तो मरेंगे! और ऐसा ही हुआ। टैंक से ज़हर बाहर निकल आया और लोगों को निगलने लगा।

'जब लोग मरने लगे तो जानते हैं, हमारी सरकार ने क्या किया? उन्होंने पोंछा उठाया और जितना भी खून और उल्टियाँ पड़ी थीं, सब पोंछकर साफ कर दिया।'

ज़मीन पर घुट-घुटकर मरने का अभिनय करने वाले अब उठकर पोंछा लगाने लगे।

'आप तो जानते ही हैं, हमारी सरकार का हिसाब हमेशा कमज़ोर रहा है। कितने मरे, कितने प्रभावित हुए, इसका वह ठीक से हिसाब ही नहीं रख पाई। गिनती आती ही नहीं थी शायद उसको। इस तरह कार्बाइड के खिलाफ सबूत मिट गए, मिटा दिये गए।' फिर ज़मीन पर पड़े लोगों की ओर इशारा करते हुए उसने कहा, 'आप देख सकते हैं कि चार मरे हैं, मगर सरकार कहती है, दो ही मरे हैं।'

चार अभिनेता मृत-से पड़े थे और अविधा की बात सुनते ही उनमें दो उठकर बाकी दो पर बैठ गए जो लाश होने का अभिनय कर रहे थे।

'इस हफ्ते हमारी महान सुप्रीम कोर्ट ने साबित कर दिया कि जो कार्बाइड ने सोचा था, वह बिलकुल सही था। इस महान अदालत ने कहा है कि कार्बाइड पर हत्या का मुकदमा चलाने की कोई ज़रूरत नहीं। गैस रिसी तब चार हज़ार से ज़्यादा मर गए। आज तक गैस पीड़ित मर रहे हैं। रोज़ कम-से-कम एक पीड़ित मर जाता है। यह कोई दुर्घटना नहीं थी। यह तो सुरक्षा के उपायों की उपेक्षा का नतीजा था। भारत के लोगों को कीड़ा समझने का परिणाम था।'

एक सफेद एम्बेसेडर गाड़ी तभी सड़क पर आकर रुकी। अविधा का ध्यान फौरन भटक गया। पीछे का दरवाज़ा खोलकर एक औरत उतरी, उसने आगे बढ़कर ड्राइवर से कुछ कहा और पालिका बाज़ार की ओर चल दी। नहीं, वह प्रशांत नहीं था। उसका ड्राइवर था। यह औरत कौन थी? नीचे बैठे एक अभिनेता ने अविधा का हाथ खींचा। अविधा जैसे होश में आ गई। उसने सामने भीड़ को देखा।

'क्या कह रही थी मैं? हाँ, हमारी सुप्रीम कोर्ट ने कहा है कि कार्बाइड के अधिकारियों को सज़ा देने की कोई ज़रूरत नहीं। उनके खिलाफ जो भी आपराधिक मुकदमे थे, सब कोर्ट ने खत्म कर दिये। मिटा दिये उसी तरह जिस तरह पेंसिल से लिखा हुआ रबड़ से मिटा देते हैं। स्लेट एकदम साफ कर दिया। कोर्ट का कहना है कि लोगों को कुछ हज़ार रुपए दे देंगे, वह काफी है उनके लिए जिन्होंने अपनी माँ, अपने पिता, अपने नन्हे मुन्नों को खो दिया। जानते हैं, यह सब क्यों हुआ? क्योंकि हमारी सरकार कार्बाइड की दलाल बन गई। उसने, हमारी अपनी सरकार ने, मान लिया है कि हमारे देश के लोगों का कोई महत्त्व नहीं है। वे रहें न रहें, कोई फर्क नहीं पड़ता। भारतीयों की जान सस्ती है। अब तो जो बहुराष्ट्रीय कंपनी चाहे, भारत आकर हमारा कत्ल कर सकती है। और जब दुनिया भर में इस पर बवाल मचे तो मुट्ठी भर रुपए फेंककर आज़ाद घूम सकती है। वे सितम करने के लिए आज़ाद हैं। हम सहने के लिए आज़ाद हैं। वे मारने के लिए आज़ाद हैं, हम मरने के लिए आज़ाद हैं। हम लुटने के लिए आज़ाद हैं। वे लूटकर मुनाफा कमाने के लिए आज़ाद हैं। इस खेल के यह कुछ साधारण-से नियम हैं।'

कुछ देर बाद उसने भाषण खत्म कर दिया। भीड़ छँटने लगी तो हैली की तरफ देखकर अविधा ने पूछा, 'यहाँ तो दफा 144 लागू है। पुलिस ने हमें गिरफ्तार क्यों नहीं किया?'

हैली हँसने लगा। सबने मंजीरे-चिमटे उठा लिये और चल पड़े कनॉट प्लेस में किसी और जगह यही नाटक खेलने, यही भाषण सुनाने।

उस शाम हरजीत के घर में फॉब की पहली बैठक हुई कि दूरगामी समरनीति पर चर्चा की जा सके।

हरजीत सिंह का लाल बलुआ पत्थर का दोमंज़िला मकान इस अभियान के लिए बहुत ही उपयुक्त था। यह सुप्रीम कोर्ट से ज़्यादा दूर नहीं था। आगे-पीछे चौड़े

लॉन थे जिसमें ज़रूरत पड़ने पर बड़ी सभाएँ की जा सकती थीं। सबसे बड़ी बात यह थी कि पुलिस आसानी से ऐसे शानदार बँगले में घुसती नहीं।

कनॉट प्लेस में हरजीत का एक डिपार्टमेंटल स्टोर था, फतेहपुरी में क्रॉकरी की पुरानी दुकान थी। आमदनी अच्छी थी और हरजीत आवारा मसीहा की तरह जो मन में आए, कर सकता था। अपनी इन दो दुधारू गायों को तो वह दुनिया की नज़र से ऐसे छिपाकर रखता था मानो वे कोई कलंक हों! एक चेरिटेबल स्कूल के ट्रस्ट का भी वह सदस्य था और उसी रूप में पहचाना जाना पसंद करता था। स्कूल निशुल्क शिक्षा नहीं देता था, मामूली फीस लेता था।

हरजीत का स्पष्ट मत था कि किसी को कुछ भी नि:शुल्क नहीं मिलना चाहिए। 'जो मुफ्त मिलता है, लोग उसकी कद्र नहीं करते। अगर वे चवन्नी भी खर्च करते हैं न तो जो बदले में मिलता है, उसको खूब अच्छे से देखते-भालते हैं,' वह कहता था इसीलिए वह पर्चे छपवाकर बाँटने की आंदोलनकारियों की आदत को ग़लत मानता था। 'फेंक देते हैं लोग, कोई पढ़ता नहीं।' वह कहता था।

नवंबर, 1984 के सिक्खों के संहार ने उसे भीतर तक हिला दिया था। जो धार्मिक पाखंड के खिलाफ हों, उनके लिए हरजीत के घर के दरवाज़े तभी से पूरी तरह खुल गए थे। वह सिक्ख था मगर उसके घर में सिगरेट का धुआँ भरा रहता था। 'अरे बाबा, सिगरेट पीने वाले यहाँ नहीं आएँगे तो कहाँ जाएँगे? जब तक फेफड़े जले नहीं, उनका दिमाग ही काम नहीं करता,' वह हँसकर कहता था।

साल भर पहले जब राष्ट्रीय एकता को बढ़ावा देने वाले एक गीत का विज्ञापन खूब चल निकला था तो हरजीत के उसके प्रति हिकारत ने उसे रातोंरात मशहूर कर दिया था। इस विज्ञापन में भीमसेन जोशी से लेकर फिल्मी सितारे और क्रिकेट के सितारे भावुक होकर गाते दिखाए गए थे, 'मिले सुर मेरा-तुम्हारा...।'

'और मेरे जैसे बेसुरों का क्या होगा?' सुनते ही हरजीत भड़क उठा था। 'लोकतंत्र तो होता है बेसुरों की हिफाज़त के लिए। सब सुर में सुर मिलाएँ, यह लोकतंत्र है क्या? यह तो फासीवाद है। यह हिटलर की भाषा है। ब्लडी फास्ट्सि; शर्म नहीं आती हमारे कवियों को ऐसा कूड़ा लिखते हुए। ऊपर से तुर्रा यह कि खुद को प्रगतिशील कहते हैं!'

लालिमायुक्त गोरे रंग का हरजीत मँझोले कद का था और उसकी आँखों के नीचे व्हिस्की की थैलियाँ-सी लटक आई थीं। वह खिचड़ी दाढ़ी रखता था। जीन्स के सिवाय कम ही कुछ पहनता था और उसके पास पुरानी से पुरानी जीन्स थीं—एक तो पुरानी लिवाइस थी, उस ज़माने की तब उसमें ज़िप नहीं होते थे, सिर्फ धातु के गोल बटन हुआ करते थे।

हरजीत का बस एक ही शौक था। देश के हालात पर निरंतर बहस में उलझे रहना। वह बहुत लोकप्रिय था।

उसने भोपाल समझौते पर चर्चा का अपने घर में बड़े प्यार से स्वागत किया जिससे कार्यकर्ताओं के संतप्त आवेग को कुछ शीतलता का अनुभव हुआ। हरजीत ने काग़ज़,

कलम, पानी, गिलास, फोन सब कुछ मुहैया कराया, नौकरों को हिदायत दी कि सबको गर्मागर्म चाय पिलाई जाए, वह हो या न हो। सिर्फ इसलिए कि फॉब की बैठक उसके घर में हो रही है हरजीत हर समय वहाँ मौजूद रहना ज़रूरी नहीं समझता था। वह दखलअंदाज़ नहीं था। सच्चा डेमोक्रेट था। कभी-कभी आ भी जाता था।

मगर हरजीत को इस बात का हमेशा अफसोस रहा कि अपने घर में फॉब की पहली बैठक में वह शामिल नहीं हुआ जिसमें अभियान की सबसे नाटकीय योजना बनी। अविधा की एक हल्की-फुल्की टिप्पणी से सर्वोच्च न्यायालय को शर्मिंदा करने की इस योजना ने जन्म लिया।

'कितना गंदा समझौता है न?' ज़िंटैक ने कहा।

'मन करता है, सुप्रीम कोर्ट में झाड़ू लगा आएँ, नहीं?' अविधा ने कहा।

'चलो, यही करते हैं। सचमुच। कुछ झाड़ू सुप्रीम कोर्ट में ले जाकर उसे बुहार देते हैं,' निर्मला ने उत्साहित होकर कहा।

कोई असंभव काम तो नहीं था। कोर्ट में कोई भी जा सकता था, ज़्यादा जाँच तो होती नहीं थी। सर्दियों के दिन थे, औरतें शॉल या स्वेटर के अंदर छिपाकर झाड़ू ले जा सकती थीं।

'तुम लोगों का दिमाग तो नहीं चल गया? अदालत इसे कभी बर्दाश्त नहीं करेगी,' मुक्ता ने कहा।

'यहाँ अदालत को हम बर्दाश्त नहीं कर पा रहे,' निर्मला ने तैश में कहा।

'यह तो सचमुच अदालत का अपमान है, अवमानना है। तुम सब जेल जाओगे,' मुक्ता ने कहा। उसे हैरानी हो रही थी कि इस तरह की अहमकाना बात किसी को सूझ भी सकती है।

उसने बताना शुरू किया कि इसके कैसे-कैसे बुरे नतीजे निकल सकते हैं। अभी तो बस किसी वकील से पास पर साइन कराकर कोई भी अंदर जा सकता है। उन्होंने ऐसी हरकत की तो उन वकीलों की आफत आ जाएगी जो उनके पास पर दस्तखत करेंगे। अदालत और भी सावधान हो जाएगी। हो सकता है लोगों के आने-जाने पर पाबंदियाँ लगा दे, सुरक्षा मज़बूत कर दे। अभी तो जो चाहे वहाँ जा सकता है, बाद में ऐसा शायद न हो पाए। यह कोई मज़ाक है क्या? क्या यह काफी नहीं कि कई दिनों से हम सुप्रीम कोर्ट के सामने खड़े होकर उसके खिलाफ नारे लगा रहे हैं, जजों पर महाभियोग की माँग कर रहे हैं? अदालत खामोश है। हमें उसने अवमानना का नोटिस नहीं भेजा। इसका यह मतलब नहीं कि हम सारा संयम खो दें, मर्यादाएँ भूल जाएँ। यह तो आज़ादी का दुरुपयोग होगा।'

वह चुप हुई तो कुछ देर सब चुप रहे। फिर अविधा ने कहा, 'अगर उसने हमें गिरफ्तार नहीं किया है तो इसलिए कि उसमें कोई अपराधबोध है। कोई एहसान नहीं कर रही कोर्ट हम पर।'

'तुमसे तो बात करना नामुमकिन है,' मुक्ता ने दाँत पीसते हुए जवाब दिया।

'इस व्यवस्था में तुम्हारा विश्वास देखकर मेरी तो आँखें भीग गईं। ज़रा मुझे अपने इस विश्वास का आधार तो बता दो जब कि अब तक अदालत ने इस केस में भोपाल के पीड़ितों की उम्मीदों को सिर्फ धोखा ही दिया है,' निर्मला ने तंजिया अंदाज़ में हर शब्द को साफ उच्चारित करते हुए कहा।

आखिर उन्होंने बीच का रास्ता ढूँढ़ निकाला। तय हुआ कि वे कोर्ट नंबर वन के सामने बरामदे में झाड़ू लगाएँगे। इस तरह प्रेस को तस्वीरें भी मिल जाएँगी। वकीलों को भी कोई पास साइन नहीं करना पड़ेगा।

मुक्ता ने इसका भी विरोध किया मगर उसकी एक न चली।

मीटिंग से निकले तो अविधा ने निर्मला को देखा और सोचने लगी कि उन दोनों के बीच पुरानी दोस्ती कायम हो पाएगी या नहीं?

'मज़ा आया न? कितना बोर हो गया था, रोज़ वहाँ खड़े होना और नारा लगाना! कुछ तो नया होना चाहिए,' अविधा ने कहा।

'सुना है, तू अलग फ्लैट में रहने लगी है,' निर्मला ने कहा।

'हाँ, आना किसी दिन,' अविधा ने कहा।

पुरानी अविधा होती तो आज ही आने को, वहीं रुकने को कहती और वे रात भर गपशप करतीं, ऐसे ही और नाटकीय योजनाएँ बनातीं।

हैली का चेहरा काफी चौड़ा था मगर तीखी लंबी नाक के कारण वह लंबा लगता था। इसमें उसकी नुकली ठुड्डी की भी भूमिका थी जिसे देखकर लगता था कि किसी ने उसे अच्छे से नीचे खींच लिया है। उसके निचले होंठ और ठुड्डी के बीच गहरा गड्ढा था। जब वह सुबह साढ़े नौ बजे सुप्रीम कोर्ट के सामने पहुँचा तो उसकी हँसी होंठों से निकल इस गड्ढे में बहती लग रही थी। वह यह देखकर चकित था कि अविधा और सुगुणा पहले से ही वहाँ मौजूद थीं। उसकी खुशी देख सुगुणा चकित थी।

तीनों सामने विधि संस्थान की कैंटीन में कॉफी पीने गए। हैली ने सुगुणा से हँसते हुए पूछा कि अगर प्रेस वालों ने उससे कोई कमेंट माँग लिया तो क्या कहेगी?

'अविधा से पूछो,' उसने कहा।

'वह तो तैयार ही रहती है कुछ कहने को,' हैली ने कहा।

'और मैं बेवकूफ हूँ न?'

'तुझे छेड़ रहा है, गधी,' अविधा ने कहा।

'तुम झाड़ू लगाने नहीं आ रहे हो न? कायर हो,' सुगुणा ने चिढ़कर कहा।

'हाँ, हूँ। क्या करोगी?' हैली ने हँसते हुए कहा। उसकी खुशमिज़ाजी से सुगुणा और चिढ़ गई। उसे आज के कार्यक्रम में या अभियान में भी खुशी की कोई वजह दिखाई नहीं दे रही थी।

कॉफी खत्म कर वे नीचे उतरे तो देखा, अजीत की गाड़ी आ रही है। आते ही उसने कहा कि कुछ देर प्रेस का इन्तज़ार करना चाहिए।

'मैं तो समझती थी, हम प्रेस हैं,' सुगुणा ने अजीत से कहा।

प्रेस इस कार्यक्रम के समय से नाखुश थी। बारह बजे से पहले कहीं भी पहुँचने की प्रेसवालों को आदत नहीं होती। सात दैनिकों और दो एजेंसियों के रिपोर्टर और फोटोग्राफर जब तक पहुँचे तब तक साढ़े दस बज गए थे।

नौ कार्यकर्ता अपने शॉल के नीचे छोटे-छोटे झाड़ू लेकर सुप्रीम कोर्ट के बरामदे में जा पहुँचे। इनमें सात महिलाएँ थीं। उन्होंने एक साथ अपने शॉल हटाए, झाड़ू निकालकर ऊपर की ओर उन्हें लहराया और नारे लगाए।

'भोपाल समझौता मुर्दाबाद! सुप्रीम कोर्ट मुर्दाबाद! जज मुर्दाबाद,' पहले उन्होंने बरामदे में झाड़ू लगाया फिर एक-एक कर सीढ़ियों पर झाड़ू लगाते वे नीचे उतर गए जहाँ दर्जन भर विरोधी खड़े नारा लगा रहे थे। अब सब अर्ध चंद्राकार खड़े होकर झाड़ू उठाकर नारे लगाने लगे : 'सुप्रीम कोर्ट ने क्या किया? हत्यारों को छोड़ दिया। कार्बाइड को छोड़ दिया। अदालत में गंदगी, नहीं सहेंगे, नहीं सहेंगे!'

वकील ठिठककर रुके, अपने केसों में सुनवाई का इन्तज़ार करती भीड़ इस नज़ारे को देखने भागी आई। पूरे कार्यक्रम में बीस से ज़्यादा मिनट नहीं लगे मगर इसका असर झन्नाटेदार रहा।

कार्यकर्ताओं का सीढ़ियों से उतरना नीचे खड़े कार्यकर्ताओं के अर्धचंद्र के सामने झाड़ू लेकर खड़े होना सब कुछ ऐसा लगता था मानो अच्छी तरह कोरियोग्राफ किया गया हो हालाँकि सब कुछ स्वत:स्फूर्त था।

'हम इन्तज़ार कर रहे हैं कि यह अदालत हम पर अवमानना का मुकदमा चलाए,' सुगुणा ने प्रेसवालों से कहा। 'है हिम्मत तो हमें गिरफ्तार करके दिखाए।'

सुप्रीम कोर्ट ने उन्हें एक बार फिर निराश किया।

'पहले नहीं सूझा। नहीं तो अंदर कोर्ट में किसी को बिठा देते। न्यायाधीशों पर इसका क्या असर पड़ा, यह तो पता चल जाता,' हैली ने कहा।

यह काम मुक्ता कर सकती थी लेकिन वह तो तमाशा देखने भी नहीं आई।

मुक्ता से सभी डरते थे। वह आने वाली होती तो सब हँसना छोड़कर गंभीर हो जाते। वह घड़ी के सेकंड के काँटे की तरह वक्त की पाबंद थी और उसे देर तभी होती थी जब अदालत में उसके किसी केस में जज देर से आते या देर से उठते। वह ऐसे मौकों पर माफी भी नहीं माँगती क्योंकि इसमें उसका कसूर नहीं होता था। बहुत से तो उससे तंग आ चुके थे मगर सभी मानते थे कि मुक्ता समूह में अनुशासन अपने साथ लाती थी। वह जिस किसी समूह या समिति में होती, वहाँ काम अच्छा होता था। वह कम ही समूहों में शामिल होती थी। जो भी समूह होते, वह काम खत्म हो जाने के बाद भी बने ही रहते, कभी औपचारिक तौर पर भंग नहीं किए जाते थे और मुक्ता

ऐसी चीज़ों पर बहुत ध्यान दिया करती थी। धीरे-धीरे वह हर घटना के खिलाफ बनने वाली अनगिनत समितियों और अभियानों से किनारा करने लगी। जो भी मुद्दा प्रेस में उठे, उस पर एक समूह गठित हो जाता था और मुक्ता को इस पर सख्त एतराज़ था। वह इन्हें 'पॉपकॉर्न' कहती थी। 'बर्तन गर्म हुआ कि कोई उसमें से फटकर बाहर निकलेगा, पॉपकॉर्न,' वह कहती थी। 'करना है तो कोई काम ठीक से करो, चाहे उसमें कितने ही साल लग जाएँ, नहीं तो कुछ मत करो।''

उस रात मुक्ता घर पहुँची तो रात दस से ऊपर बज चुके थे। अपनी चाबी से दरवाज़ा खोलते समय मुक्ता को पता था कि अंदर उसे क्या देखने को मिलेगा। मेज़ पर दो प्लेटें रखी होंगी, दो कटोरियाँ भी होंगी और एक छोटी प्लेट में सलाद होगा और विनीता होगी मुस्कुराती हुई। इस दृश्य के खयाल से ही उसे गुस्सा आ गया।

दो दिनों से उसका मन कर रहा था कि काश, वह विनीता को बता पाती कि कैसे फॉब की मीटिंग में उसे दरकिनार किया जा रहा था, कैसे निर्मला ने उसके विश्वासों की, विचारों की खिल्ली उड़ाकर उसका अपमान किया था! मगर विनीता को क्या यह बात समझ में भी आएगी? उसका मन अकुलाने लगा था एक ऐसे संगी के लिए जिसके साथ वह समूह के साथ अपने मतभेदों की बारीकी पर चर्चा करके राहत पा सके। आज उसे इसकी बहुत गहरी ज़रूरत महसूस हो रही थी। वह समूह में अकेली पड़ गई थी।

घर के अंदर मुक्ता के आते ही उसके अवसाद से हवा के बोझिल हो जाने का एहसास विनीता को हुआ। उसे आशंका ने आ घेरा। भोपाल का केस विकराल चुनौती बन चुका है, यह तो वह भी जानती थी मगर आज तक उसने मुक्ता को चुनौतियों की सवारी करते देखा था, उनसे पस्त होते नहीं।

मुक्ता ने उससे कुछ नहीं कहा, चुपचाप कपड़े बदले और विनीता के पकाने-परोसने के परिश्रम का सम्मान करने वह खाने की मेज़ पर आ बैठी। रोटी का एक टुकड़ा उसने आलू के रसे में भिगोया। उसे सब कुछ बेस्वाद लग रहा था। बड़ी मुश्किल से उसने निवाला निगला और सिर झुकाकर धीरे-धीरे खाना खाने लगी, हर कौर को पानी का घूँट भरकर गले से नीचे उतारने लगी। अचानक आँसू उसके गालों पर ढुलक पड़े। विनीता सन्नाटे में आ गई। उसने मुक्ता को कभी रोते नहीं देखा था, तब भी नहीं जब उसने उसे अपने पिता की मृत्यु के बारे में बताया था और यह भी कि कैसे उसे उस मौत से राहत महसूस हुई थी और आज तक वह इसके लिए खुद को माफ नहीं कर पाई है। 'कभी-कभार दूसरे की मौत आपको आज़ाद कर देती है। मुझे यह समझने में बहुत समय लगा,' उसने शुष्क आँखों से उससे कहा था।

अपनी कुर्सी से उठकर विनीता फौरन मुक्ता की कुर्सी के पीछे जा खड़ी हुई और उसका कंधा दबाते हुए बोली, 'क्या हुआ है? मुझे बताओ।' उसे विश्वास था कि मुक्ता को आज आखिर पता चल गया कि समझौता ऐसा अंतिम फैसला है कि उसे निरस्त करने के लिए कुछ नहीं किया जा सकता और इस जानकारी ने उसे हतोत्साहित कर दिया है। 'जो भी है, ऐसे दिल पर मत लो, जो भी हो, इतना दुखी

मत होओ,' विनीता ने कहा। वह समझौते का नाम भी नहीं लेना चाहती थी जो इस घर में एटम बम का फ्यूज़ बन गया था।

'तुम नहीं समझोगी,' मुक्ता ने कहा। 'तुम तो अपनी इस स्टूपिड–सी दुनिया में इतनी मगन हो। पकाओ, खिलाओ। तुम्हें क्या परवाह है कि मैं कितने काम अकेले सँभालती हूँ! मैं तो किसी से बात तक नहीं कर सकती। कोई नहीं जिसकी राय भी माँगू। इतनी अकेली हूँ मैं।'

विनीता असहाय महसूस करने लगी। अपनी अयोग्यता के एहसास से उसके हाथ पाँव ठंडे पड़ गए। वह खड़ी रही मुक्ता को दिलासा देने को बेताब मगर जान नहीं पा रही थी कि कैसे उसे सँभाले। मुक्ता ने सिसकी ली, आँखें पोंछीं तो विनीता से रहा नहीं गया।

'मत रोओ, प्लीज़,' उसने कहा।

ऐसी अक्षम्य दुर्बलता के प्रदर्शन के लिए अपने से क्रुद्ध और विनीता की सर्वथा अपेक्षित प्रतिक्रिया से रुष्ट मुक्ता ने प्लेट उठाई और दीवार पर दे मारी। दीवार पर पीली दाल बिखर गई। अपनी ही हरकत से स्तब्ध मुक्ता कुछ देर काँपती रही। फिर यह सोचकर कि न जाने क्या कर बैठे, वह बेडरूम में चली गई और ज़ोर से दरवाज़ा बंद कर दिया।

कुछ मिनटों बाद उसने दरवाज़ा खोला और बाहर झाँककर चिल्लाई, 'अंदर नहीं आना। कम–से–कम एक रात तो मुझे अकेला छोड़ दो। मैं तुम्हारी दीवार को कल साफ कर दूँगी। चाहो तो उसे दुबारा पुतवा दूँगी। बस, मुझे अकेला छोड़ दो।'

विनीता धम्म से कुर्सी पर बैठी और वहीं बैठी रह गई। घंटा भर वह बेडरूम के दरवाज़े को घूरती रही। डर रही थी कि कहीं दोबारा न खुल जाए। फिर उम्मीद करने लगी कि वह खुल जाए। वह सोच रही थी कि उसके पास तो कहीं जाने की जगह भी नहीं है। कहाँ जाए इतनी रात गए? रोते हुए भी डर लगता था कि मुक्ता उसका सुबकना न सुन ले। आँसू बह रहे थे और वह बार–बार मुँह खोलकर सिसकी को उसाँस में बदल रही थी कि मुँह से आवाज़ न निकले। जब आँसू सूख गए तो वह हिली और मनाने लगी कि मुक्ता सो गई हो।

खाना उठाकर उसने फ्रिज में रख दिया, प्लेट के टूटे टुकड़े बटोरे और एक गीले कपड़े से दीवार पर लगे दाग, जहाँ तक बन पड़ा, पोंछ दिये। अब वह भावनात्मक रूप से थक चुकी थी। वह सिर्फ सोना चाहती थी मगर उसे आज बिस्तर भी नसीब नहीं था। आखिर उसने झाड़ू उठाकर बहुत हौले–से झाड़ू लगाई कि प्लेट की किरचें समेट सके। अच्छा ही हुआ, उसने इतनी एहतियात बरती। उसे मालूम नहीं था कि झाड़ू लगने की आवाज़ ही आज मुक्ता से बर्दाश्त नहीं हो पाएगी।

सुप्रीम कोर्ट में झाड़ू लगाने के अगले दिन फॉब में समय से काफी पहले आई ज़िंटैक ने पहली बार हरजीत के घर के बाहर टहल रहे पुलिस कांस्टेबल पर ध्यान दिया। उसे हवलदार पर दया–सी आई। वह इस माहौल में अलग–थलग नज़र आ रहा था हालाँकि

वह वर्दी में नहीं था। जिस दिन से फॉब की सभाएँ यहाँ शुरू हुई थीं, उसी दिन से आसपास पुलिस नज़र आने लगी थी। आम तौर से तो यही एक हवलदार गेट के आसपास टँगा रहता था लेकिन कभी-कभी तीन-चार और भी आ जाते थे, वर्दी में, और सड़क के उस पार खड़े रहते थे। रात को जब औरतें मीटिंग से निकलती थीं तो वे सड़क के दूसरी तरफ उन्हीं की दिशा में उनके साथ-साथ चलते रहते। कभी-कभी सड़क पार करके उनके पीछे भी चलते थे। कल रात उन्होंने यही किया था जब अविधा, सुगुणा और वह कनॉट प्लेस तक सुबह के सफल कार्यक्रम की चर्चा करते गए थे। रात में पुलिस का अपने पीछे होना उन्हें अच्छा लगता था, गुंडों से कुछ तो सुरक्षा मिलती थी।

यह हवलदार बाहर चौकीदारी करता रहता था। वह हर तरह के लोगों को उस घर में जब चाहे आते-जाते देखता था मगर उसकी हिम्मत नहीं पड़ती थी कि वह फाटक के भीतर कदम रखे। आसपास कोई चायवाला भी नहीं था कि सर्द शाम को वह एक प्याली चाय ही पी ले। वह सिर्फ आने वालों की संख्या अपने नोटबुक में लिख लेता था। इससे ज़्यादा कोई जानकारी उसे नहीं मिलती थी। वह सड़क पर चहलकदमी करता रहता था। कभी बस स्टॉप पर खड़ा होकर बँगले पर नज़र रखता। ज़िंटैक को हैरानी थी कि पुलिस जानती थी कि यह फॉब का ऑफिस बन गया है। उसे कैसे खबर लगी? शायद विधि संस्थान की उस बैठक में कोई पुलिसवाला होगा।

उसे लगने लगा था कि पुलिस सचमुच बेवकूफ है। वह पुलिस में होती तो किसी नए रंगरूट को जीन्स पहनाकर कार्यकर्ता का भेस धरवा देती, काम आसान हो जाता। मगर पुलिस ने इस ठुल्ले को यहाँ तैनात कर रखा था जो अंदर आने की हिम्मत ही नहीं कर सकता था और आ भी जाता तो उसे कुछ समझ में नहीं आता, यहाँ हो क्या रहा है। ज़्यादातर बातचीत अंग्रेज़ी में होती थी मगर उसकी अंग्रेज़ी अच्छी होती तो भी वह उनकी शब्दावली समझ नहीं पाता। काफी देर तक वह लॉन में टहलती माली को बासी फूल नोंचकर फेंकते देखती रही। जब उसने हवलदार को फाटक के नज़दीक देखा तो बाहर निकल आई और उसे देख मुस्कुरा दी।

हवलदार अचकचा गया। उसे समझ में नहीं आया, क्या करे, मगर एक कार्यकर्ता से बात करने का मौका मिल रहा था, हाथ से निकलने भी नहीं दे सकता था।

'मैडम,' उसने कुछ सँभलते हुए कहा, मानो वह तो बस यहाँ एकांत देखकर पेड़ के नीचे पेशाब करने रुका हो, 'यहाँ क्या कोई फंक्शन होने वाला है, बहुत लोग आते-जाते रहते हैं!'

'तो तुम रोज़ यहाँ आते हो?' ज़िंटैक ने पूछा तो वह सकपका गया।

अपनी ग़लती सुधारते हुए हवलदार ने कहानी बनाई, 'मैं हिमाचल भवन में गार्ड हूँ जी।'

'वह तो यहाँ से दूर है,' ज़िंटैक ने कहा।

'ड्यूटी खत्म मैडम। रोज़ आईटीओ जाता हूँ इसी स्टॉप से बस लेकर।' आखिर वह निरा मूर्ख तो नहीं था।

ज़िंटैक ने यह नौटंकी समाप्त करने के लिए कहा, 'मैं जानती हूँ, आप कौन हैं और यहाँ क्या कर रहे हैं।' वह चुप रहा। 'आपको ऐसे भटकते देखकर मुझे बुरा लगता है। इतनी ठंड भी है। जब हम चाय पी रहे होंगे तो आपको भी भिजवा दूँगी।'

सुनकर वह खुश हो गया।

'आपका नाम क्या है?' ज़िंटैक ने पूछा।

'सुरेश,' उसने कहा। 'सुरेश मलिक।'

वह नहीं जानती थी, नाम सही था या उसने अभी-अभी गढ़ लिया था मगर इससे क्या फर्क पड़ता था।

'आप खबरें ले जाकर किसे देते हैं? यहाँ तिलक मार्ग थाने में या पुलिस हेडक्वार्टर में?' हेडक्वार्टर ही होगा, ज़िंटैक ने सोचा क्योंकि वह आईटीओ जाने का ज़िक्र करने की ग़लती कर बैठा था।

'आपको कैसे बता दूँ?' हवलदार ने कहा। वह अभी तक सुबह पड़ी डाँट को याद करके तिलमिला रहा था। कल जो सुप्रीम कोर्ट में हुआ था, उसकी पहले से खबर न मिल पाने से डीसीपी ने खुद उसको और उसके अन्य तीन साथियों को बुलाकर खूब झाड़ पिलाई थी, गंदी गालियाँ दी थीं।

'बड़े लोग हैं जनाब! हमसे बात ही नहीं करते,' उसने गुस्से में तमतमाते पुलिस के उपायुक्त से कहा था।

'मैडम', उसने अब ज़िंटैक से दिल की बात कह दी, 'मेरी तो ज़िंदगी बहुत मुश्किल है। पूरा दिन यहीं खड़ा रहता हूँ।'

'कब से कब तक होती है आपकी ड्यूटी?' ज़िंटैक की जिज्ञासा जगी।

'वह तो आप पर है मैडम। आप जब यहाँ से निकलें तब मेरी ड्यूटी खत्म,' मलिक ने कहा। 'आप आधी रात तक यहाँ, तो मुझे भी यहीं रुकना पड़ेगा। सुबह दस बजे यहाँ पहुँचना होता है।'

'बड़ा मुश्किल काम है,' ज़िंटैक ने सहानुभूति जताई।

'मैडम, आपको मालूम है, ऊपर के अफसर तो विश्वास ही नहीं करते कि मैं यहाँ आता हूँ। कहते हैं, मैं गायब रहता हूँ।'

ज़िंटैक हँसने लगी। जितनी जानकारी वह ऊपर के अधिकारियों को दे रहा था, उसके मद्‌देनज़र यह कोई हैरानी की बात तो नहीं थी कि उन्हें लगता था वह कहीं और मटरगश्ती करता रहता था।

एकाएक उसे नई बात सूझी। 'सुनो, मैं आपकी मदद कर सकती हूँ। रोज़ शाम को हम प्रेस रिलीज़ जारी करते हैं। उसकी एक कॉपी आपको भी दे देंगे। वह आपका सबूत होगा कि यहाँ आते हैं आप। ठीक है?'

हवलदार ने सिर हिलाकर हामी भरी।

'मैडम, आपका क्या नाम है?'

'वह मैं नहीं बताऊँगी,' ज़िंटैक ने कहा। 'मगर प्रेस रिलीज़ आपको मिलेगी, मैं होऊँ या न होऊँ। सबसे कह दूँगी। मगर आप अपनी ड्यूटी करते रहना।' रात को पुलिस साथ रहे तो अच्छा ही है, उसने सोचा।

उस शाम उसे दो बार चाय मिली और अपनी पहली प्रेस रिलीज़। तो क्या हुआ जो कार्यक्रम हो चुकने के बाद की खबर प्रेस नोट में होती थी, आने वाले कार्यक्रम की नहीं जिसका पता लगाने के लिए उसे तैनात किया गया था? कम-से-कम वह साबित कर सकता था कि वह वहाँ होता था जब लोग आते थे। इस तरह पुलिस की हर समय तैनाती के बावजूद उसे पता नहीं चला कि भोपाल से भी कुछ लोग विरोध प्रदर्शन में भाग लेने आने वाले हैं। यह बात प्रेस रिलीज़ में नहीं थी।

फॉब ने तय किया था कि वह हर कार्यक्रम को गुप्त रखेगी, सिर्फ कुछ विश्वस्त पत्रकारों को पहले से खबर दी जाएगी ताकि वे रिपोर्टिंग कर सकें।

मैड पहले आ रहा था और गैस पीड़ितों का एक जत्था बाद में आने वाला था। उस दिन बैठक में उनके रहने-खाने के इन्तज़ाम पर ही चर्चा होती रही। हरजीत, जो उस दिन मीटिंग में था, ने वायदा किया कि वह अपने अमीर दोस्तों से चंदा लेगा कि इन्तज़ाम हो सके।

'गैस पीड़ित कम-से-कम एक हफ्ता तो दिल्ली में रहेंगे,' अजीत ने मीटिंग को बताया।

अविधा ने भी देखा था भोपाल का वह हौलनाक़ मंजर, लाशों की कतारें, घाटों पर चिताओं के रेले, कब्रों में उतारे जाते नए कोरे सफेद जामों में ऐसे जिस्म जिन्होंने फटे कपड़ों में ज़िंदगी जी और दे दी। जब कार्बाइड के जुर्म का प्रतीक, उसकी फैक्टरी की छहमंज़िला इमारत जितनी ऊँची विषहरक उपकरण की तस्वीरें, हर अखबार के पहले पन्ने पर छा गई थीं तब अविधा पहुँची थी शहर में। एक ही रात में भोपाल झीलों के गिर्द बसे खूबसूरत शहर से दुनिया के सबसे बड़े औद्योगिक हादसे का स्थल बन गया था। ढलते सूरज के बुझते अंगारों से खेलती झील की तस्वीरों की जगह अब नन्हे बच्चों की खुली आँखों में अकाल मौत के सामने समर्पण की तस्वीरें इस शहर की पहचान बन गई थीं।

उसके प्रमुख संपादक ने ही बुलवा भेजा था अविधा को। उन्हें विश्वास नहीं था कि उनके स्थानीय रिपोर्टर इतनी बड़ी चुनौती का सामना कर सकेंगे।

'सब-के-सब किसी-न-किसी से जुड़े हैं। हमें एक तटस्थ नज़र चाहिए,' उन्होंने कहा था। इस एक कदम से अविधा के दफ्तर में उसके कई शत्रु खड़े कर दिये थे संपादक महोदय ने और अविधा को स्थानीय सहयोगियों से ज़रा सी भी मदद नहीं मिली थी जिससे उसका काम और कठिन हो गया था।

वही कहाँ मुकाबला कर पाई थी उस विकराल चुनौती का? अनचीन्हे मर्ज़ों से तड़पते हज़ारों लोगों और पशुओं के बेजान शरीरों से पहुँचे सदमे से उसे जितना लड़ना पड़ा था, उससे कहीं ज़्यादा संघर्ष उसे अपने अक्षम्य अक्षमता से करना पड़ा था। वह तो वहाँ पहुँची थी इसे अकेले अमेरिकी बहुराष्ट्रीय का पाप मानकर और इस विश्वास के सहारे कि सरकारी तंत्र की इस अपराध को दबाने-छिपाने में कोई दिलचस्पी नहीं होगी। उसके रोमांचक दृष्टिकोण की आहुति ले ली थी भोपाल ने। हताहतों के दृश्यों से तो दिल ही दहला था मगर पत्रकारिता के कर्तव्यों ने उसे जिस असलियत से रूबरू कराया, उससे तो उसके दिमाग की चूलें हिल गई थीं।

वह जल्दी ही समझ गई थी कि सरकार इस अपराध के परिमाणों को कम करके आँक रही थी। वह मरने वालों की संख्या कम बता तो रही थी मगर अविधा को यकीन था कि यह इतना भी कम नहीं था जितना कहा जा रहा था। उसने देखा था, कैसे पूरा तंत्र इस जुर्म के सबूतों को मिटाने और मिटा न पाने की स्थिति में धुँधला करने में जुट गया था, कैसे रोज़मर्रा खाँसते-कराहते मरीजों को डॉक्टर फौरी राहत पहुँचाने के लिए दवा दे रहे थे और उन्हें कोई यह बताने वाला ही नहीं था कि यह कैसा ज़हर है जो उनकी छातियों को खोखला कर रहा है और उसकी काट क्या है। अविधा ने उसी घोर निराशा के माहौल में देखा था, कैसे एक अकेला सनकी विद्रोही सबूत जुटाकर उन्हें क्रम से लगाकर, उन्हें सुरक्षित रखने के इन्तज़ाम करके ऐसा आरोपपत्र तैयार कर सकता है जिसको ध्वस्त करना लगभग असंभव हो। उसने देखा था, कैसे उस अकेले विद्रोही को बदनाम करके, उसकी लगातार निंदा करके उसके योगदान को नकारा जा सकता है, उसे नीचा दिखाया जा सकता है ताकि कार्बाइड के प्रति स्वामिभक्ति निभाई जा सके। इसके कितने ही बारीक पहलू उसकी पकड़ से छूट गए थे। मगर औपनिवेशी मानसिकता के कैसे-कैसे प्रदर्शन देखने को मिले थे। भारत के कुछ वैज्ञानिकों ने जब दावा किया था कि गैस में सायनाइड का ज़हर है तो सरकारी वैज्ञानिकों ने खिल्ली उड़ाई थी उनकी यह कहकर कि सायनाइड और सायनेट में हिज्जों का ही नहीं, उससे कहीं ज़्यादा फर्क होता है। मगर विदेश से आकर दो वैज्ञानिकों ने उनके दावे की पुष्टि कर दी तो यही सरकारी वैज्ञानिक बँगलें झाँकने लगे।

भोपाल में जब अविधा पहुँची, हादसे के दो दिन गुज़र चुके थे। अभी तक इलाज की कोई सुसंगत योजना नहीं बन पाई थी। लोग अभी भी मर रहे थे और विशेषज्ञ डॉक्टरों के बीच रोग निदान को लेकर महाभारत हो रहा था।

हमीदिया अस्पाल के फोरेंसिक विभाग के अध्यक्ष डॉक्टर चंद्रेश प्रसाद ने गैस रिसाव के कुछ ही घंटों बाद बता दिया था कि लोग क्यों मर रहे हैं। कुछ पोस्टमार्टमों के बाद उन्होंने घोषणा कर दी थी कि सायनाइड ही उनकी जान ले रहा है।

'इनके खून का रंग चेरी के रंग जैसा हो गया है। यह सायनाइड के कारण ही होता है,' उन्होंने साफ-साफ कहा था। और इसके साथ ही बता दिया था कि लोग

कैसे बच सकते हैं। 'सोडियम थायोसल्फेट के इंजेक्शन इनकी जान बचा सकते हैं,' उन्होंने कहा था।

'वह तो मुर्दों का डॉक्टर है। बीमारी क्या है, इलाज क्या होना चाहिए, यह बताना उनका काम नहीं है, हमारा काम है,' मेडिसिन विभाग के प्रमुख डॉक्टर नरेंद्र शुक्ल भड़के थे।

इन दोनों के बीच ऐसी जंग छिड़ गई थी कि चिकित्साशास्त्र की जानकारी न रखने वाले पत्रकार बौखला गए और फिर सबने अपनी अपनी पाली चुन ली थी। तटस्थता असंभव थी। ज़िंदगियाँ दाँव पर लगी थीं और सरकार सोडियम थायोसल्फेट के इंजेक्शन देने से इनकार कर रही थी।

डॉक्टर शुक्ल ने मरीजों के खून में सायनाइड ज़हर की मौजूदगी का खंडन किया था। 'कोई सायनाइड नहीं है। गैस ने उनके फेफड़ों में वायुमार्ग की नलियों को जला दिया है। वे खत्म हो गई हैं। अब उनको ज़रूरत भर का ऑक्सीज़न नहीं मिल रहा। वे मर रहे हैं। बहुत-से तो पहले ही से बीमार थे। कुपोषित हैं गरीब, बेचारे। उनको तो वैसे भी मरना ही था। गैस से बस जल्दी मर गए,' डॉक्टर शुक्ल ने अविधा से कहा था। 'बड़े दुख की बात है। कुपोषण, टीबी, जाने क्या-क्या रोग थे बेचारों को! अकेले गैस से थोड़े ही मरे हैं। और यह सायनाइड की बात तो बिलकुल ही सच नहीं है।'

वह जिस डॉक्टर से बात करती, उसी के दावे उसे सच लगने लगते थे। इस डॉक्टर के दावों का जवाब लेने वह डॉक्टर प्रसाद के पास पहुँची तो उन्होंने बड़े धीरज से उसे इसके पीछे का विज्ञान समझाया था। अंत में उन्होंने कहा था, 'मुर्दों से मेरी गहरी दोस्ती है। वे मुझसे बातें करते हैं। मुर्दे कभी झूठ नहीं बोलते। उनके पास झूठ बोलने की कोई वजह ही नहीं होती। उन्होंने ही बताया है मुझे कि शरीर में मिथाइल आइसो सायनेट विखंडित होकर सायनाइड में बदल जाता है। वह खून का रंग ही बदल देता है। उन्होंने ही मुझे बताया, वे कैसे मरे। मैंने सारे सबूत जुटा लिये हैं। उनके टिश्यू के सेंपल सँभालकर रखे हैं। कार्बाइड के इन एजेंटों से कहो कि मुझे ग़लत साबित करके दिखाएँ।'

बहस जारी रही और अविधा ने देखा, कैसे सरकार डॉक्टर शुक्ल के साथ अटल खड़ी रही, कैसे निर्ममता से छटपटाते लोगों को जीवनदायी इंजेक्शन देने से इनकार करती रही।

'अरे मज़ाक है क्या?' डॉक्टर शुक्ल ने उससे कहा था जब उसने पूछा था कि हर्ज़ क्या है इंजेक्शन देने में! आज़माकर तो देखा ही जा सकता है, बचे तो बच जाएँगे वरना मर तो रहे ही थे लोग। 'कितने साइड इफेक्ट होते हैं इस इंजेक्शन के?'

अविधा बहस नहीं कर पाई। मगर डॉक्टर प्रसाद ने बड़े विद्रूप से अगले दिन इसका जवाब दिया था।

'हाँ, ज़रूर साइड इफेक्ट से बचाओ और आफ्टर इफेक्ट के मुँह में झोंक दो। आफ्टर इफेक्ट तो तय है—मौत।'

अविधा को तब सोडियम थायोसल्फेट न देने का फैसला चिकित्सकों के बीच इस मतभेद का नतीजा लगा था और कुछ हद तक इन दो प्रमुख डॉक्टरों के बीच अहं के टकराव का भी। उसे लगा था कि उसी की तरह राजनीतिज्ञ भी इस विषय की जानकारी नहीं रखते इसलिए उनके हाथ भी बँधे हुए हैं। आज मुड़कर देखने पर वह अपनी ऐसी कितनी ही गलतियों पर पशेमाँ हो जाती है। कितने ही महत्त्वपूर्ण संकेतों को उसने अज्ञान के चलते अनदेखा कर दिया था। कितने सवाल तो उसे इसलिए नहीं सूझे थे कि वह अपने अज्ञान पर शर्मिंदा रहती थी। तब उसने नहीं सीखा था पत्रकारिता का वह मूल मंत्र कि जो जी में आए, बेधड़क पूछो, भले ही वह कितना ही मूर्खतापूर्ण सवाल हो। ऐसा ही कर लेती तो शायद वह उस मामले की तह तक पहुँच ही जाती जिसकी थाह बहुत बाद में निर्मला ने उसे दी थी।

'सोडियम थायोसल्फेट अगर जान बचा लेता तो यह सायनाइड पॉयज़निंग का सबूत बन जाता। कार्बाइड नहीं चाहता था कि ऐसे अकाट्य प्रमाण जुटाए जाएँ। कुछ डॉक्टर तो उसकी जेब में थे ही, सरकार भी ऐसे सबूतों को जुटाने के खिलाफ थी।'

डॉक्टर प्रसाद आज तक भी उस त्रासदी को 'एयरोसोल त्रासदी' कहते हैं। उन्होंने कभी स्वीकार नहीं किया कि फैक्टरी से सिर्फ मिथाइल आइसोसायनेट का बादल हवा में तैर आया था। वह तो कहते थे कि वह अनेकानेक गैसों का मिश्रण था। शुरू में तो प्रेस भी यही कहती थी, कई गैसों का मिश्रण। आज शायद डॉक्टर प्रसाद अकेले ही बचे हैं जो इस बात पर अड़े हैं कि कार्बाइड फैक्टरी से अनेकानेक गैस निकली थी। मुर्दों ने बताई थी उन्हें यह बात। बाकी सबने तय कर लिया था कि एक ही गैस रिसी थी, मिथाइल आइसोसायनेट। संक्षेप में, मिक। किसने कहा था उनसे यह? पहली बार? अविधा को याद नहीं, कैसे और कब औरों की तरह वह भी इसे मिक त्रासदी कहने लगी थी। एक जटिल समस्या के सरलीकरण के लोभ ने कराया था यह, या कुछ फुसफुसाहटें दिमाग के झंझावातों पर हावी हो गई थीं? क्या सरकारी वैज्ञानिकों की कारस्तानी थी यह या उन उच्च पदासीन सरकारी बाबुओं की जो लगातार 'हत्यारी मिक गैस' को कोसते रहते थे? डॉक्टर प्रसाद की इस पर खीज उसे भी तो उनकी हठधर्मिता लगने लगी थी। इसे आज वह अपना सबसे बड़ा गुनाह समझती थी जिसका न कोई दंड है न प्रायश्चित्त।

'सुन, तेरी समझ में नहीं आया होगा। लेकिन इस पूरी अफरा-तफरी में शायद कार्बाइड ने एक ही बार सच बोला था। वह पहले दिन बोला था जब उसने कहा था कि मिक से मौत नहीं हो सकती, वह सिर्फ कुछ झिल्लियों को प्रभावित करता है, आँखें जलती हैं, मामूली असर होता है कुछ समय के लिए,' निर्मला ने उसे बताया था बाद में। 'यही संकेत था कि मौत का कारण कुछ और है।'

अविधा को आज अफसोस होता है कि उन भयावह दिनों में निर्मला से उसकी जान-पहचान भी नहीं थी। लेकिन खुद डॉक्टर प्रसाद ही तो कहते थे कि यही मिक सायनाइड का रूप धरकर लोगों को मार रहा था। तो क्या निर्मला की समझ भी

अधूरी थी? क्या इस गैस विज्ञान के कई पहलू अभी तक रहस्य के पर्दे में ही हैं? यह भी तो हो सकता है कि मिक ने भी मारा, दूसरे गैसों ने भी मारा, भाग-दौड़ के दौरान गिरकर आई चोटों ने भी मारा पर अंततः मारा कार्बाइड की लापरवाही ने और उस व्यवस्था ने जिसने उसे ऐसे बेपरवाह होकर ज़हर के ढेर रखने और रिसने की छूट दी। यह तो आज सोचती है अविधा। तब तो उसने सोचा था, कार्बाइड झूठ बोल रहा है कि मिक से मौत नहीं होती। और डॉक्टर प्रसाद जुटा रहे थे सबूत कि किस-किसने मारा, कैसे मारा। यही उनका काम था और कोई नहीं चाहता था कि वह इतनी मुस्तैदी से यह काम करें। कैसे-कैसे कमअक्ल डिग्रीधारियों को बढ़ावा दिया गया था उन दिनों इस नश्तर दिमाग को निरस्त करने के लिए!

मगर वे थे कि हर मोड़ पर खड़े मिलते थे। जब सरकार ने फैक्टरी की टैंक में बची मिक के निस्तारण की योजना बनाई थी तो डॉक्टर प्रसाद ने माँग की थी कि उन्हें उस टैंक की जाँच करने दी जाए, उसकी तली से नमूने बटोरने दिए जाएँ जिसमें से गैस निकली थी।

'इनका काम मुर्दाघर में चीरफाड़ करना है। वहाँ से बाहर निकलकर जाँच करना इनका काम नहीं है,' डॉक्टर शुक्ल ने कहा था। और खिल्ली उड़ाई थी प्रेस ने उनकी, उनके सनक की। देखो, डॉक्टर चला है पुलिस का काम करने। वे कहते रह गए कि हर फोरेंसिक साइंटिस्ट का हक है ऐसी जाँच करना मगर सुनी किसने? सिर्फ उच्च न्यायालय ने जिसमें उन्होंने याचिका दायर की थी कि उनको वहाँ से नमूने लेने दिये जाएँ भले सीबीआई और अन्य वैज्ञानिक उसकी जाँच कर रहे हों।

'उस टैंक में है इस त्रासदी की राख,' डॉक्टर प्रसाद ने अविधा से कहा था। 'उसी टैंक में है वह हथियार जिसने भोपाल के लोगों की जान ली है। उस राख को सहेजना होगा, सँभालकर रखना होगा, उसका विश्लेषण करना होगा, और उसे बतौर सबूत अदालत में पेश करना होगा।'

मगर अविधा भी पूरी तरह उनसे सहमत नहीं हो पाई थी। उसके सहकर्मी तो खुल्लम-खुल्ला कहने लगे थे कि इस डॉक्टर का दिमाग चल गया है, इसका अहं तो देखो, अहंकार तो देखो, खुद को साइंटिस्ट कहने लगा है! इसे खबरों में बने रहने का चस्का लग गया है। ऐसे एक नायक से उसके नायकत्व की घड़ी छीन ली कमअक्लों ने और इस गुनाह में अविधा की मौन सहमति भी हिस्सेदार थी। तब तक प्रेस से चिढ़ चुके थे डॉक्टर प्रसाद, उनसे आसानी से बात नहीं करते थे। एक कोने में कहीं अविधा को तब भी अपनी अक्षमता पर कुछ शर्म आती थी, तब भी इस गुत्थी को सुलझाने की कुछ ईमानदार कोशिश उसमें बची थी। कितनी बार फोन किया था उसने डॉक्टर प्रसाद को उसे याद नहीं पर वे बड़ी मुश्किल से तीन दिनों की चिरौरी के बाद उससे एक बार मिलने को तैयार हुए थे। अविधा को याद है वह आखिरी मुलाकात जब डॉक्टर प्रसाद ने यह कहकर उसे अपने घर आने को कहा था कि हो सकता है, अंतिम क्षण में वे इरादा बदल दें और उसे दरवाज़े से ही लौटा दें।

जब वह उनके घर पहुँची तो दरवाज़ा खुलते ही उनकी पालतू लैब्राडोर अविधा को सूँघती चौखट तक आ पहुँची थी। झुककर अविधा ने कुतिया का सिर थपका और उसकी सुनहरी पीठ सहला दी। वह एकदम उछलकर अविधा के गले लग गई, उसका चेहरा चाटने लगी।

'कहते हैं, कुत्तों को अतीन्द्रीय ज्ञान होता है। वे जानते हैं, कौन भरोसे लायक है और कौन नहीं। आ जाइए, मैं आपसे बात करूँगा क्योंकि मेरे कुत्ते ने आपको पसंद किया है,' डॉक्टर प्रसाद ने कहा था।

और इतनी बड़ी सिफारिश के बावजूद अपनी पत्रकारी मूर्खता से अविधा ने लगभग फौरन ही उनका भरोसा तोड़ दिया था। तब उसे मूर्खतापूर्ण सवाल को पूरे आत्मविश्वास से पूछने का असमय खयाल क्यों आया, इसे वह कभी समझ नहीं पाई।

डॉक्टर प्रसाद ने उससे कहा था कि यह सारे लोग जो डॉक्टर-इंजीनियर की डिग्री लिये घूम रहे हैं, वे ज़्यादातर लकीर के फकीर हैं, विज्ञान के बुनियादी उसूलों से नावाकिफ हैं।

'एक मज़ेदार बात बताऊँ? मैंने मुर्दों के ऊतकों के जो नमूने लिये थे वे दिल्ली भेजे थे विश्लेषण के लिए। फिर मैं उनके रिज़ल्ट लेने पहुँचा। देखा तो उसमें कहीं सायनाइड का ज़िक्र ही नहीं था,' डॉक्टर प्रसाद ने कहा। 'मैंने पूछा कि क्या उन ऊतकों में सायनाइड नहीं मिला? तो वैज्ञानिक कहलाने वाला वह आदमी मुझसे कहने लगा, 'था तो, मगर कम, ज़रा-सा इसलिए इसका ज़िक्र नहीं किया।' उससे कोई पूछे कि कितना सायनाइड चाहिए लोगों को मारने के लिए? उतना जितनी हवा में ऑक्सीजन होती है? अच्छा, यह सवाल भी छोड़ दो। मुझे बताओ कि क्या इसे विज्ञान कह सकते हैं? साइंटिस्ट का काम है कि वह बताए, उसे नमूने में क्या मिला। अगर किसी पदार्थ का एक अणु भी मिला है, सिर्फ एक मोलिक्यूल, तो भी उसे इसका ज़िक्र करना चाहिए। यह होती है साइंस। यह नहीं कि अरे यह तो ज़रा-सा था, हम इसे सूची में ही नहीं रखेंगे। यह है हमारे देश में साइंस की शिक्षा का स्तर। क्या हो सकता है ऐसे में?' वे उदास-सी हँसी हँसे थे फिर उसकी तरफ देखकर पूछा था, 'आपके संपादक आपको यह सब लिखने देंगे?'

'आज़मा के देखिए,' अविधा ने कहा था। उसे तब समझ में ही नहीं आया था कि उनके बयान में ऐसी क्या बात थी जो किसी को नागवार गुज़रे। अगर वह साइंटिस्ट सचमुच साइंस जानता रहा होगा मगर जान-बूझकर उसने सायनाइड को सूची में शामिल नहीं किया तब तो इसके मायने ही बदल जाते। अभी तो उसे यह एक रोचक किस्सा ही लगा था। विश्लेषण तो दुबारा भी कराया जा सकता था। डॉक्टर प्रसाद ने उस संस्थान और उस विश्लेषक वैज्ञानिक का नाम बताने से साफ इनकार कर दिया था जिससे अविधा को साफ संकेत मिल जाना चाहिए था कि वे किस तरफ इशारा कर रहे हैं। मगर उन दिनों इतना कुछ घट रहा था कि हर समय चेतना एलर्ट नहीं रहती थी।

बाद में अविधा ने यह बात बहुतों को बताई थी और सबने यही कहा था कि सायनाइड नहीं मिला तो नहीं मिला, डॉक्टर प्रसाद मुर्दों के साथ इतना समय बिताते हैं कि उनका दिमाग ही मुर्दा हो गया है।

'तुम जानती हो, हमारे आईआईटी के महान प्रोफेसरों की हालत? मैंने ऊतकों में से अट्ठाइस यौगिक निकाले थे। उनमें दो की तो वे पहचान ही नहीं कर पाए! खुद को वर्ल्ड क्लास कहते हैं!' डॉक्टर प्रसाद की वैज्ञानिक समुदाय से घोर निराशा और उसके प्रति वितृष्णा उनके हर बयान में झलकती थी।

तब पूछा था अविधा ने उनसे वह सवाल जिसने डॉक्टर प्रसाद से उसके रिश्ते को शुरू होने से पहले ही खत्म कर दिया था।

'ऐसा कैसे हो सकता है कि बाकी जो भी हैं, सब ग़लत हैं? सब अज्ञानी हैं?'

डॉक्टर प्रसाद एकाएक कुर्सी से उठ खड़े हुए थे और जाकर उन्होंने दरवाज़ा खोलकर उसे बाहर निकल जाने का इशारा किया था। उस दिन के बाद एक शब्द नहीं बोले वे उससे। किसी और रिपोर्टर से भी बात की हो, ऐसा भी नहीं लगता था। वे अदृश्य से हो गए। आज एहसास होता है अविधा को कि सिर्फ एक व्यक्ति का विश्वास भी उनके नज़रिए को जनमानस में रख सकता था। एक अकेला व्यक्ति भी कभी-कभी बिलकुल सही हो सकता है। यही विज्ञान है। बहुमत का सच राजनीति है, विज्ञान नहीं।

मगर राजनीति की भी कितनी समझ थी उसे? वह तो उसका विषय था। उस पर तो लगातार लिखा करती थी वह। उसे तो गर्व था अपनी राजनीतिक अंतर्दृष्टि पर। मगर वहाँ भी रोमांच का पट्टा गले से उतार नहीं पाई थी वह।

जब यूनियन कार्बाइड कॉर्पोरेशन के चेयरमैन को भोपाल में गिरफ्तार कर लिया गया तो अविधा ने उसे भारत की प्रभुसत्ता का अभिकथन समझकर उस पर गर्व महसूस किया था। उसकी रगों में लहू ऐसे उछला था मानो किसी रणभेरी का आह्वान सुना हो! उसके बिज़नेस एडिटर ने फोन पर उससे कहा था कि अगर भारत ऐसी गैरज़िम्मेदाराना हरकतें करेगा तो कोई उद्योग ही चल नहीं पाएगा। अविधा भड़क उठी थी। 'न हो। ऐसे उद्योगों की ज़रूरत भी नहीं है हमें,' उसने फोन पटकने से पहले कहा था और भागकर पहुँची थी शिमला हिल्स जहाँ कार्बाइड के गेस्ट हाउस में भोपाल का सबसे मशहूर कैदी बंद था।

सैकड़ों रिपोर्टरों और फोटोग्राफरों के साथ वह घंटों कार्बाइड गेस्ट हाउस के बाहर खड़ी रही थी। अंदर से निकलने वाली दो गाड़ियों को घेरकर रोका था उन्होंने। कितनी बेताबी से अमेरिकी रिपोर्टरों से पूछते रहे थे कि पहचानते हो न चेयरमैन को? कहीं बचकर भाग तो नहीं रहा?

बैठे रहे थे वे घंटों उस इमारत की नीची दीवार पर टाइपराइटर रखे—नोटबुक सँभाले भूखे, प्यासे। कोई एक मिनट को भी हटने को तैयार नहीं था कि जाने कैसी खबर हाथ से फिसल जाए। और यूँ ही बाहर पहरा देते-देते तंग आकर गुस्से में

उबलते एक स्थानीय रिपोर्टर ने जाकर कार्बाइड गेस्ट हाउस का गेट लात मारकर खोल दिया था। बंदूकधारी गार्ड बौखलाकर सामने खड़ा हुआ तो उस पर चिल्लाया था, 'गोली चलाओगे हम पर ? चलाओ।'

जैसे बाँध फट गया हो, प्रेस का सैलाब धड़धड़ाता हुआ गेस्ट हाउस में जा घुसा था, और लाउंज में सीढ़ियाँ चढ़ रही अविधा को रोकने ऊपर से एक अमेरिकी अधिकारी नीचे उतर आया था। विनम्र, विनीत, गंभीर। 'आप लोग इन्तज़ार कीजिए। पुलिस की कार्यवाही पूरी होते ही हम चेयरमैन को आपसे मिलवाएँगे।'

इन्तज़ार की वह घड़ियाँ तब जाकर समाप्त हुई थीं जब किसी ने ट्रांज़िस्टर पर खबर सुनी थी कि कार्बाइड का चेयरमैन दिल्ली पहुँचने वाला है। तब भागी थी अविधा उस इमारत के पिछवाड़े देखने कि कहाँ से निकल भागा था उनका आखेट। ढलान पर पीछे के फाटक पर जंग लगी ज़ंजीर से पुराना ताला अभी तक लटक रहा था, गेट का पल्ला खिसका हुआ था और नीचे को रास्ता उतरकर जाता था भोपाल की उस बड़ी झील को जो उसका गौरव है। बाद में पता चला था उन्हें कि यहीं से चोरी-छिपे नाव में बिठाकर झील पार कराकर कार्बाइड के अध्यक्ष को हवाई अड्डे ले जाया गया था। निकल गया था वह भोपाल के गौरव को कुचलता झील के बीच द्वीप पर चिरनिद्रा में लीन संत की तकिया में बसी भोपाल की आत्मा पर हँसता एक विदेशी आततायी देशी प्रतिनिधियों की मदद से, कभी न लौटने के लिए।

फिर भी अविधा ने इस घिनौने खेल को एक कैदी को मिली ज़मानत ही समझा था। हुक्मरानों की निंदा ज़रूर की थी उसने कि एक कैदी को भागने में इतनी मदद दी उन्होंने मगर उसने इसे राजनीतिक नौटंकी के रूप में नहीं देखा था जिसका मंचन ऐसे नेताओं ने किया था जिनपर जनता थू थू कर रही थी और जो किसी सस्ती फिल्मी दृश्य के सहारे अपनी खोई लोकप्रियता हासिल करने की फिराक में थे।

सरकार से उसे कोई लगाव नहीं था, वह तो सरकारी नीतियों और कार्यक्रमों की आलोचना में छात्र जीवन में ही निष्णात हो गई थी। आखिर आपातकाल के दुर्दिनों में उसने राजनीतिक संस्कार पाए थे, फिर भी वह विषमता की लंबी पाँत में अपनी सरकार को अमेरिकी बहुराष्ट्रीय से नीचे और कमज़ोर मानकर यह भ्रम पाल बैठी थी कि अब वह भोपालवासियों के लिए नहीं तो अपने गर्व और प्रभुसत्ता के लिए ज़रूर गैस पीड़ितों के संग खड़ी होकर औपनिवेशिक ताकत से लोहा लेगी।

यह तो उसे बाद में समझ में आया कि सरकार ने ही कार्बाइड के खिलाफ सबूतों को धुँधला करने, मिटाने, विकृत करने और उनकी अनदेखी करने में जितनी तत्परता दिखाई थी, उसकी आधी भी उसने गैस पीड़ितों के समुचित इलाज पर विचार करने में दिखाई होती तो शायद उनकी पीड़ा कम हो गई होती। न उनके केस के रिकॉर्ड ठीक से रखे गए, न रोग-निदान ठीक से किया गया, न हर पर्ची पर गैस पीड़ित का ठप्पा लगाया, न फौरी इलाज और उसके नतीजों का दस्तावेज तैयार किया गया।

कितना परिष्कृत था गुनाह के निशानों को मिटाने का यह काम! अविधा मुड़कर देखती है तो हैरान हो जाती है कि त्रासदी भले एकाएक घटी हो, कार्बाइड के स्वामिभक्तों के दिमाग को आघात नहीं लगा था, वे संकट की घड़ी में अनायास ही नमक का कर्ज़ अदा करने लगे थे। इस पूरे प्रयास पर देश के सर्वोत्तम संस्थानों में प्रशिक्षित विशेषज्ञों के शातिर दिमाग और कार्यकुशलता की अमिट छाप थी। ऐसा परिष्कृत काम औसत राजनीतिज्ञों के बस का नहीं था, भले वे कितने ही चालू क्यों न हों! फैक्टरी के भीतर सुरक्षा नियमों की जो अवहेलना हुई थी, खराब पड़े यंत्रों की जो उपेक्षा हुई थी, वह इतना तकनीकी मामला था कि अविधा समेत प्रेस वालों ने उसमें विशेष दिलचस्पी नहीं दिखाई थी। हर चीज़ को समझना, ऐसी भाषा में लिखना कि आम लोगों को समझ में आए, इतनी मेहनत करने का न उसके पास वक्त था न ही उसके प्रति उसका रुझान था।

अविधा को लगने लगा था कि असली त्रासदी तो गैस खाए लोगों के साथ किया गया व्यवहार था। वही ज़िंदा सबूत थे इस गुनाह का और बड़े कायदे से उन्हें, उनके अधिकार और उनके आत्मसम्मान को कुचला गया था। राहत के नाम पर मुफ्त राशन बाँटने के सिवाय क्या किया था राजनेताओं ने? उनकी घटी हुई कार्यक्षमता के अनुरूप रोज़गार खोजने की कोशिश भी गंभीर नहीं थी। किसी पुनर्वास की सुसंगत योजना नहीं बनी थी। कभी कुछ लोगों को मकान, कुछ को दुकान, कुछ को भाषण, कुछ को मुफ्त राशन यही करती रही थी सरकार। कम्युनिस्ट भी लोगों के अधिकारों की भाषा छोड़ दान को न्यायपूर्ण तरीके से बाँटने के काम में लग गए थे। और अंततः सरकार ने पीड़ितों से उनका वह अधिकार भी छीन लिया था जो नागरिक का बुनियादी हक होता है, कि वह अपने गुनहगार की शिकायत कर सके, उस पर मुकदमा चला सके। सरकार ने साफ कह दिया था कि पीड़ित गरीब हैं, हम उनके माई-बाप हैं, हम लड़ेंगे मुकदमा उनकी तरफ से और अखबारों ने तालियाँ पीटी थीं सरकार के इस कदम पर। आज उसका नतीजा सामने था और अविधा फिर एक बार उलझन में फँसी थी। वह अब बहुत-से मुद्दों को ठीक से समझ भी सकती थी मगर प्रशांत से टूटते रिश्ते का हथौड़ा उसके मन-मस्तिष्क पर निरंतर चल रहा था और वह फिर एक बार पूरी तरह इसी विषय को समर्पित होने में खुद को असमर्थ पा रही थी।

उसे याद आया, कैसे कुछ महीनों पहले उसने निर्मला को बताया था कि वह तरह-तरह के विषयों पर लिखना चाहती है, अकेले भोपाल पर नहीं। 'इमानदारी से कहूँ तो मैं पूरी तरह इस लड़ाई से जुड़ना नहीं चाहती।'

निर्मला ने उसकी आँखों में आँखें डालकर पूछा था, 'तो? तुम्हारी इमानदारी से दुनिया को क्या फर्क पड़ता है?'

सचमुच ईमानदारी से कोई फर्क नहीं पड़ता, अविधा ने सोचा। शायद इसीलिए आसपास कुछ बदलता दिखाई नहीं देता। इस शहर में तो नहीं। इतने साल गुज़र

गए, वही दो सौ पाँच सौ लोग हैं जो हर अभियान में नज़र आते हैं। उनकी उम्र बढ़ रही है, आशा घट रही है लेकिन संख्या नहीं बढ़ी अब तक।

अपने इन विचारों को वह अपने लेखों में पिरोने लगी मगर उसका ध्यान भटका ही रहता था, विचार स्पष्ट नहीं होते थे, लेख लंबे होने लगे, अस्पष्टता उनका पैनापन कम करने लगी। जोशी अविधा से खफा रहने लगे। उन्होंने उससे साफ कह दिया कि अपने 'अनर्गल प्रलाप' को अपनी आत्मकथा के लिए बचा ले। 'आज जो स्थिति है उस पर लिखो, इतिहास फुर्सत में लिखना,' उन्होंने उससे कहा।

काम ठीक से न हो पाने से अविधा और भी हतोत्साहित होने लगी। वह काम पर जितना ध्यान देने की कोशिश करती उतना ही उसका मन यादों की तरफ भागता। उसकी स्थिति 'तुझे याद करके रोए या तुझे भुला के रोए' की तर्ज पर इतनी विकल हो गई थी कि अगर सुगुणा सुबह धक्का देकर अभियान में नहीं भेजती तो वह कतई नहीं जाती। रोज़ सुबह फॉब की मंडली के साथ वह शहर के किसी-न-किसी बाज़ार या भीड़ भरे स्थान पर जाकर भोपाल समझौते पर भाषण देती थी और हर समय उसकी आँखें प्रशांत को खोजती रहतीं। वह मनाने लगती कि प्रशांत भी उसके भाषण सुने, उनकी तारीफ करे। रोज़ वह ताजा खबरों को भाषण में पिरोती उन्हें नया रंग देती मगर हर समय वह प्रशांत से मन में उलझती, बहस करती रहती, सोचती रहती कि वह समझौते के हक में क्या तर्क देता और उन तर्कों के जवाब खोजती। वह जो भी करती, प्रशांत उसकी चेतना पर छाया ही रहता।

मुक्ता कई मायनों में एक असाधारण औरत थी। वह जानती थी कि वह बहुत मज़बूत और सबल है मगर वह अपनी कमज़ोरियों को भी जानती थी और उनसे अकेले दम भीतर ही भीतर लड़ती रहती थी। विनीता उसकी कमज़ोरियों में एक थी और वह लगातार खुद से पूछती रहती थी कि जिस तरह वह सारे सांसारिक कार्यों का बोझ ढोती थी, क्या वह विनीता को दुर्बल बनाता है? नल खराब हो तो मुक्ता का ही काम होता ठीक कराना, बिजली और फोन के बिल देना, सरकारी विभागों में माथापच्ची करना और टैक्स की समस्याएँ तो खैर उसी के हिस्से की थीं। उसने देखा था कि कैसे उसके वकील पिता के यह सारा काम सँभालने के कारण उसकी माँ इन सबसे इतनी बेखबर रहने लगी थीं और इस कदर पंगु हो गई थीं कि आज अपने जीवन बीमा के लिए चेक भी काटना हो तो मुक्ता को बुला लेती थीं। बीमा पॉलिसी तो खैर, वे क्या खरीदतीं, वह भी पति की देन थी।

जब से मुक्ता ने होश सँभाला था, वह जानती थी कि उसे क्या चाहिए था। सबसे पहले तो उसने अपना नाम बदला था। माँ-बाप ने उसकी क्षीण काया को नाम दिया था—लता और वह कल्पना भी नहीं कर सकती थी कि किसी और

का सहारा न मिलने पर ज़मीन पर लोटनेवाली किसी चीज़ का नाम उस पर चस्पाँ कर दिया गया था। उसने अपना नाम मुक्ता रख लिया था। काफी सोचने के बाद। बिहार में तब पारिवारिक उपनाम त्यागकर किसी अन्य धर्म का नाम उसकी जगह लगाने का राजनीतिक चलन चला था और उसने सोचा भी था कि कोई ऐसा नाम अपने नाम के साथ जोड़ ले जो आम तौर पर मुसलमानों के होते हैं। मगर उसे ऐसा कोई नाम जँचा नहीं। मुक्ता महजबीं में उसे चाँद और टूटे दिल की बू आती थी जो उसे कतई रास नहीं आता। मेहरून्निसा उसे भारी भरकम लगा। एक सहेली ने 'गौहर' सुझाया, जिसका मतलब भी मुक्ता की तरह मोती ही होता है। मगर मुक्ता ने अकड़कर कहा था, 'मैं कोई गौहरजान नहीं हूँ।' आखिर अपने पिता से असीम लगाव के चलते उसने अपने पारिवारिक उपनाम माथुर को ही मुक्ता से जोड़ने का फैसला किया। नियमों का पता लगाकर हलफनामा देकर तीन अखबारों में उसने अपने नए नाम का विज्ञापन दिया जबकि नियमानुसार दो ही विज्ञापन ज़रूरी थे। जहाँ सबूत चाहिए, हो सके तो एक अतिरिक्त सबूत दे दो, यह मुक्ता का सूत्र-वाक्य था।

अपनी नई पहचान में वह 'मुक्त' स्त्री की ध्वनि सुन सकती थी। अपने नए नाम को रेखांकित करने के लिए उसने बारीक टेढ़े-मेढ़े मोतियों की एक माला भी खरीदी थी, ट्यूशन से मिली अपनी कमाई से और हमेशा मोतियों की यह दोलड़ी उसके पतले गले में रहती। यह भी उसकी पहचान का अंग बन गए थे। मुक्ता को कोई सुंदर नहीं मानता था, वह बेहद दुबली थी, नाक का छोर ऊपर को उठा हुआ था और भृकुटियाँ हमेशा तनी रहती थीं। लेकिन वह चुस्त पैंट, शर्ट और जैकेट में काफी प्रभावशाली लगती थी। साड़ी वह कभी-कभी ही पहनती थी और वह भी सूती, स्टार्च से फूली हुई कि उसका छरहरापन ढँक जाए।

उसके रईस वकील पिता अपनी लाड़ली बेटी को बसरा के मोती खरीद देते अगर बेटी ने चाहा होता। बहुत मन करता था उनका कि कभी बेटी लाड़ से कुछ माँगे मगर वह उसकी खुद्दारी का बहुत आदर करते थे। माथुर साहब को अपनी बेटी पर गर्व था। उन्हें यह कतई बुरा नहीं लगा था कि उसने अपना नाम बदल लिया था। जे.पी. माथुर को अपनी इस तीसरी संतान से बेइंतहा मुहब्बत थी।

उनके तीन बेटे थे, एक मुक्ता से छोटा था, मगर तीनों में ही उन्हें बुद्धि की वह प्रखरता दिखाई नहीं देती थी जो उनकी धीर गंभीर बिटिया में थी। कोई भी बेटा उनके नक्शेकदम पर कचहरी में जाना नहीं चाहता था। बिटिया वकील बनना चाहती थी। जे.पी. माथुर उन बिरले लोगों में थे जो डिग्री, डिप्लोमा और शिक्षा के बीच का अंतर समझते हैं। वे जानते थे कि बुद्धि का विश्वविद्यालयों से हासिल सर्टिफिकेटों से कोई रिश्ता नहीं होता। डिग्रीधारी मूर्खों से रोज़ उनका पाला पड़ता था।

मुक्ता उनके कड़े पैमाने पर खरी उतरती थी। उन्होंने अपने पुस्तकालय जैसे कमरे में बेटी को किताबों के साथ खेलते, उन्हें आँखों से निगलते बड़ा होते देखा

था। पूछने पर कि उसे वे अपनी वसीयत में क्या दे जाएँ, बड़े गंभीर स्वर में मुक्ता ने उनकी लाइब्रेरी माँग ली थी।

'तुम्हें मेरी वसीयत लिखनी चाहिए,' माथुर ने अपनी दुलारी बेटी से कहा था। 'तुम्हें पता होगा, कौन किस चीज़ के लायक है और किसे क्या मिलना चाहिए।'

उन्होंने मुक्ता के लिए हौज़खास में डीडीए का फ्लैट खरीदा था, जो उस समय कई निजी मकानों के मुकाबले सस्ता भी था और मुक्ता के स्वाभिमान को उतनी ठेस नहीं पहुँचाता जितना कि कोई महँगा दुमंज़िला मकान जो माथुर साहब की हैसियत के ज़्यादा अनुरूप होता।

'देखना, एक दिन यह लड़की हमारा कितना नाम करेगी,' उन्होंने अपनी पत्नी से कहा था जो मुक्ता को आम का अचार डालने की विधि सिखाने की नाकाम कोशिश और उसमें बेटी की पूरी अरुचि पर खीज रही थी।

'कैसे?' पत्नी ने चिढ़कर पूछा था। 'हमने जो नाम दिया, वह भी ठुकरा दिया है? ऐसी लड़की से क्या उम्मीद की जा सकती है?'

बेटी बस शादी करके सुघड़ गृहिणी बन जाए, यही मुक्ता की माँ मनाया करती थी और माथुर को अपनी पत्नी की इस संकीर्ण दृष्टि पर काफी दया आती थी। वे यह भी जानते थे कि अगर पत्नी किसी पेशे में होतीं और बुद्धि में उनके समकक्ष होती तो वे एक दिन उनके साथ रह नहीं पाते। उन्हें तो ऐसी ही स्त्री चाहिए थी जो उन्हें देवता और उनके देय को प्रसाद समझे, उनके थके शरीर को हर तरह का सुख दे और उनके मस्तिष्क को पूरी छूट, कोई चुनौती नहीं। पत्नी से उन्हें प्यार नहीं था, बस उसे थोड़ा-बहुत चाहते थे। प्यार था उन्हें अपनी बिटिया से।

वह चाहते थे कि जीवन के हर क्षेत्र में मुक्ता की अपनी राय हो, सोची-समझी राय जिस पर वह किसी से भी बहस कर सके। उसका अपना करियर हो, अपना विशिष्ट व्यक्तित्व हो। लेकिन जो बात यह विद्वान पिता भी झेल नहीं सकता था, वह यह कि मुक्ता का अपने शरीर पर अधिकार हो। यह क्षीण-सी काया जो उसके सुदृढ़ मस्तिष्क के विपरीतार्थक-सी दिखती थी, माथुर को उस पर अधिकार चाहिए था, एक पिता का अधिकार कि वह जिसे चाहें उसे यह शरीर सौंपे, कि यह उनके अपने अस्तित्व के अर्क की पैदाइश थी।

उन्हें यह मंज़ूर था कि मुक्ता अपना वर खुद चुने, और जैसे व्यक्तित्व की वे उसे स्वामिनी बनाना चाहते थे, उसकी तो यह अनिवार्य शर्त होती, मगर वह आदमी उन्हें भी पसंद हो, यह उनकी सिर्फ कामना नहीं थी, उनकी अनकही माँग थी।

मुक्ता जानती थी, उसे क्या चाहिए और उसे कैसे हासिल किया जाए यह सीख जाएगी, इसका उसे विश्वास था। मगर सर्वोपरि जो वह चाहती थी, उसे कैसे पाए, यह वह नहीं जानती थी। इसे वह एक भयानक अपराध की तरह दिल में बंद रखती थी। वह जानती थी कि उसके खुले दिमाग वाले पिता भी अगर यह रहस्य जान जाते तो उनका प्यार पल भर में लोप हो जाता और इस निधि को वह किसी भी सूरत में

खोना नहीं चाहती थी। वे कभी समझ नहीं पाते कि यह उनकी बेटी के व्यक्तित्व की विकृति नहीं, उसका एक प्राकृतिक अंग है और उसके प्रति अपना पूरा लगाव वे पैर में गड़े काँटे की तरह उखाड़ फेंकते। वह पिता से बेहद प्यार करती थी। उसे बहुत लगाव था उस गर्व से जो पिता उस पर करते थे। वह लड़कों से दूर भागती थी तो पिता नाज़ करते थे कि उनकी बेटी दूसरी लड़कियों की तरह चंचल नहीं हैं। इससे वे आश्वस्त रहते थे कि किसी ऐरे-गैरे, हो सकता है, किसी 'छोटी ज़ात' वाले को बेटी परिवार का दामाद बनाकर उसे कलंकित नहीं करेगी। घर से भागकर अदालत में किसी भी ऐरे गैरे के साथ शादी के रजिस्टर पर दस्तखत नहीं करेगी, ऐसा वे कहा करते थे।

साथ में यह भी कहते थे कि शादी तो यह अदालती ही करेगी, किसी पंडित के मंत्रोच्चार की ध्वनि पर अग्नि के इर्द-गिर्द नहीं घूमने वाली। शादी के मंत्रों की पुस्तिकाएँ खरीदकर उन पर मुक्ता ने कई बार उनसे बहस की थी, कन्यादान के खिलाफ अपने विचार प्रकट किए थे।

उनका यह प्यार, उनकी अपेक्षाएँ, उसके लिए उनके स्वप्न मुक्ता की आत्मा पर कितना बोझ लादे रहते थे, इससे माथुर पूरी तरह अनभिज्ञ थे। किसी दिन वह उन्हें एक ही झटके में तोड़ देगी, यह खयाल भी मुक्ता को कँपा जाता था। वह शादी के माँ के प्रस्ताव यह कहकर टालती रहती थी कि अभी उसे अपना करियर बनाना है और पिता इसमें पूरी तरह उसके साथ थे। वे जानते थे, उनका धन, उनकी प्रतिष्ठा नहीं, स्वयं मुक्ता का व्यक्तित्व कभी भी उसे उपयुक्त जीवनसंगी दिला देगा।

अपने जीवन के हर निर्णय में मुक्ता उनको सहभागी बनाया करती थी। छात्र जीवन में ही वह आपातकाल के बाद नागरी अधिकार के आंदोलन में शामिल हो गई थी। जब इस संगठन के दो टुकड़े हुए तो मुक्ता ने उनसे कई दिनों तक लंबी चर्चा की थी।

पिता ने उसे इसमें से बड़ी फाँक का अंग बने रहने की राय दी थी।

'उसमें तो कोई एक विचारधारा नहीं है,' मुक्ता ने कहा था।

'ऐसा ही तो नागरी अधिकार समूह में होना चाहिए। यह अधिकार हर नागरिक के होते हैं, ऐसे समूह का व्यापक और विविध आधार होना ही चाहिए,' माथुर ने कहा था।

'जो छोटा टुकड़ा टूटकर निकला है, उसमें बहुत सामंजस्य है। कोई भी मुद्दा हो, बड़ी गहराई से छानबीन करता है,' मुक्ता ने कहा था।

'हाँ, उनका रिसर्च अच्छा होगा। छोटे समूहों में ऐसा तो होता ही है। मगर नागरी अधिकार समूह को तो बहुत बड़ा होना चाहिए, उसके भीतर रिसर्च के लिए छोटे ग्रुप बन सकते हैं,' माथुर ने बहस की थी।

उन्होंने मुक्ता को पहले छोटे समूह की ओर आकृष्ट होते, फिर बड़े समूह से रिश्ता जोड़ते और अंततः दोनों से संबंध स्थापित करते देखा था और उन्हें फख्र था कि वह अपनी राय खुद बनाती है, किसी दूसरे की सलाह पर नहीं चलती, भले ही वह सलाह खुद उसके पिता ने दी हो।

ऐसी ही बहस वकालत शुरू करने से पहले दोनों में हुई थी। मुक्ता तय नहीं कर पा रही थी कि वह निचली अदालतों में वकालत करे या उच्च न्यायालयों में। उसे सबूत जुटाकर केस खड़ा करने में गहरी दिलचस्पी थी जो कुछ हद तक अंग्रेज़ी के उपन्यासों से उत्पन्न रोमांच की देन थी तो कुछ हद तक गरीबों को न्याय दिलाने की इच्छा थी। साथ ही संवैधानिक मसलों पर भारी भरकम दार्शनिक बहस करने में भी उसे गहरी रुचि थी। पिता के पुस्तकालय से कमरे में बैठी वह इस पर चर्चा करती रही थी, पुस्तकों से जड़ी दीवारों के बीच, मेज़ पर रखी लैम्प की रोशनी में चमकती आलपिन से भरी तांबे की छोटी सी कड़ाही को देखते हुए।

'मैं दोनों क्यों नहीं कर सकती—तीस हज़ारी भी, हाई कोर्ट भी?' मुक्ता ने पूछा था।

'कोई हर्ज़ नहीं,' पिता ने कहा था। 'लेकिन तुम इन दोनों अदालतों के बीच सड़क पर ज़्यादा समय बिताओगी। कोर्ट रूम में कम।'

आखिर उसने उच्च न्यायालय ही चुना था। उन्होंने देखा था उसे भोपाल के मामले को उठाते। शुरुआत मगर तीस हज़ारी से ही की थी। छह साल उनकी जूनियर रहने के बाद खुद कुछ केस लेने लगी थी। कई बिना फीस के केस थे।

मुक्ता जानती थी कि पुरुषप्रधान अदालतों में पिता के रुतबे ने ही उसे शुरू से सम्मानित स्थान दिलाया था। उनका दफ्तर, उनके मुंशी, उनका रौब इन पीठिकाओं पर खड़ी मुक्ता को अनुभव और सफलता से वंचित रखना कठिन था। पिता चाहते तो थे कि वह अपराध संहिता में दक्षता प्राप्त करे मगर मानवाधिकारों में उसकी गहरी रुचि भाँपकर उन्होंने उसे अपनी अलग राह चुनते देखा भी और खुश भी हुए। अच्छा ही है, उन्होंने सोचा, लड़की इन मंदबुद्धि सँकरी दृष्टिवाले वकीलों की सोहबत से बची रहेगी जो तीस हज़ारी के बदबूदार गलियारों में पान की पीक थूकते घूमते रहते हैं। उनके लिए माथुर साहब के मन में गहरी वितृष्णा थी। यों तो अदालतों पर हुकूमत चलाने वाले न्यायाधीशों के लिए भी उनके मन में हिकारत ही ज़्यादा होती थी जो कानून और उसकी व्याख्या में अपने सामने जिरह कर रहे इस वकील से कम जानते और मन-ही-मन उससे डरते भी थे हालाँकि माथुर साहब अपनी हिकारत को अपने भावहीन चेहरे पर कभी झलकने नहीं देते थे।

बेटी को गरीबों-मज़लूमों के केस मुफ्त में लड़ते देख कभी उनके माथे पर बल नहीं पड़े। धन की उनके पास कमी नहीं थी। वे जानते थे, कुछ सालों बाद बेटी बड़े-बड़े मुवक्किलों से मुँह माँगी फीस वसूल कर जितना चाहे धन कमाने योग्य हो जाएगी। माथुर साहब को भूख थी यश की। एक दिन मुक्ता माथुर बहुत नामी वकील बनेगी। हो सकता है, सुप्रीम कोर्ट की पहली महिला न्यायमूर्ति बन जाए! बहुत इच्छा थी उनकी कि ऐसा हो।

ज़िंदगी के ऐसे अहम फैसले मुक्ता को कितने भी कठिन लगे हों, अपनी प्रकृति को दबाकर, ढँककर रखना उससे कहीं ज़्यादा कठिन था। उसे स्त्री का स्पर्श रोमांचित कर जाता है, यह छिपाने की मजबूरी उसे भीतर ही भीतर अपनी सबलता के अधूरेपन

का एहसास कराकर उसे धिक्कारती रहती थी। जिस दिन पिता को पता चलेगा, उस दिन क्या होगा, सोच-सोचकर मुक्ता थर्राया करती थी। वे घर से हकाल देंगे, इसका उसे विश्वास था मगर डर नहीं। वह डरती थी यह सोचकर कि उसके प्रति अपने प्यार को वे हृदय में गड़े शूल की तरह निकाल फेंकेंगे और यह तिरस्कार उसके लिए कल्पनातीत था। उनकी वितृष्णा के विचार मात्र से वह काँप उठती थी।

घंटों वह पिछले बरामदे में बैठी न्यू राज़िंदर नगर के पीछे के रिज के जंगल में अपने भावों के कोलाहल के लिए शांति खोजती रहती। पिता समझते, पुत्री आयु के संक्रांतिकाल के स्वाभाविक उतार-चढ़ावों से त्रस्त है। कभी-कभी वे बेचैन हो जाते कि वह इतनी उदास, इतना गंभीर क्यों रहती है? क्या कमी है जो उसे साल रही है? मुक्ता सुख की चाह को कुचलती सुख की कामना को ही भूले चली जा रही थी।

भोपाल के केस में उसने जब अपनी पहली याचिका तैयार की और पिता को दिखाकर उसे अंतिम रूप दिया, उसी दिन माथुर साहब एकाएक आरामकुर्सी पर बैठे-बैठे ही सिधार गए। हार्ट अटैक ने उन्हें अस्पताल जाने तक का समय नहीं दिया।

अत्यधिक शोक की उस घड़ी में भी मुक्ता को उनकी मृत्यु से अपने मस्तिष्क पर छाए अवसाद की परत हटती हुई महसूस हुई थी। अब कभी उन्हें बताना नहीं पड़ेगा कि वह क्या चाहती है, यह सोचकर उसे जो राहत महसूस हुई थी, उसका अपराध वह कभी झटक नहीं पाई।

पिता की मौत ने उसे आज़ाद कर दिया। माँ का उस पर कभी कोई ज़ोर था ही नहीं। वह यह कहकर अलग रहने लगी थी कि पिता की अनुपस्थिति से अभिशप्त घर में उसका जीना दूभर हो गया है। यह सच भी था। पिता की मेज़ से तांबे की कड़ाही उठाकर वह हौज़खास के अपने फ्लैट में आ गई थी।

लेकिन जल्दी ही मुक्ता जान गई थी कि रौशन दिमाग रखने का दावा करने वाले अपने दोस्तों और जान-पहचान वालों के बीच भी उसे अपनी प्रकृति की अभिव्यक्ति की आज़ादी नहीं मिलने वाली। वहाँ भी उसे झूठ को ही जीना पड़ रहा था। अन्य प्रेमियों की तरह वह भी खुलकर जीना चाहती थी, पार्टियों में गलबहियाँ डाले डोलना चाहती मगर जैसे ही वह किसी संगिनी के नज़दीक जाती, औरों की आँखों में हँसी की झलक देखकर ठिठक जाया करती। इससे भी बुरा तो तब होता था जब लोग चेहरे पर तटस्थता ओढ़कर ऐसा अभिनय करते मानो उन्हें न कुछ दिख रहा है न समझ में आ रहा है। वह समाज के प्राकृतिक दृश्य का अंग बनकर स्वाभाविक रूप से अनदेखी रहना चाहती थी, ऐसे जान-बूझकर की गई अनदेखी का निशाना नहीं बनना चाहती थी। किसी दिन यह भी होगा यह आस लिये वह इसके लिए भी लड़ रही थी। वह अच्छी वकील से बहुत अच्छी वकील बनने की लड़ाई भी लड़ रही थी। वह लड़ रही थी एक ऐसी बहुराष्ट्रीय कंपनी से जिसके अनेकानेक राजनीतिज्ञों को खरीदकर जेब में ठूँस लेने की खबर थी और यह भी कि वह कई अन्यों को खरीदने के लिए तैयार थी।

व्यक्तिगत जीवन में मुक्ता सबसे मुश्किल लड़ाई लड़ रही थी, विनीता को गृहिणी से अधिक कुछ बनने को प्रेरित करने की लड़ाई। वह कल्पना भी नहीं कर सकती थी कि उसका जीवन अपने माता-पिता के दांपत्य जीवन का ही भिन्न रूप बनकर रह जाए जिसमें वह तो बाहर की सारी ज़िम्मेदारी निभाए और विनीता उसके आराम का खयाल रखती ज़िंदगी बिता दे। वह चाहती थी, विनीता उसकी संगिनी बने जिसके अपने दोस्त हों, अपने विचार हों, अपनी ज़िंदगी हो, जो सही मायनों में उसके बराबर हो। कभी-कभी वह सोचने लगती कि कहीं ऐसा तो नहीं कि विनीता की खूबसूरती उसके मस्तिष्क पर इस हद तक हावी हो गई कि वह उसके बौद्धिक उथलेपन को देख ही नहीं पाई? मगर विनीता ने ही कहाँ उसे वक्त दिया था कि देह के परे एक दूसरे को समझ सके? वह तो एक सुबह उसके घर आ धमकी थी यह बताने कि वह भोपाल से भाग आई है एक चिट्ठी छोड़कर। कैसे उसे लौटा देती जबरन किसी पुरुष की पत्नी बनने को? वह मुमकिन नहीं था तो यह गैरबराबरी झेलना भी दुष्वार था। विनीता और अपने बीच की असमानता उस पर ज़िम्मेदारी का भी ऐसा बोझ लाद देती थी जो उसे सख्त नापसंद थी।

सीढ़ियाँ चढ़ती मुक्ता सोच रही थी कि उसका घर दिन-ब-दिन और भी रूढ़िवादी होता जा रहा है। घर से लहसुन तले जाने की खुशबू आ रही थी। मुक्ता को लगा, पेट की जगह गड्ढा खुल गया है। दिल डूबने लगा। जिस दिन उसने प्लेट उठाकर दीवार पर फेंकी थी, उसके बाद से वह अपने गुस्से को काबू में रखने की भरसक कोशिश कर रही थी। उसे खुद पर ही भरोसा नहीं रह गया था। अगली सुबह उसने विनीता से माफी माँगी थी। 'अगर तूने मुझे माफ कर दिया विनी, तो मुझे तुझसे नफरत हो जाएगी। अगर नहीं किया तो मैं खुद से नफरत करने लगूंगी,' उसने कहा था। विनीता फूटकर रो पड़ी थी। दोनों गले मिलकर देर तक सुबकती रही थीं।

'मुझे मतभेद बुरे नहीं लगते। इसी से तो साबित होता है कि संगठन एक जीवित चीज़ है, उसमें हलचल है। लेकिन ये लोग मुझे ऐसे महसूस कराते हैं मानो मैं इस जीवित संगठन का हिस्सा नहीं हूँ, कोई संक्रमण हूँ,' मुक्ता ने बाद में विनीता से कहा था। 'समझ रही हो न? मुझे लगता है, वे मुझे बाहर का व्यक्ति समझकर बर्दाश्त करते हैं सिर्फ। समझ रही हो कि नहीं?'

विनीता विस्फारित नेत्रों से उसे देखती रही। साफ था, वह कुछ समझ नहीं पा रही थी।

मुक्ता छटपटा उठी कि उसके इस गहरे दर्द से विनीता इतनी अछूती रह सकती है। कुछ दिनों तक दोनों एक दूसरे की संवेदना का खयाल रखती अपने-अपने कामों में लगी रहीं। मुक्ता अपराधबोधजनित कोमलता की प्रतिमूर्ति बनी रही। विनीता ऐसे पेश आती रही मानो सब ठीक है मगर मुक्ता की संवेदनाओं के इर्द-गिर्द फूँक-फूँककर कदम रखती रही।

जल्दी ही मुक्ता की खीज फिर सतह पर आने लगी। धोना-पोंछना, खाना पकाना, चादर बदलना, यह औरत तो उसे पागल करके रख देगी। अगर विनीता ज़रा-सी भी

दिलचस्पी दिखाए तो वह उसे पूरे मामले का एक-एक पहलू बड़े धैर्य से समझा दे मगर उसे झाड़-पोंछे से फुर्सत मिले तो न। आज उसने मुक्ता की मनपसंद चीज़ें बनाई हैं—गोभी मटर, अरहर की सादी दाल, लहसून की कतलियों और हरी मिर्च का छौंक लगा रही है उस पर। टेप रिकॉर्डर पर रफी के गीत बज रहे हैं। ज़रूर मेज़ पर फूल भी सजे होंगे।

मुक्ता ने चाभी लगाकर दरवाज़ा खोला और अपनी कल्पना को मेज़ पर साकार पाकर इतनी ज़ोर से दाँत भींचे कि दर्द की लहर सिर तक जा पहुँची। यह है उसका घर, मेज़ पर फूल, रसोई में खाना और मुस्कुराती हुई विनीता, रफी की आवाज़ कह रही है, 'सौ बार जनम लेंगे।' इसके लिए? एक मध्यवर्गीय दंपति के इस चिर-परिचित जीवन के लिए?

दिन भर कचहरी में और बाहर बहस से थका दिमाग भूख और चिड़चिड़ाहट से तिलमिला उठा।

'यही करती रहोगी, घर सँभालना, कपड़े धोना...कभी और कुछ करोगी कि नहीं?' उसने पर्स सोफे पर फेंकते हुए पूछा।

विनीता ने झट से टेप रिकॉर्डर बंद कर दिया। 'कार्बाइड का गुस्सा मुझ पर मत उतारो।' इतना कहकर वह रसोई में जा छिपी।

'मुझे कार्बाइड पर गुस्सा नहीं आता, मैं नाराज़ हूँ तो सुप्रीम कोर्ट से। मुझे इतना गुस्सा आ रहा है कि जैसे जो कुछ हो रहा है, वैसा नहीं होना चाहिए। मगर तुम्हें क्या? मैं जो कहती हूँ, उस पर ध्यान दो तो पता चले। मैंने खाना खाया या नहीं, इस पर ज़्यादा ध्यान रहता है तुम्हारा।'

अब मुक्ता का क्रोध बेकाबू होने लगा। उसे विस्फोट की आशंका होने लगी। शुरू-शुरू में जब विनीता प्यार से मेज़ पर खाना सज़ाकर उसे मनुहारें कर-करके खिलाती थी तो उसे कितना आनंद आता था! अब उसका यही प्यार उसमें खीज पैदा करने लगा है। लोग कानाफूसी करने लगे हैं कि विनीता बड़ी पतिपरायणा है और वह पति की तरह उससे सेवा कराती है। कितना कहा विनीता से कि कुछ काम कर ले मगर वह तो मुँह लटकाकर कह देती है, 'हाँ, मुझे भी कुछ कमाना चाहिए।' इसीसे मुक्ता को और भी गुस्सा आता है। 'कमाने के लिए नहीं कह रही हूँ। वॉलंटरी काम करो, मगर कुछ करो। तुम्हारे व्यक्तित्व का विकास होगा, होना चाहिए इसलिए करो,' उसने कई बार कहा था। विनीता समझती ही नहीं थी कि मुक्ता उसे बोझ नहीं मानती। वह काफी कमा लेती है, कम हो तो कम में गुजारा कर लेती है, अधिक हो तो बाँट देती है।

कोट उतारकर बिस्तर पर फेंक मुक्ता पैंट को अनावश्यक ज़ोर लगाकर खींच-खींचकर उतारने लगी कि आवेश इस रास्ते निकल जाए। अब उसे अपने ही गुस्से से डर लगने लगा था। उसे लगा, कोई चीज़ उठाकर फेंके, तोड़ दे। घबराकर उसने समझौते की कॉपी निकाल ली और उसे पढ़ने की कोशिश करने लगी। विनीता समझ गई, खाना ठंडा हो जाने के बाद ही खाया जाएगा।

विनीता खामोशी से उसे देखती रही। जब मुक्ता ने उसे बताया था कि फॉब में वह कितनी अकेली पड़ जाती है तब यह सोचकर विनीता सिहर गई थी कि उसे अजीत और अपने बीच जो हुआ, वह पता चल गया तो वह और कितना अकेलापन महसूस करने लगेगी।

कुछ समय बाद मुक्ता का उबलता खून शांत हुआ। विनीता का सहमा चेहरा देख पश्चात्ताप की लहर उसकी खीज को बहा ले गई।

'जानती हो, कुछ लोग आ रहे हैं भोपाल से। सुप्रीम कोर्ट के सामने धरना देंगे,' मुक्ता ने उसका हाथ पकड़कर कहा। 'तुम तो नहीं जाना चाहोगी न मदद करने? बहुत से इन्तज़ाम करने होंगे।'

'मैं चलूँगी,' विनीता ने मुक्ता की इच्छा मानकर उसे फिर अपना बनाने की कोशिश की। उसे आशंकाएँ बहुत थीं। कितने ही गैस पीड़ित उसे जानते थे, तरह-तरह के सवाल करेंगे, क्या जवाब देगी? अजीत भी तो होगा वहाँ। उससे फिर मिलने के खयाल से ही उसे घिन आती थी, डर लगता था। लेकिन मुक्ता उसे मौका दे रही थी कि उसकी मदद करे, यह मौका वह गंवा नहीं सकती थी। मुक्ता को ज़रूरत के समय दग़ा देने का विचार उसके लिए हर तरह के खौफ से ज़्यादा खौफनाक था। उसके दिल में यह खयाल भी आया कि मुक्ता जानती है, वह समझौते के खिलाफ नहीं है फिर भी उसे उसके विरुद्ध अभियान में उसकी मर्ज़ी के खिलाफ घसीट रही है। क्या यह अन्याय नहीं है उसके साथ?

विनीता के हामी भरते ही मुक्ता का मूड बदल गया। उसने प्लेट में ठंडी सब्ज़ी परोस ली और दो चपातियाँ रखकर कमरे में घूमती हुई धीरे-धीरे खाना खाने लगी। वह एक-एक निवाला निग़लती उसे बताती जाती कि एक बार गैस पीड़ित आ जाएँ तो पूरा विचार-विमर्श करके समझौते को कानूनी चुनौती देने की तैयारी हो सकेगी।

'अभी तक तो हम सिर्फ उसकी निंदा ही कर रहे हैं। हमने सोचा ही नहीं है कि और क्या-क्या कर सकते हैं।'

रिश्तों के टूटने के बाद भी उनकी चर्चा बनी ही रहती है। हैली के साथ निर्मला की अंतरंगता महीनों पहले खत्म हो चुकी थी मगर मित्रगण अभी तक उसकी बातें करने का चस्का छोड़ नहीं पाए थे। हैली उम्र में निर्मला से कुछ बरस छोटा था सो ज़ाहिर है, इससे चटखारा बढ़ जाता था। निर्मला को अपनी आज़ादी से ज़्यादा लगाव किसी चीज़ से नहीं था। एक ही व्यक्ति के साथ बँधना उसे शादी जैसा लगता था और विवाह का अर्थ है घुटन, इसमें उसका पूरा विश्वास था।

'अब एक ही साथी से जुड़े रहना ऐसा लगता है, जैसे हर शुक्राणु पर लेबल लगा रहे हों,' निर्मला ने हैली से कहा था। 'और यह मेरे बस का नहीं है। जब तक

दोनों को मज़ा आ रहा है, मज़ा उठाएँगे। जिस दिन एक का भी जी भर जाए, इस रिश्ते को यहीं खत्म कर देंगे।'

'तो एक दूसरे को नोटिस देना होगा और नोटिस की अवधि भी साथ रहकर पूरी करनी होगी? या इसके बिना काम चलेगा?' हैली ने उसी अंदाज़ में पूछा था।

'नोटिस के बदले एक बार साथ सो लेने से काम चल जाएगा,' निर्मला ने हँसकर कहा था।

मगर कहना आसान होता है। अंतरंगता समाप्त करते समय निर्मला का मन तो नहीं दुखा था मगर हैली की तरफ से ऐसी तर्क स्वीकार्य-परिपक्वता देखने को नहीं मिली। जिस तरह अधिकांश संगियों के साथ हुआ था, वैसे ही हैली से अलग होते समय काफी कड़वाहट आ गई थी।

एक दिन भोपाल से लौटकर निर्मला ने अजीत के दफ्तर में बटोरे हुए आँकड़ों की तालिका बनाई ही थी कि हैली ने उससे पूछ लिया था कि वह शाम को उसके घर आ सकता है क्या? निर्मला ने मना कर दिया।

'कोई और आ रहा है क्या?' हैली ने पूछा था।

'तुम्हें कोई सफाई देने की मुझे ज़रूरत नहीं है,' निर्मला ने होंठ भींचकर कहा था।

'जानता हूँ...मैंने तो यूँ ही...बस, यूँ ही जानकारी के लिए...'

'तुम्हें सूचना भी देना मेरा फर्ज़ नहीं है,' निर्मला ने गुस्से में कहा था। कुछ दिन पहले वह हैली से कह ही चुकी थी कि अब रिश्ता बासी हो चला है, फिर से प्रेमी से दोस्त बन जाते हैं।

इस वार्तालाप ने तो उनकी दोस्ती ही खत्म कर दी।

हैली ने सोचा नहीं था कि जब इस रिश्ते में दोनों को बेखुदी महसूस होने लगी तभी निर्मला को इसका गला घोंटने की सूझेगी? उसके लिए निर्मला का नोटिस पूरी तरह अप्रत्याशित था। दिल में कहीं आस जगने लगी थी कि इस बार शायद निर्मला लंबे समय तक एक ही पुरुष की बाँह में बाँह डाले रहेगी। उधर जैसे ही भावनात्मक स्तर पर निर्मला अत्यधिक लगाव महसूस करने लगी, उसे खतरे की घंटी सुनाई दे गई। उसके लिए अब यह रिश्ता और भी समृद्ध हो गया था जिसमें दैहिक आकर्षण अपना जीवन जी चुका था और स्वाभाविक प्रेम की राह का रोड़ा नहीं रह गया था।

'दुनिया में ऐसा कोई प्रेम नहीं जिसमें स्वतंत्रता हो। कोई प्रेमी नहीं जो अपने महबूब की आज़ादी को झेल पाए,' निर्मला ने हैली से कहा था।

हैली को यह मंजूर नहीं था। 'अजीत और उसकी बीवी को देखो,' उसने कहा था।

प्यार और शादी पर कोई भी चर्चा इन दोनों के ज़िक्र के बिना अधूरी ही रहती थी। निर्मला को हैली के तर्क से निराशा ही हुई। जो रूढ़ियों से हटकर नए संस्कारों में पगा नया संसार रचना चाहते हैं, वे भी देह को ही चर्चा के केंद्र में रखें, यह उसे बहुत अखरता था। प्रेमी सिर्फ एक दूसरे के जिस्म पर मालिकाना हक की ख्वाहिश नहीं रखते। एक दूसरे के विचारों और विचारधाराओं पर कब्ज़ा रखना

चाहते हैं, इस सच को सभी नज़रअंदाज़ क्यों कर देते हैं? उसने आह भरकर बात खत्म कर दी।

रिश्ते पर विराम लग गया। हैली को अच्छा नहीं लगा। निर्मला को खास फर्क नहीं पड़ा।

अब भोपाल समझौते पर अभियान उन्हें फिर एक मंच पर ले आया था और निर्मला को यह देख राहत महसूस हुई कि हैली का व्यवहार उससे पूरी तरह सामान्य था, उसमें लेशमात्र भी कड़वाहट नहीं थी। सभाओं में वे ऐसे पेश आते थे मानो दोनों के बीच कोई विशेष कुछ कभी रहा ही न हो और निर्मला को यह अजीब लगता था कि विचारों की समानता को विशेष नहीं माना जाता था, सिर्फ देह की करीबी ही करीबी समझी जाती थी।

रीगल बिल्डिंग के पास खड़ी वह यही सोचती हैली का इन्तज़ार कर रही थी जो आमतौर से कभी पाँच-दस मिनट से ज़्यादा देर नहीं करता था।

'पहले पानी बुक कर लेते हैं,' निर्मला ने हैली के पहुँचने पर कहा। उन्हें दो काम थे—एक तो पानी के टैंकर बुक करना, दूसरा, पुलिस को जानकारी देना कि कुछ गैस पीड़ित अगले दिन आ रहे हैं और धरना देंगे। कुछ अन्य लोग हज़रत निज़ामुद्दीन स्टेशन गए थे पीड़ितों के लिए चाय का इन्तज़ाम करने। पानी हो या चाय, कितने लोग आएँगे, इसका ठीक-ठीक अनुमान न होने से दिक्कत पेश आ रही थी। उनका अनुमान था कि पाँच सौ लोग आ जाएँगे हालाँकि सभी मन में सोच रहे थे कि तीन सौ से ज़्यादा तो होंगे नहीं। निज़ामुद्दीन बस्ती से रोटी-सब्ज़ी सस्ते में मिल ही जाएगी।

अभी तो कोई रुपयों के बारे में सोच भी नहीं रहा था। अभी तो इतना पैसा इकट्ठा किया जा चुका था, कुछ और भी चंदा जुटाया जा सकता था। फिलहाल कोई फंड्स की बात करना नहीं चाहता था। हैली जानता था कि उसी की तरह निर्मला ने भी अभियान की फंडिंग को लेकर अपनी असहजता को दिमाग के पिछले खाने में धकेल रखा था कि व्यवस्था के खिलाफ ज़ोरदार आवाज़ उठा सकें। अभी तक यह सोचकर उसके झुरझुरी उठती थी कि कैसे सरकार और न्यायपालिका स्वयंमेव एक होकर अपराधी की रक्षा में जुट गए थे। उनके विरोधी अब आपस में लड़ने लगे तो लड़ाई शुरू होने से पहले ही खत्म हो जाएगी।

दोनों जानते थे कि आज नहीं तो कल फंडिंग का सवाल उठेगा ज़रूर और समूह बिखर जाएगा, सब-के-सब खुद को अगले से बेहतर और सिद्धांतों का पक्का बताते अपने-अपने रास्ते चल देंगे। हर अभियान की यही दास्तां थी। इसका भी यही भविष्य तय था। फिर कोई हादसा सबको साथ लाएगा, वे फिर बिखरेंगे। दोनों ने जाने कितनी बार ऐसा होते देखा है।

दोनों जंतर-मंतर के सामने गली में मुड़कर नई दिल्ली नगर निगम के सलेटी सीमेंटी इमारत की ओर चल दिये। परिसर के एक उपेक्षित कोने में पान की पीक से

रंगे सीमेंटी दीवारों के बीच घुमावदार सीढ़ियों से ऊपर चढ़ते हुए निर्मला ने कहा, 'सरकार बदसूरती फैलाने पर कितना रुपया खर्च करती है!'

दोनों बदरंग मेज़ों पर तितर-बितर पड़ी फाइलों से पटे एक कमरे में पहुँचकर पानी का टैंकर बुक करने वाले क्लार्क के सामने जा खड़े हुए। उसने उन्हें बैठने का इशारा किया।

दराज में से एक मोटा-सा बिल बुक निकालकर रामबाबू ने बड़े ध्यान से कार्बन पेपर का एक चौकोर बिल के नीचे सहेजकर लगाया और पूछा, 'कहाँ चाहिए टैंकर?' मेज़ पर रखे ब्लॉटर पर चाय के अनगिनत गिलासों से छलके मटमैले तरल के वृत्तों का कोलाज छपा था और चाय और चीनी के अथाह भंडार का प्रमाण उनकी तोंद दे रही थी।

'निज़ामुद्दीन स्टेशन,' निर्मला ने कहा।

'नहीं आ सकता,' कहकर रामबाबू ने बिलबुक बंद किया और वापस दराज में रखने लगे। 'हमारा टैंकर निज़ामुद्दीन स्टेशन नहीं जा सकता। वह एमसीडी का एरिया है।' उनके चेहरे से संतोष झलक रहा था कि अंग्रेज़ी में गिटर-पिटर करने वाले इन लोगों को उसने उनके अज्ञान का बोध करा दिया है। इस औरत को ही देखो, टैंकर बोल नहीं पाती, 'र' को लगभग निगल ही गई। रहते हैं यहाँ, पेश ऐसे आते हैं मानो यहाँ रहकर देश पर एहसान कर रहे हैं। रामबाबू को ऐसे लोगों से सख्त चिढ़ थी।

'कोई रास्ता निकालिए। हम चाहते हैं, टैंकर निज़ामुद्दीन स्टेशन आए और हमारे साथ-साथ तिलक मार्ग तक जाए,' हैली ने अनुरोध किया।

रामबाबू ने सलाह दी कि चाँदनी चौक में टाउन हॉल में दिल्ली म्युनिसिपालिटी के दफ्तर जाकर टैंकर बुक कर लें।

'हमारा टैंकर तिलक मार्ग आ जाएगा,' रामबाबू ने कहा।

'क्यों? एमसीडी का टैंकर वहाँ भी आ जाएगा?' हैली ने कहा। उसके स्वर में खीज थी।

'नहीं,' रामबाबू ने कहा और अपनी टूटी कुर्सी की पुश्त पर पीठ टिकाकर मुस्कुराए। 'वह एनडीएमसी का एरिया है।'

मतलब साफ था कि दो दफ्तरों में जाकर दो टैंकर बुक करने होंगे जबकि हो सकता है, एक की भी ज़रूरत न पड़े। बहस छिड़ गई। निर्मला ने पूछा कि कोई नियम तो होगा अपवादस्वरूप घटने वाली घटनाओं के लिए कोई तो होगा जो नियम की अनदेखी की इजाज़त दे सके।

'टैंकर एक जगह खड़ा हो जाए, इससे हमारा काम नहीं चलेगा। मान लीजिए, टैंकर चलाने वाला ऐसे पेश आए कि वह एक इलाके से दूसरे इलाके जा रहा था और भीड़ में फँस गया। कुछ ऐसा कीजिए, हमारा काम चल जाएगा,' निर्मला अपना गुस्सा दबाकर सुझाव देने लगी।

रामबाबू ने उसे बता दिया कि उनका दफ्तर 'आपके काम' के लिए नहीं, 'हमारे काम के लिए' बना है।

तय तो हैली और निर्मला यही करके आए थे कि गैस पीड़ितों के आने की भनक भी किसी को लगने नहीं देंगे। कौन जाने कौन-सा तरीका अपनाकर धरना रोकने की कोशिश की जाए। मगर किसी तरह भी बात न बनते देख दोनों ने निगाहों ही निगाहों में सलाह की। अंतरंगता ऐसे मौकों पर बहुत काम आती है। जिस काम में दस मिनट लगने चाहिए, ये उसमें अब घंटों बर्बाद होते दिख रहे थे। इसीलिए तो वरिष्ठ अनुभवी कार्यकर्ताओं को ही ऐसे छोटे-मोटे काम भी करने पड़ते हैं वरना कोई भी आकर पानी बुक करा सकता था। रामबाबू टस-से-मस नहीं हो रहे थे। उन्होंने अधिकारी से बात करने को कहा तो भौंहें चढ़ाकर पूछने लगे, 'कौन से अफसर?'

'जो इन्चार्ज हो,' निर्मला ने मन-ही-मन दाँत पीसते हुए कहा।

'क्यों? मैं बैठा हूँ इस कुर्सी पर, मैं क्या नियम नहीं जानता? सारे रूल यहाँ है मेरी उँगलियों पर। सारे बुकिंग तो मैं ही करता हूँ,' रामबाबू की आवाज़ ऊँची होने लगी।

हैली ने एकाएक पूछ लिया, 'कहाँ से शुरू होता है एनडीएमसी एरिया? अगर हम निज़ामुद्दीन की तरफ से आ रहे हों तो एमसीडी एरिया कहाँ तक है?'

'नक्शा देख लो,' रामबाबू ने कहा।

'अरे नक्शा तो आपके दिमाग में छपा होगा' हैली ने उनकी तारीफ की।

रामबाबू का गुस्सा कुछ ठंडा हुआ। मुड़कर अपने मातहतों को बताने लगे कि देखा, क्या कह रहे हैं, नक्शा भी मेरे दिमाग में छपा है।

एक मातहत, जो अपने इस बॉस के रूल-रटन से आतंकित भी रहता था और आज़िज भी, ने सिफारिश की, 'अरे, कर दीजिए मदद बेचारों की।'

'सुनिए, आपने भोपाल गैस त्रासदी का नाम सुना है? गैस पीड़ित आ रहे हैं यहाँ धरना देने। वे स्टेशन से सुप्रीम कोर्ट तक जाएँगे। उनकी साँस जल्दी फूलती है। पानी की सख्त ज़रूरत है,' निर्मला ने कहा।

रामबाबू के चेहरे के भाव बदल गए। वे एकदम गंभीर होकर चुप हो गए। अब हैली को लगने लगा, भूल हो गई। बताना नहीं चाहिए था इस धरने के बारे में।

रामबाबू ने दोनों को सिर से पैर तक देखा फिर मेज़ पर कुहनियाँ टिकाकर उसने निर्मला की ओर देखा।

'मैडम,' रामबाबू ने एकदम शांत स्वर में कहा, 'आप लोग बहुत ही अच्छा काम कर रहे हैं। लेकिन रूल कैसे बदले?'

'प्लीज़,' हैली ने कहा।

'कुछ करते हैं,' रामबाबू ने कहा, 'देखिए, एनडीएमसी एरिया है न, सुंदर नगर से शुरू होता है। हम मथुरा रोड पर उसके पास टैंकर भेज देंगे। फिर वह तिलक मार्ग तक आपके साथ जाएगा। उसकी स्पीड कम रखना आपकी ज़िम्मेदारी है, समझे न? मैं बस आपके लिए यह जोखिम उठा रहा हूँ जी, आप लोग अच्छा काम कर रहे हैं बस।'

इसके बाद जाकर पैसे अदा किए गए। टैंकर कितने बजे चाहिए, यह भी तय करना मुश्किल काम था। सुबह छह बजे से पहले से ही भोपाल से अनेकानेक गाड़ियाँ निज़ामुद्दीन आती हैं। रामबाबू का कई बार शुक्रिया अदा कर उनके अहं को पूरा संतोष प्रदान कर ग्यारह सौ रुपए सरकारी खाते में जमा करके दोनों वहाँ से निकले तो काफी देर हो चुकी थी। उनकी योजना तो अविधा के दफ्तर जाकर पुलिस के लिए एप्लिकेशन लिखने की थी। पुलिस को सूचना भर देना था, इजाज़त तो माँगनी नहीं थी, जो मिलती भी नहीं, क्योंकि संसद के आसपास भी उन्हें नहीं आना था जहाँ दफा 144 लागू थी। यहाँ तीन से ज़्यादा लोगों के इकट्ठे होने पर पाबंदी लागू करने वाली यह दफा संसद सत्र के शुरू होते ही लागू हो जाती थी।

अब चार बजने को थे। अविधा दफ्तर में होगी, इसकी गारंटी भी नहीं थी। वह तो किसी राजनीतिक दल की रोज़ाना की ब्रीफिंग में जा चुकी होगी। फिर भी उसका टाइपराइटर तो इस्तेमाल किया ही जा सकता था। वे पहुँचे तो अविधा सीढ़ियों से नीचे उतरती वहीं हॉल में मिल गई। उसने एनडीएमसी और एमसीडी के इलाकों के विभाजन की कहानी को इतने गौर से सुना कि साफ था कि वह उनकी बात पर ध्यान देने की पुरज़ोर कोशिश कर रही है।

'क्या पता, संसद मार्ग के थाने में इसकी खबर देना ठीक नहीं होगा,' अविधा ने निर्मला की आँखों में उभरती जिज्ञासा को शांत करने के लिए प्रमाण दिया कि वह इस शिरकत में पूरी तरह शामिल है, उसका ध्यान कहीं और नहीं है। 'तिलक मार्ग थाने में रिपोर्ट नहीं करनी चाहिए क्या? सुप्रीम कोर्ट तो उसी के इलाके में होगा।'

तीनों चुप हो गए। फिर फैसला किया कि दो अर्जियाँ तैयार की जाएँ दोनों थानों के लिए। अविधा दोनों अर्जियाँ टाइप कर रही थी और हैली और निर्मला हद से ज़्यादा मीठी चाय की चुस्कियाँ ले रहे थे। तीनों अपने खयालों में गुम। खिड़की के शीशों के बाहर अँधेरे ने श्यामल चादर बिछा दी। निर्मला ने हँसकर अविधा से कहा, 'चलो न थाने हमारे साथ।' अविधा ने मेज़ पर पड़ी नोटबुक दिखा दी कि बहुत काम है। वह भूल ही गई थी कि दोनों आए तो वह नीचे उतर रही थी और निर्मला समझ गई है कि यह महज़ बहाना है।

संसद मार्ग पर पहुँचकर हैली ने कहा, 'इसके बाद तो कुछ काम नहीं, खाना साथ ही खाते हैं।' मतलब या तो इंग्लिश डेयरी में तेल में तैरती सब्ज़ी खाई जाएगी या मेरे घर में अंडा ब्रेड, निर्मला ने सोचा। उसे हमेशा इंग्लिश डेयरी बड़ी मजेदार जगह लगती रही थी क्योंकि नाम डेयरी होने के बावजूद वहाँ एक बूँद दूध नहीं मिलता था। वह यह भी जानती थी कि हैली अपने घर आने की दावत नहीं दे रहा। वहाँ वह किसी को आने को नहीं कहता था। उसके किसी दोस्त ने न उसका मकान देखा था, न उसकी माँ को।

'कोई हिडन एजेंडा तो नहीं है न?' निर्मला ने पूछा।

हैली हँसा। 'मैं हाला से अमृत कैसे बना, इस पर बात करेंगे।'

'सोफे पर सोना पड़ेगा,' निर्मला ने कहा।

हैली ने इस कारण तो उसके घर जाने की बात नहीं की थी कि अतीत की मादक रातों को फिर से ज़िंदा कर लिया जाए? जो बीत गया, वह नहीं लौटेगा, इसकी ऐसी चेतावनी देने की ज़रूरत क्या थी? उसका मूड उखड़ गया। सही ही कहा था उसके स्कूली सहपाठी ने कि वह हाला है, विष का प्याला है, निर्मला ने भी चखकर फेंक दिया था। उसने चेहरा घुमा लिया।

'च्च, तुम तो बहुत ही टची हो,' निर्मला ने कहा।

'नहीं निर्मा, मैं प्रैक्टिकल हूँ।'

'मत कहो मुझे वह, मैं कोई साबुन नहीं हूँ,' निर्मला फुफकारकर बोली।

'हाँ। सभी की आत्माओं की गंदगी धोती हो, जैसे अभी-अभी मेरी धुलाई कर दी,' हैली ने कहा। निर्मला से बदला लेते ही उसका मूड सुधर गया और वह हँसने लगा।

थाने पहुँचकर हैली ने झोले में से अर्ज़ी निकाली और बाहर के कमरे में बैठे हलवदार को देते हुए कहा, 'इसे रिसीव कर लें।'

हवलदार ने अर्ज़ी पर नज़र डाली और कहा, 'स्टैम्प लाता हूँ,' और काउंटर के पीछे से निकलकर बगल के कमरे की ओर जाने लगा। काउंटर पर सामने रबड़ की मोहर भी रखी थी और टिन के चपटे डिब्बे में स्याही का पैड भी था।

स्टैम्प उठाकर निर्मला ने कहा, 'यह तो यहीं है,' मगर हवलदार ने उस पर ध्यान नहीं दिया। गुस्से में भुनभुनाती निर्मला ने कहा, 'हमें मालूम है कि पुलिस को शिकायत दर्ज न करने का अधिकार है मगर हम एफआईआर तो लिखाने आए नहीं हैं कि यह मना कर दे।'

दोनों समझ गए, अब यहाँ भी बहुत वक्त लगेगा। बहुत समय तो बाहर ही इन्तज़ार करना पड़ेगा मगर तभी हवलदार वापस आ गया।

'डीसीपी साहब मिलना चाहते हैं,' हवलदार ने कहा।

अब वह पूरी योजना जानना चाहेंगे, फिर कहेंगे, इजाज़त नहीं है, आप धरना नहीं दे सकते। या फिर तिलक मार्ग जाने को कहेंगे।

'हम लोग इसीलिए टैक्स देते हैं कि उस पर पलने वाले लोग हमें खूब तंग करें?' निर्मला का गुस्सा फिर उबलने लगा।

'आराम से बात करना यहाँ, अभी से लड़ाई करना ठीक नहीं होगा,' हैली ने कहा।

पुलिस उपायुक्त एक विराट मेज़ के पीछे बैठे थे। मेज़ के ऊपर जड़े शीशे के नीचे कई पिक्चर पोस्टकार्ड सजे थे और ऊपर लकड़ी के लंबे टुकड़े पर जड़ी पीतल की पट्टी पर उनका नाम और पदनाम खुदा हुआ था : टी.आर. बालगोपाल, डीसीपी। बालगोपाल के गालों के नीचे लचकती थैलियाँ उनके खानपान के शौक का पता दे रही थीं। उनकी तोंद कितनी बड़ी होगी, यह जानने का मौका दोनों को नहीं मिला क्योंकि वह मेज़ के दूसरी तरफ उसके नीचे छिपी थी। मेज़ पर चार अलग-अलग रंगों के फोन थे जो निश्चित रूप से अलग-अलग लाइनों के कोड रहे होंगे। उनके

पीछे दीवार पर लकड़ी की तख्ती, उनसे पहले इस कार्यालय को सुशोभित करने वालों के नाम और कार्यकाल की सूचना दे रही थी।

बालगोपाल के आक्रमण से पहले ही निर्मला ने अपने कंठ का सबसे सुरीला स्वर खींचकर निकाला और मुस्कुराकर कहा, 'इतनी तकलीफ क्यों कर रहे हैं? हम तो बस बताने आए थे कि कल भोपाल से कुछ गैस पीड़ित आ रहे हैं। हमारा एप्लिकेशन ले लीजिए, हम चलते हैं। बहुत काम पड़ा है।'

'और आपको भी बहुत काम होगा, आपका वक्त भी हम बर्बाद नहीं करना चाहते,' हैली ने निर्मला की बात का वजन बढ़ाया।

'अरे तकलीफ कैसी! मैंने भी सुप्रीम कोर्ट का फैसला पढ़ा है। उस पर जो भी लेख छप रहे हैं, वह भी पढ़े हैं। सच बताऊँ तो पूरे देश की तरह मैं भी स्तब्ध हूँ। शॉक्ड। बहुत ही बुरा हुआ जो भी हुआ,' बालगोपाल ने कहा। 'वर्दी में हूँ, यह वर्दी मेरे हाथ बाँधे है। वरना सच बताऊँ तो मैं भी आप लोगों के साथ हूँ।'

'सच्ची? तो वर्दी उतारिए और चलिए हमारे साथ,' निर्मला ने कहा।

बालगोपाल के चेहरे पर उदास मुस्कान तैर गई। 'आप भी जानते हैं, यह इतना आसान नहीं है।'

तभी हवलदार ट्रे लेकर अंदर आ गया। चाय थी। तश्तरी में बिस्किट थे। यह ढाबे के छोटे गिलासों में सुबह से कढ़ी चाय नहीं थी, बेहतरीन चीनी मिट्टी के प्यालों में हल्की सुनहरी आभा लिए ताजा बनाई चाय थी। ज़ाहिर है, खास मेहमानों के लिए रखे प्याले और प्लेट, चाय और बिस्किट निकाले गए थे।

हवलदार के मेज़ पर सब कुछ सज़ाकर लौट जाने तक सब चुप रहे।

'मेरा यकीन कीजिए, मैं आपकी मदद कर सकता हूँ। जहाँ बैठा हूँ वहीं से काफी सहायता कर सकता हूँ। जानता हूँ, आपको कितना गुस्सा आ रहा होगा। किसी भी सोचने-समझने वाले आदमी को गुस्सा आएगा। मुझे भी आ रहा है। मैं आपकी मदद करना चाहता हूँ।'

दोनों चुप रहे। वे इस तरह के रुख के लिए तैयार नहीं थे।

लाल टेलीफोन पर बायाँ हाथ रखते हुए बालगोपाल ने आगे कहा, 'कहिए, किस मंत्री से बात करना चाहेंगे? अभी फोन करके मैं एपॉयंटमेंट दिला देता हूँ। बताइए, बस नाम बताइए, मैं फोन करता हूँ।'

'हम अभी किसी मंत्री से मिलना नहीं चाहते। लोग आ रहे हैं सुप्रीम कोर्ट के आदेश का विरोध करने। इसमें कोई मंत्री कर ही क्या सकता है?' हैली ने अचकचाकर कहा।

'वह तो मैं समझ रहा हूँ। सचमुच जो हुआ, वह बहुत ही भयानक है। इतनी दूर भोपाल से लोग आ रहे हैं धरना देने। काश, उन्हें आना न पड़े! आ रहे हैं तो जल्दी सफल हो उनका विरोध। बीमार हैं वे लोग, उन्हें ज़्यादा तकलीफ नहीं होनी चाहिए। आप ही बताइए, धरना क्यों देने जा रहे हैं? स्थिति को बदलने के लिए न? और

सरकार से बात किए बिना स्थिति बदलेगी कैसे? आप सरकार से बात नहीं करेंगे तो किससे बात करेंगे?'

'हम तो सिर्फ कुछ इन्तज़ाम करने आए हैं गैस पीड़ितों के लिए। हम उनका अभियान थोड़े ही चला रहे हैं। यह तो उनका संघर्ष है। आने दो गैस पीड़ितों को, उनसे बात करके फैसला करेंगे कि आगे क्या करना है। हम सुप्रीम कोर्ट तो हैं नहीं कि प्रभावित पार्टियों से बात किए बिना फैसला सुना दें। हम साधारण नागरिक हैं,' निर्मला ने कहा।

सुप्रीम कोर्ट पर उसके कटाक्ष पर बालगोपाल मुस्करा दिये। 'फिर भी, सरकार से बात करना अच्छा नहीं होगा क्या? गैस पीड़ित कितने बीमार रहते हैं। उन्हें ज़्यादा कष्ट न हो तो अच्छा नहीं होगा क्या? आप लोगों ने अभी सरकार से बातचीत शुरू कर दी तो उनका भी वक्त बचेगा। सड़क किनारे बैठेंगे बेचारे धूल फाँकते। कितना बुरा होगा!'

हैली और निर्मला धीरे-धीरे चाय पीते रहे। उन्होंने बिस्किट भी कुतरे कि सोचने का वक्त मिले। आपस में सलाह मशविरा करने का कोई उपाय नहीं था। यह साफ था कि बालगोपाल को निर्देश दिये गए थे कि आंदोलनकारी पहुँचें तो सरकार से संपर्क करा दें ताकि मामला ज़्यादा तूल पकड़ने से पहले निपटाया जा सके। इतनी जल्दी सरकार पर दबाव पड़ेगा, इसकी उन्होंने कल्पना भी नहीं की थी। अभी अभियान को शुरू हुए हफ्ता भर भी नहीं बीता और एक डीसीपी किसी भी मंत्री से बात कराने को कह रहा है। प्रतिष्ठान की यह फुर्ती उन्हें जितना चकित कर गई उतना ही यह तथ्य भी कि एक ऐसे पुलिस अधिकारी को छूट दे दी गई है किसी भी मंत्री को फोन करने की जो अभी बहुत वरिष्ठ भी नहीं है और बहुत ऊँचे पद पर भी नहीं है। इस देश में इतनी चुस्ती कहाँ देखने को मिलती है! या फिर कहीं ऐसा तो नहीं कि यह डीसीपी अपना ही कोई खेल खेल रहा हो? उनसे पता लगाना चाहता हो कि वे क्या-क्या करने जा रहे हैं? बालगोपाल की मंशा क्या है, यह तो साफ नहीं था मगर वे अभी उससे लंबी बहस में उलझना हीं चाहते थे।

वे तो यह भी नहीं जानते थे कि अब कौन-सा मंत्री इस पचड़े से निपटेगा, किसे ज़िम्मेदारी दी गई है। मान लो, बातचीत करना ही पड़े तो उन्हें किस मंत्री से मिलना चाहिए? क्या कोई मंत्री या मंत्रालय अब कुछ कर भी सकता है? सचमुच उन्होंने तो इस तरफ कोई ध्यान ही नहीं दिया था कि धरना खत्म होने पर क्या करेंगे? धरना एक न एक दिन तो खत्म होगा ही। वे खुद क्या करना चाहते हैं? कैसे इस समझौते को निरस्त करेंगे?

'यह तो सर्वोच्च न्यायालय का आदेश है। इसमें कोई भी मंत्री क्या कर सकता है?' हैली ने किसी तरह इस चर्चा को समाप्त करने की कोशिश की।

'मुझे विश्वास है, सरकार इस स्थिति से निपटने का कोई रास्ता ढूँढ़ लेगी। नहीं तो आप लोग ही क्या कर लेंगे? अदालत के बाहर नारे लगाकर लौट जाएँगे?' बालगोपाल ने पूछा। बात में दम था।

'पहले अपने ग्रुप से तो बात करनी होगी। कुछ राय मशविरा कर लें, फिर अधिकारियों से और मंत्रियों से मिलने की बात भी कर लेंगे।' निर्मला ने कहा।

'कोई बात नहीं। अभी हम सिर्फ अपॉयंट्मेंट ले लेते हैं। आपको फौरन तो मंत्री से मिलने जाना नहीं है। कल नहीं तो परसों मिलने का तय कर लेते हैं। आप जिसे चाहें, साथ ले आएँ। ग्रुप में डिस्कस करके आएँ,' बालगोपाल बड़ी गंभीरता से बोल रहे थे। 'मुझे लगता है, जितनी जल्द हो सके, इससे निपट लेना चाहिए। गैस पीड़ितों के लिए अच्छा ही होगा। वरन उन्हें कितनी तकलीफ होगी, सोचकर ही बुरा लगता है।'

वे चुपचाप चाय पीते रहे। वह भी खत्म हो गई।

'आपका मतलब है कि आप केंद्र की कैबिनेट में किसी भी मंत्री से बात करा सकते हैं,' हैली ने सीधे बालगोपाल को देखते हुए पूछा। निर्मला चौंकी और उसकी नज़र हैली के चेहरे पर जा टिकी। मगर हैली ने उसकी सवालिया निगाह को अनदेखा कर दिया। वह बालगोपाल का चेहरा तक रहा था जो एकाएक चौकन्ना हो गए थे। उनके सुस्त-से चेहरे की मांसपेशियाँ सँभल गईं, आँखों में चमक आ गई।

'कहिए, किससे बात कराऊँ? मैं किसी भी कैबिनेट मिनिस्टर को फोन कर सकता हूँ,' बालगोपाल मेज़ पर आगे को झुक आए। उनका हाथ फिर लाल टेलीफोन पर चला गया। 'किससे बात करेंगे आप? होम मिनिस्टर से? लॉ मिनिस्टर से? बोलिए, मैं फोन घुमाता हूँ।'

'प्रधानमंत्री को फोन लगाइए,' हैली ने कहा।

बालगोपाल की मुस्कान फीकी पड़ गई। उन्होंने फोन पर से हाथ खींच लिया। 'मैं प्रधानमंत्री को फोन नहीं कर सकता।'

'यह समझौता शीर्षस्थ स्तर पर हुआ है। वही हमारी मदद कर सकते हैं,' हैली उनके चेहरे के बदलते रंग को बड़े गौर से देख रहा था। या तो यह कहकर हैली ने डीसीपी की चाल परास्त कर दी थी या फिर बालगोपाल समझ गए थे कि यह दाल नहीं गलने वाली।

अपनी पहली प्रतिक्रिया के बाद वे कुछ सँभले, कहने लगे, किसी मंत्री से मिल लो। हो सकता है, वह पीएम से मिलवा दें, मगर अब उनके प्रस्ताव में वह विश्वसनीयता नहीं झलक रहो थी जो कुछ देर पहले थी।

आखिर बालगोपाल ने समर्पण कर दिया, मुस्कुराकर दोनों को शुभकामनाएँ दीं।

'हमें बड़ी खुशी होती इस मुद्दे पर आपसे लंबी चर्चा करते तो, लेकिन क्या करें, बहुत काम है,' हैली ने कहा।

'अगर आपका इरादा बदल जाए, किसी मंत्री से बात करनी हो तो ज़रूर मुझे याद कीजिएगा,' बालागोपाल ने कहा।

वे बाहर निकले तो हवलदार ने उनकी अर्ज़ी ली, उसकी कार्बन कॉपी पर मुहर लगाई।

सड़क पर आते ही हैली ने कहा, 'मुझे बड़ी चिंता हो रही है।'

'कि अगर कल भोपाल से बड़ी तादाद में लोग नहीं आए तो हम अपने इस नए दोस्त को क्या मुँह दिखाएँगे? या सरकार को ही क्या मुँह दिखाएँगे?' निर्मला ने पूछा।

'अभी तो हमने सोचा भी नहीं है कि प्रदर्शन खत्म होने के बाद क्या करेंगे? किस दिशा में जाएगा संघर्ष?'

'उसके बारे में तो मेरे विचार स्पष्ट हैं,' निर्मला ने कहा। 'हमें भोपाल तक सीमित नहीं रहना चाहिए। पूरी आर्थिक नीति का मामला है यह। मगर फॉब इसके लिए नहीं बना है।'

वह मुक्ता के बारे में सोचने लगी कि कैसे अभियान के कुछ हिस्सों को लेकर वह असहज हो उठती है। उसने कई बार फॉब में कहा था कि समझौते की निंदा मात्र से उबरकर आगे की सोचें कि अब क्या किया जा सकता है। उसकी बात पर कान दिया होता तो शायद आज वे इस तरह की पहल के लिए तैयार होते जो थाने में उन्हें परोसी गई थी।

'सिर्फ गुस्से से काम नहीं चलता,' हैली ने मानो उसके विचारों को प्रतिध्वनित किया।

अविधा और इन्तज़ार नहीं कर सकी। प्रशांत का फोन आ ही नहीं रहा था। हारकर उसी ने फोन किया। 'बुरा तो नहीं मान गए कि मैंने अब तक फोन नहीं किया? बहुत बिज़ी रही हूँ,' अविधा ने कहा।

'जानता हूँ। पेपरों में पढ़ रहा हूँ...लगता है, हर समय सड़क पर ही रहती हो। मुझे तो जानकर हैरानी हो रही है कि दफ्तर आने का वक्त भी मिलता है तुम्हें।'

'किसी खास कारण से फोन किया था क्या उस दिन?'

'नहीं, कुछ नहीं। अभियान ज़ोरों से चल रहा है, लगता तो ऐसा ही है।'

वह प्रशांत को अपने कार्यक्रमों के बारे में बताने लगी। 'हमसे सहमत हो कि समझौते के हक में हो?' उसने पूछा।

'व्यक्तिगत तौर पर तो मैं तुम लोगों से सहमत हूँ हालाँकि जो कुछ तुम लोग जैसे कर रहे हो, उनमें बहुत-सी चीज़ों पर मेरे एतराज़ भी हैं।'

'तब तो कुछ चंदा ही भेज दो। जानते हो, कितने खर्चे उठाने पड़ रहे हैं?' अविधा ने कहा।

'ज़रूर। कोई बैंक अकाउंट है, या नकद भेज दूँ?'

अविधा यह तो जानती थी कि प्रशांत बहुत मदद करने वाला आदमी है मगर इस अभियान में वह योग देगा, भले सिर्फ धन का, इसकी उसे कतई उम्मीद नहीं थी। वह चकित हो गई। उसने कहा कि लंच के समय कभी सुप्रीम कोर्ट के बाहर

बैठे लोगों से मिलने आ जाए और पैसे दे जाए। सोचा, मुलाकात ही हो जाएगी। मगर प्रशांत ने कहा कि यह उसके लिए मुश्किल होगा।

अविधा उसे बताने लगी कि कैसे उन्होंने अदालत में झाड़ू लगाई थी।

'पढ़ा था मैंने अखबार में,' प्रशांत ने उसकी बात बीच में ही काटते हुए कहा। 'खासी बचकाना हरकत थी, नहीं? यही हैं वे हरकतें जिनपर मुझे एतराज़ है।'

'न्यायाधीशों को तो ऐसा नहीं लगा,' अविधा ने तमतमाकर कहा। 'उनमें एक तो अदालत में रो पड़े।'

'हाँ, वह भी छपा था,' प्रशांत ने शांत भाव से कहा। 'इससे यह तो साबित नहीं होता कि जो तुमने किया, वह सही था।'

'रहोगे तो तुम वही, ठस के ठस नौकरशाह।'

'हो सकता है,' प्रशांत का उससे बहस तक करने से इनकार करना उसे खल गया।

'बताओ, कब मिल सकते हैं?' उसने बात बदलने की गरज से ही नहीं, अपनी खीज को रिश्ते पर कैंची चलाने से रोकने के लिए भी कहा।

'देखेंगे,' प्रशांत का छोटा-सा जवाब।

अविधा ने न चाहते हुए भी फोन रख दिया क्योंकि उधर से प्रशांत ने फोन काट दिया था। एकाएक अविधा का गला भर आया। वह ऑफिस से भागने के लिए सीढ़ियाँ उतर रही थी कि हैली और निर्मला टकरा गए थे। वापस जाना पड़ा अर्जियाँ टाइप करने। उनके जाते ही बिना ब्यूरो चीफ को बताए निकल गई। पूरा दिन फोन का इन्तज़ार करने के बाद खुद फोन किया था, दो बार बात ही नहीं हो पाई, आखिर हुई तो उसकी आवाज़ में न कोई दुलार था, न बात में कोई नमी। अविधा भूल ही गई थी कि प्रशांत हमेशा ऐसे ही सम भाव से नपे-तुले शब्द बोलता था। उसे तो अपनी बेचैनी की प्रतिगूँज सुननी थी और वही उस तरफ नहीं थी।

वह तेज़ कदमों से संसद भवन की तरफ मुड़ी। अँधेरा होने लगा था। सुनसान सड़क पर इस तरह अकेले निकलने के खतरों से बेपरवाह वह आँसू गटकती चलती रही। प्रशांत के साथ हुई बातों के टुकड़े कानों में गूँज रहे थे। उसका दिल कह रहा था, उसे खुद से बाँधने की हर तरकीब वह आज़मा चुकी थी। स्वाभिमान को अपने ही पैरों तले कुचल दिया था। क्या क्या नहीं किया उसने? प्रशांत जब उसके उभरे उरोज़ों पर अँगूठा दबाकर उसकी धुरी बनाकर उँगलियों को कंपस की तरह घुमाता था तो दर्द से वह बिलबिला उठती थी मगर उसने उसकी इसी आदत के कारण इसे नाम दिया था : 'ट्रिग्नोमेट्री'।

पहली बार जब वे दो दिनों के लिए होटल के कमरे में बंद रहे थे, उसने प्रशांत से कहा था, 'तो यह आपकी स्पेशलाइजेशन है, ट्रिग्नोमेट्री।'

'क्या?' प्रशांत ने चौंककर पूछा था।

'मैथ्स में होता है। ट्रिग्नोमेट्री', अविधा ने अपनी रचनात्मकता को समझ पाने में उसकी अयोग्यता को अनदेखा कर कहा था। फिर उसे समझाया था कि कैसे वह वृत्तों से संबंधित होता है और कैसे प्रशांत लगातार उसके वृतों से खेलता रहता है।

'तुम कितनी कमाल की औरत हो,' प्रशांत ने चकित होकर कहा था। 'कैसे शब्दों के नए-नए इस्तेमाल ढूँढ़ लेती हो!'

उसे नहीं पता था तब कि इसके और कैसे कितने इस्तेमाल हो सकते हैं।

एक दिन उसके दफ्तर में बैठे अविधा ने पूछा था, 'तुम्हारे पास ट्रिग्नोमेट्री की क्लास के लिए वक्त होगा क्या?'

प्रशांत ने सकपकाकर अपने सेक्रेटरी को देखा था जिसे शायद कुछ समझ में नहीं आया था, और प्रशांत के चेहरे पर मुस्कान आ गई।

आज अविधा को लगा कि इस तरह सरेआम उसे अपने अंगों से खेलने का आमंत्रण देकर उसने खुद को कितना सस्ता कर लिया था! कल तक जो शब्द दोनों के बीच रास और रति का कोड था, आज वही उसे घटिया और अश्लील लगने लगा। उसे लगा कि प्रशांत उसे जब भी मिलता, जब भी छूता था, उसका बस एक ही मकसद होता था, एक ही इच्छा रहती थी।

इसका गिला करने की राहत भी उसे हासिल नहीं थी। किसी सहेली को वह यह बता नहीं सकती थी। जिस प्यार को खुद उसी ने अवैध करार दिया था, उसकी शिकायत का नैतिक बल वह कहाँ से लाती? कैसे उस गोपनीयता के पर्दे को चीरती जो उसकी ही नहीं, उससे भी बढ़कर प्रशांत की ज़रूरत थी? उसकी चीखें भीतर ही उत्पात मचाती उसका दम घोंटने लगी थीं। वह जब चाहे प्रशांत को फोन नहीं कर सकती, उसके घर नहीं जा सकती थी, उससे जब चाहे मिल नहीं सकती थी, किसी आपातस्थिति में उसे बुला नहीं सकती थी। उसके हाथ में था ही क्या? धीरे-धीरे समझ में आया था कि भावनाओं के कोई अधिकार नहीं होते। अधिकार निर्भर होते हैं प्रेमी की मान्यता पर, और प्रशांत ने कभी उसके अधिकारों को मान्यता नहीं दी थी। उसे चाहिए थी अविधा की भावनाएँ क्योंकि वही उसकी देह को उसके अंक तक ला सकती थीं।

यह खयाल आते ही वह ठिठककर खड़ी हो गई। कभी एक बार भी क्या प्रशांत ने उसे, उसकी देह को नहीं, अपने हृदय से लगाया था? अंतरंगतम क्षणों में भी जब उसका चेहरा उसके ऊपर टँगा होता और वह उसके सीने से लगने के लिए बिस्तर से उठने को होती, वह उसे धक्का देकर लिटाए रखता था, उसके उरोज़ों पर अपने होंठ रख देता था।

'मुझे कभी वह आलिंगन नहीं मिलेगा,' अविधा ने सोचा।

उसके भीतर से एक चीख तिलमिलाती हुई निकलने को हुई और सीने में तेज़ दर्द होने लगा। फिर वह एकाएक रोने लगी। मन किया, माँ के सीने में मुँह छुपाकर रोए फूट-फूटकर 'माँ, माँ,' उसके होंठों से निकला। उसे पता भी नहीं चला कि वह माँ को पुकार रही है।

माँ ने ही तो कहा था कि ऐसे संबंधों का कोई भविष्य नहीं होता। निर्मला कहेगी, अतीत का दामन छोड़ दो। अविधा को लगने लगा, उसके चारों तरफ ऐसे लोगों का जमघट था जो सामाजिक नियमों और रिवाजों से बँधे थे या अपने कड़े उसूलों से। साँस ले तो कहाँ ले?

एक के बाद एक यादों के प्रहार होने लगे।

'मेरा कोई भविष्य नहीं है, मेरी मदद करो, माँ, मदद करो माँ; तुमने ही मुझे कमज़ोर बनाया। तुम्हारी ही वजह से आज मेरी यह हालत हुई है।'

एक ऑटोरिक्शा उसके पास आकर रुक गया और सरदार चालक ने मुँह बाहर निकालकर पूछा कि उसकी तबियत तो ठीक है? वह आईएनएस बिल्डिंग के पास के स्टैंड का था और कई बार उसे घर ले जा चुका था। झटके से अविधा का दिमाग खोपड़ी में आ गिरा। उसे आसपास की स्थिति का भान हुआ। वह कहीं राम मनोहर लोहिया अस्पताल के पास खड़ी थी। वह ऑटो में बैठ गई। ड्राइवर ने कहा कि उसने उसे माँ कहते और रोते सुना था। 'माँजी बीमार हैं क्या? मुझे लगा, आप अस्पताल से आ रही हैं।'

'हाँ,' अविधा ने कहा। और कहा कि उसे घर से कुछ सामान लाना है। वह फिर फूट-फूटकर रोने लगी।

सरदारजी ने कहा, 'वाहे गुरू सब ठीक करेंगे।'

अजीत को यह देखकर बड़ी राहत मिली थी कि विनीता अब तक फॉब की मीटिंग में नहीं आई थी। समझौते के बाद की तेज़ हो गई गतिविधियों में वह बहुत हद तक अपने आहत अहं की पीड़ा को भूल चुका था फिर भी रोज़ सभा में पहुँचते ही वह एक बार चारों ओर भयभीत-सी नज़रें दौड़ा लेता था कि कहीं विनीता अभियान में शरीक तो नहीं हो गई?

जब खबर आई कि गैस पीड़ित दिल्ली आ रहे हैं, अजीत समझ गया कि अब वह उससे मिलने से बच नहीं सकता जिसने उसे जड़ से हिलाकर रख दिया था। वह ज़रूर स्टेशन पर गैस पीड़ितों के स्वागत के लिए जाएगी, यह सोचकर वह स्टेशन नहीं गया।

उसे भी अब हैली की ही तरह चिंता सताने लगी थी कि अगर भारी संख्या में गैस पीड़ित नहीं आए तो क्या होगा? उसने मैड से पूछा था, जो एक दिन पहले ही आ गया था, कि कितने लोग आ सकते हैं? कम-से-कम भोजन का प्रबंध करने के लिए तो संख्या का अनुमान होना ही चाहिए।

'क्या पता, अली कितने लोगों को घेरकर ला सकेगा,' मैड ने बड़ी बेपरवाही से कहा था।

अजीत को कभी-कभी लगता था कि मैड जान-बूझकर उनके लिए दिक्कतें पैदा करता है और उनकी परेशानी देखकर उनपर हँसता है।

हैली ने भी कई बार अली को फोन करके पूछा मगर अली ने यही कहा कि टिकट तो कटवा नहीं रहे इसलिए आखिरी पल तक कह नहीं सकते, कितने लोग आएँगे। 'हमारी कोशिश तो हज़ारों को लाने की है,' अली ने कहा था।

अजीत को शक था कि हज़ारों आएँगे। आखिर हैली ने सुझाया था कि 500 लोगों के खाने का इन्तज़ाम कर दिया जाए, कम आए तो वही खाना रात को भी खाया जा सकता है। खाने का ऑर्डर दे दिया गया था और पैसा भी दे दिया गया था।

सुबह बहुत से कार्यकर्ता ड्रमों में चाय लेकर गैस पीड़ितों के स्वागत के लिए प्लेटफार्म पर आ जुटे। पहली ट्रेन से सौ से भी कम पीड़ित उतरे। दूसरी से इतने उतरने लगे कि गिनती मुश्किल हो गई। घंटे भर में सात-आठ हज़ार लोग प्लेटफॉर्म पर जमा हो गए थे। नारे उछलने लगे। चाय कम पड़ गई। ज़्यादातर पीड़ित जो आए थे, महिलाएँ थीं। बहुतों के साथ छोटे-छोटे बच्चे थे। ज़्यादातर को चाय नहीं मिली।

नौ बजने के बाद स्टेशन से सुप्रीम कोर्ट के लिए एक प्रभावशाली जुलूस निकला जो इस सड़क पर कभी नहीं देखा गया था। पुलिस थी मगर न सिर्फ कम बल्कि जुलूस के किनारे खामोशी से चलती हुई। कोई हस्तक्षेप नहीं था। स्टेशन के बाहर ही पानी का टैंकर खड़ा था। निर्मला ने आश्चर्यचकित होकर उसके ड्राइवर से पूछा कि वह एनडीएमसी से आया था या एमसीडी से? उसने बताया कि वह एनडीएमसी से था और पुलिस का आदेश था कि वह जुलूस के साथ चले। निर्मला ने हैली को बताया कि कम-से-कम पानी की तो अब कोई चिंता नहीं करनी होगी।

'ओह! मतलब पुलिस को हक है यह सारे बँटवारे नज़रअंदाज़ करने का,' निर्मला ने कहा।

'अपने डीसीपी दोस्त को थैंक्यू नोट भेज दें क्या?' हैली ने पूछा।

कपड़ों की पोटलियाँ हाथों में लिये नाइलोन की साड़ियों और बुरकों में सड़क पर नारे लगाती औरतों की इस पांत को देख कार्यकर्ताओं का मन उत्साह से भर गया। बिना रिजर्वेशन के डिब्बों में किसी तरह नीचे बैठकर रात भर सफर किया था इन्होंने। जाने सो भी पाए थे कि नहीं! कभी-कभी झपकी भर ली होगी, खाना कब खाया होगा, पता नहीं खाया भी होगा कि नहीं, मगर यहाँ सड़क पर उस भूख का, रतजगा का, थकान का नामोनिशान नहीं था। थीं बस लहराती मुट्ठियां, दमदार आवाज़ और चुस्त चाल। मगर हैली के पास इस जुलूस के साथ चलने का वक्त नहीं था। इसे देख जगी स्फूर्ति ने उसे यह भूलने नहीं दिया कि खाना कम नहीं, बहुत ही कम रहेगा। पैसों का इन्तज़ाम करना पड़ेगा।

वह फौरन निज़ामुद्दीन बस्ती की तरफ कट लिया। उसे गुस्सा आ गया कि अजीत आराम से घर पर बैठा है। पैसा आएगा कहाँ से? कई कार्यकर्ताओं को एक साथ यह बात सूझ गई थी और वे एक दूसरे से फॉब की आपात् बैठक बुलाने की बात कर रहे थे। जब तक जुलूस सुप्रीम कोर्ट पहुँचा, हरजीत के घर में फॉब की बैठक शुरू भी हो गई।

'क्या तुम लोगों को सचमुच लगा कि सिर्फ 500 लोग आएँगे? याद दिला दूँ कि छह लाख लोग प्रभावित हुए थे गैस से,' मैड ने हथेली पर गांजे का टुकड़ा मलते हुए कहा। फिर बड़े आराम से उसने उस काले चूरन को सिगरेट से निकाले तंबाकू

में मिलाया और खाली सिगरेट में भरने लगा। कार्यकर्ता समर्थकों की सूची खंगालकर उनमें खाते पीते लोगों को फोन करके पूछ रहे थे कि कोई कुछ हज़ार रुपए दे सकता है क्या, भले उधार ही दे दे। कम-से-कम खाने के पैसे तो फौरन देने होंगे अजीत अभी पहुँचा नहीं था। अकेला वही था जो इतने खर्च का भार उठा सकता था।

'अरे पैसा तो आ जाएगा,' ज़िंटैक ने कहा, 'इतने लोग रहेंगे कहाँ? जिस शामियाने का इन्तज़ाम हमने किया था, वह तो अब किसी काम का नहीं रहा। ठंड काफी है, बाहर खुले में सो नहीं सकते।' खंजाची होने से वह जानती थी कि गुल्लक में पैसे कितने हैं।

हरजीत ने कहा, 'कुछ हटकर सोचो। सिर्फ समर्थकों पर निर्भर मत रहो। और भी तो उपाय हो सकते हैं।'

मैड अपना गांजे-तंबाकू की सिगरेट का सुट्टा लगाने बाहर बगीचे में चला गया। वह गांजा-चरस का शौकीन है, यह बात वह किसी से छिपाता नहीं था मगर धरना-प्रदर्शन के समय वह इनसे बचता था। कभी-कभार मन किया तो एकाध सिगरेट इसकी भी बना लेता था।

हरजीत ने ही समस्या का हल खोजा। बाहर निकलकर गाड़ी का दरवाज़ा खोलते हुए उसने मैड से कहा, 'चलो मेरे साथ बांग्ला साहिब गुरुद्वारा।'

मैड कश लगाता हुआ उसे देखता रहा।

'गाड़ी में बैठने से तेरी क्रांतिकारिता कम होती है क्या? बस लेके आना है?' हरजीत ने खीजकर पूछा।

'नहीं। मुझे लगता है, तुम जैसे लोग और तुम्हारी गाड़ियां, सबके अपने फायदे हैं। मैं तो बस यह ज्वाइंट खत्म करने का इन्तज़ार कर रहा हूँ।'

'आओ, गाड़ी में पी लो। जल्दी करो,' कहकर हरजीत ने गाड़ी स्टार्ट कर दी।

घंटे भर बाद वे खबर लाए कि गुरुद्वारा प्रबंधक समिति न सिर्फ सबको ठहरा लेगी, नाश्ता और रात का खाना भी देगी। दिन का भी खाना दे देती मगर वे गुरुद्वारे से बाहर इतना खाना ले जाने का इन्तज़ाम इतनी जल्दी नहीं कर पाएँगे। लोग वहाँ जाएँ तो कभी भी लंगर मिल जाएगा।

उधर अजीत का दिन भी भागमभाग में बीत रहा था। सुबह हैली के फोन खड़काने के बाद से वह इधर से उधर भागता ही रहा। पहले बैंक गया, पैसे निकाले, निज़ामुद्दीन बस्ती गया खाने की दुकान पर पैसे देने, फिर फॉब आया जहाँ से उसे गुरुद्वारा जाना पड़ा यह देखने कि पर्याप्त संख्या में कंबल हैं या नहीं। वह ज़रा-सी देर के लिए वहाँ से सुप्रीम कोर्ट गया और फिर फॉब ऑफिस पहुँचा कि प्रेस रिलीज़ का काम सँभाल सके। हैली पहले तो काफी समय बस्ती में ही डटा रहा कि तय कर सके कि खाना कम न पड़े फिर वह एक टेम्पो की तलाश में जुट गया जो खाना लादकर भगवान दास रोड पर सुप्रीम कोर्ट के सामने पहुँचा सके।

विनीता अजीत का सामना करने से उतना ही घबरा रही थी जितना कि अजीत उससे बच रहा था। वह भी अजीत की तरह इसी कारण स्टेशन नहीं गई थी। सीधे

धरना-स्थल पर पहुँची। वहाँ उसे जल्दी ही समझ में आ गया कि इन गैस पीड़ितों में कोई उसे नहीं पहचानता। किसी को मालूम नहीं था कि गए ज़माने में वह भोपाल में कार्यकर्ता रह चुकी थी। बातचीत से उसे पता चलने लगा कि यहाँ आए ज़्यादातर लोग जेपी नगर या काज़ी कैम्प के नहीं थे जहाँ उसने रोज़ चक्कर लगाए थे और जो कार्बाइड के एकदम नज़दीकी बस्तियों में होने से सबसे बुरी तरह प्रभावित हुए थे।

अदालत के सामने भगवान दास रोड पर यातायात बंद था। तिलक मार्ग और मथुरा रोड के बीच के इस पूरे हिस्से पर लोगों का सैलाब उमड़ा पड़ता था। दस हज़ार से अधिक प्रदर्शनकारियों के कंठ से निकले नारों के समवेत स्वर विद्रोह की पताका को हवा में बुलंद किए हुए थे। लाल परचमों ने इसे विरोध को उत्सव बना दिया था और उत्साह न सिर्फ पूरे स्थल पर कब्ज़ा जमाए था, उसके बाहर भी चारों दिशाओं में छलक रहा था। नारों ने गीतों की जगह ले ली थी, हथेलियों ने ढपलियों की :

'काबाईड ने क्या किया?
हज़ारों को मार दिया!
सरकार ने क्या किया?
हत्यारों का साथ दिया!
सुप्रीम कोर्ट ने क्या किया?
हत्यारों को छोड़ दिया!'

माइक रखे रह गए, उनकी ज़रूरत न पड़ी। जब सूरज सिर पर चढ़कर इनको सलाम करता झुक चला तब एक टेम्पो वहाँ राह रोके पुलिस वालों से बहस करके तिलक लेन तक पहुँचा। गाड़ी खड़ी करके ड्राइवर उसे खोजने निकला जिसने खाना लाने के लिए उसे थोड़ा पैसा दिया था और बाकी यहाँ देने को कहा था। भीड़ को देख वह चकरा गया। न कोई उसकी सुनने को तैयार था, न उसे बताने को कि उसे किससे मिलना चाहिए। किसी तरह एक से दूसरे के पास जाता वह अजीत से टकरा गया जिसने उससे कुछ देर ठहरने को कहा।

'मैं नहीं रुक सकता। यह कैसा फंक्शन है, यह तो बताया नहीं था। लाने को कह दिया! अपना सामान उतार लो, नहीं तो ले जाऊँगा वापिस,' ड्राइवर ने गुस्से में कहा।

'यह फंक्शन नहीं है...,'

'जो भी है, जल्दी करो,' ड्राइवर ने कहा।

अजीत ने कुछ कार्यकर्ताओं को कुछ जगह खाली करवाने को कहा कि देगचियाँ वहाँ लाकर रखी जा सकें। इन्तज़ाम होते-होते आधा घंटा निकल गया। ड्राइवर ने कई बीड़ियाँ पीं और कसम खाई कि कभी ज़िंदगी में उनके लिए काम नहीं करेगा।

विनीता खाना बाँटने के लिए वहाँ आ पहुँची। खमीरी रोटियों को ढँके हुए अखबार उनके पसीने में भीग रोटियों से चिपक गए थे। रोटी उठाकर वह उसे ध्यान से साफ करने लगी मगर अभी वह अखबार की सारी चिंदियाँ हटा भी नहीं पाई थी कि एक औरत ने उसके हाथ से रोटी छीन ली। जल्दी ही भीड़ उनपर टूट पड़ी। जो खाना

बाँटने में लगे थे बड़े धैर्य से, रोटी पर सब्ज़ी रखकर किसी तरह पकड़ाने लगे। कुछ और लोग भीड़ को सँभालने में लग गए। बच्चे रोने लगे। विनीता छोटे-छोटे बच्चों को बड़ों की टाँगों के बीच लड़खड़ाते देख दहशतज़दा हो गई। ज़रूर आज कोई बच्चा कुचला जाएगा। शोर इस कदर बढ़ गया कि बच्चों का रोना भी सुनाई नहीं देता था, सिर्फ उनके आँसुओं से तर चेहरे दिखाई दे रहे थे। हाथ-ही-हाथ, आगे-पीछे, दाएँ-बाएँ, हर दिशा से रोटियों की टोकरियों की तरफ बढ़ते हाथ। रोटियाँ टोकरी में वापस डाल विनीता झट वहाँ से चल दी।

वह फुटपाथ की ओर बढ़ रही थी कि उसे कुछ औरतें रोटी में सब्ज़ी लपेट अपने झोलों में ठूँसती दिखीं। यह काम निपटाकर वे दुबारा खाना लेने वालों की भीड़ में शामिल हो गईं। विनीता को न यह पता था कि खाना आया कहाँ से, पैसा कहाँ से आया और न ही यह कि किस तरह खाना कम पड़ने के पूरे आसार थे। फिर भी इन औरतों की हरकत से वह तमतमा गई। उनमें एक को बाँह से खींचकर उसने कहा, 'तुम्हें तुम्हारा हिस्सा मिल गया न? दूसरों को खाने दो। चलो हटो, जो मिला है, वह खाओ।'

औरत ने उसका हाथ झटक दिया और अपने खाली हाथ विनीता के चेहरे के सामने हिलाते हुए उसने बताया कि उसे अभी कुछ नहीं मिला है। विनीता ने उसे फुटपाथ की तरफ घसीटकर वहाँ बच्चे के पास रखा झोला उठाकर अंदर रखा हुआ खाना दिखाया।

'रात के लिए है,' औरत ने तमककर कहा।

'रात में और मिलेगा,' विनीता उस पर बरस पड़ी। तभी उसे फुटपाथ पर आराम से बीड़ी पीता अरशद अली दिखाई दिया। औरत की बाँह छोड़ वह अली के पास जा पहुँची।

'ये औरतें ऐसे क्यों कर रही हैं?' विनीता ने गुस्से में पूछा।

'ये ऐसे ही करती हैं,' अली ने शांत भाव से कहा। उसकी अधमूँदी आँखों, चेहरे पर संतोष के भाव और अविचलित स्वर से विनीता का गुस्सा और बढ़ गया।

'जानते भी हैं आप, इत्ता खाना है, चाहें तो सबको दो-दो बार खिला दें। लाइन में खड़े होकर एक के बाद एक क्यों नहीं लेते? जानते हैं, बाँटने वालों को कितनी दिक्कत हो रही है? यही लोग कहीं बारात में गए होते तो ऐसे करते?' फिर तो विनीता एकदम बेकाबू हो गई। उसने पूछा कि वे धरने को अपना...और वह सकपका गई, उसे शब्द नहीं सूझा। अपना क्या? अपनी बारात, शादी जैसा कुछ तो था नहीं है यह। अपना क्या?

'अपना धरना है, इसको अपना क्यों नहीं समझते? अपना कार्यक्रम क्यों नहीं समझते? किसी ने जबरदस्ती की है क्या? अपनी मर्ज़ी से आई हैं तो ऐसे हाय तौबा क्यों मचा रखा है, जैसे कोई भाड़े पर लाया है इनको?'

अली का चेहरा तन गया। जबड़े भिंच गए। बीड़ी फेंककर वह खड़ा हो गया। उसने पास रखा माइक उठाया और उसे लहराता भीड़ में आगे बढ़ा। खाना बाँटने वालों को उसने कहा, 'रुक जाइए। अभी खाना नहीं बँटेगा।'

फिर उसने माइक में बोलना शुरू किया, 'आप सब भिखारी हैं? भीख लेने आए यहाँ? भूल गए, क्यों आए हैं? खाना देखा तो हाथ फैलाने लगे? जानते हैं, यह दिल्ली के अमीर लोग? महीनों खाना खिला सकते, हमको महीनों, क्या समझे? और आप लोग? क्या सोच रहे हैं लोग अपने बारे में? सब भूल गए कि धरने पर आए हैं। बारात नहीं है यह। भोपाली क्या भिखारी हैं? इतने गरीब हैं कि रुपया फेंक के कोई भी हाँककर किधर को भी ले जा सकता है? अभी पूछा है हमसे किसी ने कि भाड़े पे लाए हैं क्या तुमको? शर्मसार कर दिया सबको तुमने। शर्मिंदा कर दिया भोपाल को। बट्टा लगा दिया भोपाल के नाम पर। याद रखना, यहाँ हम इंसाफ लेने आए हैं,' उसने अपने पेट पर हाथ मारते हुए कहा, 'पेट का गड्ढा भरने नहीं आए हैं। जैसी हरकत कर रहे हो, ठीक ही किया सबने हमारे साथ, जो किया। सरकार, कार्बाइड, कोर्ट, सबने हमको भिखारी समझा। चंद रुपए फेंक दिए हमारी तरफ। आज आप लोग उन्हीं को सच साबित कर रहे हैं।'

सन्नाटा तो नहीं पसरा मगर शोर थम गया था। खाना बँटना बंद नहीं हुआ था पर उसकी रफ्तार कुछ कम हो गई थी। भीड़ में एक-दो औरतों ने आकर सबको कतार में खड़ा करने की कोशिश शुरू कर दी।

'लाइन बनाए तो शाम हो जाती। रात के भूखे हैं लोग। बेवकूफी नको करो,' एक आदमी चिल्लाया।

विनीता के गुस्से पर पानी पड़ गया। उसकी आँखें भर आईं। इतनी-सी बात कैसे समझ में नहीं आई उसे? ज़रा-सा धक्का-मुक्की बर्दाश्त नहीं कर सकती थी तो आई क्यों थी यहाँ?

वह विधि संस्थान की सीढ़ियों पर जा बैठी। धूल-धूसरित लॉन में औरतों और आदमियों के छोटे-छोटे झुंड बैठे थे। रोटी पर आलू और गोभी की हल्दी से सनी सब्ज़ी रखकर छोटे-छोटे टुकड़े तोड़कर वे बच्चों को खिला रहे थे। कुछ के पास पानी की बोतलें थीं, कुछ लोग टैंकर के पास बोतलें लेकर खड़े थे। बाकी अंजुलि से पानी पी रहे थे। रात भर के सफर के बाद ठंडी रबड़-सी रोटी, ठंडी सब्ज़ी, गुनगुना-सा पानी। थके हाल बच्चों के नन्हे जबड़े देर तक रोटी को पीसते रहते। और उसने उन्हें शर्मिंदा किया था जब वे हाथ में खाना लेकर खड़े थे इस सर्द मौसम में—नारे उछालने से थके गलों के नीचे उतारने को, जिन्हें चाय भी न मिली थी।

'मुक्ता ठीक कहती है, मैं बेवकूफ हूँ,' विनीता ने सोचा।

तभी किसी ने उसके कंधे पर हाथ रखा। पीछे लतिका खड़ी थी।

'बाथरूम जाना है क्या? लाइब्रेरी में चली जाओ, साफ-सुथरा है। ज़्यादह लोगों को उसकी खबर नहीं है।'

विनीता का सिर नकार में हिला। लतिका ने उसकी गीली आँखें देखीं तो उसके पास बैठ गई। उसके कंधे थपथपाकर उसने पूछा कि बात क्या है।

'मैं बहुत बुरी लड़की हूँ,' विनीता ने कहा। लतिका हैरान रह गई। ज़रूर इसका दिमाग कुछ चला हुआ है, उसने सोचा। विनीता उसे बताने लगी कि अभी-अभी क्या हुआ था।

'ओह! मैं भी कहूँ कि अचानक अली को क्या हो गया। छोड़ो, ज़्यादा मत सोचो। आंदोलनों में यह सब होता रहता है। चलो, कैंटीन चलें। दिल्ली के सारे लोग वहीं जमा हैं, खाना खा रहे हैं।'

विनीता इस विसंगति से दंग हो गई। उसने कहा, वह थोड़ी देर बाद आ जाएगी।

'अब हँसो,' लतिका ने उसकी ठुड्डी के नीचे तर्जनी रखकर उसका चेहरा ऊपर को किया। 'चीयर अप! एंड चिन अप!' लतिका चुस्ती से वहाँ से चली गई।

विनीता सोचती रह गई कि एक तरफ तो सभी कह रहे थे कि भोपालियों की जान की कीमत किसी अमेरिकी से कम नहीं और यहाँ आपस में ही यह ऊँच-नीच चल रही है। दिल्लीवाले कैंटीन में कुर्सियों पर बैठकर खा रहे हैं और असली आंदोलनकारी रबड़ चबा रहे हैं सड़क पर। वह उठकर फिर से अली के पास गई जो बीड़ी के तेज़ सुट्टे लगा रहा था।

'अली भाई, मुझे माफ कर दो,' उसने कहा। 'चलिए, खाना खाते हैं।'

अली ने कनखी से उसे देखा और चेहरा घुमा लिया। 'आप खाइए अपने दोस्तों के साथ।'

'मुझे मालूम है, मैंने बहुत ग़लत किया। आप मुझसे नाराज़ हैं। ठीक भी है लेकिन अपना गुस्सा खाने पर मत उतारिए।'

अली चुप रहा।

'आपके लिए भी खाना लाऊँ? हम साथ ही खाएँगे।'

अब तक देगचियों के आसपास भीड़ घटने लगी थी। लेकिन विनीता को देखते ही सबने उसे रास्ता दे दिया। उसने लोगों के थके चेहरे देखे और मुस्कुराकर उनका अभिवादन किया मगर किसी ने कोई जवाब नहीं दिया। हाथों में रोटियाँ और उस पर सब्ज़ी रखकर वह अली के पास लौट आई। अली ने अब गौर से उसे देखा और बिना विरोध किए उससे एक रोटी ले ली।

खाना खाते हुए उसने विनीता से कहा, 'आपका कसूर नहीं है। सभी यही समझते हैं कि हम फालतू हैं। हर छोटी चीज़ के लिए तो हमें लड़ना पड़ा है। सरकार बड़े दावे करती है कि उसने मुफ्त राशन दिया। हाँ, साल भर दिया त्रासदी के बाद। लेकिन कितना लड़ना पड़ता था राशन की लाइन में! पहले अस्पताल की लाइन में लगो, फिर राशन की। एक दफ्तर से दूसरे दफ्तर चक्कर ही चक्कर। सब लोग कामकाजी थे। सब काम छूट गए। साँस ही पूरी नहीं पड़ती, काम क्या करें? सरकार ने हल्के-फुल्के काम का इन्तज़ाम तो किया नहीं, कुछ टुकड़े फेंक दिये। उनको लगता है, इन गरीबों की ज़िंदगी का मतलब ही क्या है? आटा दे दो, कुछ रुपए दे दो, मुँह बंद रखेंगे। सच कहूँ, कार्बाइड का कोई कसूर नहीं है। हमारी अपनी सरकार हमको

भिखारी समझे, हमारी ज़िंदगी को फालतू समझे तो विदेशियों को क्या पड़ी है कि हमें भाव दे? सच्चाई तो यही है।'

निवाला विनीता के गले में अटक गया। आँखें फिर गीली होने लगीं।

'मैं भोपाल से हूँ,' विनीता ने माहौल का बोझ हल्का करने के लिए कहा। फिर वह बताने लगी कि कैसे वह पहले दिन से राहत कार्य में जुट गई थी। 'आपको पहले नहीं देखा,' उसने कहा।

'साल भर तो मैं बहुत बीमार था,' अली ने बताया। फिर वे भोपाल की बातें करने लगे। विनीता ने उसे बताया कि वह एक कोर्स करने दिल्ली आई है। 'आप घर आइए। मैं मुक्ता के घर में रहती हूँ।' फिर उसने अपनी ज़बान काट ली। अली से दोस्ती की शुरुआत में ही झूठ बोलने का दुख भोपाल की यादों के दुख पर भी भारी पड़ने लगा।

विनीता को भोपाल की गलियाँ याद आने लगीं : सड़क पर साबूदाना खिचड़ी बेचने वाले, शाम को चाशनी में पगे मीठे समोसों का ढेर लगाने वाली दुकानें, हफ्ते में दो दिन लगने वाले हाट, खट्टा भाजी के हरे पत्ते, छोटी-छोटी तोरियाँ। वह तो भूल ही गई थी कि उन्हें गिल्की कहते हैं। और काँटों वाले काले-काले छोटे-छोटे बैंगन—जिसे भटे कहते हैं। ढूँढ़े ऐसी चीज़ें नहीं मिलतीं दिल्ली में। ऐसा खुलापन, हर घर में आँगन, हर आँगन में पेड़। जब से विनीता बड़ों की बातें सुनने-समझने लगी थी तब से उसने कार्बाइड का नाम सुना था। एक झील और दूसरा यूनियन कार्बाइड, भोपाल के गौरव के दो प्रतीक। एक शांत शौम्य प्यास बुझाने वाली, दूसरी औरों के विनाश के सहारे दुनिया पर कब्ज़ा करने की तृष्णा की तुष्टि का उपकरण। खेतों और बागों के कीटों का भक्षण करती इनसानों को लील गई यह फैक्टरी भोपाल की शान कहलाती थी। कितनों को काम मिला था, उसके विराट आंतों में ही नहीं, उसके आरक्षित आखेट स्थल में भी। फैक्टरी बड़ी थी, उसका परिसर भी बड़ा था। उसका माल बनाने वाले मज़दूर ही नहीं, माल ढोने वाले, उनके लिए चाय-पकौड़ी की दुकान चलाने वाले, हज़ारों जुड़े थे उस फैक्टरी से। उनके अफसरों के ड्राइवर, ट्रक चलाने वाले, उन्हें फल और भाजी बेचने वाले। नालियों में बहता था फैक्टरी से निकला ज़हर। लोग फोड़ों-फुँसियों पर लगा लेते थे वहाँ से निकलता अपशिष्ट और वे जल जाती थीं, चमड़ा काला पड़ जाता था। एक दिन वही ज़हर उनकी धमनियों में बहने लगा।

'अब यह शहर नहीं बचेगा, है तो यह एक कंपनी टाउन ही,' उसके पिता ने कहा था। विनीता को याद आया, कैसे वे हमेशा भेल कारखाने की तुलना कार्बाइड से किया करते थे। 'यह है असली कारखाना, भारत हेवी इलेक्ट्रिकल लिमिटेड। क्या बगीचे हैं! लोग सैर को जाते हैं सुबह, मैं भी जाता हूँ,' वे अपने एक दोस्त के इंजीनियर बेटे से कहा करते थे जो कार्बाइड में काम करता था। 'कार्बाइड में क्या है? एक खाली मैदान! घास तक नहीं है वहाँ।'

कई बार उस युवा इंजीनियर ने उन्हें फैक्टरी आने को कहा था। 'घास का क्या करना है। हमारी मशीनें देखो, शिमला हिल पर है न अपना गेस्ट हाउस, वह देखो। ऐसी बिल्डिंग नहीं है भोपाल में। हमारी रिसर्च लैब देखो तो एक बार आकर।'

वे कभी नहीं गए थे वहाँ। विनीता को यह बहस ही फिजूल लगती थी। उसे तो सहेलियों से ही फुर्सत कहाँ मिलती थी। अचानक उसे भेल की तरफ पेड़ों पर खिलने वाले भड़क लाल रंग के फूलों की याद आ गई। अधखुली हथेली जितने बड़े, अपने चेहरे के किनारों को नारंगी बॉर्डर से सजाए दूर से भी साफ दिखाई देने वाले फूल। सड़क किनारे कतार के कतार थे ऐसे पेड़ों के। कभी उनका नाम ही पता नहीं चला।

अली ने हँसकर कहा कि यह कौन-सा मुश्किल काम है, उसका एक रिश्तेदार विश्वविद्यालय में बॉटनी डिपार्टमेंट में ही क्लर्क है। पता लगाकर बता देंगे।

शाम को हैली के साथ प्रेस रिलीज़ की फोटोकॉपी कराने सीपी जाते हुए विनीता ने उसे भी बताया कि दिन में उसने कैसे आपा खो दिया था। वह जितनों को बताती, ग्लानि का बोझ उतना ही कम होता था। अपनी बदनामी मानो दंड बनकर गुनाह का भार कम कर देती थी।

'निर्मला ने, जानती हो, पहले ही दिन क्या कहा था? यह भोपालियों का संघर्ष है, हमारा नहीं। हम सिर्फ समर्थन दे सकते हैं। हम जो कर सकते हैं, कर रहे हैं। तुम कुछ ज़्यादा ही रोमांटिक हो, आंदोलनों में छीना-झपटी आम बात है।'

'मैं तुम लोगों जैसी रोमांटिक भी नहीं हूँ,' विनीता ने कहा। 'न ही तुम लोगों की तरह ऐसा कुछ कहती हूँ जो मैं नहीं मानती। तुम लोग तो कहते हो, सब बराबर हैं, अमेरिकी और भारतीय सब, और खाना भी साथ में नहीं खाते।'

'हम राजनीतिक समानता की बात करते हैं। कानून की नज़र में समानता। और यह कभी मत भूलना की सभी अमेरिकी भी बराबर नहीं हैं। वहाँ भी गरीब हैं, चाहे वे भूखे न मरते हों। अमेरिकी जनता और सरकार में फर्क है।'

'मगर तुम तो यहाँ खाना भी अलग खाते हो।'

'सब लोग ऐसा खाना नहीं खा सकते। बीमार पड़ने में क्या तुक है?'

विनीता चुप हो गई।

आंदोलन का नशा शराब के नशे से बढ़कर होता है। उसकी गर्द और गंध में जन्म लेकर पनपने वाले रिश्तों के रोमांच का मुकाबला कोई गुलाब, कोई इत्र नहीं कर सकता। सुगुणा ने इस अभियान के रोज़ाना इन्तज़ाम में मदद देने की पहल की थी। यह ऐसा काम था जो हर कोई नहीं करना चाहता। इसमें खाने का इन्तज़ाम करने से पर्चों के प्रूफ पढ़ने जैसे माथापच्ची के काम थे। सिर्फ धरनों में आकर नारा लगाने को उत्सुक कार्यकर्ता आने-पाई के हिसाब को हेच और ऊँचे सपने वालों के

गौरव के प्रतिकूल मानकर इसमें पड़ना नहीं चाहते। वे स्फुरण की गगनचुंबी इमारत की छत पर खड़े होकर आसमान को हथेलियों से नापने का दावा करते हैं, उस इमारत की नींव की गाद और ईंट नहीं बनना चाहते, न उसे देखना चाहते हैं। सुगुणा का स्वाभाविक झुकाव व्यावहारिकता की ओर था सो वह हैली के साथ इस काम में लग गई जिसके लिए किसी को श्रेय मिलता ही नहीं। पहली ही शाम वह पहाड़गंज की तंग गली में उस प्रिटिंग प्रेस में गई जहाँ पर्चों का प्रूफ पढ़ना था। गली में कभी भी शायद धूप नहीं आती थी। घुमावदार गलियों में कई मोड़ काटकर वह अब स्याही के धब्बों से नीली काली पड़ चुकी मेज़ के पास टूटे हत्थे वाली कुर्सी पर बैठी प्रूफ का इन्तज़ार कर रही थी। सिर पर एक बल्ब रौशन था।

'तुम्हें यहाँ के रास्ते मिल कैसे जाते हैं?' सुगुणा ने हैली से पूछा तो उसने बताया कि वह इन्हीं गलियों में पला है।

सुगुणा प्रेस के कंपोजिटरों को गौर से देखने लगी जो छोटे-छोटे अक्षरों को तरतीबवार स्टीक में लगाकर शब्दों का रूप दे रहे थे। विराम और अर्धविराम चिन्ह तो इतने महीन थे कि इस नीम अँधेरे कमरे में दिखते ही मुश्किल से थे। दूसरी तरफ मशीन लगातार चल रही थी, ब्लॉक उठता और कागज़ पर जा गिरता। स्याही की गंध बाहर गली से आती पेशाब की गंध में घुल-मिलकर ऐसी सड़ांध पैदा कर रही थी कि सुगुणा ने चाय पीने से मना कर दिया था। वह सिर्फ लेटर प्रेस के काम के तरीके को देखती सोच रही थी कि रोज़ अखबार कैसे छपता है, इसके बारे में उसने कभी भी नहीं सोचा था।

'इनके पास मैग्निफाइंग ग्लास होने चाहिए,' उसने हैली से कहा 'कितने मोटे चश्मे पहने हैं ये लोग? जल्दी आँखें खराब हो जाती होंगी इनकी। अंधे ही होने वाले होंगे। इनको न्यूनतम वेतन तो मिलता है कि नहीं?'

हैली हँस दिया। 'यूनियन बनाओगी?' उसने पूछा।

सुगुणा को लगा, प्रूफ में छूट गई गलतियों की शिकायत करने वालों को देखना चाहिए कि कैसे काम करते हैं ये लोग। खुद उसका रवैया ज़रूर बदल जाएगा, अब वह प्रूफ ठीक से पढ़ने के बावजूद छूट गई भूलों के प्रति सहिष्णु हो जाएगी।

अपनी व्यावहारिकता के चलते सुगुणा को लगा था कि हैली के साथ उसकी बन नहीं पाएगी, खूब झगड़े होंगे क्योंकि वह बहुत ही आदर्शवादी लगता था। पहली बार दोनों इस तरह साथ काम कर रहे थे और सुगुणा को आश्चर्य हुआ कि हैली के साथ काम करना कितना आसान था। वह उसके साथ बहुत सहज महसूस कर रही थी। उसने पाया कि हैली भले बातें आसमानी करता हो, उसके पैर धरती पर मज़बूती से डटे थे और अपने से कम समझ रखने वालों का वह मज़ाक नहीं उड़ाता था।

अगले दिन से वह सुबह-सुबह उसके साथ निज़ामुद्दीन बस्ती भी जाने लगी। अजीत को समझ में नहीं आता था कि रोज़ बस्ती में जाना क्यों ज़रूरी है। एक बार ऑर्डर दो, पैसा दो, काफी है।

हैली का कहना था, नज़र न रखें तो वे सब्ज़ी कम भेजेंगे। हो सकता है, सड़ी सब्जियाँ पका दें। पहले ही दिन उसे पता चल गया कि सुगुणा का साथ आना कितना फायदेमंद रहा। पहले ही दिन उसने भाँप लिया कि सब्जियाँ ठीक से धोई नहीं जा रहीं। नमक की एक थैली खरीद उसे पानी में घुलवा उसने अपने सामने गोभी धुलवाई तो न जाने कितने कीड़े ऊपर तैर आए।

'अगर मुझे एक भी कीड़ा सब्ज़ी में मिला तो खाना किसी और से बनवाऊँगी।' उसने बावर्ची को धमकाया। 'नमक के पानी में धोओ, सारे कीड़े ऊपर आ जाते हैं। इतने सालों से पका रहे हो, इतना भी नहीं जानते?'

फिर रोटी सप्लाई करने वाले से सुगुणा ने पूछा कि उनकी रोटी रबड़ जैसी क्यों हो जाती हैं?

'ठंडे होने पर होएँगी ही,' तंदूर जलाने की तैयारी करते दुकानदार ने कहा। 'मौसम ठंडा है। रोटियाँ कब तक गरम रहेंगी?'

सुगुणा ने हैली की ओर देख निराशा से सिर हिलाते हुए कहा, 'काश, मुझे मालूम होता, इतनी ढेर रोटियों को कैसे गर्म रखा जाए!'

'रज़ाई में लपेट दो,' हैली ने हँसते हुए कहा।

'क्या आइडिया है!' सुगुणा ने गंभीर स्वर में कहा तो हैली और तंदूरवाला, दोनों हँस पड़े।

पास के चायवाले से दो चाय बनाने को कह सुगुणा ने हैली से कहा कि बाज़ार खुलने का इन्तज़ार करना होगा, तब तक दरगाह ही हो आएँगे।

'दो कंबल खरीद लेंगे, रोटियाँ बाँधने के लिए। बाद में धोकर रख लेंगे। आगे भी काम आएँगे ही। ऐसी चीज़ों की तो ज़रूरत पड़ती ही रहती है।'

बोहनी के वक्त का फायदा उठाते हुए उन्होंने सिंथेटिक ऊन से बने दो चमकीले कंबल और दो चादरें काफी सस्ते दाम पर खरीद लीं। तंदूरवाले को यह सब थमाते हुए सुगुणा ने हिदायत दी कि पहले टोकरी में कंबल बिछाए, उस पर चादर और रोटियों को ठीक से लपेटकर भेजे। अबके तंदूरवाला खिलखिलाकर हँसा।

'मेरे पास दिमाग है, मैं उसका इस्तेमाल करती हूँ,' सुगुणा ने गुस्से में कहा। 'तुमने तो अपना दिमाग तंदूर में फूँक दिया होगा।'

हैली ने तंदूरवाले से कहा, 'आपको दिक्कत है तो हम रोटी कहीं और से ले लेंगे।'

तंदूरवाले ने कहा, 'हम तो मज़ाक कर रहे थे, बहनजी तो खफा ही हो गईं।'

इसके बाद से रोटियाँ कुछ नरम रहने लगीं, जो एकदम भीतर होतीं, वे काफी नरम रहतीं। रोज़ सुगुणा हैली के साथ जाकर नमक के पानी में सब्जियाँ धुलते देखती। दो दिनों बाद वह खाना चखकर भी देखने लगी हालाँकि ऐसा तभी कर पाती जब किसी कारण देर से बस्ती जाना पड़ता। वह यह मसालेदार घी में तर खाना पचा ही नहीं सकती थी इसलिए चम्मच भर चख लेती, कभी-कभी गरमागर्म खमीरी रोटी रूखी ही खाती।

हैली को अब सुबह का इन्तज़ार रहने लगा। इस काम में सैर का लुत्फ था। दो-तीन दिन तो वे निज़ामुद्दीन के बस स्टॉप पर ही मिले, इसके बाद वह पटेल नगर के बस स्टॉप पहुँचकर सुगुणा के साथ दो बसें बदल निज़ामुद्दीन आने लगा। सुगुणा ने उसके नित्यक्रम में इस परिवर्तन के महत्व को भाँप लिया मगर कहा कुछ नहीं।

उधर अविधा मामले से संबंधित रपटों और खबरों की कतरनें बटोरती, उन्हें फाइलों में लगाती, प्रचार के लिए पर्चे लिखती, और भाषण देती। एक दिन प्रशांत ने वादा निभाते हुए मंत्रालय के कुछ प्रेस रिलीज़ों के साथ पूरे पाँच हज़ार रुपए लिफाफे में बंद करके चपरासी के हाथों अविधा के दफ्तर इस हिदायत के साथ भिजवाया कि लिफाफा किसी और के हाथ नहीं पड़ना चाहिए।

अजीत ने उस दोपहर इतना रुपया हथेली पर रखे जाते देख पूछा, 'यह कौन तुम्हारा आशिक है अविधा ? इतना चंदा तो अब तक किसी ने नहीं दिया। नाम भी बताओगी ?'

अविधा शरमाकर हँस दी। इन रुपयों के आते ही उसे ऐसा लगने लगा, जैसे अभियान में हर कदम पर प्रशांत उसके साथ है। उसकी प्यासी आँखें उसे देख लेती थीं मगर वह किसी और को नहीं दिखता था। ऐसे अदृश्य संग की रोमांचक कल्पना ने उसके भाषणों में और उत्साह भर दिया। दो दिन इस नशे में धुत से गुज़र गए। फिर प्रशांत का चेहरा उसकी कल्पना से ओझल होने लगा। 'अगर भोपाल का यह मसला न उठा होता तो शायद मैं पागल हो जाती,' उसने खुद से कहा और रात देर तक रोती रही।

एक दिन सुबह अविधा उठी तो उसे प्रशांत की आवाज़ सुनने की गहरी इच्छा हुई, जैसे लंबे समय तक सिगरेट न पीने से उसकी तलब उठती है या किसी दिन चॉकलेट खाने का मन होता है। उसे देख पाना मुमकिन नहीं तो आवाज़ तो सुन ही सकती थी। इच्छा इतनी उत्कट थी कि उसके सीने में दर्द होने लगा। ऑफिस के लिए तैयार होने से पहले वह दौड़कर मार्केट गई कि उसे फोन करे। घर से वह निकल चुका था। दफ्तर में उसने फोन नहीं उठाया। कोई बात नहीं, अभी पूरा दिन पड़ा था। दफ्तर के लिए निकली तो उसने फिर दुकान से फोन किया। कोई जवाब नहीं। उसने हारकर प्रशांत के सेक्रेटरी को फोन किया और संदेश दे दिया कि ज़रूरी बात करनी है। दफ्तर पहुँचकर उसने फिर फोन किया। प्रशांत नहीं था। बार-बार इस तरह फोन करते उसे अच्छा भी नहीं लग रहा था मगर मन बेकाबू था। चौथी बार जब सेक्रेटरी ने फोन उठाया तो उसने पूछ ही लिया कि साहब आज आने का इरादा रखते हैं या नहीं ? सेक्रेटरी ने कहा कि आएँगे ज़रूर, आते ही वह संदेशा दे देगा, मगर कह नहीं सकता, कब आएँगे क्योंकि मंत्री महोदय के दफ्तर में बैठे हैं।

'क्या चल रहा है ?' अविधा की रिपोर्टरी उत्सुकता जगी।

'कुछ खास नहीं,' सेक्रेटरी ने कहा।

अब अविधा के लिए इन्तज़ार की घड़ियाँ और मुश्किल हो गईं। बार-बार फोन मिलाना भी ठीक नहीं था। मान लो उनके पास फोन करने वाले का नंबर पता लगाने

की सुविधा हो तो? वह अन्य दफ्तरों में जाने लगी। इमारत की अठारह-बीस दफ्तरों से उसने प्रशांत का फोन लगाया मगर उसे सिर्फ बजते फोन की घंटी सुनाई देती थी या सेक्रेटरी की 'हेलो'। वह झट फोन रख देती। आखिर शाम होते-होते उसने हार मान ली। उस दिन वह फॉब की बैठक में भी नहीं गई। घर पहुँच उसने कमरे का दरवाज़ा बंद किया और तकिए पर घूँसे चलाती ज़ोर-ज़ोर से चीखती रही। जुनून तब उतरा जब उसे लगा, कोई दरवाज़ा पीट रहा है। वह साँस थामे बैठी रही। मकान मालकिन हो तो क्या जवाब दे? कुछ देर बाद जो भी था, चलता बना। सुगुणा होती तो आवाज़ देती। एकाएक अविधा ने ज़ोर की सिसकी ली और फूट-फूटकर रोने लगी।

उस दिन के बाद अविधा रोज़ दोपहर को सर्वोच्च न्यायालय के सामने चल रहे धरने में जाने लगी। उसे कलेजे में एक भारीपन-सा महसूस होता था। धरने पर बैठने से उस ओर से उसका ध्यान बँट जाता था। एक दोपहर सुगुणा के माता-पिता भी धरने में पहुँचे।

'शासक दल क्योंकर ऐसे घिनौने समझौते के लिए राजी हो गया, इसके बारे में खूब अफवाहें उड़ रही हैं,' सुगुणा की माँ ने कहा। उनका अपना मानना था कि कार्बाइड ने आगामी चुनाव में शासक दल का पूरा चुनावी खर्च उठाने का वायदा किया था। 'कहा तो जा रहा है, पार्टी ने सौ करोड़ रुपए ले लिये हैं चुनाव पर खर्च करने के लिए। ऐसी मोटी रकम मिलेगी तो ऐसे ही गरीबों को बेचेंगे,' उन्होंने कहा। 'अरे इमानदारी से पेश आते। समझौते में मोटा पैसा लेते और सीधे-सीधे अपना कमीशन ले लेते उसी में से। दलाली करनी है, तो ढंग से करो।'

सुगुणा के पिता ने उन्हें बिना सबूत ऐसी बातें न कहने को कहा।

'यही तो मज़ा है,' सुगुणा की माँ ने तुनककर कहा। 'ऐसी चीज़ों के सबूत मिलते ही नहीं। और जो जानते हैं, उनको चुप ही रहना पड़ता है। बड़ी अच्छी व्यवस्था है।'

सुगुणा के पिता ने फिर उन्हें सावधान किया। 'जाने कितनी सीआईडी घूम रही है यहाँ,' उन्होंने कहा।

'आग न हो तो धुआँ नहीं निकलता,' पत्नी ने जवाब दिया।

इनकी बहस सुन अविधा सोचने लगी कि क्या कभी प्रशांत इधर आएगा? वह तो सत्ताधारियों के इर्द-गिर्द घूमता है, उसे ज़रूर पता होगा, यह समझौता हुआ कैसे। हज़ारों लोग धरने में शामिल होने नहीं तो इसे देखने आ रहे थे और हर सफेद एंबेसेडर गाड़ी उसकी आशाओं को जगाती, फिर उन्हें कुचलती निकल जाती थी। वह धरने पर बैठी गैस पीड़ितों से बातें करती, कभी-कभी शर्मिंदा भी हो जाती कि उनके कठोर संघर्ष के मुकाबले उसके अपने दुख कितने ओछे हैं। सारा दिन नारे लगाने और ठंडा खाना खाने के बावजूद वे कभी किसी असुविधा की शिकायत नहीं करती थीं। उन्हें इतनी असुविधाओं के साथ जीने की आदत थी कि बेआरामी महसूस नहीं होती थी या फिर वे हर तकलीफ झेलने के लिए तैयार होकर आई थीं? रोज़ धरना छोटे से जुलूस में ढलकर तिलक मार्ग या भगवानदास रोड का चक्कर लगा आता था। अब कई राजनीतिज्ञ भी भाषण देने आने लगे थे।

अविधा के भाषण और तीखे होने लगे। उसने उन सिद्धांतों पर पहले प्रश्नचिन्ह लगाए थे जिनपर समझौता आधारित था। अब वह अदालत की नीयत पर सवालिया निशान लगाने लगी। जो बात वह अपने लेखों में लिख नहीं पाती, अपने भाषणों में कह जाती। वह न्यायाधीशों के नाम लेती, शासक दल के उन शीर्ष नेताओं के नाम लेती जिन्होंने इस समझौते की नींव डाली थी और सीधे-सीधे उन पर आरोप लगाती कि उन्होंने रिश्वत ली है, कि अपनी जेबें भारी करने के लिए उन्होंने देश की मर्यादा को हल्का कर दिया।

रोज़ कनॉट प्लेस और संसद मार्ग पर पाँच से अधिक लोगों के एकत्र होने की पाबंदी का खुल्लम खुल्ला उल्लंघन किया जा रहा था। और रोज़ अविधा के भाषणों के तेवर अधिक विद्रोही हो रहे थे। रोज़ शाम को वह खुद से पूछती, क्यों शासक उन्हें बर्दाश्त कर रहे थे ? अदालत क्यों उनको अपनी चौखट पर बैठ अपनी निंदा करने दे रही थी ? क्यों गिरफ्तार नहीं किया जा रहा था किसी को ? यह माज़रा क्या था ? एक रक्षा उपकरण की खरीद-फरोख्त में भ्रष्टाचार के आरोपों के वार झेल रहा शासक दल क्या घबराया हुआ था कि किसी भी विरोधी स्वर को दबाने की कोशिश उसे चुनाव में धूल चटा देगी ?

'यह हमें गिरफ्तार करते क्यों नहीं ?' अविधा ने एक दिन अजीत से पूछा। 'मुझे तो मामला गड़बड़ लग रहा है। ज़रूर कुछ बहुत बुरा होने जा रहा है।'

'तुम ज़रा अपने भाषण कुछ नर्म करो,' अजीत ने कहा।

'अरे कुछ नहीं होगा,' लतिका ने कहा। 'सरकार इसलिए चुप है कि न्यायपालिका निशाने पर है। ज़रा धरने को प्रधानमंत्री कार्यालय ले जाने की कोशिश करो, तब देखना, क्या होता है।'

'मतलब यह कि अभी तो सरकार हमारे ही साथ है। तुम ज़रा अपने भाषणों को बदलो। ऐसा कुछ मत कहो, अवि, जो हम साबित नहीं कर सकते,' अजीत ने उसे सावधान किया। वह जानता था कि अब अविधा प्रधानमंत्री का भी नाम लेने लगी है।

इससे अविधा को कोई फर्क नहीं पड़ा। कुछ दिनों बाद फॉब ने बाज़ारों में भाषण बंद कर दिए और संगठित समूहों को संबोधित करने लगे। वे फैक्टरियों के फाटकों के सामने मज़दूरों को भाषण देते, स्कूलों और कॉलेजों में छात्रों में प्रचार-प्रसार करने लगे। उनकी कोशिश थी कि भोपाल मज़दूर वर्ग का मुद्दा बन जाए। लेकिन धरने पर कोई ट्रेड यूनियन प्रतिनिधि नहीं आया, संगठित या असंगठित मज़दूरों के संघों से कोई मज़दूर भी नहीं आया। कई बार मज़दूर संघ के नेताओं से फोन पर बात हुई, उन्हें याद दिलाया गया कि धरना सदा-सर्वदा के लिए नहीं है, गिने-चुने दिन हैं, मगर फोन के तारों से परे उनकी आवाज़ इन नारों में नहीं जुड़ी।

अभियान में इस गतिरोध पर एक शाम बहुत बहस हुई। लतिका ने दलील दी कि भोपाल के मसले को जनांदोलन में बदलने की हर कोशिश नाकाम हो रही है और अब इस बंद गली से निकलने का एक ही रास्ता है, समझौते को कानूनी चुनौती देने का उपाय खोजना।

'मज़दूर वर्ग को साथ जोड़ने की हमारी अपेक्षाएँ फिज़ूल हैं। उन्हें कोई दिलचस्पी नहीं है,' लतिका ने कहा।

'एक भाषण दे दो और सारे मज़दूर एकदम तुम्हारे बगल में आकर खड़े हो जाएँगे? हमें उन्हें जोड़ने के लिए और मेहनत करनी होगी,' हैली ने लतिका को वितृष्णा से देखते हुए कहा।

सुगुणा ने पाया कि वह हैली से सहमत है। अब तक वह भोपाल के मुद्दों से ज़्यादा नहीं जुड़ी थी, रिपोर्टर की हैसियत से जितना ज़रूरी था उतना वह जानती या पता लगा लेती थी। अब वह फॉब की बैठकों में बिना नागा आती थी, जैसे दफ्तर में नियमित हाज़िरी दिया करती थी। अगर हैली पहले से वहाँ मौजूद न होता तो वह बेचैनी से उसकी राह देखती और जो भी वह कहता था, उसे बड़े गौर से सुनती थी।

इस अत्यंत व्यस्त मौसम में एक सुबह टेलिफोन विभाग से दो कर्मचारी उनके घर आ धमके और उन्होंने घोषणा कर दी कि आज फोन लगाकर जाएँगे। अविधा और सुगुणा हक्का-बक्का रह गईं। बिना बताए आना और उम्मीद करना कि कोई न कोई घर पर ज़रूर होगा, सरकारी विभागों की इस मानसिकता पर खीज तो आई मगर दोनों में ही कर्मचारियों को लौटा देने का साहस नहीं था। जाने फिर कब नंबर आए। सुगुणा निज़ामुद्दीन बस्ती से आधा घंटा पहले ही लौटी थी और दफ्तर जाने से पहले ताज़ा लिखे पर्चों की प्रूफिंग के लिए प्रेस जाने का उसका प्रोग्राम था। उसने अविधा से कहा कि वही फोन वालों को सँभाल ले।

'साफ क्यों नहीं कहती, हैली से मिलना है? पर्चों का प्रूफ मैं भी पढ़ सकती हूँ। लिखे तो मैंने ही हैं। तूने फोन बुक किया है, तुझे रुकना चाहिए। हो सकता है, किसी काग़ज़ पर साइन ही करना पड़ जाए?'

सुगुणा ने मीठी मुस्कान बिखेरी और अविधा के गाल की चिकोटी काटती हुई बोली, 'ऐसा कुछ होगा न, तुझे ज़रूर बताऊँगी। मैं अपने आदमी को छिपाने वालों में नहीं हूँ।'

अविधा ने दाँत भींच लिये।

सँकरी घुमावदार गलियों से प्रेस की तरफ जाते हुए सुगुणा ने हैली से पूछा, 'यह बताओ, तुम्हारा निर्मला के साथ कुछ चक्कर है क्या?'

'जहाँ तक मैं जानता हूँ, मैं तो तुम्हारे साथ चक्कर लगा रहा हूँ शहर की गलियों के,' हैली ने हँसकर कहा।

'मतलब यह कि इस बात से मेरा क्या लेना-देना! मुझे पूछना ही नहीं चाहिए था। नन ऑफ योर बिज़नेस, दैट्स व्हॉट यू आर सेइंग।'

'मतलब यह कि मुझे चक्कर का मतलब नहीं मालूम। मेरी अंग्रेज़ी कमज़ोर हैं,' हैली ने कहा।

सुगुणा फीकी हँसी हँस दी। 'मैंने सुना था कि तुम...मतलब तुम्हारे और निर्मला के बीच कुछ...मतलब तुम दोनों का अफेयर है?' उसने बात पूरी कर हैली को देखा।

कुछ देर तक हैली सिर झुकाए चुपचाप चलता रहा।

'सॉरी,' सुगुणा ने कहा। 'पता लगाने के लिए पूछा था तुमसे। निर्मला से तो पूछ नहीं सकती थी, मैं उसके इतने करीब नहीं हूँ।'

हैली को सुनकर अच्छा लगा, उसके कथन का यह आशय कि वह उसके करीब महसूस करती है। एकाएक वह रुक गया। सुगुणा की ओर मुड़कर दोनों हाथ उसके कंधे पर रखकर उसने बड़े गंभीर स्वर में कहा, 'मैं नहीं जानता कि मैं उसे 'अफेयर' कहना चाहता हूँ या नहीं। हम दोनों एक दूसरे के बहुत नज़दीक थे। अभी भी हैं। मगर वह जो दूसरा पहलू है नज़दीकी का, वह जो देह की अंतरंगता होती है, वह खत्म हो चुकी है। निर्मला के साथ वह अंतरंगता, वह संबंध लंबे समय तक रह ही नहीं सकता, उसे बर्दाश्त होता ही नहीं। मुझे यह सब मालूम भी था। सुनो, उस धक्के से अब मैं उबर चुका हूँ। अब कोई तकलीफ नहीं होती।' कहते-कहते वह सकपका गया और हाथ सुगुणा के कंधों से हटाकर सिर हिलाने लगा। उसे लगा, उस दर्द की बची-खुची राख भी इन शब्दों के साथ उसने झाड़ दी है।

अविधा जब भी प्रशांत को अपनी चेतना के पिछले अँधेरे कोने में धकेलती, कुछ-न-कुछ हो जाता जो उसकी याद को फिर से उसकी चेतना पर काबिज़ कर जाता। आज उसके घर में लग रहे फोन ने प्रशांत की याद दिला दी। घंटों घर में हथौड़े बजते रहे, केबल आई और एक काला फोन आखिर मेज़ पर रखकर कर्मचारी चलने को हुए तो अविधा ने फोन उठा लिया। अब कर सकती है वह अकेले में प्रशांत से बातें मगर लाइन में कोई आवाज़ ही नहीं थी। एक कर्मचारी ने बताया कि दस दिन बाद एक्सचेंज वाले फोन करेंगे तब चालू होगी लाइन। फिर उन्होंने तीन बार उससे पूछा कि चलें क्या? नंबर दे दिया। फोन लगा दिया। काम खत्म। वे पूछते रहे मगर कमरे से निकलने का नाम ही नहीं ले रहे थे। बार-बार उसे बधाई दे रहे थे।

'हाँ, अब जाइए,' अविधा ने कुछ चिड़चिड़ाकर कहा।

'मैडम, हमारा कुछ चाय पानी मिल जाता,' एक कर्मचारी ने कहा जो समझ चुका था कि या तो यह औरत बेवकूफ है या इसका ध्यान कहीं और है।

'ओफ्हो,' अविधा ने कहा। ऐसे छोटे-मोटे इनाम, बख्शीश पर उसे कभी एतराज़ नहीं होता था। प्रशांत दिमाग पर छाया न होता तो खुद ही उसने उन्हें कुछ रुपए थमा दिये होते। उसने सौ रुपए दोनों को पकड़ाए और मृतप्राय टेलीफोन के पास बैठकर प्रशांत को इस बख्शीश का किस्सा सुनाने लगी। साहब इसे भी रिश्वत कहेंगे, बहस करेंगे, इसका उसे यकीन था। वित्तीय भ्रष्टाचार पर उसके सख्त नज़रिए से वह वाकिफ थी। सहसा अपनी ही आवाज़ सुनकर उसे लगा, वह इस तरह खुद से बातें करती रही तो बौरा जाएगी। उठकर उसने कपड़े बदले और फॉब की मीटिंग के लिए निकल पड़ी।

फाटक से बाहर निकलते ही सामने मिसेज़ कपूर दिखाई दीं। बदहवास-सी वे अपनी दोहरी देह को किसी तरह घसीटती घर की तरफ आ रही थीं। अविधा को देखते ही मिसेज़ कपूर ने उससे पूछा कि क्या वह सरकारी प्रेस में काम करती है?

'आंटी, किसी पत्रकार से पूछना कि सरकार के लिए काम करती हो क्या, यह तो उसकी बेइज़्ज़ती करना है।'

मिसेज़ कपूर चौंक गईं। सरकारी नौकरी को बेइज़्ज़ती समझना? यह बात उनकी समझ में नहीं आई। उसी पल अविधा को यह समझ में आ गया कि इस वृद्धा ने उसे और सुगुणा को सरकारी प्रेस का मुलाज़िम, यानी 'शरीफ' समझकर, ही मकान किराए पर दिया था।

'आंटी, गवर्नमेंट प्रेस है न, वह सिर्फ गैज़ेट और इम्तहानों के रिज़ल्ट जैसी चीज़ें छापता है। वह छापाखाना है, अखबार नहीं है। खैर, छोड़िए, आपको क्या काम है वहाँ?'

'अरे, तब तो तुम मेरी मदद नहीं कर सकतीं,' मिसेज़ कपूर ने कहा।

'पूछ के तो देखिए। काम क्या है?'

मिसेज़ कपूर बताने लगीं कि दो हफ्तों से उनका फोन डेड है। मार्केट से रोज़ फोन पर शिकायत कर रही हैं, कोई फायदा नहीं हुआ। आज सुबह-सुबह टेलीफोन एक्सचेंज भी गई थीं, घंटों बैठी रहीं, कोई सुनवाई नहीं होती। पहले तो अंदर ही घुसने नहीं दे रहे थे। बड़ी चिरौरी करके आखिर अंदर गईं तो उनको टका-सा जवाब पकड़ा दिया गया कि शहर के आधे फोन खराब हैं, जब बारी आएगी तब ठीक कर दिया जाएगा।

'बस, इतनी-सी बात है? अभी-अभी तो हमारा फोन लगाके गए फोन वाले। आप पहले बता देतीं तो आज तक इन्तज़ार नहीं करना पड़ता। बेफिक्र रहिए। ऐसी चीज़ें हम पर छोड़ दिया कीजिए,' अविधा ने उन्हें आश्वासन दिया।

अगली सुबह मिसेज़ कपूर का फोन तेज़ घंटी के साथ जागा। इसके बाद तीन दिन तक रोज़ टेलीफोन विभाग वाले सुबह-शाम फोन करके पूछते रहे कि फोन ठीक तो है न? मकान मालकिन अपने प्रभावशाली किराएदारों से इतना खुश हुईं कि फोन ठीक होने के अगले दिन खुद डोंगा भरकर खीर ऊपर पहुँचा आईं।

शेखर सिंह भोपाल पर डॉक्यूमेंटरी बना रहा था और इसके लिए वह धरने की शूटिंग कर रहा था। रोज़ सुबह वह अपना 35 एमएम कैमरा लेकर धरना स्थल पर आ जाता मगर वहाँ कभी-कभी निकले जुलूस और समूहों में बैठे नारे लगाते लोगों के सिवाय कैमरे में कैद करने को था ही क्या? अपनी सहायक राधिका गर्ग के साथ वह गैस पीड़ितों से बात करके कुछ से साक्षात्कार भी रिकॉर्ड कर रहा था। शोर-शराबे के बीच काम मुश्किल था। उसे सख्त अफसोस था कि उसे पैसा देर से मिला, कैमरा नहीं था इसलिए सुप्रीम कोर्ट को बुहारने का दृश्य वह शूट नहीं कर पाया था। आज उन्होंने धरना देने वालों में अधिक तेज़-तर्रार-सी लगने वाली सुमित्रा से साक्षात्कार

की ठानी थी और उसे एक किनारे ले जाकर बात कर रहे थे। हमेशा की तरह राधिका ने शुरुआत की यह पूछ कर कि जब गैस उसे लगी, तब कैसा लगा था?

'मिर्ची का एक पैकेट आँख में ठूँस लो,' सुमित्रा देवी ने बिफरकर कहा। 'पूरा पैकेट। पता चल जाएगा, कैसा लगा था।'

'डैम गुड शॉट,' शेखर ने कहा और भारी-भरकम कैमरे का मुँह सुमित्रा देवी की ओर बढ़ गया। 'ऐसे ही निकलवाओ इससे और कुछ,' शेखर ने राधिका से कहा।

मगर सुमित्रा देवी ने कैमरे की तरफ पीठ कर ली थी और राधिका के मनुहारों के बावजूद न वह कैमरे की ओर देखने को राज़ी हो रही थी न बात करने को।

इस नज़ारे को गौर से देख रही शाहिना खान बिना कुछ सोचे-समझे कैमरे के सामने आ खड़ी हुई।

'अरे बेचारे पूछ रहे, कैसा लगा, जानना चाहते। इतना गुस्सा कायको करना?' उसने सुमित्रा के कंधे पर हाथ रखकर कहा फिर राधिका की ओर मुड़कर बोली, 'ऐसे ही लगा था, मिर्ची आँखों में चली गई जैसे। इतनी जलन मची कि मैं क्या बताऊँ।'

'आप कहाँ से हैं? जेपी नगर से?' राधिका ने पूछा और शेखर की ओर देखकर जताया कि इसी को इंटरव्यू कर लेते हैं। शेखर का सिर अनुमति में हिला।

'भोपाल में एक जेपी नगर में ही गेस फैली क्या, इब्राहिमपुरे में नहीं? कबीटपुरा में नहीं? जहाँगीराबाद में नहीं? मैं कबीटपुरा से हूँ।'

'ओह! यह सब कहाँ है?'

'अपने भोपाल में,' शाहिना ने कहा और शरारत-भरी हँसी हँस दी।

वह दोहरे बदन की हँसमुख स्त्री थी जिसका पेट कुछ ज़्यादा ही आगे को बढ़ा हुआ था। राधिका को शक हुआ कि कहीं वह पेट से न हो मगर उसके सवाल दागने से पहले ही शाहिना ने अपने पेट पर हाथ फेरते हुए कहा, 'मेरा पेट देखो। गेस खा के कैसे फूल गई फुग्गे की तरह। फिर दवाई भी खूब खाई। किल्लो के किल्लो गोलियाँ खाईं। क्या सेहत बनी है, है ना? सेहतमंद हो गई देखो मैं कितनी।' वह हँसने लगी और उसका जिस्म थरथराने लगा।

'हँसती कायकू?' अपने बेटे गुड्डू को गोद में उठाए उनकी तरफ आती नसरीन ने कहा। 'इनको इंटरव्यू लेने का है तो अली भाई का लें।'

शाहिना ने उसे अनसुना कर दिया। 'चलो, बढ़िया से इंटरव्यू करो। ये लो, मैं इधर बैठती, इस दरख्त के नीचे। फोटू में बेकग्राउंड अच्छा होना न?'

और शाहिना फुटपाथ किनारे लगे पेड़ के नीचे बैठकर सिर पर दुपट्टा सँवारने लगी। शेखर ने कैमरा कुछ घुमाया मगर वह तैयारी दुबारा करके इस बातचीत की स्वत:स्फूर्तता में दखल नहीं देना चाहता था।

'सुनो, मैं तुमको ऐसी बात बताती, किसी ने नहीं बताई होगी। वह जो कार्बाइड के लोग है न, हमको जान-बूझके मारे। इक्सप्रिमेंट कर रहे थे। देखना चाह रहे थे

कितने लोग मरते गेस से। पहले गेस छोड़े फिर लाशों को न उठा के ले के गए। कारखाने के अंदर। हाँ।'

'अच्छा?' राधिका ने कहा। वह हैरान थी। सचमुच किसी ने उनसे ऐसा कुछ आज तक नहीं कहा था। असल में राधिका को भोपाल के बारे में कोई जानकारी नहीं थी और वह हर पर्ची, हर खबर बार-बार पढ़ती रहती थी कि कुछ जानकारी मिले मगर सब कुछ उसे कहीं बीच से शुरू हुआ सा लगता था।

'लेके गए। वहाँ अंदर पोस्टमार्टम किए। लाशों को चीर के देखा कि लोग मरे तो केसे मरे। जो ज़िंदा थे न, अस्पताल भागे। जो मर गए थे न, उनको उठा के लेके गए,' शाहिना ने पूरे विश्वास से कहा।

'किसी ने उनको रोका नहीं?' राधिका ने स्तंभित होकर पूछा।

'कौन रोकता? हम तो सब चले गए अस्पताल। कुछ तो भोपाल से ही भग गए। कोई भी नहीं था। सब बड़े लोगां, सरकार बोलो, पोलिस बोलो, सब कार्बाइड केइच साथ हैं। वह कायको रोकते? देखे भी तो चुप रहते। कार्बाइड की फैक्टरी देखे क्या तुम? बहोत बड़ी है। बड़े बड़े ऐ सी लगे हैं। ठंडे-ठंडे कमरे हैं। वहाँ रखे लाशों को। बाद में जलाए उनको। चीर के सब देख लिये फिर जला दिये। हम देखे न उनको लाश जलाते हुए। जब भी तो पता चला हमको, यह सब हुआ बोलके।' शाहिना ने अब कैमरे के पीछे खड़े शेखर पर नज़र डाली। उसका चेहरा गंभीर हो आया था और उसकी गर्दन तन गई थी।

'आप कैसे जानती हैं, वे लाशें जला रहे थे? यह सब हुआ कब? आपने क्या देखा?' राधिका को अपने कानों पर यकीन नहीं हो रहा था। उसे सूझ नहीं रहा था कि क्या पूछे। यह साक्षात्कार किस दिशा में जा रहा है, यह समझ में न आने से वह घबरा-सी गई थी। और शेखर था कि चुप्पी साधे खड़ा था। राधिका ने पढ़ा था कि कुछ लोग मानते हैं कि दरअसल यह गैस रिसाव दुर्घटना नहीं थी, यह तो रासायनिक हथियार बनाने का प्रयोग था लेकिन लाशों को कार्बाइड फैक्टरी के भीतर ले जाना और बाद में सरेआम जलाना, यह अविश्वसनीय लग रहा था उसे।

शाहिना ने गहरी साँस ली। 'यकीन नहीं होता? किसी को भी पूछो। पंद्रह-बीस दिन बाद जलाए लाशें। फैक्टरी के मैदान में जलाए। हम सब थे ना उधर ही। बोले तो फैक्टरी में नहीं हाँ। आसपास ही थे। किसी को कुछ दिखाई नहीं देना, इसका पूरा इन्तज़ाम किए थे। उनका बाड़ा था न उस पर बोरी डाले। हज्जारों बोरियाँ लाए थे। आलू भरते न अपन बोरी में ऐसा बोरी का कपड़ा लाए थे। अंदर क्या हो रहा था, कुछ दिखता नहीं था। बड़े-बड़े लोगां आए थे। सब बाहरीच खड़े रहे। किसी को अंदर जाने नहीं दिया।'

'तो आपको लाश जलने की बदबू आई थी? बहुत बदबू रही होगी?' आखिर शेखर ने भी पूछ लिया। वह भी हैरान था।

'सब सोच के रखे थे वो लोगां। सेंट छिड़के बोरी पे। हेलिकॉप्टर से सेंट छिड़क रहे थे। प्रेस वालों से पूछो। वह भी थे न वहाँ। बाहर खड़े थे। पेले से खबर उड़ रही

थी। खबर थी गेस फिर निकलेगी। भोपाल तो खालीच हो गया था। बोत लोग भग गए थे। मैं नहीं भगी। देखा मैंने, अपनी आँखों से देखा। किसी को भी पूछ लो, मैं एकदम सच्च बोल रही हूँ।'

अब तक सुमित्रा उठकर उनके नज़दीक आ पहुँची थी।

'हाँ, मारा, उन्होंने मारा, हमको मार डाला,' सुमित्रा ज़ोर से चिल्लाई। 'मारा। काटा हमको, काटा। इस शाहिना को अक्कल नहीं है। क्यूँ हँस रही है? बेवकूफ!' फिर वह दाँत पीस, मुट्ठियाँ भींचकर चीखने लगी, 'हँस रहे हैं सब लोग। कार्बाइड हँसता है। सब हँसते हैं। दाँत तोड़ दूँगी मैं। फिर कभी नहीं हँसेंगे कार्बाइड के कुत्ते, कभी नहीं हँसेंगे फिर। हँस रहे हैं, हँस रहे हैं,' वह बार-बार कहने लगी।

चीखती हुई सुमित्रा एकदम से सड़क पर बैठ गई और सिर ज़मीन पर पटकने लगी। शाहिना ने उसका सिर ज़मीन से लगने नहीं दिया और अपने कंधे से टिकाकर उसकी पीठ पर घूँसे मारने लगी, फिर उसे सहलाने लगी। अफरा-तफरी मच गई। छोटी-सी भीड़ इकट्ठी हो गई थी। राधिका इंस्टीट्यूट की ओर लपकी कि पानी लाए और जब वह बोतल लेकर पहुँची तब तक मैड भी आ पहुँचा था।

'हटो, हटो, उसे साँस लेने दो,' कहता मैड लोगों को हटाने लगा।

शाहिना ने मुश्किल से सुमित्रा को दो घूँट पानी पिलाया मगर सुमित्रा ने बोतल को हटाते हुए दहाड़ मारी, 'मारा, मेरी कांता को मार डाला। मेरी बच्ची। मेरी नन्हीं सी कांता। मैं दाँत तोड़ दूँगी उनके। हँसते हैं। क्या हक है इनको हँसने का? दाँत तोड़ना है मुझे।'

'कार्बाइड ने क्या किया? हज़ारों को मार दिया। सरकार ने क्या किया? कातिलों का साथ दिया। सुप्रीम कोर्ट ने क्या किया? कातिलों को छोड़ दिया,' हज़ारों के समवेत स्वर में नारा गूँजा।

मैड ने सुमित्रा के पास बैठकर कहा, 'हम सब मिलके तोड़ेंगे। हाँ, उनके दाँत तोड़ेंगे, उनकी टाँग तोड़ेंगे। फिर कभी नहीं करने देंगे उनको ऐसा कुछ।'

सुमित्रा पर बेहोशी छाने लगी थी। नसरीन ने आकर गुड्डू को उसके पास बिठा दिया। माहौल की बेचैनी देख गुड्डू बुक्का फाड़कर रो पड़ा।

'इसे कौन सँभालेगा?' नसरीन ने शाहिना को झकझोरते हुए कहा और फूट-फूटकर रोने लगी।

'आओ,' कहकर शाहिना ने गुड्डू को गले से लगा लिया। सुमित्रा बच्चे की पीठ पर हाथ रखकर रो पड़ी।

शाहिना ने जो कहा था, शाम को फॉब की बैठक में राधिका ने वह क़िस्सा सुनाया।

'प्लीज़, कोई मुझे बताओ, यह सब कैसे हो सकता है? वह तो ऐसे कह रही थी, जैसे उसने खुद देखा हो? झूठ नहीं बोल रही है वह, उसे विश्वास है, ऐसा हुआ था।'

लतिका ने बेसब्री से हाज़िरी रजिस्टर बंद करते हुए कहा, 'भोपाल में बहुत कुछ हुआ, लेकिन यह नहीं हुआ।'

'वह तो डीटेल दे रही थी,' राधिका ने कहा।

'कोई तो एक्सप्लेनेशन होगा,' ज़िंटैक ने कहा। 'बिना वजह कोई यह सब क्यों कहेगा?'

'इस देश में कहीं भी एक्सिडेंट हो जाकर पूछ लो, दस मरे को सौ बता देते हैं। ऐसे ही, उसे हो सकता है, कोई सपना आया हो! कुछ हैलुसिनेट कर रही होगी। होता है, ट्रॉमा के बाद ऐसा होता है कभी-कभी,' लतिका ने कहा। 'चलो, मीटिंग शुरू करें।'

तभी अविधा कमरे में आई। 'क्या हो रहा है?' उसने पूछा।

राधिका ने चारों ओर देखा। किसी को उसकी कहानी में दिलचस्पी नहीं थी। हताश होकर उसने कहा, 'वह कह रही थीं फेंस पर जूट डाला गया था। हेलिकॉप्टर से इत्र छिड़का जा रहा था। कुछ तो हुआ ही होगा।'

'अरे बड़ी जानी-पहचानी बात लग रही है,' अविधा ने राधिका से कहा। 'क्या बात है?'

राधिका अविधा को सुबह का प्रसंग सुनाने लगी तो लतिका ने बीच में ही बात काट दी, 'हमें कल का प्रोग्राम डिस्कस करना है।'

'दस मिनट में कुछ नहीं बिगड़ता,' अविधा ने कहा।

'तुम लोग मीटिंग के बाद बात कर लेना,' लतिका ने सीधे अविधा की आँखों में आँखें डालकर कहा।

'क्यों?' अविधा ने पलटवार किया। 'जितना टाइम तुम फिजूल की आपत्तियों में लगा रही हो उतनी देर में तो हमारी बात भी खत्म हो गई होती।'

राधिका उठकर खड़ी हो गई थी। अविधा ने उसे खींचकर बिठाते हुए कहा, 'बताओ, क्या हुआ?'

राधिका ने हड़बड़ाते हुए कहा, 'बाद में कर लेंगे।'

ज़िंटैक ने कहा, 'यार, प्लीज़, झगड़ा मत करो। मुझे लगता है, किसी को कुछ जानना हो, वह भी तो फॉब के काम का हिस्सा होना चाहिए। मैं बताती हूँ, बात क्या है।'

ज़िंटैक ने संक्षेप में शाहिना की कही बात दोहरा दी।

'लो, यह तो मैं बता सकती हूँ कि उसके दिमाग में यह सब कहाँ से आया।'

लतिका ने कहा कि इस पर अलग मीटिंग रख ली जाए। सुगुणा ने कहा कि जिसे नहीं सुनना, वह बाहर चला जाए। आज की मीटिंग में जो बात उठी है, उसका समाधान भी आज ही होना चाहिए। बहस छिड़ गई। ज़िंटैक ने कहा, 'यार, यह कोई पार्लियामेंट है कि हम बाल की खाल उधेड़ रहे हैं? ज़रा-सी बात है। दस-बीस मिनट आगे-पीछे हो गया तो क्या बिगड़ जाएगा?'

सन्नाटा छा गया। राधिका ने अस्फुट स्वर में कहा, 'आय एम सॉरी।'

अविधा एकदम से हँस दी। 'आय एम नॉट सॉरी। अभी पाँच मिनट में मैं तुम्हें सारी बात समझा देती हूँ। हुआ यह कि कार्बाइड की फैक्टरी में एमआईसी के तीन टैंक थे। एक में से तो गैस निकल चुकी थी। बाकी में गैस थी। अब अधिकारियों को

चिंता होने लगी कि दूसरे टैंकों से भी गैस निकल गई तो क्या होगा? सवाल था कि कैसे निरस्त किया जाए? एक तरीका तो यह था कि उसे स्क्रबर के रास्ते निकालें। मगर उसमें खतरा था। और गैस थी भी बहुत ज़्यादा। तो काफी बहस के बाद सरकार ने एकदम अनूठा उपाय सोचा। उन्होंने कहा, गैस तो सेविन बनाने के काम आती है। सेविन उस कीटनाशक का नाम था, बाय द वे, जो कार्बाइड बनाती थी,' अविधा ने कहा और हैली के हाथ से जलती सिगरेट लेकर एक गहरा कश लिया।

सिगरेट लौटाते हुए उसने आगे कहा, 'हमारी सरकार, बहुत समझदार। उसने कहा, क्यों न और सेविन बना लिया जाए, गैस भी खत्म हो जाएगी, खतरा भी टल जाएगा और उत्पाद भी बन जाएगा। फैक्टरी तो सील्ड थी। बंद थी। विशेष फरमान जारी किया गया। खबर उड़ी कि फैक्टरी खुलेगी, काम चालू होगा। अफवाहें फैलने लगीं। लोग डरने लगे और बहुत-से लोग भोपाल से भाग खड़े हुए।'

'और वह इत्र का...' हैली ने पूछना शुरू किया कि अविधा ने उसकी बात काट दी, 'बात पूरी तो होने दो। जब इतना आतंक फैल गया तो सरकार को भी लगा कि अगर उत्पादन के दौरान गैस लीक कर गई तो? एक बार तो हो ही चुका था। असल में डर की वजह कोई नहीं थी लेकिन मुख्य मंत्री को दिखाना तो था ही कि वह लोगों की जान-माल की चिंता में मरे जा रहा है। इसलिए खूब ड्रामा किया गया।

'सुरक्षा बलों को तैयार रहने को कहा गया। आला अफसर उस दिन फैक्टरी के पास बने डीआइजी के पुराने बँगले पर आ डटे जो यूँ ही खाली पड़ा था। वैज्ञानिकों ने कहा था कि पानी एमआईसी के प्रभाव को कम करती है, या शायद निरस्त ही कर देती है। जो भी हो, पूरी फैक्टरी के चारों ओर टाट बिछाया गया फेंस पर, उस पर पानी छिड़का गया। हेलिकॉप्टर चक्कर लगा रहे थे कि ऊपर से पानी की फुहार छोड़े। हो सकता है, छिड़काव न कर रहे हों, सिर्फ नज़र रख रहे हों। मैं वहीं थी उस दिन। पूरा तमाशा देखा मैंने। जानते हो, इस पूरे नाटक का शीर्षक क्या था? ऑपरेशन फेथ! कौन किसका विश्वास, किसका भरोसा जीतना चाहता था, इसका फैसला तो सब खुद करेंगे मगर मुझे लगता है, उस दिन कार्बाइड को फिर से सरकार पर भरोसा हो गया। अगर वह भरोसा कभी टूटा था तो।'

बैठक में कुछ देर चुप्पी छाई रही। 'तुम लोगों ने पूछा नहीं कि जो सेविन का ढेर उन तीन दिनों में बना, उसका क्या हुआ? वह कार्बाइड को दे दिया गया। कच्चा माल उनका, फैक्टरी उनकी, उत्पाद उनका, बेचारे मुनाफे से क्यों वंचित रहें? हमारा क्या है, हम मरें या जिएँ।'

'क्या दिलचस्प बात है!' सुगुणा ने कहा। 'और जनता सोच रही है लाशें जलाई गईं। उन्हें पता ही नहीं, क्या हुआ। वह भी ऐसे लोगों को जो इस संघर्ष में बढ़-चढ़कर हिस्सा ले रहे हैं। जो लोग इस संघर्ष की अगुवाई कर रहे हैं, उनके बारे में इससे क्या पता चलता है? कि वह भी दूसरे नेताओं की तरह हैं? कि जानकारी का स्तर बढ़ाना उनके काम का हिस्सा नहीं है। जनता नहीं जानती, न सही।'

'इससे यह पता चलता है कि जनता वह सच जानती है जो बुद्धिजीवी नहीं समझ सके,' निर्मला ने कुछ गुस्से से कहा। 'पीड़ित भले सारे तथ्य नहीं जानते हों मगर वे जानते हैं कि उनकी लाशों के ढेर पर ही फैक्टरी ने मुनाफा कमाया और उस पर डेमोक्रेसी और जाने किस-किस तंत्र का इत्र छिड़का। यह सच तो पीड़ित जान गए हैं न?'

'सच्ची?' लतिका ने भौंहें चढ़ाकर पूछा।

अब निर्मला को गुस्सा आ गया। 'लोग जानते हैं कि कार्बाइड को गैस के प्रभाव की जानकारी चाहिए थी। भले ही गैस को जान-बूझकर लीक न किया गया हो। लेकिन उसका कैसा और कितना असर हुआ, इसकी जानकारी कार्बाइड को चाहिए। रासायनिक हथियारों के निर्माण में यह जानकारी बहुत काम आएगी। यह मत भूलो कभी कि कार्बाइड मैनहटन प्रोजेक्ट से भी जुड़ा था। उस प्रोजेक्ट से, जिसने परमाणु बम बनाया।'

बैठक खत्म होने तक अविधा को अपना जीवन फिर सार्थक लगने लगा था। रोज़ निरानंद से लगने वाले चेहरे पर आज दमक आ गई थी। बैठक से निकलते ही निर्मला ने जब पूछा कि क्या वह बंगाली मार्केट तक कुछ खाने चल पड़ेगी तो अविधा ने इनकार नहीं किया। मगर वह तैयार नहीं होगी यह सोचकर बिना उसे जवाब देने का मौका दिये निर्मला ने फौरन अजीत को आवाज़ दी, 'तुम्हारा कुछ शोषण करना है मुझे। चलो, अपनी गाड़ी में हमें बंगाली मार्केट छोड़ आओ।'

'यह भी कोई शोषण है निर्मा? कब से इन्तज़ार में बैठा हूँ कि किसी दिन तुम मेरा शोषण करो,' अजीत ने कहा। उसका द्विअर्थी उत्तर अनसुना कर निर्मला अविधा का हाथ पकड़कर गाड़ी की ओर चल दी।

नत्थू की दुकान पर निर्मला ने डोसा मँगाया मगर अविधा ने कुछ भी लेने से मना कर दिया।

'जी कुछ अच्छा नहीं है,' अविधा ने कहा।

निर्मला ने सुझाव दिया कि ताजा फलों का जूस ले ले, कुछ ज़्यादा नींबू निचुड़वाकर तो अविधा का मूड उखड़ गया। उसने सिर हिलाकर मना कर दिया।

दोनों में निर्मला ही ज़्यादा रौब रखती थी और हर मामले में अविधा आम तौर से उसके निर्देशों पर चलती थी। यह स्थिति अब उसे अखरने लगी थी। आज उसने उसे 'हाँ' कहने तक का मौका नहीं दिया था जबकि वह 'ना' कहने वाली नहीं थी।

'हम इतने अच्छे दोस्त हुआ करते थे। कहाँ क्या चूक हो गई?' निर्मला सीधे उस विषय पर आ गई जिस पर वह काफी समय से चर्चा चाह रही थी।

'कुछ नहीं,' अविधा ने कहा और मुँह घुमाकर दुकान में बैठे लोगों को देखने लगी।

'भाग रही है? अवि, तू सच्चाई का सामना करना कब सीखेगी?'

अविधा असहज हो गई। 'सचमुच जी खराब है। कभी और बात कर लें?'

'ज़रा-सी आलोचना को ऐसे दिल से नहीं लगाना चाहिए। तू चाहती है कि मैं माफी माँग लूँ?' निर्मला ने पूछा। वह नहीं चाहती थी कि कोई बहाना बनाकर अविधा खिसक ले।

मगर अविधा हक्का-बक्का रह गई।

'माफी? क्या बात कर रही हो? किस चीज़ की माफी?'

'वह जो मैंने तेरे लेख की बुराई की थी? जज कीनन वाले लेख की?'

अविधा हँसने लगी। कितने लंबे समय पहले की बात और आज निर्मला माफी माँगने को कह रही है। लिखा था उसने वह लेख जब जज कीनन ने भोपाल का मुकदमा वापस भारत भेजने का आदेश दिया था। निर्मला ने उसे अज्ञानी कहा था। यह भी कहा था कि कम-से-कम उसे या मुक्ता को फोन ही कर लेती एक अमेरिकी जज की तारीफ करने से पहले। 'पत्रकार इतना तो कर ही लेते हैं, लोगों से बात तो कर ही लेते हैं। कोई ओरिजिनल बात तो होती नहीं उनके पास कहने को, दूसरों की कही का श्रेय लेते रहते हैं। इसलिए कि जनता यह याद नहीं रखती, कौन-सी लाइन किसने कही थी, वह तो बस पत्रकार की बाईलाइन याद रखती है।' अविधा को याद आया उस दिन का तमतमाया हुआ निर्मला का चेहरा। और यह भी कि कैसे वह फट पड़ी थी।

'अपनी यह अंधी अमेरिका निंदा अपने पास रखो,' उसने निर्मला से कहा था। 'तुम ही लोग थे जो कह रहे थे कि केस अमेरिका में दायर ही नहीं करना चाहिए था। अब अमेरिकी जज ने उसे भारत भेज दिया तो वह भी तुम्हें रास नहीं आ रहा। पता नहीं, तुम्हें चाहिए क्या? तुम्हें भी नहीं पता होगा।'

इसके बाद तो तर्क नहीं, सीधे झगड़ा हुआ था, एक दूसरे पर आक्षेप लगाए गए थे। निर्मला ने कहा था कि पत्रकारों को अपने अज्ञान पर पर्दा तक डालना नहीं आता क्योंकि उन्हें यह भी पता नहीं होता कि वे कितने अज्ञानी हैं और वे हमेशा लोगों को गुमराह करते हैं। हाँ या ना जैसे सीधे सरल जवाब से आगे कोई भी ज़रा-सा सोचा-समझा जवाब उनके पल्ले ही नहीं पड़ता। अविधा ने उससे पूछा था तब कि क्यों उसके जैसे अक्लमंद लोग पत्रकारों से बात करते हैं? क्यों अखबार पढ़ते हैं? निर्मला ने तपाक से जवाब दिया था कि अनजाने में ही पत्रकार कुछ जानकारी तो दे ही देते हैं क्योंकि वे बात अक्लमंदों से भी कर ही लेते हैं।

'मैं तो अखबार मनोरंजन के लिए पढ़ती हूँ, ताकि तुम जैसों पर हँस सकूँ।'

'ओहो, तो तुम जैसे महान कार्यकता-पत्रकारों से बात क्यों करते हैं? क्यों प्रेस कॉफ्रेंस बुलाते हैं?' अविधा ने बनावटी शांति से पूछा था। लहज़े से व्यंग्य टपक रहा था।

'इसलिए कि तुम जैसों की नौकरी बनी रहे,' निर्मला ने और भी व्यंग्यपूर्ण ढंग से कहा था।

'हम पर एहसान करना बंद करो,' कहकर अविधा बात खत्म करते-करते फिर भड़क उठी थी। 'पत्रकार ठोस तथ्यों को ध्यान में रखते हैं। तुम लोग हवाई बातें करते हों, उनको उसूलों का नाम देते हो। हम न होते तो डॉक्टर तो मरीजों का बेरोकटोक

कत्ल करते। हम हैं तो कुछ लगाम है। सच बताऊँ तो मीडिया और मेडिकल प्रोफेशन में तुम लोग ही ज़्यादा अनैतिक हो, अज्ञानी हो, गैर-ज़िम्मेदार हो।'

'हाँ। तुम लोगों में यह अहंकार होगा कि तुमसे दुनिया कायम है, कि तुम दुनिया को बदल रहे हो। सच्ची बात तो यह है कि जो बदलाव हो रहे हैं, तुम तो उनको ठीक से रिकॉर्ड भी नहीं करते।'

अब अविधा काफी कुछ भूल चुकी थी। निश्चित रूप से दोनों ने एक दूसरे को अपशब्द भी कहे थे। मगर उसे दो बातें साफ तौर पर याद थीं।

अविधा और निर्मला दोनों ही अपने पेशे की कमज़ोरियों से वाकिफ और रचनात्मक आलोचना के हिमायती थे। अविधा को याद था कि इसके बावजूद कैसे आवेश की उस घड़ी में वे व्यक्ति न रहकर अपने-अपने पेशे के प्रतिनिधि बन गए थे और उनमें कबिलियाई वफादारी की आदिम प्रवृत्ति जाग उठी थी।

दूसरे, वह आज तक नहीं भूली थी कि इस झगड़े के अंत में दोनों ने एक दूसरे से क्या कहा था। उसने निर्मला से कहा था, 'तुम जैसे महान कार्यकर्ता पत्रकारों को चाहे कितनी हिकारत से देखें, हम फिर भी तुम्हारे पास आते हैं तो इसलिए कि हम बेहतर इनसान हैं, हमारे दिल सही जगह पर हैं, हमारी नीयत ठीक है।'

निर्मला कुछ देर खामोश रही थी और अविधा अपनी इस कड़वी बात के लिए उससे माफी माँगने ही वाली थी कि उसने ठंडे स्वर में कहा था, 'मेरी बात सुनो, नेक इरादे दुनिया को नहीं बदलते। स्वार्थ की समझ, उस पर काबू पाने के तरीकों की खोज, दुनिया को बदलते हैं। मगर यह बात कोई पत्रकार कैसे समझ सकती है? उन्हें कोई भी अमूर्त बात समझ में नहीं आती। इसीलिए उनको समझाने के लिए उदाहरण देने पड़ते हैं। इसीलिए वे हमेशा 'स्टोरी आइडिया' ढूँढ़ते हैं, 'आइडिया' कभी नहीं।'

शायद दो साल बीत चुके थे इस बात को और आज निर्मला पूछ रही है कि माफी माँग लूँ क्या? कोई भी बात शुरू करने से पहले लोगों को उनकी औकात नहीं तो उनकी जगह का एहसास करा देने की निर्मला की यह आदत अविधा को नागवार गुज़रने लगी थी। आज दिन में वह भावों के हिंडोले पर नीचे और फिर ऊपर झूल गई थी। आज निर्मला ने साथ बैठने को कहा था तो मन हुआ था, उससे सब कुछ कहकर भावनात्मक आराम पा लेने का। मगर अब हिंडोला फिर नीचे को आ गया था।

'बात करेंगे, जब हम भोपाल से दूर हो सकेंगे,' अविधा ने कहा। उसके स्वर में हताशा थी, आँखों में अस्वीकार।

निर्मला ने इस अविधा के सामने कदम पीछे हटा लिये।

स्वतःस्फूर्त दिखने वाले संगठनों के केंद्र में कुछ विचारवाहक भी होते हैं जिनकी आकृति धीरे-धीरे आवेश की धुंध छँटने के बाद ही स्पष्ट होती है। फॉब में भी ऐसा ही एक छोटा-सा समूह साफ उभर आया था जो अभियान की धूरि बन गया

था, उसे दिशा दे रहा था और कार्यक्रमों की रूपरेखा तय कर रहा था। पहले उसकी सभा में ठसाठस भीड़ रहती थी, अब भी कमरा भरा ही रहता था मगर उसमें पैर पसारने की जगह निकल आई थी। शाहिना ने कार्बाइड फैक्टरी की बची-खुची गैस के निस्तारण की घटना में अपनी व्यथित कल्पना के जो रंग भरे थे, उससे फॉब के अधिक सक्रिय कार्यकर्ता समझ गए थे कि सबको इस मुकदमे का क्या, इस त्रासदी तक के ब्यौरे की जानकारी नहीं है। अजीत ने मुक्ता से कहा कि वह इस त्रासदी के बाद चले मुकदमे के बारे में छोटा-सा भाषण अगर फॉब को दे दे तो अच्छा होगा। मुकदमे के महत्त्वपूर्ण मोड़ों की जानकारी तो मिल जाएगी, पता तो चल जाएगा अब तक क्या हुआ, उनका विरोध किस बात से है। विधि संस्थान में इस पर गोष्ठी रखी गई थी।

'इतने मतभेद रहे हैं, उनके बारे में भी बताना पड़ेगा?' मुक्ता ने कहा।

'अरे लोगों को कन्फ्यूज़ मत करो। मोटी-मोटी बातें बता दो। सिर्फ फैक्ट बताओ, और कुछ नहीं,' अजीत ने कहा।

'मैं तथ्यों की ही बात कर रही हूँ,' मुक्ता फुफकारी। 'शुरू से ही हर बात पर कम-से-कम दो राय रही हैं। एक गुट कहता था, हमें अमेरिका में मुकदमा करना ही नहीं चाहिए। वह भी तो तथ्य है।'

अजीत ने ठंडी साँस ली। इन्हीं मतभेदों ने तो त्रासदी के बाद एकत्र हुए लोगों को छिन्न-भिन्न कर दिया था। मतभेदों की, विवादों की बात तो करनी ही पड़ेगी। कोई सवाल ही पूछ लेगा तो इस पर चर्चा छिड़ जाएगी। उसने मुक्ता से कहा कि वह खुद ही फैसला कर ले कि उसे क्या करना है।

मुक्ता ने बड़ी मेहनत से भाषण लिखा, अपने ऑफिस में टाइप भी करवाया और एक कॉपी अविधा को दी कि वह इसका अनुवाद कर ले।

मुक्ता के भाषण का हिंदी में तर्जुमा करते हूए अविधा उसके विचारों की स्पष्टता से ही नहीं उसकी सीधी सरल भाषा में इतने उलझे हुए मुकदमे की व्याख्या से भी प्रभावित हो गई। पहली बार उसके मन में मुक्ता की प्रतिभा के लिए प्रशंसा की हिलोर उठी और कलम बीच में ही रोक उसने सुगुणा से कहा, 'यह इतनी चिड़चिड़ी प्रेत न होती तो कितना अच्छा होता!' मुक्ता के प्रति उसके मन में गहरा आदर जागा। देर रात तक वह बड़े ध्यान से अनुवाद में लगी रही।

फॉब की उस बैठक में मुक्ता जब पहुँची तो घबराहट से उसके हाथ काँप रहे थे। उसने अजीत को भाषण थमाते हुए कहा कि अदालत में जिरह करना एक बात है, नेता की तरह भाषण देना अलग, इसलिए वही भाषण को पढ़ दे।

अजीत ने उसे हल्का-सा धक्का दे दिया उस पोडियम की तरफ, जहाँ माइक के साथ एक गिलास पानी भी रखा था जो सूखे वॉटर कूलर और गँधाते बाथरूमों वाले इस संस्थान में व्यक्ति के महत्त्व के सूचकांक में सबसे ऊपर था।

'मैं आपको इस मुकदमे के तथ्य बताने आई हूँ,' मुक्ता ने लड़खड़ाती ज़बान से

शुरुआत की। हॉल में छिटपुट बातचीत का स्वर एकदम धीमा पड़ गया। 'यह मुकदमा इतनी जल्दी सुप्रीम कोर्ट में कैसे आया और इतनी तेज़ी से इसपर अंतिम फैसला भी हो गया, इसकी ठीक-ठीक जानकारी सबके पास नहीं है। आपमें जो जानते हैं, उनके धैर्य का यह इम्तहान है। प्लीज़, बीच में मत टोकिएगा,' मुक्ता ने कहा और चुप हो गई। उसे तब एहसास हुआ कि हॉल में अब चुप्पी छा गई है। उसने गिलास उठाकर घूँट भरते हुए देखा कि लोगों की नज़रें उसके चेहरे पर टिकी हैं। यह तय करके कि अब वह सिर्फ अपने काग़ज़ को देखेगी, उसने लिखा भाषण देखते हुए पढ़ना तो नहीं, उसके आधार पर बोलना शुरू किया।

'आप सबको याद होगा दिसंबर, 1984 की वह भयानक रात जब भोपाल में यूनियन कार्बाइड इंडिया लिमिटेड के कारखाने से कई टन गैस निकल गई। उसके बाद बहुत कुछ हुआ। और सुनिए, अविधा यही सब बाद में हिंदी में बताएगी, इसलिए धीरज रखिए।'

अब उसने फिर पानी पिया।

'आप सब सहमत होंगे कि 14 फरवरी, 1989 भारत की न्यायपालिका के इतिहास का सबसे कलुषित दिन था। उस दिन सुप्रीम कोर्ट ने भोपाल के मामले में जो समझौता किया या कराया, उसकी हर तरफ निंदा हुई है। भोपाल के गैस प्रभावित बेहद नाराज़ हैं कि इतने महत्त्व के मामले में कोर्ट ने उनसे राय भी नहीं ली। और उनके ही नहीं, उनके अजन्मे बच्चों के हक भी एक बहुराष्ट्रीय कंपनी के हाथों कुछ टकों के लिए बेच दी।'

अचानक उसे लगा कि वह भाषण से भटक गई है और अविधा को बाद में दिक्कत होगी। भाषण के काग़ज़ उठाकर उसने कहा, 'मैं चाहती हूँ कि हम सब इस त्रासदी और इस मुकदमे के कुछ महत्त्वपूर्ण पहलुओं को फिर एक बार याद कर लें। इसलिए मैं फिर एक बार शुरू से शुरू करूँगी। दिसंबर, 1984 में दो तारीख की रात को या कहिए तीन तारीख होते ही यूनियन कार्बाइड इंडिया लिमिटेड के कारखाने से कई टन गैस निकली। फैक्टरी को संक्षेप में यूसीआईएल कहूँगी। यह अमेरिका की एक विराट कंपनी की मातहत कंपनी है। अमेरिकी कंपनी है यूनियन कार्बाइड कॉर्पोरेशन या यूसीसी और उसी ने भारत में यूसीआईएल की स्थापना की है। यह सरकार और कार्बाइड का संयुक्त उपक्रम है। माने विदेशी कंपनी ने पैसा लगाया और अपनी सरकार ने भी।

'इसी फैक्टरी से गैस निकली। उस रात और अगले कुछ दिनों में हज़ारों लोग मारे गए। इसके बाद जो हुआ, मैं उसकी बात आपको बताना चाहती हूँ और उसके बारे में हर मोड़ पर कई वाद-विवाद हैं।

'गैस निकलने के दो दिनों के भीतर ही अमेरिका से बहुत-से वकील भोपाल आ गए। यह नामी-गरामी वकील नहीं थे। असल में अमेरिका में भी इनकी खास इज़्ज़त नहीं की जाती। जब वहाँ किसी का एक्सीडेंट होता है तो यह वकील पीड़ित

की तरफ से मुकदमा ठोंक देते हैं और उनको मुआवज़ा दिलाते हैं। उस मुआवज़े का एक-तिहाई हिस्सा वे कमीशन के तौर पर ले लेते हैं। अब क्योंकि वह हमेशा एक्सीडेंट की ताक में ही रहते हैं इसलिए लोग कहते हैं, यह तो एक्बुलेंस के पीछे कटोरा लेकर भागते रहते हैं कि केस हो तो इनके कटोरे में भी कुछ डॉलर आ गिरें। इनको कहते हैं एम्बुलेंस चेज़र्स। यह फीस नहीं लेते, मुकदमे का खर्चा भी खुद ही उठाते हैं। हार जाएँ तो घाटा होता है मगर कुल मिलाकर मुनाफे का ही सौदा करते हैं।

'जब इन्होंने खबर पढ़ी कि यूनियन कार्बाइड जैसी विश्वविख्यात और बेहद धनी कंपनी के कारखाने पर हज़ारों की मौत का इल्ज़ाम है तो इन्होंने वकालतनामे के फॉर्म उठाए और भागे-भागे भोपाल आ पहुँचे।

'बहुतों ने गैस पीड़ितों को लाखों डॉलरों के मुआवज़े के सब्ज़बाग दिखाए और वकालतनामों पर दस्तखत कराए। दरअसल यूनियन कार्बाइड पर पहला मुकदमा ऐसे ही एक वकील ने किया था। त्रासदी के सिर्फ चार दिन बाद न्यूयॉर्क की एक निचली अदालत में एक वकील ने कार्बाइड पर मुकदमा ठोंक दिया। इसके बाद ऐसे मुकदमों का तांता ही लग गया। अमेरिका के कई शहरों में अलग-अलग अदालतों में पूरे 145 मुकदमे भोपाल के गैस पीड़ितों की तरफ से किए गए। इनके मुवक्किलों की, यानी गैस पीड़ितों की, संख्या पाँच लाख थी। पाँच लाख पीड़ितों की तरफ से 145 मुकदमे मुआवज़े के लिए किए गए। इन्होंने कुल एक अरब डॉलर के मुआवज़े की माँग की थी।'

मुक्ता को विनीता दिखाई दे गई जो हॉल में सबसे पीछे अली के साथ मेज़ पर बैठी थी, और उसे देखकर मुस्कुराए जा रही थी। हल्की-सी मुस्कान उसकी तरफ खिसकाते हुए और अली को हाथ उठाकर सलाम करते हुए मुक्ता ने फिर बोलना शुरू किया :

'ध्यान रहे कि अभी भोपाल के गैस रिसाव की जाँच भी ठीक से शुरू नहीं हुई थी और मुकदमे कर दिये गए थे। जनवरी, 1985 में इन सारे मुकदमों का एक पुलिंदा बनाकर इन्हें न्यूयॉर्क के एक ज़िला अदालत में भेज दिया गया। इस अदालत में जज थे कीनन। और जज कीनन आज उतना ही मशहूर हो गए हैं जितना यूसीसी के अध्यक्ष वारन एंडर्सन। छोटी-मोटी कंपनियों और सड़क पर होने वाली दुर्घटनाओं की बात और है। यूनियन कार्बाइड इतनी अमीर कंपनी है कि उसका मुनाफा कई छोटे देशों की कुल जमा पूँजी से भी ज़्यादा है। उसके खिलाफ इल्ज़ाम साबित करना इन एम्बुलेंस चेज़र्स के बूते की बात नहीं थी। वे तो बस दबाव डाल रहे थे कि किसी तरह कोई समझौता हो जाए, अपना कमीशन लें और चलते बनें। यूसीआईएल के कारखाने से गैस रिसाव के लिए यूसीसी सीधे या परोक्ष रूप से ज़िम्मेदार है, यह साबित करने का दमखम नहीं था उनमें।

'इधर भारत में भी कार्यवाही अपनी चाल चल रही थी। गैस रिसाव के अगले ही दिन, यानी 3 दिसंबर, 1984 को, केंद्रीय जाँच ब्यूरो ने अपनी तहकीकात शुरू

कर दी। उसका एक दल फैक्टरी में पहुँचा और उस पर कब्ज़ा जमा लिया।

'यह मामला बेहद जटिल था। यूसीसी को ज़िम्मेदार ठहराने के लिए हमें यह साबित करना पड़ता कि यूनियन कार्बाइड कॉर्पोरेशन ने ही भारत की फैक्टरी का डिज़ाइन बनाया। उसी ने तय किया कि सुरक्षा के क्या उपाय होंगे और क्या उपकरण होंगे। ऐसे सबूत मिलने पर ही यूसीसी पर मुकदमा किया जा सकता था। मुआवज़े का भी, अपराध का भी। यह सबूत हाथ नहीं लगते तो सिर्फ यूसीआईएल पर ही मुकदमे होते।

'इस पूरे मामले में तरह-तरह के विज्ञान की जानकारी भी ज़रूरी थी।

'यह भी एक सच्चाई है कि जिनकी जान गई और जिनकी सेहत पर गहरा असर हुआ, वे सब बहुत गरीब हैं। वे इतनी बड़ी कंपनी के खिलाफ लड़ने का खर्च नहीं जुटा सकते। कई देशों में किसी भी दुर्घटना के प्रभावित एकजुट होकर चाहें तो एक ही मुकदमा कर सकते हैं। अमेरिका में इसे क्लास एक्शन सूट कहते हैं। अपने देश में तो यह सुविधा भी नहीं है। हर पीड़ित को अपना अलग केस करना पड़ता। तिसपर हमारी अदालतें। इनमें दो-तीन लाख केस पहुँच जाते तो भगवान जाने कब फैसला होता!

'जिस ओर से भी देखें, घोर निराशा का माहौल था। मुश्किलें ही मुश्किलें सामने खड़ी थीं। कुछ करना ज़रूरी था। भारत सरकार ने हालात का जायज़ा लिया और कुछ किया भी। कुछ लोगों का कहना है कि भारत सरकार ने इसका फायदा उठाया। कुछ लोग मानते हैं कि सरकार की नीयत ठीक थी, नतीजे जो भी निकले हों।

'खैर, मार्च, 1985 में भारत सरकार ने इस स्थिति से निपटने के लिए एक कानून बनाया। इस कानून का नाम है भोपाल गैस त्रासदी (क्लेम्स प्रोसेसिंग) अधिनियम। इसे हम भोपाल एक्ट के नाम से जानते हैं।

'यह कानून हमारी संसद ने पारित किया और आनन-फानन राष्ट्रपति ने इस पर दस्तखत कर दिये। भोपाल एक्ट कहता है कि भारत सरकार भोपाल के गैस पीड़ितों की एक और अकेली प्रतिनिधि होगी। यह कानून इस सिद्धांत पर बना है कि जिसका कोई नहीं है, सरकार उसकी माई-बाप है। भारत का कोई भी नागरिक अगर आर्थिक या राजनीतिक या किसी भी नज़रिए से कमज़ोर है तो भारत सरकार उसकी ढाल बनकर खड़ी है, उसकी तरफ से बोलेगी, उसकी तरफ से लड़ेगी। बहुत पुराना सिद्धांत है। इसे लैटिन में पेरेंस पेट्रिया का नाम भी दिया गया है। कितना अच्छा लगता है न सुनने में? मैं कमज़ोर नहीं हूँ क्योंकि सरकार मेरी है, मेरे लिए है।

'उसी समय कुछ लोगो ने कहा कि सरकार को कोई हक नहीं कि वह गैस पीड़ितों की प्रतिनिधि बन जाए। इन लोगों ने कहा कि भारत का संविधान नागरिकों को हक देता है कि वह अपना प्रतिनिधि खुद चुने। सरकार यह हक छीन रही है। इन लोगों ने सुप्रीम कोर्ट में इस नए कानून की संवैधानिकता को चुनौती दे दी। और इस मुकदमे का फैसला अभी तक नहीं हुआ है।

'मज़े की बात यह है कि कार्बाइड ने इस नए कानून को किसी भी अदालत में

चुनौती नहीं दी। यूसीआईएल अपने ही देश में काम करती है, सरकार खुद उसमें हिस्सेदार है। उसे मालूम तो होगा ही कि यहाँ अदालतों में छोटे-से-छोटे मामले का निपटारा सालों में नहीं, दसियों सालों में होता है। उस पर दो-चार लाख मुकदमे हो जाते तो वह दो सौ साल तक चैन की बांसुरी बजाती। मगर उसने भारत सरकार का गैस पीड़ितों की नुमाइंदगी का दावा खामोशी से मंज़ूर कर लिया। क्यों? भोपाल एक्ट के दूसरे समर्थक भी थे जो कह रहे थे कि संकटकाल में सिद्धांत बदल जाते हैं। नागरिकों के अधिकारों की काँट-छाँट हुई भी तो क्या हुआ? कानून सिर्फ भोपाल मामले के लिए ही तो बना है। ज़रूरी भी है। पीड़ितों की तादाद बड़ी है। मुआवज़े की रकम भी बड़ी होगी। उस रकम को कार्बाइड से लेकर सही दावेदारों तक पहुँचना अपने-आपमें बहुत बड़ा काम है, बड़ी चुनौती है। और इतना बड़ा इन्तज़ाम करना सिर्फ सरकार के बस की बात है। वरना गैस प्रभावित दम तोड़ देंगे, उन्हें इंसाफ नहीं मिलेगा और मुआवज़ा हासिल करना इंसाफ का ही हिस्सा है।

'इसी कानून के सहारे भोपाल के गैस पीड़ितों के अकेले नुमाइंदे की हैसियत से भारत सरकार ने न्यूयॉर्क में जज कीनन की अदालत में अप्रैल, 1985 में यूनियन कार्बाइड कॉर्पोरेशन के खिलाफ मुकदमा दायर किया और तीन खरब डॉलरों के मुआवज़े की माँग की यानी तीन हज़ार करोड़ डॉलरों का मुआवज़ा माँगा भारत ने अमेरिकी कंपनी यूसीसी से।

'जैसा कि होता है फिर इस पर मतभेद हुआ। कुछ लोगों ने कहा कि सरकार को अमेरिका में मुकदमा करना ही नहीं चाहिए था। वह तो खुले आम अमेरिकी अदालत से कह रही थी कि हमारी अदालती चाल सुस्त है, हमारी न्यायपालिका इतना जटिल मुकदमा सुनकर उस पर फैसला सुनाने के काबिल ही नहीं है इसलिए मुकदमा अमेरिका में होना ज़रूरी है। हमारी न्यायपालिका को शर्मिंदा कर रही है हमारी सरकार, ऐसा इन लोगों ने कहा। दूसरों ने कहा कि यूसीसी पर मुकदमा तो अमेरिकी अदालत ही चला सकती है और वह शायद सारे गैस पीड़ितों के मर जाने से पहले सारे फैसला भी सुना दे।

'सरकार ने सफाई दी। उसने अमेरिका में मुकदमा दायर करने के अपने फैसले को जायज़ ठहराते हुए तीन दलीलें पेश कीं। पहली यह कि भारत में टॉर्ट्स यानी मुआवज़े के बारे में कानून भी कम हैं और अदालतों का तजुर्बा भी कम है इसलिए ऐसा विराटकाय मुकदमा भारत में लड़ा ही नहीं जा सकता। दूसरी यह कि यूँ भी यहाँ की अदालतें बहुत देर करती हैं फैसला सुनाने में और देरी तो पीड़ितों के साथ अन्याय होगा। तीसरी दलील भारत सरकार ने यह दी कि यूसीसी को ज़िम्मेदार ठहराना है तो लड़ना तो अमेरिका में ही पड़ेगा। यूसीसी का मुख्यालय अमेरिका में है, यूसीआईएल के साथ उसके संबंधों के सबूत अमेरिका में हैं। अगर यूसीआईएल में जो हुआ, उसके लिए यूसीसी की ज़िम्मेदारी साबित करनी है तो सबूत अमेरिका में ही मिलेंगे और वह सबूत अमेरिकी अदालतें ही मुहैया करा सकेंगी। यह बड़े जटिल सबूतों का

मामला है। कितनी गैस कितने दिनों के उत्पाद के लिए ज़रूरी है, कितनी गैस रखी जानी चाहिए, कैसे रखी जानी चाहिए, दुर्घटना घट ही गई तो क्या करना चाहिए, ऐसे कई तकनीकी पहलू हैं जिनके बारे में सबूत चाहिए थे ताकि यूसीसी को ज़िम्मेदार ठहराया जा सके। यूसीसी भारत की अदालतों को जवाबदेह नहीं है। मैं आपको यहाँ बता दूँ कि यूसीआईएल तो रईस कंपनी थी मगर यूसीसी तो इतनी अमीर है कि हम सोच भी नहीं सकते। तीन खरब डॉलर का मुआवज़ा यूसीसी से ही माँगा जा सकता था, यूसीआईएल से नहीं।'

मुक्ता ने रुककर पानी का गिलास खाली कर दिया। हॉल में चुप्पी थी। उसने देखा, विनीता भी गंभीर हो गई थी। उसने अजीत की ओर देखकर पूछा, 'बहुत मुश्किल तो नहीं हो गया न?'

अजीत ने अँगूठा ऊपर की ओर करके उसकी तारीफ की।

'बोलती रहो,' लतिका ने कहा। 'क्या दिलचस्प कहानी-सी लग रही है!' वह भी प्रभावित थी और सामने रखे पैड पर नोट्स भी ले रही थी। उसके लिए इसमें नया कुछ भी नहीं था मगर एक वकील इस तरह आम लोगों को समझा सकती है, यह देख उसके मन में मुक्ता के लिए सम्मान जगा।

'मैं आपको बता दूँ,' मुक्ता ने छूट गए भाषण का सिरा फिर से पकड़ा, 'हमारे देश के कुछ महान वकीलों ने जाकर अमेरिका की अदालत में हलफनामे दाखिल किए कि हमारी न्यायपालिका सचमुच अनुभवहीन है। दूसरी तरफ कुछ नामी-गिरामी वकीलों ने हलफ उठाया कि हमारे देश की न्यायपालिका सुशिक्षित है, कठिन से कठिन मामले में फैसले सुनाने के काबिल है, उनकी सक्षमता पर सवालिया निशान लगाना ग़लत है। मगर इन वकीलों ने जज कीनन को यह नहीं बताया कि भारत की सुप्रीम कोर्ट में भोपाल एक्ट कि संवैधानिकता को ही चुनौती दे दी गई है जिसके तहत वह जज कीनन के समने खड़ी थी। उन्होंने जज कीनन को यह भी नहीं बताया कि जिनके पास मोटी थैलियाँ होती हैं, वह ज़रा-ज़रा-सी बात पर ऊपर की अदालतों में अपीलें कर-करके मामले को घसीटते रहते हैं। उन्होंने नहीं बताया कि यहाँ मुकदमे फैसलों के लिए नहीं, मामले को लंबा खींचने के लिए किए जाते हैं। अमीरों को यह कितनी बड़ी सुविधा उपलब्ध है, यह उन्होंने जज कीनन की अदालत में अपने हलफनामों में नहीं बताया जहाँ वे गरीबों के हक में लड़ने वाले गरीब देश के इंसाफपसंद वकीलों का चोगा पहनकर खड़े थे।

'शायद जज कीनन यह सब जानना भी न चाहते रहे हों। उनकी चिंता कुछ और ही थी। वे इस मुकदमे से छुटकारा चाहते थे। शायद व्यक्तिगत तौर पर नहीं मगर भारत सरकार गैस पीड़ितों के प्रतिनिधि के रूप में सामने खड़ी थी और वे बन गए थे अमेरिका की इंसाफपसंदी के प्रतिनिधि। इतिहास में कम ही जजों को ऐसा मौका हासिल हुआ होगा। मगर इतना तो साफ है कि जज कीनन नहीं चाहते थे कि यह मुकदमा अमेरिकी अदालत में चले। ऐसा क्यों था, इसके बारे में भी कई मत हैं।

कुछ लोग कहते हैं कि अमेरिका में मुआवज़े के तौर पर बड़ी-बड़ी रकमें देने का रिवाज-सा बन गया है और अगर इस मामले में खरबों डॉलर का मुआवज़ा नहीं दिया जाता तो अमेरिका पर गरीब देश के गरीब नागरिकों के खिलाफ पक्षपात का आरोप लगता, उसकी न्यायपालिका बदनाम हो जाती। उस समय सारी दुनिया की निगाहें इस मुकदमे पर टिकी थीं और अमेरिका पर बहुत अंतर्राष्ट्रीय दबाव था। अमेरिका में भी बहुत-से लोग और संगठन भोपाल के गैस पीड़ितों के संघर्ष से जुड़े थे, उनका समर्थन कर रहे थे।

'कुछ लोगों की राय है कि राजनीतिक कारणों से अमेरिका में यह मुकदमा चलना उनके लिए ठीक नहीं होता। एक अमेरिकी बहुराष्ट्रीय कंपनी कई देशों में शाखाएँ और उपक्रम खोलती और चलाती है। किसी दूसरे देश में उसके उपक्रम या शाखा से कोई चूक हो जाए, कोई अपराध हो जाए और उस पर मुकदमा अमेरिकी में चले तो यह राजनीतिक आत्महत्या के बराबर होगा। हर बहुराष्ट्रीय के विदेशों में किए जा रहे कामों पर अमेरिकी कानून लागू करने की मिसाल कायम हो जाती। और देखा जाए तो अमेरिका के बहुराष्ट्रीय दूसरे देशों में जो भी करते हैं, वह हमेशा गैरकानूनी नहीं होता। बहुत-से देशों के कानून ही बड़े ढीले होते हैं। हमारे देश में मिक गैस की भारी मात्रा को टैंकों में भरकर रखने पर कोई कानूनी पाबंदी नहीं है। आखिर सरकार की जानकारी में ही तो कार्बाइड ने ऐसी ज़हरीली गैस के इतने विशाल भंडार रखे थे। ऐसा वह फ्रांस में नहीं कर सकती जहाँ ऐसी गैस की कितनी मात्रा का भंडार रखा जा सकता है, इस पर साफ-साफ नियम कानून बने हुए हैं। तो फिर इसके लिए उसे अमेरिकी कोर्ट में जवाबदेह क्यों बनाया जाए? सीधी-सी बात है, किसी कंपनी ने विदेश में क्या किया, इसके लिए अमेरिकी अदालत में मुकदमा चलने लगे तो उन कंपनियों का दिवाला ही निकल जाएगा।

'एक और दलील यह भी दी गई कि अमेरिकी अदालत भला किस तरह एक भारतीय की ज़िंदगी के मूल्य का आकलन करेगी? किस आधार पर वह मुआवज़े की रकम तय करेगी?

'जज कीनन के सामने कड़ी चुनौती थी। एक प्रभुसत्तासंपन्न देश उसके सामने शिकायत लेकर पहुँचा था। उन्हें मामला इस तरह निपटाना था कि अमेरिका की प्रतिष्ठा पर आँच न आए, अमेरिकी कंपनी को अपने देश का संरक्षण प्राप्त रहे और भारत का स्वाभिमान और न्याय की उसकी आशा भी आहत न हो। वे मामले को रफा-दफा नहीं कर सकते थे। अमेरिका की न्यायपालिका पर भारत ने जो भरोसा जतलाया था, उस भरोसे की लाज भी रखनी थी। सर्वोपरि उन्हें अपने देश की न्यायपालिका की स्वतंत्रता और निर्भीकता का प्रदर्शन भी करना था। जज कीनन ने यह ज़िम्मेदारी बड़ी खूबसूरती से निभाया।

'सबसे पहले उन्होंने कोशिश की कि अदालत से बाहर ही कोई समझौता हो जाए। वहाँ इसकी परंपरा है और अदालत की जानकारी में दोनों पक्ष सौदेबाजी करते

हैं। आपको यकीन नहीं होगा मगर यूसीसी ने कहा कि वह दस करोड़ डॉलर देने को तैयार है! ज़ाहिर है, यह तो भारत को मंजूर नहीं था। आखिर यूसीसी को रकम बढ़ानी पड़ी और 35 करोड़ डॉलर पर समझौता होने वाला था कि खबर लीक हो गई। भारत सरकार ने कहा कि यह राशि बहुत कम है, उसे मंजूर नहीं है।

'इसके बाद भी समझौते की कोशिश की गई मगर बात बनी नहीं। आखिर जब साफ हो गया कि अदालत को ही अब कुछ करना होगा तो जज कीनन ने मई, 1986 को एक आदेश सुनाया। यह ऑर्डर पढ़ने में बहुत अच्छा लगता है। इसकी भाषा, इसकी दलीलों और इसके विषयवस्तु की जमकर तारीफ की गई है। यह एक साहित्यिक रचना-सी है। कुछ कॉपियाँ मैं लाई हूँ। जिनको दिलचस्पी हो, मुझसे ले लें और इसे ज़रूर पढ़ें।

'जज कीनन ने कहा कि भारत की न्यायपालिका को दुनिया के सामने अपना कद ऊँचा करने और अपने नागरिकों की तरफ से फैसला सुनाने का जो मौका मिला है, उससे उसे वंचित नहीं किया जाना चाहिए। उन्होंने कहा कि भारत की अदालतों की सक्षमता पर उन्हें पूरा विश्वास है और वह बड़े-से-बड़े मामले से निपट सकती है, इंसाफ कर सकती है। उन्होंने यह भी कहा कि इस मुकदमे को अमेरिका में चलाना साम्राज्यवादी हरकत होगी, यह भारत की न्यायपालिका के अधिकारों का हरण होगा। उन्होंने कबूला कि यूसीसी भारत की अदालतों के अधिकार क्षेत्र से बाहर है और भारत को जाँच में दिक्कत पेश आ सकती है।'

मुक्ता कुछ देर को चुप हो गई। भाषण कुछ ज़्यादा ही लंबा हो गया था। उसने ध्यान नहीं दिया मगर अविधा का चेहरा ज़र्द पड़ गया था। कल रात जब वह इस भाषण का अनुवाद कर रही थी तभी से वह इस हिस्से के आते ही शर्मसार हो गई थी। जिन लोगों ने जज कीनन की भूरि-भूरि प्रशंसा की थी, उनमें उसका नाम भी शुमार था। याद है उसे, कैसे उसने कहा था कि भारत को भले अपने संप्रभुत्ता की परवाह न रही हो, जज कीनन को थी, कि जज कीनन साम्राज्यवाद की प्रक्रियाओं के प्रति चौकन्ने थे जबकि पूर्व उपनिवेश भारत को न्याय तक की भीख माँगने के लिए एक औपनिवेशी ताकत के सामने हाथ फैलाने में ज़रा भी हिचक नहीं हुई थी। 'भारत सरकार ने अपनी ही न्यायपालिका की मानहानि करके एक अमेरिकी जज पर उसके सम्मान रक्षा का भार डाल दिया और इस तरह साबित कर दिया कि वह गुलाम मानसिकता से आज़ादी के चालीस साल बाद भी मुक्त नहीं हो सकती है,' उसने तब लिखा था। अविधा ने कनखियों से निर्मला को देखा लेकिन वह मुक्ता की ओर देखे जा रही थी। अविधा को यह सोचकर सीने में चुभन-सी हुई कि वह जान-बूझकर उसे नहीं देख रही है। उस लेख के बाद ही तो निर्मला से उसका झगड़ा हुआ था।

'अब बस थोड़ा-सा ही बचा है,' मुक्ता ने फिर पानी पीकर कहा। 'जज कीनन ने मुकदमा वापस भारत भेज दिया। इस आदेश को उन्होंने जो जामा पहनाया,

उसकी मिसाल कम मिलेगी। उन्होंने मामले को भारत भेजते हुए कुछ शर्तें भी यूसीसी पर लगाईं।

'यूसीसी पूरी तरह अमेरिकी कंपनी है और भारतीय अदालतों के अधिकार क्षेत्र से बाहर है। जज कीनन ने यूसीसी को भारतीय अदालतों के मातहत करते हुए कहा कि 'पूरा और अंतिम फैसला होने तक' वह भारतीय अदालतों के हर आदेश को मानने के लिए बाध्य है। इस केस से हमें इतना ही फायदा हुआ।

'साथ ही जज कीनन ने यह शर्त भी रख दी कि भारतीय अदालतों को 'ड्यू प्रोसेस' की न्यूनतम शर्तें निभानी होंगी। ऐसा न हुआ तो यूसीसी उनके आदेश के खिलाफ अमेरिका में अपील कर सकती है। यह भी साम्राज्यवाद का ही नमूना है मगर देशप्रेम के आवेग में लोगों का ध्यान इस ओर गया ही नहीं।

'ड्यू प्रोसेस क्या है, मैं भी ठीक से नहीं जानती। अमेरिका में मुकदमे चलते हैं तो सबूत जुटाने और प्रतिपक्ष को जिरह के लिए मौका देने की कुछ प्रक्रिया है, जिसे 'ड्यू प्रोसेस' कहते हैं। मसलन, वहाँ जो केस करता है, आरोप लगाता है, यानी अभियोजन पक्ष जो होता है, वह जो भी सबूत जुटाए, उसे आरोपी के पक्ष को बताना पड़ता है ताकि वह अपनी सफाई की तैयारी कर सके। हमारे देश में मुकदमा चलाने के नियम कुछ और ही हैं जिसे हम विधिसम्मत प्रक्रिया कहते हैं। यह तकनीकी पहलू हैं मगर तकनीकी पहलू मुकदमों में बहुत ही महत्त्वपूर्ण होते हैं।

'जज कीनन की शर्तों का साफ-साफ यह मतलब निकलता है कि अगर अमेरिकी बहुराष्ट्रीय यूसीसी को लगता है कि भारत की अदालतें उसके साथ ज़्यादती कर रही हैं तो वह अमेरिकी अदालत की शरण में जा सकती है। जज कीनन अपनी बहुराष्ट्रीय के हितों की रक्षा करने को तैयार थे मगर यूसीसी ने विदेश में जिन लोगों को अपनी कारस्तानियों का इतनी निर्ममता से शिकार बनाया, उनकी हित-रक्षा के भार से वह मुक्त होना चाहते थे। यह भी साम्राज्यवाद है मगर कोई समझे तो। सरहदों के फायदे अमीरों को ही होते हैं।

'मई, 1986 में केस भारत लौट आया। दुबारा मुकदमा चलाने की तैयारी शुरू हुई और आखिर सितंबर, 1986 में भोपाल की एक ज़िला न्यायालय में यूसीसी के खिलाफ मुकदमा दर्ज किया गया। याद रहे, यह मुकदमा यूसीआईएल पर नहीं, यूसीसी पर चलाया गया। त्रासदी के दो साल बीत चुके थे, पीड़ितों की हालत बिगड़ती जा रही थी और बहुत-से और लोग मर भी चुके थे।

'सबको पता था, मुकदमा बरसों चलेगा। इसलिए पीड़ितों के एक समूह ने ज़िला न्यायालय से अपील की कि वह उन्हें अंतरिम राहत दिला दे। जब पूरा मुआवज़ा मिलेगा तब उसमें से अंतरिम राहत की रकम काट ली जाए।

'भोपाल के जज डब्ल्यू देव ने कार्बाइड को आदेश दिया कि 350 करोड़ रुपए अंतरिम राहत के तौर पर दे दे। इस पर कार्बाइड ने उच्च न्यायालय में अपील कर

दी। यही नहीं, उसने जज देव के खिलाफ कई आपत्तिजनक बातें भी कहीं। उसने कहा कि निचली अदालत को अंतरिम राहत के आदेश देने का हक ही नहीं है।

'कार्बाइड की दलील थी कि अभी यह साबित तो हुआ नहीं है कि गैस लीक उनकी लापरवाही के कारण या उनके किए अनकिए के कारण हुई है और उससे पहले ही मुआवज़ा देने को कहा जा रहा है, यानी अभियोग साबित होने से पहले ही उसे दोषी माना जा रहा है। ज़ाहिर है, जज पूर्वग्रह से ग्रस्त है।

'मध्य प्रदेश के उच्च न्यायालय की जबलपुर पीठ में अपील की गई थी। इस पीठ ने फैसला सुनाया कि ज़िला न्यायाधीश को अंतरिम मुआवज़ा देने का पूरा हक है। इस पीठ ने मुआवज़े की रकम घटाकर 250 करोड़ कर दी और कार्बाइड से कहा कि पैसा दे दे।

'कार्बाइड ने फैसला मानने से इनकार कर दिया। अमेरिका में उसके अधिकारियों ने तो प्रेस में बयान तक दिये कि वे भारतीय अदालतों के आदेश नहीं मानेंगे और ये अदालतें उनका कुछ नहीं बिगाड़ सकतीं।

'ऐसा हो-हल्ला मचाने के बाद कार्बाइड ने सुप्रीम कोर्ट में अपील कर दी। यह अपील जबलपुर पीठ के अंतरिम राहत संबंधी आदेश के खिलाफ थी। यूसीसी पर जो मुकदमा भोपाल में चल रहा था, उसको चुनौती नहीं दी गई थी। सिर्फ अंतरिम राहत का मामला सुप्रीम कोर्ट में आया था। यूसीआईएल के खिलाफ जो आपराधिक मुकदमे दर्ज हुए, उन पर भी कोई अपील सुप्रीम कोर्ट में नहीं आई थी। सुप्रीम कोर्ट ने जबलपुर बेंच के आदेश पर स्थगनादेश नहीं दिया। स्थगनादेश माँगा भी नहीं गया था। फिर भी कार्बाइड ने जबलपुर बेंच की आज्ञा नहीं मानी।

'मैं रोज़ सुनती हूँ, हमारे इस विरोध में शामिल होने वाले रोज़ कहते हैं कि हम सरेआम सुप्रीम कोर्ट के खिलाफ जाने क्या-क्या कह रहे हैं, वह हम पर मानहानि का मुकदमा क्यों नहीं चलाता? वह इसलिए हम पर मानहानि का केस नहीं कर रहा क्योंकि इससे भी बड़ा और गंभीर अपमान यूसीसी ने किया है उसका और वह खामोश रहा।'

'शेम, शेम,' किसी ने कहा और पूरी सभा में इसका हल्ला होने लगा।

'प्लीज़, ज़रा-सा बचा है, सुन लीजिए,' मुक्ता ने कहा। 'नवंबर, 1988 तक अपील सुप्रीम कोर्ट में लटकी रही। पीड़ितों ने दबाव डाला कि ज़रा जल्दी सुनवाई करो। इधर पर्दे के पीछे सुप्रीम कोर्ट भी अदालत के बाहर समझौते की कोशिश में जुटा था। और वह समझौता 14 फरवरी को हमें सुनाया गया। जिसका विरोध हम कर रहे हैं।

'बहुत-से सवाल उठे हैं जिनके जवाब हमारे पास नहीं हैं। सुप्रीम कोर्ट ने यूसीआईएल के खिलाफ आपराधिक मुकदमों को अपने यहाँ मँगवाकर उन्हें खारिज क्यों कर दिया? क्यों उसने कहा कि भविष्य में भी कभी भी पीड़ितों की अगली पीढ़ी भी कार्बाइड के खिलाफ मुकदमा नहीं कर सकती? अजन्मे बच्चों का अधिकार हमारी शीर्ष न्यायालय ने क्यों छीना?

'इसके बारे में कई तरह की अटकलें लगाई जाएँगी। कभी कोई अनुमान सच साबित होगा कि नहीं, हम कह नहीं सकते। शायद हमें कभी सच का पता नहीं चलेगा, क्योंकि सच हमेशा तथ्यों से ऊपर होता है। वह तथ्यों का कुल जमा नहीं होता मगर वह तथ्यों पर आधारित होता है। हम नहीं जानते, न्यायाधीशों की नीयत क्या थी और कैसे, किस तरह वे इस समझौते के लिए राजी हुए या राजी कराए गए। इन विषयों पर बहुत कुछ कहा जा रहा है, मैं वह सब नहीं दोहराऊँगी।'

मुक्ता ने गहरी साँस ली और कहा, 'अब कुछ अंतिम बातें। पहला यह कि सब लोग पूछते हैं, 47 करोड़ डॉलर मुआवज़े की रकम सुप्रीम कोर्ट ने किस आधार पर तय की? जैसा कि हमारे एक सांसद ने लोक सभा में कहा है, यूसीसी ने ऐसे हादसे के खिलाफ 35 करोड़ डॉलर का बीमा कराया था। अमेरिका में वह इतनी ही राशि देने को तैयार हुआ था। अब समझौता फाइनल होने में देर हुई है तो उसने इसमें ब्याज की रकम भी जोड़ दी है। आखिर अपनी जेब से उसे कुछ करोड़ डॉलर निकालने पड़े जो उसके लिए चिल्लर से ज़्यादा कुछ नहीं है। यूसीसी को तो 42 करोड़ डॉलर ही देना है। पाँच करोड़ डॉलर तो यूसीआईएल को देना है।

'एक और भी दिलचस्प तथ्य है। सीबीआई इस हादसे की जाँच कर रही थी। उसने वर्जिनिया में यूसीसी के कारखाने में जाकर दस्तावेजों को जाँचने की इजाज़त माँगी थी, इसमें काफी दौड़-भाग हुई, देरी हुई मगर आखिर 13 फरवरी, 1989 को सीबीआई को यह परमीशन मिल गई। उसे अमेरिका जाना था मगर 14 फरवरी को समझौता हो गया। अब सीबीआई इस इजाज़त के बावजूद सबूत जुटाने नहीं जाएगी क्योंकि मामले का 'पूरा और अंतिम' निपटारा हो गया है।

'कानूनी, तकनीकी नज़र से देखें तो अब यूसीसी हमारी अदालतों के अधिकार क्षेत्र से बाहर हो गया है। जज कीनन ने पूरे और अंतिम फैसले तक ही तो उसे हमारी न्यायपालिका के अधीन किया था।

'हाँ, जिस तरह यह अंतिम फैसला हुआ है, वह अमेरिका के ड्यू प्रोसेस का खुला उल्लंघन है। मगर आपको क्या लगता है कि यूसीसी इस समझौते के खिलाफ अमेरिका में अपील करेगी?'

सभा में हँसी की हल्की-सी ही लहर दौड़ी मगर तनाव इससे दरक गया। लगा कि सब फिर से साँस लेने लगे हैं।

'और अब मैं उस सवाल पर आती हूँ जो कई दिनों से हमें मथ रहा है। अगर यही अंतिम फैसला है तो अब हम कर ही क्या सकते हैं? पार्लियामेंट से गुहार लगा सकते हैं, सांसदों को राजी करके सुप्रीम कोर्ट के इन न्यायाधीशों पर महाभियोग चलाने की कोशिश कर सकते हैं। इसके अलावा क्या रास्ता बचा है हमारे पास?

'हमें इस पर विचार करना होगा। हम सुप्रीम कोर्ट से ही कह सकते हैं कि अपने फैसले पर पुनर्विचार करे। इस पर सब मिलकर सोंचेगे। धन्यवाद।'

मुक्ता ने भाषण खत्म कर राहत की साँस ली और अविधा ने उसकी जगह आकर हिंदी में भाषण पढ़ना शुरू किया। कुछ लोग सिगरेट पीने बाहर निकल गए, कुछ ने अंदर ही सिगरेट जलाकर आपस में चर्चा शुरू कर दी। अविधा का हिंदी अनुवाद जो गंभीरता से सुनना चाहते थे, वे आगे खिसक आए।

अजीत ने सभा के अंत में पूछा, 'किसी को कुछ कहना है? पूछना है?' मगर कोई जवाब नहीं मिला। उसने कहा, 'ठीक है, सोच लो, बाद में पूछ लेना, कुछ पूछना हो तो।'

किसी ने गाना शुरू कर दिया, 'हम होंगे कामयाब....'

मंच पर मेज़ से सारे काग़ज़ बटोरती मुक्ता की तरफ आते हुए निर्मला ने पूछा, 'सच्ची? होंगे?'

मुक्ता ने कंधे उचका दिये। उसे एकाएक विनीता की उपस्थिति का भान हुआ जो उसके बगल में प्रकट हो गई थी और जिसकी आँखों में गर्वोन्माद छलक रहा था।

'इतना अच्छा भाषण था, सच्ची,' विनीता ने कहा।

उसके चेहरे से टपक रही भक्ति-भावना से शर्मिंदा होकर मुक्ता ने चेहरा घुमा लिया और उसे ज़िंटैक नज़र आ गई जो चिंतातुर और परेशान दिख रही थी। उसका हाथ पकड़ मुक्ता ने पूछा, 'क्या हुआ?'

'मुझे एक बात समझ में नहीं आती,' ज़िंटैक ने कहा, 'क्या सुप्रीम कोर्ट को यह सब दिखाई नहीं दे रहा था? तुम देख सकती हो, हम देख सकते हैं तो वह क्यों नहीं देख सकी कि वह कैसा अनर्थ कर बैठी है? पीड़ितों को उससे उम्मीद थी जो वह पूरा नहीं कर सकी। हमें उस पर भरोसा था जिसे उसने तोड़ दिया। लेकिन जो बात मुझे परेशान कर रही है, वह यह है कि उसने अपने साथ भी धोखा किया, अपनी साख मिट्टी में मिला दी, एक ऐतिहासिक मौका गंवा दिया जब दुनिया की नज़रें उस पर टिकी थीं। अपने ही सम्मान की भी रक्षा वह नहीं कर सकी। ऐसा कैसे हुआ?'

मुक्ता ने होंठ चबा लिये। फिर कहा, 'मुझसे मत पूछो, उसने ऐसा क्यों किया। सुप्रीम कोर्ट के पास दार्शनिक बल है। इट हैज़ फिलोसॉफिकल पावर्स।'

'क्या बात है,' निर्मला ने कहा, 'हमें उसके फलसफे का जवाब अपने फलसफे से देना होगा। है इतना दम हममें?'

अजीत हँस दिया।

सभा समाप्त होने के कुछ ही देर बाद मुक्ता और विनीता अजीत के अपनी गाड़ी में छोड़ देने के प्रस्ताव को अस्वीकार कर चल दिये। मुक्ता को यह बात अजीब लगी थी कि विनीता काफी समय तक मंच के पास खड़ी रही थी कि वह निकले तो साथ चले मगर अजीत ने उससे कोई बात नहीं की थी। मगर विनीता ने उसे इस बारे में कुछ कहने का मौका ही नहीं दिया।

‘तुमने तो कमाल कर दिया,’ विनीता ने सड़क पर निकलते ही उसका हाथ अपनी हथेली में दबाकर कहा। ‘कितना अच्छा बोलती हो! मुझे पहली बार पता चला कि मैं तो सच्ची में केस के बारे में कुछ नहीं जानती।’ मुक्ता की दुबली बाँह अपनी बगल से सटाकर विनीता उसे सहलाने लगी।

अपनी बाँह को कुछ बेमन से धीरे-धीरे छुड़ाते हुए मुक्ता ने उसे झूठमूठ डाँटा, ‘क्या कर रही हो ? लोग क्या कहेंगे ?’

उस रात कनॉट प्लेस में दोनों ने चाइनीज खाना खाया और देर तक बाज़ार घूमते रहे। घर लौटे तो विनीता ने दौड़कर गीज़र चला दिया। ‘हम दोनों को नहाने की ज़रूरत है।’

‘थोड़ा और पसीना बहा लें, फिर वह भी कर लेंगे,’ कहकर मुक्ता ने उसके होंठों पर होंठ रख दिये। दोनों गुत्थमगुत्था सोफे पर लुढ़क गईं और मुक्ता विनीता के कपड़े उतारने लगी। कुर्ता उतारकर उसने अपनी तर्जनी विनीता के उरोज़ों के बीच मध्य रेखा के एकदम निकट पहुँचाकर धीरे-धीरे नीचे की ओर खींच ली। तर्जनी उसकी देह को छूने के करीब थी, छू नहीं रही थी। विनीता उसकी इस नज़दीकी से सिहर उठी। उसकी देह की हर कोशिका छटपटाकर ऊपर को उछली उस स्पर्श को अपनाने के लिए। उठकर उसने मुक्ता को कसकर जकड़ लिया। उसके हाथ काँप रहे थे। यहीं इसी जगह से शुरू हुई पौरुषपूर्ण आक्रामकता की स्मृति उसकी नसों को झनझना गई। उसकी जकड़ ढीली पड़ गई।

‘क्या हुआ,’ मुक्ता ने उसकी आतुरता में आई शिथिलता को भाँपकर पूछा।

‘उफ, नमक ही नमक,’ विनीता ने झट उसके कंधे पर जीभ फिराकर कहा और सोफे से उठ खड़ी। इस मुद्रा परिवर्तन की ओट में भाव परिवर्तन को एक बहाने का जामा पहनाते हुए उसने लाड़ से कहा, ‘पहले नहाएँगे।’ और बाथरूम में जा घूसी।

‘आती हूँ, रुको,’ कहकर मुक्ता ने पैंट उतार फेंकी और शावर के नीचे आ खड़ी हुई। दोनों ने एक दूसरे को साबुन लगाया और चुटकियाँ काटीं पर पानी ठंडा होने लगा था।

दोनों निर्वस्त्र और भीगे बदन बेडरूम में आ खड़ी हुईं। मुक्ता अब ठंड से काँपने लगी थी और फौरन बिस्तर की ओर बढ़ गई।

‘चादर गीली मत कर’, कहकर विनीता ने उसे तौलिया ओढ़ा दिया और उससे जा चिपकी। तौलिए के भीतर देह से देह को उष्मा देतीं गीले तौलिए में दोनों बिस्तर पर पहुँच गईं और खिलखिलाती हुई तब तक एक दूसरे से खेलती रहीं जब तक कि हँसी पर मद्धिम मुस्कान और मुस्कानों पर संतोष की गहरी आहों-सी साँसे हावी नहीं हो गईं।

तृप्ति की मदहोशी की गहराई से उबरती विनीता फिर सिहर उठी। उसकी चेतना विस्मरण की धुंध को ठेलती आगे बढ़ी, आनंद की लहरों का वृत्त विस्तार पाता गया, अपना अस्तित्व उसे वायु-सा भारहीन और ऊपर उठता लगा जहाँ दिव्य रोशनी की

सुनहरी आभा में वह विलीन हो गई। उसकी चेतना विस्मरण की धुंध को ठेलती, तैरती हुई ऊपर आई और वह क्षण आँखों में चुभ गया जब इसी तरह वह देह को छोड़ गई थी—एक पुरुष के अहं की तुष्टि को संभव बनाने के लिए। विनीता ने पाया कि वह रो रही है।

'क्या हुआ विनी?' मुक्ता को खीज हुई।

'मुझे कभी छोड़ना नहीं,' विनीता ने उसको बाँहों में भरकर कहा।

अविधा को अगली सुबह फोन की लंबी घंटी सुनाई दी तो पहले तो वह समझ ही नहीं पाई कि टेबल पर रखा वह काला उपकरण ज़िंदा हो उठा है। टेलीफोन विभाग का फोन था कि फोन चालू हो गया है। सुगुणा तब तक जा चुकी थी। अविधा ने फौरन प्रशांत के ऑफिस का नंबर लगाया। वह दफ्तर में ही था।

'कैसे हो बिज़ी बाबू?' अविधा ने पूछा।

'अहा, इतनी सुबह-सुबह? आंदोलन में छुट्टी है क्या?'

'क्यों, कोई खास इरादा है क्या?'

'अरे, तुम्हारे पास फुर्सत कहाँ होगी,' प्रशांत ने कहा।

'ऐसा भी कुछ नहीं कि कोई मिलना ही चाहे तो वक्त न निकाल सकें। आज़माकर देखो,' अविधा की आवाज़ में निमंत्रण था।

'आजकल तो हमारे पास मरने का भी वक्त नहीं है। नींद भी पूरी नहीं हो पाती।'

'अच्छा, प्रेस से भी मिलने का वक्त नहीं?' अविधा अभी भी छेड़छाड़ के मूड में थी।

'किसी खास बात के लिए फोन किया है क्या?'

'मैं तो समझती थी कि मैं जो भी कहूँ, खास ही होता है। कभी आपको भी तो कहनी चाहिए, कोई खास बात, जनाब!'

'सुनो, मैं अभी बिज़ी हूँ। बाद में फोन करता हूँ,' प्रशांत के स्वर में अब उससे छुटकारा पाने का अंदाज़ हावी होने लगा था।

'कब?' अविधा ने फौरन पूछ लिया। यह शब्द जीभ पर रखा ही रहता था, चाहे-अनचाहे फिसलकर बाहर आ जाता था।

'पता नहीं,' प्रशांत खीज उठा था।

'मुझे लगने लगा है कि कुछ गड़बड़ है, सब ठीक नहीं है,' अविधा ने अब खुद को बहलावे में रखना छोड़कर पूछा।

'कुछ भी गड़बड़ नहीं है। सुनो, मुझे कहीं जाना है।'

'कहाँ?' अविधा खुद को रोक पाती, इससे पहले ही उसके मुँह से निकल गया।

'कहीं,' प्रशांत का जवाब फुफकार-सा सुनाई दिया।

अविधा ने सुना, उसने फोन बहुत ज़ोर से पटक दिया था। यह था नए फोन से उसका पहला कॉल।

खुद अविधा की शादी नाम के सामाजिक संस्थान में कोई आस्था नहीं थी। इसके

बावजूद उस संस्थान की चौहद्दी में रह रहे लोगों की मजबूरियों का उसे ध्यान रखना ही पड़ता था। जिस संस्थान में विश्वास न हो, उसका आदर करने की जो ज़िम्मेदारी उस पर आन पड़ी थी, उससे चिढ़ होने के बावजूद वह प्रशांत से अपने रिश्ते में खुद को उसके दायरे में अनधिकार प्रवेश करने वाली के रूप में देखती थी। वह जानती थी, अतिक्रमणकारियों के कोई अधिकार नहीं होते। प्रशांत के इस अतिक्रमण में सहमति के बावजूद उसकी निगाह में भी तो वह अतिक्रमणकारी ही थी। किसी भी अधिकार को न जतलाना, खुद अधिकारहीनता को कबूल करना, यह सज़ा वह खुद को दे ही रही थी। इस पर प्रशांत उसे अपनी उपेक्षा का दंड भी दे, यह असहनीय था।

पिछली बार प्रशांत के साथ वह बाहर गई थी यह संकल्प करके कि उसके जीवन में अपनी जगह का पूरा पता लेकर रहेगी मगर अस्पष्टता का कोई विकल्प हाथ नहीं आया था। वह गई थी सोचकर कि अपना हक जतलाएगी। आज प्रशांत ने उसे बेदखल कर दिया था। किस अधिकार से? यह अधिकार, यह सत्ता अविधा ने ही तो दी थी उसे और उसने उस सत्ता का उपयोग किया उसे अपमानित करने के लिए। यह अहसास अविधा की चेतना को जकड़ने लगा।

दो दिन बाद उसने फिर प्रशांत का नंबर लगाया यह तय करके कि उसने फोन उठाया तो काट देगी। मगर उठाया उसके सेक्रेटरी ने और बताया कि वह बाहर गया है।

'शहर से बाहर?' अविधा ने पूछा।

'नहीं। हैं तो दिल्ली में ही,' सेक्रेटरी ने कहा।

अविधा ने उससे कहा कि साहब को बता दें कि वह भोपाल के बारे में कुछ बात करना चाहती है, ज़रूरी बात है। मगर प्रशांत का फोन नहीं आया।

यथार्थ के पंजे की पकड़ को ढीला किए बिना अविधा के लिए साँस लेना भी दूभर हो रहा था। चाहती तो उसके घर पर फोन करके अड़ सकती थी कि अभी उससे बात करे। उसके घर जा भी सकती थी। लेकिन यह न सिर्फ उसके आत्मसम्मान के विरुद्ध था, प्रेम की उसकी अपनी ही परिभाषा के भी विरुद्ध था। वह नहीं चाहती थी कि प्रशांत किसी मुसीबत में फँस जाए। प्यार करने वाले दुख नहीं दिया करते। उसने कई बार खुद से कहा, महीने-दो महीने उसे फोन न करे, अक्ल ठिकाने आ जाएगी। मगर उसे मालूम था, प्रशांत यही चाहता था। एक बार उससे खुलकर बात हो जाए तो उसे ज़िंदगी से निकाल दूँगी, उसने अपने विद्रोही मन से कहा। उसका अनुरागी मन अब इस बहाने के सिवाय और कोई तरीका खोज नहीं सकता था अपने प्रिय के दर्शन का।

•

अब तक विरोध-प्रदर्शन को दो हफ्ते से ऊपर हो गया था और भोपालवासियों को लौटना भी था। अभियान के पहले चरण का समापन विशाल प्रदर्शन से होना था और इसके लिए दिन तय हुआ था आठ मार्च का। अंतर्राष्ट्रीय महिला दिवस होने

से शहर की ज़्यादातर महिला संगठनों ने भी तय किया था कि वे भोपाल को ही इस साल अपना मुद्दा बनाएँगे और भोपाल समझौते के विरोध में प्रदर्शन में शरीक होंगे।

प्रदर्शन संसद मार्ग पर जनसभा में परिवर्तित होना था। सुप्रीम कोर्ट के सामने से धरना उठने वाला था। न्यायपालिका से यह जनप्रतिनिधियों के पास जाने का प्रतीकात्मक कदम था। इस जनसभा के अगले दिन भोपालवासी एफओबी को आगे के संघर्ष के लिए अपना झंडा थमाकर लौटने वाले थे।

अब दिल्ली को ही इस संघर्ष का मंच बनना था।

अविधा अजीत, हैली और निर्मला के साथ कई सांसदों से मिलने गई थी कि महाललकारी को इस जनसभा को संबोधित करने के लिए राजी कर सके।

महाललकारी के एक पत्रकार सम्मेलन में अविधा ने भोपाल समझौते पर उनकी राय माँगी तो भावहीन चेहरे से उन्होंने कहा था, 'जो भी कहना है, जनता कह ही रही है। हम इसमें क्या जोड़ें? हमें तो इस समझौते से सदमा भी नहीं पहुँचा। इस सरकार से हमको उम्मीद भी क्या हो सकती थी?'

बार-बार अविधा ने पूछा था कि क्या वे किसी दिन विरोध प्रदर्शन कर रहे लोगों से मिलने जाएँगे मगर जवाब में उसे एक रहस्यमयी मुस्कान के सिवाय कुछ नहीं मिला। 'देखेंगे। हमको बहुत-से काम करने हैं,' एक बार इतना ज़रूर कहा था उन्होंने।

अविधा को इससे घोर निराशा हो रही थी मगर अजीत दिलासा दिये जा रहा था कि ज़रूर ये लोग कुछ करेंगे, सब्र की ज़रूरत है। इतने बड़े नेता को कोई वायदा करने से पहले सौ बातें सोचनी पड़ती हैं। आखिर उनकी नई पार्टी के कई वरिष्ठ नेता प्रदर्शनकारियों को संबोधित कर चुके हैं और इस प्रदर्शन में भी आने वाले हैं। इसलिए उम्मीद का दामन नहीं छोड़ना चाहिए।

तीन दिन तक एफओबी में दम लेने की फुर्सत नहीं मिली किसी को। सांसदों के लिए एक पैम्फ्लेट तैयार किया जाना था, प्रदर्शन के दौरान बाँटने के लिए अलग पर्चा छपना था, एक अपील भी अलग से लिखी जानी थी तमाम सांसदों के नाम जिसमें समझौता कराने वाले फैसले की त्रुटियों को रेखांकित करके न्याय की लड़ाई में सहयोग माँगा जाना था। बैनर, प्लेकार्ड की तैयारी भी हो रही थी। पुराने अखबारों को और सादा काग़ज़ गत्तों पर चिपकाकर उन पर माँगें और नारे लिखे जा रहे थे। आधा दर्जन तो कैमरे ही बटोरकर लोगों को ज़िम्मेदारी सौंपी गई थी कि हर नाटकीय लम्हा उनमें कैद करें।

एकाएक कुछ अनपेक्षित और नया करके सबको चौंका देना, ध्यान आकर्षित करना फॉब की कार्यशैली बन चुका था। इस निर्णायक शक्ति प्रदर्शन में वह अपने हथियारों के जखीरे में से इसे तजने वाला नहीं था।

न्यायाधीशों के कार्टूनों को तख्तियों पर उकेरकर उन्हें सड़कों की सैर कराना, घास-फूस के पुतले को लाल कपड़ा पहनाकर उस पर काले रंग में 'कार्बाइड' लिख उसे अमेरिकी झंडे की तरह रँगा हैट पहना उसे फाँसी देना, कार्बाइड की काली बिल्ली

को भारत के नक्शे के आकार में फैले खून को चाटते दिखाना, (जो एक पत्रिका के आवरण चित्र की प्रतिलिपि थी) एफओबी ने ऐसे अनेकानेक विचारोत्तेजक दृश्य खड़े करके तटस्थों को चौंकाकर सोचने पर मजबूर किया और तनी मुट्ठियों और फड़कते नथुनों के एकरंग विरोध को नए आयाम दिये थे।

अभियान की नई तरकीबों की सफलता की गूँज आखिर उसी जगह से सुनाई दी थी जिसे लक्ष्य कर उसने अपने तीर छोड़े थे। इस समझौते पर न्याय की मुहर लगाने वाले न्यायमूर्तियों में से एक खुली अदालत में लगभग रो ही पड़ा था कि लोग सड़कों पर उनके दामन पर कीचड़ उछाल रहे हैं और कोई भी उनके हक और हिफाज़त में खड़ा नहीं हुआ। विरोध करने वालों ने सुना तो बाजुओं में दम कुछ बढ़ गया, सीने कुछ और चौड़े हो गए।

अगले ही रोज़ उनकी तख्तियों ने न्यायमूर्ति को जवाब भी दे दिया।

'सम्मान की माँग के योग्य बनो सुप्रीम कोर्ट,' एक प्लेकार्ड अदालत की परिसर में खंबे-सा गाड़ दिया गया था।

'डिजर्व बिफोर यू डिमांड,' दूसरी तख्ती में अंग्रेज़ी में लिखा गया था और इस नारे के नीचे पाँच न्यायाधीशों के कार्टून बने थे जिनमें वे रोनी सूरत लिये हाथ झटक रहे थे।

आज के प्रदर्शन में भी कुछ नया, कुछ चौंकाऊ होना ज़रूरी था। यह अंतिम प्रदर्शन था। एफओबी ने पुलिस से प्रदर्शन का पूरा रूट पास करा लिया था मगर अपने तरकश का एक तीर उसने अपने लत्तों के भीतर छिपा लिया था। कुछ ही लोगों को प्रदर्शन के इस हिस्से की जानकारी थी और वे सब जानते थे कि जो काम करना तय किया है, उसे करने के लिए दस बीस मिनट भी मुश्किल से ही मिलेंगे। पुलिस कुछ ही मिनटों में अपने अचंभे से उबर उन्हें मार भगाएगी। शेखर ने इसीलिए एक अतिरिक्त कैमरा और कैमरामैन भी आज साथ ले लिया था।

प्रदर्शन तिलक मार्ग से निकल कनॉट प्लेस से होता हुआ ससंद मार्ग की ओर बढ़ा। किसी ज़माने में विजय चौक तक जाने वाले प्रदर्शनकारी नई पाबंदियों की अवहेलना के मूड में थे मगर जानते थे कि पटेल चौक से आगे तो उन्हें कतई बढ़ने नहीं दिया जाएगा। यही गनीमत थी कि उन्हें संसद मार्ग पर इतना आगे बढ़ने दिया जा रहा था। रीगल पहुँचते-पहुँचते जुलूस में आगे-पीछे बिखरे वे लोग तेज़ चलकर एक दूसरे के नज़दीक आ गए जिन्हें इस प्रदर्शन का ही नहीं, इस अभियान का सबसे असरदार दृश्य खेलना था। घास-फूस का एक पुतला कई हाथों से गुज़रता इन प्रदर्शनकारियों के हाथ में आ गया। यह पुतला काले लिबास में था जिस पर सुर्ख अक्षरों में लिखा था : 'कार्बाइड' और जिसके सिर पर स्टार एंड स्ट्राइप्स के अमेरिकी झंडे की बनी टोपी थी।

पटेल चौक की ओर बढ़ते जुलूस में एकाएक विरोधियों का यह छोटा-सा गुट दाईं ओर एक सँकरी गली में मुड़ गया। उनकी चाल तेज़ हो गई। लगभग दौड़ते हुए वे एक इमारत के सामने जा खड़े हुए जिसकी मोटी काँच के दरवाज़े के एक तरफ छोटी-सी पीतल की तख्ती पर खुदी इबारत इसे कार्बाइड का मुख्यालय बता रही

थी। इस दफ्तर के सामने लड़ाई का ऐलान आज के प्रदर्शन का चरम बिंदु था। यहाँ कार्बाइड का पुतला जलाया जाना था।

बाद में किसी को बहुत याद करने पर भी याद नहीं आया कि सब कुछ कैसे पलभर में बदल गया। कैसे योजना को अक्षरश: लागू करने का अनुशासन टूटा, किसने तोड़ा और कैसे कानून की उन बंदिशों के खिलाफ रोष उबलकर विरोध से विद्रोह में बदल गया, जो उनपर तो लागू की जा रही थी मगर कार्बाइड पर नहीं। जो नियम विरोधियों को संयमित रखने के लिए पोथियों में से चुन-चुनकर सामने रखे जा रहे थे, वे कार्बाइड को मिले अबाध छूट और उसके पाले में खड़े मंत्रियों और न्यायाधीशों से सामना होते ही अन्याय का ही पर्याय बन गए। सामने था शीशे के दरवाज़े के पार चमचमाता बेखौफ साम्राज्य और नियमों का फेंस लगा था बाहर कि विरोध के मटियाले पंजों की छाप न पड़े उसकी शोषक दीवारों पर। हफ्तों से शहर में कार्बाइड के खिलाफ नारे लग रहे थे, लेख छप रहे थे मगर कंपनी ऐसी बेफिक्र, अपनी सत्ता के प्रति इतनी आश्वस्त और अपने हितों के उच्चपदस्थ पहरेदारों पर इतने भरोसे से भरपूर कि दरवाज़े उढ़के हुए ही थे, बंद भी नहीं!

किसी ने दरवाज़े के पल्लों को धकेला। वह खुल गया। सामने सजीव प्रतीक खड़ा हो तो पुतला किस काम का ? एकाएक अनेक कार्यकर्ता मुट्ठियाँ लहराते दफ्तर के अंदर जा पहुँचे।

'कार्बाइड, भारत छोड़ो।' नारा तूफान के वेग से आया और दफ्तर के रोज़ाना के कामकाज की ध्वनियों को उड़ा ले गया। उपेक्षा की दीवार जो सामने खड़ी थी, उसे तोड़ने की उबलती इच्छा के धकियाए प्रदर्शनकारी चारों ओर बिखर गए।

किसी ने आवाज़ दी 'क्विट इंडिया।' कमरों में टाइपराइटर छोड़ कर्मचारी भागने लगे। अविधा और ज़िंटैक एक कमरे में नारे लगाते घुसे तो सामने तीन क्लर्कों के भयाक्रांत चेहरे थे। दोनों सकते में आकर रुक गए। क्या कर रहे थे वे इस दफ्तर के अंदर ? क्या करने आए थे ? अब कोई योजना दिशानिर्देश के लिए नहीं थी।

ज़िंटैक ने मुट्ठी हवा में उछालकर नारा लगाया, 'कार्बाइड, मुर्दाबाद!'

बाहर गलियारे में गुज़रते विरोधियों ने देखा और नारे लगाते कमरों में घुस गए। किसी ने कोई फाइल नहीं उठाई, कोई काग़ज़ नहीं चुराया, घबराकर भागते कर्मचारियों को नहीं रोका। प्रेस के कुछ फोटोग्राफर और शेखर बदहवास-से उनके पीछे भाग रहे थे।

कार्यालय कुछ ही मिनटों में खाली हो गया और विरोधी एक के बाद दूसरे खाली कमरे में नारे उछालते घूमते रहे। फर्श पर कुछ फाइलें गिर गई थीं। टाइपराइटरों के रोलरों के नीचे काग़ज़ दबे थे और एक मेज़ से शाहिना ने एक कलम को गिरते देखा, झुकी और उठाकर उसने पेन को सँभालकर कलमदान में खोंस दिया।

किसी की आवाज़ आई, 'चलो, सब लोग बाहर चलो।'

और अमीबा के फैले पैरों की तरह अलग-अलग दिशाओं में बिखरे व्यक्तियों

को समेटकर समूह वापस चल दिया। यहाँ अंदर करने को था भी क्या! बाहर लॉबी में अभी वे पहुँचे ही थे कि लहराता हुआ एक पत्थर शीशे के दरवाज़े से आ टकराया। काँच टूटने की आवाज़ के साथ फर्श पर किरचें बिखर गईं। कुछ और किरचें आधे टूटे दरवाज़े को धराशायी कर रहे पत्थरों की मार से भागकर फर्श पर आ पड़ीं।

'रुको,' सुगुणा चिल्लाई और पत्थरों और काँच की परवाह किए बिना टूटे दरवाज़े के पार गली में निकल गई। गुस्से से विकृत मैड के चेहरे पर छाए उन्माद को देख वह सहम गई। नसरीन दाँत पीस रही थी और बगल में खड़ा गुड्डू तालियाँ बजाता हँस रहा था। तीन-चार औरतें टूटे दरवाज़े को अपनी कसी मुट्ठियों से धमकाती ज़ोर-ज़ोर से कुछ कह रही थीं। मैड ने एक और पत्थर फेंकने को हाथ उठाया तो सुगुणा उससे भिड़ गई।

तभी इमारत से बाहर निकलती सुमित्रा चिल्लाई, 'भागो!'

गली के मुँह पर पुलिस का पहला सिपाही दिखाई दिया। उसके पीछे लाठियाँ लहराती पूरी की पूरी पलटन ही चली आ रही थी। अब इमारत के भीतर से धीरे-धीरे काँच के टुकड़ों से बचते लोग निकले और इधर-उधर भागने लगे।

हैली ने मैड को आपा खोया देख पीछे से उसे जकड़ लिया था और पीछे खींच रहा था। पुलिस को आते देख मैड ने झटके से खुद को छुड़ा लिया मगर अब तक गली में पुलिस और विरोधियों का सैलाब उमड़ आया था। उसके पास भागने के लिए कोई जगह नहीं थी। संसद मार्ग से बहुत-से प्रदर्शनकारी इधर ही को आ गए थे।

इमारत की ओर गली में मुड़ने वालों में निर्मला नहीं थी हालाँकि इस जुलूस के इस छोटे-से प्रतीकात्मक प्रदर्शन की उसे भी खबर थी। अब वह गली में आ गई थी और नज़ारा देखने के बाद बड़ी शांति से कार्बाइड के कार्यालय में चली गई कि कमरों में झाँककर लोगों को बाहर आने के लिए कहे। अंदर अब कोई नहीं था। बाहर निकलकर निर्मला ने प्रदर्शनकारियों को धक्का देना शुरू किया, 'वापस चलो, चलो यहाँ से!'

बाहर संसद मार्ग पर नारे थम चुके थे।

गली से लौटते प्रदर्शनकारी अभी भी गुस्से में थे, अपने साथियों की पकड़ से बाँहें छुड़ाते पैर पटकते जुलूस में जुड़ने लगे। कोई कह रहा था कि विट्ठलभाई पटेल हाउस की तरफ चलो। जुलूस उधर ही को जा रहा था। सड़क के दोनों तरफ खड़ी पुलिस लाठियों से उन्हें उधर ही धकेल रही थी। तभी सुगुणा को गुड्डू के रोने की आवाज़ सुनाई दी। वह उसके पीछे ही था। लपककर उसने बच्चे को गोद में उठा लिया। एक पुलिसवाले ने सुगुणा की पीठ पर लाठी रखकर उसे धक्का दिया, 'चलो।' गुड्डू को गोद में उठाए सुगुणा जल्दी जल्दी सड़क पार करने लगी। गुड्डू पैर पटकता उसकी पीठ पर मुक्के बरसा रहा था। हैली को अपनी तरफ आता देख उसने कहा कि वह अपने दफ्तर जा रही है, वहीं वीपी हाउस के सामने ही तो था, और नसरीन को खबर कर दे कि गुड्डू उसके पास है।

अविधा ने दौड़ती ज़िंटैक को हाथ पकड़कर रोकते हुए कहा, 'आराम से चलो।

कोई पूछे तो कहना 'प्रेस'। हमारा इलाका है। पुलिस हमें हाथ नहीं लगाएगी।'

ज़िंटैक मुड़-मुड़कर गली को देखती जा रही थी कि कोई छूट तो नहीं गया।

संसद मार्ग की अफरा-तफरी रफी मार्ग पर पहुँचते-पहुँचते युद्ध के दृश्य में बदल गई। पुलिस प्रदर्शनकारियों को घेरकर लाठियाँ बरसा रही थी।

'क्या बात है। अब बनी है खबर! अब हम पेज सिक्स से पेज वन पर आ गए,' अविधा ने ज़िंटैक से कहा और उसने मुड़कर आईएनएस की इमारत को देखा जहाँ उसका दफ्तर था, लाठियों से मुक्ति थी और थकान उतारने के लिए चाय। वह फैसला नहीं कर पा रही थी कि रुके या जाए। यह तो तय था, आज का कार्यक्रम समाप्त हो चुका था। जो जनसभा होनी थी, वह अब नहीं हो सकती। जो सांसद और नेता आने वाले थे, वे शायद संसद के परिसर से तमाशा देख रहे थे। पत्रकार की ज़िम्मेदारी भी तो निभानी थी उसे।

गुड्डू को लिए सुगुणा उसके पास आ खड़ी हुई। 'प्लीज़, कम-से-कम बच्चों को तो वीपी हाउस के लॉन में ले जाओ! यहाँ तो कुचले जाएँगे,' सुगुणा ने कहा तो ज़िंटैक फुर्ती से सामने भीड़ में समा गई। सुगुणा की कमर दुखने लगी थी पर वह छटपटाते गुड्डू को नीचे नहीं उतार सकती थी। वह लड़खड़ाती हुई दफ्तर की ओर चल दी। अविधा भी उसके पीछे चलने को हुई कि उसकी नज़र सामने भीड़ में पड़ी एक गाँठ पर पड़ गई।

सड़क पर मैड घुटनों को पेट में दिये दोनों बाँहों से सिर को ढँके इधर-उधर रेंग रहा था और दो पुलिसवाले बाकायदा उसे घेरकर उस पर लाठियाँ बरसा रहे थे। वह एक से बचकर दूसरी ओर खिसकता तो दूसरा लाठी से वार करता। एक बार वह उठ बैठा तो पीठ पर कड़ा प्रहार हुआ और वह चिल्लाकर सड़क पर दोहरा हो गया।

'छोड़ो उसे,' चीखती हुई अविधा ने एक सिपाही की बाँह पकड़ ली जिसने उसे फौरन झटक दिया। वह मैड पर लगभग लेटकर चिल्लाने लगी, 'छोड़ दो उसे, क्या कर रहे हो, मर जाएगा,' लेकिन एक सिपाही ने उसकी बाँह पकड़ उसे घसीटकर अलग कर दिया और मैड की रीढ़ और कुल्हों पर लाठियाँ मारने लगा। एक वार सिर पर भी हुआ। मैड अविधा से कुछ कहना चाह रहा था, पर उसे कुछ सुनाई नहीं दिया। अविधा को अपनी धड़कनों की आवाज़ कान में तबले-सी बजती सुनाई दे रही थी। उसे समझ में नहीं आ रहा था कि दो सिपाहियों ने इस तरह मैड को क्यों घेर रखा है। बाकी भीड़ पर भी तो लाठियाँ चलाई जा रही थीं मगर वहाँ किसी को खास तौर से निशाना नहीं बनाया गया था।

'क्यों मार रहे हो इतना, मर जाएगा,' उसने एक सिपाही की बाँह को कसकर पकड़ लिया। पुलिसवाले ने बाँह छुड़ाई, लाठी उठाई और मैड के सिर पर चलाने ही वाला था कि अविधा ने लपककर उसकी बाँह में दाँत गड़ा दिये। सिपाही बिलबिला उठा।

'क्या कर रही हो?' वह अविधा की ओर मुड़कर चिल्लाया।

'और तुम क्या कर रहे हो?' अविधा चिल्लाई।

दूसरा सिपाही भी चौंककर अपने साथी की मदद को आ पहुँचा। मैड मौका देख भाग निकला। अब दोनों सिपाहियों ने अविधा को घेर लिया था, एक अपनी बाँह सहला रहा था, दूसरे ने अविधा की कलाई पकड़ उसे लट्टू-सा घुमा दिया। अविधा समझ गई थी कि अब उसकी खैर नहीं है।

'मैं प्रेस से हूँ,' वह चिल्लाई पर सिपाही ने उसके बाल पकड़कर उसे झिंझोड़ दिया।

'तेरी तो...'

तभी अजीत ने आकर अविधा को उसकी गिरफ्त से छुड़ा लिया।

'हाउ डेर यू', अजीत ने कहा धीर गंभीर आवाज़ में जिसमें हुक्म देने और मनवाने की आदत का स्वर था।

'आप जानते हैं, इसने क्या किया?' पहले सिपाही ने अपनी बाँह अजीत के चेहरे के आगे करते हुए पूछा।

'आई डोंट केयर,' अजीत ने कहा।'आप किसी महिला को हाथ नहीं लगा सकते।'

अपनी कलाई सहलाती अविधा भीड़ में गुम होने की कोशिश में थी। उसने देखा, लतिका एक ऐसे पुलिसवाले से बात कर रही थी जो अधिकारी-सा दिखता था।

'आपको हमें गिरफ्तार करना है, करिए,' लतिका कह रही थी।'थाने ले चलिए। आपको इस तरह हमें पीटने का हक नहीं है। शायद आप नहीं, जानते कि आज अंतर्राष्ट्रीय महिला दिवस है।'

अधिकारी के माथे पर शिकन तक नहीं आई। वह भावहीन चेहरे से अपने सिपाहियों की कार्यवाही देखता रहा।

हरजीत ने लतिका की माँग के समर्थन में अधिकारी से कहा, 'प्रोटेस्ट हमारा हक है। आप गिरफ्तार कीजिए।'

निर्मला ने हरजीत को अपनी ओर घसीटकर कहा, 'तुम दोनों पागल हो क्या? यहाँ औरतें हैं, बच्चे हैं। पुलिस ने उन पर केस ठोक दिए तो? जानते हो, इसका मतलब क्या होगा? कब तक कचहरी के चक्कर काटने दिल्ली आएँगे? हमें गिरफ्तार नहीं होना है। भोपाल की औरतों से कहो, भागे, वीपी हाउस में छिपे। थोड़ी देर बाद हम ले जाएँगे...।'

निर्मला जाने कब से औरतों को भागने के लिए कह रही थी लेकिन वे सहमी हुई थीं। अजनबी शहर के अजनबी सड़कों पर किधर भागे, सोच नहीं पा रही थीं। बहुतों को तो यह भी मालूम न था कि गुरुद्वारे तक कैसे पहुँचें।

हरजीत को उसकी बात जँच गई।'हम पुलिस से बहस करके भी उन्हें छुड़ाने की कोशिश कर सकते हैं,' उसने कहा।

मगर तब तक मामला उनके हाथों से निकल चुका था। तीन नीली बसें आ खड़ी हुईं। पुलिस ने भाग निकलने के सारे रास्ते बंद कर दिये थे और उन्हें घेरकर बसों में चढ़ाने लगी।

नसरीन बौराई-सी इधर-उधर देखती गुड्डू को आवाज़ दे रही थी।'मेरा बच्चा

खो गया है, मुझे गिरफ्तार मत करो,' उसने गिड़गिड़ाकर एक सिपाही से कहा जिसने उसे बस का रास्ता दिखा दिया।

लतिका उसे सहारा देती बस में चढ़ाने लगी। 'अरे, हमें थाने ले जा रहे हैं, मिल जाएगा तुम्हारा बच्चा,' वह बिना सोचे-समझे कहे जा रही थी मगर नसरीन खिड़की से बाहर सिर निकालकर ज़ोरों से गुड्डू को आवाज़ देती रही। अविधा का ध्यान उसकी आवाज़ सुन उस ओर गया। दूसरी बस में बैठी उसकी और ज़िंटैक की आँखें उसी को ढूँढ़ रही थीं। वे ज़ोर-ज़ोर से नसरीन को आवाज़ देती हाथों से इशारे करने लगीं कि गुड्डू सुरक्षित है मगर बस चल पड़ी।

संसद मार्ग थाने में सबको आँगन में पहुँचाकर पुलिस ने बाहर से लोहे के फाटक बंद कर दिये। एक सिपाही ने आकर उनसे कहा कि चुप होकर बैठ जाएँ। 'मुझे गिनती करनी है।'

हरजीत ने सुमित्रा से फुसफुसाकर कहा, 'अपना असली नाम मत बताना। सबसे कह दो।'

जब तक भोपालियों में बात फैलाई जाती, वे अपने नाम बताने ही लगे थे सिपाही की हाज़िरी में। कुछ ही नामों के बाद सिपाही ने भी नाम पूछना छोड़ सिर्फ गिनती शुरू कर दी।

नसरीन आंचल मुँह में ठूँसकर सिसकियाँ भर रही थी। कुछ समय बाद भीड़ में खिसकती अविधा ने आकर उसे गुड्डू की खबर दी।

'मैं बहुत थक गई हूँ,' नसरीन ने कहा और घुटनों पर सिर टिकाकर उसने आँखें बंद कर लीं।

कुछ देर बाद सब ऊँघने लगे। दो घंटों की खीज, चुप्पी और ऊब के बाद हरजीत ने जाकर फाटक पर लटकी साँकल ज़ोरों से खटखटाई।

'आप लोगों ने हमें चाय तक नहीं पिलाई,' उसने ज़ोर से शिकायत की। फिर वह शोर सुनकर आए सब-इंस्पेक्टर से कहने लगा कि पुलिस का फर्ज़ है कि उन्हें पानी पिलाए, चाय पिलाए। लोग घंटों तक जुलूस में चलते रहे, थके हुए हैं, भूखे हैं।

सब-इंस्पेक्टर बोला, 'अभी कनिष्क होटल को फोन किया है, चाय मँगाई है।'

'कुछ सैंडविच भी मँगवा लो,' हरजीत ने उसके तंज का जवाब उसी अंदाज़ में दिया।

आखिर दोपहर ढले उन्हें छोड़ दिया गया धारा 144 के उल्लंघन का मामूली आरोप लगाकर। मुकदमा नहीं चलना था।

'आपका फर्ज़ है कि हमें बसों में हमारे दफ्तर तक छोड़कर आएँ।' हरजीत ने कहा।

'मुझे रिफ्रेशर कोर्स की ज़रूरत होगी तो आप ही के पास आऊँगा,' सब-इंस्पेक्टर ने विद्रूप से कहा।

वहाँ से निकल भोपाल के ज़्यादातर प्रदर्शनकारी गुरुद्वारे लौट गए। सिर्फ नसरीन

और सुमित्रा सिकंदरा रोड़ पहुँचीं क्योंकि सुगुणा गुड्डू को वहीं लाने वाली थी। अभी सुगुणा पहुँची नहीं थी तो वे लॉन में बैठकर उसका इन्तज़ार करने लगीं।

हरजीत ने घर पहुँचते ही नौकर दौड़ाए कि बंगाली मार्केट से समोसे ले आए। थके हुए प्रदर्शनकारी तख्तियाँ और बैनर समेटकर रख रहे थे। कुछ ही देर में मुक्ता आ पहुँची। नसरीन और सुमित्रा को लॉन में देखकर उन्हींके पास बैठ गई, और नसरीन से पूछने लगी कि क्या उसे कार्बाइड के दफ्तर पर पथराव की योजना की जानकारी थी?

'पहले से तय था?' नसरीन ने पूछा।

नौकर उन्हें चाय समोसे दे गया।

'पता नहीं, पहले से प्लान था कि नहीं। मगर यह बताओ, जो हुआ, क्या वह अच्छा हुआ?'

'क्या हुआ?' सुमित्रा ने मुस्कुराकर पूछा। वह बहुत ही शांत लग रही थी।

'क्या यह प्लैंड था?' नसरीन सचमुच चकित थी।

'अच्छा, छोड़ो। प्लैंड हो या न हो, ऐसा करना ठीक था क्या? यह सब पत्थर फेंकना, यह सब करना चाहिए था क्या?' मुक्ता ने पूछा।

'मेरे कु नहीं मालूम,' सुमित्रा ने जवाब दिया। 'मैंने दफ्तर देखा तो सच्ची इतना गुस्सा आया। सिर घूम गया। वह लोग हमारी जान ले लिए। हमने तो दो-चार पत्थर ही तो फेंके। बस।'

मुक्ता चाय पीने लगी। तीनों के बीच एक असहज चुप्पी छाई थी। झुँझलाहट में अपना सिर झटककर आखिर मुक्ता ने ही चुप्पी तोड़ी।

'ज़रा सोचो, क्या हो सकता था? छोटे बच्चे भी थे वहीं। उनको चोट लग जाती तो? मान लो, गुड्डू के ही सिर पर कोई पत्थर आकर लग जाता?'

नसरीन का फक चेहरा देख उसे फौरन अपनी ग़लती का एहसास और उस पर पश्चात्ताप होने लगा।

नसरीन भौंचक उसे देख रही थी। चाय का गिलास नीचे रखकर उसने कहा, 'मैं कल ही चली जाती भोपाल। केने दो अली भाई को जो केना है। कभी दिल्ली नहीं आऊँगी मैं फिर, कभी ज़िंदगी में यहाँ नहीं आऊँगी मैं...'। अपने मुँह में आँचल का कोना ठूँस फूटती रुलाई रोकती वह उठकर फाटक की तरफ चल दी।

'मेरा यह मतलब नहीं था...' मुक्ता ने उसकी साड़ी पकड़कर उसे रोकते हुए कहा मगर नसरीन न रुकी, न उसे मुक्ता के बोल सुनाई दिये।

सुमित्रा उसे घूर रही थी। उसकी आँखों से घृणा टपक रही थी। 'उन लोगों ने हमारी जान ले ली। हमारे बच्चों को मार डाला। इत्ते-इत्ते से बच्चों को। और आपको बुरा लग रहा क्या कि हमने दो-चार पत्थर फेंके? कमाल है! आप लोगों को कभी गुस्साइच नहीं आता क्या?'

अब मुक्ता का गुस्सा उबलकर फट पड़ा 'सुनो, एक ही रट मत लगाओ कि

दो–चार पत्थर फेंके। बात इतनी मामूली नहीं है। तुम लोगों पर मुकदमा हो सकता था। सालों कचहरी के चक्कर लगाते एड़ियाँ घिस जातीं।'

'कुछ तो भी नया होता,' सुमित्रा ने भी उसके अंदाज़ में जवाब पकड़ा दिया। 'रोज़ अस्पताल जाते हैं, कचहरी चले जाते।'

नसरीन उनकी ऊँची आवाज़ सुनकर लौट आई थी। 'कार्बाइड के लोगों को तो जेल में नहीं डाले, हमको कुछ पत्थर फेंकने पर जेल भेज देंगे? वाह रे इंसाफ!'

मुक्ता चुप हो गई।

तभी सुगुणा गुड्डू का हाथ पकड़े आ पहुँची। नसरीन ने दौड़कर उसे गले लगा लिया और फूट–फूटकर रोने लगी। गुड्डू को जितना रोना था, रो चुका था। उसने समोसे देखे और कहने लगा कि उसे भूख लगी है। अब उसे अफसोस हो रहा था, वे गुलाब जामुन न खाने का, जो सुगुणा आंटी ने उसके लिए मँगाए थे। कोई बात नहीं, जो चॉकलेट वे दे रही थीं, वह तो उनके पर्स में होगी ही। उसने चाशनी–सी मुस्कान बिखेरकर आंटी से पूछ ही लिया कि चॉकलेट कहाँ रखी है। सुगुणा ने उसकी गाल पर चिकोटी काटकर चॉकलेट निकाली।

नसरीन ने आँसू पोंछते हुए कहा, 'अब हम यहाँ नहीं रुकेंगे। चले जाएँगे।'

अगली शाम एफओबी की सभा में जंग छिड़ गई। इस गोष्ठी में वे भी शरीक होने आए जो रोज़ाना की बैठकों में यदा–कदा ही आते थे, इसलिए सभा कुछ बड़ी हो गई थी और उठकर बरामदे और बगीचे में फैल गई।

अविधा चाहकर भी समय पर नहीं पहुँच सकी। पिछली रोज़ गिरफ्तारी और देर से रिहाई के बाद जब वह दफ्तर पहुँची थी तो सहकर्मी एजेंसियों की रपटों को जोड़कर खबर बनाने में जुटे थे। जोशी आपे से बाहर थे। उन्होंने अविधा से साफ कह दिया था कि उसे पत्रकारिता के बुनियादी नियम भी मालूम नहीं हैं, उसका काम आंदोलनों की खबर देना है, उसमें भाग लेना नहीं।

'यह अखबार तुम्हें उनके बारे में लिखने के लिए तनख्वाह देता है, उनके साथ नारे लगाने के लिए नहीं। तुम्हें सड़क पर नारेबाज़ी करनी है तो नौकरी बजाने के बाद करो,' जोशी ने कहा था।

उनका गुस्सा शांत करने के लिए अविधा आज जल्दी दफ्तर पहुँची और कुछ देर से ही निकली थी। फिर भी जब वह एफओबी पहुँची तो सभा शुरू भी नहीं हुई थी। अब तक लोग सिर्फ अलग–अलग सुर में एक साथ चिल्लाते ही रहे थे।

मैड बरामदे की सीढ़ी पर बैठा बेपरवाही से हथेली में गाँजा मल रहा था। उसने शेखर से सिगरेट माँगी, उसे उँगलियों से दबाया और तंबाकू हथेली पर खाली करने लगा। सुगुणा ने अविधा को बताया कि माहौल बहुत गर्म है।

निर्मला बरामदे में एक ओर खड़ी मैड को घूर रही थी। 'मैं यह जानना चाहती हूँ कि कौन ज़िम्मेदार है? किसने किया?' निर्मला ने ऊँची आवाज़ में पूछा।

अजीत ने आँखें नाटकीय अंदाज़ में घुमाईं और कहा, 'यारो, बहुत हो गया। आज बात हो ही नहीं सकती। छोड़ो, किसी और दिन बात कर लेंगे।'

'मैं आज ही जानकर रहूँगी कि पत्थर फेंकने की योजना किसने बनाई थी,' निर्मला ने अजीत को अनसुना कर कहा।

ज़िंटैक एक कोने में दुबकी बैठी थी। वह बार-बार दबे होंठों से हवा बाहर फेंके जा रही थी कि इस रास्ते ही उसके भीतर मची खलबली बाहर निकले। थोड़ी-सी पत्थरबाजी पर इतना बवाल? भोपाली जो झेल चुके थे और झेल रहे थे, उसके मुकाबले उसे यह बेहद मामूली घटना लग रही थी। उसके साथ बैठी उँगलियाँ चटकाती मुक्ता सबसे ज़्यादा चकित थी निर्मला के मन में कानून के लिए नवजागृत सम्मान से।

'सुनो, बिना कोई योजना बनाए भी तो कभी कुछ हो जाता है। छोड़ दो बात को,' ज़िंटैक ने कहा।

मैड ने ज़िंटैक की तरफ मुड़कर कहा, 'वह मुझे दोषी ठहरा रही है।' उसने गाँजे से भरा सिगरेट सुलगाया और गहरा कश लेकर खंभे से सिर टिका आँखें मूँद लीं।

उसका शांत चित्त सुगुणा से बर्दाश्त नहीं हो सका। 'हो सकता है वह ठीक ही कह रही हो! हमारा प्लैन तो कार्बाइड के दफ्तर के सामने प्रदर्शन करने का था। वहाँ अंदर जाने का भी नहीं था। पता नहीं, किसने इसकी पहल की! हमें जानने का हक तो है ही।'

मैड हल्के से हँसा। 'तुम लोग अंदर गए थे। मैं तो गया भी नहीं।'

फिर से खामोशी छा गई। सब एक दूसरे को देखने लगे। मैड ठीक ही कह रहा था।

'और आप क्यों अंदर नहीं गए?' हैली ने एक-एक शब्द पर ज़ोर देते हुए व्यंग्यात्मक औपचारिकता से पूछा।

'दफ्तरों के भीतर जाते हैं मध्यम वर्ग के लोग, गरीब हमेशा बाहर ही खड़ा रहता है। मैं तो समझता था, इतनी-सी बात मालूम होगी तुम्हें,' मैड ने उसी व्यंग्यात्मक लहज़े में भौंहें उठाकर जवाब दिया।

'तुम्हें मालूम है, उस भीड़ में औरते थीं, बच्चे थे। किसी को चोट लग सकती थी। भगदड़ मच जाती तो कोई कुचला जा सकता था,' निर्मला ने कहा।

अजीत ने फिर आग पर पानी डालने की कोशिश की, 'आज रहने दो।'

'हा-हा, ऐसा तो पहली बार होता न कि भोपाल के लोग घायल हो जाते,' मैड ने कहा। हैली के चेहरे पर गहरे कश का धुआँ छोड़ते हुए उसने पूछा, 'पहली बार होता, नहीं?'

हैली दाँत भींचकर फुफकारा, 'शटअप!'

'मैंने सोचा, आप मुझसे सवाल कर रहे हैं, वरना शांति से अपना ज्वायंट पीने में मुझे क्या आपत्ति हो सकती है!'

सुगुणा को लगने लगा था कि इनके बीच कुछ पुराने झगड़ों के साए मँडरा रहे हैं। उसे अक्सर ऐसा लगता था कि जो भी बात होती है, उसमें पुराने वैमनस्य की

ध्वनि होती है। वह पहली बार भोपाल के अभियान से जुड़ी थी और गुटबाजी के इतिहास से अपरिचित खुद को अकेली महसूस करती थी।

'तुम जानते हो गुड्डू, अपनी माँ से बिछड़ गया था। सुगुणा उसे उठाकर न ले गई होती तो वह गुम भी हो सकता था।'

मैड ने सिगरेट का टोटा फेंक दिया, सुगुणा की ओर घूमा और ऐसे उसकी दिशा में सिर झुकाया जैसे कोई किसी नाटक में नवाब को सलाम करने का अभिनय कर रहा हो!

'शुक्रिया, बहुत शुक्रिया सुगुणाजी! नसरीन ने ठीक से शुक्रिया अदा किया या नहीं?'

अब तक चुप बैठी मुक्ता एकदम चिल्ला पड़ी, 'मज़ाक समझ रहे हो तुम?'

मैड ने हिकारत से उसे देखते हुए कहा, 'बख्श दो मुझे। सालो? सब-के-सब, कायर, डरपोक। मिल के मुझे पाठ पढ़ा रहे हो कानून का? नैतिकता का? जब भी हम विरोध करते हैं, पुलिस हमें मारती है। इतना तो कार्बाइड ने नहीं मारा जितना हमारी सरकार ने मारा है हमें। और हममें कुछ को गुस्सा आ गया, दो-चार पत्थर उछाल दिये तो फट के हाथ में आ गई तुम सब के? मेरे को भाषण सुना रहे हैं! जाके यह भाषण सुनाओ न कार्बाइड के अधिकारियों को, पूछो न जाकर उनसे, गैस लीक की योजना किसने बनाई थी! वह नहीं कर सकते तुम लोग। थू है तुम पर!'

निर्मला ने एकदम बिफरकर कहा, 'ओए, साला बड़ा मर्द बनता है! अभी तक सब यही कर रहे थे, कार्बाइड पर, सरकार पर दबाव बन रहा था। तेरे से ही देखा नहीं गया। बताना ही पड़ेगा कि हमसे यह बात छिपाई क्यों? यह भी मर्दानगी का हिस्सा होगा। साले इस आंदोलन में औरतें ही ज़्यादा हैं और फैसले तू करेगा? भोपाल की औरतों को बताया था, यह सब करना है? उन्होंने हामी भरी थी?'

'भोपाल की औरतों ने तुम्हें अपना नुमाइंदा चुना है क्या?' मैड ने पूछा।

अजीत फिर 'प्लीज़, चुप हो जाओ,' कह रहा था मगर उसकी आवाज़ सुनाई भी नहीं दे रही थी।

'उन्होंने तुम्हें भी नहीं चुना है। और हम सब अपनी मर्ज़ी से आए हैं यहाँ। अगर तुमने एनार्किज़्म का रास्ता चुना है तो बताओ सबको।' निर्मला ने कहा।

'मतलब यह कि मुझे यहाँ नहीं होना चाहिए?' मैड ने पूछा।

दूसरे लोग बीच-बीच में कुछ बोलने की कोशिश करते, चुप हो जाते। वे इन महारथियों की लड़ाई देखने को मजबूर हो रहे थे।

सुगुणा मैड के आचरण से क्रुद्ध तो थी मगर अपने भावों पर काबू पाने के लिए चुप बैठी थी। अब उससे रहा नहीं गया। 'तुम्हारे ही लॉजिक को देखें तो सचमुच तुम्हें यहाँ नहीं होना चाहिए। हम अपनी मर्ज़ी से यह सब कर रहे हैं, तुम अलग मर्ज़ी चलाकर अपने प्लैन सब पर थोप रहे हो। हम क्यों भुगतें तुम्हारी करनी का फल?'

'तुमने इस संघर्ष को सिर्फ कमज़ोर नहीं किया, अवैध बना दिया। इतना अच्छा अभियान था। कितना दबाव बना था! तुमने सब मटियामेट कर दिया। अब उनको हमारे

खिलाफ प्रचार का मौका मिल जाएगा, तुम्हारी, सिर्फ तुम्हारी वजह से,' निर्मला ने तर्जनी उसकी ओर उठाते हुए कहा।

'अगर तुम लोग दबाव बनाना जानते होते, बनाए रखते, तो यह नौबत ही नहीं आती, यह समझौता ही नहीं होता,' मैड ने कहा। 'मगर यह बात तुम्हें कैसे सूझेगी? तुम तो मौत के तांडव के बाद गीत गाने आ जाते हो।'

मुक्ता ने अब हिकारत से मैड को देखा। 'कुछ दिमाग है भी तुम्हारे पास या फ्रिज में छोड़कर आए हो? हम माँग कर रहे हैं कि कानून लागू किया जाए, और तुम कानून तोड़ रहे हो। हमारे संघर्ष की वैधता पर हमला कर रहे हो तुम। अगर हम ही कानून तोड़ेंगे तो उसे लागू करने की माँग उठाने का हमारा नैतिक अधिकार खत्म होता है कि नहीं? मगर शायद तुम्हें सोचने की आदत ही नहीं है।'

'मुझे नैतिकता का पाठ पढ़ाने की ज़रूरत नहीं है। मेरे पास न दिमाग है, न दिल,' मैड ने कहा।

'कम-से-कम भोपाल के लोगों के प्रति ज़िम्मेदारी तो है। ज़रा समझो यार! वैसे ही सताए हुए हैं। उनपर फौजदारी के केस हो जाते तो? हमने एक समूह बनाया तुम्हारे समर्थन में और तुम हमीं से बाते छिपाने लगे। गुस्सा तो आएगा ही न। इतनी-सी बात समझना मुश्किल है क्या?' मुक्ता को अदालत में जिरह की प्रैक्टिस ने अपने ही रोष को चाबुक लगाकर काबू करना सिखा दिया था। वह बात को सँभालने की गरज से संतुलित स्वर में बोलने लगी थी।

लेकिन मैड के लिए यह पैंतरे नए नहीं थे। वह अपनी ही धुन में था। यहाँ उसे अपना एक भी हिमायती दिखाई नहीं दे रहा था और इस तरह खुद को घिरा पाकर वह ज़रा भी नरमी बरतने को तैयार नहीं था।

उसने विद्रूप से कहा, 'इतने महान समर्थन के लिए आपका शुक्रिया। सच्ची, बहुत एहसानमंद हैं हम। गुरुद्वारे के मैनेजर को तो चिट्ठी लिखकर मैंने शुक्रिया अदा किया है। बता दो, किसके नाम खत लिखना है, आप लोगों को भी भेज दूँगा थैंक्यू नोट। आप लोग न होते तो जाने कहाँ होते हम बिचारे!'

अविधा मैड के पीछे खंभे के दूसरी ओर बैठी खंभे से सिर टिकाए बहस सुन रही थी। उसे याद आया, कैसे कल मैड पिट रहा था, उसके सिर पर जानलेवा चोट लग सकती थी और कैसे पुलिस के एक सिपाही की बाँह को दाँतों से काटकर उसने उसे बचाया था। यहाँ किसी को फिक्र नहीं थी कि आज शायद वे उसकी अरथी उठा रहे होते। सभी ने देखा होगा वह मंज़र, फिर क्यों किसी की आँख में पुलिस के खिलाफ अंगारे नहीं थे? क्यों सारी आग मैड पर ही बरस रही थी? वह तो पूछ भी नहीं पाई थी मैड से कि उसे कहाँ, कितनी चोट लगी। वह गिरफ्तार लोगों में नहीं था, ठीक ही था, भाग गया था, जैसा कि उसे करना चाहिए था।

उसने काँपती आवाज़ में कहा, 'मुझे कुछ समझ में नहीं आ रहा। शायद मैं बेवकूफ हूँ। मगर तुम लोग कह क्या रहे हो? कल की हिंसा तुम्हें हिंसा लग रही है?

और कार्बाइड की हिंसा का क्या? पुलिस की हिंसा का क्या? जेल तो उनको जाना चाहिए, हमको नहीं।'

सभा में खलबली मच गई। सब लोग फिर एक साथ बोलने लगे। अजीत ने फिर से बैठक स्थगित करने का प्रस्ताव किया। किसी तरह शोर कुछ थमा तो मुक्ता ने अविधा से कहा कि यह समय भावनाओं में बहने का नहीं है।

'कानून इंसाफ के तुम्हारे बेवकूफाना खयालों पर आधारित नहीं है,' मुक्ता ने कहा।

किसी ने कहा था, 'द लॉ इज़ एन एस। मगर बुद्धिमान लोगों को इसलिए गधा नहीं बन जाना चाहिए कि वे वकील होने से रोज़ कानून की प्रैक्टिस करते रहते हैं,' सुगुणा ने तमककर कहा।

मुक्ता के हाथ थरथर काँपने लगे। वह उठकर गेट की ओर चल दी। किसी से कुछ कहने का कोई फायदा नहीं था। कल उन पर क्या मुसीबत टूट सकती थी, इसका अंदाज़ा तक नहीं था किसी को। उसे था। तभी तो वह चुपके से विट्ठलभाई पटेल हाउस में जा घुसी थी और बाद में थाने गई थी डीसीपी से बात करने। कितनी धमकियाँ दी थीं उसने बालगोपाल को कि वह एफआईआर दर्ज कराने आई है उनके मातहतों के खिलाफ जिन्होंने औरतों के बाल खींचे, उन्हें अश्लील गालियाँ दीं, उनके अंगों को छुआ। बालगोपाल ने उससे कहा था कि वह जो चाहे कर ले, उन्हें फर्क नहीं पड़ता।

'तुम्हारी एक साथी ने मेरे सिपाही को काटा,' उन्होंने कहा था।

'मेडिकल सर्टिफिकेट है न? चलो देखते हैं, अदालत आपकी बात मानती है या नहीं। हमारे पास तस्वीरें हैं। प्रेस वहाँ थी और आज अंतर्राष्ट्रीय महिला दिवस है। कानून को तो इससे कोई फर्क नहीं पड़ता मगर कल प्रेस में देखिएगा, आपकी कितनी तारीफ की जाएगी। कमिश्नर के पास जा रही हूँ मैं अब।'

लंबी बहस के बाद उसने फौजदारी के मुकदमों से बचाया था सबको—कानून और कानून के इतर सारी दलीलें, सारे हथियार इस्तेमाल करके और आज वह सुगुणा, जो गुड्डू के बहाने पुलिस के घेरे से भाग निकली, उसे गधी कहने की हिमाकत कर रही है। अगर वह पलटकर उसे कायर कह दे तो क्या मुँह दिखाने लायक रह जाएगी? उसके उसूलों के खिलाफ है विषय पर तर्क करते समय व्यक्तिगत बातों को बीच में घसीट लेना।

फाटक के पास रुककर उसने गहरी साँस लेने की कोशिश की मगर छाती में दर्द होने लगा। काँपते हाथों से उसने सिगरेट जलाई और तेज़ी से सड़क पर निकल गई।

'बस, बहुत हो गया! अब सब चुप हो जाओ, प्लीज़,' ज़िंटैक ने रुआँसे स्वर में कहा।

निर्मला ने शायद मुक्ता को जाते देखा ही नहीं। 'भोपाल के लोग इतनी आसानी से आपा नहीं खोते। ऐसा होता तो उसी रात उन्होंने कार्बाइड फैक्टरी में आग लगा दी होती जिस रात गैस निकली थी,' वह ज़ोर से बोल रही थी बिना सोचे कि कोई सुन भी रहा है या नहीं। 'अगर हम चाहते हैं कि कार्बाइड के लोग जेल जाएँ तो हमें बहुत सावधानी से काम करना होगा। एक दूसरे के पीठ पीछे षड्यंत्र रचने से काम

नहीं हो पाएगा। जिनको अलग से कुछ करना है, अपना ही कार्यक्रम सब पर थोपना है, वे चले जाएँ इस समूह से। यहाँ किसी की तानाशाही नहीं चलेगी।'

हैली ने अजीत को देखा, जिसने हाथ खड़े कर दिये और खुद भी उठ खड़ा हुआ।

'सब लोगों को मैं जाने से पहले एक बात बता दूँ,' अजीत ने कहा, 'मुक्ता ने कल सबको बड़ी मुसीबत से बचाया। इसलिए अब यह सब बंद करो। एक दूसरे से वादा करो कि आगे ऐसा कभी नहीं होगा, और यहाँ से चलो।'

हैली उठकर मुक्ता के पीछे दौड़ा मगर वह सड़क पर निकल चुकी थी। हैली ने उसे आवाज़ दी, कई बार, कुछ दूर गया भी, मगर मुक्ता ने जलती हुई आधी सिगरेट सड़क पर फेंक दी और चाल की रफ्तार बढ़ा दी।

'द एक्सोडस बिगिन्स', मैड ने मुक्ता के पीछे भागते हैली को देखते हुए कहा।

हैली लौट आया था और उसने दूर से ही उसकी टिप्पणी सुन ली थी। लपककर उसके नज़दीक आते हुए उसने कहा, 'उसने कल तुझे जेल जाने से बचाया नहीं होता तो आज यहाँ बैठा नहीं होता तू बकवास करने के लिए।'

'उससे कह दो, अपनी फीस ले ले,' मैड कहाँ हार मानने वाला था।

'उसको घेरना बंद करो,' अविधा ने एकाएक चिल्लाकर कहा। 'तुम सब सोचते हो, उसने यह सब षड्यंत्र रचा था? अगर रचा भी था तो भी हमें उसी का साथ देना होगा। हम सबको एकजुट रहना ही होगा।'

'अविधा ठीक कह रही है,' हरजीत ने कहा। 'अधिकारियों को खबर नहीं लगनी चाहिए कि हमारे समूह में दरार पड़ गई है। अंदर जो भी हो, बाहर हमारा एक ही चेहरा है और वह है विरोध का।'

निर्मला बैग सँभालती खड़ी हो गई। 'तुम लोग जब चाहे जितनी चाहे, चर्चा कर लेना। मैं एफओबी छोड़कर जा रही हूँ।'

अजीत ने अब मैड पर कुपित दृष्टि डाली। 'एक आदमी की वजह से हम इस ग्रुप को बिखरने नहीं दे सकते। आगे से हम मिलकर जो भी तय करेंगे, वही होगा, कोई भी और कुछ भी नहीं करेगा। ठीक है?'

'मुझे इतना बता दो, यहाँ बॉस कौन है? मैं आज्ञा मानता रहूँगा,' मैड ने कहा और सबकी ओर झुककर सलाम करके चलता बना।

मुक्ता इसलिए सभा से निकल गई थी कि सुगुणा उसे गधी कहे, यह वह सह नहीं सकती थी। उसकी नज़र में सुगुणा की एफओबी में वही भूमिका थी जो विनीता की उसके घर में थी—खाना बनाना, खिलाना। और आता क्या था उसे? इसीलिए तो वह अच्छी पत्रकार भी नहीं थी। अपने पति और प्रेमी के अच्छे-बुरे कर्मों पर साफ नज़र रखने के बजाय हर हाल में उनके प्रति वफादारी जताना, ऐसे मंदबुद्धियों के लिए गर्व की बात हो तो हो, मुक्ता को यह घृणास्पद लगता था। अविधा से अपनी गहरी दोस्ती का इज़हार करने के लिए औरों को नीचा दिखाना सुगुणा की ज़रूरत

हो तो मुक्ता के लिए मूर्ख कहलाना जितना अपमानजनक था उतना ही ऐसे लोगों के साथ काम करना शर्मिंदगी का विषय था।

वह घर जाकर सिर्फ सोना चाहती थी। पिछले दो दिनों के घटनाक्रम से बेतरह थककर घर पहुँची तो दरवाज़े की झिर्री के नीचे चमकती रोशनी की फाँक ने उसे बता दिया कि विनीता घर पर ही थी। आज के दिन एफओबी में उसका न आना मुक्ता की निगाह में ऐसा जुर्म था जो अब तक की उसकी सतत सक्रियता को धो डाले। वहाँ सुगुणा, यहाँ यह सेविका।

विनीता ने बहुत ही खुशी से दरवाज़ा खोला लेकिन मुक्ता के चेहरे की एक ही झलक उसके चेहरे पर दमकती प्रसन्नता को पोंछ देने के लिए काफी थी। उसने जल्दी से मुक्ता को एक गिलास पानी पकड़ाया और रसोई में जा घुसी। यही उसकी स्थायी शरणस्थली थी जहाँ मुक्ता कभी भूले से ही आती थी।

मुक्ता ने देखा, पिछले कुछ दिनों से अस्त-व्यस्त घर दोबारा सज-सँवर गया था। धूल की महीन परत मिट चुकी थी। कुशन कवर बदले जा चुके थे। बिस्तर की चादर, खिड़की के परदे सब ताज़ातरीन। अब उसे अपना दिमाग फूला हुआ लगने लगा। उसने पानी को छुआ भी नहीं। चुपचाप बेडरूम में बत्ती बुझाकर अँधेरे में लेट गई।

विनीता रसोई में खड़ी घर के सन्नाटे के बोझ को सीने पर उतरता महसूस कर रही थी। वह जानना चाहती थी कि कल जब सब थाने के आँगन में बैठे सोच रहे थे कि जाने अब क्या होगा, तब मुक्ता कहाँ थी?

रात को वक्त नहीं मिला था, सुबह विनीता बहुत देर से उठी थी। माना कि मुक्ता पूरा दिन काम करके लौटी है तो विनीता ने भी दिन भर पलंग तो नहीं तोड़ा। घर की शक्ल ही उसकी मेहनत का पता दे रही है। अब उसने ऐसा क्या कर दिया कि मुँह फुलाकर बिस्तर में जा लेटी है? कार्बाइड के अत्याचार का विरोध होना ज़रूरी है तो क्या घर में इस अत्याचार का विरोध नहीं होना चाहिए? यह अच्छा नारीवाद चल रहा है! गृहिणी को 'गृह निर्मात्री' कह दो, उसके श्रम के परिणामों का जमकर उपभोग करो मगर उसका हाथ बँटाना तो दूर, उसकी तारीफ में दो बोल तक नहीं बोल सकते। विनीता फुलके बनाने लगी। बेलन वह इतना दबाकर चला रही थी कि रोटियाँ इधर-उधर फट जातीं। दाँत भींचकर वह काम करती रही। दो बार उसने चिमटे से उठाकर तवा पटका। काम खत्म होते ही उसने बेलन उठाकर सिंक में दे मारा जहाँ बर्तनों के ढेर पर गिरने से वह टूटने से तो बच गया मगर इस बदसलूकी की शिकायत उसने कई बर्तन खड़काकर की।

तभी मुक्ता की चिल्लाहट सुनाई दी। 'यहाँ कुछ शांति मिल सकती है?'

'तुम्हें सुकून क्यों मिले जब मुझे नहीं मिलता?' विनीता अनायास उसी के स्वर की नकल में बोली और अपनी ही धृष्टता से स्तंभित रह गई। खाने की मेज़ पर सिर टिकाकर वह ज़ोरों से रोने लगी।

मुक्ता बाहर आई और उसे इस तरह मेज़ पर सिर झुकाए रोते देख उसने कहा, 'बर्तन फेंकने से सुकून मिलेगा न तुझे? लाओ, मैं फेंकती हूँ।' उसने इधर-उधर

देखा कि क्या फेंके मगर कुछ भी दिखाई नहीं दिया तो उसने मेज़ के पाए को लात मार दी और पैर पर लगी चोट से बिलबिला उठी। फिर उसने दोबारा मेज़ को लात जमाई। मेज़ पर किताब रखी थी जिसे उसने उठा लिया मगर पुस्तकों के प्रति आदर उसकी हड्डियों तक में पैठा था और इतने आवेश में भी वह किताब फेंक न सकी।

विनीता भयाक्रांत हो बाथरूम में जा घुसी। बहुत देर बाद चेहरा कई बार धोने और बार-बार रोने के बाद उसने बहुत धीरे से दरवाज़ा खोला, बाहर झाँका और मुक्ता को मेज़ के पास बैठी मुस्कुराते देखकर बाहर आ गई।

मुक्ता ने उसकी लाल सूजी हुई आँखें देखीं और सिर से पैर तक उसको बहुत गौर से इस तरह देखने के बाद कि उसे पता चल जाए, कोई उसकी औकात आँक रहा है, अपने शांत वकीलाना अंदाज़ में पूछा, 'तुम्हें क्या लगा, मैं तुम्हारा कत्ल कर दूँगी?'

विनीता चुप रही।

मुक्ता उसे एकटक देख रही थी। अचानक हाथ मेज़ पर मारकर वह चीखी, 'जब मैं कुछ पूछूँ तो उसका जवाब दो। ऐसे पेश मत आओ जैसे मैं हूँ ही नहीं।'

फिर एक बार विनीता खुद को अनजाने अनायास कुछ कहते सुन हैरान हो गई। उसके मुँह से व्यंग्यात्मक लहज़े में निकला, 'तुम्हीं से सीखा है यह मैंने।'

वह अपने शब्दों का प्रभाव देख और भी अचंभित रह गई। मुक्ता ज़ोरों से हँस पड़ी। एक विक्षिप्त सी हँसी।

'मैं तो गधी हूँ, गधी। मुझ जैसी गधी से क्यों कुछ सीख रही हो? मैं एक गधी हूँ, गधी,' उसने कहा। फिर उसने गिलास में व्हिस्की डाली और पानी मिलाने लगी। आधा गिलास एक ही झटके में खाली करके वह फिर हँसी। 'गधी हूँ मैं। मुझसे न सीखो कुछ, गधी हूँ मैं,' वह गीत-सा गाने लगी।

विनीता बेडरूम को खिसक ली और चादर ओढ़ मुँह ढाँपकर सो जाने का ढोंग करती रही। मुक्ता निश्चित रूप से पागल हो गई है, इसमें अब उसे संदेह नहीं रहा था।

बहुत देर बाद जब मुक्ता लड़खड़ाती हुई बिस्तर तक पहुँची तो विनीता चौंककर जागी। उसकी आँख लग गई थी। मुक्ता बेतरह पिए हुए उबकाइयाँ ले रही थी।

विनीता ने आँखें बंद कर लीं।

पुलिस कार्रवाई की खबर अखबारों की सुर्खी बन गए थे मगर प्रशांत ने अविधा को फोन नहीं किया। अविधा ने काफी इन्तज़ार किया। आखिर हमेशा की तरह उसने पहल की।

'हाय,' उसने प्रशांत के फोन उठाने पर कहा। 'कैसे हो?'

'बिज़ी,' प्रशांत का संक्षिप्त सा जवाब था।

'मैं भी,' अविधा ने कहा। 'दो दिन पहले पुलिस ने खूब पीटा। मैंने सोचा, तुम्हें बता दूँ कि मुझे कुछ खास चोट नहीं लगी।'

'अच्छी बात है,' प्रशांत की आवाज़ में न पहले चिंता के संकेत थे, न अब राहत का। 'मुझे तो मालूम ही नहीं था कि तुम्हारे आंदोलन में ऐसे लम्पट भी हैं। बड़ा आश्चर्य हुआ।'

'लम्पट नहीं है कोई। कुछ लोग ज़रा बेकाबू हो गए। इसका यह मतलब नहीं कि वे गुंडे हैं।'

'...तुम लोग दफ्तरों पर हमला करोगे तो क्या पुलिस खड़ी देखती रहेगी? तालियाँ पीटेगी तुम्हारी क्रांतिकारिता पर?'

'सरकार तो भरी पड़ी है गुंडों से। सबसे ज़्यादा लम्पट तो नौकरशाह होते हैं,' अविधा ने कहा।

'हम जाकर इमारतों पर पत्थर नहीं फेंकते,' प्रशांत ने कहा।

'अरे नहीं। तुम्हारा काम तो उन इमारतों की, उनके मालिकों की हिफाज़त करना है। तुम खिड़कियाँ थोड़े ही तोड़ते हो? तुम तो लोगों के सिर तोड़ते हो, उनकी ज़िंदगियाँ खराब करते हो, उनके सपने चकनाचूर करते हो। मैं समझती थी कि तुम अलग किस्म के हो मगर तुम भी उसी मशीनरी का हिस्सा हो जो हत्यारों की हिफाज़त करता है।'

अविधा को और भी बहुत कुछ कहना था पर प्रशांत ने उसकी बात बीच में ही काट दी।

'ऐसा है तो मेरे बारे में जो तुम महसूस करती हो, जो तुम्हारी भावना है, उसकी समीक्षा करनी चाहिए तुम्हें।'

'ठीक कह रहे हो तुम। करूँगी समीक्षा,' अविधा ने कहा और फोन पटक दिया। उसे अच्छा लगा फोन पटकना। प्रशांत को क्या लगता था कि यह काम सिर्फ उसी को आता है? जो वह कर सकता है, वह और भी बेहतर कर सकती है। 'ब्लडी ब्यूरोक्रेट,' उसने कहा और फोन फिर से उठाकर एक बार और पटक दिया।

कुछ दिनों बाद अविधा उठी तो उबकाई आ रही थी। वह चाय भी नहीं पी सकी। आखिर उसने सुगुणा से कहा कि वह दफ्तर नहीं जा सकेगी। दोनों ने तय किया कि बाहर का खाना बंद। भले खिचड़ी खाएँगे, पर घर का खाएँगे।

'तुम्हें भी कुछ पकाना सीखना चाहिए, अवि। खिचड़ी ही सीख लो।'

'हैली खाना बना लेता है क्या?'

'पता नहीं,' सुगुणा ने कहा।

उसकी आवाज़ में खिंचाव था।

'अरे, क्या हुआ? लड़ाई हो गई?' अविधा ने हँसकर पूछा।

लड़ाई तो नहीं हुई थी, मगर ऐसा ही कुछ था। उस दिन फॉब में बहस के बाद से हैली से सुबह की मुलाकातें बंद हो गई थीं। वह तो आठ मार्च के बाद से ही बंद थीं। अब सुबह का खालीपन उसे बेचैन कर देता था। दो दिनों बाद दफ्तर पहुँचते ही हैली भी वहाँ आ पहुँचा तो उसका चेहरा खिल उठा। वह उसके साथ दौड़कर

कैंटीन चली गई मगर उसकी खुशी ज़्यादा देर नहीं टिकी। हैली ने चाय के मेज़ पर आने से पहले ही पूछ लिया कि मुक्ता को भला-बुरा कहने का उसे अफसोस है या नहीं। तो इसलिए आया था वह और वह समझ बैठी थी कि उससे भी रहा नहीं गया था। बुरा तो उसे बाद में लगा था मगर हैली के पूछते ही उसका चेहरा पत्थर-सा हो गया।

'अच्छा, मुक्ता से पूछा तुमने कि उसने अवि को जो उल्टा-सीधा कहा था, उसका उसे अफसोस है या नहीं?'

चाय आ गई। हैली उसे बताने लगा, कैसे मुक्ता ने पुलिस से जिरह करके सबको छुड़ाया था। सुगुणा की नज़र में यह कोई एहसान नहीं था। आंदोलन है। जिससे जो बन पड़ता है, करता ही है। ऐसे एहसान जताने-मानने का सिलसिला चल निकला तो हो गया संघर्ष!

'शायद तुम नहीं जानते, उस दिन मैड के साथ क्या हुआ था और अवि ने भी क्या कुछ किया। अवि की तो नौकरी तक जा सकती थी।'

'तब तो जो मुक्ता ने किया, उसका मूल्य बढ़ जाता है। फौजदारी से बची तो अवि की नौकरी भी बची।'

'तुम्हारी तो किस्मत ही खराब है हैली कि मुक्ता लेस्बियन है,' सुगुणा ने कहा था।

'मैं तुम्हें बहुत अक्लमंद समझता था।' कहकर हैली उठकर चला गया।

उसके बाद से वे सिकंदरा रोड के कमरे में ही मिले थे। वहीं मिलते रहे थे। तीन दिन बाद अजीत ने हैली से एफओबी की बैठक में ही कहा था कि जाकर निर्मला से बात करे, उसे लौट आने को मनाए। बैठक के बाद हैली ने सुगुणा से बात करने की कोशिश की थी मगर वह यह कहकर चली आई थी कि अवि की तबियत खराब है और उसे घर जाकर खाना बनाना है।

'मैं अपने दोस्तों के प्रति बहुत वफादार हूँ, भले यह किसी की पसंद न हो,' उसने हैली से कहा था।

कहने को तो वह यह कह गई थी लेकिन अविधा की तबियत नहीं सँभली है, इसका उसे होश तक नहीं था। उससे डॉक्टर के पास चलने को भी नहीं कहा। अविधा इसके लिए उसकी शुक्रगुज़र थी।

अगले दिन सुबह विनीता ने सुगुणा को फोन किया और फूट-फूटकर रोने लगी। 'पता नहीं सुगुणा, मुझे बहोत डर लग रहा है। लगता है, मुक्ता पागल हो गई है। कभी सीधे मुँह बात नहीं करती। अनाप-शनाप बोलती रहती है। पिछले कुछ दिनों से तो यहाँ इतनी टेंशन है, साँस लेते डर लगता है। मैंने बहोत कोशिश की, किसी को नहीं बताऊँ पर अब मैं भी पागल हो जाऊँगी।'

उसने सुगुणा को उस रात की घटना बता दी और उससे पहले की भी जब एक बार मुक्ता ने दीवार पर प्लेट मार फेंकी थी।

'जानती हो, लड़कियों की शादी हो जाती है तो वे अपने दुख-दर्द सुनाने मायके तो जा सकती हैं, मैं कहाँ जाऊँ? किससे कहूँ?'

पहली बार विनीता ने मुक्ता से अपने संबंध की तुलना विवाहित जोड़े से की थी। उसकी बात सुन सुगुणा सिहर उठी। हिंसा के खयाल से ही उसकी रूह काँपती थी।

'ऐसा मत कहो। मैं हूँ, यहाँ आ जाओ। कुछ दिन रहो। अक्कल ठिकाने आ जाएगी मुक्ता की।'

विनीता ने मना कर दिया। 'अगर उसे पता चल गया कि मैंने तुम्हें सब कुछ बता दिया है तो मुझे चबा जाएगी। प्लीज़, उसे कभी पता नहीं चलना चाहिए। बस, बात कर ली, मन हल्का हो गया।'

सुगुणा उसे धीरज बँधाती रही।

'पहले कहती थी, मैं सिर्फ घर में रहती हूँ। मैं तो इसीलिए तुम लोगों के आंदोलन में आई थी। कुछ दिन सब ठीक था फिर वही हो गया। मुझे पता भी तो नहीं, वह ऐसा कर क्यों रही है।'

सुगुणा ने उसे बता दिया कि एफओबी में उस दिन कितनी झड़प हो गई थी। 'उससे कहो, हिम्मत है तो आकर मुझे अपने तेवर दिखाए। कमज़ोर को दबाती है। इतनी ही बहादुरी है उसमें?'

विनीता का कंठ सूख गया। उसने फोन काट दिया। फौरन सुगुणा ने उसका नंबर मिलाया मगर विनीता ने फोन नहीं उठाया। कई बार कोशिश करने के बाद सुगुणा को समझ में आ गया कि अब विनीता उससे बात नहीं करना चाहती। दिन में उसने दफ्तर से नंबर लगाया। इस बार विनीता ने फोन उठा लिया और सुगुणा की आवाज़ पहचानकर उसने बड़े ठंडे लहज़े में कहा, 'मुझे तुमसे बात ही नहीं करनी चाहिए थी। अब मैं कभी तुमसे बात नहीं करूँगी। तुम्हें लगता होगा कि मुझे ज़्यादा अकल नहीं है और सच्ची में नहीं है लेकिन इतना तो मैं जानती ही हूँ कि मुक्ता इतना कुछ जानती है कि सालों तक तुमको पढ़ा सकती है। वह दिल से है इस आंदोलन में, दिल से। सब लोग इतना जी-जान नहीं लड़ाते जितना वह लड़ा रही है। मुझे पता नहीं था, तुमने यह सब कहा। अब कभी मुझे फोन नहीं करना।'

पूरा दिन सुगुणा व्यथित रही। सोचा, अविधा से बात कर ले मगर विनीता से गोपनीयता का वादा कर चुकी थी। जब शाम तक भी उसकी बेचैनी कम नहीं हुई तो वह विनीता के घर जा पहुँची। जानती थी, मुक्ता एफओबी में होगी मगर न गई हो आज और घर पर मिल गई तो? देखा जाएगा, उसने सोचा। उसे सूझा ही नहीं कि विनीता भी शायद बैठक में गई हो! लेकिन वह घर पर ही मिल गई।

उसने बड़े ठंडेपन से सुगुणा को देखा और सोफे की तरफ इशारा करके चुपचाप बैठ गई। बात करना कठिन हो गया।

'मैं कुछ...'

'मुझे कुछ नहीं सुनना,' विनीता ने कहा

उसका खिंचा हुआ चेहरा, उसका वह निश्चय करके उसे न देखना, उसे पानी तक नहीं पिलाना, उसकी बर्फ आवाज़—इसी दम पर दावा करते हैं छोटे शहर के लोग इन्सानियत का! सुगुणा ने सोचा, एक ग़लत कदम और प्रीत का इतिहास खत्म।

'ठीक है, सुनना है सुनो, नहीं तो नहीं। मगर मैं जो कहने आई हूँ, कहकर जाऊँगी। मैं तो समझती थी, हम दोनों एक जैसी हैं और तुम मेरी बात समझ सकोगी। जिस तरह तुम्हारे लिए वफादारी ज़रूरी है, मेरे लिए भी है। अपने दोस्तों के प्रति भी मैं पूरी वफादारी निभाती हूँ। अविधा ने मुक्ता से कहा था कि मैड को सारा दोष न दे, आखिर कार्बाइड ज़्यादा बड़ा दोषी है, हमारे जेल जाने का मतलब ही नहीं बनता, कार्बाइड को जेल जाना चाहिए। मगर जानती हो, मुक्ता ने क्या कहा? कहा कि अविधा बेवकूफ है। हो सकता है कि...हो सकता है, क्या सच है, कि मुक्ता को बहुत कानून आता है। लेकिन सिर्फ कानून जानने से इंसाफ की समझ नहीं बन जाती। अविधा को भी इंसाफ की समझ है। इसीलिए वह भी इस लड़ाई में शुरू से रही है। मैं तो मुक्ता से माफी माँग लूँगी। मुझमें इतना अहंकार नहीं है कि अपनी ग़लती न मानूँ। हो जाता है दोस्तों के बीच ऐसा। अब तुम्हारी मर्ज़ी है, मुझसे रिश्ता रखो या मत रखो।'

विनीता चुपचाप फर्श को ताकती रही। असहजता के सन्नाटे में एक हल्की-सी हँसी छोड़कर सुगुणा चली गई।

विनीता के भीतर तनाव के बीचोबीच एक शांत-सा घेरा भंवर की तरह खुला और विस्तार पाने लगा। उसे मनाने सुगुणा ऐसे दौड़ी चली आएगी, यह उसके लिए कल्पनातीत था। इतना महत्त्व है उसका, उसकी मैत्री का कि मुक्ता को खरी-खोटी सुनाने वाली उसकी नाराज़गी से विचलित होकर मुक्ता से भी माफी माँगने को तैयार हो गई? वह कल्पना भी नहीं कर सकती कि मुक्ता किसी से माफी माँगेगी। आज तक तो इस तरह मुक्ता ने कभी मनाया भी नहीं।

धीरे से उसने सिर उठाया और गर्दन घुमाकर कमरे की एक एक चीज़ निहारने लगी। यकीन नहीं होता था कि कमरे में कुछ भी नहीं बदला है मगर अब उसे यह अपना भी लगने लगा था और इससे मोह भी कम हो गया था। वह पूरे घर में घूमने लगी। छोटा-सा ही तो फ्लैट था। मन किया, बाहर घूम आए।

जब तक मुक्ता लौटी, कैसेट बजने लगे थे, विनीता उसके संग गुनगुनाने लगी थी। उसके घर के भीतर आते ही विनीता ने उसकी बाँह थामकर कहा, 'मुझे कुछ कहना है तुमसे, इससे पहले कि मेरी हिम्मत जवाब दे जाए।'

'साड़ी तो बदलने दो। मुँह-हाथ...'

'बाद में,' विनीता ने कहा तो मुक्ता उसका चेहरा ताकने लगी। ऐसी भी एक विनीता है क्या? कहाँ थी आज तक? उसने व्हिस्की की बोतल निकाल ली। विनीता ने बोतल उठाकर वापस अलमारी में रख दी।

'बाद में...' उसने कहा।

मुक्ता कंधे उचकाकर सोफे पर पैर उठा बैठ गई। विनीता ने टोका नहीं, कहा नहीं कि कवर गंदे हो जाएँगे।

'पहले वायदा करो कि गुस्सा नहीं करोगी...कुछ भी हो...चीज़ें उठाकर फेंकोगी नहीं। बहस भी नहीं करना। अच्छा, करना हो तो कर लेना, मगर बाद में।'

'अब कहो भी,' मुक्ता ने खीजकर कहा। विनीता का आत्मविश्वास डोल गया। भय की लहर चेहरे को छू गई।

'तुम गुस्सा करती हो तो लगता है, मैं...मेरा ही...पता नहीं...ऐसा लगने लगा है कि मेरा होना भी अखरता है तुम्हें। मुझे देखते ही गुस्सा आता है तुम्हें...मुझे अब ऐसा लगने लगा है कि मेरा जीना ही बेकार है, मेरा कोई वजूद ही नहीं है।'

'ओह! सॉरी,' मुक्ता ने कहा। 'सॉरी!'

'प्लीज़, मुझे कहने दो! मेरी बात सुन लो! बाद में कुछ कहना हो तो कहना, वरना चुप रहना।'

एकाएक विनीता चुप हो गई। कौन बोल रहा था भीतर से? सुगुणा? उसने सिर झटक दिया। मुक्ता एकटक उसे देखे जा रही थी।

बिना भूमिका बाँधे विनीता ने उससे सब कह दिया—सुगुणा को फोन करने से लेकर आज शाम उसके घर आने तक की बात।

'मैं जानती हूँ, मैं बेवकूफ हूँ। मुझे सुगुणा से सब कुछ कहना नहीं चाहिए था। तुम शायद विश्वास न करो लेकिन मैं भी बहुत टेंस रही हूँ। तुम्हारी वजह से। तुम्हारा टेंशन देखने से, उसको दूर करने के लिए कुछ भी कर नहीं सकती, इससे तुम जो हिकारत बरसाती रहती हो उससे। क्या करती मैं? मुझे भी तो कोई सहारा चाहिए। लेकिन अब मैं उससे बात नहीं करूँगी।'

मुक्ता इस नई विनीता से कुछ-कुछ डर-सी गई थी। वह चुपचाप कपड़े बदलने चली गई। देर रात खाना खा चुकने के बाद उसने विनीता का हाथ पकड़कर कहा, 'तेरी कोई ग़लती नहीं है।'

वह खुद को इल्ज़ाम देकर अपनी एकमात्र सहेली को उसके प्यार के लिए बलिदान करने को तैयार हो गई थी, यह मुक्ता के अहंकार को चोट थी। उसके बौद्धिक सत्ता को संवेदना की चुनौती थी और उसे लगा, वह इतने गहरे प्यार के योग्य ही नहीं है। उसे आभास था कि वह विनीता पर इसलिए गुस्सा उतारती रही थी कि वह दुर्बल थी, आश्रिता थी और आज यह आभास विनीता की चेतना का अंग बनकर मूर्त रूप धारण कर गई।

उसे आलिंगन में भरकर मुक्ता ने कहा, 'मुझे माफ मत करना विनी। कर दिया तो मैं कभी सुधर नहीं पाऊँगी।'

बहुत देर बाद जब आकाश कमरे में उतर आया और दोनों की प्रीत उन्मुक्तता के डैनों पर सवार उसमें विचरण करती सर्वत्र छा गई, मुक्ता ने विनीता से कहा, 'जाने दे। माफ कर दे सुगुणा को। हैली ने भी डांट पिलाई है उसे।'

विनीता ने कहा, 'सोचेंगे।' वह आकाश से नीचे उतरना नहीं चाहती थी।

दुनिया तो अविधा की भी बदलने लगी थी। रोज़ सुबह जी मिचलाता और अब घबराने भी लगा। इस अभियान की व्यस्तता में वह भूल ही गई थी कि पिछली बार कब उसने सैनिटरी नेपकिन इस्तेमाल किए थे।

सुगुणा को बिना बताए एक शाम वह पड़ोस के एक क्लिनिक में बात करके अगली सुबह अपने पेशाब को एक छोटी शीशी में भर, उसे कई पन्नियों में लपेट चुपके से अपने कमरे में किताबों के पीछे छिपाकर ही सुगुणा के पास छत पर आई। अब धूप में तेज़ी आ गई थी और छाया तलाशने के दिन आ गए थे। पर दोनों ज़िद करके आधा घंटा सुबह-सुबह की धूप अपने बदन को दिखा ही लेती थीं। इस मामले में सुगुणा ही ज़्यादा नियम की पक्की थी। उस दिन अविधा ने उससे कहा कि उसे दफ्तर से पहले कहीं और जाना है इसलिए साथ नहीं जा सकेंगे। सुगुणा के निकलने के बाद उसने जल्दी से छिपाया हुआ सैंपल उठाया और क्लिनिक भागी।

शाम को उसने क्लिनिक से रिपोर्ट ली। एक शब्द की रिपोर्ट। 'पॉजिटिव'! शब्द उसे निरर्थक-सा लगने लगा। मतलब क्या था उसका? उसके जीवन में यह खबर क्या पॉजिटिव हो सकती है? शादी को छोड़ दो। अकेली जान। रिपोर्टर की नौकरी। आंदोलनों का चस्का। शराब-सिगरेट की लत। पॉजिटिव...।

यंत्र की तरह चलती वह पास की दुकान में गई कि प्रशांत को फोन करे। घर में सुगुणा होगी। यह खबर अभी खबर नहीं बनी है। पक रही है। स्कूप है। उसका स्कूप। पहले प्रशांत को परोसेगी। प्रशांत घर में था। फोन उसी ने उठाया। पीछे से उसके बेटे की धमाचौकड़ी की आवाज़ें आ रही थीं। कोई उसे डाँट रहा था। रेडियो बज रहा था। अविधा ने कुछ नहीं बताया उसे।

'बस, यूँ ही फोन किया था, तुमसे मिलना था। ज़रूरी काम है।'

प्रशांत ने कहा, अगले दिन फोन करेगा।

अविधा अपने घर की ओर चल दी। सीढ़ियों पर उसने देखा, क्लिनिक की रिपोर्ट उसके हाथ में थी। उसने झट से उसे बैग में बंद कर दिया। इधर-उधर बिखरे चेतना के अंश बटोरे, उन्हें निगला और चेहरे पर थकान चस्पाँ कर कमरे में आ गई।

सुगुणा अपने ही खयालों में गुम थी। उसने अविधा से उसकी तबियत के बारे में भी नहीं पूछा।

अगले दिन प्रशांत का फोन नहीं आया।

भोपाल के लोगों का दिल्ली से लौटना जितना हैली को अखरा, शायद किसी और को नहीं। उनके साथ ही सुबह-सुबह निज़ामुद्दीन बस्ती की मीठी चाय, फेन और सब्जियों की धुलाई का वह काम भी छूट गया जिसे सुगुणा के संग ने रोमांच से भर दिया था। अब सुबह खाली लगने लगे। उसके दफ्तर गाहे-बगाहे वह जाता

ही था मगर अचानक उधर का रुख करने में हिचकिचाहट होने लगी। सुगुणा की बोली, उसके हावभाव, उसकी दमकती त्वचा तक पता देती थी उसके आभिजात्य वर्ग का और हैली की दुनिया अलग था। उसकी दुनिया से लोग कभी-कभी उस दुनिया में प्रवास कर जाते थे जो सुगुणा का स्वाभाविक परिवेश था, जिसकी वह जन्म से उत्तराधिकारिणी थी। हैली का उस दुनिया में प्रवेश की चेष्टा भी अतिक्रमण का ही रूप धर सकता था। मुक्ता के साथ उसकी झड़प को बहाना बनाकर वह सुगुणा से मिलने पहुँचा था और उसकी खुशी देखकर अचकचा गया था। जो बात अंत में करनी चाहिए थी, वही पहले ज़ुबान पर आ गई और नींव डलने के पहले ही इमारत को मलबे में बदल गई। तब से एफओबी में काम लायक बात होती थी।

सुगुणा खुद हैरान थी कि अपने रवैए की हैली से आलोचना सुन वह इतना क्यों उखड़ गई थी। उसे न तो सुस्पष्ट विचारधारा का दंभ था, न वह खुद को बड़ा बुद्धिजीवी मानती थी। उसे गुस्सा कम आता था और आए भी तो लंबे समय तक टिकता नहीं था। आवेश उसकी नज़र में हिंसा ही था और उसकी प्रकृति अहिंसक थी। हैली मुक्ता का पक्ष ले, इसमें कोई अन्याय नहीं है, वह समझती थी। पर यही बात उसे अपने से धोखाधड़ी लगी।

एक दिन एफओबी के बाद उसने मुक्ता से कहा, 'उस दिन मैंने तुम्हें भला-बुरा कहा था, वह गुस्से में यूँ हो कह दिया था।'

मुक्ता ने शर्मिंदा-सा महसूस करते हुए कहा, 'छोड़ो, जाने दो।'

और दोनों के बीच की असहजता पिघल गई। लेकिन हैली के साथ अनबन खत्म करना आसान नहीं था। कई दिनों तक हैली ने जब कोई पहल नहीं की, तो सुगुणा बेचैन हो गई।

अजीत ने तभी एक दिन घोषणा कर दी कि मार्च के अंत में एक बड़ी जनसभा करनी है और जो राजनीतिज्ञ आठ तारीख को नहीं आए थे, वे उस दिन ज़रूर पहुँचेंगे। फिर बहुत-सा काम करना था। छपाई का नाम आते ही सबकी निगाहें सुगुणा और हैली की ओर उठ गईं। एक बार तो सुगुणा ने सोचा भी कि मना कर दे पर हैली से व्यक्तिगत लड़ाई काम के आड़े आए, यह उसे मंज़ूर नहीं था। हैली के पास तो न कहने की वजह भी होती तो भी वह मना नहीं कर सकता था। यह तो उसकी नौकरी का हिस्सा था।

वे एफओबी से निकले तो हैली ने कहा कि उसे कुछ बात करनी है।

अविधा ने शरारत से मुस्कुराते हुए कहा, 'यानी मैं कट लूँ? चलो यार, हम यह ग़म भी सह लेंगे।' वह सड़क पारकर चली गई।

'क्या है?' सुगुणा ने गुस्से में पूछा।

उसके उखड़ेपन से हैली का कंठ सूख गया। लगा, उसी को कुछ ग़लतफहमी रही है।

'नो हार्म इन बीइंग फ्रेंड्स,' उसने कहा।

'और फ्रेंड्स नहीं रहने में भी कोई बुराई नहीं है,' सुगुणा ने टका-सा जवाब पकड़ा दिया। 'बिना दोस्त बने भी हम साथ काम कर सकते हैं।' दोनों चुपचाप चलते रहे। 'और हाँ, मैंने मुक्ता से माफी माँग ली है। आपको खबर तो हो ही गई होगी?'

'मुझे क्या मालूम था कि तुम इतनी टची हो! मैं तो बस फॉब को बिखरने से बचाना चाहता था।'

'फिर भी तुम्हें आकर मुझे लेक्चर पिलाने की ज़रूरत नहीं थी। तुम न भी कहते तो मैं और मुक्ता आपस में मामले को सुलझा लेते। मगर कोई आदमी यह कल्पना भी नहीं कर सकता कि औरतें उनकी मदद के बिना कुछ कर सकती हैं। सो कॉंडिसेंडिंग।'

हैली हँस पड़ा। सुगुणा का पारा चढ़ गया। 'यही...यही तो पुरुष का अहंकार है। सोचते हो, रास्ता नहीं दिखाओगे तो बेचारी औरत सही दिशा में जाएगी कैसे?'

'मुझे तो यह सब सूझा भी नहीं,' हैली ने कहा। 'उसी समय कह देतीं। उलटे तुम तो कहने लगीं कि मुक्ता को लेकर मेरे मन में कुछ है।'

'गुस्सा आ गया मुझे, तो क्या हुआ? आ गया तो आ गया,' सुगुणा ने कंधे उचकाकर कहा। अगर इसको इतना समझ में नहीं आ रहा कि उसमें निहित ईर्ष्या उसके किस जज़्बे का ऐलान थी तो सुगुणा तो उसे समझाने से रही।

हैली कहने लगा कि कुछ समय से वह एनजीओ में लोगों के आहत अहं को सहलाकर किसी तरह सबको साथ लेकर चलने का ही काम करता रहा है और इसी वजह से उससे भी बात करने जा पहुँचा था।

'सफाई तो अच्छी दे लेते हो। मगर इससे यह तथ्य बदल नहीं जाता कि तुमने जो किया, वह कॉंडिसेंडिंग था। और हाँ, अपनी ग़लती पर कभी माफी नहीं माँगना। पुरुष माफी थोड़े ही माँगते हैं, मँगवाते हैं। यह पितृसत्ता के नियम हैं,' सुगुणा ने कुछ तुर्शी से कहा।

दोनों सड़क किनारे रुककर बात कर रहे थे।

'कोई अपनी राय रखे तो फौरन उस पर इल्ज़ाम लगा देना कि कोई न कोई मतलब होगा उसका, यह शायद पितृसत्ता के नियमों का हिस्सा नहीं है,' हैली ने भी नाराज़ होकर कहा। 'यह तो मेरी किस्मत अच्छी है कि मुक्ता स्त्री प्रेमी है वरना मैं तो कितनी भी सफाई देता, साबित ही नहीं कर सकता था कि मैं उसकी ओर आकर्षित नहीं हूँ।'

सुगुणा खिलखिलाने लगी। 'हैली, तुम भी ना...अरे वह स्त्री प्रेमी है तो तुम भी हो। तुम तो आकर्षित हो ही सकते हो, भले वह तुमसे इश्क न लड़ाए।' फिर हैली को शरीर नज़रों से देख उसने कहा, 'मुझे तो गे आदमी बहुत पसंद है। बहुत ही हैंडसम होते हैं।'

'तुम बहुत ही ज़्यादती करती हो। सीधे पूछ लेतीं। जैसे निर्मला के बारे में पूछा था।'

सुगुणा ने कहा कि निर्मला के साथ उसके संबंध हैं, यह उसे बताया गया था इसीलिए पूछा था उसने।

'और मैंने बहुत-सी औरतों के साथ काम किया है। किसी ने भी कभी नहीं

कहा कि मैं उन्हें औरत होने की वजह से अपने से कमतर समझता हूँ...' वह एकाएक चुप हो गया। आखिरी क्षण में उसने खुद को यह कहने से रोक लिया था कि निर्मला ने भी ऐसा नहीं कहा था।

मगर सुगुणा ने भाँप लिया। माहौल फिर भारी हो गया। 'मैं जो समझती हूँ, कहती हूँ। और लोग क्या कहते हैं, नहीं कहते हैं, इससे मुझे कुछ लेना-देना नहीं है।'

वह मुड़कर तेज़ कदमों से बस स्टॉप की ओर चल दी। हैली खड़ा ही रह गया।

अगली सुबह प्रेस की तरफ जाते हुए सँकरी गली में हैली रुका और सुगुणा के दोनों कंधों पर अपने चौड़े हाथ रखकर उसने कहा, 'मेरा मन करता है हमेशा तुम्हारे ही साथ रहूँ, आसपास रहूँ। पहले कभी किसी के लिए मुझे ऐसा महसूस नहीं हुआ।'

अपनी ही धृष्टता से अभिभूत होकर उसने उसके कंधे से हाथ हटा लिये और लंबे डग भरता हुआ प्रेस की ओर चला गया। दोनों काफी देर तक खरोंचों से सजी मेज़ के पास बैठकर प्रूफ का इन्तज़ार करते रहे। बिजली कटौती की मेहरबानी से अभी तक पहले के ही ऑर्डर तैयार हो रहे थे। उनका पर्चा अभी सेट ही हो रहा था।

'मैंने जो कहा, वह बुरा लगा तो माफ कर देना,' हैली ने सुगुणा से कहा।

'तुम्हें लगता है, यह मुझे बुरा लगेगा?' सुगुणा ने भौंहें चढ़ाकर पूछा।

'तुम्हें क्या लगता है, क्या नहीं, यह कैसे पता लगे? हर समय इतनी अक्लमंदी की बातें करती रहती हो, भावनाओं पर तो हाथ ही नहीं धर सकते।'

'जानती हूँ। मैं बहुत ही व्यावहारिक हूँ,' सुगुणा ने धीरे से कहा। फिर उस पर एक खिली हुई मुस्कान फेंककर उसने कहा, 'एप्लिकेशन भेज दो।' उसकी आँखों में रोशनी के नटखट कण झिलमिला रहे थे।

'ट्रिप्लिकेट में?' हैली ने शोखी से पूछा।

'हूँ,' कहकर सुगुणा ने अपना नोटपैड उसकी ओर खिसका दिया।

'डिक्टेशन देंगी मैडम,' हैली ने पूछा। सुगुणा ने इनकार में सिर हिला दिया।

उनके एक तरफ अक्षर ही अक्षर बिखरे पड़े थे और चिमटी से उन्हें उठाते कामगार एक दूसरे को कनखी से देख मुस्कुरा दिए। सुपरवाइजर ने डाँट बताई, 'काम करो। इधर-उधर क्या देख रहा है।'

हैली और सुगुणा को भान हुआ कि कहाँ बैठे हैं। सुगुणा पास पड़ी पुस्तिकाओं के ढेर से एक उठाकर उसे पढ़ने का स्वाँग करने लगी मगर ध्यान उसका हैली पर था जो नोटबुक को अपने बाजू की आड़ में छिपाकर सोच-सोचकर कुछ लिख रहा था :

'सेवा में, सुगुणा जी,
बॉस, दिलोजान

विषय : प्रणय निवेदन,

आदरणीया सुगुणाजी, मैं आपको सूचित करना चाहता हूँ कि मैं बेहद बीमार हूँ। मेरी भावनाएँ मेरे दिल के साथ फुटबॉल खेल रही हैं। आपके सूचनार्थ बता दूँ

कि कुछ समय से खेल तेज़ होता ही जा रहा है। आदरणीया मैडमजी कृपया बताने का कष्ट करें कि यह छूत का रोग आपको भी लगा है कि नहीं?

इसलिए मेरा विनम्र निवेदन है, हाथ जोड़कर अनुरोध है, कि कृपा करके जब सुविधा हो, कुछ भावनाएँ मुझे आप प्रेषित करें ताकि मुझे कुछ आराम मिले, कुछ राहत मिले। इस आवेदन-पत्र के मार्फत यह निवेदन कर रहा हूँ। आशा है कि शीघ्रातिशीघ्र आप इसका उत्तर देंगी और उचित कार्यवाही करेंगी। जल्दी करें तो बड़ी मेहरबानी होगी।

सादर प्रणाम।
आशा और अपेक्षा में—
भवदीय हैली।'

नोटबुक से पन्ना फाड़कर उसने सुगुणा की ओर खिसकाया। पढ़कर सुगुणा हँसती-हँसती दोहरी हो गई। वृद्ध कम्पोजिटर ने पूछा 'जो साहब ने लिखा है अभी, पर्चे में जोड़ना है?'

'नहीं,' सुगुणा ने कहा और गंभीर होने की कोशिश करने लगी। उसने चाय मँगाई और सबके लिए मठरी भी।

फिर हैली के लिखे निवेदन के हाशिए पर लिखा, 'मंजूर,' और हस्ताक्षर कर दिये।

हैली ने उससे पन्ना लिया और देर तक उस एक शब्द पर नज़र टिकाए रहा। उसे मोड़कर वह जेब में रखने ही वाला था कि सुगुणा ने उससे काग़ज़ छीन लिया।

'उहूँ,' वह बोली। 'मूल निवेदन तो बॉस के फाइल में रहेगी। तुम्हें फोटोकॉपी मिल जाएगी।'

अविधा अब इतनी तनावग्रस्त थी कि मार्च के अंत में होनेवाली जनसभा की तैयारी की ज़िम्मेदारियाँ भी उसका ध्यान अपनी स्थिति से हटा नहीं पा रही थीं। फिर भी जब उस दिन वह इंडिया गेट पर पहुँची, जन सैलाब को देख उसका मन उत्साहित हो गया। रफी मार्ग पर मंच बना था और वहाँ अजीत के पास जाकर खड़े होते हुए उसे लगा, इतने दिनों की भागदौड़ रंग ले ही आई आखिर। कई नेतागण मौजूद थे।

'अभी विपक्षी हैं इसलिए ये तेवर हैं। सत्ता में आने पर बदल तो नहीं जाएँगे?' अविधा ने पूछा।

'यह तो इनका जन्मसिद्ध अधिकार है। पर हमें कोशिश तो करते ही रहना चाहिए। और चारा क्या है?'

तभी महाललकारी आ पहुँचे। जयघोष से मैदान लहलहा उठा। उन्होंने अपने भाषण में साफ कहा कि समझौता देश को शोषकों के हाथ बेचने का करार ही है और कुछ नहीं।

'भोपाल की जनता बहुत बहादुर है। जो अन्याय उसके साथ तीन दिसंबर 1984 को हुआ, उससे भी बड़ा अन्याय आज हुआ है। हम आपके साथ खड़े हैं, आपने रास्ता दिखाया है, समझौते को ठुकराया है। हम आपके साथ मिलकर लड़ेंगे। मैं आपका सिपाही हूँ, मोर्चे में सबसे आगे रहूँगा,' उन्होंने कहा।

किसी भी नेता ने मगर ठीक-ठीक यह नहीं बताया कि वे करेंगे क्या।

दफ्तर पहुँचते-पहुँचते अविधा भूख से बेहाल हो चुकी थी। जाते ही उसने कैंटीन से एक प्लेट समोसे, गुलाब जामुन और चाय मँगाई और अपने नोट्स पढ़ने लगी। दिन भर चाय पीते रहने वाली अविधा आजकल चाय कम पीती थी और हर समय कुछ-न-कुछ खाती ही रहती थी। उसके सहकर्मी इस परिवर्तन को लक्ष्य कर हैरान तो थे पर उससे कुछ पूछते डरते थे। पूरी इमारत में अविधा और सुगुणा से ऐसा कुछ पूछ लेना, जो उनके निजी जीवन से ताल्लुक रखने का संकेत भी देता हो, बर्रे के छत्ते में हाथ डालने से कम खतरनाक नहीं समझा जाता था। इसलिए कानाफूसी होती थी, सच का पता लगाने की कोशिश नहीं। खाने की चीज़ें पहुँची ही थीं कि जोशी जी का बुलावा आ गया।

अविधा उनके केबिन में पहुँची जो कमरे के एक कोने को लकड़ी के फट्टों से घेरकर बनाए छोटे से हिस्से को दिया गया बड़ा सा नाम था।

'कल के एक प्रेस कॉन्फ्रेंस का निमंत्रण है, तुम्हारी बीट है,' जोशी के हाथ में एक लिफाफा था।

अविधा कहने को हुई कि वह कल की छुट्टी चाहती है। उसका इरादा निर्मला से मिलने का था जो जमुना के उस पार मयूर विहार जैसे अनजानी सी बस्ती में रहती थी और उसका त्रिलोक पुरी के मूल नाम से ही ज़िक्र करना पसंद करती थी जो कॉलोनी से सटे उस पुनर्वास बस्ती का नाम था जो 1984 में सिक्खों के संहार के लिए कुख्यात हो गया था।

'किसी और को भेज दीजिए प्लीज़,' जोशी के हाथ से लिफाफा लेते हुए उसने कहा। 'बहुत ही थकान हो रही है।' उसने लिफाफा खोला और कार्ड पढ़ा। स्वास्थ्य मंत्री की प्रेस कॉन्फ्रेंस थी, अगले दिन दोपहर तीन बजे शास्त्री भवन में।

'मैं जाऊँगी,' अविधा के मुँह से अनायास ही निकल गया।

'मुझे मालूम था, इसमें ज़रूर जाओगी,' जोशी ने कहा।

अविधा के मन में शंका का बीज पहली बार अंकुरित हुआ। क्या दफ्तर के लोग उसके बार-बार स्वास्थ्य मंत्रालय में फोन करने, वहाँ भागे जाने को लेकर कयास लगाने लगे हैं? कायदे से तो यह कार्ड उसे मेज़ पर रखा मिलना चाहिए था, जोशी ने क्यों अपने कमरे में बुलाकर दिया? वह बाहर निकली तो चाय पर मलाई की पपड़ी-सी जम गई थी। देखते ही उबकाई आने लगी। उसने समोसे और चाय भी सहकर्मियों की ओर खिसका दिये। भूख एकदम खत्म हो गई थी। एक अजीब से डर ने सीने पर शिकंजा कस लिया। उसे लगा, आज के दिन वह राजनीतिज्ञों के

भाषणों और वायदों के बारे में सोच भी कैसे पा रही है जब उसका जीवन डाँवाँडोल है और उसकी सोच का केंद्र कुछ और होना चाहिए? वह प्रशांत को यह सब बताना भी क्यों चाहती है? क्या हासिल होगा उससे? आज के युग में जब गली-गली में डॉक्टर गर्भपात कर रहे हैं, उसने इसे इतना बड़ा प्रश्न क्यों बना लिया है? चाहे तो घंटे भर में छुटकारा पा सकती है इस तनाव से और वह इसे झेले जाने की अपने अवचेतन की ज़िद की शिकार होकर कितना परेशान हो रही है।

एकाएक अविधा को लगा कि कहीं प्रशांत पर अपनी सत्ता ज़माने के लिए ही तो ऐसा नहीं कर रही है वह? पता चलते ही उसके आगे-पीछे घूमने लगेगा बंदा, चिरौरी करेगा, दिन-रात फोन करेगा। वही सब जो चाहती रही और नहीं मिला, एक बार हासिल करके उसका सुख भोगना चाहती है क्या वह? कल वह वहाँ होगा, इसकी कोई गारंटी तो थी नहीं मगर बाद में तो वह उसके दफ्तर जा ही सकती थी।

मंत्री महोदया दो साल से कुर्सी पर विराजमान थीं मगर एक बार भी प्रेस से नहीं मिली थीं इसलिए प्रेस वालों की खूब भीड़ होगी। अविधा ने कार्ड को पर्स में रख लिया था।

था, वह वहाँ था। उसकी मौजूदगी ने अविधा के सीने पर घूँसा-सा जड़ दिया। वह तो इतना वरिष्ठ अधिकारी नहीं था कि मंत्री के साथ प्रेस कॉन्फ्रेंस में मौजूद हो। पीछे खड़ा था, सबसे पीछे, हाथ पीठ पीछे बाँधे, खामोश, परदे की हिफाज़त कर रहा हो जैसे! अविधा सुगुणा के पास बैठ गई और प्रशांत को देख हल्के से मुस्कुराई। उसने गर्दन हिला दी, इतनी सूक्ष्म थी वह हरकत कि शायद ही किसी की निगाह में आई हो। मंत्री ने अस्पतालों की हालत, सरकारी अस्पतालों में आयात करके लगाई गई जाँच की नई मशीनों और एड्स की रोकथाम पर छोटा-सा वक्तव्य दिया। अविधा ने कुछ सुना, कुछ सुना ही नहीं।

प्रेस कॉन्फ्रेंस खत्म होते ही पत्रकारों ने मंत्री को घेर लिया। अविधा बड़े आत्मविश्वास से उनके पीछे खड़े प्रशांत के पास जाकर बोली, 'हैलो। आपको यहाँ देखकर अच्छा लगा।'

प्रशांत अचकचाया होगा मगर भावहीन चेहरा आज उसके बहुत काम आया। उसने आगे बढ़ते हुए अभिवादन का जवाब संक्षिप्त अभिवादन से दिया।

'कई बार संदेश छोड़े। आप तो फोन ही नहीं करते,' अविधा ने हँसकर कहा।

प्रशांत धीरे-धीरे कमरे के दूसरे छोर की ओर बढ़ने लगा कि कोई उनकी बातचीत न सुन ले।

कनखियों से मंत्री को देखते हुए प्रशांत उसे देखकर मुस्कुराया। कोई पत्रकार किसी अधिकारी को घेरे या अधिकारी उससे अकेले में बात करे, यह कोई अनहोनी नहीं मगर दो साल बाद पकड़ में आई मंत्री को छोड़कर किसी अधिकारी के पीछे-पीछे एक महिला पत्रकार का जाना ध्यान आकर्षित तो करने ही वाला था। वह तो सेक्रेटरी भी नहीं था कि इसे साधारण घटना माना जाए।

'मैं बाहर था,' प्रशांत ने पीछा छुड़ाने के लिए कहा। 'आज फोन करने वाला था।'

'आज ?' अविधा ने पीछे मंत्री के इर्द-गिर्द जमा पत्रकारों की भीड़ की तरफ हाथ हिलाते हुए पूछा 'क्यों ? तुम्हें लगा, मैं यहाँ नहीं आऊँगी ?'

प्रशांत ने फौरन नाश्ते के सामान से लदी मेज़ से प्लेट उठाकर उसमें सैडंविच रख दिए और उसकी ओर बढ़ा दिया। प्लेट को अनदेखा कर अविधा ने कहा, 'मुझे तुमसे बात करनी है। कब मिल सकते हैं, बताओ ?'

'मंत्री महोदया से बात नहीं करनी ?'

'नहीं। तुमसे करनी है।'

'बाद में। अभी मुझे काम है। बाद में बात करेंगे,' कहकर प्रशांत मुस्कुराते हुए अपने वरिष्ठ अधिकारियों के घेरे की ओर चल दिया।

अविधा को ताक रही एक रिपोर्टर ने पूछा, 'क्या लीड मिली यार ?'

'सिर्फ सैंडविच,' अविधा ने हँसकर कहा।

अब मंत्री से भी बात करना ज़रूरी था। सहकर्मियों की हँसी में साथ देती उसने सैंडविच का एक टुकड़ा मुश्किल से निगला और मंत्री की ओर बढ़ गई।

'यह सैंडविच काफी टेस्टी हैं,' अविधा ने कहा। 'सरकारी अस्पतालों के खाने की तरह बेज़ायका नहीं हैं।'

मंत्री महोदया की मुस्कान पूरे कमरे को रौशन कर गई। 'इनमें मेयोनेज़ जो भरा पड़ा है। मरीजों को ऐसा खाना थोड़े ही खिला सकते हैं ?' उनकी टिप्पणी पर अफसर हँस दिये। अविधा ने एक सभ्य मुस्कान को चेहरे पर आते ही पोंछ दिया।

'शहर में भोपाल की इतनी चर्चा है, लेकिन आपने तो गैस पीड़ितों की समस्याओं का ज़िक्र तक नहीं किया ?'

मंत्री महोदया असहज-सी हो गईं। अविधा को अब पश्चात्ताप होने लगा कि उसने प्रेस कॉफ्रेंस में यह नहीं पूछा। अलग से पूछने पर एक्सक्लुसिव तो मिलता है मगर सबके सामने पूछती तो भोपाल का कुछ और प्रचार हो जाता। पत्रकार और कार्यकर्ता के इस संघर्ष में आज उसका पत्रकार कैसे जीत गया ? प्रशांत, वही है इस अन्यमनस्कता के लिए ज़िम्मेदार, उसने सोचा। 'आईसीएमआर की रिपोर्ट आप लोगों ने गुप्त क्यों रखी है ?'

'सरकार के पास आईसीएमआर की बटोरी जानकारी है। इसका इस्तेमाल सरकार गैस पीड़ितों के इलाज में कर रही है। शोध का मकसद भी यही था। उन रिपोर्टों को सार्वजनिक करने से क्या फायदा ? ग़लत हाथों में भी तो पड़ सकते हैं,' मंत्री धीरे-धीरे एक एक शब्द तौलते हुए बोलीं।

'जैसे किसके हाथ ?'

'आप भी जानती हैं, हम भी जानते हैं, ग़लत हाथों का क्या मतलब है। कोई नाम न ही लें तो अच्छा है,' मंत्रालय के सचिव ने जवाब दिया। तभी एक वरिष्ठ पत्रकार आकर पूछने लगे कि सर्जरी के लिए सरकारी अस्पतालों में इतनी लंबी तारीख क्यों मिलती हैं ? 'आपको भी लाइन में लगना पड़े तो हम किसलिए हैं ?

लाइए, डीटेल्स मेरे पीए को दे दीजिए,' सचिव ने उनके कंधे पर हाथ रखते हुए कहा। अविधा मुड़कर कमरे से निकल गई।

शास्त्री भवन में ही वह पत्रकार कक्ष में जा बैठी। जिन पत्रकारों के कार्यालय दूर थे या जिन्हें कुछ देर में संसद जाना होता था, वे यहाँ अपने लेख टाइप करते थे और किसी भी नए व्यक्ति का वहाँ एक कुर्सी भी हथिया लेना उन्हें नागवार गुज़रता था। अविधा को कइयों की अव्यक्त पर स्पष्ट नाराज़गी झेलनी पड़ी लेकिन वह वहीं अपना लेख टाइप करती रही। बीच में दो बार उसने प्रशांत के दफ्तर में फोन लगाया मगर उसने फोन नहीं उठाया तो वह समझ गई कि अभी दफ्तर लौटा नहीं है। पाँच बजे तक वह लेख टाइप करके उसे दो बार संपादित भी कर चुकी थी मगर फैसला नहीं कर पा रही थी कि उसे कैसे बताए कि क्या हुआ है। पहले यूँ ही पूछ ले कि अगर वह गर्भवती हो गई तो क्या करेगा? या सीधे खबर सुना दे? क्या वह उसे ही इस लापरवाही के लिए ज़िम्मेदार ठहराएगा? माहवारी तो उसकी बहुत नियमित होती रही थी, कौन से दिन सुरक्षित हैं इनका हर महीने वह हिसाब लगाती रही थी, मगर हमेशा उन्हीं दिनों में तो साहब को फुर्सत नहीं होती थी। इतने दिनों बाद प्रशांत को देखते ही पुरानी छटपटाहट लौट आई थी। उस ने कैसे इतने झगड़े कर लिये उससे पिछले दिनों? उसकी आँखें भर आईं। दो पत्रकार उसकी कुर्सी के पास ही खड़े थे। अविधा कुछ देर गहरी साँसें लेती रही, फिर झटके से कुर्सी पीछे को धकेलकर उठ खड़ी हुई।

इमारत की गेट पर पहुँचकर वह ठिठक गई। अपने दफ्तर जाए या प्रशांत के? आज ही तो खबर देना ज़रूरी नहीं है! वह बाहर निकली और सड़क पार करके प्रेस क्लब की ओर चल दी। कुछ ही कदमों के फासले पर दफ्तर है पर वहाँ से सड़क पार करने के बजाय वह एकाएक बाईं ओर मुड़कर पैदल ही तेज़ कदमों से निर्माण भवन की ओर चल दी।

प्रशांत दफ्तर में ही था। उसके पीए ने अविधा को टोका भी नहीं। अविधा उसकी परवाह किए बिना प्रशांत के कमरे में चली गई। प्रशांत की गोपनीयता की आदत इतनी गहरी थी कि वह कभी भी अपने पीए को ऐसे किसी व्यक्ति को टाल देने की हिदायत दे ही नहीं सकता था जिससे उसके अंतरंग संबंध होने का लेशमात्र भी संदेह हो। ऐसी हिदायत मातहत की शंका को ही पुख्ता कर देगी, वह जानता था।

अविधा को देखते ही प्रशांत उठ खड़ा हुआ और उसके बैठ जाने पर ही बैठा।

'चाय पियोगी?' उसने पूछा। अविधा का सिर नकार में हिला तो प्रशांत के नेत्र विस्फारित हो गए।

'प्रेस कॉन्फ्रेंस में काफी पी ली? तुम और चाय को मना कर दो?'

मौका था, अविधा फट से कह सकती थी कि उसे क्या मालूम, अब वह कितना खाना खाती है, चाय के नाम से उबकाई आती है उसे, जाने कैसे कुछ ही कोशिकाओं का एक पिंड औरत के खाने-पीने की आदतों को ही बदल डालता है।

'अगर तुम मुझसे आजिज़ आ गए हो तो साफ़-साफ कहते क्यों नहीं?' अविधा ने पूछा।

'कैसी बातें कर रही हो? बताया तो था, बाहर गया था, नहीं तो बीच-बीच में...बात तो होती है।'

'बताकर तो जा सकते थे कि कहाँ गए थे!'

फिर वही, कहाँ गए थे, क्यों गए थे?

'तुम्हें सब कुछ बताना ज़रूरी तो नहीं है?' प्रशांत की तनी भृकुटियाँ अविधा की आँखों में चुभ गईं।

'कौन है?'

'कौन?' प्रशांत समझ नहीं पाया, क्या पूछ रही थी वह।

'जो भी है। क्या मैं नहीं समझ सकती कि क्या चल रहा है? इतना भोला बनने की ज़रूरत नहीं है। कौन है जिससे चक्कर चल रहा है आजकल?'

प्रशांत का चेहरा तमतमा आया।

'बताओ,' अविधा अब संयम खोने लगी थी। कुर्सी से खड़े होकर प्रशांत ने सधे हुए ठंडे स्वर में कहा, 'मुझे निकलना है, ठीक है? बाय।' उसने कमरे का दरवाज़ा खोला, बाहर लोगों को देखा तो अपने पीछे अब भी कुर्सी पर बैठी अविधा का खयाल आया। उसकी तरफ मुड़कर उसने बड़े शांत स्वर में पूछा, 'आपको कहीं उतार दूँ?'

अविधा ने आँसू निगले और इस शांति प्रस्ताव को स्वीकार कर लिया। दोनों बाहर निकले और लंबे कॉरीडोर में अविधा प्रशांत के तेज़ी से बढ़ते कदमों का पीछा करती रही।

'सुनो, मुझे तुमसे कुछ कहना है,' उसने लिफ्ट के नज़दीक पहुँचते ही कहा। उसकी आवाज़ काँप रही थी। 'कुछ बहुत ही ज़रूरी है।'

'यहाँ नहीं,' प्रशांत ने बिना उसकी ओर देखे कहा।

बाहर निकलकर वह प्रशांत की कार में बैठ गई। प्रशांत इंडिया गेट की ओर मुड़ गया और राजपथ से वहाँ के हरे मैदानों के किनारे धीरे-धीरे गाड़ी चलाता रहा। अचानक अविधा को लगा कि उसे कुछ भी बताना ज़रूरी नहीं है। प्रशांत रिक्त कैनोपी तक जाकर उसका चक्कर लगा राष्ट्रपति भवन की दिशा में चल पड़ा। अविधा चुप थी।

'बताओ, बताओ, जो बताना है,' प्रशांत ने आखिर उसकी ओर मुड़कर कहा।

'क्या तुम्हें कभी मेरी याद नहीं आती?'

प्रशांत सीधे सड़क की ओर देखता रहा। कुछ देर बाद उसने कहा कि उसे कहीं पहुँचना है इसलिए जल्दी बता दे, जो भी बताना है।

इस तरह कैसे बता दे? अगर उसने अपना हाथ उसके हाथ पर रख दिया होता, अगर एक बार बस इतना ही कह देता कि वह इतनी परेशान न हो, कुछ भी नहीं बदला है, तो उसकी मजबूरियों को अपना लेती वह।

'सब खत्म हो गया न?' अविधा ने हताश होकर पूछ लिया। वह अपने ही काबू में नहीं थी। लगता था, ज़बान जो चाहे कह रही है।

'मुझे इंग्लैंड जाना है,' प्रशांत ने ऐसे ही कह दिया।

'कब ?'

यह ट्रिप एक दिन में तो प्लान नहीं होते। मंत्रालय से अनुमति लेनी होती है, टिकट कटवाना पड़ता है, पैसों का इन्तज़ाम करना पड़ता है। और अब तक उसने बताया भी नहीं।

'अगले महीने,' प्रशांत ने कहा।

'कितने दिनों के लिए ?'

प्रशांत चुप रहा। गाड़ी खिसकती रही। रफी मार्ग पर उसे गाड़ी मोड़ते देख अविधा होश में आई।

'कहाँ जा रहे हो ?'

'तुम्हें दफ्तर छोड़ देता हूँ प्रेस क्लब के पास। ठीक है ?'

'लिखोगे ? इंग्लैंड से खत लिखोगे मुझे ?' अपनी ही आवाज़ में टपकते अनुरोध की चाशनी का स्वाद अविधा को कड़वा लगा।

'मेरे पास करने को और भी बहुत कुछ है,' प्रशांत ने कहा।

इन लफ़्ज़ों के चाबुक ने अविधा की रीढ़ सीधी कर दी। गाड़ी की सीट से सटी पीठ आगे करके उसने तपाक से कहा, 'गाड़ी रोको। मैं खुद जा सकती हूँ।'

प्रशांत रुका नहीं।

'रुको,' अविधा चीखी। 'मैंने कहा, गाड़ी रोक दो।'

प्रशांत का पैर झटके से ब्रेक पर पहुँचा। उतरकर अविधा ने बहुत ज़ोर से गाड़ी का दरवाज़ा बंद कर दिया।

संसद को न्यायाधीश पर अभियोग लगाने का जो अधिकार है, उसका कभी इस्तेमाल नहीं हुआ था और अगर एफओबी का अभियान इतना दबाव बना लेता कि पहली बार किसी न्यायाधीश को संसद के कठघरे में खड़ा होना पड़ता तो उसकी अकल्पनीय जीत हो जाती और न्यायाधीशों के इर्द-गिर्द खड़ी अदंडता की ऊँची भीत में सेंध लग जाती। अभियान की उर्जाएँ इसी पर केंद्रित थीं। न्याय की ज़िम्मेदारी जिन पर है, वे अन्याय करें तो भी उनपर सवालिया निशान नहीं लग सकता, इस धारणा को इस अभियान ने हिलाकर रख दिया था और अब इसे सक्रिय कदम में बदलने की तैयारी हो रही थी। सर्वोच्च न्यायालय के परिसर को बुहारकर, उसके सामने बैठकर, तरह-तरह के नारे उसके खिलाफ लगाकर गैस पीड़ितों ने और उनके समर्थकों ने अभियुक्त तो न्यायाधीशों को ठहरा ही दिया था। अब संसद उनपर महाभियोग लगाए, संविधान ने नागरिकों को जीवन और सम्मान का जो अधिकार दिया है, उसकी मर्यादा की रक्षा उनके प्रतिनिधि करें, इसका समय आ गया था।

इम्पीचमेंट! इस एक शब्द में अभियान का सार तत्त्व था। जो इंसाफ न कर सके, उसे न्यायाधीश की कुर्सी से उतारकर उस पर मुकदमा चलाया जाए, यह माँग आंदोलनों की गाथा में नई और निर्णायक मोड़ थी। एफओबी के सामने चुनौती थी इस माँग को मनवाने की। जैसा कि अक्सर ऐसे अभियानों और आंदोलनों में होता है, ज़्यादातर कार्यकर्ताओं को पता ही नहीं था कि इस भारी-भरकम शब्द 'महाभियोग' के मायने क्या हैं। इसे संविधान के अक्षरों से क्रिया में बदलने की प्रक्रिया क्या है। नहीं जानते थे वे कि अदालती जिरह के बीच जिनकी इधर-उधर की बातों तक को शास्त्रीय भाषा में एक विशेष नाम दिया गया है, ऑबिटर डिक्टा, जो फैसले के हाशिए पर भी कुछ लिख दें तो उस पर सड़क से संसद तक में चर्चा हो सकती है, जिनकी देहमात्र को न्याय का आधान मानकर न्यायमूर्ति कहा जाता है, जिनके शब्द ज़िंदगी और मौत के बीच के फासले तय करती है, उनको अभियुक्त बनाने की डगर कितनी कठिन हो सकती है! वे तो बस इस शब्द के मोहजाल में फँसे इसकी ध्वनि मात्र से आलोड़ित थे। और न्यायमूर्तियों को अपशब्द कहने की इस छूट के नशे में चूर विश्वास कर बैठे थे कि उनका आक्रोश न्याय की हर माँग को कुछ ही दिनों में पूरा कर लेगा।

कचहरियाँ साधनहीनों की कब्रगाह होती हैं, यह सर्वविदित तथ्य धिक्कार का ऐसा लक्ष्य पहले कभी नहीं बना था और इसे अपनी तर्कसंगत परिणिति तक ले जाने की ज़िम्मेदारी अब ऐसे लोगों पर आ पड़ी थी जो अन्याय को भावना से महसूस करके उसके तिरस्कार मात्र को न्यायसंगत विचार का पर्याय मान बैठे थे। सरकार से कह दिया है, न्याय दिलाना सरकार का उत्तरदायित्व है, यह सीमारेखा उनके ज्ञान और प्रयास को रेखांकित करती थी। लेकिन भोपाल समझौते को अधिकृत रूप से अस्वीकार करने के लिए राजनीतिक जंग की ज़रूरत है, यह एफओबी के कोर ग्रुप को मालूम था और वे अब केवल निंदा के दौर से आगे निकलने का मार्ग खोजने को बेचैन होने लगे। अजीत ने युद्ध परिषद की बैठक बुलाने का फैसला किया।

हैली तीसरी बार बिन बुलाए निर्मला के घर पहुँचा और तीसरी बार उसका कोपभाजन बना, वह देर तक कोशिश करता रहा कि निर्मला एफओबी में लौट आए मगर वह अड़ी रही कि यह संभव नहीं है। आखिर हैली का धीरज भी जवाब दे गया।

'तुम तो ऐसे पेश आ रही हो मानो फॉब मैड का इलाका है जिसमें तुम कदम नहीं रखोगी,' हैली ने खीजकर कहा।

'नहीं है उसका इलाका तो उसे निकाल फेंको,' निर्मला ने तपाक से जवाब दिया।

'तुम चाहती हो, अजीत इस अभियान का सर्वेसर्वा बन जाए तो ठीक है? मुझे भी क्या फर्क पड़ता है।'

'संघर्ष में कितने लोग हैं, इससे ज़्यादा ज़रूरी यह है कि संघर्ष का तरीका क्या है। अब यह भी तुमको समझाना पड़ेगा तो छोड़ो, हमारे बीच बातचीत के लिए कुछ बचा ही नहीं है।'

हैली ने गहरी साँस ली। चाय तक नहीं पी थी। निर्मला ने पूछा ही नहीं था। वह

बहस करते थक गया था। जहाँ जाता, वहीं यह हाल था। सब समझते थे कि वे सब कुछ जानते हैं, कोई टस से मस होने को तैयार नहीं था।

'ठीक है। यूँ भी अब प्रोजेक्टाइल्स इस पर हावी होने लगे हैं। उनके लिए मैदान खुला छोड़ दो,' कहकर हैली उठ खड़ा हुआ।

देशी-विदेशी स्रोतों से धन लेकर समाज परिवर्तन का काम करने वाले एनजीओ निर्मला को सख्त नापसंद थे। वह अक्सर कहा करती थी कि साम्राज्यवादी इन एनजीओ के प्रक्षेपास्त्र जनांदोलनों पर छोड़कर मेहनतकशों को गुमराह करने का सफल प्रयास कर रहे हैं। यह तो हर अधिकार, हर आंदोलन, हर अभियान को प्रोजेक्ट में बदल देते हैं और उसके लिए धन ले लेते हैं। बड़ी हिकारत से निर्मला इन अ-सरकारी संगठनों को 'प्रोजेक्टाइल' कहा करती थी। इन्हीं प्रोजेक्टाइल की बमवर्षा ने संघर्ष की रीढ़ की हड्डी तोड़ दी है, उसका मत था। हैली के यह याद दिलाने पर कि यहाँ भी वही होने जा रहा है, निर्मला फिर से फॉब में आने को राजी हो गई।

आगे की रणनीति तय करने के लिए बुलाई जा रही बैठक में अजीत सिर्फ निर्मला और मुक्ता तथा भोपाल से अली और मैड को बुलाना चाहता था। हैली का कहना था कि बैठक में कुछ और लोग भी हों ताकि यह वास्तव में प्रतिनिधि समूह सा लगे।

'क्या फायदा ? वह लतिका तो न इधर की है न उधर की। ज़िंटैक तो लड़ाई के नाम से ही भाग खड़ी होती है। अविधा वही कहेगी जो निम्मी कहती है और तू शायद सुगुणा को शामिल करना चाहता है, मगर वह भी बस यूँ ही है,' अजीत ने नाराज़ होकर कहा, मगर इन सबको उसने आमंत्रित कर ही लिया।

अंततः सब इसमें शरीक हुए भी नहीं। मैड ने आने से इनकार कर दिया। सुगुणा ने कहा कि वह इतनी जानकारी नहीं रखती कि रणनीति बनाने में हिस्सेदारी कर सके और अविधा को दफ्तर में इतना काम था कि उसका आना मुमकिन नहीं था। अजीत ने बैठक घर पर बुलाई थी और बीयर के गिलास फ्रिज में रखे माल का पता बता रहे थे। घर स्वादिष्ट व्यंजनों की खुशबू में डूबा था।

मैड के न आने की सूचना देते हुए अजीत ने निर्मला से कहा, 'तुम्हारा एजंट प्रोवोकेच्योर नहीं आ रहा।'

'आहा, तो हम जैसे साम्राज्यवाद के दलाल शांति से काम कर पाएँगे,' निर्मला ने हँसकर जवाब दिया।

अली एक दिन पहले ही आ चुका था और अजीत के ही घर पर ठहरा था। वह नीचे उतरा तो उसका चेहरा कुछ सूजा सा लग रहा था। खुलकर मुस्कुराया भी नहीं और एक सोफे में धँस गया।

'इतना सब खिलाओगे तो पता नहीं, मैं इसकी कीमत कैसे अदा करूँगी!' निर्मला ने कमरे में लाए जा रहे कबाब की तश्तरी देखते हुए कहा।

'यह तो तुम्हारे सलाह की फीस है, बस,' अजीत ने कहा।

'और शराब ?'

'वह तुम्हारी सेक्सी कंपनी के लिए,' अजीत की आँखों में शरारत कौंध गई। हैली ने आते ही भीतर जाकर खाने की चीज़ें अभी न परोसने की हिदायत दे दी।

लतिका ही सबसे देर से आई और उसके भीतर कदम रखते ही अजीत ने जेब से एक छोटा सा लिफाफा निकालकर उसे पकड़ाते हुए कहा, 'मनाली से लाया था।'

'ओह माय, बेस्ट डोप इन द कंट्री,' ललिता ने कहा और फौरन बाहर लॉन में निकल गई कि चैन से उसका सुख भोग सके।

मुक्ता की भृकुटियाँ तन गईं।

'वक्त क्यों बर्बाद किया जा रहा है?' मुक्ता ने पूछा। उसकी आवाज़ से साफ था कि वह बमुश्किल गुस्से पर काबू किए हुए है।

सब चुपचाप बैठ गए। कबाब की खाली हो चुकी प्लेट एक किनारे सरका दी गई और अजीत एक फाइल से कुछ पेपर निकालकर अब तक किन सांसदों से क्या-क्या बातें हुईं इसका ब्यौरा देने लगा। उसने बताया कि समर्थन तो सभी दे रहे हैं मगर सबने इशारा भी किया है कि सरकार बदल जाए तो कुछ ठोस कार्रवाई हो सकती है। लतिका कमरे में लौट आई और एक कुशन गोद में रख बैठकर उसे थपथपाती हुई भारी पलकों को बंद होने से रोकती अजीत को देखने लगी।

'महाललकारी हमारे साथ है,' लतिका ने धीरे-धीरे हर शब्द का साफ उच्चारण करते हुए कहा। 'उनको यकीन है कि भ्रष्टाचार की इस समझौते में अहम भूमिका रही है। भ्रष्टाचार के कारण ही हुआ समझौता। वह तो उच्च स्तर पर भ्रष्टाचार के खिलाफ ही लड़ रहे हैं। यही उनका एजेंडा है। उन पर भरोसा कर सकते हैं।' वह अंग्रेज़ी में बोल रही थी।

'सरप्राइज, सरप्राइज,' निर्मला ने चिहुँककर कहा।

खलबली मचने ही वाली है भाँपकर हैली ने फौरन हाथ उठाकर कहा, 'मुझे भी कुछ कहने दो। फैसला ग़लत हो सकता है लेकिन सुविधाजनक हो सकता है। यह समझौता या फैसला इसी व्यवस्था के कानून की नज़र में भी ग़लत है मगर इसका दूसरा पहलू भी है। अगर हम उद्योग को बुरी तरह दंडित करेंगे तो विदेशी पूँजी देश छोड़ जाएगी।'

'तुम्हारा मतलब है कि सरकार बदले या न बदले, कुछ बदलने वाला नहीं है,' लतिका ने फिर एक-एक शब्द साफ बोलते हुए अंग्रेज़ी में ही कहा। फिर अली की ओर देखकर हिंदी में बोली, 'आप क्या समझते हैं, क्या करना चाहिए?'

'मेरे सिर में बहुत दर्द है,' अली ने कहा।

मुक्ता ने फुफकार-सी साँस छोड़ी। 'सरकार इतने विरोध के बाद भी समझौते को हमारे ऊपर थोप सकती है,' उसने लगभग दाँत भींचकर कहा, 'हमें इसको निरस्त करने का कोई रास्ता ढूँढ़ना पड़ेगा।'

'एक ही तरीका है,' निर्मला ने अब शांत स्वर में कहा, 'हमें दबाव बनाए रखना

होगा। इसे मज़दूर वर्ग के आंदोलन से जोड़ने की कोशिश करनी होगी। यह मज़दूरों के आंदोलनों का अंग बन जाना चाहिए। उनके संगठनों को समर्थन देने वाली पार्टियों पर तब दबाव बनेगा कि वे खुलकर इस पर स्टैंड लें, इस लड़ाई में शरीक हों। यह एक राजनीतिक मसला है और इसका समाधान भी राजनीतिक ही होगा।'

'अरे वो कुछ नहीं करेंगे। हमने भोपाल में देखा है। कम्युनिस्ट भी खैरात बाँटने में लगे थे। वह भी वही करते हैं जो और सब करते हैं,' अली ने हिकारत से कहा।

'राजनीतिक से मेरा मतलब सिर्फ चुनाव लड़ने वाली पार्टियाँ नहीं है और सिर्फ चुनावी राजनीति भी नहीं है। इसके व्यापक मायने हैं। हमें नई उद्योग नीति चाहिए। उद्योग में मज़दूर को, मेहनतकश को केंद्र में रखकर सुरक्षा के उपाय करने होंगे...'

'प्लीज़, हम सिर्फ समझौते पर ही बात करें तो अच्छा होगा,' अजीत ने कहा।

'कोई मुझे यह बताओ कि रुपए कहाँ हैं? क्या कार्बाइड ने पैसा दे दिया है? दे दिया है तो कहाँ है?' अली ने पूछा।

मुक्ता ने अली को गौर से देखा।

'हूँ,' उसने कहा। 'वह सारा पैसा यहीं भारत में है। सुप्रीम कोर्ट की निगरानी में रखा गया है। अगर हम जल्दी से कुछ नहीं करेंगे, समझौते को चुनौती नहीं देंगे, तो यह पैसा बँटना भी शुरू हो जाएगा।'

'तुम नहीं चाहतीं कि यह बँटे?' अली सतर्क होकर बैठ गया।

'हम चाहते हैं कि रकम बढ़ाई जाए,' मुक्ता ने गुस्से में कहा। 'आप भी तो आंदोलन में हैं।'

अजीत ने उसकी बात बीच में ही काटते हुए कहा, 'और यह काम सिर्फ अदालत कर सकती है। अभी तक तो सरकार बहुत खुश है कि सारी गालियाँ सर्वोच्च न्यायालय को पड़ रही हैं। सरकार किनारे पर बैठकर तमाशा देख रही है। इस स्थिति को बदलना होगा। सरकार को जतलाना होगा कि हमें उसकी मिलीभगत की जानकारी है।'

'तुम्हारा मतलब अब हमें अपना निशाना बदल देना चाहिए?' हैली ने पूछा।

अजीत को हैली की यही आदत बेहद अखरती थी कि वह उसकी नीयत पर हमेशा सवालिया निशान लगाने लगता था। उसने खीजकर कहा, 'मैं तो सिर्फ एक हकीकत बयान कर रहा हूँ। हमें सोचना ही पड़ेगा कि अब हम अपने अभियान को क्या दिशा दें, क्या करें?'

'मेरा एक आइडिया है,' लतिका ने विस्फारित नेत्रों से सबकी ओर बारी-बारी से देखते हुए कहा, 'मान लो, गैस पीड़ित यह मुआवज़ा लेने से इनकार कर दें तब तो समझौता वैध रहते हुए भी निरस्त हो जाएगा। अ पीपल्स रेपुडिएशन। ओफ! सोचो, कितनी बड़ी बात हो जाएगी! न सरकार मुँह दिखाने लायक रहेगी, न कोर्ट और कार्बाइड के तो छक्के ही छूट जाएँगे।'

कुछ समय तक कमरे में चुप्पी छाई रही। इस असहनीय खामोशी को तोड़ा निर्मला ने। 'अजीत, मेरे लिए बीयर खोल दो,' उसने कहा।

मुक्ता ने वितृष्णा-भरी एक दृष्टि निर्मला पर डाली और बैग से सिगरेट निकालकर काँपते हाथों से उसे जलाने लगी।

अजीत ने एक-एक कर तीन बोतलें खोलीं और हैली और निर्मला को एक एक बोतल गिलास के साथ पकड़ा दी। खुद बोतल से घूँट भरकर उसने लतिका की ओर मुस्कुराकर देखा।

'बात तो तुमने पते की कही है मगर यह सब आसान नहीं है।'

'एक बॉयकॉट एवरेडी अभियान भी चला था न,' लतिका ने कहा। 'कोशिश करने पर कुछ भी हो सकता है।'

'हाँ, कितने लोगों ने एवरेडी का बहिष्कार किया था?' हैली ने विद्रुप से हँसकर कहा। 'ऐसे कार्यक्रम लागू करने के लिए विराट संगठन चाहिए। लोग मुआवज़ा लेने से इनकार नहीं करेंगे, और करें भी क्यों?'

लतिका हँस दी। 'छोड़ो, एक बात थी, कह दी, नहीं हो सकता, तो नहीं हो सकता।'

लंबी और तनावपूर्ण चर्चा के बाद सब फिर उसी बिंदु पर खड़े हो गए थे कि अब क्या किया जाए।

अजीत ने फिर से अभियान को दिशा देने की कोशिश की। उसने कहा कि महाललकारी पर भरोसा किया जा सकता है। 'वे बहुत गुस्से में हैं, कुछ तो करेंगे ही, चाहे वह सब न करें जो हम चाहते हैं। हमें उनके संपर्क में रहना चाहिए, उन पर और उनके सहयोगियों पर दबाव बनाए रखना चाहिए।'

'अगर तुम्हें लगता है कि वे सोशल क्वैक इस मर्ज़ का इलाज कर देंगे तो मुझे और कुछ नहीं कहना है,' निर्मला ने बीयर का गिलास खाली कर दिया।

'तो फिर तुम ही बता दो, क्या करें? हर सुझाव को धराशायी तो खूब कर रही हो, कुछ रास्ता भी दिखाओ,' अजीत ने कहा।

फिर सन्नाटा छा गया। हैली उठकर दूसरे कमरे में चला गया और बीयर की बोतलें लेकर लौटा। पीछे-पीछे नमकीन, कबाब और सलाद की तश्तरियाँ लादे नौकर भी आ गया।

निर्मला ने वक्त की ज़रूरत को समझ अजीत का हाथ थपथपाया, 'अच्छा, चलो, नए सिरे से शुरू करते हैं।'

हैली बीयर खोलकर डालने लगा।

'मेरा कोई ठोस प्लैन नहीं है, बस, कुछ विचार हैं,' निर्मला कहने लगी। 'मुझे लगता है, हमें भोपाल के फौरी मसले से ऊपर उठना होगा। इस अभियान में इतने लोग शामिल हो गए तो हमें लगना लगा है कि देश भर में लोग हमारे साथ हैं। इससे हमारा दिमाग खराब हो गया है। यह जो जनसमर्थन दिख रहा है, यह क्या है? बस, हमारे भाषण सुनने आ गए लोग क्या सचमुच अंत तक हमारे साथ होंगे? यह असंगठित जनता—कभी इधर, कभी उधर आने-जाने वाले लोग, सब कल बिखर जाएँगे तब

अखबारों की सुर्खियाँ बदल जाएँगी। इस समर्थन का कोई आकार नहीं है। मीडिया की दिलचस्पी टिकाऊ नहीं हुआ करती। कल वह किसी और संकट से उत्तेजित होकर उधर झुक जाएगा। अभी से कुछ राजनीतिज्ञ देश के सम्मान को चार-पाँच सौ साल पहले लगी चोट का बदला लेने की बात करने लगे हैं। तब भोपाल को कौन पूछेगा? हमें इसीलिए इसको उद्योग नीति पर, विदेशी पूँजी की भूमिका पर, जनअधिकारों के मुद्दे पर सतत अभियान में बदलना होगा। हल दो दिन में नहीं निकलने वाला, लंबे समय तक काम करना होगा।'

अली के लिए चाय आ गई थी और वह धीरे-धीरे उसकी चुस्कियाँ लेता सिर हिला रहा था। उसने निर्मला के चुप होते ही कहा कि उसे हरारत महसूस हो रही है। 'क्या कोई गोली ले लूँ?' अली ने निर्मला से पूछा।

निर्मला ने उसकी बात अनसुनी कर दी।

कुछ देर राजनीतिक हालात पर चर्चा होती रही। लगने लगा था कि अब बैठक बिना किसी नतीजे पर पहुँचे समाप्त हो जाएगी। सबको भूख लग आई थी। बीयर भी रंग दिखाने लगा था। हैली कह रहा था कि राजनीतिज्ञों का कहना था कि भले आज कार्बाइड गुनहगार हो लेकिन उसने हरित क्रांति में बड़ी भूमिका अदा की थी, कीटनाशक बनाए, फसलों को कीड़ों के उदर में समाने से रोककर देश की बढ़ती आबादी का पेट भरा। उसकी लापरवाही से हज़ारों की जान गई लेकिन वह न होता तो लाखों भूखे मरे होते, इस सच्चाई को नज़रअंदाज़ नहीं किया जा सकता। अभियान को इन तर्कों का तथ्य आधारित जवाब खोजकर इनके खंडन के लिए तैयार रहना होगा। महाललकारी भले आज हर चीज़ को चुनौती देने को तैयार है मगर उनकी सरकार बन गई तो उनकी प्राथमिकताएँ ही बदल जाएँगी। अब तो वामपंथी दल भी महाललकारी के पाले में खड़ी हैं, कल को हो सकता है, उनके साथ सरकार में शामिल हो जाएँ, तब वे कितनी दूर तक कार्बाइड विरोध के रास्ते पर चलेंगे, यह भी कहा नहीं जा सकता। ट्रेड यूनियनों को साथ लेने की एफओबी की कोशिशें कमोबेश नाकाम ही रही थीं। उनके नेता भाषण देने आ जाते हैं मगर मज़दूर संघ संघर्ष के दीर्घकालीन कार्यक्रम का अंग बनेंगे, इसमें संदेह है।

'यह तो छोड़ो, यह देश भर में चुनाव का भी मुद्दा बन पाएगा, इसमें भी शक हैं,' हैली ने कहा।

'कुल मिलाकर जब तक क्रांति नहीं होती, कुछ नहीं होगा,' लतिका ने कहा।

'हमें अब यह सोचना है कि गैस पीड़ितों को अंतरिम राहत कैसे दिलवाई जाए,' अजीत ने जल्दी से कहा इससे पहले कि लतिका की टिप्पणी पर फिर कोई जंग छिड़ जाए। 'सरकार बदल सकती है इसलिए यह तो हमें महाललकारी के एजेंडे पर लाना ही चाहिए।'

'और इस समझौते को हमें कानूनी चुनौती भी देनी होगी,' मुक्ता ने जोड़ा। हैली और निर्मला की नज़रें मिलीं।

'और हमें मेडिकल प्रमाण जुटाने होंगे। तभी तो साबित कर पाएँगे कि अदालत और सरकार ने इस मामले को जितना गंभीर समझा है, उससे यह कहीं ज़्यादा गंभीर है। लोगों की हालत कहीं ज़्यादा गंभीर है। गैस का असर इतना स्थायी है, इस तरह वह शरीर का हिस्सा बन गया है कि आनेवाली पीढ़ियों पर भी असर होगा। गैस पीड़ितों पर किस हद तक और किन-किन अंगों पर असर पड़ा, इसकी 16 श्रेणियाँ हैं। सरकार ने तो ठीक से रिकॉर्ड भी नहीं रखे। और जो रिसर्च आईसीएमआर ने की, वह भी गुप्त रखे हुए है। इस सबको चुनौती देनी पड़ेगी,' निर्मला ने कहा।

अब तक बैठक सुस्त पड़ चुकी थी लेकिन निर्मला के इस हस्तक्षेप के बाद फिर बातचीत में चुस्ती आ गई।

'यह सब बाद में भी हो सकता है न,' अजीत ने कहा। 'अभी से इतने विस्तार से इस पर चर्चा क्यों करें?'

'अभी इस पर बात नहीं करेंगे तो कब करेंगे?' निर्मला ने तमककर पूछा। 'कम-से-कम सबके ध्यान में यह बात रहनी तो चाहिए। कार्बाइड के खिलाफ मेडिकल सबूत ही सबसे बड़ा सबूत है। गैस तो उड़ गई, लोग बचे हैं। और लोग ही सबूत हैं। जो भी कानूनी रणनीति बनाए, उसे यह बात ध्यान में रखनी होगी। हमें सांसदों को भी यह बात समझानी होगी।'

अभियान जिस तरह शुरू हुआ और जिस तरह आगे बढ़ा, उसकी तार्किक परिणिति यही थी कि अब अदालत की न्यायबुद्धि और साउथ ब्लॉक में बैठने वालों की निष्ठा पर वह आश्रित हो जाए। निर्मला यह सोचकर बेचैन हो उठी कि वह उन्हीं प्रोजेक्टाइल्स के साथ बैठकर उनकी दारू पी रही थी जिनकी दिन रात भर्त्सना करती नहीं थकती थी।

अकेली वही नहीं, वहाँ बैठे सभी यह जानते थे कि हर बार सरकार के बदलने पर अगर करारनामे बदलने लगे तो कारोबार ठप हो जाएगा मगर उनके सामने और रास्ता भी क्या था सिवाय इसके कि उन लोगों का समर्थन जुटाने में लग जाएँ जिनके हाथ प्रधान मंत्री कार्यालय की चाबी सौंपी जाने की आशा थी।

अब तक वे जितने धरना-प्रदर्शनों का हिस्सा बने थे, उनमें कोई जाँच समिति बिठवाने की माँग होती और मनवा ली जाती तो सफलता का सेहरा सिर पर बाँधने का संतोष मिल जाता। कभी-कभी वे कानून तक बदलवाने में कामयाब रहे थे। मगर भोपाल का मामला ऐसे सरल उपायों से सुलटने वाला नहीं था।

'क्या तुम प्रोफेसर थापड़ से बात कर सकती हो मुक्ता?' अजीत ने पूछा।

विधि के प्रोफेसर थापड़ मुक्ता के गुरु भी रहे थे और कई जनांदोलनों के सलाहकार भी। वे सर्वोच्च न्यायालय के आदेशों को सवेरे चाय के साथ चबाते और उनकी आलोचना को विधिशास्त्र के अपने लेक्चर का आधार बनाते थे। अदालतें कैसे काम करती हैं और कैसे लोग न्याय से वंचित होते हैं इसके बारे में सिर्फ विधि के छात्रों को नहीं, अन्य को भी बताना उनका शौक था।

बैठक ने तय किया कि अभियान तीन मकसद पूरे करना चाहता है। एक, मुआवज़े

की रकम बढ़ाना। दो, कार्बाइड के खिलाफ जितने भी आपराधिक मुकदमे–समझौते के तहत समाप्त कर दिये गए थे, उनको बहाल करवाना। तीन, आने वाली पीढ़ियों के प्रति कार्बाइड को उत्तरदायी ठहराना, जो जवाबदेही इसी समझौते के तहत खारिज कर दी गई थी।

'यह प्रोफेसर थापड़ को बताओ और पूछो, हम क्या करें,' अजीत ने कहा।

'सुनो, अब तक इस मामले में जो कुछ भी हुआ, उसमें इंसाफ का आग्रह तो था नहीं। दूसरे ही कारणों से फैसले होते रहे। न्यायाधीशों और राजनीतिज्ञों की नीयत और उनके मोटिव्ज का क्या होगा? वह कैसे बदलेंगे?' निर्मला जो अब तक चुपचाप चर्चा सुन रही थी, बैठक के परिणाम की तरह सुनाए जाते अजीत के लंबे भाषण के अंत में चुप न रह सकी।

'यह तो सच है। ऐसे फैसले सिर्फ कानून के आधार पर तो किए नहीं जाते कि कानूनी दावपेंचों से उन्हें बदला जा सके,' हैली ने भी असहमति जताई।

'इसको कहते हैं सिर मुंडाते ही ओलों का पड़ना। अरे, अब जाकर तो ठोस काम की कोई शक्ल बन रही है, तुम लोग लगे...' अजीत को गुस्सा आने लगा था।

'अजीत, तुम भी जानते हो, यह मामला सिर्फ कानून का नहीं है...' हैली ने उसकी बात बीच ही में काट दी। अजीत उसका बॉस था और ऐसी हिमाकत वह आमतौर पर करता नहीं था मगर यह हस्तक्षेप जितना अजीत के बढ़ते गुस्से पर रोक लगाने की कोशिश थी उतनी ही अपनी असहमतियों के बढ़ते बोझ से उत्पन्न आवेश की अभिव्यक्ति भी।

'और यहीं पर तो महाभियोग की हमारी माँग काम आएगी,' मुक्ता ने बढ़ती असहजता को समेटते हुए कहा। 'अगर जजों को पता चल जाए कि जिन लोगों ने इस शर्मनाक समझौते पर दस्तखत किया, उनको शर्मिंदा किया जाएगा, संसद के कठघरे में खड़ा करके उनपर मुकदमा चलाया जाएगा, तो शायद भविष्य में कोई जज आसानी से ऐसे काम नहीं करेगा।'

'इसका उल्टा असर भी हो सकता है,' अजीत फुफकारा। 'अगर जजों को लगा कि संसद में उनपर अभियोग लगने वाला है तो हो सकता है, हमारी याचिकाओं को वे दबाकर ही रख दें, कभी उन पर न सुनवाई होगी, न कोई फैसला होगा। बहुत ही सड़ी हुई व्यवस्था है यह।'

इस पर निर्मला भड़क गई। 'व्यवस्था को दोष देने का तो फैशन ही चल निकला है। आखिर व्यवस्था को भी लोग ही चलाते हैं, और उन लोगों को ही जवाबदेह नहीं बनाया गया तो व्यवस्था तो सड़ेगी ही। व्यवस्था में जिसने भी ग़लत किया है, उनको अपनी उपेक्षा, अपने अज्ञान और अपने गुनाहों के लिए जवाबदेह ठहराना ही होगा।'

लतिका ने सिर हिलाते हुए कहा, 'और यह काम राजनीतिज्ञों के समर्थन के बिना नहीं हो सकता।'

'इन राजनीतिज्ञों ने ही तो हमें इस दलदल में धकेला है,' हैली ने कहा।

'कम-से-कम महाललकारी तो ऐसे आदमी हैं जिसे कोई खरीद नहीं सकता। यही सोचकर कुछ राहत मिलती है,' अजीत ने कहा।

'अगर तुम्हें लगता है कि एक आदमी सब कुछ बदल देगा तो मुझे आगे कुछ नहीं कहना,' निर्मला ने व्यंग्यात्मक लहज़े में कहा। 'मुझे तो तुम्हारी अक्ल पर दया आ रही है।'

हैली को बात अखर गई। पहले भी कई बार सरकार ने जनदबाव में फैसले किए हैं, कई बार सुप्रीम कोर्ट ने भी अपने ही फैसलों पर पुनर्विचार करके उन्हें बदला है। 'अगर कुछ होना ही नहीं है तो शिरकत भी क्यों की जाए? आत्मतुष्टि के लिए? क्या पहले सुप्रीम कोर्ट ने या मंत्रालयों ने अपने फैसले बदले नहीं है?' उसने निर्मला से पूछा।

'किया है मगर उनमें क्या कोई भी मामला ऐसा था जिसमें अंतर्राष्ट्रीय पूँजी का भविष्य दाँव पर लगा हो? किसी बहुराष्ट्रीय पर आपराधिक मुकदमा चलाने की बात हो? तुम्हें क्या हो गया है हैली? इतनी-सी बात समझानी पड़ रही है?' निर्मला ने पूछा। वह आहत भी थी और आवेश में भी।

'हो सकता है, वह कम्युनिस्ट मैनिफेस्टो को अपनाना न चाहता हो,' लतिका ने हँसते हुए कहा। 'सामाजिक नीम-हकीमों पर भी भरोसा नहीं कर पा रहा। बेचारा हैली...बेचारा,' कहती हुई लतिका हँसी से दोहरी हो गई।

'जाकर सो जाओ,' निर्मला ने उठते हुए कहा। 'कुछ दिमाग विचारों का बोझ सह नहीं सकते।'

निर्मला के दिन की शुरुआत ही मनहूस थी। फोन फिर से कट गया था, बिल नहीं चुकाने के कारण। घर में दूध नहीं था कि चाय भी बन सके। फ्रिज में एक अंडा ज़रूर था हफ्ते भर पुराने ब्रेड के अलावा। गली में घूमने वाली जिस बिल्ली ने निर्मला को अपना लिया था, वह दो हफ्तों बाद लौट आई थी और दरवाज़े पर उसने अलख जगा रखी थी। झट से अंडा फ्राई करके निर्मला ने बिलाव के प्लेट में रखकर चौखट के भीतर थाल सज़ा दिया। बिल्ली भीतर आई, अंडे को देखा, उसकी मूँछें कुछ थरथराईं फिर उसने निर्मला की ओर देखकर शिकायत की, 'म्याऊँ!' मतलब दूध नहीं है क्या? कई दिनों की आवारागर्दी के बाद बिल्लियाँ लौटती हैं तो प्यास बुझाने, चूहों, छिपकली के स्वाद में रची उनकी जिह्वा को अंडे की भूख नहीं होती, यह निर्मला जानती है, मगर दूध की बूँद भी नहीं है घर में।

'शाम को ले आऊँगी—दूध भी, मछली भी,' निर्मला ने बिल्ली से माफी माँगी।

बिल्ली दुम उठाकर, चौखट पर अपने इलाके का निशान छोड़, हिकारत भरी नज़र निर्मला पर डालकर सीढ़ियों से नीचे अकड़कर धीरे-धीरे उतरने लगी। तीन ही सीढ़ियाँ उतरी होगी कि वह एकाएक रुक गई। उसके कान हिले, दुम नीचे को

हुई और एकाएक पलटकर वह तेज़ी से सीढ़ियों के ऊपर आकर छत की ओर भाग गई। निर्मला ने झटके से दरवाज़ा बंद कर दिया। निश्चित रूप से कोई घर-घर जाकर सामान बेचनेवाला आ रहा होगा या फिर सामनेवालों के यहाँ कोई आ रहा होगा। उसके घर कोई नहीं आता, इतनी सुबह तो नहीं। वह दरवाज़े की सिटकनी लगाकर मुड़ी ही थी कि कॉलबेल बजने लगी। अभी उसे कपड़े बदलकर निकलना था। आल इंडिया इंस्टीट्यूट में भोपाल के पीड़ितों के सेहत पर पड़े गैस के प्रभाव पर उसे एक गोष्ठी में भाग लेना था। पहले फोन का बिल चुकाने उसके दफ्तर भी जाना पड़ेगा और ऐसे में सेल्समेन भी आ टपके, यह सचमुच शहरी ज़िंदगी की असुविधाओं की इंतहा है। बिन बुलाए आ टपकने वालों से निर्मला को सख्त चिढ़ थी। उसने इतनी ज़ोर से दरवाज़ा खोला कि खुद उससे टकराकर गिरते-गिरते बची। सामने अविधा खड़ी थी।

'मैंने फोन किया था, शायद डेड है,' अविधा ने सफाई देने के अंदाज़ में कहा।

'डिस्कनेक्टेड,' निर्मला ने कहा। अचानक उसका तनाव उतर गया और वह हँस पड़ी। 'आ जा।'

'निम्मी, मुझे तुझसे बात करनी है,' अविधा ने बिना कोई भूमिका बाँधे कहा और अंदर आकर एक कुर्सी पर बैग रखकर दूसरी कुर्सी पर बैठ गई। 'तुझे मेरी मदद करनी ही होगी। तुझे नहीं मालूम, मेरे साथ क्या हो गया है। मुझे कुछ नहीं सूझ रहा।' अविधा की रुलाई फूट पड़ी।

लंबे अर्से बाद उसका इस तरह आना और 'तुम' से 'तू' पर उतर आना निर्मला को अवाक् कर गया। यह भी आज ही होना था? कितने काम हैं उसे आज। फोन का बिल तो चलो, आज नहीं भी दें तो चलेगा मगर गोष्ठी तो टल नहीं सकती। उसने अविधा की बाँह पकड़कर कहा, 'देख, मुझे एम्स जाना है। तू भी साथ चल। बाद में बात कर लेंगे, वहीं कैंटीन में बैठ जाएँगे या कहीं और चलेंगे।'

जब तक गोष्ठी समाप्त हुई, अविधा को अपनी दुविधा और अपनी तकलीफें बहुत मामूली लगने लगी थीं। सचमुच गैस पीड़ितों की दिन-दिन उखड़ती साँसों के मुकाबले उसकी तकलीफों की बिसात ही क्या थी? उसने निर्मला से कहा कि फिल्म देखने चल पड़े तो शायद अवसाद से कुछ राहत मिले।

जब वे मैटिनी शो देखकर बाहर निकलीं, अँधेरा होने को था।

'मैं भी कितनी स्वार्थी हूँ न? पहले तो महीनों तुझसे सीधे मुँह बात नहीं की, अब मुसीबत आ गई तो तेरे पास दौड़ी चली आई,' अविधा ने ओडियन से बाहर निकलते ही कहा।

'देखो, हॉब्स जैसे महान फिलॉसफर ने कहा था कि हम सब कुदरती तौर पर स्वार्थी होते हैं।'

'तू सचमुच बहुत ही अच्छी है,' अविधा भावविभोर हो गई।

'और तू बहुत ही नाटकीय है,' निर्मला ने जवाब दिया। 'चलो, चलकर उस

स्वार्थ का जश्न मनाएँ जिसने दुबारा हमें दोस्त बना दिया। खूब पीते हैं और कुछ खाते हैं, भले ही यह सब तेरे लिए अच्छा न हो।'

अविधा ने कनखियों से उसे देखा। क्या निर्मला बिन कहे सब कुछ समझ गई थी? वे कुछ देर बाद रोडियो की सीढ़ियाँ चढ़ रही थीं जहाँ घोड़े की जीन जैसे बार स्टूल थे और दीवारों पर वेस्टर्न फिल्मों के पोस्टर सजे थे। उन्होंने एक जग ड्राफ्ट बीयर मंगवा लिया।

'वो तिकोने से होते हैं न, वह भी मँगवा लो,' निर्मला ने कहा जिसे 'नाचोस' नाम कभी याद नहीं रहता था।

'मेरा मन करता है, वहाँ काउंटर पर बैठकर बीयर पीयूँ,' अविधा ने बीयर के बैरल को प्यासी नज़रों से निहारते हुए कहा। मगर काउंटर के पास एक भी स्टूल खाली नहीं था।

'भले घर की लड़कियाँ काउंटर पर बीयर नहीं पीतीं,' निर्मला ने बनावटी सपाट चेहरा बनाकर कहा। 'वे फेमिली केबिन में बैठकर रसम पीती हैं।'

दोनों हँसने लगीं। दोनों समझ रही थीं कि यह सब बातें की जा रही हैं ताकि जो बात अविधा को फिर निर्मला के पास खींच लाई है उसी को जब तक हो सके, टाला जा सके।

'मैं शराफत के नियम का उल्लंघन करने वाली हूँ,' अविधा ने गिलास में बीयर डालकर सिगरेट जला ली।

'तू बहुत से नियमों का पहले ही उल्लंघन कर चुकी है मेरी जान, और वही तुझसे झेला नहीं जा रहा।'

अविधा को पुरानी दोस्ती के इस बेजोड़ गुण पर आश्चर्य होने लगा जो बरसों के वैमनस्य और दूरी को मिनटों में बुहारकर अंतरंगता के चिरपरिचित माहौल को लौटा लाती है।

'कन्फेशन टाइम', अविधा ने कहा, 'मैं ऐसा कुछ करने लगी थी जो मुझे लगा कि तुझे बिलकुल पसंद नहीं आएगा। लगा कि तू मुझे मना कर देगी। और मैं तमाम चीज़ों को ताक पर रखकर वह सब करना ही चाहती थी। इसलिए मैंने तुझसे बात करना छोड़ रखा था। ग़लत बात है न? तू मुझसे नफरत करती है न? मतलब तुझे मैं बुरी लगने लगी हूँ न?'

'तुझे किसी से प्यार हो गया। मुझे क्यों तू बुरी लगेगी? क्यों?'

'क्योंकि मैं एक शादीशुदा आदमी के चक्कर में पड़ गई थी और यह तेरे उसूलों के खिलाफ है।'

'तो? प्यार हो गया तो हो गया। मेरे उसूल मेरे लिए हैं, मैं शादीशुदा आदमी के साथ रिश्ते के कॉम्प्लिकेशंस झेल नहीं सकती। सबका अपने पर इतना संयम थोड़े ही होता है जितना मेरा है। तुझे प्यार हो गया, इससे मैं क्यों खफा हो जाती?'

'निम्मी, जो कहना है, साफ कहो। तुम कब से दूसरों की भावनाओं की परवाह करने लगीं? इतना सोच-समझकर बात करने वाली सहेली के पास नहीं आई हूँ मैं।

मुझे ज़रूरत भी नहीं है ऐसे लोगों की जो हमेशा यही सोचकर कुछ भी कहने से हिचकते हैं कि अगला बुरा न मान जाए।'

'मैंने कहा न, मेरे उसूल मेरे लिए हैं। सब लोग ऐसे उसूलों को निभा नहीं सकते।'

'अपनी तारीफ करने से कभी नहीं चूकना,' अविधा ने गिलास खाली करते हुए कहा।

निम्मी ने मुस्कुराकर इस आलोचना को स्वीकार किया। अविधा ने फिर से गिलास भर लिया। उसके गिलास में ऊपर उठकर फूटते बुलबुलों पर नज़र गड़ाकर निर्मला ने पूछा, 'क्या तुम्हें इतनी शराब पीनी चाहिए?'

'क्यों नहीं?' अविधा ने पूछ तो लिया मगर उसका दिल किसी आशंका से धड़क उठा।

'क्योंकि तुम्हारी कोख में एक जीव है और उसके लिए यह अच्छी चीज़ नहीं है।'

अविधा ने आँखें मूँद लीं। बिन बताए बात खुल जाने से उसे जो राहत-सी महसूस हुई, वह फिर एक बार निर्मला की तेज़ निगाहों से कुछ भी छिपा न पाने की खीज में घुल-मिलकर उसे दहला गई।

निर्मला ने गिलास के गिर्द निस्पंद पड़ चुकी उसकी उँगलियों को वहाँ से हटाकर अपनी हथेली पर रख सहलाते हुए पूछा, 'स्वास्थ्य मंत्रालय को खबर तो कर दी है न?'

'क्या?' अविधा चौंकी।

'अरे, नया नियम बना है कि हर गर्भवती औरत मंत्रालय को सूचित करे, नहीं तो बताओ, वे हमारे और शिशु की देखरेख कैसे करेंगे? आखिर हमारे प्रजनन संबंधी स्वास्थ्य के लिए पूरा विभाग खड़ा कर रखा है मंत्रालय ने,' निर्मला खिलखिलाकर हँसने लगी।

अविधा को समझने में वक्त लगा कि वह आदतन राजनीतिक टीप कर रही थी, उसका मज़ाक नहीं उड़ा रही थी, मज़ाक कर रही थी। क्या वह सचमुच यह भी जानती थी कि इस भ्रूण को आकार देने का ज़िम्मेदार कौन है? वह दीवार पर फ्रेम में जड़े क्लिंट ईस्टवुड की हॉलीवुडी तस्वीर की बाँकी चितवन को ताकने लगी।

'आय एम सीरियस,' निर्मला ने बात जारी रखी। 'क्या तुमने मंत्रालय के संबंधित अधिकारी को बता दिया है कि वह जल्दी ही दूसरे बच्चे का बाप बन सकता है, अगर यह दूसरा ही बच्चा है? पता नहीं, और भी हैं, या कितने हैं!'

अविधा की आँखें नम हो आईं।

'सॉरी,' निर्मला ने कहा। 'तुम तो जानती ही हो, मैं मुँहफट हूँ। मुझे बदला भी लेना था तुझसे। इतने दिनों तक दुरदुराती रहीं मुझे। ऐसा तो नहीं है कि मुझ पर किसी बात का कोई असर होता ही नहीं है।'

दोनों चुपचाप बीयर पीती रहीं।

कुछ समय बाद निर्मला ने फिर से कहा, 'अवि, माना कि मैं अच्छी औरत नहीं हूँ, लेकिन तुम्हें उस आदमी को बता देना चाहिए।'

अविधा ने गहरी साँस ली। वेटर खाने की चीज़ें मेज़ पर रख गया था मगर दोनों में से किसी को कुछ खाने का मन नहीं था।

'एक बात कहूँ,' निर्मला ने फिर टूटे वार्तालाप को शुरू करने की कोशिश में कहा, 'तुम्हारा यह प्रेम-प्रसंग जो है, सचमुच बहुत ही काम का होता अगर तुम आईसीएमआर की रिपोर्ट उससे निकलवा लेतीं।'

'मैंने बहुत कोशिश की लेकिन कोई फायदा नहीं हुआ। सच बताऊँ तो एक हद के बाद मैं कुछ भी उससे हासिल करने की ज़िद नहीं करती थी। लगता था, ऐसा करूँगी तो रिश्ते का अपमान होगा। यह कोई सौदेबाजी तो थी नहीं। मैं इस रिश्ते का शोषण नहीं करना चाहती थी।'

'सिर्फ शोषित होना चाहती थी,' निर्मला ने तपाक से कहा। अविधा का आहत चेहरा देख उसे खुद पर ग्लानि हो आई। 'मैं तुझे चोट नहीं पहुँचाना चाहती थी, इस बार नहीं, सच्ची,' उसने अविधा का हाथ पकड़कर कहा।

'तुझे कैसे पता चला, वह कौन है?'

कितना आसान था पता लगाना! निर्मला ने तो मंत्रालय में घूमते-फिरते एक क्लर्क महिला से यूँ ही पूछ लिया था कि मंत्रालय का दिलफेंक अधिकारी आजकल किस पर डोरे डाल रहा है, और उसने झट बता दिया था कि इस बार एक 'काली-काली-सी' पत्रकार को लिये लिये घूमता है। 'वह तो सुंदर भी नहीं है, खूब पब्लिसिटी दे रही होगी,' उस क्लर्क ने कहा था। पूरे मंत्रालय को खबर थी और अविधा माने बैठी थी कि मामला गुप्त है।

'वह आदमी तो जाना ही जाता है इस काम के लिए, पता लगाना कौन-सा मुश्किल है!'

बीयर का जग खाली हो चुका था। नाचोस की प्लेट अभी तक भरी रखी थी। निर्मला ने वेटर को इशारे से बुलाकर प्लेट में रखे नाचोस को पैक कर देने के लिए कहा। 'हम ड्राफ्ट बीयर तो पैक कराके नहीं ले जा सकते न?'

वेटर बौखलाया-सा खड़ा रहा।

'कोई बात नहीं। यह नाचोस पैक कर दो और बिल ले आओ,' निर्मला ने कहा और अविधा की ओर देखकर बोली, 'बिल तुझे देना पड़ेगा। मैं तो कंगाल हुई पड़ी हूँ। और हाँ, तू हाँ कहे या ना, मैं तेरे घर चल रही हूँ।'

खाना खा चुकने के बाद अविधा के कमरे में बिस्तरा लगाकर लेटते हुए निर्मला ने कहा, 'अवि, चाहे तू अबॉर्शन करा ले मगर उस आदमी को बताना ज़रूर। उसे कुछ देर तो डरने दे। पता लगने दे उसे कि क्या किया है उसने।'

अविधा को गुस्सा आने लगा। दावे तो बहुत करती है निर्मला लोगों को अपने फैसले करने देने का लेकिन हर मामले में उनसे वही कराना चाहती है जो वह करना नहीं चाहते।

'आई हेट हिम,' अविधा ने दाँत पीसते हुए कहा।

'नफरत भी एक रिश्ता है। और कोई भी रिश्ता एकतरफा नहीं होना चाहिए।

इसके अलावा भी एक बात है। वह तो बाप है, उसे जानकारी का अधिकार है, चाहे बच्चा हो या न हो।'

अविधा ने करवट बदलकर उसकी तरफ पीठ कर ली।

'और जो फैसला करना है, जल्दी करना। गुड नाइट!' निर्मला ने हार नहीं मानी।

अविधा खामोश रही। उसने निर्मला को नहीं बताया कि यह जो उसकी कोख में है अभी तक, उसे प्रशांत का दिया उपहार लगता है। यह सोचकर ही उसे खुद से घिन हो आई कि वह इस हद तक गिर सकती है। निर्मला को पतन के इस गर्त का पता देने की कोई ज़रूरत नहीं थी। नज़दीकी दोस्तों को भी सब कुछ बताना ज़रूरी नहीं होता।

प्रोफेसर थापड़ ने जंग की जो समरनीति रची, उसकी खबर सबसे पहले विनीता को हुई। मुक्ता ने प्रोफेसर साहब को याचिका तैयार करने में उनके मातहत सहयोगी की भूमिका अदा की थी और उसके फोटोकॉपी बनाने की ज़िम्मेदारी विनीता को ही मिली। बकौल, मुक्ता 'वह इतना तो कर ही सकती थी।'

जिस दिन याचिका को अंतिम रूप दिया गया, उस शाम मुक्ता बेहद उत्साहित थी और उसने विनीता को बताया था कि ऐसा काम इतिहास में पहले कभी नहीं किया गया था। 'याचिकाएँ तो लगाई जाती हैं, इसमें कोई नई बात नहीं। लेकिन हम जो करने जा रहे हैं, वह गज़ब की चीज़ है। हम इस समझौते के खिलाफ सुप्रीम कोर्ट में इतने रिट दायर करेंगे, इतनी ढेर सारी याचिकाएँ पेश करेंगे कि अदालत के पास और कुछ भी करने का वक्त ही नहीं बचेगा। सारा काम ठप्प हो जाएगा। मजबूर हो जाएगी सुप्रीम कोर्ट इसकी सुनवाई करने के लिए।'

किताबों की अलमारी के पल्ले का काँच पोंछती विनीता ने काम रोककर पूछा, 'तुम्हारा मतलब जिस सुप्रीम कोर्ट ने समझौता कराया, वही इसको निरस्त कर देगी? सच्ची, यकीन ही नहीं होता।'

'मैं कुछ भी करूँ न, तेरे मुँह से कभी तारीफ का एक बोल नहीं निकलता।'

और इस ढेले की मार ने पिछले कुछ दिनों से घर में महीन जगमगाते काँच-से सुख को चकनाचूर कर दिया।

फिर एक बार विनीता ने मन-ही-मन फैसला किया कि भोपाल पर कोई टीका-टिप्पणी नहीं करेगी। कमबख्त जुबान भी तो मचलती रहती है उगते विचारों को छितराने के लिए! भोपाल का मसला उनके रिश्ते में ऐसे गुँध गया था कि उस पर हाथ रखो तो झुलसता और न रखो तो कचोटता।

उसी रात खाने की मेज़ पर अपने ही फैसले को भूल विनीता ने बड़े मनुहार से पूछा, 'एक बात पूछूँ? नाराज़ नहीं होना। मगर समझाओगी नहीं तो मैं समझूँगी कैसे?

यह बताओ कि एक ही याचिका से काम क्यों नहीं चलेगा ? इतनी ढेर-ढेर याचिकाओं की क्या ज़रूरत है ?'

मुक्ता उसके सवाल से खुश हो गई। 'यह हुई न बात! मेरी जान, एक याचिका हमने दायर कर दी तो उसे दूसरी फाइलों के नीचे दबाकर कोर्ट आराम से बैठा रहेगा सालों तक। लेकिन एक ही जैसी सौ याचिकाएँ आ गईं, तब तो वह अनदेखा नहीं कर पाएगा। उसे उन पर ध्यान तो देना ही पड़ेगा।'

तर्क विनीता के पल्ले नहीं पड़ा। अगर याचिका में कोई कानूनी नुक्ता है तो वही काफी होना चाहिए सुनवाई के लिए। नहीं है तो चाहे जितनी याचिकाएँ आ जाएँ, उन्हें कूड़ेदान में फेंका जा सकता है। मगर अब और सवाल पूछकर मुश्किल से खुश किए गए महबूब के तेवर बिगाड़ने का साहस वह नहीं कर सकी और मुक्ता को और भी खुश करने का मौका उसके भयाक्रांत मन ने उससे छीन लिया।

हरजित के बरामदे में गुर्जरी के दुपट्टे फिर से खिले और खादी के कुर्ते नज़र आने लगे। भोपाल के पीड़ित जब से लौटे थे तब से एफओबी में आनेवालों की संख्या काफी घट गई थी। अब कुछ हफ्तों बाद फिर ज़्यादातर कार्यकर्ता लौट आए थे जो दो दिनों तक सबको कई बार फोन करके आने के अनुरोध के हैली की मेहनत का नतीजा तो था ही, कुछ ठोस होने जा रहा है, इसकी आशा का भी परिणाम था। पहली बार प्रोफेसर थापड़ भी बैठक में आए और सबके चेहरों पर हताशा और उत्सुकता के मिले-जुले भावों का खेल देखकर द्रवित हो गए। उनका मन किया, किसी बुजुर्ग की तरह उनके सिरों पर हाथ फेरकर ढाढस बँधाए कि अभी भी न्याय की अपेक्षा की जा सकती है, न्याय मिलेगा, देर से मिले शायद पर मिलेगा। उनका कंठ भर आया। लगा, हैं, अभी भी हैं आदर्शों के लिए कमर कसने वाले युवा।

'मैं सुप्रीम कोर्ट की इस हरकत से बहुत निराश हुआ, बहुत ज़्यादा,' प्रोफेसर थापड़ ने सिर हिलाते हुए कहा तो कंधे पर लटके उनके घुँघराले केश झूल गए।

प्रोफेसर थापड़ ऐसे बात कर रहे थे मानो उनकी राय की सुप्रीम कोर्ट को परवाह हो! निर्मला उनके इस अंदाज़ से हैरान होकर उनके चेहरे को गौर से ताकने लगी। पूरा चेहरा ही उनके बालों की तरह गतिशील था। उनके हाथ उनके शब्दों को रेखांकित करते हुए चलते थे और रह-रहकर नथुने फड़क उठते थे। वे अपने हर शब्द में अपने पूरे अस्तित्व को आत्मा-सा प्रवेश कराने का हुनर रखते थे। आज किसी की भी शंका उनके विश्वास के सामने टिक नहीं पाएगी। आज उनकी बात राहत का वायदा लिए त्रस्त, क्रांत मस्तिष्कों पर छा जाएगी, इसका उसे विश्वास हो गया। मन-ही-मन उसने अजीत को ऐसे निष्णात समरनीतिज्ञ को चुनने के लिए शाबाशी दी।

प्रोफेसर थापड़ को अपने शरीर पर किसी की तीखी निगाह की चुभन-सी महसूस हुई। क्लास में कितने ही छात्र भक्तिभावना से उन्हें ताकते, उनके होंठों से टपकते

लफ्जों को अंजुलि में भरने को बेताब रहा करते थे। उन्हें ऐसी नज़रों की ऊष्मा को देह पर महसूस करने की आदत थी। मगर यह निगाह ऐसी नहीं थी। उन्हें लगा, जैसे कोई प्रयोगशाला में उन्हें नमूने के तौर पर रखकर उनकी वैज्ञानिक जाँच कर रहा हो! उन्होंने नज़र उठाई और निर्मला की चुनौती का सीधे सामना किया।

'आपको कुछ पूछना है?'

निर्मला का सिर नकार में हिला। बैठक बरामदे में थी और वह स्तंभ से सिर टिकाए सीढ़ी पर बैठी थी।

'अभी नहीं,' निर्मला ने कहा।

अजीत ने हफ्ते भर पहले याचिका की प्रतियाँ सबको भिजवा दी थीं कि पढ़ लें और जो भी सवाल पूछने हों, पूछ लें। प्रोफेसर थापड़ आए भी इसी मकसद से थे कि शंकाओं का समाधान करें। अजीत जानता था, दो-चार ही लोग याचिका को ध्यान से पढ़ेंगे, कुछ उसे उलट-पुलट लेंगे और बाकी तो दराज में रखकर खुद को याद दिलाते रहेंगे कि उसे पढ़ना है। वे इस चर्चा से ही जानकारी जुटाएँगे।

'पूछो, जो पूछना है, बेधड़क पूछो,' प्रोफेसर थापड़ ने बरामदे से बगीचे तक फैली बेतरतीब सभा से कहा, 'आप सबको याचिका के हर बिंदु की जानकारी होनी चाहिए, हर बिंदु से आपको सहमत भी होना पड़ेगा, नहीं तो औरों के सवालों का, उनकी आलोचनाओं का आप जवाब कैसे देंगे? अगर किसी बात पर तर्कपूर्ण असहमति होती है तो हम याचिका को बदलेंगे। मेरी सिर्फ एक शर्त है, यह बहस खुली हो, बेहिचक हो और जितनी देर चले-चलने दो। हमें सैकड़ों लोगों से याचिका पर दस्तखत कराने हैं, कोर्ट में याचिकाओं का सैलाब लाना है और यह तभी हो सकेगा जब आपके, सबके मन में इसके प्रति कोई संदेह न हो।'

अजीत ने आह भरी और प्रोफेसर से अनुरोध किया कि वह याचिका के मुख्य बिंदुओं को एक बार दोहरा दें। यह तो प्रोफेसर साहब के लिए चुटकी बजाने जैसा काम था। आनन-फानन में हो गया।

याचिका में कहा गया था कि सुप्रीम कोर्ट ने जो समझौता कराया या जिस पर मोहर लगाई, वह दोषपूर्ण है। एक, इसमें मुआवज़े की रकम कम है क्योंकि कोर्ट को पीड़ितों की जो संख्या बताई गई है, उससे कहीं ज़्यादा संख्या उनकी है। दो, कार्बाइड के खिलाफ तमाम आपराधिक मुकदमों को हर निचली अदालत से अपने यहाँ स्थानांतरित करके उन्हें खत्म कर देना उचित नहीं था। तीन, आनेवाली पीढ़ियों पर गैस का कितना और कैसा असर होगा, यह भविष्य में ही पता चलेगा और अदालत ने कार्बाइड पर नया मुकदमा करने का भावी पीढ़ी का अधिकार छीनकर ठीक नहीं किया।

'याचिका ने इस नाइंसाफी से राहत की गुहार लगाते हुए प्रार्थना की है कि मुआवज़े की रकम बढ़ाई जाए, आपराधिक मुकदमे पुनर्जीवित किए जाएँ और भावी पीढ़ियों के अधिकार पुनर्स्थापित किए जाएँ।

'हमने यह भी कहा है कि अगर कार्बाइड पर लगाए गए इल्ज़ाम ग़लत साबित हुए तो हम उससे ली गई रकम लौटा देंगे।'

प्रोफेसर थापड़ का यही अंतिम वाक्य, जो याचिका के अंत में कहा गया था, जिसे कुछ ही लोगों ने पढ़ा था, अब सबके ज़ेहन में कौंध गया। खलबली-सी मच गई। कुछ ने एक दूसरे को देखा, कुछ ने अविश्वास से पूछा, 'क्यों?'

'यह तो कोई बात नहीं हुई। हमें यह कहने की क्या ज़रूरत है कि हम पैसा लौटा देंगे?' ज़िंटैक ने कहा।

'यह तो न्यायपूर्ण है, नहीं है क्या? हर मुकदमे में हमें मानकर ही चलना पड़ता है कि जिस पर इल्ज़ाम लगा है, वह निर्दोष है। हम जब इल्ज़ाम साबित कर देते हैं तभी तो सज़ा देते हैं। यही कार्बाइड पर लागू होता है। अगर वे निर्दोष साबित होते हैं तो हमें उनको दंड देना भी नहीं चाहिए। मान लो, कार्बाइड सुरक्षा के सारे उपाय कर रहा था मगर भूकंप का झटका लगने से टैंक फट गया और गैस बाहर निकल आई तो हमें उसको दंडित करना चाहिए क्या? हाँ-हाँ, ऐसा नहीं हुआ, मैं तो सिर्फ एक उदाहरण दे रहा हूँ। और हमें डर किस बात का है? हमारे पास सबूत हैं कि कार्बाइड दोषी है। अगर हमें इंसाफ चाहिए तो हमें इंसाफपसंद होना चाहिए। जो दोषी नहीं, उसे दंड नहीं, यह हमें स्वीकार होना चाहिए।' प्रोफेसर थापड़ की आँखों में उनके आश्वासनपूर्ण मुस्कान की चमक नीम अँधेरे में भी दिख गई।

अजीत को लगा, अब अगर निर्मला ने ही कुछ पूछ लिया तो ठीक वरना सभा समाप्त हो ही जाएगी। वह खानापूर्ति के लिए कुछ पूछने ही जा रहा था कि ज़िंटैक का स्वर उभरा।

'जब यही सुप्रीम कोर्ट हमें एक बार धोखा दे चुकी है तो हम फिर से उसी के दरवाज़े पर क्यों जा रहे हैं? हमने तो इन न्यायाधीशों पर महाभियोग की माँग की है और हम फिर से उन्हीं पर भरोसा जता रहे हैं। शायद मैं मूर्ख हूँ...'

विनीता ने ज़िंटैक को देखा और मुड़कर मुक्ता पर नज़र डाली। क्या मुक्ता उसे भी यही कहती कि हमने इतनी मेहनत की और तुम तारीफ भी नहीं कर रहीं? और प्रोफेसर थापड़? क्या वे भी ज़िंटैक को हिकारत से कुछ कहकर टरका देंगे?

'इस पर हमारी, मुक्ता, अजीत और मेरे बीच, काफी बात हो चुकी है। अपने दिमाग से यह बात निकाल दो कि तुम मूर्ख हो। असल में मूर्ख कोई होता ही नहीं और होते भी हैं तो वे, जो कोई सवाल नहीं पूछते। सच है, कोर्ट ने हमें निराश किया, धोखा दिया, मगर क्या यह काम सिर्फ कोर्ट ने किया? कार्यपालिका ने कुछ नहीं किया? आज कार्यपालिका और न्यायपालिका के रिश्ते में खलल पड़ चुका है। कार्यपालिका खुश है कि सारी निंदा का केंद्र न्यायपालिका है। इस तरह उनके संबंधों में दरार आ गई है। हमें इसी खटास का फायदा उठाना है। कोर्ट सोच रही है कि सरकार ने उसे गुमराह किया, पीड़ितों की संख्या कम बताई, कहा कि लोग बेताब हैं फैसले के लिए, जल्दी कोई फैसला हो जाए तो वे सुप्रीम कोर्ट के गुण गाएँगे और

यहाँ उन्हें जूते पड़ रहे हैं। न्यायाधीश बोलते हैं तो फैसला सुनाते समय। अदालत के बाहर वे चुप रहते हैं। कैसे समझाएँ वे लोगों को कि क्योंकर यह फैसला किया उन्होंने, कि कितने ही कारकों, कितने दबावों के चलते उन्होंने इस समझौते पर हामी भरी? देश की अर्थव्यवस्था, विदेशी पूँजी के निवेश की मजबूरी, गरीब गैस पीड़ितों की बिगड़ती दशा, और इस मामले में भी सरकार की वही फिसड्डी चाल! कार्यपालिका कार्बाइड से निर्णायक और जीवन-मृत्यु का संघर्ष करने को तैयार नहीं है, यह बात वे शायद हमसे बेहतर जानते हैं। वे चाहते थे गरीबों को राहत पहुँचाना।

'सुनो, मुझसे मत पूछना, किसने बताया लेकिन एक बात मैं जानता हूँ और आप सबको बता रहा हूँ। सरकर ने न्यायाधीशों से यही कहा कि लोगों को जीने के लिए, इलाज के लिए पैसा चाहिए। इतना काफी है। आज न्यायाधीश सरकार से बेहद खफा हैं। वे बता नहीं सकते कि क्या-क्या उनसे कहा गया। और वे अकेले पाप के भागीदार क्यों बनें? क्यों सरकार अपने हिस्से के दोष का भार वहन न करे? अब सुप्रीम कोर्ट इस पचड़े से बाहर निकलने की राह खोज रही है। अपना दामन छुड़ाने की सोच रही है। हमें इस स्थिति का फायदा उठाना चाहिए। कोर्ट हमारी बात पर कान देगी, इसकी पूरी उम्मीद है। मुझे उम्मीद है कि कोर्ट अपना फैसला बदलेगी, चाहे अपनी ही साख की हिफाज़त में वह ऐसा करे। मुझे आप जैसे सुधीजनों को यह बताने की ज़रूरत नहीं कि न्यायालय के भी फैसले सियासती होते हैं, हर निर्णय राजनीतिक होता है। और यह याचिका हमारा राजनीतिक पैंतरा है। अदालतों ने पहले भी फैसले बदले हैं, अब भी बदल सकती हैं। सुप्रीम कोर्ट अकेले ही सारी निंदा क्यों झेले जब सरकार भी इसके लिए ज़िम्मेदार है?'

निर्मला को महसूस होने लगा कि यह न्यायपालिका का बहुत ही सूक्ष्म और परिष्कृत बचाव है। ऐसा कैसे हो सकता है कि तजुर्बेकार न्यायाधीश गुमराह हो गए? क्या उनको समझ में नहीं आता कि सरकर संख्या कम करके बताएगी? क्या वे कह नहीं सकते थे कि पीड़ितों के भी तो अपने वकील हैं, ज़रा उनकी भी सुन लें? हो सकता है कि रुपयों की पोटली उनकी आँखों पर लटक आई हो और उन्हें कुछ भी दिखना बंद हो गया हो?

'आप कैसे कह सकते हैं कि न्यायपालिका और कार्यपालिका के बीच ठन गई है?' अविधा पूछ रही थी। 'और हमने जो इम्पीचमेंट की माँग की है, उसका क्या होगा?'

प्रोफेसर थापड़ के केश फिर झूले और उन्होंने मुक्ता की तरफ मुड़कर पूछा, 'तुम दोगी इसका जवाब मुक्ता?'

प्रोफेसर द्वारा मुक्ता की कुशाग्र बुद्धि की इस परोक्ष प्रशंसा से विनीता उससे कहीं ज़्यादा गद्गद हो गई।

'बिलकुल नहीं सर! आप मौजूद हैं तो मैं क्या जवाब दूँगी! मैं तो आप ही को सुनना चाहती हूँ,' मुक्ता ने कहा।

प्रोफेसर थापड़ विश्वविद्यालय के मिथकों में एक थे और जो विधि के छात्र

नहीं होते थे, वे भी कभी-कभी सिर्फ उनकी वाणी और तर्कों का सुख भोगने के लिए क्लास में आ जाया करते थे।

प्रोफेसर थापड़ ने अविधा को देखते हुए कहा, 'बड़ा अच्छा सवाल है।' उनकी ध्वनि कह रही थी कि इतना आसान सवाल तो मेरी बुद्धि का अपमान है। 'अखबारों को उठाकर देख लो। एक दो अवकाश-प्राप्त न्यायाधीश लंबे-लंबे लेख लिख रहे हैं कि क्यों और कैसे सुप्रीम कोर्ट ने यह समझौता कराया। ज़ाहिर है, समझौता जिस पीठ ने कराया, उसके न्यायाधीश अपने इन वरिष्ठ साथियों के सामने रोना रो रहे हैं। अदालत में कोई किसी बहाने जिरह करने जाए तो वे अपने बचाव में कुछ कह भी सकते हैं, जिरह के बीच में टिप्पणियों के रूप में, लेकिन लेख तो वे छपवा नहीं सकते। इसकी मनाही है। इसलिए वे पुराने साथियों का सहारा ले रहे हैं।

'एक और बात गौर करने की है और वह आप लोगों की ही कार्यवाही के कारण सामने आई,' प्रोफेसर थापड़ ने पूरी सभा का दृष्टिपात किया। उनके चेहरे पर कार्यकर्ताओं की तारीफ के भाव छलक उठे और काले सफेद केशों के उनके झुंड थिरक उठे। 'आप लोगों ने कोर्ट के बरामदे में झाड़ू लगाया। कुछ ही दिनों बाद इसी केस में कुछ स्पष्टीकरण माँगा गया तो एक न्यायाधीश ने खुली अदालत में कहा कि अदालत की साख पर कीचड़ उछाली जा रही है, लोग सड़कों पर हमें कोस रहे हैं और सरकार चुप है, वह हमारी इज़्ज़त के बचाव में क्या कर रही है?'

अविधा को याद आ गया वह दृश्य जिससे उनको बहुत खुशी मिली थी। हैली और मुक्ता के साथ वह भी उस दिन कोर्ट नंबर वन में थी और जिस पीठ ने समझौता कराया था, उसी के एक न्यायाधीश एकाएक विचलित हो उठे थे। 'लोग सड़कों पर हमारे खिलाफ जो मन में आया, कह रहे हैं। वे अदालत की साख पर कीचड़ उछाल रहे हैं। इस अदालत पर वे ऐसे इल्ज़ाम लगा रहे हैं जिन्हें सुनने के लिए हमें ज़िंदा ही नहीं रहना चाहिए था। और सरकार अदालत की मर्यादा की रक्षा के लिए क्या कर रही है? सड़कों पर हमारे खिलाफ नारे लगाए जा रहे हैं, जिसके जो जी में आया, वह कह रहा है और सरकार खामोश है।' उस न्यायाधीश का कंठ भर आया था, आँखें नम हो गई थीं। महाधिवक्ता उनकी यह विचलित स्थिति देख शर्मिंदा हो गए थे और निरंतर कमरे के फर्श को ताकते रहे थे। उन्हें नहीं सूझ रहा था कि कहें तो क्या कहें। लोग क्या कह रहे हैं, इसकी इतनी परवाह क्या किसी न्यायाधीश को करनी चाहिए? उन्हें अपने ही फैसले की न्यायसंगतता पर क्या इतना कम भरोसा था?

नीचे देखते हुए ही महाधिवक्ता बुदबुदाए थे, 'मिलॉर्ड, मैं सरकार का ध्यान इस ओर खींचूँगा। यकीन कीजिए मिलॉर्ड, सरकार इस कोर्ट की मर्यादा की रक्षा में कोई कसर नहीं छोड़ेगी।'

चाय आ गई थी। सिगरेटें जलने लगीं। सभा की ध्यानमग्नता भंग हो गई। प्रोफेसर थापड़ को चाय पकड़ाते हुए हैली ने कहा, 'मुझे तो बहुत ही कन्यूजन हो रहा है।

याचिका में कोई नए तर्क तो केस के बारे में दिये नहीं गए हैं, फिर क्यों सुप्रीम कोर्ट इस मामले पर दोबारा सुनवाई करे?'

'यह सवाल मुझे बहुत पसंद आया,' प्रोफेसर थापड़ ने कहा। अब तक की औसत दर्जे की चर्चा से वे उकता गए थे। 'हमें याद रखना होगा कि हम कार्बाइड के खिलाफ केस पर जिरह करने सुप्रीम कोर्ट नहीं जा रहे। हम कोर्ट के ही एक फैसले को चुनौती दे रहे हैं और हमारी बहस उसी समझौते को लेकर होगी। हाँ, जिरह के दौरान आप जो भी नए तथ्य पेश करना चाहते हैं, वह हम कर सकते हैं। जैसे यही कि सरकार ने पीड़ितों की संख्या कम बताई, हमें सबूत देना पड़ेगा कि दरअसल उनकी तादाद ज़्यादा है। कोई खास तर्क या तथ्य आपको कोर्ट में पेश करना है क्या? है तो मुझे बताइए। हम यह सब रिसर्च और तैयारी करके वकीलों को देंगे जो अदालत में हमारी तरफ से बहस करेंगे। आप मुक्ता को बता सकते हैं, वह तो इसमें मेरी सहयोगी रहेगी।'

हैली ने निर्मला की ओर देखा। वह चुप रही। तब हैली ने ही कहा कि पीड़ितों पर प्रभाव मामूली से लेकर अगली पीढ़ी को प्रभावित करने की हद तक गंभीर रहे हैं। अगर कायदे से इन प्रभावों की सूची बनाई जाए और इनकी श्रेणियाँ तय की जाएँ तो सोलह श्रेणियाँ बन जाएँगी। यह सब सुप्रीम कोर्ट को बताना ज़रूरी है। 'मगर यह तो याचिका में कहा ही नहीं गया है।'

थापड़ ने सहमति में सिर हिलाया। 'हाँ, याचिका में नहीं है। लेकिन जब हम कह रहे हैं कि अदालत को गुमराह किया गया तो इसमें यह सब शामिल है। यह डीटेल्स तो जिरह के दौरान पेश कर दिए जाएँगे। इन सबको अभी याचिका में देना ज़रूरी नहीं है।'

'हमने तो न्यायाधीशों पर महाभियोग लगाने की माँग की है और हम फिर से उसी कोर्ट से याचना करने जा रहे हैं। इसमें क्या विरोधाभास नहीं है?' अविधा ने पूछा।

थापड़ हँस दिये। 'आप खुद ही सोचिए, विरोधाभास कहाँ है! यह पाँच न्यायाधीश तो सुप्रीम कोर्ट नहीं हैं। कल यह रिटायर भी हो जाएँगे। कितने जज आए और गए। सुप्रीम कोर्ट संस्था है, इस लोकतंत्र का स्तंभ है। इसके कुछ न्यायाधीश कोई ग़लत फैसला कर भी सकते हैं, इससे संस्था थोड़े ही ग़लत हो जाती है? हम याचना कर रहे हैं कोर्ट से, उसके किसी विशेष न्यायाधीश से नहीं। कोर्ट पर थोड़े ही महाभियोग लगना है? लग भी नहीं सकता। हम न्यायाधीशों पर महाभियोग लगाना भी इसलिए चाहते हैं कि उन्होंने कोर्ट को जिस तरह कलंकित किया है, उसकी जवाबदेही तय हो, सुप्रीम कोर्ट के दामन पर लगा दाग धुल सके।'

सभा में पसरा अवसाद फुर्र हो गया। विचारों को राहत मिली, भावना स्फूर्त हुई। आशा की कोंपल फूटी और सब उठकर याचिका की कई-कई प्रतियाँ उठाने लगे। सबको इन पर हस्ताक्षर कराना था—जितने लोगों से हो सके, उतने लोगों से। छिटपुट बातचीत शुरू हो गई।

एकाएक हैली ने प्रोफेसर से मुखातिब होकर पूछा, 'थापड़ साहब, यह जो अफवाहें

सी उड़ रही हैं कि न्यायाधीशों ने इस मामले में ऊँची घूस ली है, इसके बारे में आपका क्या कहना है? ठोस सूचना है आपके पास?'

किसी को उम्मीद नहीं थी कि प्रोफेसर थापड़ इस सवाल का जवाब देंगे। हैली खुद ही इसे 'अफवाह' कह चुका था तो उनके पास इसे हाथ हिलाकर टाल देने का मौका भी था। उनके जवाब ने सबको चकित कर दिया।

'हाँ, यह आरोप सही है, अफवाह नहीं है यह। पाँच न्यायाधीश थे न उस पीठ पर जिसने समझौता कराया? कुछ को नकद मिला, कुछ को कुछ और मिला। मुख्य न्यायाधीश को वचन दिया गया है कि अबकी बार जब भारत को द हेग की अंतर्राष्ट्रीय अदालत में जज भेजना होगा तो उन्हीं को मनोनीत किया जाएगा। अगले ही साल होगा यह। पैसा भी खूब मिलेगा, साख तो बढ़ेगी ही। एक और न्यायाधीश के सुपुत्र वकील हैं। इनको अमेरिका के वकीलों के एक बड़े अमीर और प्रतिष्ठित फर्म में पार्टनर बनाया जाने वाला है। वहाँ ऐसे पार्टनर बनने के लिए वकील एड़ियाँ घिसा देते हैं, दिल की बीमारी पाल लेते हैं। इसमें खूब आमदनी होती है। न्यायाधीश हैं भई, गँवार थोड़े ही हैं कि आज कुछ लाख रुपए लिये कल फिर जेब खाली हो जाए। बदस्तूर, बाकायदे भविष्य का इन्तज़ाम कर लिया है। एक ने तो नकद लिया है। बाकी बचे दो जिनमें एक सचमुच कर्तव्यनिष्ठ हैं। दूसरे भी ईमानदार हैं मगर मुझे बताया गया है कि इस दूसरे ने भी कुछ पैसा लिया या कोई अन्य सौदा किया है। बड़ी निराशा हुई मुझे, अभी भी यकीन करने को जी नहीं चाहता। हाँ, जो बहुत ही कर्तव्यनिष्ठ है, उस जज ने कोई घूस नहीं ली। दिल से उसे यकीन था कि वह गैस पीड़ितों के हित में काम कर रहा है, उन्हें जल्दी मुआवज़ा दिलाकर न्याय ही कर रहा है। बेशक बाकी चारों ने उसे खूब समझाया होगा। वही है जो आप लोगों की गतिविधियों से विचलित हुआ, जो लगभग रो ही पड़ा। उसके लिए बड़ा बुरा लगता है मुझे।'

सन्नाटा पसर गया। अविधा को एहसास हुआ कि उसे थोड़ी-सी उम्मीद थी कि यह आरोप मिथ्या साबित होगा। इतना बड़ा केस, इतने बड़ी चुनौती और ओछे स्वार्थ के लिए ऐसे बिक गए लोग! अगर समझौता इसलिए कराते कि उन्हें इसमें निहित न्याय पर विश्वास होता, अगर उन्हें इंसाफ का यह रूप अपनी कसौटी पर खरा लगा होता तो भी विरोध तो होता, मगर जंग की शक्ल बदल जाती, दो विचारधाराओं में टकराव का गौरवशाली युद्ध तो होता। इसके बजाय यह क्या निकला? एक तरफ इंसाफ के ऊँचे उसूलों और दूसरी तरफ टुच्चे स्वार्थ के बीच असमान लड़ाई।

'और वह आपराधिक मुकदमे जो खारिज किए गए? वह भी क्या उस जज ने यह सोचकर किया कि वह गैस पीड़ितों का भला कर रहा है?' अली के इस सवाल से ही सबको उसके वहाँ होने का भान हुआ। अब तक वह कमरे की चौखट पर ओट में ऐसे खामोश बैठा था कि लग रहा था, इस सभा में भोपाल से कोई है ही नहीं। बहस ज़्यादातर अंग्रेज़ी में होती थी, जैसा कि आज भी हुई थी और अली बाद में

अजीत या हैली से सार संक्षेप पूछ लिया करता था। गोष्ठी में चुप ही रहता था। उसका सवाल टेढ़ा था। प्रोफेसर थापड़ ने मायूसी से सिर हिलाया।

'यह काम तो उन्होंने बहुत बुरा किया। लेकिन इसकी एक तकनीकी वजह भी है जो सभी कानूनविद जानते हैं। कार्बाइड के खिलाफ अभियोग साबित होने के बाद ही कानूनन उससे मुआवज़ा लिया जा सकता था। मुकदमा समाप्त न हो और सज़ा दे दी जाए, यह हो नहीं सकता। न्यायाधीशों के सामने यह दुविधा रही होगी। किसी भी कंपनी की जेब पर वार ही उसकी सबसे बड़ी सज़ा होती है। कार्बाइड के खिलाफ कुछ मुकदमे बरकरार रहे और फिर भी उसे सज़ा दे दें, यानी उससे पैसा ले लें, यह मुमकिन कैसे हो ? इसमें अंतर्विरोध है। इसका समाधान उन्होंने इस तरह किया कि आपराधिक मुकदमे खत्म कर दिए और सिविल मामले में मुआवज़े का आदेश दे दिया। उन्हें लगा होगा कि आपराधिक मुकदमे दस बीस साल चलेंगे, फिर कार्बाइड अमेरिका में अपील कर देगा, जिन अधिकारियों पर मुकदमा चल रहा है, वे तब तक कब्र में पैर लटका चुके होंगे या कब्र में सो ही गए होंगे, तो क्या फायदा मामले को लटकाने का! हो सकता है, सरकार और कार्बाइड के पक्ष ने यही सब कहा हो! आखिर जिन्होंने सुरक्षा के उपायों की अनदेखी की, उनका इरादा हत्या का तो नहीं था। वे तो सिर्फ कंपनी की नीति को लागू कर रहे थे और कंपनी को जेल तो भेजा नहीं जा सकता, उसके अधिकारियों के जेल जाने की संभावना कमज़ोर थी। फिर जिन न्यायाधीशों को दूसरे प्रलोभन दिये गए, उन्होंने इन इमानदार जजों को राजी कर लिया होगा। उनकी भावनाओं को प्रभावित किया होगा। होता है। सभी इनसान ही तो हैं।'

अब अविधा बहुत असहज महसूस करने लगी। उसे लगा, कहीं कोई गंभीर त्रुटि है मगर उस पर वह उँगली नहीं रख पा रही थी। उसे लगा कि अगर प्रोफेसर थापड़ न्यायमूर्ति होते तो इस समझौते की बड़ी परिष्कृत सफाई देते। अच्छा ही है कि वे इस लड़ाई में इस तरफ हैं। उसने निर्मला की ओर देखा जो याचिका की प्रति गोद में रखे बगीचे के अँधेरे की ओर ताक रही थी। धीरे से निर्मला ने नज़र अँधेरे से घुमाकर थापड़ के चेहरे पर गड़ाई।

'हम मुआवज़े की रकम किस आधार पर बढ़ाने की माँग कर रहे हैं ?' निर्मला ने पूछा।

'कोई अमेरिकी नागरिक मारा गया होता तो क्या इतना कम मुआवज़ा दिया गया होता ? क्या एक भारतीय की ज़िंदगी की कीमत किसी अमेरिकी की ज़िंदगी से कम है ?' लतिका एकदम भड़क उठी।

प्रोफेसर थापड़ ने हाथ उठाकर उसे चुप कराने की कोशिश की लेकिन लतिका के साथ कुछ और लोग भी इसी सुर में बोलने लगे थे। अमेरिका के लोकतंत्र और समानता के दावों और अन्य देशों में उनकी आदमखोर कंपनियों की हरकतों पर तल्ख टिप्पणियाँ होने लगीं। अमेरिका के दोमुँहेपन पर कई लानतें भेजी गईं।

शोर कुछ थमा तो प्रोफेसर थापड़ ने कहा, 'मुझे आप लोगों के इस गुस्से में ही

भविष्य की राह दिखाई देती है। लेकिन जानकारी की जगह भावना को नहीं देनी चाहिए। जानकारी ही सही राह का पता देती है। अदालतें लोगों की ज़िंदगी की कीमत जैसी दार्शनिक अवधारणाओं के आधार पर मुआवज़ा तय नहीं करतीं। उनके पास कानून की रूपरेखा होती है इसके लिए।' फिर निर्मला की ओर देखकर उन्होंने कहा, 'आपके सवाल का जवाब देने से पहले मैं ज़रा बता दूँ कि मुआवज़े की रकम की गणना कैसे की जाती है। हमारे देश में इसके लिए सिर्फ एक कानून है, कामगार मुआवज़ा अधिनियम। यह वर्कमेन्स कॉपेन्सेशन एक्ट कहता है कि अगर आप दोनों हाथ या पैर गँवा बैठें, या आपकी जान चली जाए तो आपको कारखाने की तरफ से ज़्यादा से ज़्यादा एक लाख रुपया दिया जाएगा। जिस ज़माने में यह तय हुआ था, एक लाख रुपए की राशि काफी बड़ी थी, आज भी बेमाने नहीं है मगर कम लगती है। इसके अलावा क्या तरीका था सुप्रीम कोर्ट के पास? उसके हाथ बँधे थे। उसने पीड़ितों की संख्या, उनकी गंभीर स्थिति और रोज़गार के जो अवसर वे गँवा बैठे, इनको आधार बनाया होगा। उनकी महीने की आमदनी का औसत निकाला होगा। तब जाकर उसने तय किया होगा कि कितना मुआवज़ा दिया जाए।

'फिर भी सुप्रीम कोर्ट को शायद साफ पता था कि सरकार पूरा सच नहीं बता रही है। आप समझौते को गौर से पढ़ें। उसमें लिखा है कि अगर यह रकम कम साबित हुई तो सरकार और धन देगी, इस कमी की भरपाई करेगी। हमें अपनी बहस में कहना होगा कि अगर रुपए कम पड़े तो कार्बाइड दे, हमारी सरकार क्यों दे?'

'यह तो भयानक बात है,' सुगुणा ने कहा। 'आपका मतलब है कि एक बहुराष्ट्रीय कंपनी ने अपने मुनाफे के लिए भारत के हज़ारों लोगों की जान ले ली और भारत सरकर को ही अदालत ने आदेश दे दिया कि वह इसका हर्जाना दे!'

'सच्चाई तो यही है,' प्रोफेसर थापड़ ने सहमति जताई। 'इसे राजनीतिक यथार्थ कहते हैं। लेकिन यह मत भूलना कि भारत सरकार भी यूसीआईएल फैक्टरी की हिस्सेदार थी, उसकी आंशिक मालिक थी। सरकार परोक्ष रूप से ज़िम्मेदार है और वही पीड़ितों की प्रतिनिधि बनी हुई है। इसे भी राजनीतिक यथार्थ कहते हैं।'

'और अगर यह सच है कि यह हादसा दरअसल रासायनिक हथियारों का प्रयोग था तो यह तो भारी विडंबना है कि भारतीयों को ही गिनी पिग बनाया गया, इस प्रयोग के लिए बलि का बकरा बनाया गया और भारत सरकार ही इसका हर्जाना भी भरे। माने भारत के करदाता ही इसकी कीमत चुकाएँ। और मुनाफा अमेरिकी कंपनी कमाए,' हैली ने कहा।

फिर से सभा में खलबली मच गई। काफी देर हो चुकी थी और सभा के समाप्त होने का समय नज़दीक था। लोग एक दूसरे से विदा लेने लगे। उठते हुए सुगुणा ने कहा, 'मुझे लगता है कि हमें एक माँग यह भी करनी चाहिए कि सुप्रीम कोर्ट कभी भी आपराधिक मुकदमे खत्म न कर सके। उसका यह अधिकार ही छीन लेना चाहिए।'

'यह बहुत खतरनाक होगा,' अजीत ने फौरन कहा। 'सरकार रोज़ कार्यकर्ताओं

पर झूठे मुकदमे दर्ज करती रहती है। ऊँची अदालतों के इस अधिकार से ही तो हम लोगों को राहत मिल जाया करती है। ऐसा खयाल तो तुम दिल में लाना भी मत।'

अली के कान खड़े हुए। उसने लतिका से पूछा, 'तो अब हमारे खिलाफ दर्ज मुकदमा खत्म हो जाएगा क्या?'

अजीत सुगुणा से कह रहा था, 'हम चाहते हैं न कि ऐसा हो?'

लतिका ने अली से कहा, 'आय एम सॉरी, हम तो समझौते का विरोध कर रहे हैं। सुप्रीम कोर्ट ने कार्बाइड का क्रिमिनल केस खत्म किया। हमारा तो नहीं किया। हम डिमांड नहीं कर सकते कि कैंसिल करो। हम तो सेटलमेंट के खिलाफ हैं न?'

अली ने कंधे उचका दिये।

विनीता को प्रोफेसर थापड़ से हुई चर्चा में बहुत मज़ा आया था। पहले उसने सोचा था कि बात इतने गहरे तकनीकी विषयों पर होगी कि उसके पल्ले कुछ नहीं पड़ेगा। मगर प्रोफेसर थापड़ ने इतनी सरल भाषा में जटिल प्रश्नों का ऐसा उत्तर दिया था कि वह मुँह खोले सुनती ही रह गई।

'तुम कितनी भाग्यशाली हो न, कि तुम्हें ऐसे गुरु मिले,' उसने घर लौटते हुए मुक्ता से कहा।

मुक्ता खयालों में खोई रही। उसे भी लग रहा था, कहीं कुछ गड़बड़ है मगर कहाँ? प्रोफेसर थापड़ की शिष्या होना अब उसे सौभाग्य नहीं लग रहा था। उसका मन अशांत था और सबसे ज़्यादा बेचैनी उसे इस बात की थी कि इस अशांति की वजह उसकी पकड़ में नहीं आ रही थी।

अली और लतिका, दोनों एक ही मुकदमे में फँसे थे कई सालों से। यह गैस त्रासदी के दो-तीन महीनों बाद ही भोपाल में विधान सभा के समक्ष विरोध प्रदर्शन से जुड़ा मामला था। उस समय लतिका भी दिल्ली के कई छात्रों और लेक्चररों के साथ भोपाल पहुँची हुई थी। विरोध प्रदर्शन में दिल्ली से गए समूह के सभी लोग शामिल हुए थे और उसका नेतृत्व मैड कर रहा था। अचानक विधान सभा भवन के निकट जब एक मंत्री की गाड़ियों का काफिला सड़क पर निकला तो उस पर पथराव होने लगा। पुलिस लाठियाँ लेकर उन पर टूट पड़ी और ग्यारह लोगों को गिरफ्तार करके थाने ले गई। इनमें भोपाल से सिर्फ अली गिरफ्तार हुआ था, बाकी नौ दिल्ली के कार्यकर्ता थे और एक मुंबई का था।

अली ने मैड और उसके चार साथियों को पत्थर फेंकते देखा था और जब पुलिस लाठीचार्ज के चलते सब इधर-उधर भागे तो वह वहीं खड़ा रहा। थाने में उसने मैड और उसके साथियों का नाम नहीं बताया और जब उस पर मंत्री पर हमला करने का आरोप लगा तो उसने आरोप का खंड़न भी नहीं किया हालाँकि पथराव में वह शरीक

नहीं था। कई दिन जेल में रहने के बाद अब वह ज़मानत पर बाहर था और हमेशा मैड से दो हाथ की दूरी बनाए रखता था। दिल्ली के जो लोग गिरफ्तार हुए थे, उनमें लतिका भी थी और वह भी ज़मानत पर बाहर थी। ज़मानत पर रिहा होने के बाद वह अकेली ही थी जो सीधे मैड से मिलने पहुँची। मैड खुद कभी इन ग्यारह गिरफ्तार साथियों से मिलने जेल नहीं पहुँचा था। इनकी ज़मानत भी दिल्ली से आकर दोस्तों ने दिलवाई थी।

लतिका मैड से यह शिकायत करने गई थी कि उसने उनकी ज़मानत का इन्तज़ाम तक करने की कोशिश नहीं की थी जबकि वे एक अजनबी शहर में थे।

'मैं क्यों करता ? क्या तुम बालिग नहीं हो ? अपनी देखभाल खुद नहीं कर सकते ? गरीबों के साथ रोज़ ही यह सब होता है। उनकी ज़मानत कौन देता है ?'

लतिका ने मसले को इस नज़र से नहीं देखा था और मैड की यह बेपरवाही उसे बहुत सेक्सी लगी। उसे मैड बेहद आकर्षक और अद्भुत क्रांतिकारी प्रतीत हुआ। मैड ने उसके लिए नींबू का शर्बत बनाया और गांजा निकालकर हाथ पर मलने लगा।

'यह जो बकबक करने वाली मिडिल क्लास है न उसे भी तो पता चलना चाहिए, राजसत्ता किसे कहते हैं। ब्लडी मिडिल क्लास, ज़मानत चाहिए, वकील चाहिए। भूल जाओगे अब सारी बकवास, लंबे-लंबे शब्द, सिविल लिबर्टीज़ के दावे, ड्रॉइंग रूम के डिस्कशन, छी: !'

लतिका चुपचाप नींबू का शर्बत घूँट-घूँट कर उसके तिरस्कारपूर्ण शब्दों के साथ गले में उतारती रही। मैड ने काफी देर तक किसी के भी पक्ष ले पाने में असमर्थ और हर समय चर्चा में तल्लीन रहने वाले मध्यम वर्ग को धिक्कारा और कहा कि जहाँ तक हो सके, ऐसी स्थितियों में लतिका जैसे लोगों को उनके हाल पर छोड़ देना चाहिए। 'अब पता चला न तुम्हें, क्या गुज़रती है गरीबों पर ? कौन होता है उनका ? न कानून, न कचहरी, न वकील, न गवाह। पुलिस हमेशा शक करती है, हिरासत में लेकर कूटती है, ज़रा-ज़रा-सी बात पर उनको जेल में ठूँस देती है। उनकी बेगुनाही पर कोई किसी से झगड़ने नहीं जाता।'

लतिका को लगने लगा कि जेल में रहकर उसने आभिजात्य वर्ग के होने के लांछन से कुछ हद तक मुक्ति पा ली है। यह साहस के एक तमगे की तरह उसके नाम के साथ आ जुड़ा। वह सरकारी नौकरी में तो थी नहीं कि उसके भविष्य पर इसका बुरा असर पड़ता। विद्वानों और अकादमिक घेरों में उसकी वाहवाही हुई। पासपोर्ट ज़ब्त होने से ज़रूर कुछ कष्ट हुआ लेकिन बाद में अदालत ने उसे भी लौटा दिया, इस शर्त पर कि विदेश यात्रा के लिए वह अदालत से बाकायदा इजाज़त ले। यह उसे मिलने भी लगी। भोपाल गैस त्रासदी में कार्बाइड जैसी कंपनी के खिलाफ खड़े होने का गौरव तो उसके हिस्से में था ही, इस लड़ाई में उस पर ही सरकार फौजदारी करे, यह कल्पनातीत था। इससे उसकी साख बहुत बढ़ गई और अंतर्राष्ट्रीय मंचों पर जब यह बताया जाता कि कैसे अपने देशवासियों के हक में एक विदेशी कंपनी के खिलाफ खड़े होने पर वह जेल गई थी, अभी आगे कई सालों की सज़ा

भुगत सकती थी तो उसका स्वागत ज़ोरदार तालियों से होता। लतिका को पता चला कि सचमुच मैड ने उस पर बड़ा एहसान किया था।

लेकिन उसके अन्य साथियों का नज़रिया अलग था। उनकी परिस्थितियाँ भी अलग थीं। ज़मानत पर रिहा होकर दिल्ली लौटने पर सबने अजीत के दफ्तर में मीटिंग की। वे मैड से सख्त नाराज़ थे।

'मैं सिर्फ एक प्रदर्शन में गया था। मुझे पथराव की कोई जानकारी नहीं थी। मुझसे पूछकर पत्थर नहीं मारे गए थे। मेरी इस तरह के विरोध प्रदर्शन में सहमति नहीं थी। और मैं पकड़ा गया। मेरा भविष्य दाँव पर लगा है। आप चाहें तो मुझे कायर कह लें। मैं जेल नहीं जाना चाहता। मैं आज से इस तरह की किसी भी गतिविधि में शरीक नहीं होऊँगा,' राकेश निगम ने कहा था। वह इस समूह का सबसे मुखर सदस्य था। समूह के सभी सदस्यों ने उसका समर्थन ही किया था, लतिका को छोड़कर।

हैली ने उन्हें समझाने की कोशिश की थी। 'कभी-कभी ऐसा हो जाता है। मान लो, पथराव नहीं होता फिर भी पुलिस तुम्हें गिरफ्तार कर लेती, तो क्या करते?'

'बात तुम्हारी समझ में नहीं आ रही है क्या?' राकेश ने गुस्से में पूछा था। 'जो मैंने किया, उसकी ज़िम्मेदारी लेने को मैं तैयार हूँ। जो मैंने नहीं किया, उसकी ज़िम्मेदारी क्यों लूँ? मैंने पत्थर नहीं फेंके। फिर भी पत्थरबाजी करने वालों के साथ मैं जेल चला जाता खुशी-खुशी अगर वे अपनी हरकत की जवाबदेही कबूल करते। मगर वे तो भाग गए। सब-के-सब। हम पकड़े गए। यह ठीक है? हम राजसत्ता को तो रोज़ नैतिकता का पाठ पढ़ाते हैं। पुलिस पर इल्ज़ाम लगाते हैं कि वह बेगुनाहों को पकड़ती है। और हमारे अपने साथी कहाँ थे जब हमें पकड़ा गया? क्या उनकी चुप्पी अनैतिक नहीं है? राजसत्ता का तो काम ही है दमन करना। उसका चरित्र है यह। हमारे साथी भी ऐसे ही हो जाएँगे तो क्या फर्क बचा? हमको बलि का बकरा बनाया गया। मैं इसके खिलाफ हूँ। मैं अब तुमसे विदा लेना चाहता हूँ।'

हैली को समझ में नहीं आ रहा था कि हर काम की पहले से जानकारी देना ज़रूरी क्यों है। उसने कहा भी कि पत्थरबाजी पहले से तय नहीं रही होगी, हो गई ऐन मौके पर, पहले से सहमति कैसे ले लेते?

'तो फिर वे भागे क्यों?' राकेश ने पूछा। उसकी आँखें गुस्से से उबल रही थीं। 'तुम बन गए हो न उनके प्रवक्ता तो बताओ, वे भागे क्यों?'

'इसलिए कि उनको भागना चाहिए था। किसी भी समझदार व्यक्ति को यही करना चाहिए। वहीं खड़े रहकर पुलिस की पकड़ में आना कोई बहादुरी का काम नहीं है। मैं कोई गांधीवादी नहीं हूँ। अगर दो-चार पत्थर फेंक दिये तो कयामत नहीं आ गई। तुमको भी भाग जाना चाहिए था। किसने रोका था तुम्हें? दो-चार दिन जेल में क्या रह लिये, सारी फूँक निकल गई। अरे, इतना ही डरते हो तो गए क्यों प्रदर्शन में?'

राकेश ने हैली की आखिरी बातें सुनीं ही नहीं। उसके चेहरे के सामने उँगली

नचाते हुए उसने कहा, 'यही तो, यही तो...यहाँ बैठे बकवास कर रहे हो। हम कैसे भागते ? जुलूस में पीछे थे हम। हमें तो पता भी नहीं चला कि हुआ क्या, क्यों पुलिस ने घेर लिया है। और हम भोपाल के रास्ते तो जानते नहीं थे कि चुपचाप इधर-उधर हो लेते। और अब तुम जैसे बेवकूफ से मैं ज़िंदगी में कभी बात नहीं करना चाहता।'

हैली ने भी उसी सुर में जवाब दिया था, 'तो तुमसे ही मैं कहाँ बात करना चाहता हूँ।'

बात बहुत बिगड़ गई थी। समूह में सब हैली को हिकारत और गुस्से से घूर रहे थे। सभी ने उसे दंभी, बेवकूफ और भी बहुत कुछ कहा। यह अपशब्द वह शायद आगे चलकर भूल भी जाता लेकिन जिस तरह राकेश ने उसे उँगली हिला-हिलाकर डाँटा था, जैसे क्लास में कोई मास्टर छात्र को डाँटता है, वह हैली को बेहद अखर गया था। अकेली लतिका ने कहा था कि उसे अफसोस नहीं था किसी बात का। 'यह तो संघर्ष का हिस्सा है। कुछ अच्छा होता है तो हम श्रेय लेते हैं। कुछ ग़लत हो गया तो ज़िम्मेदारी भी लेनी चाहिए। मुझे कोई शिकायत नहीं है।'

हैली को लगा, करोड़ों के पास कोई विकल्प नहीं होता और इन बिगड़े रईसजादों को आंदोलन में भागीदारी में भी चॉयस चाहिए, पहले सूचना दो, सहमति लो, तब कदम उठाओ।

लतिका को छोड़ बाकी सबने भोपाल ग्रुप से नाता तोड़ लिया था। लेकिन राकेश और कुछ साथी उनके लिए शोध का, लेख लिखने और पर्चे तैयार करने का काम यदा-कदा कर दिया करते थे। अजीत ने उनसे संपर्क बनाए रखा था। दो चार महीनों में एक बार सबको भोपाल जाना पड़ता था अदालत में पेश होने। खर्चा भी होता था।

'यह मुकदमा पच्चीस-तीस साल चले तो अच्छा हो,' राकेश अजीत से कहा करता था। 'कम-से-कम मेरी जवानी तो जेल से बाहर कटेगी।'

जब भोपाल समझौते की खबर आई तो राकेश ने अजीत को फोन करके तफ़सील माँगी थी और विधि संस्थान में हुई उस बैठक में वह भी अपने साथी 'गुनहगारों' के साथ शरीक भी हुआ था। यह समूह खुद को मज़ाक में 'गुनहगार' कहा करता था। वे प्रदर्शन में एक दिन भी नहीं आए मगर दूसरे कामों में भाग लेते रहे।

हैली तब से लतिका की बहुत इज़्ज़त करने लगा था। एक बार उसने मैड से राकेश और अन्यों के उन्हें छोड़ जाने का ज़िक्र किया था।

'अरे यह तो बहाना था। यह नहीं होता, किसी और वजह से चले जाते। ब्लडी मिडिल क्लास, कभी आंदोलनों में नहीं टिकती। मगर हाँ, उन्होंने आंदोलन का जो टुरिज़्म किया है न उसका स्वाद वे कभी नहीं भूलेंगे। ज़बान जल गई सालों की,' मैड ने कहा और ठहाका लगाया था।

दिल्ली में हुए पथराव के बाद हैली को 'गुनहगारों' की दलील कुछ-कुछ समझ में आने लगी थी। उसके मन में अब जाकर राकेश और उसके साथियों के लिए

आदर-भाव भी जागा क्योंकि किसी ने यह नहीं कहा था कि सुप्रीम कोर्ट से कहा जाए कि जैसे कार्बाइड को माफ किया, उन्हें भी किया जाए। और अदालत में उन्होंने नहीं बताया कि पथराव करने वाले कौन थे। अली, जो सबके नाम ही नहीं, पते भी जानता था, उसने भी अदालत से नहीं कहा कि वे सिरफिरे कोई और ही थे जिनकी हरकत के लिए वह कठघरे में खड़ा है।

अविधा ने सोचा था कि निर्मला को सब कुछ बता देने से जी हल्का हो जाएगा लेकिन आश्चर्य की बात यह थी कि उसकी व्यथा बढ़ गई थी। काम में तो जी लगता नहीं था, घर में वह बिस्तर पर पड़ी मेंहदी हसन और बेगम अख्तर की आवाज़ में मुहब्बत के ग़मों पर ग़ज़लें सुनती रहती। निर्मला उससे कहा करती थी कि इस तरह की वफाओं की अपेक्षा करने वाली पुरानी ग़ज़लों को कभी इजाज़त नहीं देनी चाहिए कि वे भावों पर छा जाएँ वरना इनसान के पास गुलामी के सिवाय कोई चारा नहीं रहता। 'यह सब पुरानी लीक की कविताएँ हैं न, इनमें मुहब्बत क्या है? गुलामी का ही नाम है।' अविधा को निर्मला की यह बात याद आ जाती मगर अपने जज़्बात पर वह काबू नहीं कर पाती थी। सुगुणा के सो जाने के बाद वह देर तक बेगम अख्तर को अपने जज़्बात को लंबे-लंबे आलापों में स्वर देती सुनती रहती। विलाप और व्यथा। यही बचा था जैसे जीवन में!

अब जब याचिकाओं पर लोगों के दस्तखत कराए जा रहे थे, फॉब का अभियान भी सड़कों से ड्राइंग रूमों में जा सिमटा था। करने को कुछ खास नहीं था।

एक सुबह अविधा चौंककर उठ बैठी। जाने सपने में कुछ था या लंबे समय तक उपेक्षा सहने के बाद दिमाग में बैठी कोई सूचना उछलकर उस पर लगाम कसने लगी थी। मगर अविधा को याद आ गया कि प्रशांत तो दो हफ्तों में इंग्लैंड निकल जाएगा।

निर्मला कई बार पूछ चुकी थी कि उसने प्रशांत को बताया या नहीं। उसी ने सुझाया था कि कहना कठिन है तो चिट्ठी भेज दे। अविधा ने अब तक प्रशांत से फिर मिलने की गंभीर कोशिश नहीं की थी। यह याद आते ही कि वह जल्दी ही जाने वाला है, उसने उसे खत लिखने की ठान ली। काफी देर तक वह सोचती रही कि कैसे और कहाँ से शुरू करे और रह-रहकर उसे उसके शब्द याद आ जाते कि उसके पास करने को और भी बहुत कुछ है।

नोटपैड खींचकर अविधा ने लिखना शुरू किया: 'क्यों तुमने मुझे इतना दुख पहुँचाया? मैं तो हमेशा से ही जानती रही हूँ कि तुम्हारी प्राथमिकताओं में मैं कहीं नहीं हूँ। मैंने तो खुद को लगभग समझा ही लिया था कि मैं तुम्हारे लिए बस वक्त बिताने का शगल हूँ, मैं अनेक में एक हूँ और उनमें भी तुम्हारी कोई खास पसंदीदा नहीं हूँ...तो फिर क्यों तुमने मुझे ऐसी चोट दी?

'जानती हूँ, इसमें भी कसूर मेरा ही है। मैंने जब अपने हृदय की परतें तुम्हारे

सामने खोलीं, अपनी तमाम भावनाओं को तुम्हारे सामने खोलकर रखा, तुम्हें सब कुछ बताने लगी, मैंने ही दिया तुम्हें खुद को आहत करने का यह हक जिसका तुमने बड़ी बेदर्दी से इस्तेमाल किया। कितनी बेवकूफ हूँ मैं। मैंने ऐसी बातें अपने बारे में बताई जो कभी किसी को नहीं बताई थी। और जिस बात ने मुझे सबसे ज़्यादा चोट पहुँचाई, वह तुम्हारा यह कहना कि तुम्हारे पास करने को और भी बहुत कुछ है।

'हमेशा की तरह यह भी शायद तुम ठीक से कह नहीं पाए। तुम्हारे पास करने को और भी बहुत कुछ नहीं है, तुम्हारे पास करने को बहुत कुछ है, सिर्फ अविधा ही 'भी' है। वही आती है अंत में, जब तुम बाकी सब कर चुके होते हो, वह सब जो ज़रूरी है। तब तक तो अविधा का अस्तित्व ही नहीं होता। जब सब हो चुकता है तब जाकर तुम अविधा को अस्तित्व में लाते हो। लेकिन मेरा अस्तित्व है, तुम्हारी इच्छाओं और वासनाओं, तुम्हारी उपेक्षाओं के परे भी मेरा स्वतंत्र अस्तित्व है। और अब इस अस्तित्व को मैं कभी तुम पर नहीं थोपूँगी। मेरा वायदा है यह तुमसे। अलविदा!'

अगले दिन अविधा ने यह खत पढ़ा तो उसे पता चला कि इसमें अपने गर्भवती होने की बात तो वह लिखना ही भूल गई थी। उसे खत में झलकती गिड़गिड़ाहट का स्वर भी अखरा। उसे उसने फाड़ फेंका और तय किया कि वह दफ्तर में बैठकर एक छोटा-सा सीधा सा पत्र लिखेगी। दफ्तर में इसलिए कि वहाँ वह अपने पर संयम रख पाएगी। गर्भ की बात फिर भूल न जाए इसलिए उसने नोटपैड के कोरे काग़ज़ पर लिखा, 'प्रेग्नेंसी।'

मगर एक बार अविधा ने प्रशांत का नाम काग़ज़ पर लिखा तो दुनिया-जहान की शिकायतों का पुलिंदा फिर खुल गया। इस बार खत कई टुकड़ों में कामकाज के बीच लिखा गया मगर पहले से भी लंबा हो गया।

'हमेशा से मर्दों को यह ज़िम्मेदारी निभानी पड़ी है कि वे साबित करें कि औरतें कितनी मूर्ख होती हैं। ऐसा ही मेरे साथ भी होना है तो हो। मैं तुम्हारा शुक्रिया अदा करने के लिए यह खत नहीं लिख रही कि तुमने मुझे सिखा दिया कि मैं कितनी बेवकूफ हूँ। मैं कुछ और बताने के लिए लिख रही हूँ।'

अविधा को लगा, शुरुआत अच्छी है। 'सुनो प्रशांत, मैं गर्भवती हूँ। मुझे तुम्हें पहले ही बता देना चाहिए था लेकिन यह फैसला करने में मुझे वक्त लगा कि तुम्हें बताऊँ भी या नहीं। तुमने कभी प्यार से नहीं तो नर्मी से मुझसे पूछा होता कि मैं क्यों तुमसे मिलने की ज़िद पर अड़ी थी, उस दिन जिस दिन मुझे तुम दफ्तर से अपनी कार में ले गए थे, तो मैंने तुम्हें बता दिया होता। मैं तुमसे इस बच्चे की ज़िम्मेदारी उठाने को नहीं कहती। तुमसे ऐसा कुछ भी मैं नहीं माँगती जो देना तुम्हारे लिए मुमकिन नहीं होता। लेकिन यह बात तुम कैसे समझते ? तुमने तो सोचा होगा कि मैं खुदगर्ज़ हूँ क्योंकि तुम्हारा सिर्फ खुदगर्ज़ों से ही वास्ता पड़ता रहा है। कोई निःस्वार्थ हो सकता है, यह तो तुम्हारी कल्पना के परे है। स्वार्थी लोग समझ ही नहीं पाते निःस्वार्थों को। हाँ-हाँ, मालूम है, तुम बोर हो गए। चलो मुँह फेर लो।

'यही तो किया है तुमने। मुँह फेर लिया है मुझसे। जो तुम्हें चाहिए था, मिल

चुका है। हमारे संबंध की असलियत यही है। तुमने जो चाहा, माँगा, हासिल किया, पल भर सोचा नहीं कि मैं वह सब दे सकती हूँ या नहीं, कि मुझे इसकी कितनी और कैसी कीमत चुकानी पड़ेगी। मगर मैंने हमेशा तुम्हें वह सब दिया जो तुम्हें चाहिए था। हमेशा, भले वह मुझे कितना ही महँगा पड़ा हो।'

अब अविधा फिर से गिले-शिकवों में बह गई।

'याद है, जब हम पहली बार बाहर गए थे ? नहीं होगा। तुम्हें क्यों याद होगा ? मुझे याद है। क्योंकि मुझे उसी दिन पता चल जाना चाहिए था कि मेरा तुम्हारे लिए कितना महत्त्व है। सही जुमला तो यह होगा कि मुझे उसी दिन पता चल जाना चाहिए था कि मैं तुम्हारे लिए कुछ भी नहीं हूँ। हमें शाम को मिलना था। सारे काम समय पर निपटाने के लिए मैंने पूरा दिन कुछ नहीं खाया था। एक पैकेट मूँगफली के सिवाय। और मैं समय पर पहुँची थी सड़क किनारे तुम्हारा इन्तज़ार करने। बूँदाबाँदी होने लगी थी हालाँकि मौसम बारिश का नहीं था। और तुम आए थे एक घंटे से भी ज़्यादा देर से, जब अँधेरा होने लगा। तुमने तो सोचा ही नहीं कि सड़क किनारे खड़ी अकेली लड़की को कितने मर्दों ने घूरा, कितनों ने रुपए दिखाए, कैसी-कैसी बातें कहीं। और मैं खड़ी रही इन्तज़ार में, सड़क पर इधर से उधर चहलकदमी करती अपने मूड को उखड़ने से बचाती कि तुम्हें मेरी बदमिजाज़ी न झेलनी पड़े, तुम्हारी खुशी में खलल न पड़े।

'हम जब भी बाहर गए, यही हुआ। तुम देर से ही आते थे। एक बार तो तुमने मुझसे कहा भी था, 'मुझे शायद देर हो जाए मगर तुम तो, नेचुरली, इन्तज़ार करोगी!'

'मैंने सारे अपमान झेले क्योंकि मैं तुम्हें अपना दिल दे बैठी थी। तुम्हारा कसूर नहीं है। तुमने मेरा दिल तो माँगा नहीं था। तुम्हें चाहिए ही नहीं था। तुम्हारी इसी मासूमियत के लिए आज मैं तुम्हें माफ करती हूँ। मैं तुम्हें इसलिए माफ नहीं कर रही कि आज मैंने अपने जज़्बात पर कोई फतह हासिल कर ली है और विजय के क्षण में मेरा दिल इतना बड़ा हो गया है कि मैं तुम्हें माफ कर सकूँ। मैं तो तुम्हें इसलिए भी माफ नहीं कर रही कि मैं तुम पर कोई भी जवाबदेही थोप नहीं सकती। और इसलिए भी माफ नहीं कर रही कि आज मेरे भीतर तुम्हारा दिया एक उपहार उग रहा है, ऐसा उपहार जो तुमने जान-बूझकर मुझे नहीं दिया।

'मैं माफ कर रही हूँ तुम्हें अपनी पराजय के कड़वे पल में ताकि मैं इस कड़वाहट से मुक्त हो सकूँ, कि मैं मुक्त हो सकूँ तुम्हारे प्रति किसी भी भावना से और मैं अपने वजूद का एक लम्हा भी आज से तुम पर, तुम्हारे लिए नहीं गँवाऊँगी। आज मैं तुमसे मुक्त हुई।

'मैं अस्वीकार करती हूँ तुम्हें, पूरी तरह अस्वीकार करती हूँ। जो मेरी कोख में है, वह भी मेरा है, पूरी तरह मेरा। तुमने होशोहवास में यह मुझे नहीं दिया, न तुम्हें चाहिए। तुम्हारा इस पर कोई दावा नहीं है। कोई हक नहीं।

'पूछ सकते हो तुम कि ऐसा ही है तो मैं क्यों बता रही हूँ तुम्हें कि मैं गर्भवती हूँ ? इसलिए कि अपनी संतान को शायद मुझे तुम्हारे बारे में बताना पड़ेगा कि कैसे तुम जैसे एक ओछे इनसान ने अपनी तुष्टि के लिए वीर्य बहाया और एक निष्क्रिय-

सा योगदान किया उसके जीवन में ताकि तुम कभी मेरी संतान के पूछने पर इनकार न कर सको। बता रही हूँ ताकि तुम्हें खबर रहे।'

खत को काट-छाँटकर दो दिनों में छोटा करने के बाद यह कारीगरी उसके हाथ लगी। उसने कई बार इसे पढ़ा और खूब संतुष्ट हुई। मन-ही-मन उसने निर्मला का आभार माना जिसने उसे खत लिखने पर मजबूर किया था। इसके लिखने में ही दर्द के कितने अवशेष बह गए। उस रात अविधा को गहरी नींद आई। सुबह वह छत पर इकलौते कैक्टस को पानी देने गई तो देखा, उसके काँटे पर रूई का हलका-सा फाहा-सा आकर लटक गया था। मकड़ी के जाले का टुकड़ा-सा लग रहा था। अविधा ने झुककर उसे गौर से देखा कि कोई मकड़ी कैक्टस पर जाल तो नहीं बुन रही? मगर वहाँ कोई मकड़ी नहीं थी। उसने सुगुणा को रूई का वह फाहा दिखाया।

'अभी तक तो सेमल खिले भी नहीं, बूढ़ी का बाल कहाँ से आ गया?' सुगुणा ने उस रेशम-सी रूई को उँगली छुआते हुए कहा।

'अरे, उखाड़ना मत,' अविधा के मुँह से अनायास निकला। वह काँटे पर अटकी रूई नहीं थी, उसके सिरे पर उगता हुआ कपास-सा कुछ था।

'ना-ना,' सुगुणा ने कहा। 'क्या पता, यह इसका फूल हो! कहा तो था ज़िंटैक ने कि यह खिलेगा।'

'ऐसा चीपड़ा-सा फूल? यह इसका फूल है तो मुझे न यह कैक्टस चाहिए, न इसके बच्चे,' अविधा ने मुँह बनाकर कहा।

उस शाम उसने अपना खत निर्मला को दिया। निर्मला ने लेने से मना कर दिया। बहुत मनुहारों के बाद उसने उसे पढ़ा पर बोली कुछ नहीं।

अब अविधा खत प्रशांत को भेजने को बेचैन हो गई। उसे अफसोस था कि वह प्रशांत के चेहरे के भाव देख नहीं पाएगी जब वह इस चिट्ठी के धमाके को झेलेगा। उसने निर्मला से कहा भी कि काश, वह खत का असर देख पाती! खत भेजना भी आसान नहीं था। घर में या दफ्तर में वह किसी के भी हाथ पड़ सकता था।

'मुझे खुद उसके हाथ में पकड़ाना पड़ेगा और यह भी तय करना पड़ेगा कि वह इसे पढ़े। कौन जाने, बिना पढ़े ही फाड़ दे!' अविधा ने कहा।

निर्मला ने ठंडी साँस ली। अविधा भावों की थकन को उदासीनता मानने की भूल कर रही थी। मगर मुक्ति का मार्ग इन्हीं उतार-चढ़ावों से गुज़रता है। आज भी प्रशांत की प्रतिक्रिया उसके लिए महत्त्व रखती है। आज का दिन भी गुज़र ही जाएगा।

अप्रैल के दूसरे हफ्ते तक शिरीष के हरीतिमा लिये फूलों के पीले रेशों की तरह खबर हवा में उड़ रही थी कि अविधा गर्भवती है।

एक रात सुगुणा जब देर से घर पहुँची तो उसने अविधा को प्लेट भरकर मटन

पुलाव खाते देख कहा, 'इतना ज़्यादा खाने लगी है तू, खूब मोटी हो जाएगी।'

अविधा ने उसका हाथ थामकर कहा, 'मैं प्रेग्नेंट हूँ।'

सुगुणा ने जवाब दिया, 'मुझे शक तो हो ही रहा था। चल, तूने बता ही दिया।'

सुगुणा का कभी किसी तरह की दखलअंदाज़ी न करना ही अविधा को सबसे ज़्यादा पसंद था। अनावश्यक जिज्ञासा उसकी प्रकृति नहीं थी। एक ही कमरे में उसके साथ खामोश बैठकर अपने-आप में मग्न रहा जा सकता था, उसके साथ की चुप्पी आरामदेह होती थी। लेकिन सुगुणा का इस तरह शक करते हुए भी उससे कुछ न पूछना ही अविधा को चुभ गया। ऐसे किसी रहस्य का यूँ भी फायदा ही क्या है जिसे कोई जानना ही न चाहता हो?

अविधा को सुगुणा अब शीतल नहीं, ठंडी लगने लगी। वह भूली नहीं थी कि कैसे सुगुणा उसके पास देर रात तक बैठी रहा करती थी जब वह हिलक-हिलककर रोया करती थी मगर तब भी उसने उससे रोने का कारण नहीं पूछा था कभी, सिर्फ उसकी पीठ थपकती रहती थी। अविधा ने पुलाव खत्म करके अपने कमरे में जाकर बत्ती बुझा दी। सुगुणा ने उसकी नाराज़गी भाँप ली पर कहा कुछ नहीं।

अपने ही पसोपेश में फँसी अविधा ने विकल होकर अगले दिन विनीता को भी बता दिया। जल्दी ही एफओबी में भोपाल पर कम, अविधा पर अधिक चर्चा होने लगी। जब वह मीटिंग में देर से आती तो एकाएक लोग कुछ कहते-कहते रुक जाते। वह समझ जाती, उसके बारे में बातें हो रही थीं मगर पूछ नहीं पाती। इधर दोस्तों ने पड़ताल शुरू कर दी थी कि 'बेचारी अविधा' की यह गत करने वाला आदमी था कौन? आज के ज़माने में गर्भ का ठहरना और उसको गिराना मामूली बात है पर अविधा अगर लोगों को इसके बारे में बता रही है तो ज़रूर कुछ गड़बड़ है। वह आदमी है कौन? जान-पहचान का तो कोई मालूम नहीं होता, यह कुछ ही दिनों की चर्चा में तय हो गया। किसी के साथ उसके अफेयर की कोई खबर नहीं थी किसी को। सुगुणा को कुछ पता हो भी तो वह बता नहीं रही थी। फिर कौन होगा? शादीशुदा तो नहीं है? अविधा से शादी करेगा? या फिर दोनों बिना शादी के बंधन के ही साथ रह लेंगे? यह तो साफ था, अविधा मुश्किल में है।

'उसे मदद की ज़रूरत है,' सब एक दूसरे से कहते। जीभ सबकी लपलपा रही थी। पहल कोई नहीं कर रहा था उससे सीधे बात करने की।

अब तक सौ से ज़्यादा दस्तखत याचिकाओं पर हो चुके थे और उन्हें सुप्रीम कोर्ट में दाखिल करने की तैयारी हो रही थी। एफओबी की बैठकें भी एक दिन छोड़कर एक दिन होती थीं। इनमें हाज़िरी फिर बहुत कम हो गई थी।

एफओबी में लतिका ने ही सबसे पहले अविधा से सीधे बात की। दोनों बैठकर रजिस्टर में नामों की सूची में से उन नामों पर टिक मार्क लगा रही थीं जिन्होंने याचिका पर साइन कर दिये थे।

'कभी-कभार लोग भावनाओं में बह जाते हैं। प्रोटेक्शन इस्तेमाल करना भूल जाते हैं। बात मुझे समझ में आती है। यूँ भी औरतें कहाँ सौदेबाजी में सक्षम होती हैं, कोंडोम पर ज़ोर दे ही नहीं पातीं,' लतिका ने उससे 'व्यक्तिगत' बात करने की अनुमति माँगने के बाद कहा। वह सहानुभूति में सिर हिलाते हुए बोल रही थी। अविधा का मन किया, उसके दाँत तोड़ दे।

'मैं कोई सौदा नहीं कर रही थी, बिज़नेस कॉन्ट्रेक्ट पर साइन नहीं करा रही थी। हमारा संबंध था एक दूसरे से और तुम बात ऐसे कर रही हो, जैसे बाज़ार में मोल-भाव की बात हो रही हो!'

लतिका ने कंधे उचकाए। 'देखो, औरतों का यही रवैया उन्हें ले डूबता है। सारे रिश्ते बाज़ार जैसे ही होते हैं। हम इतनी भावनाओं का निवेश करते हैं और मिलता क्या है हमें? सिर्फ मुसीबत और तनाव! तुम्हें सीखना होगा कि रिश्ते भी बाज़ार की तरह निर्मम और निष्ठुर हो सकते हैं। लेकिन यह सब छोड़ो। तुम्हें फैसला करना होगा जल्दी ही कुछ। अगर डॉक्टर के पास जाना हो तो मैं चल सकती हूँ तुम्हारे साथ। अकेले जाने में अटपटा-सा लगता है न?'

अविधा चुप रही। लतिका ने बाद में सबको बताया कि उसने तो मदद की पेशकश की थी मगर अविधा तो 'अक्ल की बात सुनने को ही तैयार नहीं।'

अगली सुबह सुगुणा ने कैक्टस को पानी देते समय अविधा को ज़ोर से आवाज़ दी। रूई का नन्हा सा फाहा अब एक नन्हीं-सी फुनगी पर लगा गोला-सा बन गया था। कैक्टस के सिर के एक तरफ वह रोएँदार झंडे की तरह खड़ा था। दोनों उसे गौर से देखती रहीं।'

'कितना सुंदर है न—हमारा अपना प्रेग्नेंट कैक्टस! जल्दी ही खिलेगा।'

अविधा फर्राटे से कमरे के भीतर चली गई। सुगुणा चाय लेकर आई तो अविधा छत पर चली गई थी और दरवाज़े को ताक रही थी मानो अखबारों की प्रतीक्षा में हो! अनमनी-सी अविधा का हाथ पकड़कर सुगुणा उसे कमरे में ले गई। बिस्तर पर उसे बिठाकर उसने कहा, 'अवि, मुझे तेरे इस गर्भ के बारे में बात करनी है।'

अविधा ने कुछ नहीं कहा। सुगुणा के लिए ऐसी चुप्पी की दीवार तोड़ना मुश्किल हो गया। उसने दो-एक बार कहा भी कि कुछ तो सोचना पड़ेगा मगर अविधा सिर झुकाए बैठी रही। हारकर सुगुणा ने साफ-साफ कहा कि वह उसके साथ अबॉर्शन कराने के लिए क्लिनिक में जाने को तैयार है। आखिर अविधा की चुप्पी टूटी। उसने कहा, अभी उसने यह फैसला नहीं किया है।

'अवि, पागल मत बन,' सुगुणा का स्वर दृढ़ था। 'अपने भविष्य के बारे में सोच। यह तेरी ज़िंदगी का सवाल है।'

अविधा को लगा कि असल में तो उसके अजन्मे शिशु की ज़िंदगी का सवाल है यह और विडंबना यह है कि सुगुणा उसकी ज़िंदगी का सवाल बता रही है इसे। इस अजन्मे शिशु के जीवन को उन संस्थानों और उस नैतिकता के तराज़ुओं में तौला

जा रहा था जिसके साथ उसका कोई संबंध नहीं था। एक ऐसा समाज उसे सज़ा-ए-मौत सुना रहा था जिसका अभी वह शिशु सदस्य भी नहीं बना था। उसे लगा, कुदरत के हर नियम के खिलाफ बातें कर रहे हैं उसके हिचचिंतक। उसके होंठों पर एक फीकी-सी मुस्कान आ गई।

अपनी खीज को दबाते हुए सुगुणा ने कहा, 'ज़रा सोचो, बच्चा पालने में कितना पैसा लगता है!'

'पैसा मेरी ज़िंदगी के फैसले कभी नहीं करेगा,' अविधा ने सिर उठाकर कहा।

'सुनने में बड़ा अच्छा लगता है, मगरी तेरी नौकरी जा सकती है। दुनिया बड़ी अच्छी होती, आदर्श समाज होता तो पैसा कोई फैसला नहीं करता लेकिन सच्चाई यह है कि पैसे के बिना काम नहीं चलता।'

'अगर हम हमेशा दुनिया का कहा ही मानते रहे तो दुनिया बदलेगी कैसे?'

सुगुणा ने कहा कि तर्क अच्छा है लेकिन अच्छे तर्क दुनिया को नहीं बदलते।

'पता है सुगुणा, व्यावहारिकता के नाम पर हम जो यह छोटे-छोटे समझौते करते रहते हैं, इन्हीं के कारण यथास्थिति बनी रहती है। अंत में तुम जैसे व्यावहारिक लोग रूढ़िवाद के ही पाले में खड़े मिलते हैं।'

'और तुम्हारे विद्रोही तेवर दुनिया को बदल देंगे?' सुगुणा ने शांत स्वर में पूछा। 'अकेली रहोगी बच्चे के साथ? कैसे पालोगी उसे?'

अविधा उठकर अपने कमरे में चली गई।

मुक्ता ने अपने अनोखे अंदाज़ में अविधा को समानता की अवधारणा पर ही भाषण पिला डाला। उसका कहना था कि समान ज़िम्मेदारी का सिद्धांत गर्भावस्था जैसी स्थितियों पर लागू नहीं होता। 'पेट फूले औरत का, दर्द सहे औरत, दूध पिलाए औरत और आदमी प्रगतिशील हुआ तो समान ज़िम्मेदारी कहकर उसे कभी झूला झुला दे। यह सब ठीक नहीं है। आदमी को ज़्यादा ज़िम्मेदारी उठानी चाहिए।'

एक रात काफी पी चुकने पर मुक्ता ने अविधा को फोन करके कहा, 'एक साले टुच्चे ने तेरा शोषण किया और तू उसका बच्चा पैदा कर रही है? ऐसे अभिनंदन के काबिल नहीं है वह। उसका जो भी है, सब ठुकराकर फिर से आज़ाद हो जा।'

'तुम लोग मेरा पीछा क्यों नहीं छोड़ते?' अविधा ने चिल्लाकर कहा और फोन पटक दिया। कई दिनों तक दोनों के बीच अबोला रहा।

दो दिन बाद शेखर बिना बुलाए अविधा से मिलने आ पहुँचा। एक बच्चे का बाप होने से वह बच्चों की ज़िम्मेदारी के बारे में बात करने के सारे गुणों और विशेषज्ञता से लैस माना जाता था। मिसेज़ कपूर की परवाह किए बिना वह दनदनाता हुआ ऊपर पहुँचा और अविधा ने जब पूछा कि कहीं मकान मालकिन ने उसे देख तो नहीं लिया, उसने कहा, 'बॉल्स टू हर,' और कमरे में बिछी दरी पर पसर गया। अपनी पैंट की पिछली जेब से उसने एक माचिस की डिबिया निकाली, उसके अंदर से रुपहले चमकीले काग़ज़ की एक पुड़िया निकाली जो किसी सिगरेट के पैकेट से निकली प्रतीत होती

थी और उसे खोलकर उसमें लिपटे किसी काले चिपचिपे से पदार्थ का एक छोटा-सा टुकड़ा तोड़कर उसने पुड़िया ध्यान से बंद करके माचिस के भीतर रख दी। अब उसने दूसरी जेब से सिगरेट निकाली और उसका तंबाकू अपनी हथेली पर झाड़ने लगा। 'सुन यार, बिना बताए आ गया हूँ पर तू तो दोस्त है। बुरा मत मानना। तेरे से बात करनी है, मैन।'

'वुमन,' अविधा ने स्वचालित ढंग से कहा।

'हाँ, वुमन। सुन, तू तो जानती भी नहीं कि तू किस मुसीबत को दावत दे रही है।'

उसने काले पदार्थ को चुटकी में मसलकर हथेली पर झड़े तंबाकू में मिलाया और उसे वापस सिगरेट में भरने लगा।

'यह क्या चीज़ है?' अविधा ने पूछा। विस्फारित नेत्रों से वह शेखर के क्रियाकलाप देख रही थी।

'डोप,' शेखर ने कहा, 'माने चरस।' उसने एक सिरहाना खींचा और उस पर टेक लगा ली।

अविधा ने पूछा कि चाय पीएगा या शरबत? शेखर ने उसे बेहिचक बता किया कि उसे अभी कुछ नहीं चाहिए, बाद में दोनों साथ में खाना खाएँगे।

सिगरेट उठाकर वह उसे जलाने ही वाला था कि अविधा ने कहा कि वह छत पर जाकर खुले में अपना डोप पिए। फिर वह घबरा उठी कि कहीं मिसेज़ कपूर तक इसकी बदबू न पहुँचे और उसने उसे कमरे ही में रहने को कहा और दरवाज़ा उढ़का दिया। जल्दी ही उसे उबकाई आने लगी और वह भागकर छत पर चली गई। कुछ देर बाद शेखर ने आवाज़ देकर अंदर बुलाया।

शेखर का चेहरा ठोड़ी की तरफ मोटा था जिसे वह दाढ़ी से ढँके रखता था। उसकी उभरी-सी आँखों पर नशे से भारी पलकें कुछ ऐसे झुकी रहती थीं, जैसे किसी दमकती खिड़की के काँच पर आधी दूरी तक शटर बंद हों! कुल मिलाकर उसका चेहरा और उसके हावभाव एक आलसी, मदमस्त व्यक्ति प्रतीत कराते थे।

बिना कोई भूमिका बाँधे शेखर एक-एक कर बच्चों के लालन-पालन के सारे ब्यौरे देने लगा।

'लगता है न बच्चे बड़े क्यूट होते हैं। तुझे नहीं मालूम, उनके भीतर क्या-क्या होता है।' फिर उसने बताया कि कैसे बार-बार उनकी लंगोट गीली होती है, पीली होती है, भारी होती है, वे बदबूदार पाद मारते हैं, रात को आप गहरी नींद में हों तभी चिंघाड़ते हैं, आधा-आधा दिन उन्हें टीके लगवाने में निकल जाता है और वे उल्टियाँ करते हैं, आपके कपड़ों से बदबू नहीं जाती, घर हमेशा बिखरा-बिखरा रहता है।

'अरे किसी आदमी से कहो कि वह बच्चे को दूध पिलाने के लिए औरत की छातियाँ तैयार करे, दोबारा कभी किसी के बूब्स नहीं देखेगा वह आदमी। फिल्मों में दिखाते हैं न बड़ी गोरा-गोरी-सी गोलाई बच्चे के मुँह में घुसी हुई, ऐसा कुछ नहीं होता। हम जैसे साफ-सुथरे लोगों में तो आधा घंटा तैयारी में ही लग जाता है। उबले

पानी में रूई भिगोओ, उससे स्तन को पोंछो तब जाकर बच्चे के मुँह में दो और रूई भी स्टरलाइज्ड होनी चाहिए। कभी-कभी तो चिपचिपा-सा दूध निकलना ही शुरू हो जाता है, जैसे कोई ट्यूब लीक कर रही हो! बच्चे ने पेट भर पी लिया तो फिर बूब्स को पोंछो, आधे घंटे तक बच्चे को कंधे पर उल्टा लटकाओ कि डकार ले। मज़ाक नहीं है बच्चा पालना।'

अब अविधा को फिर उबकाई आने लगी। कमरे से निकलने के लिए उठते हुए उसने कहा, 'कितना अच्छा लगेगा तुम्हारी बेटी को, जब उसे यह सब पता चलेगा! मुझे तो विश्वास है, तू उसे जन्म देकर पछता रहा है।'

अविधा को लगा था, उसका तीखा जवाब सुनकर शेखर नाराज़ हो जाएगा और चलता बनेगा।

'मैं पछता नहीं रहा। मैं थोड़े ही कह रहा हूँ, बच्चा पैदा मत कर। जो करना है, कर। तेरी ज़िंदगी है, तेरा बच्चा है। बस, हकीकत बता रहा हूँ तुझे।' उसने जेब से सिगरेट निकाली। 'तूने सिगरेट छोड़ दी है क्या?'

अविधा का सिर नकार में हिला। 'प्रेग्नेंसी का यह एक अच्छा साइड इफेक्ट होता है।'

'थैंक्स,' अविधा ने विद्रूप से कहा। 'अभी तक तो प्रेग्नेंसी के बारे में यही एक सकारात्मक बात कही है तुमने।'

'मैंने प्रेग्नेंसी की बात ही नहीं की,' शेखर अपने आलसी अंदाज़ में बोला। 'जब तक अंदर है न सब ठीक है। यह तो उनके बाहर आने पर उधम मचता है, बाहर आते ही मज़ा चखाना शुरू करते हैं बच्चे।'

अविधा शेखर को व्यक्तिगत तौर पर ज़्यादा नहीं जानती थी। वह उसे एक खोया-खोया-सा कलाकार समझती थी। नज़दीक से देखने पर वह कुछ और ही निकल रहा था। अपनी बेटी को पालने में उसकी पूरी और सक्रिय भागीदारी पूरे सर्किल में मशहूर थी। शेखर इस तरह की बातें करेगा, वह कभी सोच भी नहीं सकती थी। वह चाहती थी, शेखर चला जाए मगर वह तो तीखी बात सुनकर भी टस-से-मस नहीं हो रहा था।

'जानती है, प्रेग्नेंसी का सबसे अच्छा साइड इफेक्ट क्या है?' शेखर ने पूछा। उसके मांसल गुलाबी होंठों से दूधिया धुएँ का गुबार उठकर अविधा के चेहरे को छू गया। शेखर उसकी ओर झुक आया। वह जड़वत बैठी उसे देखती रह गई। मन कर रहा था, एक कश लगा ले मगर हाथ-पाँव जवाब दे गए थे। वह इन्तज़ार-सा कर रही थी कि अपने ही सवाल का जवाब दे दे शेखर। क्या है बेस्ट साइड इफेक्ट?

'सेक्स!' शेखर ने कहा। 'जब गर्भ ठहर गया तो धड़ल्ले से हो सकता है। रबड़-वबड़ को बीच में लाने की कोई ज़रूरत नहीं। दोबारा प्रेग्नेंट तो होने से रहे। हा-हा, कहो, कही न अक्ल की बात?'

अविधा भौंचक्की बैठी रह गई। अपमान की भावना को भी उसकी हैरानी की परतों को छाँटकर उभरने में वक्त लगा।

'क्या कहती हो ? मूड है ?' शेखर ने अधमुँदी आँखों को कुछ और मूँदते हुए पूछा। उसके गुलाबी होंठ गोलाकार से हो गए।

'नहीं,' अविधा ने यंत्रवत-सा कहा।

'कोई बात नहीं,' शेखर ने सिरहाना थपथपाते हुए कहा। 'खाने के बाद सही।'

'खाने को कुछ नहीं है घर में,' अविधा ने कहा।

शेखर की पलकें कुछ उठीं। अविधा चौंकी। क्या हुआ है उसे ? इस आदमी को लात क्यों नहीं मार देती ? उसने कंधे झटके। लगा, हाथ-पैरों में प्राण का संचार हुआ। वह एकदम से उठ खड़ी हुई।

'शेखर, जाओ। जाओ यहाँ से।'

शेखर ने कंधे उचकाए। 'कभी सोचा नहीं कि तू भी ऐसी पुराने टाइप की होगी।'

अविधा ने लपककर दरवाज़ा खोला। धूप चमक उठी। शेखर की पलकें उठ गई थीं। उसकी पुतलियाँ धूप में कौंध गईं क्रोध की बिजली की तरह।

उसके निकल जाने के बाद अविधा ने ज़ोर से दरवाज़ा बंद किया और नीचे को ढह गई। उसने सिरहाने पर घूँसे मारना शुरू किया और ज़ोर-ज़ोर से तब तक चीखती रही जब तक कि उसकी आँखों से आँसू नहीं बहने लगे। वह बिस्तर पर ढेर हो गई और फूट-फूटकर रोने लगी।

हैली को पता था कि मकान मालकिन की निगाहों से बचकर ही सुगुणा के घर पहुँचा जा सकता है। गली में आते ही उसे लगा कि वह बहुत भाग्यशाली है। अँधेरा छाया था। घरों की बत्तियाँ गुल थीं। बिजली भी प्रेमियों का साथ देती है, हैली ने सोचा, फिर अपने ही विचार को सुधारते हुए खुद से कहा—इस समाज में शायद बिजली जैसी आधुनिक तकनीक ही प्रेमियों के प्रति द्वेष-भाव नहीं रखतीं। अगर मिसेज़ कपूर बाहर खड़ी होतीं तो वह चुपचाप गली में आगे बढ़ जाता लेकिन मैदान साफ था। अँधेरे में उसे समझ में नहीं आ रहा था कि सीढ़ियाँ किधर है। तभी बत्तियाँ झिलमिला उठीं। उढ़के दरवाज़े के पार सीढ़ियाँ दिख गईं और वह लपकता हुआ ऊपर को चला। पहली मंज़िल के बाद फिर सीढ़ियों पर घुप्प अँधेरा था। वह सुगुणा की बरसाती के दरवाज़े पर पहुँचा तो देखा, बाहर एक मोमबत्ती जल रही है। क्या सचमुच सुगुणा को लगा था कि इसकी रोशनी सीढ़ियों पर उजाला कर देगी ? हैली हँसने को हुआ कि उसकी नज़र मोमबत्ती के छोटे-से सकोरे के नीचे रखे लिफाफे पर पड़ी। उसने घंटी बजाई। लगने लगा कि सुगुणा को दरवाज़ा खोलने की कोई जल्दी नहीं है। लिफाफा उसने उठा लिया था और दोबारा घंटी बजाने पर भी जब दरवाज़ा नहीं खुला तो उसने झुककर मोमबत्ती की रोशनी में लिफाफे पर लिखी इबारत पढ़ी। उसी का नाम लिखा था। क्या अचानक वह कहीं चली गई ? मायूसी से उसने लिफाफा खोला और उसके

भीतर से आसमानी रंग का काग़ज़ निकाला जिसके शीर्ष पर दाएँ कोने में गहरे नीले फूलों का गुच्छा छपा था। उस पर एक ही वाक्य लिखा था :

'आ जाओ, दरवाज़ा खुला है।'

उसने दरवाज़े को धक्का दिया, मोमबत्ती बुझाई और चिट्ठी हाथ में लेकर छत को धीरे-धीरे पार करता सुगुणा के कमरे तक पहुँचा। वहाँ मेज़ पर एक तवे पर मोमबत्तियों का झुंड था और दीवारों पर रोशनी की धारियाँ डोल रही थीं। अँधेरे की अभ्यस्त हो चुकी उसकी आँखें रोशनी के नृत्य से चकरा गईं।

'चोर या बलात्कारी के लिए कितना अच्छा निमंत्रण है!' उसने काग़ज़ को नीम अँधेरे में झुलाते हुए कहा।

'तुम क्या हो?' आवाज़ की दिशा में देखा तो पता चला, सुगुणा मेज़ की दूसरी तरफ दीवार से सटी बैठी है। हैली ने छत पर नज़र डाली देखने के लिए कि कैसा फानूस दीवार पर चितकबरा नृत्य करवा रहा है। लोहे की तारों का छींका टँगा था वहाँ जिस पर काले सुनहरे मोटे से धागे की बुनाई इधर-उधर की गई थी। हैली उस धागे का नाम जानता था, कलाबत्तू। यह आजीवन उसके साथ रहा था। पंखे की हवा में छींका डोल रहा था और तवे की मोमबत्तियों पर पुराने हरीकेन लैम्प का शीशा औंधा रखा हवा से उनकी हिफाज़त कर रहा था। हैली असहज हो आया। सुगुणा ने उसे खींचकर कुर्सी पर बिठा लिया और गिलासों में रम उँडेलने लगी। फिर वह फ्रिज से कैम्पा निकाल लाई। सुगुणा ने उसे गिलास थमाया और अपना गिलास उठाने को हुई कि हैली ने उसका हाथ थाम लिया।

'सुगुणा,' उसने कहा।

'कहो?'

'सुगुणा,' हैली ने फिर से कहा। एक-एक अक्षर का स्वाद लेते हुए।

'कहो न, क्या कहना है?' सुगुणा हौले से बोली।

'सिर्फ तुम्हारा नाम लेना है। कितना सुंदर नाम है! जी करता है, यही नाम लेता रहूँ हर समय।'

'मुझे अपना नाम अच्छा नहीं लगता,' सुगुणा ने कहा।

'मुझे तो लगता है। इतना संगीतमय है—सुगुणा!' हैली ने कहा।

'और क्या अच्छा लगता है तुम्हें मुझमें?'

'वही तो जाँचने आया हूँ,' हैली ने कहा। 'तुम्हें क्या अच्छा लगता है मुझमें? तुम भी जाँच लो।'

'मुझे तो वह एप्लिकेशन अच्छे लगते हैं जो तुम लिखते हो।'

हैली ज़ोर से हँस दिया। माहौल का तनाव टूट गया।

'अवि को भी एप्लिकेशन पढ़कर बड़ा मज़ा आया।'

'तुमने उसे दिखा दिया? अपनी प्राइवेट चिट्ठियाँ तुम औरों को भी दिखा देती हो?'

तनाव लौट आया। इस बार इसमें प्रीत का खिंचाव नहीं था। कुछ समय तक बेमन से इधर-उधर की बातें होती रहीं। आखिर सुगुणा ने ही पूछा, 'गुस्सा हो?'

'नहीं,' हैली ने कहा और अपने सीने की बाईं ओर उँगली रखकर बोला, 'चोट लगी है मुझे, यहाँ।'

'उसे तो मैं मिटा दूँगी,' कहकर सुगुणा ने अपने होंठ उस जगह छुआ दिया।

वे आलिंगन में बँधकर एक-दूसरे को सहलाने-चूमने लगे। घंटे भर बाद ही दोनों ने अपने-अपने गिलास उठाए। शराब उनके पसीने से तर बदन-सी शिथिल हो चुकी थी। हैली उनमें बर्फ डालकर बिस्तर पर ले आया और सुगुणा के निर्वस्त्र देह पर उन्हें घुमाता हँसने लगा। रात खेल-खेल में कट गई, सुबह को बोझिल आँखों ने झपकी ली। कुछ देर बाद सुगुणा को झकझोरकर जगाते हुए हैली ने पूछा कि क्या घर के काम करने वाली औरत के आने से पहले उसे चले जाना चाहिए?

'ठीक से कपड़े पहनकर शराफत से कुर्सी पर बैठ जाओ,' सुगुणा ने कहा। 'उसे लगना चाहिए कि अभी-अभी आए हो।'

'मुझे नींद आ रही है,' हैली ने कहा।

सुगुणा हँस दी और उसकी पकड़ से बचती भागकर पीछे रसोई में चली गई। हैली भी पीछे-पीछे आ गया। गैस जलाते, एक दूसरे के रास्ते में अड़ते दोनों ने बड़ी फुर्सत से चाय और आमलेट बनाए। तभी दरवाज़े की घंटी बज गई। कामवाली के लिए दरवाज़ा खोलने के बाद बड़ी औपचारिकता से ब्रेड ऑमलेट प्लेट में रखकर हैली के सामने मेज़ पर रखते हुए सुगुणा ने कामवाली को सुनाते हुए कहा, 'आप बुरा न मानें तो टेरेस पर बैठ जाएँ। झाड़ू-पोंछा आराम से हो जाएगा।'

हैली प्लेट उठाकर छत पर आ गया।

'टेल मी अबाउट योरसेल्फ,' सुगुणा ने कहा।

'ज़्यादा कुछ है नहीं बताने को,' हैली ने कहा। 'जेएनयू से एमए कर रहा था। फाइनल इयर में थे, यूनिवर्सिटी ने निकाल फेंका। रस्टिकेटेड।'

'सच?' सुगुणा चौकस होकर बैठ गई। 'क्या कह रहे हो! रस्टीकेशन भी होता है किसी का? पहली बार सुना मैंने। क्यों हुआ?'

'एक दलित छात्र ने इल्ज़ाम लगाया था कि उसके टीचर भेदभाव कर रहे हैं, उसे ही कम नंबर देते हैं। साइंस का था। प्रैक्टिकल के नंबरों का बहुत महत्त्व होता है उनके लिए। धरने हुए। हड़ताल हुई। मगर कोई ध्यान नहीं दे रहा था। हम अखबार वालों के पास गए। दो-चार बार मैंने बयान भी दिया कि हम शांति से आंदोलन कर रहे हैं तो कोई नहीं सुन रहा। हो सकता है, हमें हिंसा करनी पड़ जाए। आखिर जाँच के लिए कमिटी बनी। कमिटी ने कहा, मैं हिंसक प्रवृत्ति का हूँ, भड़का रहा हूँ सबको। मुझे निकाल फेंका गया।'

'तो तुमने आरोप से इनकार क्यों नहीं किया?'

‘यह नैतिकता का सवाल है। जो मैंने कहा, मैं उससे इनकार क्यों करता?’

सुगुणा ने उसे गौर से देखा।

‘यूँ भी मुझे तो उन्हें निकालना ही था,’ हैली ने कहा।

कामवाली तभी छत बुहारने आ पहुँची। सुगुणा प्लेट और कप रखने रसोई में चली गई। हैली कमरे में आकर डाइनिंग टेबल पर अखबार पलटने लगा।

लौटकर सुगुणा ने कहा, ‘कैसी अजीब बात कही तुमने! तुम्हें निकालना ही क्यों था?’

‘क्योंकि मैं दलित हूँ।’

जब सुगुणा कुछ नहीं बोली तो हैली ने कहा, ‘तुम्हें मालूम नहीं था न?’

सुगुणा का सिर नकार में हिला। ‘नहीं था। लेकिन उन्होंने इस वजह से निकाला, यह तुम्हारा विश्वास है। हो सकता है, सच न हो। तुमने हिंसा करने की धमकी तो दी ही थी।’

‘यूनिवर्सिटीज़ इतनी आसानी से छात्रों की ज़िंदगियाँ बर्बाद नहीं करतीं,’ हैली ने कहा। उसकी आवाज़ में तुर्शी थी। ‘सभी यही कहते हैं, मेरी जाति का इससे कोई ताल्लुक नहीं। मैं जानता हूँ कि है, मगर साबित नहीं कर सकता। ऐसी चीज़ों के सबूत नहीं होते।’

‘विश्वास भी निराधार नहीं होना चाहिए।’

‘सुनो, उनसे यह बर्दाश्त नहीं होता कि जो कल तक अछूत थे, आज यूनिवर्सिटी में आ रहे हैं। मजबूरी है, झेल रहे हैं। ज़रा-सा मौका चाहिए, नंबर कम देंगे, पढ़ाई पर ध्यान नहीं देंगे, ज़लील इतना करेंगे कि आप कभी ठीक से कुछ न कर सकें। मौका लगा तो निकाल भी देंगे।’

सुगुणा ने साँस छोड़ी। ‘तुम्हारा रवैया ऐसा है कि बहस ही नहीं हो सकती।’

हैली को याद आ गया आपातकाल का वह दिन जब प्रधान मंत्री जेएनयू आने वाली थीं। वह कुछ ही साथियों के साथ उनको प्रवेश न करने देने को कृतसंकल्प मुख्य गेट पर खड़ा था। जब कोई असर होता नहीं दिखा और प्रधान मंत्री का काफिला नज़दीक आ पहुँचा तो उन्होंने पुलिस की गाड़ियों पर पथराव शुरू कर दिया था जो गेट के बाहर खड़ी थीं। प्रधान मंत्री के काफिले को सुरक्षा को खतरा बताकर लौटा दिया गया था। कई दिनों तक सब लड़के हिरासत में थे। उस समय भी जाँच बैठाई गई थी मगर तब अधिकारियों ने ढील दी थी और उन्हें कड़ी चेतावनी देकर छोड़ दिया था कि उनका भविष्य दाँव पर लगा है। उसने सुगुणा को वाकया बताया।

‘जब मैंने सचमुच हिंसा की तब उन्होंने मुझे नहीं निकाला, क्योंकि साथ के दस-बारह दूसरे लोग दलित नहीं थे। बाद में धमकी भर देने पर खट से फेंक दिया बाहर।’

‘इसलिए कि वह दूसरी बार किया गया गुनाह था,’ सुगुणा ने तपाक से कहा। ‘और जेएनयू में तो वामपंथियों का बोलबाला है। वे ऐसे प्रेजुडिस नहीं रखते।’

हैली ठठाकर हँस पड़ा। ‘कैसी बातें करती हो तुम! जानती हो, हम लोग जेएनयू

को क्या कहते हैं? जेएनयू माने यहाँ मार्क्सवादियों का जनेऊ संस्कार होता है।' दोनों हँसने लगे।

'अब तुम्हारी बारी है। अपने बारे में बताओ।' हैली ने कहा जब सुगुणा कामवाली को विदा कर दरवाज़ा बंद कर आई।

'मेरी ज़िंदगी में ऐसे एडवेंचर कहाँ? माँ मेरी कन्नड़िगा है, पिताजी यूपी से हैं। तीन भाई हैं। हम सब खूब मिल-जुलकर रहते हैं। हमारे यहाँ तो जाति-पाँति की बात भी नहीं होती। बड़ा खुला माहौल है। पूरे शहर में कई साल इधर से उधर किराए पर रहते रहे। अब मैं अलग रह रही हूँ, बाकी सब साथ ही रहते हैं। भाई छोटे हैं।'

'दोनों अलग जाति के हैं?' हैली ने पूछा।

'ऐसा तो नहीं है। हैं तो दोनों ब्राह्मण ही लेकिन यह नॉर्थ-साउथ का मामला भी तो ऐसा ही होता है।' उसने भौंहें चढ़ाकर हैली से कहा, 'अब नींद नहीं आ रही जनाब को? चलो, देखें, बिस्तर पर पहले आँख किसकी लगती है?'

हैली कुछ देर चुप रहा, फिर उसने कहा, 'मैं कोशिश कर रहा हूँ, उसके बारे में न सोचूँ,' उसने सिर हिलाकर बिस्तर की ओर संकेत किया। खड़े होकर दोनों हाथ सुगुणा के कंधों पर रखकर उसने कहा, 'मुझे यह पूछना ही पड़ेगा। ईमानदारी से बताना। क्या तुम्हें इस बात से फर्क पड़ता है कि मैं दलित हूँ?'

'मेरी बातों से लग रहा है क्या कि मुझे फर्क पड़ता है?' सुगुणा ने उसके हाथ झटके से हटा दिये।

'सोचे-समझे बिना कह रही हो तुम। प्लीज़, सोचकर बताना। जितना वक्त चाहो, ले लो मगर ठीक से सोचकर जवाब देना।'

जल्दी ही हैली चला गया। सुगुणा की नींद उड़ गई थी। वह सोचती रही कि रात के खुमार के बाद ऐसी सुबह क्यों हुई? क्या उसे आजीवन इसी तरह अपनी ईमानदारी का इम्तहान देना होगा? सोच-समझकर बताना होगा कि उसे फर्क पड़ता है या नहीं? असहमति की सफाई देनी होगी? उसने बिस्तर से खींचकर चादर पीछे के सँकरे-से छत के हिस्से में फेंक दी।

सभी बच्चों की तरह हैली भी पैदा हुआ था निर्वस्त्र और अनाम लेकिन एक सामाजिक दर्जे के साथ, जिससे लाख चाहने पर भी छुटकारा नहीं था। माँ के बदरंग जीवन की मटमैली गुदड़ी का हीरा था वह और उन्होंने यही नाम भी दिया था उसे। कीचड़, कूड़े, बदबू से घिरी उस औरत को हीरे ने ही लड़कोरी होने का गर्व प्रदान किया था—तीन लड़कियों के जन्म के बाद।

सालों पहले तमाम मर्सिए पढ़कर बाकायदा मजहब के बताए रीत के अनुसार दफनाए गए लोगों के कब्रों पर चलता वह स्कूल जाया करता था। उसके पूर्वजों ने

रूहों की नाराज़गी का खतरा मोल लेकर कब्रों पर जड़े पत्थर हटाकर मरे हुए लोगों से ज़मीन हथिया ली थी। कभी-कभी बेपनाह हो गई रूहें बस्ती की औरतों के जिस्मों में समाकर इस बेइज़्ज़ती का बदला लेने पर उतारू हो जाती थीं। मज़ारों पर रंगीन धागे बाँधकर और जिन्नातों को सकोरे भर-भर खाना खिलाकर, पीर फकीरों की झोली भरकर उनके मोरपंखी झाड़ुओं के सहारे वे इन रूहों को शांत करती रहती थीं। बस्ती में मजाल है, किसी दिन सुकून और खामोशी ने डेरा डाला हो! कभी कोई रूह पिटती, कभी कोई औरत और बच्चे हर वक्त पिटते रहते थे। सिंदूर से पत्थर पोते जाते, फकीरों को खाना खिलाया जाता, अगरबत्तियों के झुंड जलाए जाते, उनकी भस्म देह पर पोती जाती मगर जिनके ज़मीन तले के घर उन्होंने छीन लिये थे, उनका शाप टलता ही न था।

शर्म, पछतावे और मनुहारों, प्रार्थनाओं के इन परतों के बीच से चलता रोज़ हैली स्कूल जाता था। कितने ही जातीय पहचानों से इस रास्ते पर मुलाकात हो जाती थी। गुदड़ीवाले उसी के अँधेरे कमरों के से दयनीय मकानों के बाहर सूरज की रोशनी में मोटी लंबी सुइयों से गुदड़ियाँ सीते दिखाई देते। बुक बाइंडर बड़े-बड़े पतीलों में पकाए गए अरारोटी गोंद को गत्ते पर बिखेरते बैठे होते गली में। और आखिर में फूलवालों की भी गली आती थी जहाँ पीले नारंगी गेंदे के फूलों की ढेरियों के बीच बैठी औरतें और बच्चे मोगरा, बेला और गेंदे के खुशबूदार हार गूँथा करते।

मकानों की नीची छतों के साये से ढँकी तंग गलियों में चौखटों के बाहर सुलगती अंगीठियों के धुएँ से भरी इन गलियों में सिलबट्टे पर पिसे लहसुन और जीरे-मिर्च की तीखी लहरें उबलती रहती थीं। रसोई से निकले सब्जियों के छिलकों की सड़न के सहारे लहलहा चुके नीम, पीपल और कहीं-कहीं आम के पेड़ रोशनी की तलाश में छतों को लाँघ रही होती। हीरे गुज़रता था अंगीठी पर फूलती रोटियों और भुनते मसालों को अनदेखा करता अपने में गुम, सबसे अलग होने के एहसास को ढोता सबकी तरह हो जाने के सपने को सेता। गुल्ली-डंडा और कंचे खेल रहे बच्चों की मोटी-मोटी गालियाँ उसी तरह यहाँ अनसुनी रहती थीं, जैसे नीम के छोटे-छोटे फूलों के झुंड अनदेखे रहते थे। पेड़ और बांशिदे सबकी जड़ें यहीं पूर्वजों के कब्रों में धँसी थीं और इससे पहले कि फूलों के मौसम का पता मिले, दोनों के फल गलियों में टपक पड़ते थे।

चारों ओर प्रजनन का और उससे संबंधित अंगों के नामों को वाक्यों में पिरोने का प्रकोप था। लोग एक-दूसरे के गुप्तांगों में घुसने और चीज़ें घुसाने की इतनी धमकियाँ देते थे कि कोई उनकी परवाह नहीं करता था। प्रजनन और श्रम ज़िंदगी का यही यथार्थ था। उसे भीतर कहीं गहराई से इस सबके प्रति नफरत की लहरें उठती प्रतीत होती थीं। वह उपलों को दीवारों पर पाथे जाते देखते, पन्नों को सिले जाकर गत्ते के खोलों में चिपकाए जाते देखता और गली में पड़े पत्थरों को पैरों से ठोकर मारता चलता।

स्कूल ने भी उसे सिखाया था, विषमता के कितने स्वरूप होते हैं। यहीं उसे पता

चला था, वह होमो सेपियन है और यहीं हर महीने वज़ीफे के ज़ोर-शोर से ऐलान ने उसे बताया था, वह होमो सेपियन के निचले पायदान पर खड़ा किया गया है और वहीं उसे रखा जाएगा। जिस दिन जातियों के विशेष समूह में जन्म लेने के लिए वज़ीफ़ा देने की घोषणा होती थी और फिस्स करके सहपाठी हँसते थे, उसका मन होता था धरती में समा जाए। उसे कभी समझ में नहीं आया कि क्यों चुपचाप वज़ीफा पकड़ाया नहीं जा सकता था, उसका प्रदर्शन क्यों ज़रूरी था। कड़वाहट उसके वजूद का हिस्सा थी। इसीलिए तो उसके एक दोस्त ने उसे नाम दिया था हाला और यहीं से वह हैली बनने के मार्ग पर चल निकला था। उसके बहुत दोस्त नहीं बने थे। जो थे, उन्हें वह घर नहीं लाना चाहता था हालाँकि उसके ज़्यादातर सहपाठी वहीं आसपास, वैसी ही तंग-बदबूदार गलियों में रहते थे मगर उनके मकानों के कमरे कुछ बड़े थे, उनकी चौखटों पर द्विजत्व के ठप्पे लगे थे।

क्लास के बाद अक्सर वह पृथ्वीराज के किले की प्राचीरों पर बैठा रहता। घर जाने की इच्छा नहीं होती थी और जीवन के इस सड़ांध से निकलने की अकुलाहट उसे झकझोरती रहती। वह भाग जाना चाहता था मास्टरजी की आँखों में झाँकती हिकारत से, वह हिकारत, जो उसकी किसी करनी पर नहीं थी, उसने नहीं किया था ऐसा कुछ कि उससे हिकारत की जाए। यह हिकारत उसकी माँ की कोख के लिए थी, उसके परिवार और समाज के लिए थी। कमसिन जज़्बों के इस उफान को बयान करने की भाषा तो नहीं थी उसके पास, उनसे उपजे आक्रोश को भी दबाकर रखने की मजबूरी उसे सालती थी। वह छुटकारा चाहता था और पाता था दिवास्वप्नों की रंगीन दुनिया में जहाँ तरह-तरह के प्रतिशोध उसके आहत मर्म पर मलहम लगाया करते थे। एक दिन रहेगा वह भी ऐसे ही ऊँचे किले में, वह सोचता। किसी दिन डॉक्टर बन जाता और वही मास्टर अपने इकलौते बेटे की जान बचाने के लिए उसके पैरों में बैठ गिड़गिड़ाता। किसी दिन वकील होता वह और मास्टर के लफंगे बेटे को खून के इल्ज़ाम से छुड़ाता और मास्टर कृतज्ञ होकर उसके पैर छू लेता। इन दंभी हिकारत से भरी आँखों में कृतज्ञता के भाव भर देने की उसकी छटपटाहट दिनोंदिन बढ़ती जाती थी।

उसके परिवार ने पुरज़ोर कोशिश की थी जाति को त्याग देने की। उन्होंने तो जूते बनाने का काम छोड़कर सिलाई का काम शुरू कर दिया था। बकरे और कट्टे के खाल का फर्क पहचानने का पुश्तैनी हुनर भुलाकर उन्होंने लिनेन और सूत, सर्ज और ऊन के बीच का फर्क सिखाया था अपनी उँगलियों को। उसके पिता ने पहले और बाद में दो चाचाओं ने हाड़तोड़ मेहनत की थी नए धंधे में पैर ज़माने के लिए। पुराना पेशा छोड़ने से शुरू में घर में पैसा कम आता था और ज़िंदगी को बेहतर बनाने की चर्चा भी कम ही हो गई थी। मगर उनको आस थी कि उनका हीरा अपनी चमक से उन्हें निकाल ले जाएगा साफ-सुथरे चौड़े आँगनों के छोर पर बँधे खुले-खुले कमरों के मकानों में। हैली हाई स्कूल से निकला तो डॉक्टर और वकील बनने की महत्त्वाकांक्षाओं

ने अवकाश ग्रहण कर लिया था। कॉलेज में था तब पिता ने मृत्यु-शैया पर कहा था कि कुछ भी करे, पर आईएएस ज़रूर पास करे। उसका भी इरादा यही था।

'आपको भरोसा है न मुझ पर?' उसने पिता से पूछा था। उनकी हामी और मुस्कान ताउम्र आशीष की तरह बनी रहीं उसके साथ।

मगर कॉलेज ने सब कुछ बदलकर रख दिया। उसको समझ में आने लगा कि शिक्षा की उच्चतम डिग्रियाँ भी उसे उस लांछन से मुक्ति नहीं दिला सकती जो हिंदू धर्म ने उस पर थोप दिया था। वहीं उसने अंबेडकर भी पढ़ा और मार्क्स भी और दुनिया को देखने का उसका नज़रिया ही बदल गया। अब उसके ढेरों दोस्त बनने लगे, लंबी दाढ़ी और गंभीरता से लटककर लंबे हो गए चेहरों वाले, जो सिद्धांतों की बारीकियों को बड़े गौर से उकेरते और यथार्थ को उसके खाँचे में फिट करने की नाकाम कोशिश करते रहते। वह क्रांति में उनके विश्वास और उसके प्रति समर्पण के मोहपाश में बँध गया और उन्हीं की तरह विश्वास करने की कोशिश करने लगा था कि दुनिया एक झटके में बदल सकती है और सारे भेद-भाव मिट सकते हैं राजनीतिक-आर्थिक क्रांति से। आपातकाल लागू की गई थी जब वह सेकंड इयर में था जिसमें व्यक्ति की आज़ादी गैरकानूनी करार दी गई थी और बंद कमरों में छोटे-छोटे समूहों में संविधान की गारंटियों की बातें की जाती थीं। हैली भी इन उत्तेजित करने वाली बहसों में होता मगर अब उसके वजूद का एक हिस्सा उसे चेताने लगा था कि संविधान में ही जन्म से ऊँच-नीच मानने की प्रथा का भी निषेध था मगर कोई इसकी बात भी नहीं करना चाहता था। उसके आदर्शवादी दोस्त तो यह भी नहीं जानते थे कि इसी शहर में जाति के आधार पर गलियाँ बँटी हैं, बस्तियाँ आबाद हैं। वह उनकी गतिविधियों में पूरे जोश से शामिल भी हुआ जिससे उसके मन में जमी कड़वाहट को बाहर निकाल फेंकने की राह भी मिली मगर उसके अपने साथियों को जाति-व्यवस्था से दो-चार होने के तमाम सुझाव हँसकर टाल दिए जाते। इंकलाब सब कुछ बदल देगा, वे उससे कहते। आखिर जेएनयू में जातिगत भेदभाव के उसी मसले पर अपने साथियों के इस समूह से उसका नाता टूट गया था जिससे उसे समझ आ गया था कि जाति का प्रश्न ऐसा असुविधाजनक प्रश्न है जिसका सामना वामपंथी करना ही नहीं चाहते। उन्होंने उससे साफ कहा था कि चूँकि भेदभाव वर्ग के आधार पर नहीं हुआ है, वे इस संघर्ष में साथ नहीं देंगे।

तब से उसने अपनी अलग राह चुनी थी। बेटे के आईएएस बनने की प्रतीक्षा में माँ की आँखें धुंधला गईं। उसने बताया था माँ को कि उसने नई राह चुन ली है। पर कॉलेज में पढ़ाने के ख्वाब भी जेएनयू से निकाले जाने पर होम हो गए। 'माँ, मैं ऐसा कुछ करूँगा कि तुम मुझ पर गर्व करोगी,' उसने तब माँ से कहा था हालाँकि करेगा क्या, इसका उसे कतई अंदाज़ा नहीं था। आर्थिक ज़िम्मेदारियाँ सँभालने के लिए वह एक ट्रेड यूनियन की पत्रिका में काम करने लगा, उनके शोध-कार्य में सहयोग देने लगा।

खुद पर शर्म और उससे उपजी कड़वाहट और फिर व्यवस्था पर क्रोध तक—उसने भावों का चक्र पूरा कर लिया था और धीरे-धीरे इस हद तक व्यवस्था को तटस्थ निगाहों से देखने लगा, उससे इस कदर मुक्त हो गया कि गाहे-बगाहे वह इन पहलुओं पर चुटकियाँ लेता, इनकी खिल्ली भी उड़ा लेता था। उसने अपनी जाति को ही नहीं, इस यथार्थ को भी स्वीकार कर लिया था कि द्विजों के बराबर समझे जाने के लिए उसे उनसे दोगुनी मेहनत करनी होगी और दोगुना कौशल प्रदर्शन करना होगा और इस तरह के स्वीकार्य के प्रति पहले उसके मन में वितृष्णा जगी फिर उसे यह स्वीकार्य ही नामंज़ूर हो गया। नारी मुक्ति आंदोलन को उसने यही सारे मुद्दे उठाते देखा और अंततः यह जानकर निराश हो गया कि जाति का सवाल तो वहाँ भी एंजेडे पर नहीं है। एक दिन सब कुछ छोड़कर उसने पिता की सिलाई मशीनों में तेल डाला, चाचाओं से बात की और रेडीमेड शर्टों की एक कंपनी बनाने का फैसला किया। पिता ने जो दुकान चाचाओं के साथ मिलकर खरीदी थी, उसी में काम शुरू होना था। वह अभी धन ही जुटाने में लगा था कि भोपाल गैस त्रासदी घट गई। दिल्ली से भोपाल जाने वालों में वह भी शामिल हो गया और इस तरह फिर एक बार उसकी ज़िंदगी की दिशा बदल गई।

वहीं उसकी निर्मला से मुलाकात हुई थी जिसने डॉक्टरी का पेशा छोड़कर उस पेशे के काम करने के तरीकों पर सवाल उठाने के अलोकप्रिय काम को ही अपने जीवन का मकसद बनाया था। वह भी मार्क्सवादियों से निराश थी।

'तुम्हें मार्क्सवाद से क्या शिकायत है?' उसने तब निर्मला से पूछा था।

'यही कि इसको व्यवहार में लाने वाले सही लोग नहीं मिले,' उसने हँसकर कहा था।

निर्मला के साथ उसका प्रेम संबंध ज़्यादा समय नहीं चल पाया। निर्मला ने शुरू में ही बता दिया था उसे कि उसके लिए उसका काम ही प्राथमिकता है।

'और यह मत कहना कि हम साथ-साथ रह भी सकते हैं और काम भी कर सकते हैं। ऐसा सोचना अच्छा लगता है पर यह होता नहीं है।' और एक दिन उसने कहा था, 'अब यह रिश्ता खत्म कर देना चाहिए। दोनों को ही इसमें कुछ ज़्यादा ही मज़ा आ रहा है।' हैली को बात समझ में तो नहीं आई थी पर उसने कदम पीछे ले लिये थे और अपने दिल पर लगी चोट को काम के नीचे दबा दिया था।

सुगुणा की बात कुछ और थी। उसके प्रति आकर्षण धीरे-धीरे परवान चढ़ा था और उनके बीच कभी कोई बौद्धिक चर्चा नहीं हुई थी। बस, कुछ दिन साथ में अभियान का काम किया था। हैली को लगा, अब उससे रिश्ता टूटा तो वह सह नहीं पाएगा। जब उसने कह दिया था कि उसकी जाति से उसे कोई फर्क नहीं पड़ता तो क्या ज़रूरत थी यह ज़िद करने की कि वह ठीक से सोच ले? वह नहीं जानता था कि उसने ऐसा क्यों किया था। क्या सवर्णों के प्रति अविश्वास इसकी वजह थी, वह अविश्वास, जो उसकी एकमात्र विरासत थी और जिसका परित्याग वह करना नहीं

चाहता था? उसकी मज्जा में बसा था यह अविश्वास। उसी तरह जिस तरह नारीवाद ने सुगुणा की रगों में बसकर पुरुषों के हर कथन में पितृसत्ता खोजना सिखा दिया था। उसे याद आया, उसी रात उसके सीने पर उँगलियों से चित्र खींचती सुगुणा ने उससे पूछा था, कि वह ज़िंदगी में क्या करना चाहता था। उसने उसकी उँगलियों को एक-एक कर अपनी उँगलियों में पिरोते हुए कहा था, वह किसी मनोरम पहाड़ी पर छोटा-सा कॉटेज बनाकर उसमें रहना चाहता था जिसके बगीचे में 'हम दोनों अपनी सब्जियाँ खुद उगाएँगे।'

उससे दूर छिटककर सुगुणा ने कहा था, 'तुम मानकर ही चल रहे हो, मैं भी ऐसा ही चाहूँगी? मुझसे पूछ तो लेते।'

उस पल का रोमांच चूर हो गया था। हैली ने सोचा, जिन समुदायों से भेदभाव होता रहा है, क्या उनके सदस्य कभी भी सामान्य लोगों की तरह संबंध स्थापित नहीं कर पाएँगे? क्या अपनी सामाजिक स्थिति के प्रति सतर्कता हमेशा सहजता की बाधक बनती रहेगी? फिर उसे हँसी आ गई। सामान्य की परिभाषा क्यों नहीं बदलती? एक दूसरे को भेदभाव के अवशेषों तक से छुटकारा दिलाने की सतर्कता क्यों सामान्य नहीं हो सकती? अविधा ने ठीक ही पूछा था, परिभाषाएँ कब बदलेंगी? सब लोग अगर स्थापित को ही सही मानते रहे तो ज़माना कौन बदलेगा?

सुगुणा पिछली दो बैठकों में नहीं आई थी। हैली एफओबी के बाहर टहलता सोच रहा था, उसे उसके घर जाना चाहिए था। वह जाना चाहता भी था पर खुद को जबरन रोके रखे था। उसे वहाँ जाकर सुगुणा को बाँहों में लेकर कह देना चाहिए था कि जब वे साथ होते हैं तब हर चीज़ अप्रासंगिक हो जाती है। बरामदे में खड़े होकर मन-ही-मन उसने कहा, 'हे ईश्वर, वह आज आ जाए।' एकाएक वह सकते में आ गया। कैसे एक घोर नास्तिक के होंठों पर प्रार्थना के बोल उभर आए? उसने ईश्वर से मदद माँगी?

तभी सुगुणा फाटक के भीतर आई। हैली का सारा तनाव लोप हो गया और उसी पल लौट भी आया।

'कैसे हो?' सुगुणा ने पूछा।

'ठीक,' हैली ने कहा। उसे कुछ सूझ नहीं रहा था।

'सच्ची? मुझे तो लगा, शायद तुम ठीक नहीं रहे होओगे,' सुगुणा ने तपाक से कहा।

हैली को आश्वासन-सा महसूस हुआ।

'तुम इतने खराब हो,' सुगुणा कह रही थी, 'एक बार फोन करके पूछा भी नहीं कि मैं आ क्यों नहीं रही।'

हैली को अब लगने लगा, वह बुरी खबर देने के लिए भूमिका बाँध रही है।

'मुझे बताओ...अभी' उसने बड़ी मुश्किल से शब्दों को सूखते कंठ से बाहर धकेला।

'मैं नहीं बताऊँगी,' सुगुणा ने उसकी ओर पीठ फिराते हुए कहा। अपने शब्दों का उसके चेहरे पर हुआ असर देख वह भौंचक्की रह गई।

हैली के होंठ खुल गए थे, आँखें भावहीन हो गई थीं और चेहरा हतप्रभ-सा था। उसकी ओर पीठ किए सुगुणा मुस्कुरा दी। उस पर अपनी सत्ता का यह प्रमाण उसे हर्षोल्लसित कर गया। बेपरवाही से वह कमरे में दाखिल हो गई।

बाद में दोनों कनॉट प्लेस की ओर पैदल ही निकले। हैली से कुछ कहा नहीं जा रहा था। 'मैंने बहुत सोचा,' सुगुणा ने कहा। 'बहुत। और हाँ, फर्क तो पड़ता है।'

हैली की दुनिया उजड़ गई।

'क्योंकि तुम इससे मुक्त नहीं हो,' सुगुणा बेध्यानी में कहे जा रही थी। वह सीधे आगे देख रही थी, हैली की प्रतिक्रिया उसको पता ही नहीं चली।

हैली खाली-खाली आँखों से उसे देखता रुक गया। उसने तो पहला ही वाक्य सुना था, बाद में कुछ सुन पाने की उसकी क्षमता ही लोप हो गई थी।

सुगुणा को अजीब-सा लगा कि वह इतना ठंडा-ठंडा-सा खड़ा था।

'क्या तुम नहीं मानते?' उसने उसके चेहरे पर आँखें गड़ाते हुए पूछा।

'क्या?' हैली ने पूछ तो लिया पर उसे अपनी ही आवाज़ बहुत दूर महसूस हो रही थी।

'तुम्हें नहीं लगता?' सुगुणा ने उसका हाथ पकड़ लिया। 'अगर तुम ही इस बोझ से मुक्त नहीं होओगे तो मुझे हमेशा ही इससे निपटना पड़ेगा। और इससे फर्क तो पड़ेगा ही।'

हैली ने खींचकर उसे अपने से सटा लिया। आसपास की दुनिया अब गायब हो चुकी थी उसके लिए। किसी की ज़ोर की सीटी ने उन्हें भान कराया कि वे दिल्ली की एक सड़क पर हैं।

अविधा को लगने लगा कि यह कितनी अजीब बात है कि उसके सभी दोस्त जान गए कि उसकी क्या स्थिति है और वही एक आदमी नहीं जानता जो इसके लिए ज़िम्मेदार है। वह तो दुविधाओं और कानाफुसियों के दौर से गुज़र रही थी और वह आदमी मज़े से इंग्लैंड जा रहा था। उसने जो खत लिखे थे, वे उसे अब अनावश्यक लगने लगे थे।

अविधा ने अंग्रेज़ी में दो पंक्तियों की छोटी-सी इबारत कोरे काग़ज़ पर लिखी : 'पी, आय एम प्रेग्नेंट। थॉट आई वुड लेट यू नो। ए।' (मैं गर्भवती हूँ। सोचा, तुम्हें बता दूँ।')

उसने काग़ज़ को तहा कर लिफाफे में बंद किया और कई बार फोन करने के बाद जब उसे पता चला कि वह दफ्तर में है तो वहाँ चली गई। उसके कमरे में आकर

उसने लिफाफा मेज़ पर रखा और कहा, 'मैं चाहती हूँ, तुम इसे पढ़ लो। मैं जा रही हूँ।' वह मुड़ी और बाहर निकल गई।

प्रशांत ने लिफाफा उठाया, होंठ बिचकाए और उसमें से काग़ज़ निकाल लिया। उसने छोटा-सा संदेश पढ़ा तो मगर एकबारगी उसे यकीन नहीं हुआ।

'जाने किस-किसके साथ सोती रही है,' उसने सोचा और तभी उसे अपने ही खयाल पर शर्म आ गई। वह जानता था कि और कोई होता उसकी ज़िंदगी में तो वह इस कदर उसकी दीवानी नहीं हो गई होती। यह बच्चा उसी का न होता तो वह उसे बताती भी नहीं। ज़िम्मेदारी का एक बोझ-सा उसके दिमाग पर बैठ गया। इसके नतीजे बहुत ही भयानक हो सकते थे। अगर उसकी पत्नी को पता चल गया तो शायद वह उसे तलाक ही दे दे। उसका बेटा क्या सोचेगा? अब इतना बड़ा तो हो ही गया था कि उसे यह सब समझ में आने लगे। उसने तुरंत अविधा के दफ्तर का नंबर लगाया। वह वहाँ नहीं थी। चौथी बार वह मिली। प्रशांत ने छूटते ही कहा कि उसे उससे मिलना है। मुमकिन हो तो अभी।

अविधा को एहसास हुआ कि गर्भावस्था ने उसे वह सत्ता दे दी जो आज तक उसकी पकड़ में नहीं आई थी। उसने न मिलने के लिए काम का बहाना बना दिया। और फोन रख दिया।

प्रशांत ने फौरन नंबर री-डायल किया। उन्हें मिलना ही होगा। चार दिन बाद वह इंग्लैड जा रहा है। क्या अविधा भूल गई थी?

'क्या तुम भूल गए हो कि मुझे काम है? आठ बजे से पहले मैं निकल ही नहीं सकती,' अविधा ने कहा।

'मैं आठ बजे मिल लूँगा, रेल भवन के बाहर,' प्रशांत ने कहा।

अविधा आठ बजने के बीस मिनट बाद रेल भवन के सामने पहुँची तो प्रशांत गाड़ी में बैठा इन्तज़ार कर रहा था। अविधा को लगा कि उसकी तकदीर ही बदल गई है मगर अब इसका सुख भोगने का वक्त नहीं था उसके पास।

प्रशांत उसे लोदी गार्डन के रेस्तराँ में ले गया जहाँ एकांत में बातें हो सकती थीं। वह बहुत चिंतित दिख रहा था।

'मुझे बहुत ही अफसोस है कि यह सब हो गया,' प्रशांत ने बैठते ही कहा।

'सॉरी, मैं ही ज़िम्मेदार हूँ!' अविधा का गला भर आया। प्रशांत को वह अब तक ग़लत ही समझती आई थी। इतना खुदगर्ज भी नहीं था वह।

'यह एक बड़ी समस्या होगी,' प्रशांत ने वेटर को जल्दी से जो सूझा, ऑर्डर देकर चलता करके कहा।

'तुम्हारे लिए?'

प्रशांत इस सवाल को अनसुना कर गया। वह सचमुच नहीं चाहता था कि अविधा भी मुसीबत में पड़े। उसे अपनी जितनी चिंता थी, अविधा की भी उतनी ही फिक्र थी। अभी वह युवा थी। उसे कोई और प्रेमी मिल सकता था। यह उसके भविष्य का सवाल

था। और वह यह भी जानता था कि वह इतनी मूर्ख थी और इस तरह प्रेम में डूबी थी कि अपने भविष्य की परवाह किए बिना भावना की रौ में कोई भी फैसला कर सकती थी।

'तुम्हारे लिए भी,' प्रशांत ने कहा। उसने कहा कि उसकी बदनामी होगी। उसे ठंडे दिमाग से सोचना चाहिए। 'इससे छुटकारा पा लो। ठीक है?' उसने कहा।

'तुम्हें डर है कि मैं तुम्हारी बीवी को बता दूँगी?' अपने पेट को दोनों हाथों से पकड़कर अविधा ने कहा, 'तुम्हें डर है न कि यह बाहर आ गया तो तुम्हारा तो बसा-बसाया घर उजड़ जाएगा?'

'हाँ, मुझे डर है,' प्रशांत ने शांत स्वर में कहा। 'मैंने ना कहा तो यह झूठ ही होगा। लेकिन मुझे तुम्हारी ज़्यादा फिक्र है। यकीन करो, मर्दों को इन बातों से इतना फर्क नहीं पड़ता। तुम्हारे लिए यह ज़्यादा बड़ी मुसीबत होगी। नहीं होगी क्या?'

कहता तो वह ठीक ही था। अविधा ने सिर झुका लिया और कुछ देर बाद कहा कि उसे सोचने का वक्त चाहिए।

'क्या सोचना है इसमें?' प्रशांत ने कुछ चिढ़कर कहा। क्या वह सिर्फ उस पर हक ज़माने के लिए बच्चा पैदा कर लेगी? वह नहीं जानता था कि वह अविधा की इस समय की सोच के कितने नज़दीक था।

पहली बार अविधा ने जाना था कि वह आधी रात को भी बुलाने पर दौड़ा-दौड़ा आएगा, सिर्फ इसलिए कि उसकी कोख में कोषिकाओं का एक झुंड दिन-रात बढ़ता जा रहा है। उसकी समझ में नहीं आया कि भीतर पल रहे कोषिकाओं के उस पुलिंदे का आभार माने प्रशांत को उस तक लाने के लिए या उससे घृणा करे कि उसकी ताकत उसके प्यार से कहीं ज़्यादा है?

'मैं नहीं जानती कि मैं इसका कत्ल करना भी चाहती भी हूँ कि नहीं?' अविधा ने जान-बूझकर 'कत्ल' शब्द इस्तेमाल किया।

प्रशांत चकित था। उसने कहा कि वह बेवफूफी भरी बातें कर रही है। 'ऐसा तो नहीं है कि हमने ऐसा कुछ करने का सोचा था। हो गया। खत्म करो इसको।'

वेटर खाना ले आया था। उसके जाने के बाद प्रशांत ने कहा, 'अवि, सुनो, अगर तुम्हें पैसों की चिंता है तो मत करो। अच्छे से अच्छे नर्सिंग होग में जाओ। प्लीज़, पैसों की चिंता मुझ पर छोड़ दो। कम-से-कम इतना तो मुझे करने दो।'

वह जानना चाहता था कि गर्भ कितने महीनों का है। कितना समय है उनके पास कानून के दायरे के भीतर इसे गिरवाने का। कुछ समय ऊपर भी हो गया तो भी फिक्र की बात नहीं थी। वह सही मंत्रालय में था। सब कुछ आसानी से करवा सकता था। वह पूछना चाह रहा था कि उसने पहले क्यों नहीं बताया। मगर उसने कुछ नहीं पूछा। वह खुद हिसाब लगा सकता था। निश्चित रूप से पिछली बार गए थे बाहर तो ऐसा कुछ नहीं था। बहुत कम वक्त बचा था कानून की ज़द में सब कुछ करने का। अविधा को जल्दी ही फैसला करना होगा।

'ठंडे दिमाग से सोचो। अक्ल से काम लो,' प्रशांत ने उसका हाथ थपथपाते हुए कहा।

वह उसे घर के नज़दीक तक छोड़ने गया।

'कल तक बता देना। मुझे बहुत चिंता है।'

'मुझे फैसला करने में कुछ और वक्त लग सकता है,' अविधा ने मुस्कुराहट दबाते हुए कहा।

प्रशांत उखड़ गया। पता नहीं कि उसे जाना है चार दिनों में?

'तुम्हारी ही सुविधा मेरी ज़िंदगी के सारे फैसले क्यों करे?' अविधा ने भी गुस्से में पूछा।

'अच्छा, ठीक है, ठीक है, ले लो वक्त। यह बताओ, कानूनी तौर पर कब तक किया जा सकता है यह?'

अविधा चुप रही।

'मैं दो हफ्तों तक बाहर रहूँगा,' प्रशांत ने कहा। ऐसी जानकारी उसने पहले कभी नहीं दी थी।

अविधा थक चुकी थी। 'अपना पता दे दो। मैं खत लिख दूँगी,' उसने कहा।

प्रशांत ने कहा कि वह पता नहीं दे सकता। मतलब अकेले नहीं जा रहा। यह है मेरी चिंता के दावे का सच, अविधा ने सोचा।

'जब तक खत पहुँचेगा मैं वापस भी आ चुका होऊँगा,' प्रशांत ने कहा। 'दो हफ्तों तक ही हूँ और उनमें भी एक जगह नहीं होऊँगा। लेकिन मैं फोन करूँगा।'

फोन उसने किया। एक हफ्ते में दो बार। दूसरी बार वह नाराज़ हो गया।

'ज़िद पर क्यों अड़ी हो?' उसने पूछा। 'अगर तुमने यह तय कर लिया न कि अबॉर्शन नहीं कराओगी तो याद रखना, मेरा इस सबसे कोई लेना-देना नहीं होगा। कोई वास्ता नहीं होगा। सब तुम्हीं को भुगतना होगा। अकेले। समझीं?'

अविधा ने हौले से रिसीवर रख दिया। उसे सब कुछ रीता-सा लगने लगा। अपनी मेज़ पर हाथ रखे उसे लगने लगा कि वह अपने से बाहर खड़ी खुद को देख रही है। आखिर प्रशांत ने अपने इस साफ वक्तव्य से कि उसका कोई वास्ता नहीं होगा, उसके इस अजन्मे शिशु को ठुकरा दिया था, उसे केवल अविधा का बना छोड़ा था। अब उसे फैसला करना था, अकेले, कि उसका कोई भविष्य होगा या नहीं।

अविधा को हैरानी हुई कि उसे अब कोई तनाव, कोई संताप महसूस नहीं हो रहा था। वह बहुत हल्का महसूस कर रही थी। उसका मस्तिष्क जैसी लंबी नींद के बाद जागा हो, तरोताज़ा। लंबे अरसे बाद आज वह गहरी नींद सो सकेगी।

उसने सुगुणा के दफ्तर में झाँककर उसे बाहर आने का इशारा किया।

'मेरे लिए उसकी चिंता कुछ शर्तों पर टिकी है,' अविधा ने उसे पूरा वार्तालाप बताकर कहा। 'मेरी बात मानो तो ठीक, नहीं तो जाओ, करो, जो करना है। मुझे

कोई मतलब नहीं। यह है उसका रवैया।'

सुगुणा ने उसमें आए परिवर्तन को अभिभूत होकर देखा। अविधा असाधारण रूप से शांत थी।

'तुझे दुख नहीं होता अवि?' सुगुणा ने पूछा।

'अब मुझे दुख पहुँचाने की ताकत वह खो चुका है। आज मैं फिर अपनी हो गई हूँ,' अविधा ने कहा।

अविधा ने रात निर्मला के घर पर बिताई थी कि अकेले बैठकर अपना फैसला कर सके। निर्मला अकेली ही उसके दोस्तों में ऐसी थी जिसने उसे गर्भ पर राय देने या समझाने की कोई कोशिश नहीं की थी। उसके घर के सामने पसरा दलदल और उसके पार झील दिखाई देती थी। यहाँ जब अविधा पहली बार आई थी, उसे यकीन ही नहीं हुआ था कि वह दिल्ली में ही है। सुबह-सुबह उठकर वह अकेले ही झील की ओर सैर को चल दी।

गुलमोहर के मुरझाते नारंगी पँखुड़ियों पर चलने से बचती वह सड़क के किनारे लोहे की फेंस से सटकर चलती हुई अपनी दुविधा पर ध्यान केंद्रित करने की कोशिश कर रही थी। दिन अब गरमाने लगे थे लेकिन सुबह ठंडी बयार से अमलतास की कलियों को सिर पर डुला रही थी। अविधा के लिए कुछ भी सोच पाना मुश्किल हो रहा था। वह दलदल के किनारे-किनारे चलती उसकी छाती पर गिरते युक्लिपटस के पेड़ों की रुपहली छाल के टुकड़ों को गिनने की कोशिश करने लगी पर पत्तों की खड़खड़ाहट ने गिनती ही भुलवा दी। वह बुलबुलों के गीत सुनती झील के किनारे लाल बजरी की पगडंडी पर टहलती झील के उस पार तक चली आई जहाँ कभी आँधी में धराशायी हो गए कीकर के सूखे तने की खाल भी उतर चुकी थी। वह उस पर बैठ गई। चारों ओर चहल-पहल थी। सुबह की सैर पर निकले लोग कम ही थे। बगुले झील किनारे ध्यानमग्न बैठे थे। बुलबुल के गीत के बीच लाली के लड़ने की कर्कश आवाज़ भी आ जाती थी। एक कोयल रह-रहकर अपने साथी को बुला रहा था। गिलहरियाँ पेड़ों के ऊपर नीचे दौड़ लगा रही थीं और ऊपर स्टॉर्क का एक दल चला जा रहा था।

तभी पपीहे की कातर पुकार सुनाई दी। वह एकदम हौले से हिचकिचाती-सी उठी, तेज़ होते-होते सप्तम सुर तक पहुँच वहीं एकाएक थम गई। चरम बिंदु पर थम जाने की उसकी आकस्मिकता ने अविधा को बेचैन कर दिया। पपीहा फिर से पुकार लगाने लगा। सम से शुरू होकर वह ध्वनि तरंगों के पायदानों पर चढ़ता सबसे ऊपर पहुँचकर रुका और अपने पीछे घनघोर सन्नाटा छोड़ गया। अविधा सिहर उठी। पपीहे की मर्मांतक पुकार उसे प्रशांत की बेदर्दी की याद दिला गया।

उसे याद आए वे दिन, जब प्रशांत मंत्रालय के गलियारों में दिखने वाला एक चेहरा भर था। फिर वह चेहरा धीरे-धीरे एक प्यारे चेहरे और फिर एक दिन ऐसे चेहरे में तब्दील हो गया जिस पर मिल्कियत के लिए वह कत्ल तक कर सकती थी। और अब प्रेम के स्वार्थ के इस चरम पर उसे सब कुछ एकाएक मिटाकर फिर उस चेहरे को एक अजनबी चेहरा बनाना होगा। आज ऐसा लग रहा था, पिछले साल-डेढ़ साल का वक्त एक भ्रम था उसकी हरारत भरी कल्पना शक्ति का। वह जानती थी, वे रातें भ्रम नहीं थीं, जब उसकी अधीर हलचल को अपने भीतर थाम लेना चाहती थी वह और हमेशा नाकाम रही। न ही वह सुबहें भ्रम थीं, जब वह उसके स्पर्श के लिए अकुलाती उसे ताकती रहती थी। उसे याद आया, कैसे वह कभी होटल के बगीचे में भी उसके साथ नहीं निकलता था कि कहीं पहचान लिया गया तो? वह जानती थी, वह कभी उसके हाथ में हाथ डाल कहीं सैर पर नहीं जा सकेगी। कभी कितनी भी सख्त ज़रूरत हो, उसे अपने पास नहीं बुला सकेगी। आधी रात को बीमार पड़ जाए तो उसे फोन तक नहीं कर पाएगी। फिर क्यों उसने खुद को यकीन दिला लिया था कि किसी दिन यह सब अधिकार भी हासिल होंगे उसे? क्यों उसके बिना जीने को अपने लिए असंभव बना लिया था? अचानक वह शर्मसार हो गई। वह दिन, उसके साथ बिताए थे जो, अब उनमें किसी पुरानी फिल्म की कशिश तक नहीं बची थी जिसे वह दोबारा देखना चाहे। अब तो उसे इस बात से भी फर्क नहीं पड़ता कि वह अविधा को खोकर राहत महसूस करेगा या कुछ दुखी हो जाएगा। वह उसकी प्रतिक्रियाओं की कल्पना के प्रभाव से मुक्त थी। वह आज़ाद थी। अब उसे किसी आलिंगन की चाह नहीं थी, उसे उसके स्पर्श की अपनी ही प्यास हास्यास्पद लगने लगी थी। फिर उसके ही बारे में क्यों सोच रही थी वह?

वह तो कुछ और ही सोचने का मन बनाकर आई थी यहाँ। उसने आह भरी और उठकर कुछ दूर चलकर बेंच पर बैठ गई। धूप अब बढ़ गई थी। हवा रुक गई थी। क्या वह हज़ारों सालों के संस्कारों को भुलाकर फिर से पूरी तरह हर सामाजिक-सांस्कृतिक दबाव और अपेक्षा से मुक्त होकर सिर्फ अपनी इच्छा के आधार पर कोई निर्णय ले सकती है? क्या कोई भी व्यक्ति कभी भी इतना आज़ाद रहा है? क्या वह एक ऐसा कदम उठा सकती है जिसे कभी वापस नहीं लिया जा सकता? ऐसा कदम जो शायद उसके सारे रिश्तों को बदल देगा? क्या वह रोज़ एक छोटे बच्चे को किसी नौकर के भरोसे छोड़कर काम पर जा सकेगी? क्या वह रोज़ घर लौटकर एक रोते, चिड़चिड़ाते बच्चे का सामना कर सकेगी? सारे फैसले उसे तब अकेले ही करने होंगे। उसे शायद किसी और से राय लेने की सुविधा भी कभी नसीब न हो! क्या वह लोगों के सवालों के जवाब दे पाएगी? उससे भी बढ़कर क्या अपनी ही संतान के सवालों के जवाब होंगे उसके पास? क्या इतनी बड़ी ज़िम्मेदारी अकेले निभाने का बोझ उसे चिड़चिड़ा, स्वार्थी और तंगदिल नहीं बना देगा? वह बन जाएगी वह, जो वह कभी बनना नहीं चाहती। आज आज़ादी की रौ में ऐसा

फैसला करके उसी को रेहन रख देगी और पछताएगी। कितनी सीधी-सरल आरामदेह ज़िंदगी है, उन्मुक्त! न किसी के प्रति जवाबदेही, न किसी का कोई ऋण। एक पल में लुट जाएगा यह सब।

फिर से अविधा के मन में सवालों के बवंडर उठने लगे। बस, सवाल ही सवाल थे। जवाब कोई नहीं था। बेचैन होकर वह उठ खड़ी हुई और कुछ दूर चलकर बेंच पर बैठ गई। उसकी पुश्त पर सिर टिकाकर उसने आँखें मूँद लीं। वह दुविधाओं से अब भाग नहीं सकती थी। वे उसी के अस्तित्व का अंग थे और खुद को समझकर ही उनका समाधान खोज पाएगी वह।

उसके अंतस में कोलाहल था और अब पपीहे की पुकार भी वहाँ पहुँच नहीं पा रही थी। उसे लगा, उसने फिज़ूल की भावुकता से अपनी सीधी-सुंदर ज़िंदगी में कीचड़ फैला दिया है। उसने आँखें खोलीं और सामने झील को देखने लगी जिसमें हवा हल्की लहरें उठा रही थी। जलकुंभी के सूखते और सड़ते मांसल पत्तों की अनगढ़ चटाई का एक द्वीप-सा बह रहा था। तभी एक राजसी मलार्ड तैरती हुई उधर को आ निकली। दोमंज़िला बस जैसी रोएँदार ऊँची पीठ, पानी में अपने प्रतिबिंब के सौंदर्य से बेखबर वह सीधी गर्दन उठाए सामने की ओर बिना प्रयास तैरती जा रही थी। हरे सिर के पीछे लाल गर्दन धूप में झिलमिला रही थी और एक हास्यास्पद-सी काली घुँघराली लट जैसी छोटी-सी दुम पीछे अँगूठा-सा दिखाती अपनी बेपरवाही का ऐलान कर रही थी। साफ-सुथरी झीलें किसी को कुछ खिला नहीं सकतीं, अविधा ने महसूस किया, साफ-सुथरे पोखर निष्प्राण होते हैं।

अविधा उठ खड़ी हुई। मन की उथल-पुथल खत्म थी। घर पहुँची तो निर्मला अखबार खोले अभी तक पलंग ही पर पड़ी थी।

पलंग की पाटी पर बैठकर अविधा ने कहा, 'निम्मी, मैं इस बच्चे को पैदा करूँगी। सीधी सपाट ज़िंदगी मुझे नहीं चाहिए।'

कुछ दिनों बाद अविधा अपने केकटस को सींचने छत पर आई तो ठगी-सी रह गई। कली खिल चुकी थी। लगता था, पौधा अपने सिर पर मलाई के दोने को काटकर बनाई पँखुड़ियों का प्याला लिये खड़ा हो! प्याले के बीच, एक तरफ को झुका हुआ सा पुन्केसरों का झुंड था और उनके बीच सिर पर नन्ही-सी कलश उठाए इतरा रही थी पुष्प की मादा केसर। अविधा ने झुककर पँखुड़ियों को गिनना शुरू कर दिया। एक के भीतर एक चार परतों में पँखुड़ियाँ आगे-पीछे तैनात थीं, दुधिया बादल की महीन फाँकों-सी पारदर्शिता को तहों से ढाँकती परी अवतरित हो गई थी उसके आँगन में। दौड़कर वह सुगुणा को बुला लाई। दोनों को ही साहस नहीं हुआ कि फूल को छू भी ले।

अविधा को याद आ गया कि जो बात सब जान गए हैं, उसके माँ-बाप ही उससे बेखबर हैं। ऑफिस जाने से पहले वह माँ से मिलने चल दी।

सुबह-सुबह अविधा को घर आया देख माँ खुश हो गई। आज किस बात की छुट्टी हो गई? इतनी याद तो माँ की आ नहीं सकती कि दफ्तर से पहले वह यहाँ का चक्कर लगा ले।

अविधा ने कहा कि उसे कुछ ज़रूरी बात करनी है। सुशीला को याद आया, कैसे कुछ ही हफ्तों पहले वह रात को रुआँसी-सी घर आई थी। लगा, कोई बुरी खबर ही फिर उसे ले आई है यहाँ।

'कहो,' सुशीला ने कहा।

पर अविधा सोफे में धँसी चुपचाप फर्श ताकती रही। इस दृश्य की कितनी कल्पनाएँ की थीं उसने मगर किसी में भी उसकी माँ कुशन के कवर बदलकर गंदे गिलाफों को फर्श पर फेंकती नज़र नहीं आई थी, जैसा वह अब कर रही थी। मेज़ पर रखा रहने वाला बाबा का चश्मा गायब था और स्लिपर वहीं थे, माने वे घर से बाहर थे। इसीलिए तो आई थी सुबह वह कि माँ अकेली मिले। सुशीला ने एक और गिलाफ निकाला, फर्श पर डाला और ताजे गिलाफों का ढेर अपनी ओर खींचकर कुशन पर चढ़ाने लगी। कितना रिहर्सल किया था, सब बेकार। कोई भूमिका बाँधी नहीं जा रही थी।

'मैं माँ बनने वाली हूँ,' अविधा ने बेलाग लपेट कह दिया फर्श पर पड़े गिलाफों पर से नज़र हटाए बिना।

सुशीला के हाथ जहाँ के तहाँ रुक गए।

'क्या वह तुमसे शादी करेगा?'

'नहीं,' अविधा ने कहा।

उसकी झुकी नज़रों को पीली साड़ी की किनारी अपनी ओर आती दिखी। उसने नज़र ऊपर उठाई। चेहरे पर याचना जाने कहाँ से आकर काबिज़ हो गई। गाल पर माँ के हाथ का भरपूर तमाचा पड़ा।

'तेरी इतनी जुर्रत कि यह बताने आई है कि क्या छिनालपन करती रही है? पैदा होते ही मर क्यों नहीं गई? शर्म-हया है तो अभी भी जा मर कहीं डूबकर।'

अविधा को तिरस्कार से लेकर सहानुभूति तक अनेकानेक प्रतिक्रियाओं की आशंका और आशा सालती रही थी। मगर उसने सोचा नहीं था कि माँ उसे थप्पड़ मारेगी। कभी भी हाथ नहीं उठायां था उसने उस पर। स्तब्ध-सी वह चुप बैठी रही।

'कौन है वह आदमी?' सुशीला ने पूछा।

'क्या फर्क पड़ता है?' अविधा ने धीमी आवाज़ में कहा।

'यह तो मालूम है, कौन है? या इतना भी नहीं मालूम?' सुशीला ने चिल्लाकर पूछा।

अविधा उठी और घर से बाहर हो गई।

'फिर कभी नहीं आना मेरे घर,' उसकी माँ ने चीखकर पीछे से कहा।

अविधा का खून खौलने लगा। उसकी अपनी माँ यह समझ रही थी कि उसे यह भी पता नहीं कि किसका बच्चा गर्भ में उठाए घूम रही है। 'परवाह है तो इन्हें सिर्फ

अपने ख़ानदान के नाम की, इनकी अपेक्षाएँ पूरी करते रहो तो ठीक, ज़रा-सा लीक से हटे कि इनका प्यार खत्म।' अविधा ने सुगुणा से बाद में कहा। 'और इस माँ की ममता के गुण गाए जाते हैं।'

देर रात अपने कमरे की दीवार पर अविधा चिल्लाने लगी, 'नहीं बताऊँगी तुम्हें कभी भी, यह किसका बच्चा है। यही तुम्हारी सज़ा है। तुम्हें मुझसे मतलब नहीं था कभी भी। सिर्फ एक अच्छी लड़की चाहिए थी तुम्हें। अच्छी मतलब गधी, जो खुद सोच न सके। तुम्हीं ने मुझे इतना असुरक्षित-सा बना दिया। इतना इन्सिक्योर। जो हुआ, तुम्हारी वजह से हुआ। खुद को माँ कहती हो, माँ बनने लायक नहीं हो तुम। सब तुम्हारा कसूर है। तुम्हीं ने मुझे ऐसा बनाया, तुम्हारा कसूर है।'

सुगुणा दूसरे कमरे में भयभीत-सी बैठी रही।

अगली सुबह अविधा के पिता उससे मिलने आए। प्रोफेसर चतुर्वेदी अपनी बेटी से बहुत प्यार करते थे और दोनों की साहित्य में गहरी रुचि थी। जाने कितनी शामें उपन्यासों के चरित्रों की मीमांसा में बिताई थी दोनों ने। अविधा के मकान की सीढ़ी चढ़ते हुए प्रोफेसर चतुर्वेदी सोच रहे थे कि आज उनकी बेटी ही किसी नॉवल की किरदार-सी बन गई है। हार्डी की टेस से सहानुभूति कितना आसान था, अपने कलेजे के इस टुकड़े को झेलना इतना मुश्किल क्यों है? सुगुणा ने कुछ चाय-नाश्ता उन्हें देकर जल्दी ही विदा ले ली।

'तुम्हारी माँ ने बताया,' चतुर्वेदी ने अविधा की सूजी लाल आँखों की चुनौती से बचते हुए कहा।

अविधा ने चाहा—पूछे, कैसे बताया, किन शब्दों में बताया। क्या उसे छिनाल और कुतिया कहा या सिर्फ सपाट बयान दे दिया कि तुम्हारी बेटी के लक्षण भी तुम्हारे ही जैसे हैं? नाम तो लिया नहीं होगा उसका, ले लेती तो शायद उल्टी ही आ जाती। क्या पिता ने उन्हें दोष दिया, या दोनों में झगड़ा हुआ? वह चुप रही।

'मुझे बताओ, कौन है। शायद मैं उससे बात कर सकूँ। करूँगा, बात करूँगा।'

अविधा की आँखें छलक आईं। कितना छोटा महसूस कर रहे थे बाबा! सिर्फ इसलिए कि उसने ऐसा कुछ कर दिया था जो उनकी नज़र में ग़लत था। सोचते हैं, उस आदमी के सामने झुककर ग़लत को सही करवा लेंगे। उसके पिता जो भी हों, जैसे भी हों, उस निकृष्ट प्रशांत से कहीं ऊपर थे।

'कोई फायदा नहीं बाबा,' उसने कहा। वह तो प्रशांत का नाम बताते-बताते रुक गई। ऐन मौके पर माँ का थप्पड़ याद आ गया।

चतुर्वेदी उसे मूक याचना-भरी नज़रों से देखते रहे। उनकी नज़र से नज़र मिला सकने में हारकर अविधा अँगूठे से फर्श को कुरेदने लगी।

'क्या ग़लत किया मैंने? क्या कसर रह गई तुम्हारी परवरिश में कि तुम ऐसा कलंक लगाने जा रही हो हमारे ख़ानदान पर?'

अविधा की पीड़ा को ख़ानदान का नाम सुनते ही उभरते गुस्से ने कम कर दिया।

'कितना पुराना, इज़्ज़तदार वंश है हमारा,' चतुर्वेदी ने कहा।

अविधा की समझ में सभी वंश पुराने ही थे। हम आज हैं तो इसलिए कि मानव के विकास के पहले दिन से आज तक हमारे पूर्वजों की अटूट शृंखला बनी रही है। सिर्फ इसलिए कि कुछ परिवारों के नाम पटवारियों की किताबों में या गया-बनारस के पंडों की पोथियों में दर्ज नहीं हैं, ऐसा तो नहीं है कि वे पूर्वजों के बिना ही प्रकट हो गए। विज्ञान से इस सोच का कैसा सीधा टकराव है, उसने सोचा और अकस्मात् उसे लगा कि उसके बाबा समझते हैं कि यह सब निचली जातियों में होता है जिन्हें वे अनैतिक और हरजाई समझते हैं। अपने पिता पर शर्म आ गई उसे पहली बार। उनसे प्यार था उसे इसलिए यह शर्म दुख भी दे गई। वह उनके मूल्यों के अनुसार जी नहीं सकी, इसकी पीड़ा भी हृदय को मरोड़ गई। वह मनाने लगी कि वे जल्दी चले जाएँ।

'कुछ हो नहीं सकता क्या?' चतुर्वेदी ने पूछा।

'क्या?' अविधा उनकी बात समझ नहीं पाई।

'आजकल तो डॉक्टर सब सँभाल लेते हैं। कोई खतरा नहीं होता,' बाबा ने कहा।

अविधा का मन हुआ, उनके गले से लग जाए। इतना संकोच! वे तो गर्भपात शब्द तक का उच्चारण नहीं कर पा रहे। फिर उसे हँसी आ गई। क्या चाहते थे बाबा, कि उसने जो किया उसका सबूत मिटा दे? प्रमाण मिटा देने से क्या करनी अकरनी में बदल जाएगी? उनको बुरा लगा क्या था? कि वह ऐसे आदमी के बिस्तर पर चली गई जिससे उसकी शादी नहीं हुई थी? या ऐसे आदमी के साथ सो गई जो उससे शादी करना ही नहीं चाहता था? उन्होंने जिन युवतियों को हमबिस्तर बनाया, उनके साथ यह हो गया होता तो क्या करते वे? वही, जो प्रशांत कह रहा था करने को? कैसे इतने पढ़े-लिखे होने पर भी, संवेदनशीलता का दावा करने वाले लोग भी ऐसे दोहरे मानदंड रख पाते हैं? खुद को क्या सफाई देते हैं अपने पाखंड की?

'मैं नहीं चाहती ऐसा कुछ,' अविधा ने कहा। इच्छा हुई, पूछ ले, क्या करते आप अगर आपकी छात्रा गर्भवती हो जाती आपसे? समझते हैं, बच्चों को कुछ पता ही नहीं है।

'मैं कौस्तुभ को लिखूँगा। क्या पता, कैनडा में तुम्हारे लिए कोई नौकरी खोज ले! किसी को पता नहीं चलेगा,' चतुर्वेदी ने कहा।

तो यह था प्लैन नंबर दो। इस पुराने वंश-वृक्ष की आँखों से कहीं दूर भेज दो, सब ठीक हो जाएगा। उसे 'ख़ानदान' फिल्म का गीत याद आ गया। रफी की आवाज़ ने मध्यम वर्ग के इसी पाखंड पर ध्यान नहीं जाने दिया था कभी। 'मुझको बरबादी का कोई ग़म नहीं, ग़म है बर्बादी का क्यों चर्चा हुआ।' वाह चर्चा न हो तो बर्बादी भी मंजूर?

'मैं कहीं नहीं जाऊँगी,' अविधा ने कहा और चुस्त चाल से किचन को चल दी कि चाय बना ले। उसकी चाल ने दृढ़ता का संकेत दे दिया था बाबा को।

चतुर्वेदी ने बड़ी मुश्किल से चाय पी। अविधा को लगा वे अब उसके हाथ का

पानी भी शायद पीना नहीं चाहते। चलो, चाय ने गर्म होने से उन्हें धीरे-धीरे पीने का बहाना तो दे दिया। आधा कप पीकर वे उठ खड़े हुए।

'अब तुम घर नहीं आ सकतीं। कभी भी नहीं। तुम्हारी माँ का यही फैसला है।'

ठीक है, माँ को दोष दे लो, अविधा ने उचाट मन से सोचा। पूछना चाहा, क्यों वे नहीं कह सकते थे कि घर उनका भी है, अविधा आएगी जब तक वे ज़िंदा हैं ? मगर बहाना मिला हुआ है, माँ को आगे रखकर उनके फैसले में अपनी हिस्सेदारी की निर्ममता से छुटकारा पाने का मौका क्यों छोड़ें ? अविधा को लगा, अब उसकी संतान को नाना-नानी का लाड़ नहीं मिलेगा कभी। अपने अजन्मे बच्चे को इस प्यार से वंचित होना पड़ेगा, यह खयाल उसे अपने वंचित हो जाने से कहीं ज़्यादा दुखी कर गया।

'हाँ, बाबा, मैं जानती हूँ,' उसने कहा।

बाबा ने उसे फिर एक बार सोच लेने को कहा। वह चाबी उठाकर उनके साथ बाहर निकली, ताला लगाया और मार्केट तक साथ गई कि उन्हें वहाँ से शायद ऑटो मिल जाए। मकान मालकिन रास्ते में टकरा गईं, मंदिर से लौट रही थीं। मिसेज़ कपूर ने चतुर्वेदी का परिचय पाकर अविधा की भूरि-भूरि प्रशंसा की, उन्हें घर आकर चाय-नाश्ता करने को कहा। जब वे नहीं माने तो विदा लेती हुई बोलीं, 'बड़ी अच्छी लड़की है। इतना मदद कर देती है हर काम में। आपको तो जी, बड़ा प्राउड होगा इस पर।'

चतुर्वेदी ने हाथ उठाकर आसमान की ओर इशारा किया कि भगवान की ही देन है, जो भी है।

ऑटो ढूँढ़ते हुए उन्होंने अविधा से कहा, 'जब इनको पता चलेगा तब क्या कहेंगी ? तब नहीं कहेंगी कि हमें बड़ा गर्व होना चाहिए तुम पर।'

अविधा ने पिता का दायाँ हाथ अपने दोनों हाथों में लेकर कहा, 'बाबा, मुझे भी बड़ा गर्व था आप पर।'

दो हफ्तों के बाद भाई ने फोन किया दफ्तर में यह कहने के लिए कि वह अकेली नहीं है, वह उसके साथ है। 'तुमने सोच-समझकर ही फैसला किया होगा। जानता हूँ, दफ्तर में हो, ज़्यादा कुछ कह नहीं सकती अवि, लेकिन यहाँ आना चाहो तो आ जाओ। घर है यहाँ तुम्हारा। कुछ दिनों की छुट्टी मना लो। लेकिन हाँ, माइग्रेट होना चाहो तो वह अलग बात है। इतना आसान नहीं होगा। माँ बाबा, पुराने खयालों के हैं। बदल नहीं सकते। उनको क्या दोष देना ? लेकिन मैं तो हूँ। बच्चे को प्यार करने वाला मामा तो मिलेगा। क्रिसमस के आसपास आऊँगा तो मिलूँगा। फोन करके बताना, भांजी हुई कि भांजा, तभी तो मैं गिफ्ट चुनूँगा।'

फोन रखने के बाद अविधा चुपचाप बाहर निकल गई और बरामदे के एक कोने में जाकर रो ली। कुछ लोगों ने देखा भी पर उसने ध्यान नहीं दिया। कितना ही दृढ़ रहा हो निश्चय और कितना ही गहरा रहा हो उसका विश्वास कि परिवार हो न हो, कोई

फर्क नहीं पड़ता, दोस्त ही उसका असली परिवार हैं मगर उसे इस बात ने गहरी ठेस पहुँचाई थी कि अब उसका कोई परिवार नहीं रहा था। वह निपट अकेली थी।

अभी वह इस गहरी टीस को ठीक से सहला भी न पाई थी कि उसके दोस्तों ने स्थिति पर नियंत्रण पाने की पुरज़ोर कोशिश शुरू कर दी। अविधा को लगा कि वे तो उसके माता-पिता से भी बदतर निकले। माता-पिता ने रूढ़ संस्कारों के मारे ही सही उसे अपने फैसले करने के लिए अकेला तो छोड़ दिया था, दोस्त तो ऐसे पेश आ रहे थे मानो गर्भाधान से बचने के उपायों की उपेक्षा करके वह गैरज़िम्मेदार साबित हो गई है इसलिए आगे कोई भी फैसला करने के अयोग्य है।

मुक्ता को बच्चा जन्म देने के अविधा के फैसले पर सबसे ज़्यादा गुस्सा आया। 'मुझे उस आदमी का नाम बताओ,' उसने कहा। 'मैं भेजती हूँ उसे लीगल नोटिस। कम-से-कम बच्चे का खर्चा तो देना ही पड़ेगा। वह तो कोर्ट-केस के नाम से ही डर जाएगा। केस हुआ न तो बच्चू की, जानती हो न क्या, फट जाएगी। इसको सीक्रेट रखना चाहता है न तो आएगा दौड़ा-दौड़ा जो माँगो, दे जाएगा।'

अविधा ने कहा, यह तो ब्लैकमेल है।

'तो क्या हुआ? उस कमीने को क्यों बचाने में लगी है? मज़ा ले लिया और नतीजा तुम अकेली भुगतो? कीमत तो उसे चुकानी ही पड़ेगी।'

अविधा यही तो नहीं चाहती थी। उसने मुक्ता से कहा कि वह अपनी ज़िम्मेदारी मानकर कुछ करे, यह उसे मंजूर नहीं। जो वह दुखी हो जाता, उससे कहता कि वह बच्चे को सरेआम अपना तो नहीं सकता, पर यह उन दोनों के बीच पनपता एक खूबसूरत राज़ रहेगा और वह हमेशा उसके साथ रहने की इच्छा के बावजूद न उसके, न बच्चे के पास रह पाएगा तो वह बखुशी कोई भी मदद कबूल कर लेती।

'मुझे फर्ज़ अच्छे नहीं लगते। इनसे बलिदान और पाखंड की बू आती है। मन से कुछ करना नहीं है। सिर्फ फर्ज़ निभाना है। मुझे नहीं चाहिए ऐसा फर्ज़...' अविधा ने कहा।

'हो गई नारी-मुक्ति। पहले गुलाम थे इसलिए शोषण होता था, अब आज़ाद हो तो उसे मुक्ति दे दो। वाह, वाह,' मुक्ता ने तपाक से कहा।

'तुम नहीं समझोगी,' अविधा ने हथियार डालते हुए कहा।

वह जानती थी, उसकी सर्वत्र चर्चा है। कुछ पीठ-पीछे कहते थे, कुछ सीधे उससे भी कह देते थे कि उसे क्या करना चाहिए। सुगुणा रह-रहकर बच्चे पालने की दिक्कतों की फेहरिस्त दोहराती रहती थी। हो सकता है, अनैतिक आचरण के लिए उसे नौकरी से निकाल दिया जाए, तब क्या खुद खाएगी, क्या बच्चे को खिलाएगी?

'मुझे तो लगता है, यूनियन भी ऐसा केस लड़ने से इनकार कर देगी। वह तरक्की-पसंद होने का कितना भी दावा करे, हैं तो यूनियन वाले भी पुराने ही खयालों

के,' सुगुणा ने कहा। 'कुछ महिला संगठन शायद साथ दे दें लेकिन अपने देश की अदालतों का क्या! हो सकता है, फैसला तब आए जब तेरा अपना ही बच्चा जज बन जाए!'

एक दिन सुगुणा ने बिस्तरों की चादरें बदलते हुए कहा, 'अवि, ज़रा खर्चों के बारे में कुछ सोच।' दोनों को अपनी तनख्वाहें कम तो नहीं लगती थीं लेकिन इतना भी वे नहीं कमाती थीं कि बैंक में मोटी रकम रखी हो। 'अभी हम अकेले ही हैं कुछ पता नहीं चलता। लेकिन बच्चे बड़े महँगे होते हैं। सिर्फ दूध पर नहीं पलते। डॉक्टर चाहिए, टीके चाहिए, खिलौने चाहिए। आया भी चाहिए ही होगी। और हर छह महीने में नए कपड़े खरीदने पड़ते हैं, इतनी जल्दी छोटे पड़ जाते हैं कपड़े।'

अविधा के लिए घर में रहना मुश्किल हो गया। सुगुणा याद दिलाती रहती कि दफ्तर जिस इमारत में है, वहाँ हर दफ्तर में वह बदनाम हो जाएगी। पूरा पेशा ही जान जाएगा, उसने क्या किया है। 'ज़रा सोच, यह घिसे हुए पत्रकार कैसे पेश आएँगे! जब शेखर ऐसी हरकत कर सकता है तो उन लोगों से क्या उम्मीद जो 'वीमेन्स लिब' का मज़ाक उड़ाते रहते हैं और हम जैसी नई किस्म की औरतों को बदचलन समझते हैं?'

सुगुणा ने कई बार उससे आग्रह किया कि वह इस 'झंझट' से 'छुटकारा पा ले।'

अकेली निर्मला ही थी जिसने उसे कोई राय नहीं दी। अकेली विनीता ही थी जो उसके फैसले से खुश थी।

भोपाल समझौते को कानूनी चुनौती मिल चुकी थी और याचिका पर अविधा ने लंबा लेख बड़ी मेहनत से तैयार किया। पढ़ते ही जोशी की त्योरियाँ चढ़ गईं।

अविधा को चेंबर में बुलाकर जोशी ने हुकूम देने के अंदाज़ में कहा, 'जाओ, इसे ठीक करके लाओ। ऐसे राष्ट्र-विरोधी काम की तारीफ की कैसे तुमने?'

अब तक उसका अखबार भोपाल के प्रभावितों के संघर्ष का हिमायती रहा था और अचानक जोशी उसे इसी संघर्ष की राह में उठाए गए एक महत्त्वपूर्ण कदम की निंदा करने को कह रहे थे। अविधा भौंचक्की रह गई। उसे न जोशी की बात पसंद आई, न उनके तेवर। गुस्से पर काबू रखते हुए उसने जोशी से पूछा कि याचिका को वे राष्ट्र-विरोधी क्यों कह रहे हैं?

'कहते हो कि कार्बाइड से लिया हुआ पैसा वापस कर देंगे और पूछते हो कि राष्ट्र-विरोधी क्यों है?'

'याचिका कहती है कि अगर...अगर कार्बाइड निर्दोष हुआ तो वापस करेंगे पैसे। यह कोई...'

'मतलब तुम लोग मानते हो कि उसके निर्दोष होने के चांसेस हैं?' जोशी ने

मुट्ठी मेज़ पर ठोंककर कहा। 'यह है राष्ट्र-विरोध।'

'हम मानकर तो नहीं चल सकते कि वह अपराधी है या निर्दोष है...' अविधा कहने लगी मगर जोशी एकदम भड़क उठे। 'मुझे कानून मत पढ़ाओ। तुम कार्बाइड के एजेंटों के हाथ का खिलौना बन गए हो। मुझे लगता था कि तुम अक्लमंद हो लेकिन...'

अविधा ने बड़े धैर्य से काम लिया, उनसे लेख दोबारा पढ़ने को कहा मगर जोशी कुछ भी सुनने को तैयार नहीं थे।

'उन्होंने पैसा दिया न?' जोशी ने मेज़ पर आगे की ओर झुक अविधा के चेहरे के नज़दीक लाकर कहा, 'यही सबूत है उनके अपराध का। और तुम लोग पैसा लौटाना चाहते हो...।'

'आप समझ नहीं रहे। कभी-कभार पैसे दे देना बड़ी लंबी और महँगी लड़ाई से बचने का तरीका होता है। हो सकता है, यह सौदा सस्ता पड़ा हो, वरना वकील ही लूटकर...'

'मैं यह बकवास नहीं छापने वाला,' जोशी ने फैसला सुना दिया और उसके लेख के पन्ने उठाकर उसकी ओर फेंक दिया। फड़फड़ाते हुए पन्ने फर्श पर जा गिरे।

क्रोध से काँपती अविधा उठ खड़ी हुई। 'आपको लगता है इंसाफपसंद होना एंटी-नेशनल होना है? देखा है आपने, कितने नामी-गिरामी लोगों ने पेटिशन पर साइन किए हैं? वे सब राष्ट्र-विरोधी हैं? इतिहासकार, अर्थशास्त्री, रिटायर्ड डिप्लोमेट प्रोफेसर, पत्रकार, संपादक—सब एंटी-नेशनल हैं?' वह अनजाने ही चिल्लाने लगी थी।

जोशी भी उठ खड़े हुए। 'यह बताओ, ऐसा कौन है जिसे कार्बाइड खरीद नहीं सकता?'

'आपको कितने में खरीदा?' अविधा नज़र झुकाने वालों में नहीं थी।

'इतनी जुर्रत तुम्हारी...मुझे...उनको कोशिश भी करने की ज़रूरत नहीं समझी?' जोशी आपे से बाहर हो गए थे। दाँत भिंच गए थे, आँखें उबल पड़ी थीं।

'ओहो, बिना कीमत लिये बिक गए?' अविधा ने कहा। वह भी होश में नहीं थी।

'शटअप एंड गेट आउट,' जोशी ने मेज़ से पेपरवेट उठाकर कहा और उसे मेज़ पर पटक दिया।

बाहर सबकी उँगलियाँ थम गई थीं और कान इधर ही को लगे थे। अविधा बाहर निकली तो कुछ सहकर्मी उसकी ओर आए, पूछने लगे किस बात पर उखड़ रहे थे जोशी। अविधा झटके से दफ्तर से निकल गई। सहकर्मियों की यत्न से छिपाई गई खुशी उससे छिपी नहीं रह सकी थी।

वह सीधे सुगुणा के दफ्तर पहुँची और कई गिलास पानी पीने के बाद मुश्किल से उसे जोशी से हुई झड़प के बारे में बता सकी।

'ऊपर फोन कर,' सुगुणा ने कहा। 'मुख्य संपादक से बात कर।'

भोपाल से अखबार का संपादन करने वाले मुख्य संपादक पुराने कम्युनिस्ट थे। उन्हीं के कहने पर भोपाल त्रासदी के बाद उसकी रिपोर्टिंग के लिए अविधा को भोपाल भेजा गया था। उनका कहना था कि उनके स्थानीय रिपोर्टरों में इतनी बड़ी घटना पर रिपोर्ट लिखने की समझ या अक्ल नहीं थी। 'या तो उनको कुछ समझ में नहीं आएगा, या फिर वे यहाँ के राजनीतिज्ञों और यहाँ तक कि डॉक्टरों तक के गुट में शामिल हो जाएँगे। सब एक से एक बढ़कर एक निकम्मे हैं,' उन्होंने अविधा से ही नहीं, जोशी से भी कहा था जो तब अविधा की कलम की धार के मुरीद हुआ करते थे। मगर मुख्य संपादक के इस एक कदम ने संगठन में अविधा के कई दुश्मन पैदा कर दिये थे।

'मेरी नौकरी तो गई,' अविधा ने कहा। 'अब तो मेरी प्रेग्नेंसी का पता चलते ही बुड्ढा मुझे निकाल फेंकेगा। क्या करूँ, सुगुणा? भूल जाऊँ इस लेख को? नहीं छापता, न छापे।'

'उठ और एडिटर को फोन कर,' सुगुणा ने उसकी बाँह थामकर उसे खड़ा किया। 'यू आर अ फाइटर, गो फाइट।'

अविधा ने लौटकर मुख्य संपादक को भोपाल फोन लगाया। उन्होंने बिना टोके उसकी पूरी बात सुनी और जोशी ने जो कहा था, सुनने पर हँस दिये।

'यह रणनीति किसने तैयार की?' मुख्य संपादक ने बात पूरी हो जाने पर पूछा।

प्रोफेसर थापड़ का नाम सुनने पर वे और थोड़ा हँसे। 'बात तो यह चल रही है कि महाललकारी अगर प्रधान मंत्री बन गया तो थापड़ विधि आयोग के अध्यक्ष बनाए जाएँगे,' मुख्य संपादक ने कहा।

'अच्छा?' अविधा के लिए यह खबर थी।

'जाओ, जाकर जोशी से कहो कि एक बार नेहरू ने थापड़ के पिताजी को चाय पर बुलाया था। दोनों बैरिस्टर तो थे ही और दोनों के बीच इस विषय पर खूब बातें हुईं कि कैसे इस देश के ज़्यादातर लोग यही नहीं जानते कि हर अभियुक्त को सफाई देने का हक होता है। इससे जोशी को यकीन हो जाएगा कि थापड़ राष्ट्रभक्त है। बहुत ही मूर्ख है।'

अविधा को बरबस हँसी आ गई। 'क्या यह सच है? सचमुच नेहरू जी ने उनको चाय पर बुलाया था?'

'नहीं, मुझे नहीं लगता,' मुख्य संपादक की हँसी में घुली आवाज़ आई। 'लेकिन क्या जोशी यह जानता है? हमारे देश में मिथक ही इतिहास होता है। और देशभक्ति या राष्ट्रवाद होता है सूर्य नमस्कार। चढ़ते सूरज को सलाम करो। चिंता मत करो। मैं जोशी से बात करूँगा। मैं कहूँगा उससे कि एंटी-नेशनल्स को एक्सपोज़ करना प्रेस का पहला कर्तव्य है और तुम देश की बड़ी सेवा कर रही हो।' वे ज़ोर से हँसे।

अगले दिन अविधा के लेख को भोपाल से अनुमोदन मिला। जोशी लाचार थे मगर अविधा के लिए कठिन समय में दफ्तर का माहौल प्रतिकूल हो गया।

उसी शाम निर्मला उससे दफ्तर में यह कहने आई कि वह फिर बिहार जा रही है। उसने अपने फ्लैट की चाबी अविधा को पकड़ाते हुए कहा कि वह जब चाहे, वहाँ जाकर आराम से रहे।

'तू मेरा एक काम करेगी?' अविधा ने कहा। 'मेरे पास कुछ ऐसी चीज़ें हैं जो मैं रखना नहीं चाहती। उनको देखते ही रोने लगती हूँ। तुम ले जाओ। कहीं भी फेंक दो, किसी को भी दे दो, बस, मुझे नहीं बताना।'

निर्मला उसके साथ घर चली गई। अंग्रेज़ी के दो कविता संग्रह, और चाँदी के कर्णफूल का एक जोड़ा, जो प्रशांत ने अविधा को दिए थे, उसे देते हुए वह बोली, 'यह मुझे उसकी याद दिलाते हैं और मैं फेंक भी तो नहीं सकती।'

निर्मला ने ऑस्कर वाइल्ड की कविता संग्रह को खोला जहाँ खाली पन्ने पर वाइल्ड की ही कविता का एक अंश बड़े साफ अक्षरों में लिखा था : 'यस, ईच मैन किल्स द थिंग ही लव्ज, बाय ईच लेट दिस बी हर्ड।' यह ज़रूर प्रशांत ने ही लिखा होगा, निर्मला ने सोचा और कितना अजीब था किसी को ऐसी किताब उपहार में देना कि अपनी लिखाई में इस उद्धरण के नीचे न उसका नाम था, न हस्ताक्षर, न कोई संबोधन!

'वह चाहता था कि मैं इस नन्ही सी जान को काटकर फेंक दूँ। मैं उसे काटकर फेंकना चाहती हूँ अपने दिल-दिमाग से,' अविधा ने कहा और एकाएक रोने लगी।

किताबों और आभूषणों को झोले में रखकर निर्मला उसकी रुलाई थमने तक उसकी पीठ पर हाथ धरे रही।

कुछ देर बाद अविधा ने आँसू पोंछे तो निर्मला ने कहा, 'सुन, इस बच्चे को पालने में मैं तेरा पूरा साथ दूँगी। हम साथ भी रह सकते हैं।'

'यह सब करने की क्या...'

'यह कहने का क्या फायदा है कि लोगों को अपने फैसले खुद करने का हक है अगर हम उन्हें सपोर्ट न दे सकें? अकेली तो बच्चा पालना बहुत ही मुश्किल है। मैं कोई एहसान नहीं कर रही हूँ तुम पर। मैं जो भी कर रही हूँ, अपने उसूलों के लिए कर रही हूँ। अगर अपनी सुविधा की ही सोचते रहेंगे तो अपने सिद्धांतों को कैसे लागू करेंगे अवि?'

अविधा उससे लिपट गई और फिर से रो पड़ी। उसकी हिचकियाँ रुकीं तो उसने कहा, 'निम्मी, एक और भी चीज़ है।'

उठकर उसने अलमारी में कपड़ों के नीचे तहा कर रखी वह चादर निकाली जिस पर उसने आड़ी-तिरछी सिलाई से नक्षत्र टाँके थे।

'यह मैंने बनाया था, उसके लिए। तुझे तो सब कुछ बता सकती हूँ मैं। देख, किस हद तक गिर गई थी मैं। है न बड़ा बीभत्स-सा? जैसे कोई अपना दहेज तैयार कर रही हो! और कितना बदसूरत भी है।'

निर्मला ने चादर को खोलकर कशीदाकारी देखी। 'बुरा नहीं है। खासा खूबसूरत है। तूने न, अविधा, धीरज सीखा ही नहीं। थोड़ा वक्त और लगाती तो और भी सुंदर हो सकता था।'

'अच्छा ही है, ज़्यादा सुंदर नहीं है। फेंकने में तकलीफ होती,' अविधा ने कहा।

वह निर्मला के साथ बस स्टॉप तक गई। जाते-जाते निर्मला ने कहा, 'अरे तेरे फैसले की खुशी मनाने के लिए हमें पार्टी करनी चाहिए। लौटकर आती हूँ, तब करूँगी।'

मुक्ता फिर से भोपाल केस पर सामग्री जुटाकर अपने तर्कों को समझाते हुए लेख तैयार कर रही थी। इनकी फाइलें राजनीतिज्ञों को दी जानी थीं ताकि वे समझ सकें कि सुप्रीम कोर्ट ने साधनहीनों के अधिकारों पर मारक प्रहार करने के लिए अपनी असीमित-सी सत्ता का दुरुपयोग किया था।

'हमें यह तो नहीं मालूम कि इस समझौते तक वे पहुँचे कैसे,' उसने निर्मला से कहा। 'हमें पता लगाना चाहिए। ज़रूर पता लगाना चाहिए, इसके लिए कौन ज़िम्मेदार था। आम तौर पर होता यह है कि राजनीति और व्यवसाय, ये दोनों मिलकर तय करते हैं कि कानून को कैसे तोड़ा-मरोड़ा जाए।'

निर्मला हँस पड़ी। मुक्ता के साथ काम करते-करते निर्मला को मुक्ता का रूखा व्यवहार अब सहज लगने लगा था और दोनों एक दूसरे के काफी निकट आ गई थीं। 'मुझे बहुत बुरा लगता है कि वह जो महाभियोग लगाने का तुम सोच रही हो न, कभी नहीं हो पाएगा। वह नाटक खेला ही नहीं जा सकता, भूल जाओ उसे।'

मुक्ता कभी-कभी निर्मला को देखकर सोचा करती थी कि काश, यह औरत पुरुषों का सान्निध्य पसंद न करती होती! वह आगे सोचने से खुद ही रोक लेती थी और विनीता से खयालों में बेवफाई का अपराधबोध उसे मथने लगता। इस अहसास ने उसे विनीता के प्रति बहुत नर्म बना दिया था और विनीता काम में संतुष्टि को मुक्ता में परिवर्तन का कारण समझ मन से निर्मला का आभार मानने लगी थी। कई दिनों की माथापच्ची के बाद उसने एक मसौदा तैयार कर लिया था। तब तक निर्मला बिहार जा चुकी थी।

अजीत ने बड़े गौर से उसका लेख पढ़ा और कहा कि उसमें कुछ ऐसी माँगें शामिल कर ली गई थीं जिन्हें हटा देना ही उचित होगा।

'यह कहने की क्या तुक है कि हमें पता लगाना चाहिए कि न्यायाधीश कैसे इस समझौते की रूपरेखा बना पाए या कैसे इस पर मुहर लगाने को राजी हो गए?' अजीत ने पूछा।

'देखो, उन्होंने कितने कानूनों को अनदेखा किया, कैसे पीड़ितों की राय तक

नहीं ली, यह सब तो लिखा ही है मैंने। मगर सबसे ज़रूरी सवाल है—क्यों? क्यों किया ऐसा उन्होंने?'

'उनको लगा, वे पीड़ितों के हक में कुछ कर रहे हैं।'

'एक न्यायाधीश ऐसा कैसे सोच सकता है कि कातिल को छोड़ देना उसके लिए अच्छा है जिसका कत्ल हुआ?'

'हमें कुछ चीज़ें मानकर ही चलना चाहिए,' अजीत ने कहा। साफ था कि वह खीज पर धैर्य का मुलम्मा चढ़ा रहा था। 'कार्बाइड कातिल है, कहने में बड़ा अच्छा लगता है। हम साबित तो कर नहीं सकते।'

'और साबित इसलिए नहीं कर सकते कि इसी समझौते के कारण सबूत जुटाने की प्रक्रिया का गला घोंट दिया गया। यह न होता तो सीबीआई अमेरिका जाती और हो सकता है, उसे सबूत मिल जाते। उसे पता चलता कि भोपाल की फैक्टरी का डिज़ाइन वहीं बना था। और पता चलता कि यूसीसी ने न जाने कितने छोटे-बड़े फैसले लिये थे जिनकी वजह से एक दिन गैस का गुब्बारा ही फट गया शहर पर। हमने वह मौका गँवा दिया। क्यों, यही तो असली सवाल है।'

अजीत असहज हो गया। वह राजनीतिज्ञों की प्रकृति जानता था। ज़्यादातर तो मौसम के मुताबिक मुद्दे उठाते थे। मुद्दे की गहराई में जाना उन्हें नागवार होता था। उनसे वह बातचीत करने जाता था तो वे साफ कहते थे कि वे मानते हैं, अन्याय हुआ है, भरपाई की कोशिश करेंगे मगर न्यायाधीशों को फाँसी पर तो नहीं टाँगना है न। इनसान हैं, ग़लती हो गई, ग़लती सुधारेंगे, उनकी जान के पीछे क्यों हाथ धोकर पड़े हो? एक बहुत ही चतुर राजनीतिज्ञ ने उससे कहा भी था, 'अब ज़्यादा कुल्हाड़ी भी मत चलाओ। कड़वा फल फेंक दो, पेड़ को क्यों मार रहे हो?'

'महाललकारी क्या कहता है?' मुक्ता पूछ रही थी।

'यही तो समस्या है। वह कुछ कहता ही नहीं।' अजीत ने उसाँस भरकर कहा। उसने सोचा, मुक्ता को कुछ राजनीतिज्ञों के साथ मीटिंग में ले जाए तो उसे भी पता चले कि वे क्या चीज़ हैं। जो बात लिखकर कही नहीं जा सकती, वह उन्हें बता भी पाएगी।

'वह तो बहुत कुछ पता लगा सकता है,' मुक्ता ने कहा। 'जो बात आम तौर पर जानी जाती है, वह सब लिख दूँ क्या? हम तो डरते हैं कि सबूत नहीं है तो लिखें कैसे। मसलन न्यायाधीशों ने यह समझौता इसलिए किया कि बदले में उनको कुछ मिला। सभी यही कह रहे हैं।'

अजीत ने फौरन उसे सियासी नेताओं के साथ बातचीत में शामिल करने का खयाल दिल से निकाल दिया। इस डोजिए में भ्रष्टाचार का ज़िक्र करने का उसका प्रस्ताव भी अजीत को सही नहीं लग रहा था।

'आधिकारिक नोट में हम अफवाहों को शामिल नहीं कर सकते,' अजीत ने कहा। 'हम नेताओं को बता देंगे कि ऐसा समझा जा रहा है, कहा जा रहा है।'

'उनको कुछ भी बताने की ज़रूरत नहीं है,' एकदम से गर्माकर मुक्ता ने कहा।

'वे तो बहुत अच्छी तरह जानते हैं कि अदालतें कैसे काम करती हैं। हमसे भी अच्छी तरह जानते हैं वह। यह रही फाइल। जो काटना है, काटो। जो रखना है, रखो। मुझे कोई फर्क नहीं पड़ता।'

'मुक्ता,' अजीत ने सकपकाकर कहा, 'ज़रा समझो यार! सारे फैसले तो राजनीति ही करेगी न!?'

'इसीलिए तो सब कुछ साफ-साफ कहना होगा। खुले में। तभी तो राजनीतिज्ञ इसे अनदेखा नहीं कर पाएँगे। हमें ऐसे काम करना होगा कि राजनीतिज्ञ इन न्यायाधीशों के मोटिव्ज पर ध्यान दें। हम यह सब अपने भाषणों में तो कहते ही रहे हैं।'

अजीत का धैर्य चूक गया। 'तुम्हें क्या शिकायत है? हमने जाने कोर्ट को कितनी गालियाँ दीं अपने भाषणों में। चुप रही न कोर्ट?'

'यही तो। यही तो कह रही हूँ मैं। चुप क्यों रही? क्योंकि खुद सुप्रीम कोर्ट शर्मिंदा थी कि उसने ऐसा गलीज काम किया कि लोग लानत भेज रहे हैं उस पर। उसे यह भूलना नहीं चाहिए। और यही हमको तय करना है। संसद को चाहिए कि वह यह पूछे कि ऐसा क्यों किया गया। संसद को इसका जवाब लेना होगा। लेना चाहिए। सरकार ने यह सब क्यों किया? कोर्ट ने क्यों किया?' मुक्ता अब चीखने लगी थी। 'यह देश एक प्रभुसत्तासंपन्न देश है। यह गया था अमेरिका में मुकदमा चलाने और इसे बताया गया कि अपने देश में यही मुकदमा यह चला सकता है। और अपने देश में, उस इलाके में जिस पर इसकी प्रभुता है, वहाँ यह देश कार्बाइड के खिलाफ केस हार गया! कैसे हुआ यह? क्यों? हमारे लिए, इस देश के लोगों के लिए यही सबसे बड़ा सवाल है।'

अजीत माथा हाथों में पकड़े बैठा था। उसने कुछ सुना भी या नहीं, मुक्ता समझ नहीं पाई। वह चुप हुई तो कमरे में अजीब सन्नाटा छा गया।

अचानक अजीत चिल्लाया, 'मुझे यह सब हिस्टीरिया नहीं चाहिए। नफरत है मुझे हिस्टीरिया से।'

मुक्ता ने बैग उठाया और कमरे का दरवाज़ा ज़ोर से पटककर बंद करती हुई बाहर निकल गई।

अजीत ने पत्नी से चिल्लाकर कहा, 'दीज़ ब्लडी वीमेन। मेरी मौत इन्हीं औरतों की वजह से होगी, देखना। एक तो वह निर्मला है, उसे हर चीज़ ग़लत ही लगती है। वह अविधा, जाने सड़कों पर क्या-क्या बक-बक करती रही है। और अब यह मुक्ता भी उनके जैसी हो गई है। अपना एजेंडा लागू करेगी। इसको इम्पीचमेंट चाहिए। अरे कौन पूछ रहा है? किसको चाहिए इम्पीचमेंट? मिलेगा क्या उससे?'

अविधा हैली और सुगुणा के साथ छत पर नींबू के शरबत का स्वाद ले रही थी। कुछ समय से सुगुणा ने उस पर एबॉर्शन के लिए ज़ोर डालना छोड़ दिया था। घर में फिर से शांति लौट आई थी। हैली लगभग रोज़ ही आ जाया करता था। इसलिए अविधा

अक्सर जान-बूझकर देर से आया करती थी। सुगुणा ने ही उससे पूछा था कि क्या हैली के आने के कारण वह घर सें भाग रही है?

'गिल्टी,' अविधा ने कहा।

'यह तेरा घर है अवि, जब चाहे, आ। और हैली को कोई एतराज़ नहीं है, इतना तो मैं जानती हूँ।'

'अरे किस मर्द को हरम रखने पर एतराज़ हुआ है?' हैली ने कहा।

तब से अविधा दोनों प्रेमियों के साथ उठने-बैठने लगी थी। दो बार तीनों नाटक भी देखने गए थे।

हैली का नियमित आगमन मिसेज़ कपूर से छुप नहीं सकता था। एक दिन वह घुटनों पर हाथ टिकाती मुश्किल से सीढ़ियाँ चढ़ती ऊपर आ गई थीं। हैली ने जल्दी से उठकर सादर हाथ जोड़ प्रणाम कहा और उन्हें आराम से बिठाने के बाद बताया कि वह सुगुणा के साथ काम करता है, काम से आना पड़ता है।

अगले दिन वह ऊपर आने से पहले मकान मालकिन से मिलने चला गया और देखा कि वे टीवी के बटन घुमाए जा रही हैं मगर पर्दे पर बर्फबारी के अलावा कोई दृश्य नहीं उभर रहा। कोई टीवी रिपेयर करने वाला इसे ठीक नहीं कर पा रहा था। हैली अगली सुबह टीवी अपने साथ ले गया, पहाड़गंज से सस्ते में ठीक करवाकर ले आया। वह धीरे-धीरे मिसेज़ कपूर के छोटे-मोटे काम करने लगा और अब उनकी नज़र बचाकर आने की उसे ज़रूरत भी नहीं रही।

'वो तो तुम्हें गोद ही ले लेंगी,' अविधा ने कहा था।

'अरे, उन्हें पता लगने दो कि मैं चमार हूँ, तब देखना, क्या पटाखे छूटेंगे,' हैली ने हँसकर कहा था।

'कल ही बता दूँगी,' अविधा ने कहा। 'कम-से-कम मैं और सुगुणा पहले की तरह एक दूसरे के साथ रह तो सकेंगे जब तुम नहीं थे उसकी ज़िंदगी में।'

शरबत का गिलास नीचे रखते हुए हैली ने पूछा, 'उसकी याद आती है कभी?'

सोचा तो अविधा ने यही था कि अब याद नहीं आएगी मगर उन स्मृतियों की उसकी क्षुधा चूकती ही नहीं थी और हर उभरती स्मृति को उसे सख्त दिल से दबाना पड़ता था। जिनके साथ रोज़ उठ बैठ रही थी, जो उसकी देखभाल कर रहे थे, वे अब भी उसे 'उस' के अलावा कुछ नहीं कह पाते थे।

'कभी-कभी,' उसने कहा।

'कभी नहीं बताओगी न वह कौन है?' सुगुणा ने कहा।

'मैं तो एकदम पागल हो गई थी। नहीं चाहती थी कि वह अपना कुछ भी खोए। उसका परिवार, उसकी पत्नी, बच्चा—सब कुछ उसके पास रहे और फिर भी वह पूरी तरह मेरा हो। है इस पागलपन की कोई मिसाल?' अविधा का स्वर शांत और ठहरा हुआ था।

'है कौन वह? क्या पता, हम जानते ही हों उसे,' सुगुणा ने फिर से कहा।

'तुम जानती भी होगी। हम दोनों की एक ही बीट तो है, हेल्थ। प्रशांत। प्रशांत मिश्रा।'

'वह सूखी लकड़ी?' सुगुणा के मुँह से बेसाख्ता निकल गया।

सूखी लकड़ी!

'उसका चेहरा कैसे कठपुतली के जैसे लकड़ी पर टँगा-सा लगता है,' सुगुणा कहे जा रही थी।

अविधा ने चेहरा घुमा लिया। यह अलग मुसीबत हो गई। अब लोग सोचा करेंगे कि उस आदमी में उसने क्या देखा। उसके पूअर टेस्ट के चर्चे होंगे। हैली आँखों से सुगुणा को इशारा कर रहा था कि अब इस विषय पर बात बंद कर दे। तभी कॉलबेल ज़ोर से घनघना उठी और कई बार बजी। हैली दौड़कर दरवाज़ा खोलने गया।

बदहवास-सी मुक्ता हाँफती हुई आई और शनिवार की उनकी हल्की-फुल्की बातचीत में सनी साधारण-सी शाम आँधी में घिर गई।

'मैं एफओबी छोड़ रही हूँ,' मुक्ता ने आते ही घोषणा की।

उसने न सुगुणा के हाथ से पानी का गिलास लिया, न उस मोढे पर ही बैठी जो अविधा ने उसकी ओर खिसका दी थी। काँपते हाथों से सिगरेट जलाकर वह छत पर टहलती रही और तीनों में किसी को साहस नहीं हुआ कहने का कि मिसेज़ कपूर देख लेगी। आधे घंटे तक वह अजीत को तरह-तरह से कोसती रही और कहती रही कि उसका बस चले तो यह आंदोलन आज ही बंद कर दे। भड़ास निकल गई तो वह काफी देर चुप बैठी रही। इसके बाद ही उसने बताया कि अजीत से आज कैसी बहस हुई थी।

'पता नहीं, तुम क्या कह रही हो,' हैली ने कहा। 'यह तो हम सब जानते हैं कि यह समझौता कैसे हुआ, क्यों हुआ। फिर यह ज़िद क्यों कि पता लगाना होगा?'

मुक्ता ने उसे ऐसे देखा मानो वह कोई अजनबी हो! भिंचे दाँतों के बीच से एक-एक शब्द ठेलते हुए उसने कहा, 'तुम तो किसी की बात सुनते ही नहीं हो न! मैं यह नहीं कह रही हूँ कि मुझे जानना है, तुम्हें जानना है। मैं कह रही हूँ, इस समझौते के कारणों को साफ बयान किया जाए। उसे रिकॉर्ड पर लाया जाए—इस देश की जनता के लिए ताकि वह जाने, क्या हुआ।'

देर रात को बिस्तर में एक-दूसरे से चुहल करते सुगुणा और हैली को अविधा के कमरे से हिचकियों की आवाज़ सुनाई दी। जल्दी से गाउन पहनकर सुगुणा अविधा के कमरे में जा पहुँची। वह बिस्तर पर औंधी पड़ी थी तकिए में मुँह दबाए और उसका शरीर हिचकोले खा रहा था। सन्न रह गई सुगुणा। उसने झुककर अविधा को कंधे पकड़कर सीधा करने की कोशिश की तो अविधा उठ बैठी। वह ज़ोर-ज़ोर से हँस रही थी।

'मुझे अचानक याद आया, तुमने जो कहा था उसके चेहरे के बारे में। सचमुच लकड़ी पर टँगा-सा लगता है,' कहती अविधा पेट पकड़कर हँसती हुई दोहरी हो गई।

जब तक निर्मला बिहार से लौटी, एफओबी की सभाएँ लगभग बंद हो चुकी थीं। कभी बैठक बुलाई जाती तो लोगों को खास तौर से फोन करके मनाना पड़ता, शर्मिंदा भी करना पड़ जाता, तब जाकर कुछ कार्यकर्ता आते। मोर्चा छोड़ देने की घोषणा के बावजूद मुक्ता नियमित रूप से काम कर रही थी। उसका मानना था कि अदालत में दायर याचिका पर जिरह में मदद करने की अपनी प्रतिबद्धता से वह मुँह मोड़ नहीं सकती थी। इने-गिने लोग ही इस तरह रोज़मर्रा के काम निपटा रहे थे। ज़िंटैक ने निर्मला से कहा भी, 'वहाँ अब रोज़ क्या काम है? जिनको सुप्रीम कोर्ट में बहस करनी है, वे जा ही रहे हैं। अजीत को पॉलिटिशियंस से मिलना है, वह मिल ही रहा है। धरना-प्रदर्शन तो बंद ही हैं। हम रोज़ आकर क्या करें?'

निर्मला को यह सन्नाटा भा नहीं रहा था। तिस पर बारिश का उमस भरा गीला गीला मौसम। 'जाने कवियों को सावन इतना रोमांटिक क्यों लगता है,' निर्मला ने अविधा से कहा।

जगह-जगह जल-भराव के चलते आना-जाना दूभर हो गया था। सबसे समझदार तो लतिका थी जो भोपाल पर जागरूकता फैलाने स्विट्ज़रलैंड और नॉर्वे गई हुई थी। ज़िंटैक के पिता बीमार थे और उसका घर से निकलना यूँ भी मुश्किल था। अविधा और सुगुणा को चुनाव के नज़दीक आते जाने से काम से फुर्सत नहीं मिल पा रही थी। सब कुछ ठप-सा पड़ा लग रहा था। जुलाई के अंत में अविधा ने निर्मला को याद दिलाया कि उसने एक पार्टी देने की बात की थी।

'परंपरा तो सातवें महीने में गोद भरने की है, नहीं?' निर्मला ने पूछा।

वे एफओबी की उस बैठक से निकल रहे थे जिसमें कुल जमा पाँच जन आए थे। हरजीत ने वार्तालाप सुनते ही कहा कि पार्टी वह देगा।

'क्या आइडिया है,' अजीत ने कहा। 'सब लोग फिर लौट आएँगे।'

'यह एफओबी की मीटिंग नहीं, पार्टी होगी, पार्टी,' निर्मला ने कहा। 'अगर फॉब को फिर जुटाने की पार्टी होती तो मैं तुम्हारी जेब हल्की करवाती।'

'वो तो ऐसा प्रोजेक्ट है जिसे कोई भी पैसे नहीं देगा,' अजीत ने कहा।

हरजीत के घर में पार्टी में लेकिन एफओबी आ पहुँचा। तय था कि खाना होगा, खूब पीना भी होगा और नाचेंगे सब लेकिन काम की बात कोई नहीं करेगा। पीछे के बगीचे में बारबेक्यू लगा था, कबाब सिंक रहे थे, पनीर टिक्के बन रहे थे, ऑलिव्स के कटोरे सजे थे। बारिश नहीं हो रही थी और संयोग से शीतल बयार ने मौसम सुहाना बना दिया था। इसीलिए दावत बाहर हो रही थी हालाँकि कई कमरे भी वातानुकूलित ठंडक में मेहमानों के स्वागत के लिए तैयार थे।

अजीत ने चाँदी की बड़ी रकाबी में पंच भी तैयार किया था और मेज़ के पास खड़ा उसे प्यालों में उँडेलकर सबको परोस रहा था। शुरुआत इसी से होनी थी। स्फटिक के प्याले में रक्ताभ पंच लबालब भरकर अजीत ने सबसे कहा, 'मैं यह टोस्ट प्रोपोज

कर रहा हूँ अविधा के नाम। हमारी प्यारी अविधा, मैं जितनी भी औरतों को जानता हूँ, और मैं बहुतों को जानता हूँ, उनमें तुम सबसे ज़्यादा बहादुर हो। जब पूरा परिवार खिलाफ हो, ऐसे में बच्चा पैदा करने का फैसला करना बेहद साहस का काम है। मैं बताना चाहता हूँ तुम्हें, अविधा कि तुम्हारे बेटी या बेटे के बहुत से चाचा, मामा, मौसी, बुआ होंगे। उसके तो बहुत से नाना-नानी भी हो जाते मगर हममें से कोई यह कबूल थोड़े ही करेगा कि हमारी इतनी उम्र हो गई है। मैं कहता हूँ, यही असली जनवाद है। और नैतिकता के भाषण देने वाले पाखंडी सड़े अपने बिलों में। हम खुले आसमान के नीचे रहने वाले लोग हैं। यह घर उनके लिए है जो सिर उठाकर जीते हैं, अपने फैसले खुद करते हैं। उनके लिए नहीं, जो परंपरा की रूढ़ियों की जी-हुज़ूरी करते हैं। मैं कहता हूँ, अविधा, तुम आगे बढ़ो, हम तुम्हारे साथ हैं। यह जाम तुम्हारे नाम।'

अजीत ने अविधा को बाएँ बाजू के घेरे में लेकर कहा, 'एवरी बडी, टू अविधा प्लस वन।' एक घूँट में वह गिलास खाली कर गया। फिर हरजीत ने हरे कपड़े में बँधा एक पैकेट अविधा को दिया। सब आग्रह करने लगे कि वह उसे उसी समय खोले। अविधा ने गिलास मेज़ पर रखा और पैकेट को खोलने लगी।

उसका आवरण हरी सिल्क की साड़ी निकला। भीतर से लाल मखमल का एक डिब्बा निकला जिसे खोलने पर अंदर चाँदी की चमचमाती एक कटोरी, उसके दोनों ओर चाँदी के एक एक गिलास और चम्मच जड़े हुए दिखाई दिये।

'यह चम्मच बच्चे के मुँह में ज़रूर देना,' हरजीत ने कहा।

अविधा ने साड़ी हरजीत की ओर बढ़ाते हुए कहा, 'बच्चे को जो दिया, वही बहुत है। गिफ्ट रैपर तो तुम्हीं रख लो।'

'रैपर तो गिफ्ट के साथ ही जाता है,' हरजीत ने कहा। 'निर्मला ने कहा था कि गर्भवती औरत को हरी साड़ी देने का रिवाज है उनके यहाँ। तुम्हें रंग पसंद नहीं तो बदलवा लो।'

हैली ने कहा, 'यार, अविधा, तेरे कारण यह हरजीत भी परंपरा का मूल्य सीख गया। इसी खुशी में साड़ी रख ले। अब हम लोगों को मौज मनाने की छूट दो। बहुत हो गया।'

अचकचाकर अविधा ने अपना जाम उठाया और घूँट भरने लगी। लोग इधर-उधर फैल गए। व्हिस्की खुली, कबाब की तश्तरियाँ पेश होने लगीं।

अविधा ने दो घूँट और भरे ही थे कि मुक्ता ने उसके हाथ से गिलास लेकर कहा, 'उस प्लस वन के लिए इतना काफी है।'

निर्मला ने उखड़कर कहा, 'अरे ज़रा-सा वाइन पी लेगी तो कोई नुकसान नहीं होगा। इसीलिए तो पंच से टोस्ट किया है। उसमें फल भी हैं, रस भी है। इतना अतिवादी मत बनो।'

लतिका ने कहा, 'मैंने बहुत-से डॉक्टरों को अपनी डिग्री का दुरुपयोग करते देखा है। सोचते हैं कि डॉक्टर हैं तो जो भी कहेंगे, ठीक ही माना जाएगा। मैंने कभी सोचा नहीं था कि निर्मला भी ऐसा करने वालों में शामिल हो जाएगी।'

मुक्ता बिफर गई, 'मतलब यह कि अब मैं ललिता पवार बन गई—दुष्ट सास? गर्भवती औरत को दारू नहीं पीनी चाहिए, यह कहना ही पाप हो गया है? क्या जनवाद है!' उठकर वह घर की ओर निकल गई।

अविधा का उतरा चेहरा देख विनीता मुक्ता के पीछे भागी चली आई। 'प्लीज़, जाना मत! उसे कितना बुरा लगेगा।'

'बाथरूम तक जा रही हूँ, अगर तुम्हारी इजाज़त हो,' मुक्ता ने कहा।

विनीता सकपकाकर वापस अविधा के पास आकर पंच पीने लगी।

'तो अब क्या तुम मेरे लिए गोंद के लड्डू बनाओगी?' अविधा ने विनीता से पूछा।

'आता नहीं बनाना। और माँ से पूछ भी नहीं सकती,' विनीता ने कहा।

अविधा और भी उदास हो गई। 'हम दोनों की एक-सी ही हालत है। मैं भी माँ से कुछ नहीं पूछ सकती।'

तभी विनीता ने अजीत को अपनी ओर आते देखा और चुपके से उठकर पीछे पेड़ के नीचे एक अँधेरे कोने में जा खड़ी हुई। अजीत उसके पीछे चला आया।

विनीता को अकेले पाकर उसने कहा, 'जाओ, मैंने तुम्हें माफ किया।'

विनीता भौंचक्की रह गई। वह खिसककर भीड़ की ओर जाने लगी ताकि मुक्ता उसे अजीत के साथ अकेले न देख ले। उसे समझ में नहीं आ रहा था कि अजीत को देखते ही वह क्यों भाग खड़ी हुई थी! 'हमें नॉर्मल रहना चाहिए। जैसे औरों के साथ होती है, वैसे ही बात करनी चाहिए।' अजीत ने कहा।

विनीता ने घबराकर इधर-उधर देखा। मुक्ता नज़र नहीं आ रही थी। उसने अजीत को देखा। 'मुझे नहीं मालूम कि आप ऐसा क्यों कह रहे हैं कि आपने मुझे माफ किया। मैंने तो आपके साथ कुछ भी बुरा नहीं किया।'

अजीत हल्के से मुस्कुराया फिर लंबे डग भरता अविधा की ओर चला गया! 'अवि, ध्यान रखना कि तुम्हें बेटी ही हो,' ज़िंटैक अविधा से कह रही थी। 'याद है मकान मालकिन की शर्त? नो बॉयज़।'

अविधा ने चौंककर उसे देखा। इस समस्या पर तो उसका ध्यान गया ही नहीं था।

रूढ़िवाद एक वाइरस की तरह दिमाग में सुप्त पड़ा रहता है। निषिद्ध से टकराव होने पर ही वह जीवित होता है। अविधा की गर्भावस्था और गर्भपात न कराने के उसके फैसले ने सुगुणा को स्थापित मूल्यों के साथ अपनी सहज आलसी संधि की पड़ताल पर मजबूर कर दिया।

जब अविधा और सुगुणा ने साथ में फ्लैट किराए पर लेने का फैसला किया था तब दोनों ने सहजीवन के हर पहलू पर गौर किया था कि खर्चा कैसे बाँटेंगे, कौन

कब खाना बनाएगी, कब ज़रूरत पड़ने पर बर्तन माँजेगी और कब किसके मेहमान आएँगे। दोनों के ही जीवन में पुरुष थे मगर वहाँ पुरुष मित्र को बुलाने का सवाल ही नहीं था। इसलिए इस पर बात नहीं हुई थी। साथ रहते-रहते बहुत-से मामलों में उन्हें एक दूसरे के साथ नए सिरे से तालमेल बिठाना पड़ा मगर दोनों में कोई खटपट नहीं हुई। सिर्फ एक विषय पर दोनों ने बात नहीं की थी कि उनमें एक ने बच्चा पैदा कर दिया तो ? वे मानकर ही चली थीं कि ऐसा नहीं होगा, कि शादी होगी तो जिसने शादी की, वह चली जाएगी नए घर में। अब अविधा ने उसके सामने विकट चुनौती खड़ी कर दी थी। अगर उसे लगता था कि वह एक दृश्य में पेट फुलाए खड़ी होगी और दूसरे में नवजात शिशु को उठाए अपनी सबसे प्यारी सहेली के साथ फोटो खिंचवा रही होगी, जैसा कि हिंदी फिल्मों में होता है, तो यह अविधा की ज़्यादती थी। यूँ भी अविधा की डगमगाई मन:स्थिति उसे रात को ठीक से सोने नहीं देती थी। और अब घर के काम का बोझ भी सुगुणा पर ही आ पड़ा था। पहले भी अविधा खाना तो बनाती नहीं थी पर ऊपर के काम तो कर ही लेती थी। अब मेज़-कुर्सी की झाड़-पोंछ तक वह नहीं करती थी। कभी बहुत थकी होती, कभी दुखी होती, कभी खोई-सी रहती। सुगुणा ने उससे कई बार बात करनी चाही पर मौका ही हाथ नहीं लग रहा था।

अगस्त की एक भयावह उमस-भरी सुबह आँखों में टपकते पसीने को पोंछती सुगुणा नाश्ता बनाने में लगी थी कि एकदम से अविधा ने अपना पेट पकड़कर कहा, 'कुछ हुआ।'

सुगुणा घबरा गई। 'निम्मी को फोन लगाती हूँ। अस्पताल चलते हैं,' उसने गैस बंद करते हुए कहा।

'अरे, नहीं। ऐसा लगा कि पेट के अंदर हल्की-सी कोई चपत लगी। बेबी ने लात मारी, क्यों ?' अविधा ने पूछा।

सुगुणा ने साँस छोड़ी। मन-ही-मन कहा, 'मारी तो ठीक ही किया।' उसने तय किया कि जो भी हो, अगले दिन अविधा से खुलकर बात करेगी। आज बच्चे की लात खाने का पहला दिन है, आज का दिन खराब नहीं करना चाहिए। बड़ी मेहनत से उसने उस शाम मटन बनाया। आजकल अविधा दिन-रात मटन ही खाना चाहती थी। सुगुणा को यह भी खलने लगा था। ऐसी बेतहाशा गर्मी में वह उसके लिए रसोई में खटती रहती थी। हैली भी कभी-कभी मटन पका देता था। इसमें उसे गजब की महारत हासिल थी और अविधा तो अब उससे ज़्यादा हैली का इन्तज़ार करने लगी थी कि वह मीट पकाए।

अगले दिन सुगुणा को फिर बात करने का मौका नहीं मिला। अविधा को अचानक महाललकारी की सभाओं पर रिपोर्ट करने उत्तर प्रदेश के कई शहरों में जाना पड़ा। उसकी अनुपस्थिति में हैली वहाँ रहने लगा था। सुगुणा ने हैली को बताया कि उसे अविधा के रवैए पर कितना गुस्सा आने लगा है।

'अरे, वह मुसीबत में है और तुम्हें अपनी पड़ी है?' हैली ने कहा।

'हाँ, मैं खुदगर्ज़ हूँ,' सुगुणा ने चिढ़कर कहा। आधी रात तक हैली उसे मनाता रहा और मानने के बाद भी वह रूठे होने का नाटक खेलती रही।

अगले दिन शाम को ढेर सारा मटन बनाकर हैली अविधा के आने से पहले ही निकल गया। लौटी तो अविधा दिन में ही थी मगर सीधे काम पर चली गई थी। शाम को नहाकर वह बड़ी कटोरी में मटन डालकर गीले बालों को छितराए सुगुणा के कमरे में आ बैठी। उसने थोड़ा-सा खाया फिर उठकर खुसरो का कैसेट टेप रिकॉर्डर में लगा दिया।

'सब सखियन के पास पिया है, मेरा पिया से मिलने को जियरा तरसे,' वह साथ में गुनगुनाती खाती जा रही थी।

सुगुणा मूँगफली, सलाद और व्हिस्की का गिलास ट्रे में लेकर आई तो अविधा ने हँसकर कहा, 'यार, वहाँ भी मैंने खूब कबाब-कोरमा खाया। लेकिन हैली का जवाब नहीं। क्या मटन बना है!'

सुगुणा चुप रही। आज बात करनी ही होगी।

'लखनऊ में इतनी उमस नहीं थी,' अविधा ने कहा।

सुगुणा चुप ही रही। उसकी तरफ ध्यान दिये बिना पुट की बोटी से मांस अलग करते हुए अविधा ने कहा, 'अब तो मुझे भी यकीन हो गया है कि सरकार बदलेगी।' उसने सुगुणा की ओर देखा। उसके भावहीन चेहरे से कुछ आशंका-सी हुई। 'पीछे से एफओबी में गई थी क्या?'

सुगुणा ने नकार में सिर हिलाया।

'बड़ा बुरा-सा लगता है। वहाँ जाना ही छोड़ दिया,' अविधा ने कहा।

अब भी सुगुणा कुछ नहीं बोली तो अविधा ने ही असहज चुप्पी पर आवरण डाला—अपने अनुभव सुनाते हुए।

'यह सारे पोलिटिशियन न, एक जैसे ही होते हैं। जानती हो, वहाँ एक सभा में महाललकारी के एक बड़े ही करीबी नेता ने क्या कहा? नाम याद नहीं आ रहा, अभी बताती हूँ,' उसने पानी का घूँट भरा और आगे कहा, 'खैर, नाम जो भी हो, कहने लगा, अपने भाषण में, कि रक्षा सौदे में भ्रष्टाचार कोई राशन की दुाकन में चावल की सप्लाई में घूस लेने जैसी मामूली चीज़ नहीं है। यह देश की रक्षा का सवाल है। गरीबों को भ्रष्टाचार के चलते घटिया चावल मिले, मिले न मिले यह उसके लिए छोटी चीज़ है, जबकि मुझे लगता है कि चावल सप्लाई के मामले में घूसखोरी और भी बड़ी चीज़ है। लोग ही भूखे रहेंगे तो किस देश की रक्षा करनी है इनको? और अजीत इन लोगों पर भरोसा टिकाए बैठा है कि यह कुछ कर देंगे। अभी सिर्फ चुनावी मौसम के वायदे कर रहे होंगे। इन पर भरोसा नहीं किया जा सकता।'

वह प्लेट उठाकर रसोई में रखने चली गई। सुगुणा को न चुनाव में दिलचस्पी

थी, न नेताओं के पाखंड में। वह तो अपनी बात कहने का मौका ढूँढ़ रही थी।

अविधा के कमरे में लौटते ही उसने कहा, 'अवि अगर मैं कुछ प्रैक्टिकल चीज़ों की बात करूँ तो बुरा तो नहीं मानोगी?'

बालों में उँगली फिराते हुए अविधा हँसकर बोली, 'तू व्यावहारिक चीज़ों की बात न करे तो बुरा मानूँगी। इसलिए गुमसुम बैठी थी क्या? बोल न, क्या कहना है?'

'मैं सोच रही थी कि मिसेज़ कपूर को पता चलेगा तो क्या कहेंगी,' सुगुणा ने वह कह दिया जो वह कभी कहना ही नहीं चाहती थी। 'वह तो हमें बाहर कर देंगी।'

अब साफ-साफ दिखने लगा था कि अविधा पेट से है। वह बेहद ढीले कपड़ों के भीतर उसे छिपा रही थी मगर कब तक बात छिपी रहेगी?

'जिस दिन बाबा आए थे न और उन्होंने कहा था कि मिसेज़ कपूर की नज़रों में मैं गिर जाऊँगी, उसी दिन से मैं भी सोचती रही हूँ इसके बारे में। नए मकान की तलाश शुरू कर दें क्या?'

सुगुणा की अविधा के प्रति सहानुभूति यह सुनते ही भाप बन गई। वह तो माने बैठी थी कि वह साथ ही रहती रहेंगी और सुगुणा उसके बच्चे के पोतड़े धोएगी। हद होती है हर चीज़ की, पूछना तो चाहिए था।

उसने कहा, 'एक और बात भी है। कहना बहुत मुश्किल है इसलिए मैं साफ साफ, सीधे-सीधे ही कह देती हूँ। मुझे तुम बहुत अच्छी लगती हो अवि और यह कहते मुझे बहुत ही बुरा महसूस हो रहा है...लेकिन...कैसे कहूँ? अवि, मैं...मुझे नहीं लगता कि मैं कोई बच्चा पालना चाहती हूँ। या ऐसे घर में भी रहना चाहती हूँ जिसमें बच्चा हो।'

अविधा आँखें फाड़े उसे देख रही थी। सुगुणा हिल उठी। 'मुझे ग़लत मत समझ अवि! मैं नहीं कह रही कि बच्चा मुझे अच्छा नहीं लगेगा। हम दोनों आसपास भी फ्लैट ले सकते हैं। मदद करूँगी मैं लेकिन...प्लीज़ अवि, कुछ तो बोल।'

अविधा ने गिलास उठाया, उसमें जिन उँडेली और पानी डालकर गटागट पी गई।

'तुम्हें पीना चाहिए?' सुगुणा ने बोतल उससे लेने की कोशिश करते हुए कहा।

अविधा ने बोतल छीन ली, गिलास में फिर एक ड्रिंक अवतरित हुई। उसने सुगुणा से कहा, 'तुम्हें इससे क्या?'

'मुझे पता था, तुम ग़लत समझोगी। मेरी जगह तुम होतीं तो क्या करती? बताओ?'

'मैं समझ सकती हूँ,' अविधा ने ठंडी आवाज़ में कहा। 'और तुम्हें मेरे पड़ोस में मकान खोजने की ज़हमत उठाने की ज़रूरत नहीं है।'

उसने गिलास और बोतल उठाई और अपने कमरे में चली गई। उसे लगा, कमरा बेहद ठंडा है, निर्जन बर्फीले प्रांत-सा ठंडा और बेजान। उसे कँपकँपी छूटने लगी। कैसी आदत पड़ गई थी सुगुणा के ही कमरे में सब कुछ करने की! हैली होता तो भी, नहीं होता तो भी। अपना कमरा ऐसा लग रहा था मानो खँडहर हो! कोई प्रेत भी न भटका हो इस तरफ बरसों में! सारी उष्णता उधर ही थी जिधर सुगुणा के आंचल के

बोझ से झुका उसका कंधा था, उसके हाथों लगाई गई मेज़ थी, लगातार लोगों के उठने-बैठने से मुस गई चादर थी, बेतरतीब पड़े गिलास और बोतले थीं। यहाँ क्या था? नीरवता!

'आज मैं सचमुच अकेली हो गई,' अविधा ने खुद से कहा। कसूर उसी का था। क्यों सुगुणा और हैली को उसने मन-ही-मन अपना परिवार बना लिया था? उनके बीच मकान और खर्चे ही तो बाँटने का करार था, ज़िंदगी भर साथ निभाने की कैसे सोच ली थी उसने? ज़िंदगी बाँटने की बात तो हुई ही नहीं थी। अगर सुगुणा की बहन को बच्चा होने वाला होता तो वह क्या यही सब कहती? ज़रूर हैली से उसने बात की होगी। तभी तो आज यहाँ नहीं है। कायर कहीं का! उसी ने कहा होगा कि तुम ही निपट लो। और वह माने बैठी थी कि यह सब अलग किस्म के लोग हैं। आदमी कभी अलग किस्म के नहीं होते। सब एक-से होते हैं। इतने महीनों तक वह प्रशांत के दिये जख्मों के भरने के इन्तज़ार में रही और जब लगने लगा था कि वे भर गए तभी सुगुणा ने यह वार किया। सारे बुजुर्ग ठीक ही कहते हैं कि दोस्त हमेशा साथ नहीं देते। और वही उनको खूसट माना करती थी। कर दिया न सुगुणा और हैली ने साबित कि वही ठीक कहा करते थे?

सुगुणा आकर ज़मीन पर बिछे उसके बिस्तरे पर बैठ गई। 'अवि, मुझसे बात करो। चिल्लाओ मुझ पर। पर ऐसे खामोश मत रहो। कितना मुझे बुरा लग रहा है, बता नहीं सकती। मुझे और दुखी मत करो।'

अविधा को यकीन नहीं हुआ कि सुगुणा उससे कह रही है कि उसने उसे दुख दिया है। सभी मुझी को दोष देते हैं, उसने सोचा और हथेलियों में मुँह छुपाकर रोने लगी। सुगुणा की आँखों से भी आँसू निकल पड़े।

कुछ देर बात अविधा ने चेहरा पोंछा, सुगुणा का उतरा चेहरा देखा और कहा, 'दुखी मत होओ। मैंने जो किया, उसके लिए तुम ज़िम्मेदार नहीं हो। तुम्हें क्यों उसका नतीजा भोगना पड़े? जाओ, अकेला छोड़ दो मुझे।'

अगले दिन अखबार में अपना लेख पढ़ने पर ही अविधा को पता चला कि राशन की दुकानों में आपूर्ति में रिश्वतखोरी को मामूली मानने की नेताजी की बात और उस पर लोगों की टिप्पणियों के सारे उद्धरण जोशी ने काट दिये थे। उसने जोशी से पूछा कि ऐसा क्यों किया तो जोशी ने साफ कह दिया कि रिपोर्टरों को संपादक से कुछ भी पूछने का हक नहीं है; वह जो चाहे काट सकते हैं।

अविधा बहस करने लगी कि लोगों को यह बताना ज़रूरी है कि महाललकारी भी हर तरह के भ्रष्टाचार के खिलाफ नहीं है, यह सिर्फ चुनावी मुद्दा है उसके लिए।

'सारे राजनीतिज्ञ लम्पट होते हैं, और बेवकूफ भी होते हैं,' जोशी ने कहा। 'तुमने जो लिखा था, मैंने महाललकारी को बताया। उसने भी माना कि हाँ, ऐसी बातें नहीं कहनी चाहिए। बात खत्म।'

'मैं इसलिए सूचनाएँ लेकर नहीं आती कि आप अपनी सौदेबाजी करें इन लोगों के साथ।'

'तुम्हारी इतनी जुर्रत कि तुम मुझसे ऐसी बात करो?' जोशी गरजे। 'करूँगा, जितनी चाहे उतनी सौदेबाजी करूँगा। जाओ, जाकर भोपाल फोन करो, कर दो शिकायत मेरी।' वे जानते थे, इस मामले में मुख्य संपादक भी उन्हीं का साथ देंगे। सभी महाललकारी के पक्ष में गोलबंद थे और उम्मीद लगाए बैठे थे कि राजनीति पर एक ही पार्टी और एक ही ख़ानदान का वर्चस्व आखिर खत्म होगा।

'तुम्हें लगता है, यह तुम्हारे लेख कुछ भी बदल सकते हैं? समझती क्या हो अपने-आपको? ऐसे ही अकड़ना है तो जाओ, यह बीट छोड़ दो। बहुतेरे हैं कवर करने वाले और तुमसे अच्छा ही करेंगे।'

शुरू-शुरू में जोशी उसके आदर्शवाद को बहुत बढ़ावा दिया करते थे मगर अब वे रह-रहकर उसके काम में त्रुटि निकालते थे। अविधा को लगने लगा कि उसे गर्भवती जानकर ही वे ऐसा कर रहे हैं हालाँकि अभी तक दफ्तर में किसी को उसने यह बताया नहीं था। शायद वे समझते हों कि तंग आकर वह नौकरी छोड़ देगी। उसे तो शुक्रगुज़ार होना चाहिए कि जोशी ने या और किसी ने अभी तक उससे इस बारे में सीधे बात नहीं की थी। वह पेट से है, यह साफ दिखाई देने लगा था। कुछ छुटभैए नेताओं ने सार्थक हँसी हँसते हुए उससे पूछा भी था कि उसने उन्हें अपनी शादी में क्यों नहीं बुलाया। वह कह देती थी कि अपने निजी मामलों पर वह बात नहीं करना चाहती मगर उनकी व्यंग्योक्तियाँ सहना आसान नहीं था। अविधा जानती थी कि उसका प्रेस कार्ड ढाल बनकर लोगों की धृष्ट निगाहों और गलीज बातों से उसकी हिफाज़त कर रहा था। नौकरी वह छोड़ नहीं सकती थी। अपमान का घूँट भरकर उसने जोशी से कहा कि उसमें इतनी हिम्मत है कि जो कहती है, वही करती है, दूसरों के कहे पर चलने वालों में उसका नाम कभी नहीं आएगा।

'जिस दिन आप जैसे लोग मेरी इज़्ज़त करने लगेंगे, उस दिन मुझे पता चल जाएगा कि मैंने अपने उसूलों से दग़ा की है,' अविधा ने जोशी से कहा।

अपने जीवन में हैली ने कभी ऐसी विकट दुविधा का सामना नहीं किया था जो उसके सामने किताबों से जड़ी दीवारों के बीच उस दिन आ खड़ी हुई थी। वह एक अवकाशप्राप्त राजनयिक के घर गया था भोपाल के केस पर बात करने। वे कई देशों में राजदूत रह चुके थे और अब भी सत्ता के सँकरे गलियारों में उनकी सुनी जाती थी। अखबारों में उनके लेख छपते थे, कई विशेष मिशनों पर उनको भेजा जाता था। अपनी पाइप में तंबाकू भरते हुए उन्होंने हैली के लाए पर्चे पर तिरछी नज़र डालकर कहा था, 'आप लोग फिर गए हैं सुप्रीम कोर्ट समझौते की समीक्षा के लिए।

और आप चाहते हैं, महाभियोग भी चले। क्या आप लोगों को महाभियोग की माँग छोड़ नहीं देनी चाहिए?'

हैली ने कहा नहीं, ऐसा वे कभी नहीं करेंगे। पाइप जल चुकी थी। धुआँ छोड़ते हुए वे हल्के से मुस्कुराए। 'मुझे यह ज़्यादती सी लगती है। उन्हीं को दोबारा फैसला सुनाना है, उन्हीं के सहकर्मियों को बेइज़्ज़त क्यों करो? न्यायाधीशों को यह सब अच्छा नहीं लगता।'

एक दिन प्रोफेसर थापड़ एफओबी आ गए और कहने लगे कि अब तक जो अभियान चला था, बहुत अच्छा रहा, अदालत पर काफी दबाव बना है और अब कार्यपालिका पर निशाना साधने की ज़रूरत है।

'हर सभा में हर राजनीतिज्ञ से बातचीत में यह महाभियोग की बात करने की क्या ज़रूरत है? कोर्ट को अब ज़्यादा नाराज़ न ही किया जाए तो अच्छा है,' प्रोफेसर थापड़ ने कहा।

घंटे भर से ज़्यादा उनके प्रस्ताव पर बात हुई। निर्मला, हैली और अविधा असहमत थे, बाकी सबको प्रोफेसर की बात जँच गई थी। मुक्ता और विनीता तब मनाली गई हुई थीं छुट्टी मनाने।

'तो हम महाभियोग की कोशिश ही छोड़ दें?' हैली ने पूछा।

'यह मैंने कब कहा? मगर ज़रा सब्र से काम लो। माँग कर चुके हैं। हमारे रिकॉर्ड पर है ही। वैसे भी यह सरकार तो महाभियोग लगाएगी नहीं। नई सरकार का इन्तज़ार करना होगा। कुछ समय तक दूसरे विषयों पर ध्यान केंद्रित करते हैं। थोड़े दिन तो इसको ताक पर रखा जा सकता है,' प्रोफेसर थापड़ ने अपने चिर-परिचित अंदाज़ में समझाते हुए कहा।

'बात तो ठीक ही लग रही है,' सुगुणा ने कहा। जल्दी ही उनके पर्चे से महाभियोग की माँग लोप हो गई।

दो-तीन हफ्तों के बाद भूतपूर्व राजनयिक ने हैली को फोन करके कहा कि उन्होंने कुछ मित्रों से बात की है और सबने एक बयान तैयार किया है जो प्रेस को दिया जा सकता है। हैली आकर ले जाए तो मेहरबानी होगी।

हैली ने वह बयान लिया और राजनयिक के शीतल कमरे में गर्म चाय के साथ उसे पढ़ा। उठकर उसने भूतपूर्व राजदूत से हाथ मिलाया, उन्हें धन्यवाद दिया और उनके बयान और अपनी दुविधा के साथ चिलचिलाती दोपहर का सामना करने बाहर आ गया।

धूप से आँखें चुँधिया-सी गईं। हैली कुछ देर वहीं खड़ा रहा फिर उसने मुख्य सड़क पर आकर ऑटो ढूँढ़ना शुरू किया। जल्दी दफ्तर पहुँचना था।

हैली कुछ सोच नहीं पा रहा था। उस वरिष्ठ राजनयिक से हाथ मिलाते हुए उसे लगा था, जैसे वह दलाल बन गया है। रोज़ी-रोटी के लिए अजीत के एनजीओ में काम करने का जो फैसला उसने किया था, आज उसे वही फैसला अपने सिद्धांतों की बलिवेदी लगने लगा था। 'उसी दिन,' उसने खुद से कहा, 'मैं समस्या का हिस्सा बन गया।'

दफ्तर पहुँचने पर वह अनमना ही रहा। बयान उसने अजीत को दे दिया और चुपचाप अपनी मेज़ पर बैठकर ज़रूरी काम निपटाने लगा। शाम को एफओबी की वह दुर्लभ बैठक थी जिसमें बहुतों के आने की उम्मीद थी। उसने यंत्रवत कइयों को फोन करके मीटिंग की याद दिलाई।

मैड और अली फिर दिल्ली आए थे। अंतरिम राहत पर चर्चा थी। जैसा कि मैड ने कहा था, 'कुछ भी नहीं मिलने से पहले कुछ तो ले लें।'

सिकंदरा रोड पर हरजीत का कमरा फिर ठसाठस भर गया था। मैड कुछ पहले ही आ धमका था और लतिका को सोफे के एक किनारे बैठा देख वह उसकी गोद में सिर रख सोफे पर पसर गया। उसने एक काग़ज़ को कमरे में लहराते हुए कहा, 'जानती हो ज़िंटैक, यह क्या है? एक प्रेम-पत्र है जो हमारे विशेष दूत अजीत खन्ना ने खुद अपने हाथों मुझे पकड़ाया है।'

हैली ने ही दरअसल बयान की प्रतियाँ बनवाई थीं और एक कॉपी उसे दी थी। यह खबर को अखबारों में बनाए रखने की अजीत की चाल थी, यह साफ था, पर बयान को पढ़ते ही मैड चिहुँक उठा था।

निर्मला ने उसे हिकारत-भरी नज़र से देखा और एफओबी का रजिस्टर खोलकर उसका मुआइना करने लगी। पिछले दो महीनों में कुछ बैठकें हुई थीं ज़रूर पर रजिस्टर में तो यह भी दर्ज नहीं था। मिनट्स तो किसी ने लिखे ही नहीं थे। यह काम अविधा और सुगुणा किया करती थीं। बाद में अविधा ने यह काम छोड़ दिया था। किसी और ने भी नहीं किया। पुरुष कार्यकर्ताओं से तो उम्मीद ही बेकार थी कि वे ऐसे उबाऊ काम करेंगे।

'है तो औरत का ही काम न,' सुगुणा ने कहा था। 'घरेलू काम है सारा हिसाब-किताब रखना। मैं नहीं करने वाली।'

मैड अभी भी पर्चे को परचम-सा लहरा रहा था। 'पढ़ना चाहती हो, ज़िंटैक? सच्ची, मज़ा आ जाएगा।' जब किसी से कोई जवाब नहीं मिला तो उसने लतिका की गोद में रखा सिर डुलाते हुए कहा, 'लतिका, तुम पढ़ के सुनाओ न।'

तभी अजीत ने अंदर आते हुए कहा, 'मैड, उठो, बैठ जाओ। मीटिंग होनी है।'

'तो कर लो,' मैड कहाँ किसी की सुनने वाला था! 'इस सेक्सी सीन से तुम्हारा ध्यान भंग हो रहा है क्या?'

और भी लोग कमरे में आने लगे मैड लेटा रहा, लतिका हँसती हुई उसके बालों में उँगलियाँ फिराती रही। हैली आया तो देखा, कहीं बैठने की जगह नहीं है। उसने मैड के पैर हाथों से उठाकर नीचे करना चाहा। अभी उसने पैर की तरफ हाथ बढ़ाया ही था कि मैड ने चुटकी ली, 'पैर मत छुओ। अभी संत नहीं बना हूँ मैं।'

सबकी हँसी छूट गई। हैली मुस्कुराया भी नहीं। मैड उठ बैठा और हैली उसकी बगल में बैठ गया।

'अजीत बहुत ही सुंदर उपहार लाया है,' मैड ने फिर कहा। 'इस देश के नामी-

गरामी शख्सियतों की तरफ से एक प्यार-भरा खत। प्लीज़, कोई पढ़ दो!'

'तुम ही क्यों नहीं पढ़ देते?' हरजीत ने कहा।

'मेरी अंग्रेज़ी इतनी अच्छी नहीं है,' मैड ने बनावटी गंभीरता से कहा। 'बड़े लंबे-लंबे शब्द हैं इसमें। कई बार पढ़ा पर कुछ पल्ले नहीं पड़ा।'

अजीत ने एक कॉपी अविधा को पकड़ाई कि वह पढ़ दे।

बयान का शीर्षक था : प्रख्यात व्यक्तियों का वक्तव्य। अंत में 33 दस्तखत थे जिनमें कुछ राजनयिकों के अलावा अवकाशप्राप्त नौकरशाहों और अन्य ऐसे लोग शामिल थे जिनके नाम अखबारों में पढ़ने को मिल जाते थे और जो भुखमरी से लेकर भूस्खलन और विदेश नीति से लेकर हथियारों की खरीद-फरोख्त पर लेख लिख-लिखकर नियमित रूप से सरकार को परामर्श देते रहते थे।

इन प्रख्यात व्यक्तियों ने भोपाल के मामले में हुए समझौते पर 'अप्रसन्नता' व्यक्त की थी। उन्होंने कहा था कि 'गांधी और नेहरू के इस महान देश की संप्रभुता' को इस समझौते ने आहत किया था। उन्होंने कहा था कि उन सब लोगों का जिनमें 'देशभक्ति की भावना हो' यह निर्विवाद कर्तव्य था कि इसके विरोध में खड़े हो जाएँ और एक आवाज़ में कहें कि जो हुआ, ठीक नहीं हुआ। उन्होंने राष्ट्र को याद दिलाया था कि नेहरू ने कारखानों को 'आधुनिक भारत के मंदिर' कहा था और उनके वंशजों ने इन मंदिरों में निर्मम मुनाफाखोरी को देवताओं की जगह प्रतिष्ठित करके उन्हें दूषित कर दिया है। 'राष्ट्र को एकजुट होकर इस भटकाव से लड़ना होगा, सही रास्ते पर देश को लाना होगा और देश के स्थापक नेताओं के आदर्शों को पुनर्जागृत करके इन आधुनिक मंदिरों के प्रदूषण को दूर करना होगा ताकि उनमें से हत्यारी गैस नहीं, करुणा की धारा फूटे।' अंत में कहा गया था, 'हम सबको मिलकर 700 करोड़ रुपए एकत्र करने चाहिए और सरकार को देने चाहिए कि वह भोपाल के बदनसीब पीड़ितों में बाँट सके। इस तरह कार्बाइड को यह स्पष्ट संदेश मिलेगा कि भारत सरकार उसके सामने भिखारी के रूप में नहीं बल्कि एक प्रभुसत्तासंपन्न फरियादी की हैसियत से खड़ी है इंसाफ हासिल करने के लिए। देश की जनता की ओर से ऐसी सख्त और स्पष्ट कार्यवाही ही भारत सरकार को बता सकेगी कि पैसा महत्त्वपूर्ण नहीं है, इंसाफ महत्त्वपूर्ण है, मुनाफा अहम नहीं है, लोग अहम हैं। यह अमीर देश कोई भी रकम जुटा सकता है। माना कि हमारे बाशिंदे गरीब हैं लेकिन उनके दिल बड़े हैं और उनकी इच्छाशक्ति सुदृढ़ है। सबल जन समझौते नहीं करते। वे इंसाफ माँगते हैं और पाते हैं।'

अविधा का पठन खत्म होने के बाद पल भर को सन्नाटा छाया रहा। अविधा ने निर्मला से एकदम धीमी आवाज़ में कहा, 'कैसे बड़बोले गधे हैं ये लोग! खुद को ही 'प्रख्यात व्यक्ति' कह रहे हैं। छी: ! गनीमत है कि खुद को स्वनामधन्य नहीं कहा।'

मैड की आँखों में विशेष चमक थी। 'अविधा,' उसने कहा, 'ये लोग कई सालों से 'एक आवाज़' में बोलने के लिए खड़े हो जाते हैं। सरकार भी हर दो-तीन साल

में ऐसा कुछ कर देती है कि इनको खड़े होकर अपने नाम गिनाने का मौका मिल जाए।'

वह जानना चाहता था कि अविधा ने कहा क्या था मगर वह इतने नज़दीक नहीं थी कि कुछ सुन पाता।

'इनकी गिनती बढ़ती भी नहीं,' मुक्ता ने उसके आगे जोड़ा। 'यह बताओ अजीत, इस भारी भरकम बयान के साथ इन मान्यवरों ने कोई चेक नहीं पकड़ाया था क्या?'

'हमें बैंक अकाउंट खोल लेना चाहिए,' निर्मला ने कहा।

'ज़रा गंभीरता से सोचो,' लतिका ने कहा। 'उनका प्रस्ताव इतना बुरा भी नहीं है। क्यों नहीं हम चंदा जमा करने की कोशिश करते? इतनी बड़ी आबादी है। आधे लोग भी दस-दस रुपए दे दें तो कितना पैसा इकट्ठा हो जाएगा!'

निर्मला की भौंहें आश्चर्यमिश्रित व्यंग्य की अभिव्यक्ति में कमान-सी तन गईं।

सुगुणा ने बात सँभालने के इरादे से कहा, 'इतना काम कौन करेगा? कहाँ हैं इतने कार्यकर्ता हमारे पास?'

करोड़ों लोगों को बताना—कार्बाइड ने क्या किया, उनसे दस रुपए निकलवाना, कितना लंबा और कष्टप्रद काम होगा, क्या लतिका को इसका अंदाज़ा भी है? सुगुणा ने पूछा।

अरशद अली ने पहली बार मुँह खोला, 'हेली भाई, मुझे लगता है कि ये लोग ठीक बात कह रहे हैं। हमको केश नहीं चाहिए। ये लोग इतना पैसा इकट्ठा कर लें, आधा भी कर लें तो चलेगा। उससे अपन ऐसा कोई काम शुरू कर सकते जिसमें गैस पीड़ितों को रोज़गार मिले। बहुत मेहनत का काम अब उनके बस का नहीं है। फिर यही लोग उनकी बनाई चीज़ों को बेचने में भी मदद कर सकते हैं।'

मैड अली की टिप्पणी से बहुत प्रभावित हुआ और उसकी ओर प्रशंसापूर्ण नज़रों से देखते हुए बोला, 'अली, ऐसे प्रासंगिक प्रश्न कभी नहीं पूछने चाहिए।'

अचानक सुगुणा की हँसी छूट गई। 'मैड, तुमने ठीक ही कहा कि यह प्रेम-पत्र है। इसे प्रेम-पत्र की तरह ही सहेजकर रखना चाहिए, इत्र से महकते कपड़े में लपेटकर जेवरों के डिब्बे में।'

अजीत जानता था कि इस बयान की खिल्ली उड़ाई जाएगी। मगर इस हद तक उसकी एक ईमानदार कोशिश की धज्जियाँ उड़ाई जाएंगी, इसका अनुमान उसे नहीं था। अब तक वह चुपचाप सब कुछ सुनता रहा था लेकिन सुगुणा के इस अंतिम कथन से उसका गुस्सा भड़क उठा।

'ज़रूरी नहीं है कि सब लोग सड़क पर निकलें। जो जहाँ है, वहीं से भी मदद कर सकता है। इनका प्रस्ताव अव्यावहारिक है मगर इनकी नीयत तो अच्छी है। हमें इनकी दिलचस्पी बनाए रखना चाहिए,' अजीत ने कहा।

'इनकी नीयत के लिए मेरे मन में इज़्ज़त होती अगर साथ में इन्होंने कुछ चेक भी दिये होते,' हैली ने कहा।

अजीत हैली के कथन से विस्मित रह गया। माना कि उसके एनजीओ में बॉस और कर्मचारी के बीच औपचारिक रिश्ते नहीं थे फिर भी मातहतों की कुछ तो ज़िम्मेदारी होती है कि जो बॉस ने किया, उसकी सरेआम खिल्ली न उड़ाएँ। अजीत भाँप गया कि हैली ने एनजीओ छोड़ने का मन बना लिया है। उसे इसका ज़्यादा दुख नहीं हुआ।

'उनकी नीयत ठीक है,' अजीत ने फिर से कहा।

'अच्छी नीयत से दुनिया नहीं बदलती,' निर्मला ने कहा। 'सिर्फ अच्छी नीयत काफी नहीं होती।'

कमरे में फिर चुप्पी छा गई। हरजीत ने ही इन गण्यमान्य लोगों में से कुछ के साथ अजीत और हैली की मुलाकात करवाई थी। वह खुद भी छह-सात बैठकों में गया था मगर उसके बाद उसे उनकी नपी-तुली भाषा से कोफ्त होने लगी थी।

'मेरा एक प्रस्ताव है,' हरजीत ने कहा। 'हम अपनी अगली बैठक महामहिम भूतपूर्व राजदूत के घर पर करें जिन्होंने सबसे पहले दस्तखत किए हैं। वहाँ हम इस अभूतपूर्व कार्यक्रम के डीटेल्स तय कर लेंगे।'

अजीत इसलिए चुप लगा गया कि उसे हद से ज़्यादा गुस्सा आ गया था। यहाँ बैठकर अनाप-शनाप बोलना आसान है, उसने सोचा। इन लोगों को क्या मालूम कि सरकार पर दबाव डालने के कितने तरीके होते हैं, क्या-क्या हथकंडे अपनाने पड़ते हैं! हर बात पर विरोध में नारे उछालने भर से क्या कभी कोई नतीजा निकला है? जिमखाना क्लब में एक शाम व्हिस्की के गिलास के सहारे जो काम बन जाता है, वह पचासों धरनों से नहीं बन पाता। यह तो अंतरिम राहत के लिए कोई योजना भी ठीक से बना नहीं पाए थे। अजीत को लगा कि जब भी अभियानों में हाज़िरी घटती है तब ऐसे ही सिरफिरे नियमित रूप से आते रहते हैं, यही बच जाते हैं और इनसे ही लोहा लेना पड़ता है।

'ये लोग लेख लिखते रहें, बयान देते रहें, अपने क्लबों और पार्टियों में यह सारे मसले उठाते रहें, यह बहुत ज़रूरी है। ऐसे दबाव बनाया जाता है सरकार पर। लगता है, तुम लोग इस ओर ध्यान ही नहीं दे रहे हो,' लतिका कह रही थी।

अजीत ने उसकी बात काट दी। उठकर खड़ा हुआ और उसने कहा, 'तुम लोग इन्कलाब की योजना बनाते रहो। मैं जा रहा हूँ।'

अविधा के लिए निर्मला ने जेएनयू के एक प्रोफेसर से बात की थी, जिनका पटपड़गंज में नया फ्लैट बना था, कि उसे किराए पर दे दें। सुगुणा के हाथ खींच लेने के बाद से अविधा अक्सर उसी के घर में रहने आ जाती थी। निर्मला ने उससे वायदा किया था कि वह बच्चे की देखरेख में सहयोग देगी और अब उसे सोचना था कि यह किया कैसे जाए। आसपास अलग-अलग मकानों में रहते हुए भी यह काम हो सकता था। उसने अविधा से कई बार अपने घर में शिफ्ट करने को कहा था मगर

अविधा जिस मन:स्थिति में थी, उसमें उसे किसी का भी साथ गँवारा नहीं था।

'मुझे एक और दोस्त पर बोझ नहीं बनना,' अविधा ने कहा था।

'ठीक है, जब मन करे, आ जाना, ट्रेजडी क्वीन,' निर्मला ने कहा था।

निर्मला अविधा की दी हुई चादर की कलात्मकता से बहुत प्रभावित हुई थी। उसे कढ़ाई का खासा शौक था। तनाव-मुक्ति के उपाय के तौर पर भी वह कभी-कभी अपने दुपट्टों पर फूल-पत्तियाँ बना लेती थी। अविधा की अनगढ़ एंड्रोमिडा देखने के बाद से उसकी उँगलियाँ मचलने लगी थीं। उसने बहुत सोचने के बाद चादर के केंद्र में एक बिच्छू की रूपरेखा तैयार की और महीन कढ़ाई करने लगी थी। अब तक बिच्छू की लाल आँखें माणिक-सी चमकने लगी थीं और एक ही डैना उभरकर आना बाकी थी। चादर की नक्षत्रों के डिज़ाइन में सुनहला बिच्छू बहुत फब रहा था। निर्मला ने ठान ली थी कि इस डैने को पूरा करने के बाद ही घर से निकलेगी। मुश्किल यह थी कि अविधा कभी भी आ टपकती थी और उसे काम रोककर चादर छिपाना पड़ता था। आज भी उसने सुई पिरोयी ही थी कि दरवाज़े की घंटी बज उठी। उसने खीजकर चादर अलमारी में छिपा दी। अविधा ज़िंटैक के साथ आई थी। उसने बताया कि हैली ज़िंटैक को साथ लेकर उसके दफ्तर आया था कि यह उसकी वकालत करे।

'कहता था कि सुगुणा ने जो भी कहा हो, वह दिल की बुरी नहीं है। और वह खुद भी उससे असहमत है। फिर भी सुगुणा को अपना फैसला करने का हक है और मुझे उसके हक का सम्मान करना चाहिए, जैसे कि यह बात मुझे मालूम ही नहीं है।'

'तुम बहुत टची हो रही हो,' निर्मला ने कहा।

'यही मैं कह रही थी,' ज़िंटैक ने कहा। 'कितनी बड़ी-बड़ी चीज़ें हो रही हैं दुनिया में और हम हैं कि छोटी-छोटी बातों पर लड़ रहे हैं। ग़लतफहमियाँ पालकर दोस्तों से ही रिश्ता तोड़ लेंगे तो कितने अकेले हो जाएँगे!'

अविधा हाथ-मुँह धोने चली गई। निर्मला ज़िंटैक के पिता का समाचार लेने लगी। अविधा लौटी तो एफओबी की बात शुरू हो गई।

'सच बताऊँ तो मुझे अच्छा लगेगा अगर हम करोड़ों रुपए जुटा लें। इतना पैसा तो कभी नहीं देखा ज़िंदगी में। कितना मज़ा आएगा कि मैं इन्हें गिनूंगी और बैंक में जमा करूँगी,' ज़िंटैक ने कहा।

उसे हर पैसे का हिसाब रखना बहुत अखरता था लेकिन एफओबी ने यह काम दिया था इसलिए वह बड़ी लगन से किया करती थी।

'शायद हम लोगों को अमेरिका जाकर चंदा बटोरना चाहिए। वेस्ट वर्जिनिया में। वहीं है न कार्बाइड का मुख्यालय? वहाँ तो बड़ी आसानी से शायद हम करोड़-दो करोड़ बटोर लाएँगे।'

निर्मला ने कहा, 'लगती तो तुम बड़ी नॉन सीरियस हो, पर क्या तीर मारा है तुमने! ठीक निशाने पर!-यह बात मीटिंग में क्यों नहीं कही?'

'सब ऐसे टूट पड़ रहे थे उस बयान पर, मैंने सोचा जाने दो। सभी को लगेगा, मैं भी उसका माखौल बना रही हूँ।'

तीनों बात करने लगीं कि जाने कब तक वे इस एफओबी में काम करते रह सकती हैं।

'अविधा के लिए तो फैसला आसान है। डिलीवरी होने दो, खुद ही घर बैठना पड़ जाएगा,' निर्मला ने हँसकर कहा।

'पिछले दस सालों में जाने कितने अभियानों, आंदोलनों से मैं जुड़ी हूँ। हर बार होता यह है कि कुछ ही लोग बच जाते हैं, फिर वे भी झगड़ने लगते हैं और बिखर जाते हैं। कसमें खाते हैं कि दोबारा साथ काम नहीं करेंगे। फिर कुछ हो जाता है और वही तीन सौ लोग फिर एक साथ मिलकर नारा लगाते हैं : 'अभी तो यह अंगड़ाई है, आगे और लड़ाई है'। उनको कहना तो यह चाहिए : 'अभी तो यह अंगड़ाई है, आगे और अंगड़ाई है, अंगड़ाई ही अंगड़ाई है'।'

तीनों खिलखिलाने लगीं।

'तुम्हारा नाम, ज़िंटैक, किसने रखा?' निर्मला ने पूछा। 'जानती हो न, यह एक एंटैसिड का ब्रांड नेम है।'

'मैं भी तो एक ब्रांड हूँ,' ज़िंटैक ने कहा और जिस स्कार्फ से बाल बाँधे थे, उसे खोलकर निर्मला के सामने बिछाते हुए बोली, 'भोपाल के पीड़ितों के न्याय की लड़ाई में अपना कुछ योग दें, मैडम!'

निर्मला ने पर्स से एक रुपए का सिक्का निकालकर स्कार्फ पर फेंक दिया।

'इसमें युनाइटेड स्टेट्स ऑफ अमेरिका की जनता 470 मिलियन डॉलर और जोड़ेगी,' कहती हुई ज़िंटैक ने स्कार्फ में रुपए की गांठ बाँध ली।

'क्या पढ़ी थी तुम कॉलेज में?' निर्मला ने हँसी रुकने पर पूछा।

'तौबा, तौबा, पढ़ने कौन गया था कॉलेज?' ज़िंटैक ने कहा। 'यूँ पोलिटिकल साइंस में बीए किया। फिर फिल्म बनाना सीखने चली गई। और फिल्म बनाने लायक पैसे तो कभी होंगे नहीं।'

बहुत दिनों बाद कहकहे लग रहे थे। अविधा उठकर कॉफी बनाने चली गई। 'और हँसी तो अभी ही डिलीवरी हो जाएगी,' उसने कहा।

निर्मला को लगा, ज़िंटैक को मिलना चाहिए था एफओबी की गतिविधियों पर फिल्म बनाने का काम। ऐसा क्यों होता है कि ऐसे सारे काम पुरुषों को ही मिलते हैं? उसने ज़िंटैक से कहा भी कि वह बड़ी अच्छी फिल्म बना सकती थी।

'शेखर अच्छा काम कर रहा है। दोस्त है अपना। मुझे कोई शिकायत नहीं है,' ज़िंटैक ने कहा।

'लेकिन मैं पैसों की जो बात कर रही हूँ, सचमुच गंभीर है। करोड़ों की नहीं, सिर्फ हज़ारों की। हमारे पास सिर्फ तीन हज़ार चार सौ तेरह रुपए बचे हैं। हाँ, पचहत्तर पैसे भी हैं। और यह सब भी उन्हीं लोगों का पैसा है, अमेरिका और यूरोप के फंडिंग

एजेंसीज का। उन्हीं के पैसे से अभियान के खर्चे चलते रहे हैं। ज़्यादातर अभियानों में उन्हीं का पैसा लगता है।'

'मुझे तो लगा कि हम उनसे कोई पैसा नहीं ले रहे।' निर्मला ने चौंककर कहा।

'सो तो है। सीधे-सीधे नहीं लिया। तुम जैसे लोगों की आत्मा की शांति के लिए अभियान को विदेशी धन के संक्रमण से मुक्त रखने का फैसला हुआ था। मगर देखो, सबसे ज़्यादा चंदा किसने दिया? जो उन एजेंसियों के लिए काम करते हैं, मोटी पगार लेते हैं, उन्हीं की गाड़ियाँ दौड़ीं, उनकी स्टेशनरी इस्तेमाल हुई। उनके दफ्तरों के टाइपराइटर और कर्मचारी हमारे लिए जुते रहे। इनमें ऐसे भी लोग हैं जिन्होंने अपने दफ्तरों से एफओबी में आने के लिए ऑटो या टैक्सी का भाड़ा लिया। उनको मीटिंग में आने के पैसे मिलते थे।' अविधा तब तक कॉफी ले आई थी और यह सब सुनकर स्तब्ध रह गई।

'क्या सच?' उसने पूछा।

'तुम तो बहुत कुछ जानती हो,' निर्मला ने कहा।

'खज़ांचियों को जानकारी तो होती ही है,' ज़िंटैक ने आँख मारते हुए कहा।

'सो तो सच है। वही तो प्रतिष्ठानों के फोरेंसिक साइंटिस्ट होते हैं,' निर्मला ने कहा।

'तो बताओ, हमारा अभियान विदेशी धन से अछूता रहा या नहीं?'

'फोरेंसिक प्रमाण तो कहते हैं, नहीं,' निर्मला ने कहा। 'मैं खुद को बहुत अक्लमंद समझती थी। प्रोजेक्टाइल का आक्रमण हुआ ही था, उन्हें तो जीतना ही था।'

ज़िंटैक और अविधा प्रश्नवाचक दृष्टि उस पर टिकाकर कॉफी पीने लगे।

'अरे अजीत जैसे लोग—लोगों की समस्याओं के व्यापारी—हर संघर्ष को, आंदोलन को प्रोजेक्ट का रूप देकर विदेशों से पैसा ले लेते हैं। उनको मैं प्रोजेक्टाइल कहती हूँ। हमारे जैसे लोग न हों तो इनकी दुकानें बंद हो जाएँ।'

ज़िंटैक के चेहरे पर उदास-सी मुस्कान तैर आई।

'सच कहूँ तो कसूर हम लोगों का ही है। हम उनके लिए मुफ्त में काम करते हैं। खुद को झाँसे में रखते हैं। हम ही उनको वैधता प्रदान करते हैं। विश्वसनीयता प्रदान करते हैं।' निर्मला ने कॉफी खत्म करके मग रख दिया। कहकहे थम चुके थे।

'तुमने पहले कभी यह सब नहीं कहा,' अविधा ने कहा।

निर्मला मग उठाकर रसोई में चली गई।

हैली की भी थी फोरेंसिक प्रमाण तक पहुँच और ज़िंटैक से ज़्यादा ही प्रमाण थे उसके पास। उसने अपना रोग निदान कर लिया था और अब उपचार की बारी थी। मीटिंग के बाद दो दिन वह दफ्तर नहीं गया। तीसरे दिन उसने अजीत से कहा कि उसे कुछ महत्त्वपूर्ण बात करनी है, अकेले में।

अजीत समझ गया, विदा का समय आ गया है। औपचारिक त्यागपत्र तो वह

जब दे, तब दे, अजीत ने कहा, शाम को खाने पर घर आ जाए, उसका फैसला अंतरंग बातचीत का रूप ले तो उसे अच्छा लगेगा।

हैली को अजीत का यही पहलू बाँधे रखता था और उसे उसका दावतनामा दुखी कर गया।

बीयर की दूसरी बोतल खुली ही थी कि हैली ने अजीत से कहा कि उसने ठीक समझा था, वह नौकरी छोड़ रहा है।

अजीत को उसकी बेचैनी मालूम थी फिर भी इतने काबिल आदमी का हाथ से निकल जाना अब उसे कचोट रहा था। उसने जानना चाहा कि इतने लंबे अरसे बाद यह फैसला क्यों?

'बड़ा अवसरवादी बन गया था मैं। उन मुद्दों पर काम करने के लिए मैं पैसे लेने लगा जिनपर मुझे स्वयंसेवी की तरह जुट जाना चाहिए था।'

'अपने ही बारे में इतना बुरा मत सोचो,' अजीत ने कहा। 'मौके का फायदा नहीं उठाना बेवकूफी होती है। मौका नहीं गँवाना, इसे मौकापरस्ती नहीं कहते।'

हैली हँस पड़ा। 'रुको, रुको, मुझे कन्फ्यूज़ मत करो। तुम भी जानते हो, दोनों में फर्क है। मौकापरस्ती का मतलब है—संघर्ष में एक सीमा तक ही बने रहना, उसे कभी नहीं लाँघना। अब मैं उस सीमा-रेखा को पार करने की कगार पर खड़ा हूँ। इसीलिए जा रहा हूँ।'

अजीत ने भौंहें उठाकर अचरज का दिखावा करते हुए कहा, 'क्या यार, कहीं और कोई नौकरी मिल गई है क्या? ज़्यादा पैसे दे रहे हैं? या किसी ट्रेड यूनियन में जा रहे हो जिससे तुम्हारी वामपंथी आत्मा को संतोष होगा?'

'ऐसा कुछ नहीं है। अब मैं सिद्धांतों के लिए किए काम के पैसे तो कभी नहीं लूँगा, चाहे ट्रेड यूनियन ही क्यों न देता हो। किसी विदेशी फंडिंग एजेंसी से कतई किसी आंदोलन में शिरकत के पैसे नहीं लूँगा।'

अजीत ज़ोर से हँसा, 'चलो, उम्मीद करनी चाहिए कि अपनी बात पर टिके रह सकोगे। जानते हो हैली, इन फंडिंग एजेंसीज़ को तुम जैसे लोग बहुत पसंद होते हैं। जितना तुम उनकी निंदा करो, उतना ही उनकी दिलचस्पी तुममें बढ़ती है। ठीक भी है। दोस्तों को थोड़े ही खरीदना पड़ता है। खरीदना तो दुश्मन को पड़ता है। देखना, कुछ समय में तुम्हारी मार्केट वैल्यू काफी बढ़ जाएगी।'

हैली भी हँसा, 'अजीत, उम्मीद तो मैं यही कर रहा हूँ कि कभी भी बिकने के लिए इस बाज़ार में न आऊँ।'

अजीत जानता था कि हर किसी को खरीदा नहीं जा सकता। वह जानता था कि ज़्यादातर लोगों को बरगलाया जा सकता है, कन्फ्यूज़ किया जा सकता है और यह खरीदने की पेशकश से बेहतर और ज़्यादा कारगर भी होता है।

'कोई बात मन में न रखना, हैली,' अजीत ने ईमानदारी से कहा। 'हैं तो हम बुरे ही लोग, लेकिन मेरी शुभकामनाएँ तुम्हारे साथ हैं। हो सके तो एफओबी में आते रहना।'

'मैंने नौकरी की वजह से तो एफओबी जॉयन नहीं की थी। यही काम बेहतर ढंग से कर सकूँ, इसीलिए नौकरी छोड़ रहा हूँ।'

अजीत को हैली की बेबाकी अच्छी लगती थी। उसके जैसा कोई और मिलना कठिन था। उसने हैली से कहा भी कि जब तक कोई और न मिले, वह नौकरी करता रहे मगर हैली ने इनकार कर दिया।

खाने की मेज़ पर अजीत ने कामिनी को बताया कि उसे जल्दी ही ऐसी क्षति होने जा रही है जिसकी पूर्ति नहीं हो सकती।

'इसने एक दोस्त की जगह अपने विवेक को चुन लिया है। इससे बड़ा धोखा मेरे साथ क्या हो सकता है?'

कामिनी ने कहा, 'अगर तुम्हें इतना ही दुख हो रहा है तो हैली का साथ दो, उसके पीछे जाओ। नहीं तो नौटंकी बंद करो। ज़रा कम पिया करो।'

फिर हैली से उसने कहा, 'इसे झेलना तुम्हारे लिए मुश्किल हो जाए तो भी मुझसे तो मिलते रहना।'

धरती तेजाबी भाप फेंक रही थी। कल रात तेज़ बारिश हुई थी। विश्वविद्यालय के इलाके में घने पेड़ों की छाया में माल रोड पर चलते हुए मुक्ता अपने वक्ष और पैरों में बहते पसीने की गंध को महसूस कर सकती थी। मन तो था कि पहले घर जाकर नहा ले, मगर कचहरी का काम खत्म होते-होते ही तीन बज गए थे। तिस पर ऑटो चालकों को मनाने-धमकाने की जबरिया मेहनत से जी और खराब हो गया। ऑटो वाले ने माल रोड की तंग गलियों में घुसने से साफ मना कर दिया। रास्ता लंबा नहीं था, लेकिन मुक्ता के पैर जैसे जवाब देने लगे। आज वह बहुत थकी हुई थी। सहसा किसी पक्षी की तेज़ आवाज़ से उमसाई दोपहर का सीना मानो फट पड़ा। मुक्ता ने जैसे सुना—'क्यूँ, क्यूँ, क्यूँ, कहाँ...कहाँ...' और चरम आरोह पर पहुँचकर वह चुप हो गया। कोलतार की सड़क पर अचानक मुक्ता के सामने एक झबरू स्लेटी बाज़ ज़मीन पर झुका, मुक्ता को उसने एक पैनी नज़र से देखा और अपनी झुलसती सुरंग से जान बचाने निकले एक कीड़े को चोंच में दबा वापस फुर्र हो गया। मुक्ता वहीं ठिठककर रह गई। पक्षी वापस उड़कर कीकर की एक झुकी हुई डाल पर जा बैठा जहाँ उसके संगी ने आकाश की तरफ अपनी हंसिए-सी चोंच उठाकर ज़ोर की चीख भरी—'क्यूँ...क्यूँ...क्यूँ'। मुक्ता सोच भी नहीं पा रही थी कि इस कर्णभेदी क्रंदन से कैसे बचे। वह ताबड़तोड़ भागी मानो कोई राक्षस उसका पीछा कर रहा हो!

प्रोफेसर थापड़ के घर पहुँचकर उसने कॉल बेल पर उँगली रखी तो हटाई ही नहीं। थापड़ निकलकर बरामदे में आए। 'दरवाज़ा खुला है मुक्ता, दिन में, खुला ही

रहता है। भूल गई हो गया?' मुक्ता का बदहवास चेहरा और फटी हुई आँखें देखकर प्रोफेसर को चिंता हुई, 'तुम्हारी तबीयत तो ठीक है?'

पक्षी ने फिर हुंकारा भरा। 'वो बाज़—अजीब-सा पक्षी है,' मुक्ता ने बगीचे की तरफ गर्दन घुमाई। उसके मन में खयाल आया कि दुष्टात्मा की तरह पक्षी उसका पीछा तो नहीं कर रहा?

'वो तो पपीहा है,' प्रोफेसर ने हँसकर कहा। पक्षियों से भला कौन डरता है! 'अंग्रेज़ों में पपीहे के बारे में एक अजीब अंधविश्वास है। वे सोचते हैं कि अगर तुम इसकी आवाज़ सुनो तो तुम्हें दिमागी बुखार हो जाएगा।' वे फिर हँसे। 'हम लोग ज़रा ज़्यादा समझदार हैं। हमें तो पपीहे की पुकार प्यार का बुलावा लगती है।'

तो यह है फिल्मी गीतों और हिंदी कविता का वह परिंदा! जाने साहित्य में इसे इतना रूमानी क्यों समझा गया है! हिंदी कवियों ने तो इसकी तारीफ में इतने कसीदे पढ़े हैं मानो यह कोई विरह में व्याकुल प्रेमी हो! अब पपीहे की आवाज़ उसे 'ब्रेन फीवर' जैसी ही लगी और उसने सोचा, अंग्रेज़ ठीक ही कहते हैं, द्वेषपूर्ण आँखों वाला यह पक्षी शैतान ही तो है।

इस बीच श्रीमती थापड़ बाहर आईं, उसे गले से लगाया और बतियाते हुए अंदर ले गईं। 'कितने दिनों के बाद आई हो। बहुत बड़ी वकील बन गई हो,' उन्होंने प्यार से उलाहना दिया। 'कितनी दुबली हो गई हो!' कहने लगीं, 'अकेले रहने की ज़िद के कारण ही ऐसा हुआ होगा, अंडे-ब्रेड पर जी रही होगी।'

वह घर में बनी मुठिया ले आईं, नींबू के ठंडे शर्बत के साथ। ताज़ा आम का अचार भी दिया और कहा कि भरवाँ करेले और परांठे घर ले जाने के लिए पैक कर देंगी। फिर वे विनीता के बारे में पूछने लगीं कि कब कोर्स पूरा करके वह लौटेगी।

घर के अंदर की शीतलता और उनके प्यार से आश्वस्त होती मुक्ता एकदम असहज हो उठी। उसने कनखी से प्रोफेसर थापड़ की ओर देखा जो अब खुलकर मुस्कुराने लगे थे।

मेज़ के नीचे से कुर्सी को झटके से खींचकर प्रोफेसर थापड़ ने पत्नी को संकेत दिया कि अब उनके काम का वक्त हो चुका है।

मुक्ता ने उनपर एक कृतज्ञ दृष्टि डाली। विनीता को लेकर झूठ बोलने की विवशता उसे शर्मिंदा कर जाती थी।

'किसी दिन मुझसे मिलने आना,' श्रीमती थापड़ ने नाराज़गी दिखाते हुए कहा, 'तब हम इनको दखल नहीं देने देंगे अपनी बातों में।'

मुक्ता उन्हें गले लगाकर हँस पड़ी। दरवाज़ा बंद था। पक्षी की आवाज़ अब नहीं आ रही थी।

उसने सर्वोच्च न्यायालय में दी जा सकने वाली दलीलों से शुरुआत की। हताहतों को मुआवज़ा देने से संबंधित कानूनी प्रावधानों पर चर्चा के दौरान दोनों को चिंता हुई कि इस तरह के मुकदमे में नुकसान का आकलन करने के लिए नियम-कानून पर्याप्त नहीं हैं।

‘सरकार ने गैस पीड़ितों का जो वर्गीकरण किया है, उसको तो चुनौती देनी ही पड़ेगी,’ उसने प्रोफेसर थापड़ से कहा। ‘जो भी आँकड़े हमारे पास हैं, उसका ताज़ा विश्लेषण मैं ले आई हूँ। हमें कोर्ट से आइसीएमआर की रिपोर्ट मुहैया कराने की माँग करनी चाहिए। इस रिपोर्ट के बिना हमारा विश्लेषण अधूरा ही रहेगा।’

प्रोफेसर थापड़ ने विचारमग्न होकर सिर हिलाया।

‘तुम्हें क्या लगता है, क्या यह सब सच में ज़रूरी है? हम दूसरे आधारों पर भी इस समझौते को निरस्त करवा सकते हैं,’ प्रोफेसर थापड़ बोले।

‘वो तो हैं ही। हम उन तर्कों का इस्तेमाल भी करेंगे। लेकिन अगर मुआवज़े की रकम बढ़वानी है तो हमें साबित तो करना पड़ेगा कि सरकार का आकलन, उसका वर्गीकरण त्रुटिपूर्ण है। इस गैस के कुछ दूरगामी प्रभावों की अभी तक ज़्यादा जानकारी नहीं है। कुछ ऐसे नकारात्मक प्रभाव भी हैं जो स्थायी हैं मगर सरकार उन्हें मामूली और अस्थायी बता रही है। ऐसी कई त्रुटियाँ हैं।’

‘मुश्किल है,’ प्रोफेसर थापड़ ने कहा।

मुक्ता खीज गई। ‘हम यह साबित कर सकते हैं। सरकार ने जो संख्या बताई है, उससे कहीं ज़्यादा संख्या में लोगों पर गैस का दीर्घकालीन दुष्प्रभाव पड़ा है।’

‘सोचते हैं इसके बारे में,’ थापड़ बोले।

‘पैसा बहुत ज़रूरी है, सर! यह मुआवज़ा बढ़ना चाहिए। दीवानी जवाबदेही भी आपराधिक जवाबदेही जितना ही महत्त्व रखती है।’

‘बिलकुल है। पैसा बेहद ज़रूरी है। मुआवज़े का सवाल बेहद महत्त्वपूर्ण है, हमारे पास इसके पूर्व उदाहरण भी हैं। अभी हाल ही में सर्वोच्च न्यायालय ने फैसला सुनाया कि मुआवज़े की रकम क्षति पहुँचाने वाले की सामर्थ्य के अनुसार तय की जाएगी। जो ज़्यादा पैसा दे सकता है, उससे दंडस्वरूप ज़्यादा पैसा लिया जाएगा। कार्बाइड के पास बेशुमार दौलत है, वह काफी मुआवज़ा दे सकता है।’

‘वह तर्क तो हम इस्तेमाल करेंगे ही। वर्गीकरण पर बल देने से हमारा पक्ष और मज़बूत होगा,’ मुक्ता ने कहा।

उसे मालूम था कि कार्बाइड ‘जो अमीर है, वह ज़्यादा मुआवज़ा दे’ के इस नए अदालती फरमान को चुनौती देगा। यह सिद्धांत निर्विवाद हो भी नहीं सकता। प्रोफेसर थापड़ इससे अनभिज्ञ तो नहीं फिर वे क्यों इतनी आनाकानी कर रहे हैं? क्यों गैस के प्रभावों को समझने, उसकी श्रेणियाँ बनाने में भूलों को अनावश्यक बता रहे हैं?

वह कुछ कहने को थी कि प्रोफेसर थापड़ ने कहा, ‘चलो, दूसरी दलीलों पर चर्चा करो। कल मैं कावसजी और उसके सहयोगियों से मिल रहा हूँ। तैयारी तो उन्होंने भी की होगी। देखते हैं, उनका क्या कहना है।’

मुक्ता बेचैनी महसूस करने लगी। श्रीमती थापड़ ने अंदर से पूछा कि कॉफी लेंगे या चाय? मुक्ता को अपनी वह असहजता जमकर क्रोध में बदलती लगी जो कुछ समय से उसके भीतर वास करने लगा था। गला सूख रहा था। उसने और शर्बत माँग लिया।

अपनी फाइल में से वह राजनीतिज्ञों के लिए तैयार किया गया पर्चा निकालने लगी। प्रोफेसर थापड़ कुर्सी पर पीठ टिकाकर राजनीतिक हालात पर टिप्पणी करने लगे। उन्होंने कहा कि नई सरकार से अंतरिम राहत हासिल की जा सकती है। मुक्ता को उनके इस विश्वास पर आश्चर्य हुआ कि सरकार बदलेगी ज़रूर। राजनीति में उसकी दिलचस्पी कम थी मगर शीर्ष स्तर पर भ्रष्टाचार पर इतनी चर्चा हो रही थी और शासक दल को मिल रही चुनौतियाँ इस तरह अखबारों में छाई हुई थीं कि उससे अनजान नहीं रहा जा सकता था। फिर भी शासक दल चुनाव में परास्त होगा और पिछले साल तरह-तरह के मौकापरस्त राजनीतिज्ञों ने जैसे-तैसे जो कुनबा जोड़ा था, वह बहुमत प्राप्त कर लेगा, इस पर उसे विश्वास कम ही था। सच था कि महाललकारी की धूम मची थी, मगर क्या सचमुच वे शासक दल का जनाज़ा निकाल पाएँगे?

'सर, हमें इन राजनीतिज्ञों से कहना चाहिए कि न्यायाधीशों पर महाभियोग का वायदा अपने चुनावी घोषणापत्र में करें,' मुक्ता ने कहा।

थापड़ ने ज़ोर का कहकहा लगाया, 'इतनी नादान तो नहीं हो सकतीं तुम, मुक्ता,' उन्होंने कहा। 'चुनावी घोषणापत्र पढ़ता कौन है आजकल? जिस कागज़ पर वे लिखे होते हैं, उसकी कीमत इन वायदों से ज़्यादा होती है। किसी ने अंतर्राष्ट्रीय संधियों के बारे में कहा था कि उनका मूल्य तो उस कागज़ से भी कम होता है जिस पर वे लिखे जाते हैं। किसने कहा था? हिटलर ने?'

मुक्ता ने हँसने की कमज़ोर-सी कोशिश की। 'फिर भी सिर, हमारे पास कुछ तो रिकॉर्ड पर होगा। चुनावी घोषणापत्र रिकॉर्ड होते हैं।'

'हमारे पास उनके भाषण हैं। वे भी रिकॉर्ड ही हैं। हालाँकि इन राजनीतिज्ञों को वादाखिलाफी से कोई रोक नहीं सकता। सब-के-सब धोखेबाज़ होते हैं।'

नौकर प्रोफेसर थापड़ के लिए कॉफी और मुक्ता के लिए शर्बत ले आया।

मुक्ता ने शरबत का आधा गिलास एक ही घूँट में खाली कर दिया। गला तर हो जाने पर वह नए उत्साह से बहस करने लगी। 'हमें न्यायाधीशों को दोषी ठहराना ही होगा, सर! अदालत को यह नहीं लगना चाहिए कि वह जो चाहे करे, उसकी कोई जवाबदेही नहीं है। कोर्ट की इस पीठ ने कितना शर्मनाक काम किया है! हमें कोशिश तो करनी होगी।'

मेज़ पर उसकी ओर झुककर और बीच में रखी दो मोटी किताबों को सरकाकर प्रोफेसर थापड़ ने पूछा, 'महाभियोग इतना ज़रूरी क्यों है, मुक्ता?'

'इंसाफ के लिए,' उसने कहा।

'महाभियोग से तुम्हें इंसाफ कैसे मिलेगा?'

'इससे न्यायाधीशों को संदेश मिलेगा कि ऐसी हरकतें बर्दाश्त नहीं की जाएँगी,' उसने कहा।

'किस पर महाभियोग लगाओगी तुम, मुक्ता? उन राजनीतिज्ञों और अधिकारियों पर जिनको कार्बाइड ने पैसा दिया? जानती हो, कितने राजनीतिज्ञों की बीवियों ने

न्यूयॉर्क में शॉपिंग की जिनके बिल कार्बाइड ने भरे? क्या उन अधिकारियों पर महाभियोग लगाओगी जो उस फैक्टरी के भीतर गए निरीक्षण के लिए और हर खराब मीटर, हर बिगड़े गेज को दुरुस्त लिखने के लिए जिन्होंने मोटी रकम ली? उन डॉक्टरों पर लगेगा यह महाभियोग जिन्होंने कहा कि लोग गैस से नहीं मरे, वे तो कुपोषित थे, बीमार थे, मर ही रहे थे, ज़रा जल्दी मर गए? उन सब पर जिन्होंने ग़लत रिकॉर्ड रखे, झूठी रिपोर्ट दी, तरह-तरह के सिद्धांत गढ़कर कार्बाइड को निर्दोष साबित करने की कोशिश की? क्या उन अर्थशास्त्रियों और योजनाकारों पर महाभियोग लगेगा जो कहते हैं कि देश के विकास के लिए कार्बाइड जैसे उद्योग ज़रूरी हैं, यही रास्ता है विकास का? वे सारे लोग, जो लोगों की ग़रीबी का वास्ता देकर उद्योगों को इजाज़त देते हैं कि ज़हर फैलाएँ और फिर उसी दूषित वातावरण का वास्ता देकर लोगों को साधनों से दूर रखते हैं, ग़रीब बनाए रखते हैं?

'यह संसद है न, मुक्ता, इसने पर्यावरण की रक्षा के लिए कोई कारगर कानून नहीं बनाया। ऐसी फैक्टरियों से जनता की हिफाज़त के लिए इस संसद ने कोई कानून नहीं बनाया। ट्रेड यूनियनें कहती रहीं कि भोपाल में ऐसा कांड हो सकता है मगर संसद ने ऐसी त्रासदी से निपटने के लिए कुछ नहीं किया। मुक्ता, तुम चाहती हो, यह संसद न्यायाधीशों को कठघरे में खड़ा करे। क्या मिलेगा तुम्हें इससे? कुछ नहीं। अकेली अदालत इसके लिए ज़िम्मेदार नहीं है। वह सिर्फ माध्यम है।'

'तो उन्हें हक नहीं कि वे सर्वोच्च न्यायालय की कुर्सी पर बैठे रहें,' मुक्ता ने गुस्से को काबू में करते हुए कहा। 'उनको सज़ा मिलनी ही चाहिए।'

प्रोफेसर थापड़ कुछ देर चुप रहे कि शायद वह आगे कुछ कहेगी मगर वह अपने क्रोध के शमन में लगी थी।

आखिर उन्होंने कहा, 'देखो मुक्ता, अपना जो काम है, उसे मत भूलो। तुम वकील हो, तुम्हारा काम अपने मुवक्किल को ज़्यादा से ज़्यादा राहत दिलाना है। गैस पीड़ित तुम्हारे मुवक्किल हैं। जो मिल सकता है, उनको दिलाओ, बाकी सब फिज़ूल की बातें हैं।'

हालाँकि अब गुरु का आतंक मुक्ता पर नहीं रह गया था, फिर भी अपने इस पूर्व प्रोफेसर के सामने वह अज्ञानी और अयोग्य महसूस करती थी। वह उनसे बहस नहीं कर पाती थी। उसे विश्वास था कि महाभियोग की माँग महत्त्वपूर्ण थी और समझौते पर हुई पहली बैठक में बहुत ज़ोरों से उठाई भी गई थी। मगर वह उसे कैसे उचित ठहराए? इतने सारे लोगों का गुस्सा क्या निरर्थक था? अगर अन्याय पर आया गुस्सा समय गुज़रने के साथ ठंडा पड़ने लगे तो न्याय का आग्रह आएगा कहाँ से? अगर सभी पस्त होकर कहने लगें कि मामला बहुत पुराना हो गया, अब जवाबदेही तय करने की ज़रूरत नहीं, आरोपियों पर मुकदमा चलाना ही फिज़ूल है, तो क्या इंसाफ की पूरी इमारत ढह नहीं जाएगी? वह कुछ भी कहे, प्रोफेसर थापड़ के पास कोई न कोई जवाब होगा। यही तो कमाल होता है कानून के पंडित का, वे रस्सी के दोनों सिरों को एक साथ खींच सकते हैं।

‘हमारे अभियान की यह एक माँग थी, पहली माँग थी। हमें इसे मनवाने की कोशिश तो करनी चाहिए,’ उसने कहा।

‘ऐसी माँगों को याद कौन रखता है? तैश में उठा ली जाती हैं,’ प्रोफेसर थापड़ बोले। ‘संसद में महाभियोग का प्रस्ताव पेश करने भर के लिए जानती हो, कितने सांसद चाहिए? लोक सभा के सौ या राज्य सभा के पचास सदस्य चाहिए। इसे पारित करने के लिए तो दोनों सदनों का बहुमत चाहिए। सभी पार्टियों को इसपर सहमत होना पड़ेगा। मुझे नहीं लगता, इतने सांसदों का समर्थन हमें मिल सकेगा।’

तो अब वे व्यावहारिक कठिनाइयों की आड़ में अपना पक्ष सबल करने में लगे थे।

‘इसीलिए तो, सर, ज़रूरी है कि हम इस नए राजनीतिक मंच से कहें, इसमें शामिल पार्टियों से कहें कि वे इस माँग को अपने चुनावी घोषणापत्रों में शामिल करें। सरकार बदल गई तो नई सरकार के पास तो बहुमत होगा। कम-से-कम प्रस्ताव लाने जितने सांसद तो होंगे। हमें कोशिश तो करनी ही चाहिए...ऐसे प्रयास किए बिना हार तो नहीं माननी चाहिए। प्रस्ताव संसद में पारित नहीं भी हुआ तो भी इससे न्यायाधीशों को आभास तो हो जाएगा कि वे मनमानी करके बच नहीं सकते। कुछ दूर तक तो हम जा ही सकते हैं, भले मंज़िल तक न पहुँच सकें।’

प्रोफेसर थापड़ ने सिर हिलाकर सुझाव को सिरे से नकार दिया।

‘नए प्रधान मंत्री से कितनी अपेक्षाएँ कर सकते हैं? वह कितनों से दुश्मनी मोल लेगा? यह नहीं हो सकता।’

इससे आगे बहस की ताकत मुक्ता में नहीं बची थी। जहाँ जाती, वहीं यह हाल था। अविधा ने बताया था उसे कि चर्चा है कि सरकार बदली तो प्रोफेसर थापड़ विधि आयोग के अध्यक्ष बनाए जा सकते हैं। सब किसी-न-किसी कीमत पर बिक जाते हैं। उसे लगा, जैसे उसके साथ विश्वासघात हुआ है। अभी-अभी प्रोफेसर थापड़ ने राजनीतिज्ञों को धोखेबाज़ कहा था। क्या यही बात उनके अपने बारे में भी नहीं कही जा सकती है? मुक्ता के मन ने उसे धिक्कारा। हो सकता है कि प्रोफेसर थापड़ सचमुच मानते हों कि महाभियोग की कोशिश भी बेकार है, उनका यह विश्वास भी तो उनके कदम रोक सकता है, पद का लालच ही तो बेड़ी नहीं बनती। वह कभी नहीं जान पाएगी कि सच क्या है!

उसने बहस की आखिरी कोशिश की। ‘सर, व्यवस्था को इस महाभियोग से कोई आघात नहीं लगेगा। दरअसल, अगर यह साबित करना है कि यह व्यवस्था न्यायपूर्ण है तो पथभ्रष्ट अधिकारियों और न्यायाधीशों को दंड देना ज़रूरी है। व्यवस्था के सम्मुख व्यक्ति हेच है। व्यवस्था व्यक्तियों से ऊपर होती है। हम सांसदों को यह समझाने की कोशिश कर सकते हैं।’

प्रोफेसर थापड़ ने कुर्सी से पीठ टिकाकर आँखें मूँद लीं। फिर गहरी साँस भरकर बोले, ‘सुना है कि कार्बाइड ने शासक दल को इतना पैसा दिया है कि वह चुनाव का पूरा खर्च उठा सके। यूसीआईएल के वकील शासक दल में महत्त्वपूर्ण पद पर बैठे हैं। सुना तो यह भी है कि इस बार यह महोदय ऐसी सीट से चुनाव लड़ने वाले हैं जो

शासक दल के लिए सुरक्षित मानी जाती है, जहाँ से जीत निश्चित है। यह प्रस्ताव नामुमकिन है, मुक्ता! अब इस पर और बात न करें तो अच्छा है।'

निराशा से मुक्ता का मन मुरझा गया। 'लड़ाई शुरू करने से पहले हम हार नहीं मान सकते। हमें लड़ना चाहिए। लड़ना ही चाहिए,' उसने कहा मगर प्रोफेसर के चेहरे के भाव नहीं बदले।

मुक्ता समझ गई कि चर्चा समाप्त हो चुकी है। उसे चलना चाहिए। राजनीतिज्ञों के लिए तैयार किया गया नोट उसे अब रद्दी कागज़ लगने लगा था। उसे उसने मेज़ पर रख दिया और कागज़ात बटोरने लगी। प्रोफेसर थापड़ ने बीवी को आवाज़ दी कि मुक्ता जाने वाली है।

खड़ी होकर मुक्ता ने एक आखिरी कोशिश की। 'अन्याय की यादें बहुत विचित्र रूप धरकर इतिहास को आतंकित करती हैं, सर! वे कई पीढ़ियों बाद बहुत विकृत रूप में उभर आती हैं। हमें ऐसी यादों का अंबार नहीं लगने देना चाहिए। हमें न्याय के लिए लड़ते रहना चाहिए। सोचिए, सर, इस पर सोचिए।'

श्रीमती थापड़ ने आकर उसे गले लगाया। उनके प्रेमपूर्ण स्पर्श और आचार की शीशी साथ लेकर मुक्ता वहाँ से निकली तो अँधेरा घिर आया था। प्रोफेसर ने मुख्य सड़क तक गाड़ी में ले जाकर ऑटो दिलाने का प्रस्ताव किया था, पर मुक्ता ने मना कर दिया।

फाटक से बाहर निकलकर अँधेरे बगीचे से गुज़रते हुए पपीहे की 'क्यूँ...क्यूँ...' फिर सुनाई दी। अंग्रेज़ सच ही कहते हैं—दिमागी बुखार लाने वाला परिंदा है यह। मुक्ता तेज़ कदमों से सँकरी गलियों में प्रवेश कर गई।

आम चुनावों की घोषणा होने तक अविधा की ज़िंदगी में बहुत कुछ बदल चुका था। वह पटपड़गंज के फ्लैट में आ गई थी जो जेएनयू के प्रोफेसर ने यह जानते हुए उसे किराए पर दिया था कि वह बिनब्याही माँ बनने वाली है। पटेल नगर से निकलते समय वह किताबों की पुरानी अलमारी ठीक से पैक करवाकर, टेम्पो में लदवाकर अपने पिता के घर ले गई थी लेकिन माँ ने दरवाज़ा नहीं खोला और वह दरवाज़े पर उनकी ख़ानदानी अलमारी छोड़ आई थी। खिड़की से झाँकने पर बाबा कहीं नहीं दिखे।

पटपड़गंज आकर अविधा नाखुश रहने लगी। चारों ओर इमारतें थीं या बन रही थीं। रेत के टीले, रोड़ियों के ढेर और फटेहाल मज़दूरों के अधनंगे बच्चों के सिवाय कहीं कुछ नहीं दिखता था। सीमेंट की खाली बोरियों पर पड़े बिलखते बच्चे देखकर उसका जी उचट जाता था। आने वाले दिनों का खौफ यह सोचकर बढ़ जाता था कि ऐसे बच्चे पालने वाली किसी औरत के हवाले अपनी संतान को करके उसे भी रोज़गार पर जाना होगा। ज़्यादातर वक्त वह इसी दृश्य से भागती कहीं और ही बिताती थी जो

इस समय मुश्किल भी नहीं था क्योंकि चुनाव सभाओं की रिपोर्टिंग में लगना पड़ा। दफ्तर में और पूरे पेशे में ही उसकी स्थिति आम खबर होकर अब बासी भी हो चुकी थी।

अविधा ने प्रसव अवकाश माँगने से पहले मुक्ता से राय ली थी।

'कानून तो नहीं कहता कि मैटर्निटी लीव तभी मिलेगी जब गर्भवती औरत शादी शुदा हो। अप्लाई तो कर दो। मना करेंगे तो केस कर देंगे,' मुक्ता ने कहा था।

अविधा को बड़ी आसानी से मैटर्निटी लीव सेंक्शन हो गई थी। किसी ने कुछ नहीं पूछा। उसे खुद हैरानी हुई। उसे मालूम नहीं था कि इस चमत्कार में मुख्य संपादक की मुख्य भूमिका रही थी। उन्होंने उसे फोन करके बधाई दी थी कि वह जल्दी ही माँ बनेगी और कहा था कि मिठाई का टोकरा भिजवा दे लेकिन शादी-ब्याह का ज़िक्र नहीं किया। अविधा जो कर रही थी, उसका वे समर्थन तो नहीं करते थे लेकिन एक अच्छी रिपोर्टर को खोना भी नहीं चाहते थे। उनकी वामपंथी विचारधारा ने उन्हें मज़दूर के हक का इतना सम्मान ज़रूर सिखाया था कि वे प्रसव-अवकाश देने से इनकार नहीं कर सके।

जैसे-जैसे दिन पूरे होते गए, छोटे शहरों और देहातों में रिपोर्टिंग के लिए जाती अविधा दहशतज़दा रहने लगी। उबड़-खाबड़ सड़कों पर हिचकोले खाती जीपों का सफर अत्यंत असुविधाजनक तो होता ही था, अविधा डरती रहती थी कि कहीं बीच सड़क में प्रसव पीड़ा शुरू न हो जाए। वह पुरुषों से ही घिरी रहती थी और पुरुष-प्रधान दुनिया के असली मायने समझ में आने लगे।

बार-बार अनुरोध के बावजूद जोशी ने उसे फील्ड डयूटी से हटाने से मना कर दिया। उनकी नज़र में वह अनैतिक आचरण के लिए स्वच्छंद थी। खुद मुख्तारी के इस हद तक दावे करती रही थी कि समाज के रिवाजों और अनुमोदन की अनदेखी कर सकती थी तो अपनी करनी के फल भोगने को भी उसे तैयार रहना चाहिए था। वे क्यों उसका जीवन आसान बनाए जब वह खुद उसे कठिन बनाने पर तुली ही नहीं थी, उसका लुत्फ उठाती रही थी? अविधा को देखते ही उनकी भृकुटियाँ तन जाती थीं इसलिए वे जल्दी-जल्दी उसे बाहर भेजते रहते थे।

एक बार अविधा के छुट्टी माँगने पर उन्होंने मना कर दिया। 'सुख से घर में बैठकर यह सब करना था तो क्लर्क बनतीं। रिपोर्टर हो, ऐसे वक्त छुट्टी कैसे मिलेगी जब स्टाफ कम है, काम ज़्यादा? काम हो नहीं सकता तो इस्तीफा दे सकती हो,' जोशी ने कहा था और कहकर बहुत ही खुश हुए।

अधिकांश पत्रकारों की तरह लेखक बनने का सपना देखने वाले बी.एल. जोशी कुछ कहानियाँ लिख चुके थे और अविधा के पिता के प्रशंसक थे जिनकी समालोचनाएँ वे बड़े ध्यान से पढ़ते थे।

उन्होंने अविधा से कहा था कि उसके पिता ने उसे जो नाम दिया था, उसे सार्थक करना ज़रूरी तो नहीं था। अविधा समझ नहीं पाई क्या कह रहे हैं। 'अरे अ विधा मतलब क्या? कोई विधा ही नहीं। कोई फॉर्म ही नहीं, क्यों?'

'क्या पता! यह नया फॉर्म हो नए ज़माने का, आप क्या भविष्यद्रष्टा हैं?'

'चतुर्वेदी रहे होंगे भविष्यद्रष्टा। जभी तो यह नाम दिया,' कहकर जोशी हो-हो कर हँसे।

जब दिन लगभग पूरे हो गए तो अविधा निर्मला के घर रहने चली आई। दिन-रात पूछती रहती कैसे पता चलेगा कि पेट में दर्द है या प्रसव पीड़ा शुरू हो गई?

निर्मला परेशान हो गई समझाते-समझाते। अभी तक दोनों यह भी तय नहीं कर पाई थीं कि अविधा पटपड़गंज छोड़कर यहीं आ जाए या वे पड़ोसी बने रहें।

अनिर्णय का मौसम था, परिवर्तन की हवा चल तो रही थी पर बहुत हल्की।

नवंबर के दूसरे हफ्ते में अजीत खुशखबरी लाया कि महाललकारी की पार्टी अंतरिम राहत देने को तैयार है। अगर महाललकारी प्रधान मंत्री बन गए तो जो पहले दो-चार काम करेंगे, उनमें यह भी होगा। उसने एफओबी की मीटिंग बुलाई कि अंतरिम राहत योजना की रूपरेखा तैयार कर लें। महाललकारी ने माँगी थी रूपरेखा।

'यह बहुत बड़ी जीत है। हमें योजना तैयार कर लेनी चाहिए, जल्दी ही। दिसंबर के पहले हफ्ते में तो नई सरकार ही बन जाएगी।'

निर्मला भी उसकी इस सफलता से काफी प्रभावित हुई और उसने अजीत को बधाई भी दी। मीटिंग हरजीत के ही घर में होनी थी, वहीं हुई, हालाँकि अब उस कमरे को खासतौर से मीटिंग के लिए तैयार करना पड़ता था। पहले की तरह वहाँ अतिरिक्त कुर्सियाँ लगी नहीं रहती थीं। अविधा ने मन-ही-मन बहुत विवाद के बाद मीटिंग में जाने का फैसला किया।

'पहली चीज़ जो तय करनी है, वह यह कि अंतरिम राहत के लिए कितना रुपया चाहिए,' अजीत ने कहा।

इस बैठक में फिर एक बार जोश दिखाई दे रहा था।

'यह तो हाईकोर्ट ने तय कर ही रखा है,' मुक्ता ने कहा। 'मध्य प्रदेश के उच्च न्यायालय ने 350 करोड़ रुपए अंतरिम राहत के लिए देने का आदेश दिया था। वहीं से तो यह सारा सिलसिला चला। हमें यही रकम माँगनी चाहिए। और बाकी हमें क्या करना है? क्या रूपरेखा बनानी है? सरकार का काम है, वह करे।'

'यह रुपया कैसे वितरित किया जाए, यह हमें तय करना है,' लतिका ने कहा।

सबसे ज़्यादा वही खुश थी। वह भी अजीत के साथ महाललकारी से उस आधे घंटे की मुलाकात में मौजूद थी जिसमें महाललकारी ने गंभीरता से सिर हिलाते हुए कहा था, 'लोग इन्तज़ार नहीं कर सकते। सरकारें कर सकती हैं। क्यों सरकार इन्हें कुछ मुआवज़ा नहीं दे सकती? ज़रूर दे सकती है। नीयत होनी चाहिए। अभी मुआवज़ा दें और बाद में कार्बाइड से वसूल करें। ज़रूर किया जा सकता है। हम करेंगे।'

महाललकारी ने ज़बान दे दी थी।

'उनको जो अंतिम मुआवज़ा मिलेगा, क्या उसमें से यह रकम काट ली जाएगी?' अविधा ने पूछा।

'हाँ,' अजीत ने बताया।

निर्मला चिंतित हो आई। 'अगर कार्बाइड केस जीत गया तो? हमने कहा है अपनी याचिका में कि हम हार गए तो मुआवज़ा लौटा देंगे। ऐसा हुआ तो क्या होगा?'

अजीत को यह सूझा ही नहीं था। उसने कहा। 'इस पर सरकार से बात कर लेंगे लेकिन इतनी चिंता की बात नहीं, केस तो हमें जीतना ही है।'

इस अभियान से पहले निर्मला के साथ उसने इतना काम नहीं किया था। अब उसे निर्मला को सहन करना मुश्किल हो रहा था। वह कुछ भी नहीं भूलती थी।

'समझौते में कहा गया है न कि रकम कम पड़ी तो सरकार भरपाई करेगी। शायद यही हमारे काम आ जाए तब,' अजीत ने आगे जोड़ा और मनाने लगा कि मुक्ता अब कोई कानूनी बात न बताने लगे। इससे पहले कि और कोई कुछ कहता, उसने जल्दी से उस योजना की रूपरेखा बताना शुरू कर दिया जो उसने और लतिका ने महाललकारी के साथ मुलाकात के फौरन बाद सोच ली थी।

'हम सोच रहे थे कि हर पीड़ित को, हर एक पीड़ित को, माहवार 400 रुपया दिया जाए। कई घरों में कई-कई पीड़ित हैं, इस तरह उन्हें हर महीने अच्छी-सी आमदनी हो जाएगी।'

निर्मला ने फौरन आपत्ति दर्ज कर दी। 'एकमुश्त रकम दे दो सबको। हर एक को एक न्यूनतम राशि दी जा सकती है। और यह इस बात पर निर्भर होगा कि सरकर कितनी बड़ी या छोटी राशि देगी।'

'यह नहीं हो सकता,' लतिका ने कहा। 'शादी-ब्याह में दहेज पर उड़ा देंगे लोग सारा पैसा। आदमी शायद दारू पी-पीकर मर जाएँ। मकसद तो यह है कि उनको दवाई के लिए पैसे मिले।'

ज़ोरदार बहस शुरू हो गई। अविधा लतिका से सहमत थी।

'तुम्हें क्यों लगता है अवि, कि महीने के 400 रुपए आदमी दारू पर नहीं उड़ाएँगे?' हैली ने पूछा।

अविधा को लगा, बात सच है। लाख रुपए दारू पर उड़ाना आसान नहीं मगर महीना 400 तो आराम से नशाखोरी पर खर्च हो सकता है।

'तुम्हारी बात में दम तो है,' उसने कहा।

लतिका ने फिर याद दिलाया कि दहेज पर, मृत्युभोज पर खर्च किए जा सकते हैं रुपए। मोटी रकम देनी ही नहीं चाहिए।

'यह माँ-बाप की तरह पेश आना छोड़ दो,' निर्मला ने भड़ककर कहा। 'हम कौन होते हैं तय करने वाले कि उनको अपना रुपया किस चीज़ पर खर्च करना चाहिए? उनको शादी पर खर्च करना है, करें। उनकी खुशी। जान दी है उन्होंने इसलिए मिल रहा है यह पैसा। भीख की तरह देने का क्या मतलब है?'

हैली ने निर्मला के कंधे पर हाथ रखकर उसे शांत करने की कोशिश की।

लतिका भी उखड़ गई थी।

'हम कुछ भी कर लें, कुछ लोगों को पसंद ही नहीं आता। हर बात में नुक्ताचीनी का मतलब क्या है?'

'लतिका, प्लीज़, ज़रा सोचो, क्या हम किसी रईस से कहने का हक रखते हैं कि वह दहेज न दे, शादी पर पैसा पानी की तरह न बहाए? तो गरीबों के लिए हम यह रवैया क्यों रखें? इसलिए कि हमें लगता है, हमने पैसा दिलवाया? यार, यह उनका हक है। मरे हैं कितने लोग, बीमार हैं। उनको भी दावतों का हक है।' मुक्ता बोली।

लतिका ने उसकी बात सुनी भी हो, इसमें निर्मला को शक था। वह मुँह सुजाए गहरी-गहरी साँसे ले रही थी। बैठक में ज़्यादातर लोग लतिका के ही साथ थे। लतिका और अजीत ने एक-दो बार कहा कि वही राजनीतिज्ञों से मिलने और अंतरिम राहत का वायदा हासिल करने वाले थे इसलिए या तो उन्हें बहुमत से एफओबी से निकाल बाहर किया जाए या फिर उनके प्रयासों को उचित सम्मान मिले।

निर्मला ने पूछा कि क्या अपने प्रयासों की वजह से वे लोगों के गार्जियन बन गए थे?

'हमें यह ज़िम्मेदारी निभानी होगी,' अजीत ने कहा।

'जैसे भारत सरकार ने निभाई? उनके माई-बाप बने और उनके हितों को बेच दिया?' हैली ने पूछा।

अजीत ने हैली पर आग्नेय दृष्टि डाली।

माहौल बहुत बिगड़ चुका था। सुगुणा चुपचाप कोने में बैठी बहस को झगड़े में बदलती देखती रही।

अविधा ने कमर पर हाथ रखकर कहा कि उसकी तबियत बिगड़ रही है।

'चलो, चलते हैं। हमारा यहाँ क्या काम है?' निर्मला ने कहा।

अजीत ने कहा कि उसकी गाड़ी उन्हें छोड़ आएगी।

'नहीं चाहिए,' निर्मला फुफकारी। 'ऑटो ले लेंगे।'

अजीत ने कंधे उचका दिए।

ज़िंटैक दौड़ी गई ऑटो खोजने। हरजीत घर पर नहीं था वरना उसकी गाड़ी मिल जाती।

हैली और निर्मला सहारा देकर अविधा को बरामदे में ले आए। हैली ने उसका हाथ सहलाते हुए कहा, 'चलो, इस साल कुछ तो अच्छा होगा। मैं अब सुगुणा के साथ वहीं रहने लगा हूँ, बताया था न तुम्हें?'

सुगुणा ने बताया था अविधा को।

अविधा ने पूछा, 'क्या बताया तुमने मिसेज़ कपूर को, कि शादी से पहले आज़मा रहे हो सुगुणा को कि अच्छी बीवी बनेगी कि नहीं?'

हैली हँस पड़ा। 'मैंने झूठ बोलना सीख लिया है। हमने कहा कि हमने कोर्ट में शादी कर ली है। मिसेज़ कपूर ने खाने पर बुलाया और सुगुणा को साड़ी भी दी।'

अविधा की आँखें भर आईं। तभी ज़िंटैक ऑटो लेकर पहुँच गई। कमरे के भीतर ध्वनियाँ सम पर आ गई थीं। अब सहमत जन सभ्य चर्चा में लगे थे। ज़िंटैक और हैली ने अविधा को ऑटो में बिठाया। सुगुणा बाहर निकल आई थी। दौड़कर अविधा का हाथ उठाकर उसे चूमते हुए उसने निर्मला से पूछा, 'ऑटो में जाना सेफ है न? टैक्सी बुला लें? बताओ न? सुरक्षित है न इसके लिए?'

निर्मला अविधा के बगल में बैठ गई और उसने सुगुणा से कहा, 'कुछ भी सुरक्षित नहीं है। सब कुछ सुरक्षित है। नज़रिए पर निर्भर है।' फिर उसने ऑटोचालक का कंधा छूकर कहा, 'चलो।'

ऑटो के फाटक से बाहर होते ही निर्मला ने अविधा से डपटकर कहा, 'मैंने कहा था, मैं इस मीटिंग में आना नहीं चाहती। मैं बर्दाश्त नहीं कर सकती इन लोगों के रवैए को। और तुम भी उनकी तरह होती जा रही हो।'

'निम्मी, मेरी पीठ दुख रही है,' अविधा ने कहा।

'शटअप,' निर्मला ने गुस्से से दाँत भींचकर कहा। 'लाखों औरतें बच्चे पैदा करती हैं। खाने को नहीं होता। खून नहीं होता उनमें। और एक तुम हो, हर मिनट तुम्हें कोई चुमकारने वाला चाहिए। नहीं करना था पैदा इतने ही नखरे हैं तो!'

अविधा ने मुँह फिरा लिया। दर्द से ज़्यादा निर्मला के शब्द उसे भेद गए। पर डर के मारे वह सिसकियाँ भी ले नहीं पाई।

घर पहुँचते ही निर्मला ने कहा, 'अंडे की भुजिया और ब्रेड चलेगी न?'

अविधा की तबियत सँभल चुकी थी। उसने कहा कि वह पराँठे सेंक लेगी। गनीमत थी कि निर्मला चुप रही। अविधा आटा गूँधने लगी तो निर्मला ने आकर उसकी पीठ पर हाथ रखा और माफी माँगने लगी।

'कितनी बुरी हूँ न मैं?' उसने कहा।

'तुम जो हो सो हो, सिर्फ खुदा बुरा नहीं होता, ऐसा कहते हैं,' अविधा ने कहा। 'क्या पता, पति-पत्नी में ऐसे ही झगड़े होते हों! डोमेस्टिक वॉयलेंस!'

निर्मला रसोई से निकल गई तो अविधा ने तवा चढ़ाया और तह लगाकर पराँठा बेला ही था कि उसकी रीढ़ की हड्डी में ज़ोर का दर्द उठा। खड़ा भी नहीं रहा जा रहा था। गैस बंद करके वह बिस्तर पर लेट गई। कुछ देर में दर्द रुका तो उठकर फिर गैस जला दी। पराँठा सेंका, दूसरा उसने बेलकर तैयार किया ही था कि फिर रीढ़ की हड्डी सनसना उठी। असहनीय पीड़ा से मुँह से चीख निकल गई और वह भागकर बिस्तर पर लेट गई। निर्मला ने चीख सुन ली थी, ड्राइंग रूम से दौड़कर आई तो अविधा ने कहा, 'पता नहीं, पीठ में दर्द हो रहा है। पहले हुआ, चला गया। अब भी चला जाएगा। फिक्र न करो।'

'चलो, हॉस्पिटल जाने का वक्त आ गया,' निर्मला ने कहा और टैक्सी स्टैंड का फोन घुमाने लगी।

आधे घंटे बाद टैक्सी आई। निर्मला ने कुछ कपड़े बैग में डाल लिये थे। उसे खीज हो रही थी कि यह सब रात को हो रहा था। तौलिए और दो स्वेटर बैग में ठूँसते

हुए उसने अपने बेडरूम में जाकर धीरे से अलमारी खोली और अविधा की बनाई चादर निकालकर बैग में रख ली। वह चादर, जिस पर उसने दो स्वतंत्र औरतों पर दो तीखे डंक जोड़ दिये थे।

जब तक वे दोनों ऑल इंडिया इंस्टिट्यूट पहुँचीं अविधा मारे दर्द के चीखने लगी थी। टैक्सी से उतरते ही अविधा को अपनी टाँगों से कुछ गर्म पानी-सा बहता महसूस हुआ। उसने निर्मला की बाँह ज़ोर से थामकर कहा, 'निम्मी, तुझे नहीं मालूम, मेरा...उफ पेशाब निकल गया है, बाथरूम ले चलो पहले।'

'सिली गर्ल, द वाटर ब्रोक,' निम्मी ने कहा, 'थैली फटती है, पानी निकलता है। शर्म की कोई बात नहीं।'

कुछ ही पलों में अविधा की चीखों ने निर्मला को लगभग बहरा ही कर दिया। वह बार-बार अपनी माँ को पुकार रही थी।

निर्मला रात भर उसके बगल में बैठी रही। अविधा कभी माँ को आवाज़ देती, कभी डॉक्टर को, कभी गिड़गिड़ाने लगती कि सीज़ेरियन कर दो, इससे मुक्ति मिले और फिर निर्मला को कोसने लगती, 'तुम दफा क्यों नहीं हो जाती? तुम्हें जानने वाले हैं न यह सारे डॉक्टर? इसीलिए सीजेरियन नहीं कर रहे। दफा हो जाओ।'

निर्मला तब तक उसके पास बनी रही जब तक कि शहद के रंग की एक नन्ही-सी बच्ची सिर के बल दुनिया में नहीं आ गई। नर्स ने उसका लिसलिसापन पोंछ, उल्टा टाँगकर थपथपाया और उसके बाद निर्मला को थमा दिया।

नर्स के बाद निर्मला ने ही बच्ची को बाँहों में तौला और अस्पताल की सफेद चादर के ऊपर बैग से निकालकर उसने वह प्यार के इंद्रधनुषी रंगों में रची-बसी, नक्षत्रों से जड़े आसमान की उन्मुक्त चादर लपेट दी। इस तरह उसे अपना बनाकर वह उसे अविधा के पास ले गई।

कैसी सुहानी शीत ऋतु आई थी! सरकार बदलने की एफओबी की प्रियतम आशा फलीभूत हुई। नए प्रधान मंत्री ने गैस त्रासदी की पाँचवीं बरसी की पूर्वसंध्या को ही शपथ ली। महाललकारी ने वायदा निभाया। पूरे 350 करोड़ रुपए तो नहीं दिये मगर 250 करोड़ भी क्या कम थे? हर महीने 300 रुपए की अंतरिम राहत का वैसा ही इन्तज़ाम हुआ, जैसा एफओबी ने चाहा था। भोपाल में पीड़ितों के बैंक-खाते खुलने लगे, दलालों ने मेज़ें लगा लीं, पर खाते खुले, उनमें पैसे भी जमा होने लगे।

अविधा की बिटिया इसी आशावाद और सुख के आलोक में अनगिनत आलिंगनों की ऊष्मा पाती दिन-दिन बड़ी होने लगी। उसकी मूँदी आँखें अधमुँदी हुईं फिर भौंचक-सी खुलीं। रोना तो वह जन्म से जानती थी, नर्स ने पीटकर सिखाया ही था, अब कभी-कभी किलकारी भी भरने लगी।

जिस दिन बैंकों में खाते खुलने के शुभारंभ की खबर आई, अविधा ने निर्मला से कहा, 'इतनी खुशी हो रही है। मुझे तो अब यकीन हो गया है कि समझौता भी निरस्त हो जाएगा।'

अपनी बेटी और अपनी पसरी देह को दोबारा कसने के व्यायामों के अलावा अविधा आजकल कुछ कहती ही नहीं थी। तीन किलो की नन्ही-सी जान जब से दुनिया में आई थी, अविधा के मनमस्तिष्क पर तो छा ही गई थी, पूरे घर पर भी उसी का कब्ज़ा हो गया था। हर जगह उसके छोटे-छोटे कपड़े सूखते रहते। कहीं उसके धूप में सोने की जगह थी तो कहीं झूला टँगा था। वही तय करती थी कि अविधा कब जागेगी, कब सोएगी, खाना खा सकेगी या नहीं और किसी से बात भी कर सकेगी या नहीं। अविधा हर समय थकी-थकी और चिड़चिड़ी-सी रहने लगी थी। विनीता और निर्मला को छोड़ बच्ची की देखभाल में हाथ बँटाने की फुर्सत किसी के पास नहीं थी। अविधा का मानना था कि लोग काम का बहाना करके नहीं आ रहे। निर्मला ने अब उससे बहस भी करना छोड़ दिया था कि उसकी बेटी को पालना औरों की ज़िम्मेदारी नहीं है, वे कभी-कभी बच्ची को गोद में उठाने का सुख पाने आ जाते हैं, यही बहुत है।

प्रशांत ने सोचा था कि उसके पूरी तरह नाता तोड़ लेने के बाद अविधा ने ज़रूर गर्भपात करा लिया होगा। चुनाव निकट आ जाने से मंत्रालय में उसका आना भी लगभग बंद हो गया था। मन का चोर उसे औरों से अविधा का हाल पूछने से रोकता था। एक दिन वह उसे निर्माण भवन के गलियारे में दिख गई थी। वह उसकी स्पष्ट गर्भावस्था देख स्तब्ध रह गया था और सामने पड़ गई तो उसे देख मुस्कुरा भी नहीं पाया। अविधा उसकी ओर 'हेलो' फेंककर चली गई थी। जल्दी से जाकर वह कमरे में बैठ गया कि वह आती ही होगी। उसे पूरा विश्वास था कि आएगी। वह इन्तज़ार करता रहा, अविधा नहीं आई। सितंबर की उस दोपहर के बाद उसने अविधा को नहीं देखा था। दिसंबर आ गया तो मन में जिज्ञासा ने करवट ली। उठते-बैठते लगता, ज़रूर फोन आएगा, कुछ खबर मिलेगी। डर लगने लगता फिर बेचैनी-सी होती। दिसंबर के दो हफ्ते बीतने को आए तो बेचैनी उसकी सामान्य अवस्था बन गई। क्या किसी दिन अदालत का ही नोटिस आ जाएगा? हलक सूखा-सा रहता था।

अहंकार को निगल एक दिन उसने अविधा के घर का नंबर निकाला, जिसे उसने कभी इस्तेमाल नहीं किया था, और फोन मिलाया। सुगुणा ने फोन उठाया और उससे कहा कि अविधा अब यहाँ नहीं रहती। उसने पूछा, 'कौन बोल रहा है?' कहा भी कि कोई संदेशा हो तो पहुँचा देगी। मगर प्रशांत ने फोन काट दिया। सुगुणा समझ ही चुकी थी, किसने खबर लेने के लिए फोन किया था। उसने फौरन निर्मला को फोन करके बता दिया।

निर्मला को प्रशांत की यह दिलचस्पी बिलकुल नहीं भायी। अविधा के फ्लैट की बाल्कनी में बच्ची के साथ धूप में बैठी निर्मला ने उसी दोपहर अविधा को सुगुणा से मिली सूचना दे दी।

'चाहता क्या है वह?' अविधा ने पूछा।

'शायद डर गया हो कि तुम केस ही न कर दो,' निर्मला ने कहा। 'फोन पर धमकी तो देकर देख ही लो। मज़ा आ जाएगा। फट जाएगी बच्चू की।'

अविधा ने निर्मला को विचित्र निगाहों से देखा। बोली कुछ नहीं।

'शायद यही जानना चाहता हो कि लड़का हुआ या लड़की,' निर्मला ने उसका रूखापन भाँपकर कहा। तभी बच्ची उठ गई।

अगले दिन अविधा बच्ची को लेकर निर्मला के घर चली आई तो उसने फिर से कहा कि अब दोनों को एक ही मकान में रहने का फैसला कर ही लेना चाहिए। पैसे भी बचेंगे, भाग-दौड़ भी। उसके कुछ कपड़े और पोतड़े निर्मला के घर में रखे रहते थे।

बच्ची निर्मला को सौंपकर अविधा पार्क में सैर को निकल गई। सर्दियों का मौसम प्रवासी पक्षियों का मौसम। झील में सैकड़ों परिंदों का जमावड़ा था। वह कितना ही धीरे चले, कदमों को साधे, वे जान ही जाते थे कि कोई इनसान आ रहा है और किनारे गुफ्तगू करने वाले उड़कर दूर चले जाते थे। कितने हज़ारों सालों से बसा था उनके अंतस में इनसान का भय? उससे बड़ा उनका दुश्मन भी कौन है?

दूर ही सही, झील में गोल घेरा बनाकर उन्हें तैरते, आसमान में छोटी-छोटी उड़ानें भरते देखने से अविधा के अंदर की खलबली कुछ शांत हो जाती थी। बहुत देर तक वहाँ बैठे रहने का मन करता पर भीतर बच्ची की पुकार बसी हुई थी। उस मोहक खिंचाव से कहीं भी छुटकारा नहीं था। शाम ढलने लगी थी। झील का पानी रक्ताभ हो उठा। हर रंग के पक्षी ऊदे धब्बों में बदल गए तो अविधा घर की ओर हो ली। सोचा तो था कि निर्मला के घर से प्रशांत को फोन करेगी पर वहाँ पहुँचने पर मन ही नहीं किया था। अब तो बहुत देर हो गई। कल सही, उसने सोचा और दुकान पर बिस्किट खरीदने चली गई। सामने रखा फोन देखकर अनायास उसने प्रशांत का नंबर मिला लिया।

वह दफ्तर में ही था। फोन पर उसकी आवाज़ सुनते ही मन किया, फोन काट दे।

'हलो, हलो,' प्रशांत कहे जा रहा था।

'अविधा बोल रही हूँ,' उसने तटस्थ स्वर में कहा पर आवाज़ में चिड़चिड़ापन-सा कुछ उभर ही आया।

'ओह, हल्लो, कैसी हो?'

'कहो, कैसे फोन किया था?'

उसका यह अजनबी अंदाज़ प्रशांत को पसोपेश में डाल गया। सूझा नहीं, क्या कहे, बात आगे कैसे बढ़ाए।

'ऐसे ही। कैसी हो? बच्चा हो गया?'

'मैं ठीक हूँ और मेरी संतान भी,' अविधा ने जान-बूझकर 'संतान' कहा था कि उसे पता न चले, लड़का है या लड़की।

'लड़का है या लड़की?'

'क्या फर्क पड़ता है?' अविधा ने ठंडे लहज़े में पूछा।

'सोचा, पूछ लें। बाप को पता तो होना ही चाहिए, हाँ!'

'मैंने कभी नहीं कहा कि वह तुम्हारी बेटी है। मैंने सिर्फ इतना बताया था कि मैं गर्भवती हूँ।'

सच था। उसने यही लिखा था खत में।

'तो लड़की हुई है,' प्रशांत ने कहा। ज़ब न लड़खड़ा गई, 'मुझे लगा कि...तुमने ऐसा कुछ...लगा तो था कि मेरा ही...'

'ओह, तुम्हें ऐसा लगा? मैंने इसलिए बताया कि तुमसे है? मैंने तो तीनों आदमियों को एक-सा ही खत लिखा था। नहीं जानती थी न, किसका है इसलिए। चिंता मत करो।'

फोन के दूसरे छोर पर खामोशी थी। इस तरफ दुकानदार के कान उससे चिपक लिये थे।

'क्रोई और बात है?' अविधा ने पूछा।

'पता नहीं...मैं...' प्रशांत सकपकाने पर जल्दी सँभल नहीं पाता था। उससे कुछ कहा नहीं जा रहा था।

'अरे कोई बात नहीं, ग़लतफहमियाँ तो होती ही रहती हैं,' अविधा ने कहा। उसे अब बहुत मज़ा आ रहा था। 'गुड बाय!' उसने फोन का चोगा रख दिया और प्रसन्न चेहरा दुकानदार की ओर मोड़कर उसे हँसती आँखों से घूरा।

घर लौटकर उसने निर्मला को रस ले-लेकर पूरी बात बताई। 'वह दुकानदार, अब कभी मेरी बातें नहीं सुनेगा, देखना। और वह प्रशांत, उसकी तो सिट्टी-पिट्टी गुम हो गई।'

प्रशांत जानता था, अविधा की हर समय गतिशील रहने वाली कल्पनाओं ने इस बार कुछ ज़्यादा ही ऊँची उड़ान भरी थी। फिर भी मन में शंका का कीड़ा रेंगा। स्त्री पर विश्वास पुरुष की फितरत नहीं होती। जो औरत अपनी तमाम बौद्धिकता और अपने पेशे की सत्ता के बावजूद उसकी दासी रह चुकी थी, आज वह उस पर इस तरह हँस गई? चाहता तो सच्चाई का पता लगा सकता था, लेकिन अविधा का झूठ उसकी सुविधा थी। अविधा ने जो खिल्ली उड़ाई, जो चुनौती दी, वह उसे गहरे तक निरर्थक बना गई। वह देर रात तक दफ्तर के नीम अँधेरे में बैठा रहा। कई बार फोन की घंटी बजी पर उसे सुनाई नहीं दी।

अविधा बच्ची को सुलाकर उसके कपड़े धो रही थी जब दरवाज़े की घंटी बजी। घंटी की आवाज़ से बच्ची अचकचाकर जाग गई और ज़ोर से रो पड़ी। उसे छाती से लगा पुचकारती हुई अविधा ने झटके से दरवाज़ा खोला कि जो भी होगा, उसे डपटकर भगा देगी और सन्न-सी खड़ी रह गई। मैड बाहर खड़ा था।

'क्या तुम उन लोगों जैसी हो गई हो जो मेहमानों को अंदर आने को भी नहीं कहते?' मैड दनदनाता हुआ भीतर आ गया। हाथ में उसके बड़ा-सा एयर बैग था। लगता था, सफर से आया है। बैग रखकर उसने रोती हुई बच्ची को अविधा की गोद से ले लिया और बाँहों में झुलाने लगा। 'क्यों रो रही हो? इसका सड़ा मुँह देखोगी तो रोओगी ही, मगर हँसना सीख लो बिटिया, माँ तो यही रहेगी, बदल थोड़े ही सकती हो।'

'सो रही थी, तुमने जगा दिया,' अविधा ने हँसी रोकते हुए कहा।

'सोते हुओं को जगाना ही तो अपना काम है। पानी तो पिलाओगी कि नहीं? थोड़ी देर में चाय पिएँगे,' मैड ने कहा।

जब तक अविधा पानी लाई, बच्ची सो चुकी थी। उसे लिटाकर मैड ने पूछा, 'इतनी सुंदर है। बाप पर गई है क्या?'

अविधा खुलकर हँस दी। 'ईमानदारी का शुक्रिया।'

मिनटों में मैड्स ने घर को अपना लिया था। फ्रिज खोलकर मुआइना किया, रसोई में जाकर डिब्बे खोले और कहने लगा कि घर में मुट्ठी भर चावल हैं, कोई सब्ज़ी नहीं। दाल तो, लगता है, राशन की दुकान द्वारा फेंकी गई। जाने गैस भी है या नहीं! बच्चे वालों को ऐसे रहने का हक तभी होता है जब वे गरीबी रेखा के नीचे रहते हों। 'लाओ, पैसे दो, सौदा लाऊँगा, पकाऊँगा और दोनों खाएँगे। तुम कपड़े धो लो।'

वह पूरे एक घंटे बाद लौटा और इस बार दरवाज़े पर थपकी देकर उसने आने की सूचना दी। गोभी, मटर, नींबू, प्याज, टमाटर से लदी थैलियों के अलावा एक काली थैली भी उसके हाथ में थी, ताजी मछली के गंध में बसी।

'वह जो झील है न वहाँ मछुआरों का कोऑपरेटिव मछली पकड़ता है। कहने लगे, शाम को ही बेचते हैं। अपन कहाँ मानने वाले थे। उनमें एक उड़िया भी था। बस, ताज़ी मछली कटवा ली।'

घर को बसने में ज़रा-सी देर ही तो लगती है, अविधा ने सोचा। घर अचानक भरा पूरा लगा। नींबू का शरबत बन गया। प्याज कटने लगे। रसोई में मछली तले जाने की खुशबू फैल गई। मैड ऐसे खाना पकाने में जुट गया था मानो ख़ानदानी ख़ानसामा हो! अविधा अपने ही घर में मेहमान-सी बैठी रह गई। मैड ने मटर लाकर दिये कि छील दे। वह लगातार एफओबी पर कमेंटरी भी दिये जा रहा था।

'तुझे तो कुछ पता ही नहीं होगा,' मैड कह रहा था, 'घर पर पड़ी है बच्चे के साथ। कितनों की तकदीरें बन गईं। थापड़ विधि आयोग के अध्यक्ष बन गए। अपने कावसजी महाधिवक्ता बन गए। अजीत तो ऐसे फूल गया है कि कुम्हड़ा भी मटर लगता है उसके सामने। लतिका जी एक थिंक टैंक में डायरेक्टर हो गई हैं। खूब मज़े आ रहे हैं सबके।'

'जानती हूँ,' अविधा ने कहा।

जिस दिन कावसजी के महाधिवक्ता बनाए जाने की खबर आई थी, एफओबी में मायूसी छा गई थी। अब तक वही सुप्रीम कोर्ट में उनके वकील थे, अब क्या होगा? किसको उनकी जगह दी जाए? और जो सरकार ने याचिका का विरोध किया तो? लेकिन कावसजी भी उसूलों के पक्के निकले। सीधे-सीधे सरकार से कह दिया कि उन्होंने भोपाल गैस मामले में समझौते का विरोध किया है और अगर सरकार का रुख इसके विपरीत रहा तो वे महाधिवक्ता का पद स्वीकार नहीं कर पाएँगे। सरकार को तब उनसे कहना पड़ा कि वह भी उनके पाले में खड़ी है। समझौते की समीक्षा के लिए एफओबी ने जो याचिका दायर की है, सरकार उसे समर्थन देगी। तब जाकर कावसजी ने पदभार सँभाला था।

अजीत ने फोन करके सबको खुशखबरी सुनाई थी। वह और कामिनी बच्ची के लिए कपड़े और खिलौने लेकर उसी दिन अविधा से मिलने आए थे। कामिनी घर से इतना खाना बनवाकर लाई थी कि अविधा को कई दिनों तक कुछ बनाना नहीं पड़ा था।

'मैं रिपोर्टर हूँ, घर बैठे भी हर खबर रखती हूँ,' अविधा ने कहा।

अविधा ने कावसजी को फोन करके बधाई दी थी तो उन्होंने खुद भी उसे बताया था कि विधि मंत्री ने क्या वायदा किया था। उसने मैड को बताया कि कावसजी ने एफओबी का काम तो आसान किया ही, उन्होंने नैतिकता की नई मिसाल भी पेश की है।

'उनके प्रोफेशनल एथिक्स की कद्र करनी चाहिए। ऐसे लोग आजकल हैं कितने?'

'सचमुच, एथिक्स होना तो बहुत ही अच्छी बात है,' मैड ने कहा। 'खाना मिलना उससे भी अच्छी बात है।'

अविधा को समझ में नहीं आया कि वह तारीफ कर रहा है या मज़ाक उड़ा रहा है और मज़ाक उड़ा रहा है तो किसका? उसका या कावसजी का या दोनों का?

तभी उसकी बच्ची जाग गई। अविधा कमरा बंद करके उसे दूध पिलाने लगी। जब तक वह बाहर निकली, मैड फर्श पर दरी पर पसर चुका था। रसोई में खाना तैयार था—मटर का पुलाव, मछली, आलू गोभी की सब्ज़ी, चटनी और सलाद भी।

'तेरे पास बर्तन कम हैं,' मैड ने कहा।

'जो है, वह है, मैंने कौन-सा तुझे दावत पर बुलाया है,' अविधा ने कहा।

उसने पहला निवाला ही मुँह में डाला था कि मुँह से 'वाह' निकल गई। महीनों से उसने ढंग का कुछ नहीं खाया था।

'बंगाल के ज़मींदारों के घरों में सारे रसोइए उड़ीसा से ही होते थे। जो बंगाल का खाना मशहूर है, हमीं लोगों के कारण है,' मैड ने कहा।

अविधा का ध्यान खाने पर ही लगा था। खाना हो चुकने के बाद मैड ने कहा,

'अवि, मैं कभी नहीं भूलूँगा, कैसे तूने मुझे बचाने के लिए एक पुलिसवाले को काटा था। तू भी न, मेरी तरह बहुत रोमांटिक है, जिसे लोग बेवकूफी कहते हैं। मैं भी ऐसा ही हुआ करता था। अब तक तो ज़िंदगी ने बहुत कुछ सिखा दिया है।'

अपनी तारीफ सुनकर अविधा शरमा-सी गई और बात बदलने के लिए पूछा, 'तुम अंतरिम राहत पर आगे बात करने आए थे?'

'कल रात अजीत ने बड़ी पार्टी दी। खूब पी मैंने, सिर्फ इस अंतरिम राहत की बातचीत सुनने से बचने के लिए। ऐसे पेश आ रहे हैं वे लोग मानो दुनिया ही बदल दी उन्होंने! अब उस पर क्या बात करनी है। खाते खुल रहे हैं। सरकार जो चाहेगी, करेगी।'

'मानना तो पड़ेगा कि एफओबी की मेहनत रंग लाई है। हमारे आंदोलनों में ऐसे ठोस नतीजे कब देखे गए हैं? तुम तो हर चीज़ को खराब बता देते हो।'

'वह पैसा पीड़ितों का है। उनका हक है। सरकार एहसान नहीं कर रही। फॉब ने भी कोई एहसान नहीं किया। सरकार का ख़ज़ाना लबालब भरा है कार्बाइड से मिले डॉलरों से। बहुत फॉरेन एक्सचेंज कमाया है भोपाल के लोगों ने सरकार के लिए। उसके ब्याज से ही अंतरिम राहत का पैसा निकल आएगा और कुछ बच भी जाएगा। कुछ सिक्के फेंक दिये उन पर तो एहसान कर दिया?'

'तुम तो सचमुच एहसानफरामोश हो,' अविधा ने कहा।

'सिर्फ कमज़ोर लोग ही एहसान मानते हैं,' मैड ने कहा।

'और सिर्फ विकृत लोग ही कृतघ्न होते हैं,' अविधा ने कहा।

मैड हँस दिया। 'अपनी तरह के लोगों को पहचानने में ज़्यादा वक्त नहीं लगता न? मैं अपने भीतर झाँकता हूँ तो संतोष होता है। मैं गिल्टी नहीं हूँ। एकदम निर्दोष।'

'मैं भी,' अविधा ने दंभ से कहा। 'नॉट गिल्टी।'

'तुम्हारा विवेक? तुम्हारे कॉन्श्यंस को तो एनामिया है। एक प्रदर्शन में चले जाओ—बस, तुम्हारा विवेक संतुष्ट हो जाएगा। धरने में ज़ाओ तो तुम्हारे विवेक को तो अपच ही हो जाएगा।'

मैड के बात करने की रूखी और अभद्र-सी शैली से वाकिफ होने के बावजूद अविधा को उसकी बात खल गई। मैड उठकर सिगरेट पीने बाल्कनी में चला गया।

अविधा बच्ची को देखने कमरे में गई तो वह गहरी नींद में थी। उसने इधर-उधर पड़े कल के धोए सूखे कपड़े उठाए और तह लगाने लगी। सोचा, जल्दी से चाय पिलाकर मैड को चलता कर देगी।

मैड कमरे में लौट आया था और अपनी पैंट की जेबों के पास हाथ टिकाए उसे घूर रहा था। उसके अकड़े बदन से क्रोध की लहरें निकलती प्रतीत होने लगीं अविधा को। यह न होता तो सो ही लेती, जाने किस बात का गुस्सा उस पर उतारने आया है!

'तुम क्या मुझे उल्टा-सीधा सुनाने आए हो, मैड? बहुत थकी हुई हूँ,' उसने कहा।

'जानती हो, तुम जैसे लोगों से मुझे क्या शिकायत है? तुम लोग इतने आत्मतुष्ट रहते हो—अपना घर, अपनी ज़िंदगी, अपना बच्चा, अपनी सुविधा! तुम लोग तो कार्बाइड से भी गए गुज़रे हो।'

अविधा अब भड़क उठी। 'ज़रूर हैं। तभी तो तुम जैसों को बर्दाश्त कर लेते हैं।'

'मुझे ऐसी बातों से कोई फर्क नहीं पड़ता,' मैड हँसा। 'कार्बाइड से मुझे कोई शिकायत नहीं है। सरकार से भी नहीं है। वह तो जो हैं, सामने हैं। उनका काम है शोषण करना। मुनाफाखोरी। अपना काम बखूबी किया है उन्होंने। कर रहे हैं। आगे भी करेंगे। लेकिन अपनी तरफ देखो। जब चाहा, आ गए आंदोलन में। जब चाहा, चले गए। ढोंगी तो तुम हो। तुमने दिया असली धोखा लोगों को। पीड़ितों के पास क्या चारा है लड़ने के अलावा? वे गैस खाकर बच गए। सुप्रीम कोर्ट के फैसलों की चोट खाकर भी जीते रहे। आगे भी कोर्ट जो करेगी, झेलना ही पड़ेगा उनको। असल में तो तुम लोग हो जिन्होंने उनको बेच खाया।'

'तुम्हारी इतनी हिम्मत...?' अविधा की प्रतिबद्धता पर आज तक किसी ने प्रश्नचिन्ह नहीं लगाया था।

'हाँ, मैं ही हिम्मत कर सकता हूँ यह सब कहने की,' मैड ने दरी पर बैठते हुए कहा। 'तुमने अपने करियर बनाए। शोधपत्र लिखे। सेमिनारों में नाम कमाया। तुम लोगों ने तो हमारे संघर्ष में भागीदारी के लिए विदेशियों से धन भी लिया। और तुम लोगों को लगता है, बड़ा गौरव का काम किया तुम लोगों ने...'

अविधा कमरे में बच्ची के पास जा बैठी। मैड भी उसके पीछे आ गया। 'तुम लोग तो सब कुछ बेचते हो—बीमारी, उसका इलाज। हमारी आशाएँ, हमारी निराशाएँ। तुम हमारी ज़िंदगियाँ बेचते हो। कम-से-कम कार्बाइड साफ-साफ दुश्मन तो है। तुम तो ऐसे दुश्मन हो जिसे पहचानना मुश्किल है। बहुत कोशिश की मैंने कि तुम्हारा पर्दाफाश करूँ। मगर मान गए! कोई पत्थर तुम्हारे आत्मसंतोष को चूर नहीं कर सकता। तुम्हें कोई भी चीज़ बेनकाब नहीं कर सकती। बहुत अच्छा मेकअप कर रखा है तुम लोगों ने।'

'देखो मैड, तुम्हारी भड़ास निकल गई हो तो प्लीज़, मुझे सोने दो!'

'ठीक है, निकाल दो मुझे घर से। अवि, मैं...' मैड ड्राइंग रूम में लौट गया।

बच्ची उसकी आवाज़ से जाग गई थी और गहरी नींद से उठाए जाने की चीख-चीखकर शिकायत कर रही थी।

अविधा बहुत देर तक उसे चुप कराने की कोशिश करती रही। आखिर मैड ने आकर उसे हथेलियों पर टिकाया और ज़ोर-ज़ोर से झुलाने लगा। अविधा का कलेजा मुँह को आ गया।

कुछ देर में कुनमुनाती बच्ची झपकियाँ लेने लगी पर बीच-बीच में चौंककर उठ जाती। बिस्तर पर लिटाते ही रोने लगी तो अविधा ने गोद में सुला लिया।

घर में बैठने को एक भी कुर्सी नहीं थी। एक पलंग ही था। मैड उसकी बगल

में बैठ गया और अविधा की जाँघ पर सोती बच्ची पर उसने अपनी हथेली टिका दी। उससे तो गर्दन से जाँघों तक बच्ची ढक ही गई।

'अवि, तुम नहीं मानतीं कि तुम लोग जो कर रहे हो, उससे ऐसे लगता है, सरकार कितनी भली है, दयावान है? इन सब लोगों में तुम्हीं बहुत भोली-भाली हो। इस केस का जो नतीजा निकलेगा न, उससे तुम्हीं को सबसे ज़्यादा दुख होगा। बच्ची हो तुम। तुमको चोट पहुँचे तो पहुँचे, तुम्हें बचाना मेरा काम नहीं है। मगर कभी-कभी बुरा लगता है तुम्हारे लिए। और यह भी लगता है कि तुम्हें जगाने का एक ही रास्ता है कि ज़ोर से कोई छुरा घोंप दे। सचमुच में नहीं, मगर गहरी चोट लगेगी, ठोकर लगेगी, तभी जागोगी तुम।'

'तो इसलिए आए थे तुम, मुझे बताने कि मुझे ठोकर लगनी चाहिए?' अविधा रुआँसी हो आई थी। पिछले कुछ महीनों में किसने ठोकर नहीं मारी थी उसे? उसने बच्ची को उठा लिया और खड़ी हो गई।

'मैं तो इस मुन्नी से मिलने आया था। मानो न मानो, तुम्हारी मर्ज़ी। मगर मुझे बच्चे बहुत अच्छे लगते हैं। जानवरों के बाद बस बच्चे ही दुनिया में पूरी तरह निर्दोष होते हैं। जानवर सबसे ज़्यादा निर्दोष होते हैं। बच्चे तो बाद में बड़े हो जाते हैं और अजीत बन जाते हैं या फिर तुम जैसे बन जाते हैं।'

अविधा ने बच्ची की नैपी उतार ली थी और उसके सोते-सोते ही उसे ताज़ी सूखी नैपी पहनाने लगी।

'मैं इसके लिए गिफ्ट लाया हूँ,' मैड ने गीली नैपी उठाकर बाथरूम की ओर जाते हुए कहा।

वह कुछ देर में नैपी धो लाया था। अविधा को आश्चर्य हुआ। ज़िंटैक और मुक्ता ने भी अब तक ऐसा नहीं किया था। सिर्फ विनीता को ही ऐसे कामों से घिन नहीं आती थी।

मैड ने एयरबैग खोला और उसमें से एक कलाइडोस्कोप निकालकर अविधा को दिया और फिर से बैग खँगालने लगा।

'थैंक्यू,' अविधा ने हौले से कहा।

मैड ने एक लिफाफा निकाला, हल्के कदमों से चलता बच्ची के पास पहुँचा और लिफाफे को उसने उसके हाथों के नीचे रख दिया। देर तक वह उसे प्यार से निहारता रहा। बाहर आकर उसने कहा, 'जैसे ही वह किसी चीज़ को पकड़ना सीख जाएगी, और यह लिफाफा हाथ आ गया न, तो इसकी चिंदियाँ कर देगी। बच्चे ही असली एनार्किस्ट होते हैं।'

अविधा नहीं चाहती थी कि मैड बच्ची को रुपए दे। उसने जाकर लिफाफा उठा लिया और मैड के बैग पर रख दिया। देखकर मैड आवाज़ दबाकर हँसने लगा।

'तुम्हें लगता है, इसमें पैसे हैं? कितना रूढ़िवादी समझ रखा है मुझे तूने?'

उसने लिफाफा में से गुलाबी रंग का एक काग़ज़ निकालकर अविधा को दिखाया।

'कविता है। मैंने लिखी है। सँभालकर रखना और बड़ी हो जाए तो देना उसको।'

अविधा ने गुलाबी पन्ने पर मैड की कविता देखी। हाथ से लिखी थी, काली स्याही से। एक-एक अक्षर नगीने-सा लगता था। कविता छोटी-सी थी। मैड ने एक नन्ही बच्ची को संबोधित करके कहा था कि 'वह दाएँ, बाएँ, आगे, पीछे देखकर सँभल-सँभलकर दूसरों के बताए रास्ते पर न चले। गिरे, घुटने छिलवाए और अपने खून की छलकती बूँदों से आगे बढ़ने की राह खोजे, राह को सींचे, नई पगडंडियाँ बनाए।'

भावुक होकर अविधा ने एकदम से मैड को गले लगा लिया। आलिंगन से खुद को छुड़ाते हुए मैड हँसा।

'जानती हो न, इधर-उधर देखकर सँभल-सँभलकर चलने से कुछ हासिल नहीं होगा। वह रास्ता सीधे यथास्थिति के धड़ में ले जाता है, जहाँ हज़म हो जाते हैं लोग और बदल जाते हैं टट्टी में।'

'छी!' अविधा ने कहा। 'कैसी गलीज बातें करते हो!'

'सच्चाई यही है, इसको देखना सीखो अविधा। ग्रो अप! बच्ची कब तक बनी रहोगी?'

मार्च का महीना आते-आते अविधा की अनाम बिटिया केले खाने लगी थी और उसकी छुट्टियाँ समाप्त होने को आ गई थीं। आखिर अविधा ने हथियार डाल दिये और किराए का फ्लैट छोड़कर निर्मला के घर चली आई। उसने मैड की कविता निर्मला को दिखाई थी और टुकड़ा-टुकड़ा करके उसे बताया था कि मैड ने उस पर क्या आक्षेप लगाए थे।

'हम सब पर महाभियोग लगा गया वो,' उसने हँसते हुए कहा था।

'और वह क्या कर रहा है? उन पीड़ितों के तमाम मसलों पर अपना कब्ज़ा जमा रहा है। भोपाल को अपनी बपौती बनाने में लगा है।'

'क्या कह रही हो,' अविधा ने पूछा।

'अभी तो विजय प्राप्त करने में लगा है। बाद में अपना स्मारक भी खड़ा कर लेगा, देखना तुम,' निर्मला ने हिकारत से कहा था।

बार-बार पूछने पर भी उसने कभी नहीं बताया कि स्मारक से उसका तात्पर्य क्या था।

'कुछ भी हो सकता है : फैक्टरी हो सकती है, अस्पताल हो सकता है, कोऑपरेटिव हो सकता है,' मुक्ता ने कहा था।

विनीता की ज़िद के कारण उसे निर्मला के घर आते रहना पड़ता था। उसने अविधा को बताया था कि विनीता ने उसके बच्चे को गोद लेने की इच्छा प्रकट की थी।

'एलर्ट रहना, नहीं तो यह चुरा ले जाएगी,' मुक्ता ने हँसते हुए कहा था।

जिस दिन अजीत का फोन आया कि एफओबी में एक महत्त्वपूर्ण फैसला

करना है इसलिए उसकी 'आमसभा' बुलाई जा रही है, उस दिन भी विनीता सुबह से निर्मला के घर आई हुई थी और मुक्ता दोपहर को कचहरी से सीधे वहीं आ गई थी।

'तुम्हें और अविधा को आना ही होगा,' अजीत ने कहा था।

अंतरिम राहत पर झड़प के बाद निर्मला कभी भी एफओबी नहीं गई थी। अविधा के जाने का तो प्रश्न ही नहीं था। हरजीत के घर में बैठकें बंद हो चुकी थीं। अब अजीत के दफ्तर में या सुप्रीम कोर्ट में ही केस से जुड़े लोग मिल लिया करते थे।

'ऐसी क्या बात हो गई?' निर्मला ने पूछा।

'मैंने बता दिया तो तुम नहीं आओगी। बस, इतना समझ लो यह ऐसी बात है कि आई तो कोसोगी, नहीं आई तो पछताओगी।'

निर्मला ने मुक्ता से पूछा कि क्या खबर है, अजीत क्यों ऐसी पहेलियाँ बुझा रहा है? मुक्ता को भी कुछ पता नहीं था।

'याचिका पर जिरह में कुछ निकल आया होगा,' मुक्ता ने कहा और विनीता को पर्स से निकालकर एक चिट्ठी पकड़ा दी। 'तेरे जाने के बाद आई थी। अच्छा हुआ, मुझे देर से जाना था वरना डाकिए ने तो नीचे ही सीढ़ियों पर फेंक दिया था।'

अली का खत था।

'भोपाल से मेरी पहली चिट्ठी आई है,' विनीता ने लिफाफा खोलते हुए कहा।

छोटा-सा ही खत था। अपना समाचार ठीक कहकर उसका समाचार पूछा और खुदा से दुआ की थी कि सब कुशल ही हो। आगे लिखा था कि उसे उन लाल फूलों का नाम पता लग गया है। 'उनको अफ्रीकी टयूलिप कहते हैं। जब भोपाल आएँगी तो अपने भाई से मिलने आना। नहीं तो नाराज़ हो जाएँगे अपन,' अली ने लिखा था।

विनीता ने खत अविधा को पढ़ाया, फिर खुद पढ़कर सबको सुनाया।

'उन फूलों का नाम कुछ और होता न तो हम अपनी बिटिया का वही नाम रख देते,' विनीता ने कहा।

'तुम्हारी नहीं, अवि की बेटी है वो,' मुक्ता ने सख्त लहज़े में कहा।

'मैं सोचती हूँ, एफओबी की मीटिंग में चली ही चलूँ,' अविधा ने तुरंत कहा। 'विनी, तू यहीं रह जाना। मैं जाऊँगी तो हमारी बेटी का खयाल कौन रखेगा? निम्मी तो मेरे साथ जाएगी ही।'

'किसने कहा?' निर्मला ने पूछा।

'इसने,' कहकर अविधा ने बच्ची की ठुड्डी पकड़कर उसे हिला दिया। घर में कोहराम मच गया।

आम सभा थी तो बड़े हॉल में ही होनी थी। फिर भी इतने लोग तो उपस्थित नहीं हुए जितने उस सभा में थे, जब फॉब का जन्म हुआ था। अविधा के लिए यकीन करना मुश्किल हो रहा था कि अभी एक साल ही गुज़रा था। कितना

कुछ घट गया था इस एक साल में! वह आई थी उस सभा में तो उसकी देह चुन चुकी थी उसकी राह और वह उस पर चली तो जाने कितनी दोस्तियाँ किनारे ही छूट गईं। माँ-बाबा के घर आँसू बहाने गई थी यहाँ आने से पहले एक शाम को। उन्होंने एक बार भी नहीं पूछा, तू कैसी है, हमारी नवासी कैसी है। निर्मला ने बताया था उसे कि जिस दिन उसकी बेटी पैदा हुई, उसने फोन किया था। उसके बाबा ने फोन उठाया था, और खबर सुनकर कहा था, 'दोबारा फोन मत करना।' न बधाई, न आशीर्वाद।

अजीब-सा लग रहा था उसे फिर एक बार इस कमरे में आकर। अच्छा भी लग रहा था, घर से निकलकर, कुछ और सोचकर, किसी दूसरे-तीसरे विषय पर बात करके। समझ में आने लगा था कि इतनी चिड़चिड़ाती क्यों रही थी पिछले दिनों। घर भी हो तो भी कैद आज़ादी पर कुदाल ही होती है। लोग उससे गले मिल रहे थे, उसकी बेटी के बारे में पूछ रहे थे। ऐसे पेश आ रहे थे कि उन्होंने कभी उसे मार देने की बात ही न की हो जिसका नाम वे आज जानना चाहते थे। अविधा ने भी यथार्थ को कबूल कर लिया। अति संवेदनशीलता अकेलेपन का ही सबब बनती है, वह जान गई थी।

हैली ने उठकर कमरे के किवाड़ ठेले तो इधर-उधर हो रही आपसी बातचीत थम गई।

'मुझे पहले एक घोषणा करनी है। फिर हम सबको एक फैसला करना है,' अजीत ने कहा। उसने होंठों पर जीभ फेरी। कमरे में सन्नाटा छा गया।

'हमारे महाधिवक्ता ने, मतलब कावसजी ने,' अजीत ने थोड़ा रुककर कहा, 'मुझसे पिछले हफ्ते बात की। उन्होंने कहा है कि सरकार हमारी याचिका को सर्वोच्च न्यायालय में समर्थन देगी लेकिन हमें यह जो मेडिकल कैटगराइज़ेशन है, यह सवाल कोर्ट में नहीं उठाना चाहिए।'

सुगुणा के तने हुए कंधे ढीले पड़ गए। उसने हैली से कहा, 'बस, इतनी सी बात? इसके लिए इतनी बड़ी सभा बुलाई?'

मुक्ता खड़ी हो गई। 'पहले मेरे सवाल का जवाब दो। क्या सरकार ने सुप्रीम कोर्ट में हलफनामा दिया है कि वह हमारी याचिका का समर्थन करती है? कि वह समझौते को अस्वीकार करती है?'

'हलफनामा तो नहीं दिया, लेकिन कावसजी ने कोर्ट को बताया है कि सरकार हमारी तरफ, मतलब याचिका दायर करने वालों के पक्ष में है,' अजीत ने बेहिचक कहा।

कमरे में तालियाँ गड़गड़ा उठीं।

मुक्ता ने घूमकर लोगों को देखा और पूछा, 'बाय द वे, आप सब लोग ताली क्यों बजा रहे हैं?'

तालियाँ बंद हो गईं। फिर सन्नाटा छा गया।

'यह काफी नहीं है,' मुक्ता ने कहा।

‘भारत सरकार पीड़ितों की अकेली प्रतिनिधि है। कानून के तहत। अपना रवैया उसे साफ करना ही होगा। उसे हलफनामा देना चाहिए। वह मौखिक बयान का आसान रास्ता चुनकर दोगलापन कर रही है। झाँसा दे रही है। उसके मौखिक बयान का कोई मतलब नहीं है, आप सबको मालूम होना चाहिए यह।’ वह हाँफती हुई बैठ गई। उसके हाथ आवेश में काँप रहे थे।

बगल में बैठी निर्मला ने उसके हाथ पर हाथ रखा और दबाते हुए कहा, ‘रिलैक्स।’

लोग खुसर-पुसर करने लगे थे। अजीत कुछ कहने ही जा रहा था कि लतिका खड़ी हो गई।

‘ज़रा ठंडे दिमाग से सोचो। सरकार ऐसा लिखकर कैसे दे सकती है? पिछली सरकार ने जो किया, उसे वह पूरी तरह से तो मिटा नहीं सकती। अगर सरकार बदलते ही इस तरह सब कुछ बदलने लगा तो व्यवस्था चलेगी कैसे? जो मुक्ता कह रही है, वह असंभव है। क्या यह काफी नहीं कि कावसजी अब तक हमारी वकालत करते रहे हैं? हमारी तरफ हैं वो। सरकार का मौखिक बयान भी कोर्ट को बताया है उन्होंने। क्या यह काफी नहीं है?’

मुक्ता का वैमनस्य अजीत के लिए मुश्किल खड़ा कर गया था। वह समझ नहीं पा रहा था, बात को कैसे सँभाले लेकिन लतिका ने उसका काम आसान कर दिया। वह चाहता तो कावसजी को कह भी सकता था कि जिरह में जो चाहें, करें। इसमें खतरा भी था। एक तो मुक्ता पूरे कानूनी केस से जुड़ी थी, वही जिरह के लिए तथ्य और तर्कों की फाइलें तैयार करती थी। दूसरे, खुद अजीत की प्रतिष्ठा दाँव पर थी। वह नहीं चाहता था, कोई भी उससे कह सके कि उसने पीठ पीछे मनमर्ज़ी से फैसले ले लिये थे। उन्होंने सरकार पर आरोप लगाया था कि गैस पीड़ितों की प्रतिनिधि होने के बावजूद उनसे पूछे बिना उसने समझौता कर लिया था भोपाल के कातिलों से। अजीत भी यही करता तो उसके और सरकार के रवैयों में क्या फर्क रह जाता?

‘मैं किसी भी पक्ष की सफाई नहीं दे रहा,’ अजीत ने कहा। ‘कावसजी ने मुझसे कहा है कि मैं सबकी राय लूँ। वही मैं कर रहा हूँ। अब कावसजी सरकारी वकील हैं, हमारे वकील भी हैं, पर उनके सरकारी वकील होने से उनकी बात का, उनकी जिरह का वज़न बढ़ गया है। उन्होंने कहा है कि हम गैस पीड़ितों के मेडिकल कैटगराइजेशन का सवाल न उठाएँ। ज़ाहिर है, सरकार ऐसा ही चाहती है। तभी तो उन्होंने कहा है यह। अगर हम ज़िद पर अड़े रहे तो हो सकता है, सरकार इस केस में हमें जो समर्थन दे रही है, वह हम खो दें।’

कमरे में लोग एक दूसरे से बात करने लगे। बहुतों को समझ में नहीं आ रहा था कि इसमें कौन-सी बड़ी बात है। सरकार तो उनके साथ है ही। महाललकारी उनके साथ है। उनके प्रधान मंत्री बनने के बाद विधि मंत्री ने जो बयान दिया था, वह तो एफओबी के प्रेस रिलीज़ की कॉपी-सी लगती थी।

निर्मला ने उठकर सबको चुप रहने को कहा पर कमरे में चुप्पी न लौटनी थी, न लौटी। शोर से ऊपर आवाज़ उठाने के लिए निर्मला ने ऊँची आवाज़ में कहा, 'अजीत, अजीत, एक छोटे से सवाल का जवाब दे दो। हम पीड़ितों की बिगड़ी हुई सेहत की केटगरीज़ की बात ही नहीं करेंगे तो फिर कोर्ट किस आधार पर मुआवज़े की रकम बढ़ाएगी ?'

अजीत मुस्कुरा दिया। 'मैं नहीं जानता निम्मी। मैं तो जो जानता हूँ, बता दिया। और पूछ रहा हूँ कि अब हम क्या करें ?'

मुक्ता फिर खड़ी हो गई। उसकी मुट्ठियाँ तनी हुई थीं, पूरा शरीर काँप रहा था।

'हमसे पूछ रहे हो ?' मुक्ता चिल्लाई। 'जब मैं ज़ोर डाल रही थी कि क्या-क्या करना चाहिए तब तो तुम सब एक हो गए। कहने लगे, पॉलिटिक्स ही सारे फैसले करेगी। तुम्हारे पॉलिटिशियन ही न्याय दिलाएँगे। अब हमसे पूछने आए हो, क्या करना है ? मेरे जैसे लोगों की अब कौन सुनने वाला है ? हमारी आवाज़ में क्या वज़न है ? लेकिन तुम्हारा शुक्रिया अजीत, बहुत-बहुत शुक्रिया। तुम्हीं ने सिखाया मुझे कि यह सारे काम कैसे होते हैं। अब समझी हूँ मैं कि यह व्यवस्था कैसे चलती है। मेरी शिक्षा अधूरी थी, पूरा करने के लिए शुक्रिया। मेरी शिक्षा ज़ारी रखने के लिए तुम्हारा आभार मानती हूँ मैं। जो करना है, करो। अब इस केस से मेरा कोई ताल्लुक नहीं है।' वह लड़खड़ाती-सी दरवाज़े तक पहुँची, उसे खोला और बाहर निकलकर उसने इतनी ज़ोर से उसे बंद किया कि एकबारगी सब चुप हो गए।

फिर सब बोलने लगे।

'इसको कहते हैं डेमोक्रेसी इन एक्शन', हरजीत ने कहा। 'सब बोलते हैं, सुनता कोई नहीं। क्या हम सभ्य लोगों की तरह एक-एक करके बात करें ? जिसे कुछ कहना है, हाथ उठाए।'

अजीत ने हैली की तरफ देखा। वह इशारा समझ गया कि बाहर जाकर मुक्ता को लौटा लाने की गुज़ारिश कर रहा है अजीत, पर उसने सिर हिलाकर मना कर दिया।

'तुम्हें हमारी सहमति की क्या ज़रूरत है ?' निर्मला ने बड़े मीठे लहज़े में पूछा।

तंज़ समझकर अजीत ने गुस्से में कहा, 'मुझे नहीं है।'

'सुनो,' हरजीत ने घूँसा मेज़ पर मारते हुए कहा, 'अगर यह जो मेडिकल कैटगरी है, इसकी बात किए बिना समझौता रद्द हो सकता है तो हमें क्यों एतराज़ होना चाहिए ?'

'मैन, मैं तो कहता हूँ, यह सब एक्स्पर्ट्स की सरदर्दी है। उन पर छोड़ दो। वह कावसजी तो अपना ही आदमी है। वही खड़ा है कोर्ट में। वह जो कहता है तो ठीक ही कहता होगा। ज़रा-सी बात पर इतनी किचकिच मचा रखी है,' शेखर ने कहा।

अविधा ने पूछा, 'क्या इसका मतलब यह है कि सुप्रीम कोर्ट शायद समझौते को रद्द नहीं करेगी ?'

'यह मतलब नहीं है। हमारे पास और भी बहुत सारे तर्क हैं। वे सब जिरह में आएँगे ही,' लतिका ने कहा।

'ठीक है,' निर्मला ने मीठी आवाज़ में कहा। 'अगर मैं कहूँ कि प्रस्ताव ठुकरा दिया जाए तो मान लोगे?'

'फैसला बहुमत से होगा,' अजीत ने फिर गुस्से में कहा। निर्मला को देखते ही उसे आजकल गुस्सा आ जाता था और वह खुश था कि अब उसने एफओबी में आना छोड़ दिया था। इस सभा में उसकी उपस्थिति बहुत ज़रूरी थी इसीलिए उसने ज़िद करके बुलाया था।

'इंसाफ कोई खोया हुआ ख़ज़ाना नहीं है जिसे व्यवस्था में पड़ी दरारों में से खींच निकाला जा सकता है,' निर्मला ने कहा। 'इंसाफ तर्क-वितर्क के आधार पर नतीजे पर पहुँचने की प्रक्रिया है। यह तर्क तथ्यों पर आधारित होने चाहिए। और तथ्यों को सत्ता और सत्ता के इस्तेमाल के संदर्भ में रखना होता है। मुझे नहीं लगता, यह सब समझने में किसी की दिलचस्पी है। फिर भी यह समझना होगा कि सरकार ने कम श्रेणियाँ बनाईं बीमारियों की ताकि पीड़ितों पर असर को कम आँक सके, कम करके दिखा सके। इसका फायदा उठाकर मुआवज़ा कम दिया गया। यही समझौते की मामूली रकम का आधार था। यही समझौते में आपराधिक मुकदमों को गौण मानकर उन्हें खारिज करने का आधार था। हमें उस आधार को पलटना ही होगा। नहीं तो समझौते की समीक्षा नहीं हो सकेगी, उसे पलटा नहीं जा सकेगा।'

उसकी बात पूरी होते होते लोगों की आपसी बातचीत बंद हो चुकी थी। अब कुछ चेहरों पर दुविधा के भाव उभर आए थे।

'मुझे पूरा विश्वास है कि कावसजी भी कानून जानते हैं और प्रोफेसर थापड़ भी। दोनों कहते हैं, यह कैटगरी की बात उठाना ज़रूरी नहीं है,' अजीत ने कहा।

सुगुणा ने लंबी साँस ली। उसने उठकर कहा, 'विधि मंत्री ने कहा है अपने अधिकृत बयान में कि न्यायाधीशों ने यह समझौता कैसे कराया, इसकी प्रक्रिया बता दी जाए तो सर्वोच्च न्यायालय की गरिमा मिट्टी में मिल जाएगी। मेरे पास है उस बयान की कॉपी। यह एक तरह से न्यायाधीशों को धमकी है कि अगर उन्होंने अब भी न्यायपूर्ण, न्यायसंगत आदेश नहीं दिया तो उनकी प्रतिष्ठा पर सरकार वार कर सकती है। सरकार के पास है जानकारी कि वह उनकी मिट्टी पलीद कर दे। इसे कहते हैं राजनीतिक दबाव। हम क्यों इतना परेशान हैं? मुझे लगता है, प्रस्ताव मान लेना चाहिए।'

हैली उसकी बात खत्म होने से पहले ही खड़ा हो गया था और बात पूरी होने तक वह उँगलियाँ खोल-बंद कर अपनी बेसब्री दिखाता रहा। सुगुणा के चुप होते ही उसने कहा, 'यह धमकी हो सकती है, लेकिन यह परोक्ष-सी धमकी है। असली और ऑफिशियल धमकी तो यह होती कि न्यायाधीशों पर महाभियोग लगाया जाता।

हमने इसकी माँग की थी। मगर हमने इस पर बल देना ही बंद कर दिया। इसी बात का गुस्सा है मुक्ता को।'

'इम्पीचमेंट तो मुमकिन ही नहीं है। उसकी कोशिश भी होती तो सुप्रीम कोर्ट को गुस्सा आ जाता। फिर तो हम केस हार ही जाते,' लतिका ने चिल्लाकर कहा।

'हम यहाँ महाभियोग पर बात करने नहीं आए हैं,' अजीत ने कमरे में मचे कोलाहल को शांत करने की कोशिश की। 'इस तरह तो हम कहीं नहीं पहुँचेंगे।'

'और साल-भर कहीं पहुँचने की कोशिश करके हम ठीक उसी जगह पहुँचे हैं जिसे 'कहीं नहीं' कहते हैं,' हैली ने कहा। 'तुम्हारा बहुमत तो अजीत हमारी सुन भी नहीं रहा। मेरी असहमति रिकॉर्ड करो और मुझे जाने दो।'

सुगुणा ने उसका हाथ खींचकर बिठा लिया। 'इतने अतिवादी मत बनो,' उसने कहा। 'नई सरकार इतनी बुरी भी नहीं है। उन्होंने धन दिया है, ज़बान दी है। समझौते की भी समीक्षा हो ही जाएगी, देखना।'

'तुम देखो,' हैली ने हाथ छुड़ाकर खड़े होते हुए कहा। 'मुझे भी अपने साथ नीचे मत खींचो।'

'क्या किसी ने अली और मैड से भी पूछा है?' अविधा ने पूछा। उसे याद आया, कैसे तीन-चार महीने पहले मैड उसे बताने आया था कि इस केस का नतीजा उसे दुख दे जाएगा।

हैली दरवाज़े तक पहुँच चुका था। अविधा का सवाल सुनकर मुड़ा और वहीं खड़ा रहा।

अजीत ने दोनों से ही बात की थी। अली ने कहा था कि उसे यह तकनीकी बातें समझ में नहीं आतीं। वह जानना चाहता था कि क्या प्रस्ताव मानने से कोर्ट के फैसले पर असर होगा? कैसा असर होगा? अजीत ने ईमानदारी से कहा था, उसे नहीं मालूम लेकिन उसे अपने वकील पर भरोसा है। 'कावसजी देश के सबसे अच्छे वकीलों में हैं। शुरू से हमारा केस लड़े हैं। एक पैसा नहीं लिया। मुझे भरोसा है उन पर।'

'तो करो, जो आप ठीक समझो,' अली ने कहा था। 'आपके ऊपर भरोसा है मेरे को।'

मैड ने अपने चिरपरिचित अंदाज़ में कहा था, 'क्या अजीत, अगर तुम समझते हो कि अब तुम्हारे कुछ कहने न कहने से कोई फर्क पड़ने वाला है तो जाकर अपना दिमाग धो लो। बहुत गंदा हो गया है। जो करना है, करो। मुझे जो करना है, भोपाल में कर रहा हूँ। मुझे तो माफ ही करो।'

अजीत ने सभा को बताया कि मैड ने कहा था कि इस विषय पर वह कुछ भी कहना नहीं चाहता और अली ने उसे मंजूरी दी थी कि वह जो सही समझे, करे।

'और तुम्हें क्या ठीक लगता है अजीत?' अविधा ने पूछा।

‘मुझे लगता है, राई का पहाड़ बनाया जा रहा है। यह मेडिकल कैटगरीज़ का तर्क महत्त्वपूर्ण है पर इतना भी नहीं। जब हम मुआवज़ा बाँटने लगेंगे तब भी इस सवाल को उठा सकते हैं। अभी ही उठाना तो ज़रूरी नहीं है।’

‘मतलब यह कि मुआवज़े की राशि बढ़े न बढ़े, कोई फर्क नहीं पड़ता,’ निर्मला ने फिर मीठे लहज़े में कहा। कोहराम मचना था, मचा। एक-दो आवाज़ें आईं कि बहुत देर हो गई है।

अजीत ने भी कहा कि सारी रात तो बहस चल नहीं सकती। वोटिंग हो जाए तो अच्छा हो। जो भी जिसको कहना था, मोटा-मोटा कहा ही जा चुका है।

हैली ने दरवाज़े के पास से ही कहा, ‘पहले ही तुमने सबको महाधिवक्ता कावसजी का प्रस्ताव बता दिया होता तो सब सोच-समझकर आते। इसको तो तुमने ऐसे गुप्त रखा मानो स्टेट सीक्रेट हो! अब वोटिंग की क्या जल्दी है? कुछ दिनों बाद करा लेना।’

अजीत ने आज़िज़ी से कहा, ‘समझते नहीं हो...पहले बता देता तो कोई नहीं आता मीटिंग में। दोबारा तो कोई नहीं आने वाला। सारे तो नहीं आएँगे। आज ही वोट पड़ेगा।’

निर्मला ने अविधा का हाथ पकड़कर कहा, ‘चलो। हम केस हार गए हैं।’

अविधा गहरे सोच में थी। उसने हौले से हाथ छुड़ाते हुए कहा, ‘रुको।’

वोट पड़ना था, लगभग सबने चिल्लाकर कहा, ‘हाँ।’ एक-एक कर हाथ उठने लगे। इनमें सुगुणा का भी हाथ था।

हरजीत ने कहा, ‘मैं कन्फ्यूज़ हो गया हूँ। मुझे नहीं लगता, मैं वोट करूँगा।’

ज़िंदगी में पहली बार शायद वह किसी भी निर्णय पर नहीं पहुँच सका था।

अजीत उठे हुए हाथों की गिनती कर रहा था। फिर उसने उस रजिस्टर में वोटों की संख्या लिखना शुरू किया जिस पर सबने हस्ताक्षर किए थे। रजिस्टर बंद हुआ तो निर्मला ने कहा, ‘अजीत, मेरी असहमति भी दर्ज कर लो।’

‘ज़रूर,’ कहकर उसने रजिस्टर खोल लिया।

निर्मला उठकर बाहर निकल गई। कई लोग जाने लगे। हैली खड़ा रहा और अविधा बैठी रही। उसने हाथ नहीं उठाया था। वह असहमति भी दर्ज कराती तो भी कोई फर्क नहीं पड़ने वाला था। फिर भी वह बेचैन थी। उसे समझ में नहीं आ रहा था कि अजीत ने उन्हें सोचने का वक्त देने से क्यों इनकार कर दिया था।

उसने अजीत से पूछा, ‘क्यों तुम हमें वक्त नहीं दे सकते, अजीत?’

‘तुम जितना चाहे वक्त ले लो अवि,’ अजीत ने कहा, ‘फोन से वोट कर देना।’

‘मुझे ही नहीं, सबको वक्त दो। यह वोट कैंसिल कर दो।’

‘तुम जानती हो, इतने सारे लोग...फिर नहीं आएँगे यह सब,’ अजीत ने कहा, ‘तुम अच्छी तरह जानती हो, यह सब अब एफओबी में एक्टिव नहीं रहे।’

अविधा को लगा, उसके मस्तिष्क की कोशिकाएँ खटाक से एकजुट हो गईं। धुंध छँटी। एकाएक सब साफ हो गया। यह सच था, यह सब निष्क्रिय हो चुके थे।

मुट्ठी भर ही सक्रिय थे। आज की बहस भी उन्हीं सक्रिय लोगों ने, इने-गिने लोगों ने, चलाई थी। बाकी तो कभी इधर, कभी उधर हो रहे थे। आज तक एफओबी की समरनीति, रणनीति, सब कुछ इन्हीं इने-गिने लोगों ने तय की थी। यचिका इन्हीं सक्रिय लोगों ने तैयार करवाई, इन्होंने ही दायर की। आज तक छोटे कमरे में छोटी बैठकें होती रहीं। उन्हीं में फैसले होते रहे। तो आज इतनी बड़ी सभा की ज़रूरत क्यों पड़ी?

जो लोग इस मामले की बारीकियों से अनभिज्ञ थे, या जो उन्हें भूल चुके थे, उनसे ऐसे महत्त्वपूर्ण प्रश्न पर अजीत ने वोट क्यों डलवाए? सिर्फ इसलिए कि वह दावा कर सके कि उसने तो सर्वानुमति चाही थी? सहमति ली थी? इसे कहते हैं वर्चस्व! हेजिमनी! सर्वानुमति!

उसने खुद को धिक्कारा कि उसके सामने अभियान उन्हीं लोगों को दरकिनार करता रहा जिन्होंने उसकी धार तेज़ की थी, जिनके अध्ययन और तर्कों ने उसे सत्त्व दिया था। उसे याद आया, कैसे मुक्ता और निर्मला हर मोड़ पर सबसे उलझती आई थीं कि उनके तर्क सभी पर्चों में शामिल किए जाएँ और कैसे वे हमेशा अल्पमत में रहीं। उसे याद आया, कैसे हैली तरह-तरह से उन्हें समर्थन देता कुंठाग्रस्त हो गया था और अंततः नौकरी छोड़कर रेडिमेड शर्ट बनाने में लग गया था। इन सबको संघर्ष में अप्रासंगिक बनाकर कितने परिष्कृत ढंग से हकाल दिया गया था!

अविधा ने सुगुणा पर नज़र डाली जो उसके पास आकर बैठ गई थी। साल भर पहले वह उसकी कितनी प्यारी सहेली थी! दोनों बेफ्रिक, मस्त! दोनों थोड़ी-सी कन्फ्यूज़्ड, थोड़ी-सी रूमानी, नहीं-नहीं, सुगुणा तो कभी रूमानी नहीं थी। पर कितने मस्ती भरे थे वे दिन! आज सुगुणा ने कन्फ्यूज़न को ज़िंदगी से निकाल फेंका था। उसे सुगुणा अजनबी-सी लग रही थी। मुड़कर उसने हैली को देखा और एक फीकी मुस्कान उसके चेहरे पर आ गई। वह तो दोस्त गँवाती रही थी इसलिए कि उसे आधा-अधूरा कुछ भी नहीं चाहिए था। व्यावहारिक शायद वह कभी नहीं बन पाएगी।

अविधा का चेहरा तमतमा गया। खड़े होकर उसने कहा, 'मैं जानती हूँ इससे फर्क नहीं पड़ता लेकिन मैं इस प्रस्ताव के खिलाफ वोट देती हूँ।'

अजीत के होंठों पर इतनी मंद मुस्कान उभरी कि दिखी भी नहीं।

बैग उठाकर अविधा दरवाज़े की तरफ आ गई। हैली भी उसके साथ बाहर आ गया। बहुत-से लोग जा चुके थे। कुछ इधर-उधर खड़े बातें कर रहे थे।

मुक्ता सिगरेट फूँकती सामने धूल भरे लॉन में एक तरफ निर्मला के साथ खड़ी थी।

'मुझे बहुत ही बुरा लग रहा है,' अविधा ने उनके पास आकर कहा। 'अगर तुम ग़लत साबित हो गईं न मुक्ता, तो मुझे बड़ी खुशी होगी।'

'मुझे तुमसे ज़्यादा खुशी होगी,' मुक्ता ने कहा। 'लेकिन क्या फैसला होगा, यह तो तय ही हो गया है अब। चाहो तो बता दूँ? मुआवज़ा उतने का उतना ही रहेगा।

शायद आपराधिक मुकदमे फिर से चलाने का आदेश हो। फिर वे इतने साल चलेंगे कि फैसला आए न आए बेमतलब हो जाएगा।'

सब कुछ देर चुप रहे।

'चलो, घर चलें, विनीता इन्तज़ार कर रही होगी। हैली, तुम भी चलो,' निर्मला ने कहा।

'जानती हो, मुझे क्या सोचकर शर्मिंदगी हो रही है? यही कि शायद विनीता ही ठीक कहती थी। उसी कोर्ट में दोबारा जाना क्या अक्लमंदी थी? क्या हुआ उससे?'

'यही कि फिर से कोर्ट को ही जूते पड़ेंगे,' हैली ने कहा और खिलखिलाकर हँसा।

वे भगवानदास रोड से प्रगति मैदान तक कुछ दूर चलकर मुख्य सड़क पर आ गए पर कोई ऑटो नज़र नहीं आया। रात घिर आई थी। सब सड़क किनारे बिजली के खंभे के नीचे आ खड़े हुए। उनकी परछाइयाँ उनके पैरों के पास सिकुड़ आई थीं। काफी ठंड थी और रोशनी के उस झुरमुट के परे दुनिया अँधेरे में डूबी थी।

✪✪✪